中华国学文库

文心雕龙校注

〔南朝梁〕刘　勰　著
〔清〕黄叔琳　注
〔清〕李　详　补注
杨明照　校注

中华书局

图书在版编目(CIP)数据

文心雕龙校注/(南朝梁)刘勰著;(清)黄叔琳注;(清)李详补注;杨明照校注. —北京:中华书局,2022.7(2024.4重印)
(中华国学文库)
ISBN 978-7-101-15770-3

Ⅰ.文… Ⅱ.①刘…②黄…③李…④杨… Ⅲ.①文学理论-中国-南朝时代②《文心雕龙》-注释 Ⅳ.I206.2

中国版本图书馆CIP数据核字(2022)第101645号

书　　名	文心雕龙校注
著　　者	〔南朝梁〕刘　勰
注　　者	〔清〕黄叔琳
补 注 者	〔清〕李　详
校 注 者	杨明照
丛 书 名	中华国学文库
责任编辑	聂丽娟
责任印制	陈丽娜
出版发行	中华书局 (北京市丰台区太平桥西里38号　100073) http://www.zhbc.com.cn E-mail:zhbc@zhbc.com.cn
印　　刷	河北新华第一印刷有限责任公司
版　　次	2022年7月第1版 2024年4月第2次印刷
规　　格	开本/880×1230毫米　1/32 印张28⅛　插页2　字数540千字
印　　数	3001-5000册
国际书号	ISBN 978-7-101-15770-3
定　　价	98.00元

中华国学文库出版缘起

《中华国学文库》的出版缘起，要从九十年前说起。

1920年，中华书局在创办人陆费伯鸿先生的主持下，开始编纂《四部备要》。这套汇集三百三十六种典籍的大型丛书，精选经史子集的“最要之书”，校订成“通行善本”，以精雅的仿宋体铅字排印。一经推出，即以其选目实用、文字准确、品相精美、价格低廉的鲜明特点，最大限度地满足了国人研治学问、阅读典籍的需要，广受欢迎。丛书中的许多品种，至今仍为常用之书。

新中国成立之后，党和国家倡导系统整理中国传统文献典籍。六十余年来，在新的学术理念和新的整理方法的指导下，数千种古籍得到了系统整理，并涌现出许多精校精注整理本，已成为超越前代的新善本，为学界所必备。

同时，随着中华民族以前所未有的自信快速发展，全社会对中国固有的学术文化——国学，也表现出前所未有的关注和重视。让中华文化的优秀成果得到继承和创新，并在世界范围内进行传播和弘扬，普惠全人类，已经成为中华民族的历史使命。当此之时，符合当代国民阅读需要的权威的国学经典读本的出现，实为当务之急。于是，《中华国学文库》应运而生。

《中华国学文库》是我们追慕前贤、服务当代的产物，因此，它自当具备以下三个基本特点：

一、《文库》所选均为中国学术文化的“最要之书”。举凡哲学、历史、文学、宗教、科学、艺术等各类基本典籍，只要是公认的国学经典，皆在此列。

二、《文库》所选均为代表当代最新学术水平的“最善之本”，即经过精校精注的最有品质的整理本。其中既有传统旧注本的点校整理本，如朱熹《四书章句集注》，也有获得学界定评的新校新注本，如余嘉锡《世说新语笺疏》。总之，不以新旧为别，惟以善本是求。

三、《文库》所选均以新式标点、简体横排刊印。中国古籍向以繁体竖排为标准样式。时至当代，繁体竖排的标准古籍整理方式仍通行于学术界，但绝大多数国人早已习惯于现代通行的简体横排的图书样式。《文库》作为服务当代公众的国学读本，标准简体字横排本自当是恰当的选择。

《中华国学文库》将逐年分辑出版，每辑十种，一次推出；期以十年，以毕其功。在此，我们诚挚希望得到学术界、出版界同仁的襄助和广大读者的支持。

中华书局自 1912 年成立，至今已近百岁。我们将《中华国学文库》当作向中华书局百年诞辰敬献的一份贺礼，更是向致力于中华民族和平崛起、实现复兴大业的全国人民敬献的一份厚礼。我们自当努力，让《中华国学文库》当得起这份重任，这份荣誉。

中华书局编辑部

2010 年 12 月

目　录

前言 …… 1
梁书刘勰传笺注 …… 1

文心雕龙校注卷一
原道第一 …… 1
征圣第二 …… 21
宗经第三 …… 31
正纬第四 …… 47
辨骚第五 …… 59
文心雕龙校注卷二
明诗第六 …… 77
乐府第七 …… 100
诠赋第八 …… 118
颂赞第九 …… 134

祝盟第十 …………………………………… 152
文心雕龙校注卷三
铭箴第十一 …………………………………… 171
诔碑第十二 …………………………………… 190
哀吊第十三 …………………………………… 205
杂文第十四 …………………………………… 220
谐隐第十五 …………………………………… 236
文心雕龙校注卷四
史传第十六 …………………………………… 248
诸子第十七 …………………………………… 276
论说第十八 …………………………………… 296
诏策第十九 …………………………………… 320
檄移第二十 …………………………………… 342
文心雕龙校注卷五
封禅第二十一 ………………………………… 358
章表第二十二 ………………………………… 372
奏启第二十三 ………………………………… 385
议对第二十四 ………………………………… 404
书记第二十五 ………………………………… 420
文心雕龙校注卷六
神思第二十六 ………………………………… 449
体性第二十七 ………………………………… 462
风骨第二十八 ………………………………… 473

通变第二十九 …………………………………… 484
定势第三十 ……………………………………… 495
文心雕龙校注卷七
情采第三十一 …………………………………… 504
镕裁第三十二 …………………………………… 517
声律第三十三 …………………………………… 525
章句第三十四 …………………………………… 536
丽辞第三十五 …………………………………… 544
文心雕龙校注卷八
比兴第三十六 …………………………………… 555
夸饰第三十七 …………………………………… 567
事类第三十八 …………………………………… 577
练字第三十九 …………………………………… 592
隐秀第四十 ……………………………………… 606
文心雕龙校注卷九
指瑕第四十一 …………………………………… 612
养气第四十二 …………………………………… 626
附会第四十三 …………………………………… 638
总术第四十四 …………………………………… 649
时序第四十五 …………………………………… 660
文心雕龙校注卷十
物色第四十六 …………………………………… 695
才略第四十七 …………………………………… 705

知音第四十八 …………………………………… 729
程器第四十九 …………………………………… 742
序志第五十 ……………………………………… 757
《文心雕龙·隐秀篇》补文质疑 ………………… 778
引用书目 ………………………………………… 799

前　言

一

我国古代的文学理论批评专著，内容最丰富、体系最完整的，当推刘勰的《文心雕龙》了。可是关于作者的生平事迹，史书的记载却语焉不详。为了有助于读者知人论世，姑作如下简介：

刘勰，字彦和，大约出生于刘宋泰始二、三年（公元466—467年）间。祖籍原在东莞郡莒县（今山东莒县），永嘉之乱时，他的祖先南奔渡江，从此世居京口（今江苏镇江）。京口本为南朝重镇，又是人文荟萃之区，先后在这里讲学的著名经学家、史学家有关康之、臧荣绪和诸葛璩等人〔一〕。流风遗韵，对刘勰可能有过某些影响。

宋齐禅代和统治集团内部的明争暗斗，使原来显赫一时的刘穆之、刘秀之的子子孙孙，政治地位不断下降；刘勰的一家，更是又逊一筹了。他的祖父刘灵真尽管是宋司空刘秀之的弟弟，却没有当上官，父亲刘尚也只任越骑校尉，这与史传所说的“家贫”，是不无关系的。

早孤的刘勰，并不因为无人管教和家道中落而放松学习，却自觉地笃志好学。所读的书，大概不外儒家典籍。他的儒家思想，也从此扎下了根。但在佛学甚嚣尘上的当时，刘勰却曾受其影响而不婚娶。这是一时的风尚，不止刘勰一人为然。比他早的如周续之，同时代的如刘歊、刘讦，家境都很优裕，就是由于信佛才没有结婚的〔二〕。而且周续之“通五经”、刘歊“六岁诵《论语》、《毛诗》”〔三〕，还是儒家信徒哩！

另一种风尚是，从后汉末期牟子的《理惑论》出现以来，儒佛合炉共冶的倾向已日益普遍。官僚地主家庭出身的知识分子，除照例肄习儒家经典外，为了适应潮流，以利于向上爬，都爱到寺庙去跟和尚们打交道：有的是谘戒范〔四〕，有的是听内典〔五〕，有的是考寻文义〔六〕，有的是瞻仰风德〔七〕，有的则住在寺里读经论，明佛理〔八〕。寺庙广开，投身接足者颇不乏人〔九〕。本已信佛而又笃志好学的刘勰，自然是闻其风而悦之的。

“南朝四百八十寺”中，锺山上定林寺〔一〇〕是名列前茅的。自刘宋元嘉十二年（公元 435 年）昙摩密多建寺〔一一〕以后，高僧辈出〔一二〕，而又由于“士庶钦风，献奉稠叠”〔一三〕和“获信施”〔一四〕，饶有赀财，富于藏书。“埒美嵩、华”的锺山和“郁尔层构”的“禅房殿宇”〔一五〕，也是无车马喧的读书胜地。刘勰为了获得一个比家里条件更好的学习环境，专心致志地攻读若干年，“穷则独善以垂文，达则奉时以骋绩”（《文心雕龙·程器》），上定林寺正是他梦寐以求的地方；同时也是他希图走入仕途的终南捷径。

上定林寺的方丈释僧祐，是当时“德炽释门，名盖净众”〔一六〕的大法师，白黑门徒多达一万馀人〔一七〕。笃志好学的青年刘勰前去投依，是送上门的难得助手，僧祐当然是欢迎的。这样，刘勰在与僧祐居处的十馀年中，除了刻苦阅读释典外，经史子集必然也在钻研之列。因而“博通经论”，“深得文理”。不但编定了寺内所藏的经藏和撰述一些“会道控儒，承经作训”〔一八〕的论文，而且还写成了不朽的著作《文心雕龙》。

《文心雕龙》成书于齐和帝中兴元、二年（公元 501—502 年）间〔一九〕，由于和当时弥漫文坛的形式主义文风异趣，曲高和寡，不为人们所重。刘勰坚信自己著作的价值，决定请一代文宗沈约品定。这时沈约官居散骑常侍、吏部尚书兼右仆射，炙手可热。社会地位低下的刘勰无从自达，只好装成书贾的模样，守候在路边，等待沈约的车驾经过，便上前推销颇为自负的著作——《文心雕龙》。沈约读后，大加赞赏，认为“深得文理”，置于案头，以便随时观览。刘勰在《知音篇》里曾慨叹知音难逢，而这一别开生面的自荐，却逢其知音了。从这里也就不难看出，刘勰从政之心何等强烈。否则书成之后，即使不为人们所重，大可藏之名山，传诸其人，又何必作货鬻之状，干沈约于车前呢！

多半由于沈约的荐引，刘勰在天监（梁武帝萧衍受齐禅后年号）初起家奉朝请，从此踏上了仕途。他先后担任和兼任过中军临川王萧宏、南康王萧绩的记室，车骑仓曹参军，太末（今浙江衢县）令，步兵校尉，东宫通事舍人等职务。任太末令时，“政有清绩”，可见他是具有“工文”“练治”的才能的，也是他“奉时骋绩”的具体表现。在兼任东宫通事舍人期间，受到当时另一位文学家昭明太子萧统的“爱接”，他们共同讨论篇籍，商榷古今的情况，是不难想见的。萧统选录的著名文学总集《文选》，与《文心雕龙》的“选文定篇”（《序志》）多有契合之处，恐怕不是偶然的。

佞佛的梁武帝于天监十六年（公元517年）十月飨荐改用蔬果之后，二郊农社犹有牺牲。刘勰认为改革不够彻底，便于次年八月后上表，建议二郊农社也应只用蔬果。这自然是他的佛教思想有所抬头的反映，但也可能有希图升迁，得以进一步发挥其才能的打算在内。到了中大通三年（公元531年）昭明太子一死，东宫旧人例不得留，刘勰既未新除其它官职，奉敕与沙门慧震于上定林寺撰经，大概就在这段时间吧。任务完成，他便请求出家，并先燔鬓发以表示决心。被批准后，就在该寺当了和尚，法名慧地。

无可奈何的归宿，不到一年光景便去世了。这时大约是梁大同四年或五年（公元 538—539 年）。刘勰一生历宋、齐、梁三世，计得七十二三岁。在南朝文学家中，像他这样的高龄，还不多见。

史传说刘勰"为文长于佛理，京师寺塔及名僧碑志，必请勰制文"。可见他在当时是负有盛名的作家。惜其文集早已失传。现在除了《文心雕龙》以外，只有《灭惑论》和《梁建安王造剡山石城寺石像碑》两篇保存了下来。

刘勰在《序志篇》里叙述写作《文心雕龙》的动机，是由于梦见自己拿着丹漆礼器，追随孔子南行，因而感到非常高兴。本想"敷赞圣旨，莫若注经"，可是"马（融）、郑（玄）诸儒，弘之已精，就有深解，未足立家"；好在"唯文章之用，实经典枝条……详其本源，莫非经典"。这才搦笔和墨，选择了论文之一途。在刘勰看来，"论文"与"注经"都属于"敷赞圣旨"，是殊途同归的，跟马、郑诸儒一样地足以"立家"。

这种古文经学派的立场，使刘勰不满于当时的形式主义文学。据裴子野《雕虫论》所述，宋齐以来的文学状况是："自是闾阎年少，贵游总角，罔不摈落六艺，吟咏情性。学者以博依为急务，谓章句为专鲁，淫文破典，斐尔为功，无被于管弦，非止乎礼义，深心主卉木，远致极风云。其兴浮，其志弱，巧而不要，隐而不深，讨其宗途，亦有宋之遗风也。"刘勰认为这是文学背离了儒家原则的结果。他在

《序志篇》里说:"去圣久远,文体解散,辞人爱奇,言贵浮诡,饰羽尚画,文绣鞶帨,离本弥甚,将遂讹滥。"《通变篇》也说:"矫讹翻浅,还宗经诰。"《文心雕龙》就是为了矫正这种离经叛道的文风而写作的。

由于刘勰以儒家思想为出发点,所以他用《原道》、《征圣》、《宗经》三篇来笼罩《文心雕龙》全书,确立了文学的基本原则:"道心"是文学的本原,"圣人"是立言的标准,"经书"是文章的典范。这种儒学的教条既有反对唯美主义文学的一面,又有着很大的局限和缺陷。不过,"论文"毕竟不等于"注经",《文心雕龙》包含了极其丰富的内容,对大量的文学现象进行了具体而细致的分析,提出了许多真知灼见,这是不能简单地用儒家思想来包括的;《文心雕龙》的卓越贡献也正在这里。

当然,刘勰的思想是复杂的,有矛盾的。既业于儒,又染于佛,在他的头脑里,儒佛两家思想都有。但二者之间既不能划等号,也不能看成永远是铁板一块,而是此起彼伏,互有消长的。当他在撰述《文心雕龙》之前写《灭惑论》时[二〇],佛家思想居于主导地位,即是说取得支配地位的矛盾的主要方面是佛学的唯心主义思想,他必然站在佛家的立场上,对"谤佛"的《三破论》予以还击,旗帜鲜明,毫不含糊。当他梦见孔子后写《文心雕龙》时,儒家思想居于主导地位,即是说取得支配地位的矛盾的主要方面是儒学的朴素唯物主义思想,他又必然站在儒家的立场上，来“述先哲之诰”，持论谨严，自成一家。此一时也，彼一时也，时间既不相同，内容亦复各异，因而刘勰在《灭惑论》和《文心雕龙》中所表现的思想判若天渊，也就不足为奇了。

这里还须指出，《文心雕龙》是我国古代文学理论批评专著，所原的“道”，所征的“圣”，所宗的“经”，皆中国所有；所阐述的文学创作理论，所评骘的作家、作品，亦为中国所有。与佛经著作或印度文学都无直接间接关系。所以全书中找不到一点佛家思想或佛学理论的痕迹，而是充满了浓厚的儒学观念。这固然可以看出刘勰著书态度的严肃，但更重要的则是由于《文心雕龙》本身的内容所决定。至于全书文理之密察，组织之谨严，似又与刘勰的“博通经论”有关。因为他那严密细致的思想方法，无疑是受了佛经著作的影响的。

《文心雕龙》是刘勰惨淡经营的巨大成果，也是我国文学批评史上岿然屹立的高峰！

二

刘勰的《文心雕龙》，是从先秦以来文学理论批评的不断发展而出现的一部杰作。全书由五十篇组成，分为上下两编，约三万七千馀字。上编论述文学的基本原则和各种文体的源流演变，下编则为创作论、批评论和统摄全书的序。结构严密，体大虑周，构成了一个比较全面的理论体系。列宁曾说:"判断历史的功绩,不是根据历史活动家没有提供现代所要求的东西,而是根据他们比他们的前辈提供了的新的东西。"〔二一〕我们按照列宁的教导来衡量刘勰,那他在《文心雕龙》中的确比他的前辈提供了不少新的东西,不愧是我国最优秀的古代文学理论遗产之一,值得我们深入学习和探讨。

在文学与现实的关系上,刘勰认为文学是客观现实的反映,在这种反映中也浸透了作家的主观感情。

《物色篇》说:"岁有其物,物有其容;情以物迁,辞以情发。"《明诗篇》也说:"人禀七情,应物斯感,感物吟志,莫非自然。"文学创作的对象是"物",丰富多采的客观事物引起了人们感情的波动,才发而为文辞。这种物——情——文的公式,是符合唯物论的反映论的。刘勰要求这种反映尽可能地真实:"写气图貌,既随物以宛转;属采附声,亦与心而徘徊。"这就是要求文学创作要宛转入微地刻画客观事物的面貌,委曲细致地表达作者的思想感情。他说:"吟咏所发,志惟深远;体物为妙,功在密附。"把表达作者情志放在第一位,而把刻画事物形貌放在第二位,因而不满于"近代以来,文贵形似"(《物色》)的倾向。但这并不是反对文学创作不应该"形似",而是反对片面追求"形似"的形式主义文风。

以上是就描写自然景物而言。当然,文学创作最重要的对象还是描写人们的社会生活。刘勰说:"文变染乎世情，兴废系乎时序”（《时序》）；“是以师旷觇风于盛衰，季札鉴微于兴废”（《乐府》）。这就是说文学的发展变化是由社会情况、时代面貌决定的，因为文学就是社会和时代的反映。所以他分析建安文学说：“观其时文，雅好慷慨，良由世积乱离，风衰俗怨，并志深而笔长，故梗概而多气也。”（《时序》）这一段论述，是从建安文学和那个动乱时代的关系着眼，所以能精辟地总结出建安文学的特征。刘勰的这些观点，继承了自《礼记·乐记》和《毛诗序》以来我国文论的优秀传统。

在文学与政治的关系上，刘勰强调文学的社会功能，要求文学为封建制度服务。

《征圣篇》发挥了儒家论文的传统主张，把文学的社会作用归纳为三点：“政化贵文”、“事迹贵文”和“修身贵文”。他把文学的社会功能提到了极高的地位，《序志篇》对“文章之用”说是“五礼资之以成，六典因之致用，君臣所以炳焕，军国所以昭明”；《程器篇》也说：“摛文必在纬军国。”这种对政事教化的强调，也贯穿在文体论各篇中，如《议对篇》要求对策能“大明治道，使事深于政术，理密于时务”；《书记篇》指出“书记所总”的二十四种“艺文末品”，为“政事先务”。正因为强调文学的社会功能，在所评论的作品中，除了一些应用文外，还有学术著作。这是由于他的广义的文学观念使然。比起萧统“事出于沉思，义归乎翰藻”（《文选序》）的选文标准，就显得瞠乎其后了。

刘勰的这些观点，表现了儒家思想封建保守的一面。不过，当时文坛上占主流的形式主义文学，完全抹煞了文学的社会功能，堕入了为艺术而艺术的泥坑。刘勰反对“近代辞人，务华弃实”（《程器》），也并非没有积极的意义。

在内容与形式的关系上，刘勰认为内容决定形式，形式表现内容，要求作品达到二者的统一。

《情采篇》说：“夫水性虚而沦漪结，木体实而花萼振：文附质也。”这是比喻一定的形式（“文”）是由一定的内容（“质”）所决定的；“虎豹无文，则鞟同犬羊；犀兕有皮，而色资丹漆：质待文也。”这是比喻一定的内容要求一定的形式来表现。在文、质并重的前提下，他并不把二者同等看待：“夫铅黛所以饰容，而盼倩生于淑姿；文采所以饰言，而辩丽本于情性。”归根到底，文章的美好（“辩丽”）不是取决于它的形式（“文采”），而是取决于它的内容（“情性”）。由此他得出结论说：“故情者文之经，辞者理之纬；经正而后纬成，理定而后辞畅，此立文之本源也。”他主张由“经正”导致“纬成”，由“理定”达到“辞畅”，要求内容和形式像经线和纬线一样有机地组织成一个整体，这种辩证的观点贯彻在《文心雕龙》全书中。

根据这个原则，刘勰对比了两种不同的创作倾向：“盖风雅之兴，志思蓄愤，而吟咏情性，以讽其上，此为情而造文也；诸子之徒，心非郁陶，苟驰夸饰，鬻声钓世，此为文而造情也。”这虽然是总结历史经验，实际是针对当时文坛而发，因为“后之作者，采滥忽真，远弃风雅，近师辞赋，故体情之制日疏，逐文之篇愈盛”。因此，他着重批判了重形式、轻内容的倾向：“是以联辞结采，将欲明理；采滥辞诡，则心理愈翳。”这表明《文心雕龙》对当时的浮艳文风是一种挑战。

在继承与创新的问题上，刘勰主张既尊重历史形成的文学规律，又根据现实的情况加以创新。

《通变篇》说：“名理有常，体必资于故实。”这是就继承而言，各种文体有一定的写作规格，需要通过借鉴前人的作品来掌握；“通变无方，数必酌于新声”，这是就创新而言，临文时的变化无穷，要依靠作者的独创性来实现。只要正确处理“通”（继承）和“变”（创新）的关系，“望今制奇，参古定法”，在规律中求变化，在继承中求创新，就能“骋无穷之路，饮不竭之源”，使创作的路子越走越宽。所以他说：“变则可久，通则不乏。”把“通”和“变”看作是保证文学发展“日新其业”的重要规律，这是一种辩证的观点。

刘勰的文学史观不是停滞的，而是发展的。他提倡“趋时必果，乘机无怯”的变革精神，称赞“古来辞人，异代接武，莫不参伍以相变，因革以为功”（《物色》）的实践。他看到了文学随着时代发展而不断变化的历史进程：“黄唐淳而质，虞夏质而辨，商周丽而雅，楚汉侈而艳，魏晋浅而绮，宋初讹而新。”可是这种“踵事增华”的演变却引起了他的忧虑：“从质及讹，弥近弥澹，何则？竞今疏古，风末气衰也。”这种忧虑中包含了两方面的意义：一方面，表现了刘勰对当时形式主义文风的不满：“今才颖之士，刻意学文，多略汉篇，师范宋集，虽古今备阅，然近附而远疏矣。”另一方面，也流露出某种复古的倾向。这都体现了儒家思想对他的影响。所以他开出矫正时弊的药方，却是“矫讹翻浅，还宗经诰”，这当然是不能真正解决问题的。

在作家与风格的关系上，他认为作品风格是作家个性的外现，要求作家通过加强学习来培养高尚的风格。

《体性篇》从纷纭繁多的文学作品中，归纳出八种基本的文章风格，即“八体”：“一曰典雅，二曰远奥，三曰精约，四曰显附，五曰繁缛，六曰壮丽，七曰新奇，八曰轻靡。”为什么会呈现这缤纷多采的种种风格呢？他认为来源于作家不同的个性：“故辞理庸俊，莫能翻其才；风趣刚柔，宁或改其气；事义浅深，未闻乖其学；体式雅郑，鲜有反其习。各师成心，其异如面。”一句话，风格即人。这是我国古代第一篇风格论，对后代风格论起过开源导流的作用。

刘勰把作家个性归结为才、气、学、习四个方面，其中既有先天的禀赋，也有后天的习染：“然才有庸俊，气有刚柔，学有浅深，习有雅郑，并情性所铄，陶染所凝。”才和气是情性所铄，属于先天的禀赋；学和习是陶染所凝，属于后天的习染。刘勰虽然也强调作家的天赋，但并不认为天赋决定一切，而是把后天的学习提到重要的地位："夫才有天资，学慎始习，斫梓染丝，功在初化，器成彩定，难可翻移。"因此从一开始就沿着正确的方向学习，对形成高尚的风格有着决定性的作用。这种强调学习的踏实学风，贯穿于《文心雕龙》全书。《事类篇》说："才自内发，学以外成。""将赡才力，务在博见。"这对初学者来说，乃是一种有益的教诲。

在创作与技巧的关系上，刘勰强调作家必须通晓写作规律，反对忽视技巧的倾向。

《总术篇》说："是以执术驭篇，似善弈之穷数；弃术任心，如博塞之邀遇。"这是借博弈为喻，说明掌握艺术技巧，便能稳操胜算；鄙弃艺术技巧，即或偶有所得，终究难竟全功。他提出了写作的极高境界："数逢其极，机入其巧，则义味腾跃而生，辞气丛杂而至。视之则锦绘，听之则丝簧，味之则甘腴，佩之则芬芳，断章之功，于斯盛矣。"这似乎已经出神入化，并非仅仅是技巧问题。不过倘若没有辞采、宫商、事义、情志等方面的修养，也是断难达到这种创作的化境的。因此，他把通晓各种写作规律作为"通才"的必要条件："才之能通，必资晓术，自非圆鉴区域，大判条例，岂能控引情源，制胜文苑哉！"最后还要求能"乘一总万，举要治繁"。可见刘勰对"研术"何等地重视！

刘勰在《文心雕龙》中，还对各种文学现象进行了大量的艺术分析，总结了许多谋篇布局、遣词造句方面的规律。例如《镕裁篇》和《附会篇》，从不同的角度论述了文章的主题思想和行文修辞的关系。前者归纳了提炼思想、精炼文句的一套办法，后者提出了集中主题、敷陈辞采的种种措施。《比兴篇》阐述了"比"、"兴"这两种传统表现方法的作用，《夸饰篇》探讨了夸张与真实的关系，特别是冠下编之首的《神思篇》，对艺术思维分析，更深入到创作过程中精深微妙的境地，说明了刘勰理论所达到的深度。像这一类精到的分析和论断在全书中不胜枚举，构成了《文心雕龙》充实而富有启发性的内容。

正因为刘勰重视艺术技巧的作用，所以他虽然反对当时的形式主义的文风，却批判地吸取了其中的许多艺术经验。例如，片面地追求声律、对仗、用典本是当时唯美主义骈体文在语言上的特色，不过这些表现手段本身却自有其合理的价值。刘勰写了《声律》、《丽辞》、《事类》等篇来探讨这些表现手法，《文心雕龙》本身也是骈体文的典范，超过了古代的好些骈文著作。难怪范文澜有"全书用骈文来表达致密繁富的论点，宛转自如，意无不达，似乎比散文还要流畅，骈文高妙至此，可谓登峰造极"〔二二〕的好评了。但一般读者阅读起来有困难，却也是事实。

关于创作与批评的关系，刘勰要求文学批评符合文学创作的实际，并提出了正确进行文学批评的方法。

《知音篇》劈头就发出“知音其难哉”的浩叹，致慨于公正的文学批评之难逢。这是有感而发的。后来《文心雕龙》成书之初，也曾遭到人们的轻视。刘勰把造成这种现象的原因归结为批评者的三种偏见，即“贵古贱今”、“崇己抑人”和“信伪迷真”。因此，他要求文学批评客观地反映作品的实际，“无私于轻重，不偏于憎爱，然后能平理若衡，照辞如镜”。他反对以主观的偏爱代替公正的批评：“慷慨者逆声而击节，酝藉者见密而高蹈，浮慧者观绮而跃心，爱奇者闻诡而惊听。会己则嗟讽，异我则沮弃，各执一隅之解，欲拟万端之变，所谓东向而望，不见西墙。”这在今天也是批评者应引以为戒的。

文学作品不是作者思想的图解，而是生活的形象反映；作者的思想倾向是隐藏在形象之中的，文学创作的这一艺术规律，也是批评不易公正的客观原因。刘勰说：“文情难鉴，谁曰易分？”他固然认识到准确领会作品内容并非易事，但也认为作品毕竟是能够认识的：“夫缀文者情动而辞发，观文者披文以入情，沿波讨源，虽幽必显。”文学批评的途径和文学创作正好相反，不是由内容（“情”）到形式（“辞”），而是由形式（“文”）到内容（“情”），这是符合唯物主义认识论的。作为“沿波讨源”的具体方法，他提出了文学批评的六个方面：“是以将阅文情，先标六观：一观位体，二观置辞，三观通变，四观奇正，五观事义，六观宫商，斯术既形，则优劣见矣。”这似乎偏重在文学的形式方面，不过刘勰提出“六观”是为了考阅“文情”，并没有脱离文学的内容。而要真正掌握“六观”的方法，还要以批评者的丰富实践经验为前提：“凡操千曲而后晓声，观千剑而后识器。”这也就是实践出真知的意思。

《文心雕龙》本身就包含了大量的文学批评实践：《指瑕篇》批评作品，《才略》、《程器》两篇批评作家，《时序篇》是“十代”的简明文学史，上编文体论各篇实际上是分体文学史，也包括了丰富的文学批评内容。这些批评虽然也有这样那样的缺陷，但是不乏精到见解，达到那个时代的先进水平。

总之，《文心雕龙》是对齐代以前文学理论批评的一次大型总结，同时也是对齐代以前文学创作实践经验的一次系统探讨，成就是巨大的。当然，一千四百多年前的刘勰不可能不受时代和阶级的局限，因而书中也必然存在一些偏颇的甚至错误的见解。但是，从总的成就看，那毕竟是次要的。对于这样一部杰作，我们应该在马列主义的指导下，进一步研究它，发掘它，为发展社会主义文艺提供更多的借鉴。

三

《文心雕龙》的巨大成就，绝不是越世高谈，突如其来的，而是有所继承和发展。《序志篇》说：“详观近代之论文者多矣：至于魏文述《典》，陈思序《书》，应玚《文论》，陆机《文赋》，仲治《流别》，弘范《翰林》；各照隅隙，鲜观衢路。或臧否当时之才，或铨品前修之文，或泛举雅俗之旨，或撮题篇章之意。魏《典》密而不周，陈《书》辩而无当，应《论》华而疏略，陆《赋》巧而碎乱，《流别》精而少功，《翰林》浅而寡要。又君山、公干之徒，吉甫、士龙之辈，泛议文意，往往间出。并未能振叶以寻根，观澜而索源。不述先哲之诰，无益后生之虑。"刘勰对前人的研究成果，尽管认为有这样那样的缺点，但他并不是全部予以否定。《序志篇》又说："及其品列成文，有同乎旧谈者，非雷同也，势自不可异也；有异乎前论者，非苟异也，理自不可同也。同之与异，不屑古今，擘肌分理，唯务折衷。"这就说明他对于古今成说，既有所继承，也有所批判。唯其如此，他才有可能在前人的基础上，把我国古代文学理论批评推向了一个新的阶段。

事实正是这样。从先秦的孔子、孟轲、荀卿，汉代的刘安、扬雄、桓谭、王充、班固、王逸，到魏晋的曹丕、曹植、陆机、挚虞、李充、葛洪各家的论著，以及《周易》的《系辞》、《礼记》的《乐记》和《毛诗》的《序》，刘勰莫不"纵意渔猎"（《事类》）。凡是认为正确的，或引申，或疏证，或作为理论依据，或借以证成己说，旁搜远绍，取精用弘，使古代的文学理论批评又迈进了一大步。比如艺术思维问题，陆机的《文赋》虽已接触到了，但毕竟过于疏阔；到了刘勰手里，则特列《神思》一篇冠于创作论之首，把极为复杂而抽象的思维活动，有声有色地描绘得非常生动形象，比陆机的论述更深入，更具体，就是最好的说明。

“弥纶群言”（《序志》）的《文心雕龙》，涉及了当时文学的各个方面，既系统，又完整，为我国古代文学理论奠定了基础。从它问世以后，一直为人们所重视。这方面的有关资料很多，我曾广为网罗，分别辑成十部分附录以便查阅。编者按：为节约篇幅，本书未收此十部分附录，有需要的读者请参阅《文心雕龙校注（全本）》（中华书局 2021 年 5 月出版）。这里无妨把附录前的每段短序钞在下面，来看刘勰的《文心雕龙》在历史上的地位和影响究竟怎样。

著录第一　《文心》著录，始于《隋志》；自尔相沿，莫之或遗。虽卷帙无殊，而部次则异。盖由疏而密，渐归允当，斯乃簿录之通矩，不独舍人一书为然也。

品评第二　品评《文心》者，无代无之。见仁见智，言人人殊。间尝为之搜集，共得百有三家。其载诸专书者，如杨慎、锺惺、曹学佺、陈仁锡、叶绍泰、黄叔琳、纪昀诸家评是。不与焉。历代之褒贬抑扬，观此亦思过半矣。

采摭第三　舍人《文心》，翰苑要籍。采摭之者，莫不各取所需：多则连篇累牍，少亦寻章摘句。其奉为文论宗海，艺圃琳琅，历代诗文评中，未能或之先也。涉猎所及，自唐至明，共得五十六书。引文长者，只录首尾辞句，以明起讫；原书有误者，以杀篇幅故，不再举正。清世较近，书亦易得，则从略焉。如《渊鉴类函》、《康熙字典》、《骈字类编》、《子史精华》、《图书集成》等。

因习第四　《文心》一书，传诵于士林者殆遍。研味既久，融会自深。故前人论述，往往与之相同，未必皆有掠美之嫌。或率尔操觚，偶忽来历；或展转钞刻，致漏出处，亦非原为乾没。然探囊揭箧，取诸人以为善者，则异于是。此又当分别观也。

引证第五　前修之于《文心》，多所运用：引申其说者，有焉；证成己论者，有焉；征故考史，辑佚刊误者，亦有焉。范围之广，已遍及四部。其影响巨大，即此可见。今就弋钓所得，依次移录如左。世之研治舍人书者，或亦有取乎斯。

考订第六　《文心》"弥纶群言"，通晓匪易；传世既久，脱误亦多。昔贤书中，间有零星考订。其征事数典，正讹析疑，往往为明清注家所未具。特为辑录，以便参稽。孰得孰失，必有能辨之者。

序跋第七　《文心》卷末，原有《序志》一篇，于全书纲旨，言之差备。今之所录，则后人手笔，与舍人意趣，固不相同；然时移世异，铨衡自殊，其足卲者，正以此也。爰移录于次，以见一斑。至论述版本及校勘者，亦并录焉。

版本第八　《文心》颇有异本，曾寓目者，无虑数十种、百许部；然多由黄氏辑注本出，未足尚也。馀皆一一详为勘对，亦优劣互呈，分别写有校记，并识其行款。兹特简述如后，于研讨舍人书者，或不无小补云。

别著第九　舍人文集，《隋志》即未著录，亡佚固已久矣。今辑得二篇，皆完整无阙。原集虽不复存，亦可窥全豹于一斑也。

校记第十　《文心》传世最早之本，当推敦煌唐写本残卷。撰校记者不止一家，翻检匪易。海外已有合校专著问世，拟转载其有关部分，俾读者便于参稽。

从上面所钞的第二、三、四、五、六附录短序中，已不难看出《文心雕龙》在历史上地位之高，影响之大。其范围远远超出文学理论批评之外，遍及经史子集四部，绝非《诗品》、《二十四诗品》、《六一诗话》、《后山诗话》、《四六话》、《韵语阳秋》、《四六谈麈》、《文则》、《沧浪诗话》、《修辞鉴衡》、《姜斋诗话》、《渔洋诗话》、《谈龙录》、《随园诗话》等诗文评论著所能望其项背。再就那五部分附录所辑的资料看：如梁代的沈约、萧绎，隋唐五代的刘善经、陆德明、颜师古、孔颖达、李善、卢照邻、刘知几、日本空海、白居易、陆龟蒙、徐锴，宋代的孙光宪、李昉、邢昺、晏殊、黄庭坚、黄伯思、吕本中、吴曾、洪兴祖、施元之、程大昌、洪迈、高似孙、祝穆、王应麟，元代的胡三省、潘昂霄、陶宗仪，明代的吴讷、徐祯卿、杨慎、唐顺之、郎瑛、陈耀文、冯惟讷、谢榛、王世贞、屠隆、胡应麟、徐师曾、陈禹谟、梅鼎祚、陈继儒、锺惺、张溥、胡震亨、方以智，清代的黄生、冯班、周亮工、马骕、顾炎武、王夫之、仇兆鳌、叶燮、阎若璩、汪师韩、朱彝尊、王士祯、臧琳、何焯、惠栋、沈德潜、杭世骏、戴震、余萧客、钱大昕、卢文弨、袁枚、王鸣盛、毕沅、孙志祖、纪昀、赵翼、梁玉绳、李调元、焦循、郝懿行、张云璈、黄丕烈、江藩、周中孚、沈钦韩、俞正燮、顾广圻、刘宝楠、马国翰、严可均、汪继培、阮元、梁章钜、曾国藩、刘熙载、李慈铭、姚振宗、谭献、孙诒让、王闿运、王先谦，近代的刘师培、林纾、姚永朴、孙德谦、李详、章炳麟、黄侃、高阆仙、张孟劬、余季豫等一百馀人，都是各个历史阶段的著名专家、学者，无论是品评、采摭、因习，或者是引证、考订，都足以说明他们对《文心雕龙》之重视；同时也说明了《文心雕龙》在历史上是有它的崇高地位和巨大影响的。

然而，却有人说“刘氏一部惨淡经营的伟著，不闻于世，一直埋没了一千多年；直至清末，才渐渐有人去注意它，才为章太炎先生所推赏”〔二三〕。说得如此肯定，也许未暇深考吧。

鲁迅先生曾在《诗论题记》一文中写道：“篇章既富，评骘自生，东则有刘彦和之《文心》，西则有亚里士多德之《诗学》，解析神质，包举洪纤，开源发流，为世楷式。”〔二四〕这样高度的评价，刘勰是当之无愧的。

征事数典，是魏晋以降文人日益讲求的伎俩，刘勰自然也未能免俗。在他的笔下，四部群籍，任其驱遣，倒也

"用人若己"(《事类》),宛转自如,却给读者带来了不少困难。尽管已有王惟俭、梅庆生、黄叔琳、李详、范文澜诸家的注释,但仍有疑滞费解之处,需要继续钻研和抉发。

由于《文心雕龙》流传的时间久,在展转钞刻的过程中,孳生了各式各样的缪误:或脱简,或漏字,或以音讹,或以文变,不一而足。前人和时贤在这方面做了大量工作,对我们今天的研究有极大的帮助。但落叶尚未扫净,还得再事点勘。因为一字一句的差错,并非无关宏旨。

三十馀年前由中华书局上海编辑所印行的《文心雕龙校注》,是以养素堂本为底本,于《文心雕龙》原文后次以黄叔琳辑注、李详补注,复殿以拙著校注拾遗和附录。旧稿原是一九三九年夏在燕京大学研究院毕业时的论文,因腹笥太俭,急就成章,疏漏纰缪,所在多有,久已不惬于心。十年动乱后期,居多暇日,遂将长期积累的资料分别从事订补。志趣所寄,虽酷暑祁寒,亦未尝中辍。朱墨杂施,致书眉行间无复空隙。乃另写清本,继续修改抽换,定稿后将"校注拾遗"与"附录"合为一编,名曰《文心雕龙校注拾遗》,于一九八零年夏交上海古籍出版社出版。生也有涯,岁月易逝,未敢怠荒,随即著手理董《抱朴子外篇校笺》定稿。且缮写,且翻检,无日不涉猎四部有关典籍。凡可补正《文心雕龙校注拾遗》的资料,皆一一录存。去年暑假,《抱朴子外篇校笺》下册竟业,念有生之年有限,又贾馀勇重新校理刘舍人书,前著之漏者补之,误者正之;

《文心》原文及黄、李两家注，亦兼收并蓄，以便参阅，名曰《增订文心雕龙校注》。不自藏拙，一再强为掇补，错误仍所难免，切盼专家、学者批评指正。

一九九七年元月，明照于四川大学寓楼

学不已斋，时年八十有八。

〔一〕见《宋书》卷九三《关康之传》，《南齐书》卷五四《臧荣绪传》，《梁书》卷五一《诸葛璩传》。

〔二〕见《宋书》卷九三《周续之传》，《梁书》卷五一《刘訏传》又《刘歊传》。

〔三〕见《宋书·周续之传》、《梁书·刘歊传》。

〔四〕〔九〕《高僧传》卷八《释僧远传》："山居逸迹之宾，傲世凌云之士，莫不策踵山门，展敬禅室；庐山何点、汝南周颙、齐郡明僧绍、濮阳吴苞、吴国张融，皆投身接足，谘其戒范。"

〔五〕见《梁书》卷五一《何胤传》又《阮孝绪传》及《刘訏传》。

〔六〕见《宋书》卷九三《宗炳传》。

〔七〕见《南齐书》卷五四《明僧绍传》。

〔八〕见《梁书》卷五十《任孝恭传》。

〔一〇〕宋齐诸代所称之定林寺，皆上定林寺。清孙文川《南朝佛寺志》卷上"上定林寺"条有说。

〔一一〕〔一三〕〔一五〕并见《高僧传》卷三《昙摩密多传》。

〔一二〕见于《高僧传》者，如僧远、僧柔、法通、智称、道嵩、超辩、慧弥、法愿、僧祐等是。

〔一四〕〔一七〕见《高僧传》卷十一《释僧祐传》。

〔一六〕见《会稽掇英总集》卷十六《梁建安王造剡山石城寺石像碑》。

〔一八〕见《北山录》卷十《外信篇》。

〔一九〕见刘毓崧《通义堂文集》卷十四《书文心雕龙后》。

〔二〇〕余曾写《刘勰〈灭惑论〉撰年考》一文，推定《灭惑论》成于《文心雕龙》之前。载一九七九年《古代文学理论研究丛刊》第一辑。

〔二一〕见《列宁全集》第二卷《评经济浪漫主义》。

〔二二〕见《中国通史简编》修订本第二编第五章。

〔二三〕吴熙《对于刘勰文学的研究》，见梁溪图书馆标点《文心雕龙》卷首。

〔二四〕见《鲁迅研究年刊》创刊号。

梁书刘勰传笺注

刘舍人身世，梁书、南史皆语焉不详。文集既佚，考索愈难。虽多方涉猎，而弋钓者仍不足成篇。原拟作一年谱或补传。爰就梁书本传视南史稍详。酌为笺注，冀有知人论世之助云尔。

刘勰，字彦和。

按本文所有“勰”字，原皆作“劦”（包括题目）。二字本同。尔雅释诂下：“勰，和也。”说文劦部：“劦，同思之和也。”释训：“美士为彦。”古人立字，展名取同义。说详论衡诘术篇。舍人名勰字彦和，犹刘协之字伯和，见后汉书卷九献帝纪及李贤注引帝王纪（当是帝王世纪）。尔雅释诂下释文：“（勰）本又作协。”是协与勰通。颜勰此依北齐书卷四五文苑颜之推传。梁书卷五十文学下本传则作协，颜氏家庙碑同（南史卷七二文学传作恊）。之字子和然也。唐颜师古匡谬正俗卷五。忽有“刘轨思文心雕龙”之语，殊为可疑。考轨思乃北齐渤海人，史只称其说诗甚精,天统后主纬年号。中任国子博士。见北齐书卷四四及北史卷八一儒林传。它无著述。隋书卷七五儒林刘焯传:"少与河间刘炫同受诗于同郡刘轨思。"(北史卷八二儒林下焯传同)亦未言轨思有何著述也。与舍人之时地既不相同,北齐天统时,舍人迁化已三十馀年。学行亦复各异。非颜监误记,清叶廷琯吹网录卷五主此说。即后世传写之讹。刘勰之为刘轨思,与刘勰之为刘思协(见宋释德珪北山录注解随函卷上法籍兴篇),盖皆由偏旁致误。又按宋宗室长沙景王道怜之孙有名勰字彦龢见宋书卷五一宗室长沙景王道怜传(卷十五礼志二及卷八一顾觊之传均止举其名)。玉篇龠部:"龢,今作和。"广韵八戈:"龢,或曰古和字。"者,舍人姓名字均与之同。至名字相同者,则前有晋之周勰彦和,见晋书卷五八本传。并世有北魏之拓跋勰彦和。见魏书卷二一下本传。古今撰同名录、同姓名录及同姓字录者皆未著,故覃及之。

东莞莒人。

按莒,故春秋莒子国。前汉属城阳,后汉属琅邪。见续汉郡国志三(后汉书卷三一)及宋书卷三五州郡志一。晋太康元年,置东莞郡,十年,割莒属焉。永嘉丧乱,其地沦陷。渡江以后,明帝始侨立南东莞郡于南徐州,镇京口。见晋书卷十五地理志下。宋齐诸代因之。见南齐书卷十四州郡志上。盖以其"衿带江山,表里华甸,经涂四达,利尽淮海,城邑高明,土风淳壹,苞总形胜,实唯名都"宋文帝元嘉二十六年徙民实京口诏中语,见宋书卷五文帝纪。故也。尔时北方士庶之避难过江者,亦往往于此寓居。晋书卷九一。儒林徐邈传:"徐邈，东莞姑幕人也。祖澄之，为州治中。属永嘉之乱，遂与乡人臧琨等率子弟并闾里士庶千馀家南渡江，家于京口。”晋书卷八二徐广传：“东莞姑幕人，侍中邈之弟也。”宋书卷五五徐广传：“广上表曰：‘……臣又生长京口。’”（南史卷三三广传同）是徐氏自澄之后，即世居京口。梁慧皎高僧传卷十一。释智称传：“姓裴，河东闻喜人。魏冀州刺史徽之后也。祖世避难，寓居京口。”南齐书卷五一裴叔业传：“河东闻喜人，晋冀州刺史徽后也。徽子游击将军黎，遇中朝乱，子孙没凉州，仕于张氏。……叔业父祖晚渡。”未审叔业父祖渡江后，亦寓居京口否？并其明证。舍人一族之世居京口，见后引宋书刘穆之及刘秀之传。当系避寇侨居，与徐澄之、臧琨等之“南渡江家于京口”，裴氏之“避难寓居京口”同。它如孟怀玉本平昌安丘人，关康之本河东杨人，诸葛璩本琅邪阳都人，皆世居京口（见宋书卷四七怀玉本传〔南史卷十七本传同〕又卷九三隐逸康之本传〔南史卷七五隐逸上本传同〕、梁书卷五一处士璩本传〔南史卷七六隐逸下本传同〕）。盖皆因永嘉之乱避地侨居。夫侨立州县，本已不存桑梓；而史氏狃于习俗，仍取旧号。非舍人及其父、祖犹生于莒，长于莒也。莒即今山东莒县，京口则为今江苏镇江。一北一南，固远哉遥遥也。明乎此，于当时南北文学之异，始能得其肯綮所在。盖南北长期对峙，双方地域不同，对文学创作诚然有所影响；但尤要者，则为各自不同之经济。从属于政治之文学，必受社会经济之制约。文心雕龙、诗品风格之与水经注、洛阳伽蓝记、刘子诸书不相侔者，职是故也。梁书卷四九文学上锺嵘传:"颍川长社人,晋侍中雅七世孙也。"晋书卷七十锺雅传:"颍川长社人也。……避乱东渡,元帝以为丞相记室参军。"是颍川长社乃嵘之原籍,七世祖时已侨居江左(高僧传卷十三释法愿传:"本姓锺,……先颍川长社人,祖世避难,移居吴兴长城。"如嵘与法愿同宗,则侨居之地,或即为吴兴长城)。故诗品风格与文心同。隋刘善经四声论见文镜秘府论天卷。以为吴人,系就其侨居之地言;宋黄庭坚与王观复书山谷尺牍卷一。称为南阳指海本修辞鉴衡卷二引作南朝,非是(景印元刊本修辞鉴衡作南阳,馀师录卷二引黄书同)。人,则误属邑里;按南阳有二,在山东者,宋曰益都,属青州(莒属密州)。见宋史卷八五地理志一。明人纂诸子汇函卷二四选文心原道等五篇,题为云门子。按汇函旧题归有光辑,当是假托。四库全书总目提要卷一三一子部杂家类存目八、周中孚郑堂读书记卷五八诸子汇函下均辨之。者,谓舍人尝于青州府明代以莒县为莒州,属青州府。见明史卷四一地理志二。南云门山读书,自号云门子,见汇函云门子解题。乃傅会杜撰。汇函所选,凡九十三种,除书原名子者外,馀几全称为某某子(仅白虎通、风俗通二书未改称)。如桓谭新论之为荆山子,王充论衡之为宛委子等,皆以其乡井之名山傅会。清世之修山东方志者,亦复展转沿袭,系舍人虚名于本土,乾隆山东通志卷二八、光宣山东通志卷一六三、嘉庆莒州志卷十三、嘉庆重修一统志卷一七八人物门中,均列有舍人,盖相沿承袭旧志。广书耆旧,无非夸示乡贤耳。明钞本类说卷九题舍人为东平人,当是传写之误。又按南朝之际,莒人多才,而刘氏尤众,其本支与舍人同者,都二十馀人;见后表。虽臧氏之盛,臧焘(宋书卷五五、南史卷十八有传)、臧质(宋书卷七四有传)、臧荣绪(南齐书卷五四高逸、南史卷七六隐逸下有传)、臧盾、臧厥(梁书卷四二有传)、臧严(梁书卷五十文学下有传)、臧熹、臧凝、臧棱、臧未甄、臧逢世(见南史臧焘传、梁书臧严传及颜氏家训风操篇),诸史皆书为东莞莒人。其实早已过江,且历仕南朝矣。亦莫之与京。是舍人家世渊源有自,于其德业,不无启厉之助。且名儒之隐居京口讲学者,先后有关康之、见宋书及南史本传。臧荣绪、见南齐书及南史本传。诸葛璩见梁书及南史本传。诸家,流风遗韵,或有所受之矣。它若高僧之出自东莞者,亦时有之:如竺僧度、见高僧传卷四。竺法汰、同上卷五。释宝亮、同上卷八。释道登、见唐释道宣续高僧传卷六。释宝琼同上卷七。皆其选。舍人之归心内教,未始非受其薰习也。

祖灵真,宋司空秀之弟也。

按灵真事迹不可考。史不叙其官,盖未登仕。梁平原刘讦之父亦名灵真,齐武昌太守。见梁书卷五一处士刘讦传(南史卷四九讦传同)。宋书卷八一。刘秀之传:"刘秀之字道宝,东莞莒人。刘穆之从兄子也。世居京口。……(大明)八年卒。……上孝武帝。甚痛惜之。诏曰:'秀之识局明远,才应通畅,……兴言悼往,益增痛恨。可赠侍中、司空,持节、都督、刺史、校尉如故。'"南史卷十五秀之传较略。又卷四二。刘穆之传:"刘穆之字道和,小字道民,东莞莒人。汉齐悼惠王肥后也。世居京口。"南史卷十五穆之传较略。是东莞莒为穆之原籍,史传言之甚明。异苑卷四又卷七亦并谓穆之为东莞人。宋傅亮撰司徒刘穆之碑见艺文类聚卷四七引。称为彭城人,则由"世重高门,人轻寒族,竞以姓望所出,邑里相矜”史通邑里篇语。使然。此刘子玄所以有“碑颂所勒，茅土定名，虚引他邦，冒为己邑：……姓卯金者，咸曰彭城”同上。之讥也。宋书卷三九。百官志上：“司空，一人，掌水土事；郊祀，掌扫除，陈乐器；大丧，掌将校复土。”

父尚，越骑校尉。

按尚之事迹亦不可考。越骑校尉，本汉武帝置，后代因之。掌越人来降，因以为骑也。一说：取其材力超越。见宋书卷四十。百官志下。舍人邑里家世既已笺注如上，复本宋书刘穆之、刘秀之、海陵王休茂卷七七。三传，南齐书刘祥、卷三六。徐孝嗣卷四四。两传，文选卷四十。任昉奏弹刘整文及刘岱墓志载一九七七年文物第六期。列表如左（表见下页）。

勰早孤，笃志好学。

按六朝最重门第，立身扬名，干禄从政，皆非学无以致之。故史传所载少好学，如谢灵运（见宋书卷六七、南史卷十九本传）、范晔（见宋书卷六九、南史卷三三本传）是。少笃学，如关康之（见宋书、南史本传）、刘瓛（见南齐书卷三九、南史卷五十本传）是。孤贫好学，如江淹（见梁书卷十四本传）、孔子袪（见梁书卷四八、南史卷七一本传）是。孤贫笃志好学如沈约（见梁书卷十三、南史卷五七本传）、袁峻（见梁书卷四九、南史卷七二本传）是。者，比比皆是。舍人其一也。又按舍人笃志所学者，盖儒家之著作居多。后来撰文心以“述先哲之诰”，文心序志篇语。其原道、征圣、宗经之浓厚儒家思想，谅即孕育于斯时。

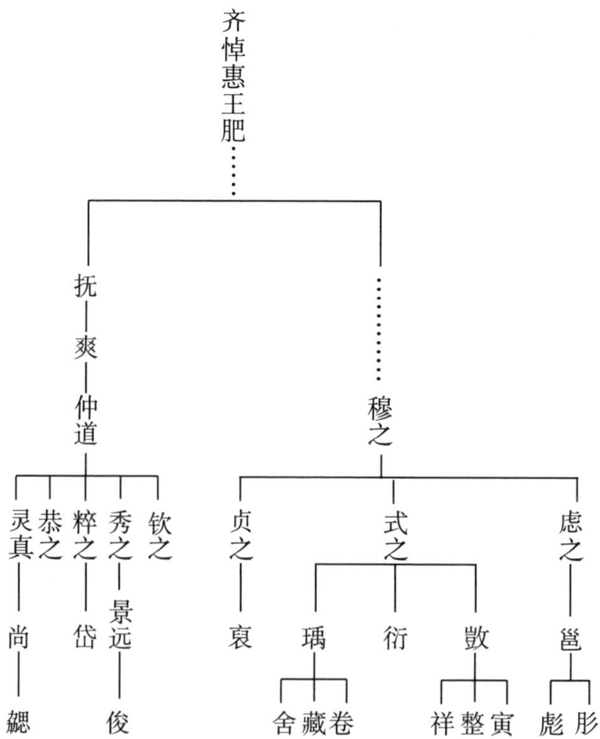

【附注】 虑之,宋书卷七三、南史卷三四颜延之传并作宪之。盖是。

肜,殿本等作彤。以其弟名彪例之,彤字是。　南齐书卷五四高逸、南史卷七五隐逸上宗测传载赠送测长子者有刘寅,未审即任昉弹文中之刘寅否?

家贫不婚娶。

按舍人早孤而能笃志好学,其衣食未至空乏,已可概见。而史犹称为贫者,盖以其家道中落,又早丧父,生生所资,大不如昔耳,非即家徒壁立,无以为生也。如谓因家贫，致不能婚娶，则更悖矣。无征不信，试举史实明之。宋书卷九三隐逸周续之传："入庐山事沙门释慧远……以为身不可遣，馀累宜绝，遂终身不娶妻。"南史卷七五隐逸续之传无"遂终身不娶妻"句。南齐书卷五四高逸褚伯玉传："高祖含，始平太守；父逷，征虏参军。伯玉少有隐操，寡嗜欲。年十八，父为婚。妇入前门，伯玉从后门出。遂往剡，居瀑布山。……在山三十馀年，隔绝人物。"南史卷七五隐逸上伯玉传同。梁书卷五一处士刘讦传："父灵真，武昌太守。……长兄絜，为之聘妻，克日成婚，讦闻而逃匿。事息，乃还。……讦善玄言，尤精释典。曾与族兄刘歊听讲于钟山诸寺，因共卜筑宋熙寺东涧，有终焉之志。"南史卷四九讦传同。又刘歊传："祖乘民，宋冀州刺史；父闻慰，齐正员郎。世为二千石，皆有清名。……（歊）及长，博学有文才，不娶，不仕。与族弟讦并隐居求志，遨游林泽，以山水书籍相娱而已。……精心学佛。"南史卷四九歊传同。彼四人者，皆非寒素。其不婚娶，固非为贫也。而谓舍人之不婚娶，纯由家贫，可乎？或又以居母丧为说，亦复非是。因三年之丧后，仍未婚娶也。然则舍人之不婚娶者，必别有故，一言以蔽之，曰信佛。此亦可从彼四人之好尚而探出消息：周续之之"入庐山事沙门释慧远"，褚伯玉之"有隐操，寡嗜欲"，刘讦之"尤精释典"，刘歊之"精心学佛"，皆与彼等之不婚娶有关。所不同者，伯玉溺于道；如晋书卷九四隐逸传中郭文、杨轲、公孙永、石坦、陶淡五人之不娶，皆溺于道者。高僧传卷十一释僧从传：“禀性虚静，隐居始丰瀑布山。学兼内外，精修五门。……与隐士褚伯玉为林下之交，每论道说义，辄留连信宿。”是伯玉亦与闻法味者也。续之、讦、歊笃于佛而已。舍人本博通经论，长于佛理者；后且变服出家。信佛之笃，比之讦、歊，有过之而无不及。益见舍人之不婚娶，原非由于家贫。至谓当时门阀制度，甚为森严。托姻结好，必须匹敌。舍人既是贫家，高门谁肯降衡？其鳏居终身，乃囿于簿阀，非能之而不欲，寔欲之而不能也。此说虽辨，然亦未安。缘舍人入梁，即登仕涂，境地既已改观，行年亦未四十。高即不成，低亦可就。如欲婚娶，犹未为晚。“孤贫负郭而居”之颜延之，“行年三十犹未婚”；见宋书南史延之传。“兄弟三人共处蓬室一间”之刘瓛，见南史瓛传。“年四十馀未有婚对”，见南齐书、南史瓛传。后皆各有其耦，便是例证。何点长而拒婚，老而又娶，见梁书卷五一、南史卷三十点传。尤为最好说明。高僧传卷十一释僧祐传：“年十四，家人密为访婚，祐知而避至定林，投法达法师。达亦戒德精严，为法门梁栋。祐师奉竭诚，及年满具戒，执操坚明。”舍人依居僧祐，既多历年所，于僧祐避婚为僧之事，岂能无所闻知，未受影响？若再证以上引褚伯玉、刘讦之避婚，则舍人因信佛而终身不娶，更为有征已。

依沙门僧祐，与之居处积十馀年，遂博通经论，因区别部类，录而序之。今定林寺经藏，勰所定也。

按高僧传释僧祐传："释僧祐，本姓俞氏。……永明齐武帝年号。中，敕入吴，试简五众，并宣讲十诵，更申受戒之法。凡获信施，悉以治定林、建初及修缮诸寺，并建无遮大集舍身斋等。及造立经藏，抽校卷轴。……初，祐集经藏既成，使人抄撰要事，为三藏记、法苑记、世界记、释迦谱及弘明集等，皆行于世。"据此，舍人依居僧祐，博通经论，别序部类，疑在齐永明中僧祐入吴试简五众，宣讲十诵，造立经藏，抽校卷轴之时。以上略本范文澜文心序志篇注说。僧祐使人抄撰诸书，由今存者文笔验之，恐多为舍人捉刀。明曹学佺文心雕龙序："窃恐祐高僧传，按高僧传乃慧皎撰，非僧祐也。曹氏盖误信隋志耳（隋书卷三三经籍志二杂传类著录之高僧传，题为僧祐撰本误。清姚振宗隋志考证卷二十史部十已辨其非）。乃勰手笔耳。"曹序全文见后附录七。徐𤊹文心雕龙跋："曹能始学佺字。云：'沙门僧祐作高僧传，乃勰手笔。'今观其法集总目录序及释迦谱序、世界序按序上合有"记"字。等篇，全类勰作。则能始之论，不诬矣。"徐跋全文见后附录七。清严可均全梁文卷七一。释僧祐小传自注："按梁书刘勰传：'……今定林寺经藏，勰所定也。'如传此言，僧祐诸记序，或杂有勰作，无从分别。"皆持之有故，言之成理，可谓先得我心。又按当时庙宇，饶有赀财，富于藏书。舍人依居僧祐后，必"纵意渔猎"，文心事类篇语。为后来"弥纶群言"文心序志篇语。之巨著"积学储宝"。文心神思篇语。于继续攻读经史群籍外，研阅释典，谅亦焚膏继晷，不遗馀力。故能博通经论，簿录寺中经藏也。经论，谓三藏中之经藏与论藏也。经为如来之金口说法，法华经、涅槃经等是；论为菩萨之祖述，唯识论、俱舍论等是。定林寺，即上定林寺，亦称定林上寺。因下定林寺齐梁时已久废，故往往省去"上"字，而止称为定林寺。故址在今南京市紫金山。原名钟山。自宋迄梁，寺庙广开，高僧如僧远、僧柔、法通、智称、道嵩、超辩、慧弥、法愿辈，皆居此寺。见高僧传各本传。处士、名流如何点、周颙、明僧绍、吴苞、张融、袁昂、何胤等，王侯如萧子良、萧宏、萧伟之徒，亦皆策踵山门，展敬禅室；或谘戒范，或听内典，见高僧传卷八释僧远传又卷十一释僧祐传及南史卷三十何胤传又卷五十明僧绍传。曾极一时之盛。舍人寄居此寺长达十馀年之久，而又博通经论，竟未变服者，盖缘浓厚儒家思想支配之也。

天监初，起家奉朝请。

按梁书卷二武帝纪中："（天监元年夏四月）改齐中兴二年为天监元年。"晋书职官志："奉朝请，本不为官，无员。汉东京罢三公、外戚、宗室、诸侯，多奉朝请。奉朝请者，奉朝会请召而已。"宋书百官志下："奉朝请，无员，亦不为官。汉东京罢省三公、外戚、宗室、诸侯，多奉朝请。奉朝请者，奉朝会请召而已。"通鉴卷一三五齐纪一胡注："奉朝请者，奉朝会请召而已，非有职任也。"南齐书卷十六百官志："侍中……领官有奉朝请……永明中，奉朝请至六百馀人。”据下临川王宏引兼记室推之，舍人起家奉朝请，当为天监三年前两年中事。又按舍人终齐之世，未获一官。天监初，始起家奉朝请。其仕涂梗阻，绝非偶然。梁书卷一。武帝纪上：“（中兴二年二月）高祖上表曰：‘且闻中间立格，甲族以二十登仕，后门以过立试吏。’”南史卷六梁本纪上同。隋书卷二六百官志上：“陈依梁制，年未满三十者，不得入仕。”据文心雕龙序志篇“齿在逾立”语，是文心成书时，舍人行年已三十开外，约在齐永泰至中兴四年间。负书求誉沈约，谅亦不出此时。并详后。未几入梁，即起家奉朝请。隐侯盖与有力焉。清乾隆编修山东通志卷二八人物志一谓沈约见文心，大重之，言诸朝。仕至东宫通事舍人。盖想当然之辞。舍人之先世，本邹鲁华胄，过江后则非著姓。北齐书卷四五。文苑颜之推传：“（观我生赋自注）中原冠带，随晋渡江者百家，故江东有百谱。”新唐书卷一九九。儒学中柳冲传：“（柳）芳之言曰：‘过江则为侨姓，王、谢、袁、萧为大。’”是侨姓四大族中，原无刘氏。宋书刘穆之传：“尝白高祖武帝。曰：‘穆之家本贫贱，赡生多阙。’”南史同。南史穆之传：“少时家贫。”宋书无。是东晋一代，刘氏固非势族。穆之传史未叙先世，秀之祖爽、父仲道皆只为县令。其非势族可知。自穆之发迹后，始世有显宦。如刘秀之、刘式之、刘瑀、刘祥是。舍人之祖灵真既未登仕，父尚所官亦不过越骑校尉。远非“贵仕素资，皆由门庆，平流进取，坐致公卿”梁萧子显语，见南齐书卷二三褚渊、王俭传论。者可比。而己又早孤，已无馀荫，可资凭藉。其能厕身仕涂，殊为不易。如沈约、沈崇傃、刘霁、司马筠、刘昭、何逊、刘沼、任孝恭诸人之入仕，亦皆自奉朝请始。见梁书各本传。可知"英俊沈下僚"，固不独舍人一人为然也。

中军临川王宏引兼记室。

按梁书卷二二临川王宏传："临川静惠王宏，字宣达，太祖第六子也。……天监元年，封临川郡王。……寻为使持节散骑常侍，都督扬南徐州诸军事，后将军，扬州刺史。……三年，加侍中，进号中军将军。四年，高祖诏北伐，以宏为都督南北兖、北徐、青、冀、豫、司、霍八州，北讨诸军事。"南史卷五一宏传较略。又武帝纪中："（天监）三年，春正月戊申，后将军扬州刺史临川王宏进号中军将军。"舍人被引兼记室，当始于天监三年正月以后，萧宏进号可案也。高僧传释僧祐传："梁临川王宏……并崇其戒范，尽师资之敬。"意萧宏往来定林寺顶礼僧祐时，即与舍人相识，且知擅长辞章，故于其起家奉朝请之初引兼记室。慧琳弘明集卷八音义云："刘勰，人姓名也。晋桓玄记室参军。"（见一切经音义卷九六）所系朝代与人俱误。干宝司徒议："记室，主书议。凡有表章杂记之书，掌创其草。"（北堂书钞卷六九引。严辑全晋文卷一二七所辑干宝文漏此条。）宋书卷八四孔觊传："（觊）转署（衡阳王义季）记室，奉笺固辞曰：'记室之局，实惟华要。自非文行秀敏，莫或居之。……夫以记室之要，宜须通才敏思，加性情勤密者。觊学不综贯，性又疏惰，何可以属知秘记，秉笔文闱？……若实有萤爝，增晖光景，固其腾声之日，飞藻之辰也。'”又略见通典卷三一。梁书卷四九文学上锺嵘传：“衡阳王元简出守会稽，引为宁朔记室，专掌文翰。”南史卷七二文学嵘传同。又吴均传：“建安王伟为扬州，引兼记室，掌文翰。”是王府记室之职，甚为华要，专掌文翰。先后在萧宏府中任斯职者，除舍人外，尚有王僧孺、见梁书卷三三本传（南史卷五九僧孺传同）。殷芸、见梁书卷四一本传。刘昭、见梁书卷四九文学上本传（南史卷七二文学昭传同）。丘迟、见梁书卷四九文学上本传（南史卷七二文学迟传同）。刘沼见梁书卷五十文学下本传。诸家，皆一时之选也。记室，详下句注。又按梁释宝唱经律异相序：“圣谓梁武帝。旨以为像正浸末，信乐弥衰；文句浩漫，鲜能该洽。以天监七年，敕释僧旻等备钞众典，显证深文，控会神宗，辞略意晓，于钻求者已有太半之益。”唐释道宣续高僧传卷一释宝唱传：“天监七年，帝以法海浩汗，浅识难寻，敕庄严寺名。僧旻，于定林上寺缵众经要抄八十八卷。”又卷五释僧旻传：“……仍选才学道俗释僧智、僧晃、临川王记室东莞刘勰等三十人，同集上林寺按“林”上疑脱“定”字。钞一切经论，以类相从，凡八十按“十”下当再有“八”字。卷，皆令取衷于旻。”是天监七年备钞众经之役，舍人曾参与其事矣。隋费长房历代三宝记：“众经要抄一部并目录，八十八卷。……天监七年十一月，帝以法海浩博，浅识窥寻，卒难该究。因敕庄严寺沙门释僧旻等于定林上寺，缉撰此部，到八年夏四月方了。见宝唱录。”卷十一（按宝唱撰经目录见隋书卷三五经籍志四）。是天监七年十一月之前，舍人仍任职萧宏府中，故道宣称其衔也。

迁车骑仓曹参军。

按舍人迁任此职，当在天监八年四月撰经功毕之后。宋书百官志上：“江左以来，诸公置长史、仓曹……各一人。……今诸曹则有录事、记室、户曹、仓曹……凡十八曹参军。……江左初，晋元帝镇东，丞相府有录事、记室……仓曹……骑士车曹参军。”南齐书百官志：“凡公督府置……谘议参军二人。诸曹有录事、记室、户曹、仓曹……城局法曹……十八曹。局曹以上署正参军，法曹以下署行参军，各一人。”隋书百官志上：“梁武受命之初，官班多同宋齐之旧。……诸公及位从公开府者，置官属有……记室……列曹参军……舍人等官。”

出为太末令，政有清绩。

按出令太末之年，以下文除仁威南康王记室推之，当在天监十年萧绩尚未进号仁威将军前。其先一年许，盖司仓曹参军时也。政有清绩，当须时日。假定为二三年，则天监十一年左右，仍在太末任内。太末，汉旧县。属会稽郡。见汉书卷二八地理志上。齐时属东阳郡。见南齐书州郡志上。今浙江衢县即其地。县，小者置长，大者置令。见宋书百官志下。则是阙非左迁矣。又按文心雕龙议对篇云:“难矣哉,士之为才也!或练治而寡文,或工文而疏治。”程器篇亦云:“达则奉时以骋绩。”舍人出宰百里,正其“奉时骋绩”之日;小试牛刀,即政有清绩,固非“工文疏治”者也。

除仁威南康王记室。

按梁书卷二九南康王绩传:“南康简王绩,字世谨。高祖第四子。天监八按“八”字误,当依梁书武帝纪中、南史梁本纪上及绩传作“七”。年,封南康郡王。……十年,迁使持节都督南徐州诸军事,南徐州刺史,进号仁威将军。……十六年,征为宣毅将军,领石头戍军事。”南史卷五三绩传较略。上文假定舍人作太末令至天监十一年左右,则除为萧绩记室之年,必与之相继;迄迁步兵校尉时,约为六七年。任期固甚久也。

兼东宫通事舍人。

按晋书职官志:“案晋初初置舍人、通事各一人,江左合舍人通事,谓之通事舍人。掌呈奏案章。”宋书百官志下:“晋初,置舍人一人,通事一人;江左初,合舍人通事,谓之通事舍人。掌呈奏案章。”隋书百官志上:“通事舍人,旧入直阁内。梁用人殊重,简以才能,不限资地,多以他官兼领。”东宫通事舍人职责,诸史虽未详,顾名思义,盖与通事舍人无甚差忒,惟所属有异耳。通鉴卷一三八齐纪四胡注:“东宫官属:文则……洗马、舍人。”梁书文学上庾于陵传："旧事，东宫官属，通为清选。……近世用人，皆取甲族有才望者。""者"字从南史卷五十于陵传增补。是舍人之兼东宫通事舍人，甚为梁武所重视。梁书文学上庾肩吾传："历王府中郎、云麾参军并兼记室参军。中大通三年，王晋安王萧纲。为皇太子，（肩吾）兼东宫通事舍人。"南史卷五十肩吾传同。又文学下何思澄传："久之，迁秣陵令，入兼东宫通事舍人。"南史卷七二思澄传同。足见东宫通事舍人多以他官兼领，且不止一人。陈书卷三二孝行殷不害传："年十七，仕梁，廷尉平。按"廷"上当从南史有"为"字。不害长于政事。……大同五年，迁镇西府记室参军；寻以本官兼东宫通事舍人。是时朝廷政事，多委东宫。不害与舍人庾肩吾直日奏事，梁武帝尝谓肩吾曰：'卿是文学之士，吏事非卿所长，何不使殷不害来邪！'"南史卷七四孝义下不害传同（太平御览卷二四六引三国典略文略同）。舍人亦文学之士，昭明爱接，谅由此时始。

时七庙飨荐，已用蔬果。

按隋书卷七礼仪志二："晋江左以后，乃至宋齐相承，始受命之主，皆立六庙，虚太祖之位。……（中兴二年）四月，（梁武）即皇帝位。……遂于东城时祭讫，迁神主于太庙。始自皇祖太中府君，皇祖淮阴府君，皇高祖济阴府君，皇曾祖中从事史府君，皇祖特进府君并皇考，以为三昭三穆，凡六庙。追尊皇考为文皇帝，皇妣为德按梁书武帝纪中、南史梁本纪上、通鉴梁纪一并作"献"。皇后，庙号太祖。

皇祖特进以上，皆不追尊。拟祖迁于上，而太祖之庙不毁，与六亲庙为七。”梁书武帝纪中、南史梁本纪上均略。梁书武帝纪中：“（天监十六年）夏四月甲子，初去宗庙牲。……冬十月，去宗庙荐脩，始用蔬果。”隋书礼仪志二：“（天监）十六年四月，诏曰：‘……宗庙祭祀，犹有牲牢，无益至诚，有累冥道。……可量代。’……十月，诏曰：‘今虽无复牲腥，犹有脯脩之类，……可更详定，悉荐时蔬。’左丞司马筠等参议：‘大饼代大脯，馀悉用蔬菜。’帝从之。”（佛祖统纪：“天监十六年……敕太医不得以生类为药。……宗庙荐羞，始用蔬果。”）是七庙飨荐之改用蔬果，自天监十六年冬十月始也。

而二郊农社，犹有牺牲。

按隋书卷六礼仪志一：“梁南郊为圆坛，在国之南。……常与北郊间岁正月上辛行事，用一特牛，祀天皇上帝之神于其上；以皇考太祖文帝配。……北郊，为方坛于北郊。……与南郊间岁正月上辛，以一特牛，祀后地之神于其上；以德后配。”又礼仪志二：“凡人非土不生，非谷不食；土谷不可偏祭，故立社稷以主祀。古先圣王，法施于人民。则祀之，故以句龙主社，周弃主稷而配焉。岁凡再祭，盖春求而秋报。……梁社稷在太庙西。其初盖晋元帝建武元年所创：有太社、帝社、太稷，凡三坛。……每以仲春仲秋，并令郡国、县祠社稷先农。……旧太社廪牺吏牵牲，司农省牲，太祝吏赞牲。

天监四年，明山宾议：‘……谓宜以太常省牲，廪牺令牵牲，太祝令赞牲。’帝唯以太祝赞牲为疑。……馀依明议。”是二郊农社，原用牺牲也。七庙飨荐改用蔬果，既始于天监十六年十月，则二郊农社之“犹有牺牲”，其指次年正月、八月之祀乎？此可据史传推知者也。

勰乃表言二郊宜与七庙同改。

按传文于七庙飨荐曰“已用蔬果”，于二郊农社曰“犹有牺牲”，以“犹有”与“已用”对文，则舍人陈表，为时当在天监十七年八月之后，此又可就史传推知者。惜舍人文集亡佚，它书亦未见征引，表所具陈者，已无从考索矣。又按广弘明集卷二六。叙梁武断杀绝宗庙牺牲事：“梁高祖武皇帝临天下十二按当作“六”。年，下诏去宗庙牺牲，修行佛戒，蔬食断欲。上定林寺沙门僧祐、龙华邑正柏超度等上启云：‘京畿既是福地，而鲜食之族，犹布筌网；……请丹阳、琅琊二郡水陆，并不得搜捕。’”舍人表言二郊宜与七庙同改，与僧祐等之上启如出一辙。此固风会所锺，然其信佛之笃，亦可见矣。

诏付尚书议，依勰所陈。

按南史梁本纪上：“（天监十六年）三月丙子，敕太医不得以生类为药，……于是祈告天地宗庙，以去杀之理，欲被之含识，郊庙牲牷，皆代以面；其山川诸祀则否。广弘明集叙梁武断杀绝宗庙牺牲事文略同。时以宗庙去牲，则为不复血食。公卿异议，朝野喧嚣。竟不从。”足见当时儒释相争之烈。故舍人表言二郊宜与七庙同改，即诏付尚书议。此又与僧祐等上启而"敕付尚书详之"同上。之事例同。上之所好，下必有甚，宜其依舍人所陈也。至于尚书之议，虽不复存，然江贶、王述、谢几卿、周舍诸家参议僧祐等上启之文尚在；同上。触类以推，亦可得其仿佛。

迁步兵校尉，兼舍人如故。

按步兵校尉因陈表而迁，其年当在天监十七年八月以后。梁武之世，拜步兵校尉者，多士林名流，如贺玚、贺季、崔灵恩、卢广、孔子袪等是。并见梁书卷四八儒林传。故曾任王府记室兼东宫通事舍人之刘杳，于大同元年迁步兵校尉时，昭明太子即以阮嗣宗相拟，而谓之曰："酒非卿所好，而为酒厨之职，政为不愧古人耳！"见梁书卷五十文学下杳传（南史卷四九杳传同）。是舍人之迁步兵校尉，固当时殊遇也。宋书颜延之传："寻转太子中庶子；顷之，领步兵校尉。"（南史延之传同）梁书沈约传："齐初为征虏记室，带襄阳令。所奉之主，齐文惠太子也。太子入居东宫，为步兵校尉，管书记。"（南史约传同）又任昉传："拜太子步兵校尉，管东宫书记。"（南史昉传同）并其旁证。尤可异者，刘杳为王府记室时，兼东宫通事舍人；迁步兵校尉后，亦兼舍人如故。何其相似乃尔耶！宋书卷三武帝纪下："（永初二年）五月己酉，置东宫屯骑、步兵、翊军三校尉官。"南史卷一宋本纪上同。通鉴卷一三八齐纪四胡注："东宫官属：……武则左、右卫率，翊军、步兵、屯骑三校尉。"又按传自此后未再叙官职，盖舍人入直东宫，至昭明未卒之前犹然。非深被爱接，何克臻此？

昭明太子好文学，深爱接之。

按梁书卷八昭明太子传："昭明太子统，字德施。高祖长子也。……引纳才学之士，赏爱无倦。恒自讨论篇籍，或与学士商榷古今；閒则继以文章著述，率以为常。于时东宫有书几三万卷，名才并集。文学之盛，晋宋以来，未之有也。"南史卷五三统传同。又卷三三刘孝绰传："时昭明太子好士爱文，孝绰与陈郡殷芸、吴郡陆倕、琅邪王筠、彭城到洽等，同见宾礼。"南史卷三九孝绰传同。又同上。王筠传："昭明太子爱文学士，常与筠及刘孝绰、陆倕、到洽、殷芸等，游宴玄圃。"南史卷二二筠传同。又卷四一王规传："敕与陈郡殷钧、琅邪王锡、范阳张缅同侍东宫，俱为昭明太子所礼。"南史卷二二规传同。舍人深得文理者，与昭明相处既久，奇文共赏，疑义与析，必甚得君臣鱼水之遇，其深被爱接也固宜。又梁书昭明太子传："太子亦崇信三宝，遍览众经，乃于宫内别立慧义殿，专为法集之所。招引名僧，谈论不绝。"（南史统传同）舍人本博通经论，长于佛理，与昭明之爱接，或亦有关。又按昭明生于齐中兴元年九月，见梁书本传（南史同）。时文心书且垂成，而后来选楼所选者，往往与文心之"选文定篇"文心序志篇语。合；是文选一书，或亦受有舍人之影响也。近人骆鸿凯文选学纂集第一。考之不审，乃谓"雕龙论文之言，又若为文选印证"。其然，岂其然乎？清李羲钧缙山书院文话谓舍人为昭明所爱接，崇尚文艺，故有雕龙之作。亦非。

初，勰撰文心雕龙五十篇，论古今文体，引而次之。

太平御览卷六百一引此文，"初"字无，有"自齐入梁"四字。按御览所引非是。文心成书，实在齐之末世。由时序篇"暨皇齐驭宝，运集休明，太祖以圣武膺箓，高郝懿行云："按'高'疑'世'字之讹。"祖以睿文纂业，文帝以贰离含章，中郝懿行云："按'中'疑'高'字之讹。"宗以上哲兴运；并文明自天，缉遐梅庆生云："疑作'熙'。"景祚"云云观之，可得三证：此篇所述，自唐虞以至刘宋，皆但举其代名，而特于齐上加一"皇"字。沈约于齐建元四年撰齐竟陵王题佛光文（见广弘明集卷十六），亦用有"皇齐"二字。证一。魏晋之主，称谥号而不称庙号，至齐之四主，惟文帝以身后追尊，止称为帝，馀并称祖称宗。证二。历朝君臣之文，有褒有贬，独于齐则竭力颂美，绝无规过之词。证三。以上用清刘毓崧通义堂文集卷十四书文心雕龙后说。原文见后附录六。至"今圣历方兴，文思光被，海岳降神，才英秀发，驭飞龙于天衢，驾骐骥于万里，经典礼章，跨周轹汉，唐虞之文，其鼎盛乎"十句，溢美已极，则为专颂时君和帝者。故冠"今"字于其首，以显示成书年限。郝懿行云："按刘氏此书，盖成于萧齐之季，东昏之年。故其论文，盛夸当代，而不与铨评。著述之体，自其宜也。"所言虽不如刘毓崧之文翔实确切，然亦不中不远矣。馀如明诗、通变、指瑕、才略四篇，所评皆至宋代而止；于齐世作者，则未涉及,亦其旁证。惟自隋志以下著录唐写本缺首篇。皆署曰梁,盖以其所终之世题之。此本古籍题署之常,无足怪者。是书原道以下二十五篇论文之体,神思以下二十四篇言文之术,序志统摄全书。传文乃浑言之耳。又按文心雕龙程器篇云:"摛文必在纬军国,……穷则独善以垂文。"序志篇论"文章之用"则云:"五礼资之以成,六典因之致用,君臣所以炳焕,军国所以昭明。"篇末赞语又以"文果载心,余心有寄"作结。是舍人未仕前之撰文心,自负亦不浅矣!

其序曰:"夫文心者,言为文之用心也。……茫茫往代,既洗予闻;眇眇来世,傥尘彼观。"

按此文心序志篇文,实即全书总序。篇中于撰述宗旨,言之甚明。一则曰:"敷赞圣旨,莫若注经,而马郑诸儒,弘之已精,就有深解,未足立家。唯文章之用,实经典枝条,……详其本源,莫非经典。而去圣久远,文体解散,……离本弥甚,将遂讹滥。……于是搦笔和墨,乃始论文。"再则曰:"详观近代之论文者多矣:至于魏文述典,陈思序书,……各照隅隙,鲜观衢路,……又君山公幹之徒,吉甫士龙之辈,泛议文意,往往間出,并未能振叶以寻根,观澜而索源。不述先哲之诰,无益后生之虑。盖文心之作也:本乎道,师乎圣,体乎经,酌乎纬,变乎骚,文之枢纽,亦云极矣。"是文心之作,乃述儒家先哲之诰,为我国古代文论专著。所谓道也,经也,纬也,骚也，皆中夏所有，与梵夹所论述者无关。且其搦笔和墨，寻根索源之日，儒家思想适居主导地位。余曾撰有从文心雕龙原道、序志两篇看刘勰的思想一文，推论刘勰撰写文心雕龙时之主导思想为儒家思想。载一九六二年文学遗产增刊第十一辑。论文征圣，窥圣宗经，亦与驳斥三破论及为京师寺塔、名僧碑志制文之意趣不同。故文心五十篇之内，不曾杂有佛理仅论说篇用"般若"一词。也。

既成，未为时流所称。

按南史卷五齐本纪下明帝纪："（永泰元年）秋七月己酉，帝崩于正福殿。……群臣上谥曰明皇帝，庙号高宗。"南齐书卷六明帝纪无群臣上谥句。据时序篇"高宗原作中宗。考南齐诸帝无庙号中宗者。以舍人本文次第推之，当为高宗无疑。以上哲兴运"之语，则文心成书必在永泰元年七月以后。南齐书卷七。东昏侯纪："建武明帝年号。元年，立为皇太子。永泰元年七月己酉，高宗崩，太子即位。……永元元年春正月戊寅，大赦。改元。……（永元三年）十二月丙寅，新除雍州刺史王珍国、侍中张稷率兵入殿，废帝。"南史齐本纪下东昏侯纪同。南史齐本纪下和帝纪："中兴元年春三月乙巳，皇帝即位。大赦。改永元三年为中兴。……（中兴二年三月）丙辰，逊位于梁。"南齐书卷八和帝纪略同。据时序篇"皇齐驭宝"文，则文心成书又必在中兴二年三月以前。以上推演刘毓崧说。前后相距，将及四载。全书体思精密，虽非短期所能载笔，然其杀青可写，当在此四年中；最后定稿，谅不出于和帝之世。时舍人仍托足桑门，身名未显，其不为时流所称也必矣。地势使然，正令人不能不有感于涧松之篇。又按舍人自齐入梁，至大同四年或五年乃卒，详后。其间凡三十七八年。吏事之馀，于颇为自负之文心，偶加修订，精益求精，容或有之。如谓其书“作于齐代，告成梁朝”，此李详语，见媿生丛录卷二。则未敢苟同也。刘汝霖东晋南北朝学术编年系“刘勰撰文心雕龙”于天监元年；日本铃木虎雄沈约年谱于天监十年下云：“此书（按指文心）必成于梁初。”亦复非是。

勰自重其文，欲取定于沈约；约时贵盛，无由自达。乃负其书候约出，干之于车前，状若货鬻者。

按梁书卷十三沈约传：“沈约，字休文。吴兴武康人也。……笃志好学，昼夜不倦。……遂博通群籍，能属文。……（永元二年）改授冠军将军、司徒左长史、征虏将军、南清河太守。高祖梁武帝。在西邸，按在鸡笼山。见南齐书卷四十竟陵王子良传。与约游旧；按子良开西邸招士，约与武帝等并曾往游。见南齐书子良传、梁书武帝纪上（南史同）及约传。建康城平，按在和帝中兴元年十二月。引为骠骑司马，按在中兴二年正月。通鉴卷一四五梁纪一胡注：“为（萧）衍骠骑大将军府司马。”将军如故。……梁台建，为散骑常侍、吏部尚书兼右仆射。按在中兴二年二月。……博物洽闻，当世取则。”南史卷五七约传同。据此，约仕齐世，和帝时最为贵盛；官骠骑司马，迁梁台吏部尚书兼右仆射。名虽府僚，实则权侔宰辅。舍人之无由自达，当在此时。以上本刘毓崧说。又按梁书王筠传：“尚书令沈约当世辞宗，每见筠文，咨嗟吟味，以为不逮也。约于郊居宅造阁斋，请此字原脱，据南史筠传补。筠为草木十咏，书之于壁。”南史筠传无尚书令沈约当世辞宗以下四句。又卷四九文学上何逊传：“沈约亦爱其文，尝谓逊曰：‘吾每读卿诗，一日三复，犹不能已。’其为名流所称如此。”南史卷三三逊传同。吴均传：“沈约尝见均文，颇相称赏。”南史卷七二均传同。又卷五十。文学下王籍传：“尝于沈约坐，赋咏得烛，甚为约赏。”何思澄传：“为游庐山诗，沈约见之，大相称赏，自以为弗逮。约郊居宅新构阁斋，因命工书人题此诗于壁。”南史思澄传同。刘杳传：“约郊居宅，时新构阁斋，二字据南史杳传补。杳为赞二首；并以所撰文章呈约。约即命工书人题其赞于壁。”是约在当时，固好奖掖文学后进者。舍人生丁“世胄蹑高位”之代，而又不甘沉沦，赋成三都，实赖玄晏一序。故不惜负书于隐侯车前，作货鬻之状。世说新语文学篇：“锺会撰四本论始毕，甚欲使嵇公按即嵇康。一见。置怀中既定，畏其难，怀不敢出。于户外遥掷，便回急走。”舍人行径，颇相类似。与刘杳为赞、呈文，亦无二致。“音实难知，知实难逢；逢其知音，千载其一乎！”舍人于知音篇曾慨乎言之。其负书以求“当世辞宗”品题，谅非得已。齐萧遥光有言：“文义之事，此是士大夫以为伎艺，欲求官耳。”见南史卷四一齐宗室始安王遥光传。陈姚察亦谓：

"二汉求贤,率先经术;近世取人,多由文史。"见梁书卷十四江淹任昉传论。然则舍人之干隐侯,殆亦有"奉时骋绩"之图乎?

约便命取读,大重之,谓为深得文理,常陈诸几案。

按梁书沈约传:"(约)撰四声谱,以为在昔词人,累千载而不寤,而独得胸襟,穷其妙旨,自谓入神之作。"南史约传同。其撰宋书卷六七谢灵运传论,亦畅谈音韵。舍人书中,适有声律一篇。休文之大重,固不必仅在乎此;然以此引为知音,则意中事也。至"谓为深得文理",与称赏王筠、何逊、吴均、王籍、何思澄之诗文无异;"常陈诸几案",则又与书王筠、何思澄、刘杳之诗、赞于壁相同。梁书杳传:"(沈约)仍报杳书曰:'……故知丽辞之益,其事弘多,辄当置之阁上,坐卧嗟览。'"与陈文心于几案,更为近似。"良书盈箧,妙鉴乃订。"文心知音篇赞语。休文之于舍人,岂非相得益章?清纪昀沈氏四声考卷下。乃谓:"休文四声之说,同时诋之者锺嵘,宗之者刘勰。嵘以名誉相轧,故肆讥弹;勰以宗旨相同,故蒙赏识。文章门户,自昔已然;千古是非,于何取定?"空谈门户,浑言是非,殊有未安。所撰四库全书总目提要集部总序卷一四八又谓:"诗文评之作,著于齐梁。观同一八病四声也,锺嵘以求誉不遂,乃致讥排;刘勰以知遇独深,继为推阐。词场恩怨,亘古如斯!"其说亦与事实不符。寻文心之定名也,数彰大衍,舍人已自言之。见序志篇。是其负书干约之前,原有声律一篇序志篇有“阅声字”语。在内。非感恩知遇，始为推阐也。且声律之说，齐永明时已有争论；永明末，沈约、谢朓、王融以气类相推毂，高唱声韵，陆厥即不谓然，曾与约书致诘，约亦以书答之，各持所见，辞多偏激。见南齐书卷五二文学陆厥传（南史卷四八厥传同）。锺嵘亦持异议。见诗品序。北魏甄琛且斥以“不依古典，妄自穿凿”。约亦答书申辨。见文镜秘府论天卷隋刘善经四声论引。而文心为“弥纶群言”之文论专著，特辟一篇论之，乃势理之所必然。况舍人所论，颇能自出机杼，并非与休文雷同一响。近人黄侃竟以“随时”见文心雕龙（声律篇）札记。相讥，亦复非是。又按宋叶廷珪海录碎事卷十八云：“刘勰撰文心雕龙论古今文体，未为时所重；沈约大赏之，陈于几案。于是竞相传焉。”盖本传文而意加末句，未必别有所据也。叶氏引书多注明出处，而此条独否，不知何故。

然勰为文长于佛理，京师寺塔及名僧碑志，必请勰制文。

按文心全书，虽不关佛理，然其文理密察，组织谨严，似又与之有关。所制寺塔碑志，今存者仅梁建安王南平王萧伟曾封建安王。造剡山石城寺像碑一篇，唐释道世法苑珠林卷二一。敬教篇曾简叙其缘起：“梁建安王患，降梦，能开剡县石像，病可得愈。……梁太子舍人刘勰制碑于像前。”全文载宋孔延之会稽掇英总集。卷十六（艺文类聚卷七六曾节引数小段。明陈翼飞文俪卷十五、梅鼎祚释文纪卷二七、清严可均全梁文卷六十，皆仅就类聚移录，是不知有全篇也。）馀如释僧祐出三藏记集卷十二法集杂记铭目录所列钟山定林上寺碑铭，一卷。建初寺初创碑铭，一卷。僧柔法师碑铭，一卷（又见高僧传）。及高僧传所言释僧柔、卷八。释僧祐、卷十一。释超辩卷十二。三碑，皆只见其目，文已亡佚。若目亦不得见者，更不知凡几。至弘明集卷八。之灭惑论，则辩护之文，北山录卷十外信篇谓舍人"会道控儒，承经作训"，盖指此类文言之。非碑志类也。又按梁武之世，迷信三宝，尔时为名僧"刻石铭德"，见于正续高僧传者，尚有周兴嗣、见高僧传卷八释宝亮传。陆倕、见高僧传卷十释宝志传（景德传灯录卷二七宝志禅师条同）及续高僧传卷十六释慧胜传。高爽、见高僧传释宝亮传。萧机、续高僧传卷五释智藏传："以普通三年九月十日卒于寺（开善寺）房。……新安太守萧机制文。"按梁书卷二二太祖五王萧机传，未言机为新安太守（南史卷五二梁宗室下机传同）。又卷四一萧几传："末年专尚释教。为新安太守，郡多山水，特其所好，适性游履，遂为之记。"（南史卷四一齐宗室萧几传同）是机字误，当作几。谢几卿、见续高僧传卷六释慧超传。何胤、见续高僧传卷五释僧旻传。殷钧、见续高僧传释智藏传。阮孝绪、见续高僧传释僧旻传。袁昂、见高僧传卷八释智顺传。萧子云、见高僧传卷八释法通传。谢举、同上。王筠、见高僧传释宝志传（梁书卷三三、南史卷二二王筠传、南史卷七六隐逸释宝志传、景德传灯录并同）及续高僧传卷五释法云传。萧纲、见续高僧传释僧旻传。萧绎见续高僧传释僧旻传、释法云传、释智藏传又卷十六释僧副传。十四家，其文虽未采录，二十篇之目固历历可数。艺文类聚及传法正宗记所引王僧孺、栖玄寺云法师碑铭，见类聚卷七六。陆倕、志法师墓志铭，见类聚卷七七。王筠、国师草堂寺智者约法师碑，见类聚卷七六。萧衍、菩提达磨大师碑，见传法正宗记卷五。萧纲、同泰寺故功德正智寂师墓志铭、宋姬寺慧念法师墓志铭、甘露鼓寺敬脱法师墓志铭、湘宫寺智蒨法师墓志铭、净居寺法昂墓志铭，并见类聚卷七七。萧纶、扬州僧正智寂法师墓志铭，见类聚卷七七。萧绎庄严寺僧旻法师碑、光宅寺大僧正法师碑，见类聚卷七六。七家之作，虽少全璧，十二篇之要指固可概见。除复重之三篇王筠一篇、萧绎二篇复重。外，通计得二十有九篇。至寺刹佛塔碑志，明梅鼎祚释文纪、卷二十至二十九。清严可均全梁文所辑，亦不下三十篇。如益以颂诔铭赞，篇数更多。即以碑文而论，竟有一僧而立二碑如宝亮、宝志、法通、法云是。三碑如智藏是。至四碑如僧旻是。者。佞佛谀墓，不已甚乎！高僧传所记为僧撰制碑文之十二人中，梁代即有七人（沈约之释法献碑撰于齐世，未计入）。释文纪全书共四十五卷，梁代即有十卷，比其它各代之卷帙都多。

有敕，与慧震沙门于定林寺撰经。

按齐永明中，僧祐于定林寺造立经藏，搜校卷轴，舍人曾为之经纪；天监七八年间，僧旻于上定林寺钞撰众经，舍人亦参与其事，已如前说。此复往撰经者，盖上两次编撰之后，续有增益，尚待理董，而舍人又博通经论，长于簿录，故佞佛之梁武，再敕舍人与慧震共修纂之。惟传文阔略，慧震事迹亦不可考，致何年受敕撰经，遽难指实。又按梁书卷二七。殷钧传：“乃更授散骑常侍，领步兵校尉，侍东宫；寻改领中庶子。昭明太子薨，官属罢。

又领右游击，除国子祭酒，常侍如故。”南史卷六十钧传无昭明太子薨下三句。又刘杳传：“（昭明）太子薨，新宫建，旧人例无停者。”南史杳传同。又卷四。简文帝纪：“（中大通）三年四月乙巳，昭明太子薨。五月丙申，诏曰：‘……（晋安王纲）可立为皇太子。’”新宫建后，庾肩吾兼东宫通事舍人。见梁书、南史肩吾传。舍人为昭明旧人，既不得留，又未新除其它官职，中大通三年四月后，或即受敕于上定林寺与慧震共事撰经乎？

证功毕，遂启求出家，先燔鬓发以自誓。敕许之。乃于寺变服，改名慧地。未期而卒。

按撰经仅有二人，当非短期所能竣事。其始年虽难遽定，出家之年尚可探索。宋释祖琇隆兴佛教编年通论卷八。梁：“大同元年，慧约法师垂诫门人，言讫合掌而逝。……（大同）三年四月，昭明太子薨。按萧统卒于中大通三年。祖琇系年有误。……名士刘勰者，雅为原误作无。太子所重。撰文心雕龙五十篇。……累官通事舍人。表求出家，先燔须自誓。帝嘉之，赐法名惠与慧通。御览卷六五七引梁书即作惠。地。”又释志磐佛祖统纪卷三七。梁：“（大同）三年，昭明太子统薨。按此系年误，与祖琇同……（大同）四年，通事舍人刘勰，雅为太子所重。……是年，表求出家，赐名慧地。”又释本觉释氏通鉴卷五。梁：“辛亥三。即中大通三年。四月，昭明太子统卒。……丙辰二。即大同二年。刘勰……表求出家，……帝嘉之，赐法名惠地。"元释念常佛祖历代通载卷九。梁:"辛亥。即中大通三年。是年四月,昭明太子薨。……刘勰者,名士也。……表求出家,……帝嘉之,赐法名惠地。"又释觉岸释氏稽古略卷二梁:"辛亥。中大通三年四月,太子统卒。……丙辰。大同二年,梁通事舍人刘勰表求出家,帝嘉之,赐僧洪名慧地。"五书均以舍人出家于昭明既卒之后,揆诸情理,可信无疑。范文澜注谓舍人出家,当在普通元二年间。非是(其时昭明未卒)。至所系之年虽有差异,然亦不难考订。盖证功毕即启求出家,变服未几即卒,皆十二个月内事,传文言之甚明。如能推得舍人卒年,则五书之得失,昭然若揭矣。寻梁书文学传中名次,舍人列于谢几卿之后王籍之前,先后盖以卒年为叙。然十四人中亦有先后失叙者:如刘峻与刘沼,王籍与刘杳、谢征是。此史家合传通例也。几卿传云:"普通六年,诏遣领军将军西昌侯萧深按当作渊。此避唐高祖讳改也。藻督众军北伐,几卿启求行,擢为军师长史,加威戎将军。军至涡阳退败,几卿坐免官。居宅在白杨石井,朝中交好者,载酒从之,宾客满坐。时左丞庾仲容亦免归,二人意志相得,并肆情诞纵,或乘露车,历游郊野;既醉,则执铎挽歌,不屑物议。湘东王在荆镇,与书慰勉之。……几卿虽不持检操,然于家门笃睦。……几卿未及序用,病卒。"南史卷十九几卿传所叙微异。几卿免官后与庾仲容之行径,仲容传亦见文学下。亦有记载:"迁安西武陵王谘议参军,除尚书左丞,坐推纠不直免。……唯与王籍、谢几卿情好相得。二人时亦不调，遂相追随，诞纵酣饮，不复持检操。”南史卷三五仲容传同。武陵王纪以大同三年闰九月改授安西将军、益州刺史，见梁书武帝纪下。仲容盖未随府；除尚书左丞不久，即坐事免归。其时疑在大同四年。几卿与之肆情诞纵，当亦不出是年之外。因不屑物议，故湘东王绎在荆镇萧绎自普通七年十月至大同五年七月，皆在荆镇。见梁书武帝纪下。与书慰勉。几卿答书，满腹悲愤，如“言念如昨，忽焉素秋，恩光不遗，善谑远降。……徒以老使形疏，疾令心阻，沈滞床簟，弥历七旬，梦幻俄顷，忧伤在念。……怀私茂德，窃用涕零”云云，绝望哀鸣，溢于言表。传末谓其未及序用病卒，盖即卒于大同四年之冬者。籍传云：“历馀姚钱塘令，并以放免。……迁中散大夫，尤不得志。遂徒行市道，不择交游。湘东王为荆州，引为安西府谘议参军，带作塘令。南史卷二一籍传下有“相小邑，寡事，弥不乐”三句。不理县事，日饮酒。人有讼者，鞭而遣之。少时卒。”湘东王绎在荆镇于大同元年十二月进号安西将军，至五年七月始入为护军将军、安右将军、领石头戍军事。见梁书武帝纪下。籍被引为安西府谘议参军，带作塘令，当在萧绎尚为安西将军期内。谢征传亦见文学下。谓征于“大同二年卒官，……友人琅邪王籍集其文为二十卷”。则籍之卒必在大同二年谢征卒之后，五年七月萧绎未离荆州之前。舍人名次既厕于谢几卿、王籍之间，其卒年固不应先于谢几卿或晚于王籍。再以佛祖统纪所系舍人出家之年大同四年。相印证，亦极吻合。祖琇、本觉、念常、觉岸四家系年，与梁书文学传中所列舍人名次先后不符。传文既言舍人变服未期而卒，是其出家与卒均在十二个月以内。如此段时间前后跨越两年，则舍人之卒，非大同四年即次年也。又按序志篇“齿在逾立”云云，述其撰文心缘起。假定舍人于永泰元年“搦笔和墨”亦序志篇语。时为三十二三岁，由此往上推算，当生于宋明帝泰始二三年间。其卒也，上文已推定为大同四年或五年。一生历宋、齐、梁三世，计得七十二三岁。南朝文学家中，年逾古稀如舍人者，实为罕见。又按舍人不于依居僧祐之年或受敕撰经之日变服；证功毕始启求出家，遁入空门。此固与信佛深化有关，然亦未始非无可奈何之归宿也。

文集行于世。

按舍人文集，隋志即未著录。岂隋世已亡之耶？抑唐武德中被宋遵贵漂没底柱之馀，而其目录亦为所渐濡残缺耶？见隋书卷三二经籍志一。南史删去此句，则是集唐初实已不存，思廉殆仍旧史文耳。清嘉庆重修一统志卷一七八山东沂州府二人物门，于刘勰小传末，仍赘“有文集行于世”一句，不去葛龚，亦其疏矣。又按今存刘子五十五篇，本北齐刘昼撰，与文心各成家言；而前人多错认颜标，属之舍人，非也。余前撰有刘子理惑一文，曾详为论列，载一九三七年燕京大学文学年报第三期。唐释慧琳一切经音义卷九十音高僧传八。释僧柔传谓：

"刘勰梁朝时才名之士也,著书四卷,名曰刘子。"亦非也。明廖用贤又误以北魏拓跋勰所撰之要略魏书卷二一下献文六王彭城王传:"勰敦尚文史,物务之暇,披览不辍,撰自古帝王贤达至于魏世子孙,三十卷,名曰要略。"为舍人著述。尚友录卷十二刘勰条:"(勰)又撰自古帝王至于魏世,通三十卷,名为魏略。"张冠李戴,无乃太谬乎?特于末简,略为举正。

文心雕龙校注卷一

原道第一

文之为德也大矣，与天地并生者何哉〔一〕？夫玄黄色杂①，方圆体分②，日月叠璧③，以垂丽天之象；山川焕绮，以铺理地之形：此盖道之文也。仰观吐曜，俯察含章，高卑定位，故两仪既生矣。惟人参之，性灵所钟，是谓三才〔二〕；为五行之秀，实天地之心〔三〕。一本实上有人字，心下有生字。心生而言立，言立而文明，自然之道也。傍及万品〔四〕，动植皆文：龙凤以藻绘呈瑞〔五〕，虎豹以炳蔚凝姿④；云霞雕色〔六〕，有逾画工之妙；草木贲华〔七〕，无待锦匠之奇。夫岂外饰？盖自然耳。至于林籁结响，调如竽瑟❶〔八〕；泉石激韵，和若球锽：故形立则章成矣，声发则文生矣。夫以无识之物，郁然有彩，有心之器，其无文欤！

人文之元，肇自太极，幽赞神明，易象惟先〔九〕。庖牺画其始⑤,仲尼翼其终⑥,而乾坤两位,独制文言。言之文也,天地之心哉❷!若乃河图孕乎八卦⑦,洛书韫乎九畴⑧❸〔一〇〕,玉版金镂之实⑨,丹文绿牒之华⑩〔一一〕,谁其尸之〔一二〕?亦神理而已。自鸟迹代绳⑪,文字始炳,炎皞遗事,纪在三坟⑫❹,而年世渺邈〔一三〕,声采靡追。唐虞文章,则焕乎始冯本作为。盛〔一四〕。元首载歌⑬,既发吟咏之志;益稷陈谟⑭〔一五〕,元作谋,杨改。亦垂敷奏之风。夏后氏兴,业峻鸿绩〔一六〕,九序惟歌⑮〔一七〕,勋德弥缛⑯〔一八〕。逮及商周,文胜其质〔一九〕,雅颂所被,英华日新。文王患忧⑰〔二〇〕,繇辞炳曜⑱〔二一〕,符采复隐❺〔二二〕,精义坚深。重以公旦多材〔二三〕,振元作缛,朱改。其徽烈❻〔二四〕,剬诗缉颂⑲❼〔二五〕,斧藻群言⑳。至夫子继圣,独秀前哲〔二六〕,镕钧六经㉑,必金声而玉振;雕琢情性❽〔二七〕,组织辞令,木铎起而千里应㉒〔二八〕,席珍流而万世响㉓,写天地之辉光,晓生民之耳目矣。

爰自风姓㉔,暨于孔氏,玄一作元。圣创典㉕,素王述训㉖〔二九〕,莫不原道心以敷章〔三〇〕,以敷,一作裁文,从御览改。研神理而设教〔三一〕,取象乎河洛〔三二〕,问数乎蓍龟,观天文以极变,察人文以成化;然后能经纬区宇〔三三〕,弥纶彝宪〔三四〕,发辉疑作挥。事业〔三五〕,彪炳辞义。故知道沿圣以垂文,圣因文而明道,旁通而无滞〔三六〕,一作涯,从御览改。日用而不匮〔三七〕。易曰:鼓天下之动者者字从御览增。存乎辞。辞之所以能鼓天下者,乃道之文也。

赞曰：道心惟微，神理设教。光采元圣[三八]，炳燿仁孝。龙图献体，龟书呈貌。天文斯观，民胥以傚[三九]。

【黄叔琳注】

①**玄黄**〔易〕夫玄黄者，天地之杂也，天玄而地黄。

②**方圆**〔大戴礼记〕天道曰圆，地道曰方。 ③**日月叠璧**〔易坤灵图〕至德之萌，日月若联璧。 ④**炳蔚**〔易〕大人虎变，其文炳也。又曰：君子豹变，其文蔚也。 ⑤**庖牺画其始**〔易系辞〕庖牺氏之王天下也，仰则观象于天，俯则观法于地，观鸟兽之文与地之宜，近取诸身，远取诸物，于是始作八卦，以通神明之德，以类万物之情。⑥**仲尼翼其终**〔易通卦验〕孔子作上彖、下彖、上象、下象、上系、下系、文言、说卦、序卦、杂卦为十翼。 ⑦**河图**〔易正义〕伏羲氏有天下，龙马负图以出于河，遂法之画八卦。 ⑧**洛书**〔周书洪范〕天乃锡禹洪范九畴。〔注〕易言河出图，洛出书，圣人则之，盖治水功成，洛龟呈瑞。 ⑨**玉版**〔王子年拾遗记〕帝尧在位，圣德光洽，河洛之滨得玉版，方尺，图天地之形。 ⑩**丹文绿牒**〔宋书志序〕握河括地绿文赤字之书，言之详矣。 ⑪**鸟迹**〔许氏说文序〕黄帝之史苍颉，见鸟兽蹄迒之迹，知分理之可相别异也，初作书契。**代绳**见征圣篇象夬注。

⑫**三坟**书久亡。〔元吴莱三坟辨〕三坟书，近出伪书也。世或传，大抵言伏羲本山坟而作连山，神农本气坟而作

归藏，黄帝本形坟而作乾坤。无卦爻，有卦象，文鄙而义陋，与周官太卜所掌异焉。　⑬**元首载歌**见章句篇。⑭**陈谟**书有益稷篇。　⑮**九序惟歌**书大禹谟篇文。⑯**弥缛**〔王充论衡〕德弥盛者，文弥缛。　⑰**文王忧患**〔易传〕夏商之末，易道中微，文王拘于羑里，系以彖辞，易道复兴。　⑱**繇辞**繇音宙。〔杜预左传注〕繇，卜兆辞也。〔续文章缘起〕繇，夏后作铸鼎繇。繇，卜辞也。⑲**剬诗缉颂**剬，〔韵会〕多官切，整饬貌。〔书〕周公居东二年，乃为诗以贻王，名之曰鸱鸮。王亦未敢诮公。〔国语〕周公之为颂曰：思文后稷，克配彼天。　⑳**斧藻**〔扬子法言〕吾未见好斧藻其德，若斧藻其楶者。　㉑**镕钧**〔董仲舒传〕犹泥之在钧，唯甄者之所为；犹金之在镕，唯冶者之所铸。颜师古曰：钧，造瓦之法，其中旋转者。镕，谓铸器之模范也。　㉒**千里应**〔易系辞〕君子居其室，出其言善，则千里之外应之。　㉓**席珍**〔礼记〕儒有席上之珍以待聘。　㉔**风姓**〔史记〕伏羲氏以风为姓。㉕**玄圣**〔班固典引〕县象暗而恒文乖，彝伦斁而旧章阙，故先命玄圣，使缀学立制。〔注〕玄圣，孔子也。　㉖**素王**〔拾遗记〕夫子未生时，有麟吐玉书于阙里，文云：水精之子，继衰周而为素王。

【李详补注】

❶**林籁二句**详案：〔宋玉高唐赋〕纤条悲鸣，声似竽籁。

❷**乾坤四句**详案：阮文达研经室集文言说本此。 ❸**河图二句**详案：纪文达云：何晏论语注引孔安国之说，谓河图即八卦，与此孕乎八卦语相合。知五十五点之伪图，彦和未见也。洛书配九宫，北齐卢辩注大戴礼已有是语，则其说起于南北朝，故彦和亦云然。 ❹**炎皞二句**黄注三坟书久亡，元吴莱三坟辨云云。纪云此宜先注三坟，而以书亡伪注之说附于后，且书出毛渐，宋人已言之，不得引元人之说。详案：毛渐说出直斋书录解题，谓渐得之民间，不云书出于渐，纪氏似误。 ❺**符采复隐**详案：〔左思蜀都赋〕符采彪炳。刘逵〔注〕符采，玉之横文也。 ❻**徽烈**详案：〔应璩与王将军书〕雀鼠虽微，犹知徽烈（文选刘峻广绝交论李善注引）。 ❼**剬诗缉颂**纪云剬即𠜾字，说文训为齐，言切割而使之齐，与诗义无涉。古帖制字多书为剬，此剬字疑为制之讹。〔史记五帝本纪〕依鬼神以剬义。〔注〕剬有制义，是三字相乱已久，不必定用本训也。详案：张守节〔史记正义〕论字例云，制字作剬，缘古字少，通共用之，史汉本有此古字者乃为好本。据此，剬即制字，既不可依说文训𠜾为齐，亦不必辨剬制相似之讹也。 ❽**雕琢情性**详案：〔司马迁报任少卿书〕雕琢曼辞。

【杨明照校注】

〔一〕**文之为德也大矣，与天地并生者何哉**据养素堂本（后同)。

范文澜注:“按易小畜大象:‘君子以懿文德。’彦和称文德本此。”

按范注简化“文之为德”为文德,已觉非是;又谓文德本于“君子以懿文德”,则更为牵强。因两书辞句各明一义,本无共通之处。礼记中庸“中庸其至矣乎”释文:“一本作:‘中庸之为德其至矣乎!’”又:“鬼神之为德其盛矣乎!”论语雍也:“中庸之为德也其至矣乎!”句法皆与“文之为德也大矣”相仿。“文之为德”不能简化为文德,正如“中庸之为德”、“鬼神之为德”不能简化为中庸德、鬼神德然。朱熹中庸章句:“程子(程颐)曰:‘鬼神天地之功用,而造化之迹也。’……愚谓:‘……为德,犹言性情功效。’”挹彼注兹,甚为吻合。“文之为德”者,犹言文之功用或功效也。隋书文学传序:“然则文之为用其大矣哉!”寓意与“文之为德也大矣”同,亦有力旁证。(一九八八年曾撰文心雕龙原道篇“文之为德也大矣”句试解一文,论证较详,载文史第三十二辑。)又按左传昭公二十六年:“礼之可以为国也久矣,与天地并。”庄子齐物论:“天地与我并生。”

〔二〕**惟人参之,性灵所钟,是谓三才**

“性”,四库全书文溯阁本后简称文溯本。剜改作

“四”。

按此三句，谓人于三才中为有生之最灵者。故下文紧承之曰：“为五行之秀，实天地之心。”孝经圣治章：“子曰：‘天地之性，人为贵。’”春秋繁露人副天数篇：“天地之精所以生物者，莫贵于人。”说文人部部首：“人，天地之性最贵者也。”汉书刑法志：“夫人宵天地之貌，怀五常之性，聪明精粹，有生之最灵者也。”论衡龙虚篇：“天地之性，人为贵。”均足为此文注脚。文溯本作“四灵”，则非其旨矣。麟、凤、龟、龙为四灵，见礼记礼运。宗经篇“洞性灵之奥区”，又“性灵镕匠”，情采篇“若乃综述性灵”，序志篇“性灵不居”，亦并以“性灵”二字连文。

〔三〕**为五行之秀，实天地之心**

黄叔琳校云：“一本实上有人字，心下有生字。”

按元至正本后简称元本、明弘治冯允中本后简称弘治本、汪一元本后简称汪本、佘诲本后简称佘本、四部丛刊景印本即张之象本初刻或原刻，后称张甲本、张之象本与四部丛刊景印者间有不同（盖为张氏改刻或他人覆刻），后称张乙本。如两本相同时，则统称张本、两京遗编本后简称两京本、明王世贞批本后简称王批本（此书已成海内外孤本）、何允中广汉魏丛书本后简称何本、胡震亨本后简称胡本、王惟俭训故本后简称训故本、梅庆生万历音注本后简称万历梅本、凌云本后简称凌本、合刻五家言本后简称合刻本、梁杰订正本后简称梁本、秘书十八种本后简称秘书本、谢恒钞本后简称谢钞本(即黄叔琳所称之冯本)、奇赏汇编本后简称汇编本、汉魏别解本后简称别解本、清谨轩钞本后简称清谨轩本、又尚古堂本后简称尚古本、日本冈白驹本后简称冈本、四库全书文津阁本后简称文津本,如与文溯本相同时,则统称四库本(台北景印文渊阁本浑然一色,原书剜改字句已无迹可寻,故未援引)、王谟汉魏丛书本后简称王本、郑珍原藏钞本后简称郑藏钞本、崇文书局本后简称崇文本、子苑三二、文俪十三、诸子汇函二四,并与黄校一本同。梅庆生天启二年校定本后简称天启梅本。如与万历梅本相同时,则统称梅本。“人”“生”二字无,各空一格当系就原版剜去者。文溯本无“人”字。吴翌凤校本作“人为五行之秀,心实天地之心”。礼记礼运:“故人者,其天地之德,阴阳之交,鬼神之会,五行之秀气也。……故人者,天地之心也,五行之端也,食味、别声、被色而生者也。”为舍人此文所本。疑原作“为五行之秀气,实天地之心生”。“气”正作“气”,“人”其残也;“生”字非羡文。下文“心生而言立”,即紧承“天地”句。征圣篇赞“秀气成采”,亦以“秀气”连文。春秋演孔图:“秀气为人。”后汉书郎𫖮传章怀注、御览三百六十引。文选王融曲水诗序:“冠五行之秀气。”陆德明经典释文序:“人禀二仪之淳和,含五行之秀气。”并其旁证。

〔附注〕台北商务印书馆景印四库全书文渊阁本两种文心雕龙,已非原书本来面目。其为馆臣校改者,皆无迹可寻,故未持本核对。

〔四〕**傍及万品**

“傍”,何焯校作“旁”。

按何校“旁”是。张松孙本、诗法萃编并已改作“旁”。说文上部:“旁,溥也。”又人部:“傍,近也。”近义于此不惬,当原是“旁”字。史记五帝本纪“旁罗日月星辰”,汉书郊祀志上“旁及四夷”,文选张衡东京赋“旁震八鄙”,其词性并与此同,足为推证。“旁及万品”者,犹言溥及万品耳。又按此下一段文意,盖本论衡书解篇。自“或曰:士之论高,何必以文”至“物以文为表,人以文为基”。文长不具录。

〔五〕**龙凤以藻绘呈瑞**

按管子水地篇:“龙生于水,被五色而游,故神。”韩诗外传八:“夫凤五彩备明。”论衡书解篇:“然龙鳞有文,神凤五色。”

〔六〕**云霞雕色**

按河图括地象:“昆仑山出五色云气。”艺文类聚卷一、太平御览卷八引。宋书符瑞志下:“云有五色,太平之应也。”十洲记:“(昆仑)锦云烛日,朱霞九光。”

〔七〕**草木贲华**

黄侃札记:“易释文引傅氏云:‘贲,古斑字,文章皃。’王肃符文反,云:‘有文饰黄白皃。’”按王肃原文“皃”应为“色”。

按易序卦:“贲者,饰也。”此“贲”字亦当训为饰。黄氏引傅、王两家音义,于此均不惬。此“贲”字与上句“雕色”之“雕”,皆当作动词解。书伪汤诰:“贲若草木。”枚传:“贲,饰也。……焕然咸饰,若草木同华。”释文:“贲,彼义反。”盖舍人语意所本。

〔八〕**调如竽瑟**

四部丛刊三编景印宋本御览后简称宋本御览。卷五八一引作“讽如竽琴”,明钞本御览后简称明钞本御览、日本喜多村直宽仿宋本御览后简称喜多本御览。作“调如竽琴”,明倪焕刻本御览后简称倪刻御览、明周堂铜活字本御览后简称活字本御览、清鲍崇城刻本御览后简称鲍本御览。作“调如竹琴”。尚古本作“调如竿瑟”。冈本同。

按诸本御览及冈本、尚古本皆误,当以作“调如竽瑟”为是。另一明活字本御览与今本同,未误。古籍中无“竽琴”连文者:礼记乐记“然后钟磬竽瑟以和之”,管子霸形篇“陈歌舞竽瑟之乐”,墨子三辩篇“息于竽瑟之乐”,庄子胠箧篇“铄绝竽瑟”,楚辞招魂“竽瑟狂会搷鸣鼓些”,并其证也。馀书尚多有之。“竹琴”连文，亦不词。“竹”盖“竽”之残误。“调”与下句之“和”对举，宋本御览作“讽”，乃形近之误。冈本、尚古本作“竿”，亦“竽”之形误。

〔九〕**幽赞神明，易象惟先**

按汉书眭两夏侯京翼李传赞：“幽赞神明，通合天人之道者，莫著乎易、春秋。”易说卦“幽赞于神明而生蓍”韩注：“幽，深也。赞，明也。”

〔一〇〕**洛书韫乎九畴**

“畴”，龙溪精舍丛书本后简称龙溪本。作“章”。

按书洪范“天乃锡禹洪范九畴”，汉书五行志上：“所谓天乃锡禹大法九章，常事所次者也。”论衡正说篇：“禹之时得洛书，书从洛水中出，洪范九章是也。”是“畴”、“章”二字于此并通。然元明以来各本无作“章”者，黄氏辑注本亦然。龙溪本自黄本出而又作“章”，当为郑氏妄改。

〔一一〕**玉版金镂之实，丹文绿牒之华**

“实”，御览凡诸本御览同者，后统言不别。五八五引作“宝”。朱谋㙔校作“宝”。

按“实”、“宝”二字形近，易讹。诸子篇“怀宝挺秀”，元本、弘治本等误作“怀实”。此当作“实”，始能与“华”字相俪。“实”就质言，“华”就文言。“华”、“实”对举，本书恒见，例多，不具举。不仅此处尔也。

〔一二〕**谁其尸之**

按诗召南采蘋:“谁其尸之?”毛传:“尸,主。”

〔一三〕**而年世渺邈**

“渺”,宋本、钞本、活字本、喜多本、鲍本御览引作“眇”。

按以诸子篇“鬼谷眇眇”,序志篇“眇眇来世”例之,“眇”字是。“渺”为“眇”之后起字。

〔一四〕**唐虞文章,则焕乎始盛**

“始”,黄校云:“冯本作‘为’。”

按御览引作“为”。征圣篇:“远称唐世,则焕乎为盛。”辞义与此同,可证作“为”是也。上文“鸟迹代绳,文字始炳”,已言文之起原;下言“元首载歌,……益稷陈谟”云云,正明唐虞文章焕乎为盛之绩。若作“始盛”,匪特上下文意不属,且与“文字始炳”之“始”字重出矣。

〔一五〕**益稷陈谟**

“谟”,黄校云:“元作谋,杨(慎)改。”此沿梅庆生校语。

按御览引作“谟”经史子集合纂类语九引同,杨改徐𤊹亦校作“谟”。是也。丽辞篇:“益陈谟云:‘满招损,谦受益。’”亦以“陈谟”为言。后汉书崔寔传:“(政论)故皋陶陈谟,而唐虞以兴。”是“陈谟"二字,固有所本也。文溯本剜改为"谟"。

〔一六〕**业峻鸿绩**

黄侃札记:"案'业''绩'同训'功','峻''鸿'皆训'大',此句位字,殊违常轨。"　冈本作"峻业鸿绩"。

按古人行文,位字确有违常轨者。然亦不能一一以后世语法相绳。如论语乡党之"迅雷风烈",大戴礼记夏小正之"剥枣栗零",其比与此正同。冈本"峻业"二字,盖意乙。非是。

〔一七〕**九序惟歌**

"惟",御览引作"咏"。

按舍人是语本书伪大禹谟,当以作"惟"为是。其作"咏"者,盖涉上"吟咏"句而误。明诗篇:"及大禹成功,九序惟歌。"亦其证。

〔一八〕**勋德弥缛**

按说苑修文篇:"德弥盛者,文弥缛。"黄注引论衡书解篇文嫌晚。

〔一九〕**逮及商周,文胜其质**

按礼记表记:"子曰:'虞夏之质,殷周之文,至矣。虞夏之文,不胜其质;殷周之质,不胜其文。'"此舍人遣词所本。

〔二〇〕**文王患忧**

"患忧",宋本御览引作"忧患"。

按此文当作“患忧”，于声调始谐。宋本御览盖涉易系辞下文而误。

〔二一〕**繇辞炳曜**

“曜”，御览引作“燿”。

按说文火部：“燿，照也。”无“曜”字。御览作“燿”，是也。赞文“炳燿仁孝”，诏策篇“符命炳燿”，并作“燿”，尤为切证。

〔二二〕**符采复隐**

按文选曹植七启：“符采照烂。”李注引刘渊林蜀都赋注：“符采，玉之横文也。”

〔二三〕**重以公旦多材**

“材”，御览引作“才”。

按书金縢“乃元孙不若旦多材多艺”，论衡死伪篇“材”作“才”；隋书王贞传“（谢齐王索文集启）昔公旦之才艺，能事鬼神”，亦作“才”。今本文心作“材”，盖写者据金縢改也。论语泰伯有“如有周公之才之美”语。

〔二四〕**振其徽烈**

“振”，黄校云：“元作‘缛’，朱（谋㙔）改。”此沿梅校。　　御览引作“振”。

按“缛”字盖涉上“勋德弥缛”句而误。朱改作“振”，是也。唐逢行珪进鬻子注表“振其徽烈”一语，即袭于此，正作“振”，是唐宋人所见文心均未误。

〔二五〕**制诗缉颂**

“剬”，徐𤊹校云：“当作‘制’。”　御览引作“制”。　文俪作“颛”。

按以宗经篇“据事剬范”敦煌唐写本作“制范”論之，此必原是“制”字。“制”之篆文作“[illegible]”，隶作“[illegible]”，与“剬”相似，因形似而误，非古通用也。梅、黄两家音注并非，纪昀、李详曲为之说亦谬。王念孙（读书杂志三）、钱大昕（三史拾遗一）、梁玉绳（史记志疑一）并谓史记五帝本纪“依鬼神以剬义”之“剬”为“制”之讹。又按国语周语上：“是故周文公之颂曰：‘载戢干戈，……允王保之。’”韦注：“文公，周公旦之谥也。颂，时迈之诗。”又周语中：“周文公之诗曰：‘兄弟阋于墙，外御其侮。’”汉书刘向传：“文王既没，周公思慕，歌咏文王之德，其诗曰：‘于穆清庙，……秉文之德。’”吕氏春秋古乐篇：“周公旦乃作诗曰：‘文王在上，其命维新。’以绳文王之德。”文选王褒四子讲德论：“昔周公咏文王之德，而作清庙。”是小雅常棣、大雅文王、周颂清庙暨时迈，并周公所制，故舍人云然。文俪作“颛”，盖由“剬”致误。

〔二六〕**至夫子继圣，独秀前哲**

“前”，倪刻御览引作“才”。

按孟子公孙丑上:“宰我曰:‘以予观于夫子,贤于尧舜远矣。’子贡曰:‘……自生民以来,未有夫子也。’有若曰:‘岂惟民哉!……圣人之于民,亦类也。出于其类,拔乎其萃,自生民以来,未有盛于孔子也。’”此舍人“独秀前哲”语所本。倪刻御览“前”作“才”,非是。

〔二七〕**雕琢情性**

“情性”,御览引作“性情”。　　谭献校作“性情”。

按作“性情”,与下句之“辞令”声韵始调。元本、明弘治活字本后简称活字本、两京本、谢钞本并作“性情”,未倒。逢行珪进鬻子注表有此语,亦作“性情”,当据乙。

〔二八〕**木铎起而千里应**

“起”,御览引作“启”。喻林八七、经史子集合纂类语九引同。　　何焯校作“启”。

按“启”字义长。元本、弘治本、汪本、佘本、张本、两京本、王批本、何本、胡本、训故本、合刻本、梁本、别解本、尚古本、冈本、四库本、王本、郑藏钞本、崇文本、文俪、诸子汇函,亦并作“启”,不误。“启”、“起”音近,易讹。左传僖公二十五年“晋于是始启南阳”,注疏本亦误“启”为“起”,与此同。

〔二九〕**玄圣创典，素王述训**

“玄”，黄校云：“一作‘元’。”此沿梅校。　　曹学佺云：“‘玄’作‘元’者，宋讳也。”

按曹说是。“玄圣”与“素王”对。庄子天道篇：“以此处下，玄圣素王之道也。”正以玄圣素王连文。淮南子主术篇：“（孔子）专行教道，以成素王。”说苑贵德篇：“（孔子）于是退作春秋，明素王之道，以示后人。”汉书董仲舒传：“孔子作春秋，先正王而系万事，见素王之文焉。”说苑贵德篇：“（孔子）于是退作春秋，明素王之道，以示后人。”论衡超奇篇：“然则孔子之春秋，素王之业也。”又定贤篇：“孔子不王，素王之业，在于春秋。”隶释鲁相史晨祠孔庙奏铭：“（孔子）故作春秋以明文命，……臣以为素王稽古，德亚皇代。”徐干中论贵验篇：“仲尼为匹夫，而称素王。”素王一词，黄注引拾遗记，范注引杜预春秋左氏传集解序，皆非根柢。（广弘明集释法琳九箴篇：“玄圣创典，以因果为宗；素王陈训，以名教为本。”遣辞似出于此，所异者仅以玄圣为佛祖耳。）

〔三〇〕**莫不原道心以敷章**

“以敷”，黄校云：“一作‘裁文’，从御览改。”

按逢行珪进鬻子注表有“莫不原道心以裁章”语，亦袭于此，是文心原不作“以敷”。杂文篇“而裁章置句”，章句篇“裁章贵于顺序”，并以

"裁章"为言。则此文当作"莫不原道心以裁章",明矣。

〔三一〕**研神理而设教**

按易观彖辞:"圣人以神道设教。"

〔三二〕**取象乎河洛**

"取",御览引作"著"。张绍仁校作"著"。

按书记篇有"取象于夬"语,则"著"字非是。鹖冠子泰录篇:"故天地阴阳之受命、取象于神明之效,既已见矣。"可资旁证。

〔三三〕**然后能经纬区宇**

按左传昭公二十八年:"经纬天地曰文。"杜注:"经纬相错,故织成文。"文选东京赋薛注:"天地之内称寓。"寓,宇之籀文,见说文宀部。

〔三四〕**弥纶彝宪**

按易系辞上:"易与天地准,故能弥纶天地之道。"王肃注:"弥纶,缠裹也。"文选陆机文赋李注引。书伪冏命:"永弼乃后于彝宪。"枚传:"使敬用所言,当长辅汝君于常法。"

〔三五〕**发辉事业**

"辉",黄校云:"疑作'挥'。"

按"挥"字是。御览引正作"挥",训故本亦作"挥"。当据改。舍人剡山石城寺石像碑:"发挥胜相。"程器篇:"君子藏器,待时而动,发挥事业。”并其切证。“发挥”连文出易乾文言。其作“辉”者，乃音之误。事类篇“表里发挥”，元本、弘治本、活字本、汪本等作“发辉”。是“挥”与“辉”易淆之证。

〔三六〕**旁通而无滞**

“滞”，黄校云：“一作‘涯’，从御览改。”

按钱谦益藏赵氏钞本御览作“滞”见冯舒校语，本为误字余所见宋本、钞本、倪本、活字本、喜多本、鲍本御览均作“涯”，黄氏凭冯舒校语径改为“滞”，非是。文溯本亦剜改为“滞”。王批本作“涯”，是也。当据改。

〔三七〕**日用而不匮**

按左传襄公二十九年：“用而不匮。”诗大雅既醉：“孝子不匮。”毛传：“匮，竭。”

〔三八〕**光采元圣**

“元”，元本、弘治本、活字本、汪本、佘本、张本、两京本、王批本、何本、胡本、训故本、梅本、凌本、合刻本、梁本、秘书本、谢钞本、别解本、尚古本、冈本、文溯本、崇文本、文俪、汇函作“玄”。

按“元”字是。书伪汤诰：“聿求元圣。”枚传训“元”为大，此亦应尔。史传篇：“法孔题经，则文非元圣。”其称孔子为“元圣”，正与此同。诸本作“玄”，盖涉篇中“玄圣创典”句致误。篇中之"玄圣"系指"伏羲诸圣",此句之"元圣"则指孔子,不能混而为一。(墨子尚贤中篇:"汤誓曰:'聿求元圣。'")易林讼之同人:"元圣将终,尼父悲心。"(又小畜之坤、同人之颐、豫之大有、兑之坤、革之震并有此二语。)是称孔子为元圣,始于汉也。汤誓之"元圣"指伊尹。

〔三九〕**民胥以俲**

"俲",王批本、汇函作"傚"。

按诗小雅角弓:"尔之教矣,民胥傚矣。""俲","傚"之俗体。当改正。郑笺:"胥,皆也。"

征圣第二

夫作者曰圣，述者曰明。陶铸性情，功在上哲。夫子文章，可得而闻，则圣人之情，见乎文辞矣〔一〕。先王圣化，布在方册〔二〕，夫子风采，溢于格言〔三〕。是以远称唐世，则焕乎为盛；近褒周代，则郁哉可从：此政化贵文之征也。郑伯入陈，以文一作立。辞为功①〔四〕；宋置折俎，以多文元作方，孙改。举礼②：此事迹贵文之征也。褒美子产，则云言以足志，文以足言；泛论君子，则云情欲信，辞欲巧③：此修身贵文之征也。然则志元作忠，谢改。足而言文〔五〕，情信而辞巧，乃含章之玉牒④，秉文之金科矣⑤❶。夫鉴周日月〔六〕，妙极机疑作几。神⑥〔七〕；文成规矩，思合符契。或简言以达旨，或博文以该情，或明理以立体，或隐义以藏用。故春秋一字以褒贬⑦，丧服举轻以包重⑧，此简言以达旨也。邠诗联章以积句⑨，儒行缛说以繁辞⑩，此博文以该情也。书契断决以象夬⑪〔八〕，文章昭晰以象离⑫〔九〕，此明理以立体也。四象精义以曲隐⑬，五例微辞以婉晦⑭，此隐义以藏用也。故知繁略殊形〔一〇〕，隐显异术，抑引随时，变通会适〔一一〕，征之周孔，则文有师矣。

是以子元脱，杨补。政论文⑮，必征于圣；稚圭劝学⑯，四字元脱，杨补。必宗于经。易称辨物正言，断辞则备；书云辞尚体要，弗惟好异〔一二〕。故知正言所以立辩〔一三〕，体要所以成辞;辞成无好异之尤,辩立有断辞之义〔一四〕。虽精义曲隐,无伤其正言;微辞婉晦,不害其体要。体要与微辞偕通,正言共精义并用;圣人之文章,亦可见也。颜阖以为仲尼饰羽而画⑰,徒庄子作从。事华辞。虽欲訾圣,訾字一作此言二字,误。弗可得已〔一五〕。然则圣文之雅丽,固衔华而佩实者也〔一六〕。天道难闻,犹或钻仰;文章可见,胡宁勿思〔一七〕?若征圣立言,则文其庶矣。

赞曰:妙极生知〔一八〕,睿哲惟宰〔一九〕。精理为文❷,秀气成采。鉴悬日月〔二〇〕,辞富山海。百龄影徂〔二一〕,千载心在。

【黄叔琳注】

①**文辞为功**〔左传〕郑子产献捷于晋,晋人问陈之罪,子产对之。仲尼曰:志有之,言以足志,文以足言。晋为伯,郑入陈,非文辞不为功,慎辞哉。　②**多文举礼**〔左传〕宋人享赵文子,司马置折俎,礼也。仲尼使举是礼也,以为多文辞。〔注〕举,谓记录之也。　③**情欲信,辞欲巧**礼记表记篇文。　④**玉牒**〔左思吴都赋〕玉牒石记。〔注〕玉牒石记皆典策类也。　⑤**金科**〔扬雄剧秦美新〕金科玉条。〔注〕谓法令也。言金玉,佞辞也。　⑥**几神**〔易〕惟几也,故能成天下之务;惟神也,故不疾而速,不行而至。　⑦**褒贬**〔杜预春秋序〕春秋以一字为褒贬。⑧**丧服举轻包重**如举缌不祭,则重于缌之服,其不祭不

言可知;举小功不税,则重于小功者,其税可知,皆语约而义该也。 ⑨**邠诗**〔诗传〕周成王立,年幼不能莅阼,周公以冢宰摄政。乃述后稷公刘之化,作诗以戒,谓之豳风。 ⑩**儒行**〔礼记儒行篇〕哀公问曰:敢问儒行?孔子曰:遽数之不能终其物,悉数之乃留,更仆未可终也。⑪**象夬**〔易系辞〕上古结绳而治,后世圣人易之以书契。百官以治,万民以察,盖取诸夬。 ⑫**象离**〔易〕离,丽也,日月丽乎天,百谷草木丽乎土,重明以丽乎正,乃化成天下。项安世曰:日月丽乎天而成明,百谷草木丽乎土而成文,故离为文又为明。 ⑬**四象**〔易系辞〕易有四象,所以示也。〔朱子本义〕四象,谓阴阳老少。 ⑭**五例**〔春秋序〕为例之情有五,一曰微而显,二曰志而晦,三曰婉而成章,四曰尽而不污,五曰惩恶而劝善。 ⑮**子政**〔汉书〕刘向,字子政。 ⑯**稚圭**〔汉书〕匡衡,字稚圭,成帝即位,上疏劝经学。 ⑰**颜阖**〔庄子〕哀公问于颜阖曰:吾以仲尼为贞干,国其有瘳乎?曰:仲尼方且饰羽而画,从事华辞,夫何足以上民?

【李详补注】

❶**金科**黄注扬雄剧秦美新金科玉条,注谓法令也,言金玉佞辞也。纪云注为王莽而言,此引以赞孔子,则不必存佞辞一句。当引李善注,言金玉贵之也。详案言金玉一句,乃黄注自下己意,文选注实无此文。纪谓不必存,

似混此语为善注矣。　❷**精理为文**详案:〔王僧达答颜延年诗〕珪璋既文府,精理亦道心。

【杨明照校注】

〔一〕**则圣人之情,见乎文辞矣**

“文”,敦煌唐写本后简称唐写本。无。

按无“文”字与易系辞下合。今本盖涉上下诸“文”字而衍,当据删。抱朴子外篇钧世:“情见乎辞,指归可得。”遣辞亦本易系而无“文”字,其确为误衍无疑。论衡超奇篇有“情见于辞”语。

〔二〕**先王圣化,布在方册**

“圣化”,唐写本作“声教”。

按唐写本是也。练字篇:“先王声教,书必同文。”是其切证。“声教”二字出书禹贡。

〔三〕**夫子风采,溢于格言**

“风采”,唐写本作“文章”。

按唐写本作“文章”与上重复,非是。书记篇:“详总书体,本在尽言,所原作“言”,据御览五九五引改。以散郁陶,托风采。”彼以书记能“托风采”,此则谓孔子之“风采”溢于格言,持论正相一致。三国志魏书崔琰传:“太祖征并州,留琰傅文帝于邺。世子仍出田猎,变易服乘,志在驱逐。琰书谏曰:‘盖闻“盘于游田”,书(无逸)之所戒,鲁隐“观鱼”，春秋（隐公五年）讥之。此周、孔之格言，二经之明义。’”抱朴子外篇审举：“格言不吐庸人之口。”文选潘岳闲居赋“奉周任之格言”吕延济注：“格，至也。”

〔四〕**郑伯入陈，以文辞为功**

“文”，黄校云：“一作‘立’。” 冯舒云：“‘立’当作‘文’。”何焯校“文”。

按“立”字是。唐写本、元本、弘治本、活字本、汪本、佘本、张本、两京本、王批本、何本、胡本、训故本、梅本、凌本、合刻本、梁本、秘书本、谢钞本、汇编本、别解本、清谨轩本、尚古本、冈本、文津本、王本、张松孙本、郑藏钞本、崇文本、汇函，并作“立”。黄氏据冯舒、何焯说改“立”为“文”，虽与左传襄公二十五年合，而昧其与下“多文”句之词性不侔且相复也。

〔五〕**然则志足而言文**

“志”，黄校云：“元作‘忠’，谢（兆申）改。”此沿梅校。

按此为回应上文“言以足志，文以足言”之辞，谢改“志”是也。唐写本、元本、活字本、两京本、何本、训故本、谢钞本、合刻本、梁本、清谨轩本、尚古本、冈本、王本、郑藏钞本、崇文本，并作“志”凡由梅本出者不列，后同。未误。经史子集合纂类语九引作“志”，四库本剜改为“志”。

〔六〕**夫鉴周日月**

"周",尚古本、冈本作"同"。王批本作"周"。

按诸子篇赞:"智周宇宙。"语意与此相仿,则作"同"非也。谢灵运辨宗论:"体无鉴周。"广弘明集十八。正以"鉴周"二字连文。子苑三二引作"周",亦可证"同"字之误。

〔七〕**妙极机神**

"机",黄校云:"疑作'几'。"此本冯舒、何焯说。

按易系辞上"唯几也故能成天下之务,唯神也故不疾而速,不行而至"释文:"'几',本作'机'。"舍人遣辞多用异字,非特此尔,论说篇"锐思于机此依元本、弘治本等。神之区"亦然。南齐书刘祥传"(连珠)大道常存,机神之智永绝";隋书经籍志一"夫经籍也者,机神之妙旨";弘明集卷十三。王仲欣答释法云与王公朝贵书"皇帝叡圣自天,机神独远";广弘明集卷十九。萧子显御讲摩诃般若经序"蓄机神于怀抱",并作"机神"。逢行珪进鬻子注表有"妙极机神"语,即袭于此,作"机"。子苑引,亦作"机"。是"机"字固未误也。黄氏过信冯舒、何焯之说,疑不误为误,非是。

〔八〕**书契断决以象夬**

"断决",唐写本作"决断"。

按唐写本是也。七略:"书以决断;断者,义之证也。”初学记卷二一、御览卷六百九引。易系辞下韩注：“夬，决也；书契所以决断万事也。”并其证。

〔九〕**文章昭晰以象离**

“晰”，唐写本作“晣”；“象”，唐写本作“効”。　徐𤊹“哲”汪本如此。校作“晰”；张绍仁校“晢”。

按唐写本并是。玉篇日部：“晣，之逝切，明也。晢、㫼并同上。”“晰”俗字，当以作“晣”为正。何本、合刻本、梁本、尚古本、冈本、王本、崇文本作“晣”，不误。汉书司马相如传下“暗昧昭晣”，颜注：“晣音之舌反。”后汉书张衡传赞“孰能昭晣”，章怀注：“晣音制。”文选何晏景福殿赋“犹眩曜而不能昭晣也”，古文苑班婕妤捣素赋“焕若荷华之昭晣”，并作“晣”。总术篇“辩者昭晣”，尚未误。正纬篇“孝论昭晰”，明诗篇“唯取昭晰之能”，亦当准此改作“晣”。“象离”，与上句“象夬”复，唐写本作“効”，是也。“効”，“效”之俗。本书“效”字，唐写本皆作“効”。

〔一〇〕**故知繁略殊形**

“形”，唐写本作“制”。

按唐写本是。“制”谓体制。

〔一一〕**变通会适**

“会适”，唐写本作“适会”。

按唐写本是。章句篇“随变适会”，练字篇“诗骚适会”，养气篇“优柔适会”，并其证也。高僧传支遁传“默语适会”，又唱导论“适会无差”，亦以“适会”为言。

〔一二〕**书云“辞尚体要，弗惟好异”**

“弗惟”，唐写本作“不唯”。

按“弗”作“不”，与伪毕命合。本书今作“弗”者，唐写本均作“不”。“唯”“惟”古通。毕命作“惟”。

〔一三〕**故知正言所以立辩**

“辩”，唐写本作“辨”。

按此语承上“易称辨物正言”句，当以作“辨”为是。下“辩立”亦然。张本、王批本、谢钞本、清谨轩本、文溯本并作“辨”。子苑引作“辨”，未误。稗编七五引同。

〔一四〕**辩立有断辞之义**

“义”，唐写本作“美”。

按“美”“义”二字易讹。刘子伤谗篇“誉人不增其美”，诸本皆误“美”为“义”。此当作“美”，始能与上句之“尤”字对。

〔一五〕**虽欲訾圣，弗可得已**

黄校云：“‘訾’字一作‘此言’二字，误。”此袭冯舒、何焯说。

按唐写本正作“訾”。黄氏据冯舒、何焯说改“訾”，是也。“已”，亦当从唐写本作“也”。议对篇："虽欲求文，弗可得也。"句法与此同，可证。论语子张："叔孙武叔毁仲尼。子贡曰：'无以为也，仲尼不可毁也。'"皇侃义疏："（叔孙武叔）又訾毁孔子也。"礼记丧服四制："訾之者，是不知礼之所由生也。"郑注："口毁曰訾。"释文："訾，毁也。"

〔一六〕**固衔华而佩实者也**

"衔"，喻林八八引作"御"；汇函同。

按淮南子本经篇："草木之句萌衔华戴实而死者，不可胜数。"当为舍人所本。作"御"非是。沈约愍衰草赋："昔日兮春风，衔华兮佩实。"（类聚八一引）并"御"为"衔"误字切证。杨慎均藻卷四四质引作"衔华佩实"。

〔一七〕**胡宁勿思**

"胡宁"，唐写本作"宁曰"。

按诗小雅四月、大雅云汉并有"胡宁忍予"之文。是"胡宁"二字，原有所本。南齐书王俭传"胡宁无感"，文选王粲赠文叔良诗"胡宁不师"，张华励志诗"胡宁自舍"，王赞杂诗"胡宁久分析"，傅亮为宋公求加赠刘前军表"胡宁可昧"，亦并以"胡宁"为言。唐写本作"宁曰"，盖涉次行"赞曰"而误。

〔一八〕**妙极生知**

按论语季氏："孔子曰：'生而知之者，上也。'"邢疏："谓圣人也。"

〔一九〕**睿哲惟宰**

"睿"，唐写本作"叡"。

按"睿""叡"古今字。以诔碑篇"虽非叡作"、史传篇"叡此依御览六百四、史略五引。旨幽隐"例之，此必原是"叡"字，前后一律。逸周书谥法篇："聪明叡哲曰献。"孔注："有通知之聪也。"文选张衡东京赋："睿哲玄览，都兹洛宫。"薛注："睿，圣也。玄，通也。"李注："尚书（洪范）曰：'睿作圣，明作哲。'"唐写本作"叡"，是也。

〔二〇〕**鉴悬日月**

按方言扬雄答刘歆书："（张）伯松曰：'是县诸日月，不刊之书也。'"玉篇心部："悬，挂也。本作县。"

〔二一〕**百龄影徂**

按庄子盗跖篇："人上寿百岁。"吕氏春秋安死篇："人之寿久不过百。"庄子知北游篇："人生天地之间，若白驹之过隙，忽然而已。"释文："白驹，或云：'日也。'"史记魏豹传："人生一世间，如白驹过隙耳。"汉书颜注："言其速疾也；白驹，谓日景也。"徂，往也；尔雅释诂。行也。诗大雅桑柔郑笺。

宗经第三

三极彝训①，其书言经〔一〕。经也者，恒久之至道，不刊之鸿教也。故象天地，效鬼神，参物序，制人纪〔二〕；洞性灵之奥区〔三〕，极文章之骨髓者也。皇世三坟，帝代五典，重以八索，申以九邱②❶〔四〕；岁历绵暖，条流纷糅③。自夫子删述，而大宝咸一作启。耀〔五〕。于是易张十翼④，书标七观⑤，诗列四始⑥，礼正五经⑦，春秋五例⑧。义既极乎性情，辞亦匠于文理〔六〕，故能开学养正⑨，昭明有融。然而道心惟微，圣谟元作谋，改谟。卓绝〔七〕，墙宇重峻，而吐纳自深〔八〕。譬万钧之洪钟⑩〔九〕，无铮铮之细响矣⑪。

夫易惟谈天〔一〇〕，夫字从御览增。入一作人，从御览改。神致用⑫；故系称旨远辞文〔一一〕，元作高，孙改。言中事隐⑬，韦编三绝⑭，固哲人之骊渊也⑮。书实记言〔一二〕，而训诂茫昧〔一三〕，通乎尔雅⑯，则文意晓然〔一四〕。故子夏叹书⑰，昭昭若日月之明，离离如星辰之行〔一五〕，言昭灼也〔一六〕。诗主言志，诂训同书，摛风裁兴，藻辞谲喻⑱，温柔在诵，故最附深衷矣。礼以一作贵。立体〔一七〕，一本下有“弘有”二字。据事剬范〔一八〕，章条纤曲，执而后显，采掇生疑作片。言〔一九〕，莫非宝也。春秋辨理，四句一十六字元脱，朱按御览补。一字见义，五石六鹢⑲，以详略成文；雉门两观⑳，以先后显旨。其婉章志晦㉑，谅以邃矣〔二〇〕。尚书则览文如诡，而寻理即畅；

春秋则观辞立晓，而访义方隐。此圣人之殊致〔二一〕，表里之异体者也。

至根柢槃深〔二二〕，枝叶峻茂〔二三〕，辞约而旨丰，事近而喻远，是以往者虽旧，馀味日新，后进追取而非晚〔二四〕，元作晓。前修文一作运。用而未先〔二五〕，可谓太山遍雨，河润千里者也㉒。

故论说辞序，则易统其首〔二六〕；一作旨。诏策章奏，则书发其源；赋颂歌赞，则诗立其本；铭诔箴祝，则礼总其端；纪传铭朱云：当作移。檄，则春秋为根〔二七〕：并穷高以树表，极远以启疆，所以百家腾跃，终入环内者也。若禀经以制式，酌雅以富言，是仰山而铸铜，煮海而为盐也❷〔二八〕。故文能宗经，体有六义：一则情深而不诡，二则风清而不杂，三则事信而不诞，四则义直而不回〔二九〕，五则体约而不芜，六则文丽而不淫。扬子比雕玉以作器㉓〔三〇〕，谓五经之含文也。夫文以行立，行以文传，四教所先，符采相济。励德树声〔三一〕，莫不师圣，而建言修辞，鲜克宗经。是以楚艳汉侈，流弊不还，正末归本，不其懿欤？

赞曰：三极彝道，训深稽古。致化归一，分教斯五〔三二〕。性灵镕匠，文章奥府〔三三〕。渊哉铄乎，群言之祖。

【黄叔琳注】

①**三极**〔易〕六爻之动，三极之道也。〔孔颖达疏〕是天地人三才至极之道。　②**三坟五典八索九邱**〔孔安国尚

书序〕伏羲、神农、黄帝之书谓之三坟，言大道也。少昊、颛顼、高辛、唐虞之书，谓之五典，言常道也。八卦之说谓之八索，求其义也。九州之志谓之九邱，邱，聚也。言九州所有，土地所生，风气所宜，皆聚此书也。 ③**纷糅**〔楚辞九辩〕惟其纷糅而将落兮。〔注〕纷糅，众杂也。 ④**十翼**见原道篇。 ⑤**七观**〔尚书大传〕六誓可以观义，五诰可以观仁，甫刑可以观诫，洪范可以观度，禹贡可以观事，皋陶可以观治，尧典可以观美。 ⑥**四始**〔诗序注〕关雎者风之始，鹿鸣者小雅之始，文王者大雅之始，清庙者颂之始。〔诗纬泛历枢〕大明在亥，水始也。四牡在寅，木始也。嘉鱼在巳，火始也。鸿雁在申，金始也。 ⑦**五经**〔礼记祭义〕礼有五经，莫重于祭。五经，谓吉凶军宾嘉。 ⑧**五例**见征圣篇。 ⑨**养正**〔易〕蒙以养正，圣功也。 ⑩**万钧**〔西京赋〕洪钟万钧。〔注〕三十斤曰钧。 ⑪**铮铮**〔刘盆子传〕铁中铮铮。〔说文〕曰：铮，金声也。铁之铮铮，言微有刚利也。 ⑫**入神致用**〔易〕精义入神，以致用也。 ⑬**旨远辞文，言中事隐**〔易系辞〕其旨远，其辞文，其言曲而中，其事肆而隐。 ⑭**韦编**〔汉书〕孔子晚而好易，读之韦编三绝，故为之传。 ⑮**骊渊**〔庄子〕夫千金之珠，必在九重之渊，而骊龙颔下。 ⑯**尔雅**〔尔雅序〕尔雅者，所以通训诂之指归，叙诗人之兴咏，总绝代之离辞，辨同实而异号者也。释诂一篇周公所作。释言以下或言仲尼所增，子夏所足，叔孙通所益，梁文所补。 ⑰**子夏叹书**〔尚书大传〕子夏读书毕，见于夫子。夫子问焉，子何为于书？子夏对曰：书之论事也，昭昭如日月之代明，离离若参辰之错行，上有尧舜之道，下有三王之义，商所受于夫子，志之于心，弗敢忘也。 ⑱**谲喻**〔诗序〕主文而谲谏，言之者无罪，闻之者足以戒。 ⑲**五石六鹢**〔春秋〕僖公十六年正月，陨石于宋五，六鹢退飞过宋都。〔公羊传〕曷为先言殒而后言石？殒石记闻，闻其磌然，视之则石，察之则五。曷为先言六而后言鹢退飞？记见也。视之则六，察之则鹢，徐而察之则退飞。 ⑳**雉门两观**〔春秋〕定公二年五月，雉门及两观灾。冬十月，新作雉门及两观。〔公羊传〕雉门及两观灾何？两观微也。然则曷为不言雉门灾及两观？主灾者两观也。主灾者两观，则曷为后言之？不以微及大也。 ㉑**婉章志晦**见五例注。 ㉒**太山遍雨，河润千里**〔公羊传〕触石而出，肤寸而合，不崇朝而遍雨乎天下者，唯太山尔。河海润于千里。〔春秋考异邮〕河者，水之气，四渎之精，所以流化，故曰河润千里。 ㉓**扬子**〔汉书〕扬雄字子云，著法言。**雕玉**〔法言〕玉不雕，璠玙不作器；言不文，典谟不作经。

黄云：是篇梅本"书实记言"以下有"而训诂茫昧，通乎尔雅，则文意晓然"云云，无"然览文"以下十字。"章条纤曲"下有"执而后显，采掇生辞，莫非宝也。春秋辨理"云云，注：四句十六字元脱，朱从御览补。无"观辞立晓”以下十二字。“谅以邃矣”下有“尚书则览文如诡，而寻理即畅；春秋则观辞立晓，而访义方隐”云云。按尔雅本以释诗，无关书之训诂，且五经分论，不应独举书与春秋，赘以览文云云。郁仪所补四句，辞亦不类，宜从王惟俭本。

纪云：癸巳三月，与武进刘青垣编修在四库全书处，以永乐大典所载旧本校勘，正与梅本相同，知王本为明人臆改。

【李详补注】

❶**皇世三坟四句**黄注引孔安国书序云云，纪云宜先引左传于前。详案：〔左传昭十二年〕是能读三坟五典，八索九邱。〔正义〕引贾逵说三坟三皇（皇，通行本作王，宋本作皇）之书，五典五帝之典，八索八王之法，九邱九州亡国之戒。彦和言皇世三坟，当用贾侍中说，孔安国伪书序，不足凭也。　❷**仰山铸铜二句**详案：〔史记吴王濞传〕吴有豫章铜山，濞则招致天下亡命，益铸钱，煮海水为盐，国用富饶。

【杨明照校注】

〔一〕**三极彝训，其书言经**

“言”，唐写本作“曰”。

按“曰”字是。论说篇：“圣哲彝训曰经。”总术篇："常道曰经。"并其证。博物志四："圣人制作曰经。"御览六百八引正作"曰"，不误。书酒诰："聪听祖考之彝训。"孔传："言子孙皆聪听父祖之常教。"

〔二〕**故象天地，效鬼神，参物序，制人纪**

按汉书礼乐志："六经之道同归，……故象天地而制礼乐，所以通神明，立人伦，正情性，节万事者也。"又儒林传序："古之儒者，博学乎六艺之文；六艺者，王教之典籍，先圣所以明天道，正人伦，致至治之成法也。"舍人立论，殆宗于此。

〔三〕**洞性灵之奥区**

"奥区"，唐写本作"区奥"。

按唐写本误倒。赞中"奥府"，与此"奥区"意同。事类篇："实群言之奥区。"其切证也。后汉书班固传："（西都赋）防御之阻，则天下之奥文选作"隩"。区焉。"李注："奥，深也。"此"奥区"二字之所自出。文选张衡西京赋"实惟地之奥区神皋"，王融三月三日曲水诗序"福地奥区之凑"，亦并作"奥区"，可证。

〔四〕**申以九邱**

按此"邱"字乃黄氏例避孔子讳所改，当依各本作"丘"。后"乘邱"、"邱明"、"介邱"、"发邱"、"孔邱"等"邱"字均仿此，不再出。

〔五〕**而大宝咸耀**

“咸”，黄校云：“一作‘启’。” 何焯改“启”。

按唐写本及御览引并作“启”。“启”草书与“咸”相近，故误。此当以作“启”为长。

〔六〕**义既极乎性情，辞亦匠于文理**

“极”，唐写本作“挺”；宋本御览六百八引作“埏”。明钞本御览同。

按“埏”字是，“挺”其形误也。作“埏”，始能与下句之“匠”字相俪。老子第十一章：“埏埴以为器。”河上公注：“埏，和也。埴，土也。和土以为饮食之器。”荀子性恶篇：“故陶人埏埴而为器。”杨注：“陶人，瓦工也。埏，击也。埴，黏土也。击黏土而成器。埏，音膻。”淮南子精神篇：“譬犹陶人之埏埴也，其取之地而已为盆盎也。”论衡物势篇：“今夫陶冶者，初埏埴作器，必模范为形。”李尤安哉铭：“埏埴之巧，甄陶所成。”御览七百六十引。释僧祐弘明集序：“理擅系表，乃埏埴周、孔矣。”并足为“极”当作“埏”之证。“埏乎性情”，与征圣篇“陶铸性情”之辞意全同。曰“埏”，曰“陶铸”，皆喻教育培养之道也。淮南子泰族篇：“入学庠序，以修人伦，此皆人之所有于性，而圣人之所匠成也。”“匠于文理”，犹言文理之所匠成也。

〔七〕**圣谟卓绝**

“谟”，黄校云：“元作‘谋’，改‘谟’。”此沿梅校。

徐𤍽、何焯并校为“谟”。

按唐写本及御览引并作“谟”。明诗篇：“圣谟所析，义已明矣。”亦以“圣谟”为言，改“谟”是也。书伪伊训：“圣谟洋洋，嘉言孔彰。”枚传：“洋洋，美善，言甚明可法。”

〔八〕**墙宇重峻，而吐纳自深**

“而”，唐写本无；御览引同。

按二句一意贯注，“而”字实不应有，当据删。书伪五子之歌：“峻宇雕墙。”枚传：“峻，高大。”

〔九〕**譬万钧之洪鍾(钟)**

“洪”，御览引作“鸿”。　　“鍾”，何本、训故本、凌本、合刻本、秘书本、别解本、增定别解本、王本、郑藏钞本作“鐘”。

按“洪”与“鸿”，“鍾”与“鐘”并通。知音篇赞“洪鍾万钧”，何本等亦作“鐘”。文选张衡西京赋“洪鐘万钧”薛注：“洪，大也。……三十斤曰钧。……言大鐘乃重三十万斤。”

〔一〇〕**夫易惟谈天**至**表里之异体者也**

范文澜云：“陈(汉章)先生曰：‘宗经篇“易惟谈天”至“表里之异体者也”二百字，并本王仲宣荆州文学志文。’案仲宣文见艺文类聚三十八，御览六百八。”

按类聚三八引王粲荆州文学记官志无此文；御

览六百七所引者亦然。御览全书中引王粲荆州文学官志止此一处。其六百八此据宋本、钞本、喜多本及鲍本。引"自夫子删述"至"表里之异体者也"一百馀字,明标为文心雕龙,非荆州文学官志也。陈氏盖据严辑全后汉文卷九一。为言;范氏所注出处,亦系移录严书。皆不曾一检类聚及御览,故为严可均所误。而严可均又由明铜活字本御览或倪刻御览。致误。铜活字本御览六百七于引荆州文学官志一则后,即接"夫易惟谈天,……表里之异体者也"一百八十八字。倪刻御览同。既有错简,又脱书名,严可均遂误为王粲荆州文学记官志中文耳。类聚所引荆州文学记官志自"有汉荆州牧曰刘君"至"声被四宇"凡三百二十八字,其文序赞俱全。若阑入文心此一百八十八字,实不伦类(张溥汉魏六朝一百三家集王侍中集所辑录之荆州文学记官志,即无此段),该书俱在,亦可覆案。

〔一一〕**故系称旨远辞文**

"文",黄校云:"元作'高',孙(汝澄)改。"此沿梅校。

按唐写本作"高"。杜预春秋左传集解序:"言高则旨远。"抱朴子内篇极言:"其言高,其旨远。"陈书周弘正传:"(梁武帝诏)设卦观象,事远文高。""言高"、"文高"与"辞高"一实,足见"高"字未误。尤其是梁武诏文之"文高"与敦煌写本之“辞高”,“文”“辞”二字虽异,其同用“高”字则一。此绝非偶然巧合,而是二人彼时所见之易系,必有作“高”字者,否则两书均作“高”字之故,虽欲考索,莫由也已。

〔一二〕**书实记言**

“记”,唐写本作“纪”。

按御览六百引亦作“纪”,与唐写本合。当据改。训故本、龙溪本作“纪”。

〔一三〕**而训诂茫昧**

“训诂”,唐写本作“诂训”。御览引作“诰训”,“诰”乃“诂”之形误。

按元本、弘治本、活字本、汪本、佘本、张本、两京本、王批本、胡本、训故本、梁本、四库本亦并作“诂训”。谢钞本作“训诂”,冯舒乙为“诂训”。以下文“诂训同书”及练字篇“雅以渊源诂训”例之,此自以作“诂训”为得。后汉书桓谭传:“皆诂训大义,不为章句。”徐干中论治学篇“矜于诂训”,郭璞尔雅序:“夫尔雅者,所以通诂训之指归。”文选左思三都赋序“归诸诂训”,亦并以“诂训”为言。

〔一四〕**通乎尔雅,则文意晓然**

黄叔琳云:“按尔雅本以释诗,无关书之训诂。”

按黄说谬。大戴礼记小辩篇:“尔雅以观于古,足以辩言矣。”汉书艺文志六艺略：“书者古之号令，号令于众，其言不立具，则听受施行者弗晓；古文读应尔雅，故解古今语而可知也。”后汉书贾逵传：“逵数为帝（肃宗）言：古文尚书与经传尔雅诂训相应。”论衡是应篇：“尔雅之书，五经之训故，儒者所共观察也。”

〔一五〕**故子夏叹书，昭昭若日月之明，离离如星辰之行**

唐写本“明”上有“代”字，“行”上有“错”字。

按唐写本是。舍人此语本尚书大传略说，原文范注已引。韩诗外传二作论诗，孔丛子论书篇作论书。而大传原有“代”“错”二字。孔丛子同。韩诗外传“代明”作“光明”，“离离”作“燎燎”。当据增。礼记中庸：“辟如四时之错行，如日月之代明。”亦其旁证。

〔一六〕**言昭灼也**

“昭”，唐写本作“照”。

按“照”字是，“昭”盖涉上“昭昭”句而误。西京杂记六“照灼涯涘”，文选谢灵运拟魏太子邺中集诗“照灼烂霄汉”，又鲍照舞鹤赋“对流光之照灼”，昭明太子集咏同心莲“照灼本足观”，并其证。

〔一七〕**礼以立体**

黄校云：“一本下有‘弘用’二字。”

按本段分论诸经，发端皆四字句，此不应独为六字句也。唐写本、元本、弘治本、活字本、汪本、佘本、张本、万历梅本、谢钞本、四库本并无“弘用”二字，御览亦无。两京本、王批本、何本、胡本、训故本、凌本、合刻本、梁本、秘书本、天启梅本、别解本、增定别解本、清谨轩本、尚古本、冈本、王本、郑藏钞本、崇文本有，皆非也。

〔一八〕**据事剬范**

按“剬”当依唐写本改作“制”。已详原道篇“剬诗缉颂”条。

〔一九〕**采掇生言**

“生”，黄校云：“疑作‘片’。”此袭何焯说。　　纪昀云：“‘生’字疑‘圣’字之讹。”　　天启梅本、张松孙本、崇文本作“王”。

按“片”字是。唐写本及御览引正作“片”。朱彝尊经义考卷一百三十引作“片”。当据改。文溯本、诗法萃编作“片”。纪说未可从。作“王”亦非。史传篇：“贬在片言，诛深斧钺。”是本书作“片言”之证。

〔二〇〕**谅以邃矣**

“以”，唐写本作“已”。

按“已”字较胜。正纬篇“亦已甚矣”，句法与此同，可证。

〔二一〕**此圣人之殊致**

“人”,唐写本作“文”;御览引同。　　徐𤊹校作“文”。

按“文”字是。汉书叙传下儒林传述:“犷犷亡秦,灭我圣文。”即“圣文”二字之所自出。后汉书张纯曹褒郑玄传论:“自秦焚六经,圣文埃灭。”弘明集颜延之重释何衡阳:“藉意探理,不若析之‘圣文’。”征圣篇“圣文之雅丽”,史传篇“圣文之羽翮”,亦并以“圣文”为言,皆谓儒家经典也。

〔二二〕**至根柢槃深**

“槃”,唐写本作“盘”。

按以总术篇“夫不截盘根”例之,作“盘”前后一律。

〔二三〕**枝叶峻茂**

按离骚:“冀枝叶之峻茂兮。”王注:“峻,长也。”

〔二四〕**后进追取而非晚**

“晚”,黄校云:“元作‘晓’。”此沿梅校。　　徐𤊹校作“晚”。

按唐写本、何本、谢钞本作“晚”。徐、梅校改是也。

〔二五〕**前修文用而未先**

“文”,黄校云:“一作‘运’。”

按唐写本作“久”是也。“文”其形误。“久用”与上句“追取”相对为文。天启梅本据曹学佺说改作“运”,非是。后汉书班固传:“(典引)扇遗风,播芳烈,久而愈新,用而不竭。”文选王俭褚渊碑文:“久而弥新,用而不竭。”

〔二六〕**故论说辞序,则易统其首**

“首”,黄校云:“一作‘旨’。”

按天启梅本始改为“旨”。以下文之“发其源”、“总其端”、“为根”例之,“首”字并不误。王批本、子苑三二引作“首”,益见梅改“首”为“旨”之非。

〔二七〕**纪传铭檄,则春秋为根**

“铭”,黄校云:“朱云:‘当作移。’”此沿梅校。唐写本作“盟”。 清谨轩本作“符”。

按“铭”字与上“铭诔箴祝”句复,唐写本作“盟”,是也。春秋左氏传中所载盟辞至夥,如桓元年越之盟,僖九年葵丘之盟等不下十篇。故舍人云然。移文汉世始有,见汉书律历志上、公孙弘传、刘歆传、张安世传等。周代尚无其体,不得与檄相提并论。朱氏谓“铭”当作“移”,盖据本书第二十篇檄移。为说,而昧其时序之不合也。清谨轩本作“符”,亦非。

〔二八〕**是仰山而铸铜,煮海而为盐也**

“仰”,唐写本作“即”;“也”上有“者”字。

按唐写本并是。史记吴王濞传:“乃益骄溢,即山铸钱，煮海水汉书无水字。为盐。”索隐：“即者，就也。”汉书晁错传：“上（景帝）曰：‘吴王即山铸钱，煮海为盐。’”颜注：“即，就也。”此舍人遣辞所本。则作“仰”者，乃形近之误也。

〔二九〕**四则义直而不回**

“直”，唐写本作“贞”。

按唐写本是也。明诗篇“辞谲义贞”，论说篇“必使时利而义贞”，并其证。广雅释诂一：“贞，正也。”

〔三〇〕**扬子比雕玉以作器**

“扬”，弘治本、汪本、佘本、张本、两京本、王批本、何本、合刻本、梁本、秘书本、别解本、尚古本、冈本、王本作“杨”。

按子云之姓，本从木不从手，段玉裁、王念孙曾有详核考证。见读书杂志卷四三扬雄传条。孙志祖读书脞录卷六。亦云：“古人但有从木之杨姓，无从扌之扬姓。”弘治本等作“杨”，尚未为俗所乱。其它篇中之“扬子”、“扬雄”不再出。

〔三一〕**励德树声**

“励”，唐写本作“迈”。

按左传庄公八年：“夏书曰：‘皋陶迈种德。’”杜注：“夏书，逸书也。……迈，勉也。”书伪大禹谟有此语（枚传训“迈”为“行”）。又僖公二十八年：“距跃三百，曲踊三百。”杜注：“百，犹劢也。”释文：“劢，音迈。”疏本误“劢”为“励”，与此同。盖初由“迈”作“劢”，后遂讹为“励”耳。当据唐写本改正。书伪毕命：“彰善瘅恶，树之风声。”枚传：“立其善风，扬其善声。”左传文公六年：“君子曰：‘……是以并建圣哲，树之风声。’”文选吴质在元城与魏太子笺：“若乃迈德种恩，树之风声。”

〔三二〕**致化归一，分教斯五**

“归”，唐写本作“惟”。

按“惟一”与“斯五”对，唐写本是也。“归”字盖涉正文末“正末归本”句误。书伪大禹谟有“惟精惟一”语。礼记经解：“孔子曰：‘入其国，其教可知也：其为人也，温柔敦厚，诗教也；疏通知远，书教也；广博易良，乐教也；絜静精微，易教也；恭俭庄敬，礼教也；属辞比事，春秋教也。’”乐经久亡，篇中亦止论五经。故云“分教斯五”。与押韵亦有关。

〔三三〕**文章奥府**

按后汉书崔骃传：“（崔篆慰志赋）骋六经之奥府。”傅子：“诗之雅颂，书之典谟，文质足以相副。玩之若近，寻之若远，陈之若肆，研之若隐，浩浩乎其文章之渊府也。”书钞九五、御览五九九又六百八引。

正纬第四

夫神道阐幽，天命微显，马龙出而大易兴，神龟见而洪范燿。故系辞称河出图，洛出书，圣人则之，斯之谓也。但世敻文隐，好生矫诞，真虽存矣，伪亦凭焉。

夫六经彪炳，而纬候稠叠[①]；孝论昭晳❶〔一〕，元作哲，许改。而钩谶葳蕤[②]。按经验纬，其伪有四：盖纬之成经，其犹织综，丝麻不杂，布帛乃成〔二〕；今经正纬奇，倍擿千里〔三〕，其伪一矣。经显，圣训也；纬隐，神教也。圣训宜广〔四〕，神教宜约，而今纬多于经，神理更繁，其伪二矣。有命自天〔五〕，乃称符谶，而八十一篇[③]，皆托于孔子〔六〕，则是尧造绿图[④]，昌制丹书[⑤]，其伪三矣。商周以前，图箓频见[⑥]，春秋之末，群经方备，先纬后经，体乖织综，其伪四矣。伪既倍疑作掊。摘❷，则义异自明。经足训矣，纬何豫焉〔七〕？

原夫图箓之见，乃昊天休命，事以瑞圣，义非配经。故河不出图，夫子有叹，如或可造，无劳喟然。昔康王河图，陈于东序[⑦]，故知前世符命[⑧]〔八〕，历代宝传[⑨]，仲尼所撰，序录而已。于是伎数之士，附以诡术，或说阴阳，或序灾异[⑩]，若鸟鸣似语[⑪]，虫叶成字[⑫]，篇条滋蔓，必假孔氏[⑬]〔九〕，通儒讨核，谓起哀平[⑭]❸〔一〇〕，东序秘宝[⑮]〔一一〕，朱紫乱矣〔一二〕。至于光武之世[⑯]，笃信斯术〔一三〕，风化所靡⑰，学者比肩，沛献集纬以通经⑱，曹褒撰谶以定礼⑲〔一四〕，乖道谬典，亦已甚矣。是以桓谭疾其虚伪⑳，尹敏戏疑作巇。其深瑕㉑〔一五〕，张衡发其僻谬㉒，荀悦明其诡诞㉓〔一六〕，四贤博练，论之精矣。

若乃羲农轩皞之源，山渎钟律之要㉔，白鱼赤乌之符㉕〔一七〕，黄金紫玉之瑞㉖〔一八〕，元作理，孙改。事丰奇伟，辞富膏腴，无益经典，而有助文章。是以后来辞人〔一九〕，采摭英华〔二〇〕，平子恐其迷学，奏令禁绝；仲豫惜其杂真，未许煨燔㉗；前代配经，故详论焉。

赞曰：荣河温洛㉘〔二一〕，是孕图纬。神宝藏用，理隐文贵。世历二汉，朱紫腾沸。芟夷谲诡，糅其雕蔚〔二二〕。

【黄叔琳注】

①**纬候**〔后汉方术传〕纬候之部。纬，七纬也。候，尚书中候也。 ②**葳蕤**〔司马相如封禅文〕纷纶葳蕤。〔注〕言众多也。 ③**八十一篇**〔隋经籍志〕河图九篇，洛书六篇，云自黄帝至周文王所受本文。又三十篇，云九圣之所增演。又七经纬三十六篇，并云孔氏所作，合为八十一篇。 ④**绿图**〔河图挺佐辅〕黄帝至于翠妫之川，鲈鱼折溜而至，兰叶朱文，以授黄帝，名曰绿图。 ⑤**丹书**〔尚书帝命验〕季秋之月甲子，赤爵衔丹书止于酆，集于昌户。其书曰：敬胜怠者吉，怠胜敬者灭。〔大戴礼〕武王召尚父问曰：黄帝、颛顼之道存乎？尚父曰：在丹书。

王欲闻之则斋矣。⑥**图箓**〔后汉方术传〕光武尤信谶言，士之赴趣时宜者，皆驰骋穿凿，争谈之也。故王梁、孙咸名应图箓，越登槐鼎之任，郑兴、贾逵以附同称显，桓谭、尹敏以乖忤沦败。又〔谢夷吾传〕综校图箓。 ⑦**东序**〔书顾命〕河图在东序。 ⑧**符命**〔扬雄传〕爰清静，作符命。〔翰林志〕董景真曰：吾闻帝王之兴，必有符命。⑨**历代宝传**〔书顾命传〕河图八卦。伏羲王天下，龙马出河，遂则其文，以画八卦，谓之河图，历代传宝之。⑩**序灾异**〔隋经籍志〕汉末郎中郗萌集图纬谶杂占为五十卷，谓之春秋灾异，宋均、郑玄并为谶律之注。然其文辞浅俗，颠倒舛谬，不类圣人之旨。 ⑪**鸟鸣似语**〔左传〕鸟鸣于亳社，如曰嘻嘻。甲午，宋大灾，宋伯姬卒。⑫**虫叶成字**〔汉书〕昭帝时，上林柳树断。一朝起立，生枝叶，有虫食叶成文字，曰：公孙病已立。宣帝本名病已，盖帝将膺大位之征。 ⑬**假孔氏**〔隋经籍志〕说者曰：孔子既叙六经以明天人之道，知后世不能稽同其意，故别立纬及谶以遗来世。其书出于前汉。 ⑭**起哀平**〔书洪范疏〕纬候之书，不知谁作，通人讨核，谓起哀平。⑮**秘宝**〔班固典引〕御东序之秘宝以流其占。 ⑯**光武**〔东观汉记〕光武避正殿读谶，坐庑下，浅露中风，苦咳也。 ⑰**风化所靡**〔隋经籍志〕光武以图谶兴，遂盛行于世。诏东平王苍正五经章句，皆命从谶。俗儒趋时，益为其学，篇卷第目，转相增广，言五经者皆凭谶为说。

⑱**沛献**〔后汉书〕沛献王辅好经书，善说京氏易、孝经、论语传及图谶，作五经论，时号之曰沛王通论。 ⑲**曹褒**〔后汉书〕曹褒受命次序礼事，依准旧典，杂以五经谶记之文，撰次天子至于庶人冠婚吉凶终始制度，以为百五十篇。 ⑳**桓谭**〔后汉书〕帝方信谶，多以决定嫌疑。桓谭上疏曰：观先王之记述，咸以仁义正道为本，非有奇怪虚诞之事。 ㉑**尹敏**〔后汉书〕帝令尹敏校图谶，敏对曰：谶书非圣人所作，其中多近鄙别字，颇类世俗之辞，恐疑误后生。 ㉒**张衡**〔后汉书〕自中兴以后，儒者争学图纬。张衡上疏曰：立言于前，有征于后，谓之谶书。自汉取秦，莫或称谶。若夏侯胜、眭孟之徒，以道术立名，其所述著，无谶一言。刘向父子领校秘书，阅定九流，亦无谶录。成哀之后，乃始闻之。殆必虚伪之徒，以要世取资，宜收藏图谶，一禁绝之，则朱紫无所眩，典籍无瑕玷矣。 ㉓**荀悦**〔后汉书〕荀悦作申鉴俗嫌篇曰：世称纬书仲尼所作，臣叔父爽辨之，盖发其伪也。有起于中兴之前，终张之徒之作乎。 ㉔**山渎**〔颜延之曲水诗序〕旮纬昭应，山渎效灵。**钟律**〔汉艺文志〕有钟律灾异、钟律从辰日苑、钟律消息。 ㉕**白鱼赤乌**〔史记〕武王渡河，中流，白鱼跃入王舟中。王俯取以祭。既渡，有火自上复于下，至于王屋，流为乌，其色赤，其声魄云。 ㉖**黄金**〔礼斗威仪〕君乘金而王，其政平，则黄金见深山。**紫玉**〔雒书〕王者不藏金玉，则紫玉见于深山。 ㉗**未许煨**

燔荀悦辨纬书为伪，或曰燔之。曰：仲尼之作则否，有取焉则可，曷其燔？　㉘**荣河**〔尚书中候〕帝尧即政，荣光出河，休气四塞。**温洛**〔易乾凿度〕帝盛德之应，洛水先温，九日乃寒。

【李详补注】

❶**孝论昭晢**详案：明吴兴凌云本晢原作哲，许改。〔孙氏诒让札迻〕云：说文日部：昭晢明也。晢或作晣，晣即晰之讹体。此书征圣、明诗、总术三篇昭晣字，元本、冯钞本（指冯舒钞本）亦并作哲，用通借字也。〔易〕大有九四象云：明辩晢也。〔释文〕云晢又作哲。彦和用经语多从别本。（札迻语在征圣篇"文章昭晢"条下，系据黄荛圃校元至正本。案明凌云所见元本昭哲在正纬篇，故翦裁孙语归此条下。）　❷**伪既倍摘**黄注倍疑作掊。纪云疑作备摘。〔札迻〕云：案上文"今经正纬奇，倍擿千里"，倍摘即倍擿，字并与适通。〔方言〕云：适，牾也。（广雅释诂同）〔郭注〕云：相触迕也。倍摘，犹言背迕也。（纪校上倍擿云擿疑作适，背适犹曰背驰。案纪以倍为背得之，而释适为驰，则亦未允。）黄、纪说并失之。❸**通儒二句**黄注书洪范疏"纬候之书，不知谁作，通人讨核，谓起哀平"，详案书疏即用彦和语，黄取以证此非是。通人自指张衡之说，见黄本篇后注。

【杨明照校注】

〔一〕**孝论昭晳**

“孝”,唐写本作“考”。　　“晳”,唐写本作“皙”。

梁本、别解本、张松孙本、崇文本同。

按“孝”,孝经也;“论”,论语也。孝经有钩命诀,论语有谶,故继云“钩谶葳蕤”。犹上之先言六经,而继云“纬候”然也。唐写本作“考”,非是。“晳”当从唐写本作“皙”。

〔二〕**丝麻不杂,布帛乃成**

按礼记礼运:“治其丝麻,以为布帛。”

〔三〕**倍擿千里**

“擿”,唐写本作“摘”。

按“擿”“摘”二字本通,犹“指摘”之为“指擿”,“发摘”之为“发擿”也。然以下文“伪既倍摘”例之,此当依唐写本作“摘”,上下始能一律。

〔四〕**经显,圣训也,**又。**圣训宜广**

唐写本两“圣”字并作“世”。

按唐写本是。夸饰篇:“虽诗书雅言,风俗原误作“格”,此据谢钞本。训世,事必宜广。”此云“世训”,因与下句“神教”对,故作“世训”。彼云“训世”,其义一也。

〔五〕**有命自天**

按诗大雅大明:“有命自天,命此文王。”

〔六〕**而八十一篇，皆托于孔子**

按桓谭新论："谶出河图洛书，但有兆朕，而不可知；后人妄复加增依托，称是孔丘，误之甚也。"意林三引。荀悦亦谓"八十一首非仲尼之作"，见申鉴俗嫌篇。

〔七〕**纬何豫焉**

"豫"，唐写本作"预"。

按以祝盟篇"祝原作"咒"，此从唐写本。何预焉"及指瑕篇"何预情理"例之，作"预"前后一律。

〔八〕**故知前世符命**

"世"，唐写本作"圣"。

按上文明言"图箓之见，乃昊天休命，事以瑞圣"。则此当以作"圣"为是。

〔九〕**篇条滋蔓，必假孔氏**

"假"，唐写本作"征"。

按纬书多称引孔子为说，唐写本作"征"较胜。

〔一〇〕**通儒讨核，谓起哀平**

"谓"下唐写本有"伪"字。

按唐写本是也。书洪范孔疏："纬候之书，不知谁作，通人讨核，谓伪起哀平。"孔疏即袭用舍人语，正有"伪"字。此文盖传写者求其句整而删耳。黄注曾引书孔疏即删去"伪"字。玉海六三引作"谓为起哀平"，亦足为原有"伪"字之证。玉海“伪”作“为”，或由写刻致误，亦未可知。（书序孔疏“通人考正，伪起哀平”语，亦出自文心。）

〔一一〕**东序秘宝**

“秘”，唐写本作“祕”。

按“秘”俗体，作“祕”是也。元本、弘治本、汪本、佘本、张本、王批本、何本、训故本、梁本、别解本、尚古本、冈本、四库本、王本、郑藏钞本、崇文本并作“祕”。当据改。后汉书班固传：“（典引）御东序之祕宝。”章怀注：“御犹陈也。东序，东厢也。祕宝，谓河图之属。尚书（顾命）曰：‘天球、河图在东序。’孔安国注曰：‘河图，八卦是也。’”文选典引李善引蔡邕注：“东序，墙也。尚书（顾命）曰：‘（颛顼）河图（雒书）在东序。’”吕向曰：“东序，东厢也。祕宝，则河图也。”

〔一二〕**朱紫乱矣**

按论语阳货：“子曰：‘恶紫之夺朱也。’”集解引孔安国曰：“朱，正色。紫，间色之好者。恶其邪好而夺正色。”孟子尽心下：“孔子曰：‘……恶紫，恐其乱朱也。’”后汉书张衡传：“（上疏）宜收藏图谶，一禁绝之，则朱紫无所眩，典籍无瑕玷矣。”

〔一三〕**至于光武之世，笃信斯术**

“于”，唐写本无。

按此为承上叙述之辞,“于”字不必有,当据删。

〔一四〕**曹褒撰谶以定礼**

“撰”,唐写本作“选”。

按唐写本是。“选谶”,即后汉书本传所谓“杂以五经谶记之文”之意。若作“撰”,则非其指矣。

〔一五〕**尹敏戏其深瑕**

“深瑕”,唐写本作“浮假”。

按唐写本是。谓其虚而不实也。丽辞篇“浮假者无功”,亦以“浮假”连文,可证。

〔一六〕**荀悦明其诡诞**

“诞”,唐写本作“托”。

按申鉴俗嫌篇:“世称纬书仲尼之作也。……有起于中兴之前,终张之徒之作乎。”“诡托”,即“终张之徒之作”之意。应从唐写本改“诞”为“托”。晋书艺术传序:“然而诡托,近于妖妄。”亦以“诡托”为言。

〔一七〕**白鱼赤乌之符**

“乌”,唐写本作“雀”。

按史记周本纪:“武王渡河中流,白鱼跃入王舟中,武王俯取以祭。既渡,有火自上复于下,至于王屋,流为乌,其色赤,其声魄云。”尚书中候雒师谋:“有火自天,出于王屋,流为赤乌。”郑玄注云："文王得赤雀丹书，今武王致赤乌。"御览八四引。论衡初禀篇："文王得赤雀，武王得白鱼赤乌。"是赤雀为文王事，赤乌为武王事矣。然古亦混言不别，吕氏春秋应同篇："及文王之时，天先见火，赤乌衔丹书集于周社。"是以赤乌属之文王也。舍人此文，殆原作"赤雀"，传写者求其与"白鱼"同为武王事而改之耳。

〔一八〕**黄金紫玉之瑞**

"瑞"，黄校云："元作'理'，孙改。"此沿梅校。徐𤊹"理"校作"瑞"。

按唐写本、元本、弘治本、佘本、两京本、何本、王批本、训故本、梁本、谢钞本、别解本、清谨轩本、尚古本、冈本、四库本、王本、郑藏钞本、崇文本并作"瑞"。黄省曾申鉴俗嫌篇注、谶语三、文通一、振绮类纂二引，亦并作"瑞"。孙改徐校是也。

〔一九〕**是以后来辞人**

"后"，唐写本作"古"。

按舍人就其身世以前言，故云"古来辞人"。后颂赞、事类、指瑕、物色、知音、序志六篇，亦均有类似辞句。唐写本作"古"，是也。当据改。

〔二〇〕**采摭英华**

"采"，唐写本作"捃"。

按以事类篇“捃摭经史”又“捃摭须核”例之，唐写本作“捃”，是也。史记十二诸侯年表序：“及如荀卿、孟子、公孙固、韩非之徒，各往往捃摭春秋之文以著书。”汉书刑法志：“于是相国萧何攈古捃字。摭秦法。”颜注：“攈摭，谓收拾也。”又艺文志：“武帝时，军政杨仆捃摭遗逸，纪奏兵录。”颜注：“捃摭，谓拾取之。”并以“捃摭”二字连文。

〔二一〕**荣河温洛**

“荣”，唐写本作“采”。　　元本、弘治本、活字本、张乙本、两京本、何本、梅本、凌本、合刻本、梁本、秘书本、谢钞本、汇编本、别解本、清谨轩本、尚古本、冈本、王本、张松孙本、郑藏钞本、崇文本作“荥”。

何焯云：“‘荣’谓荣光也。作‘荥’非。”

按“采”、“荥”二字并误。抱朴子佚文：“玩荣河者，若浮南滨而涉天汉。”书钞一百五十引。文选江淹诣建平王上书：“荣光塞河。”李注：“尚书中候曰：‘成王观于洛河，沈璧，礼毕，王退。俟至于日昧，荣光并出幕河。’”初学记九。帝王部事对：“温洛　荣河。”事类赋七。地部水：“温洛荣河之瑞。”并引易乾凿度及尚书中候以注，原文黄注已具。尤为切证。

〔二二〕**糅其雕蔚**

"糅",唐写本作"采"。　　两京本、胡本作"揉"。

按"糅"、"揉"并误。唐写本作"采",是也。"采其雕蔚",即篇末"捃摭英华"之意。

辨骚[1]第五

自风雅寝声〔一〕，莫或抽绪〔二〕，奇文郁起，其离骚哉①〔三〕！固已轩翥诗人之后②〔四〕，奋飞辞家之前，岂去圣之未远，而楚人之多才乎③！昔汉武爱骚，而淮南作传④〔五〕，以为国风好色而不淫，小雅怨诽元作谤，许改。而不乱〔六〕。若离骚者，可谓兼之。蝉蜕秽浊之中⑤，浮游尘埃之外，皭然涅而不缁，虽与日月争光可也。班固以为露才扬己[2]，忿怼沉江；羿浇二姚⑥，与左氏不合；昆仑悬一作玄。圃⑦〔七〕，非经义所载。然其文辞丽雅，为词赋之宗，虽非明哲〔八〕，可谓妙才。王逸以为诗人提耳⑧〔九〕，屈原婉顺。离骚之文，依经立义：驷虬乘翳⑨〔一〇〕，则时乘六龙⑩；昆仑流沙⑪，则禹贡敷土。名儒辞赋，莫不拟其仪表，所谓金相玉质，百世无匹者也。及汉宣嗟叹，以为皆合经术；扬雄讽味，亦言体同诗雅〔一一〕。四家举以方经，而孟坚谓不合传，褒贬任声，抑扬过实，可谓鉴而弗精，玩而未核者也。

将核其论，必征言焉。故其陈尧舜之耿介⑫，称汤武之祗敬⑬〔一二〕，典诰之体也；讥桀纣之猖披⑭〔一三〕，伤羿浇之颠陨〔一四〕，规讽之旨也；虬龙以喻君子⑮，云蜺以譬谗邪⑯，比兴之义也〔一五〕；每一顾而掩涕⑰〔一六〕，叹君门之九重⑱，忠怨之辞也：观兹四事，同于风雅者也。至于托云龙⑲，说迂怪，丰隆求宓妃⑳，鸩鸟媒娀女㉑〔一七〕，诡异之辞也;康回倾地㉒,夷羿彃元作蔽,孙改。日㉓〔一八〕,木夫元作天,谢改。九首㉔〔一九〕,土伯三目㉕〔二〇〕,元作足,朱改。谲怪之谈也;依彭咸之遗则㉖,从子胥以自适㉗,狷狭之志也;士女杂坐,乱而不分㉘,指以为乐,娱酒不废,沉湎日夜㉙,举以为欢,荒淫之意也:摘此四事,异乎经典者也。故论其典诰则如彼,语其夸诞则如此。固知楚辞者,体慢元作宪,朱据宋本楚辞改。于三代〔二一〕,而风雅于战国〔二二〕,乃雅颂之博徒㉚,而词赋之英杰也。观其骨鲠所树,肌肤所附,虽取镕经意,亦自铸伟辞〔二三〕。故骚经九章㉛,朗丽以哀志;九歌九辩㉜,绮靡以伤情;远游天问㉝,瑰诡而惠巧;招魂招隐㉞〔二四〕,冯云:招隐楚辞本作大招,下云屈宋莫追,疑大招为是。耀艳而深华〔二五〕;卜居摽放言之致㉟❸,渔父寄独往之才㊱〔二六〕。故能气往轹古,辞来切今,惊采绝艳,难与并能矣。

自九怀以下㊲,遽蹑其迹,而屈宋逸步,莫之能追。故其叙情怨,则郁伊而易感;述离居,则怆怏而难怀;论山水,则循声而得貌;言节候,则披文而见时。是以枚贾追风以入丽,马扬沿波而得奇㊳,其衣被词人,非一代也。故才高者菀其鸿裁,中巧者猎其艳辞〔二七〕,吟讽者衔其山川,童蒙者拾其香草。若能凭轼以倚雅颂,悬辔以驭楚篇,酌奇而不失其真〔二八〕,玩华而不坠其实〔二九〕,则顾盼可以驱辞力〔三〇〕,咳唾可以穷文致〔三一〕,亦不复乞灵于长卿㊴,假宠于子渊矣㊵。

赞曰:不有屈原,岂见离骚〔三二〕?惊才风逸,壮志烟高〔三三〕。山川无极,情理实劳。金相玉式〔三四〕,艳溢锱毫。

元作绝益称豪,朱考宋本楚辞改。

【黄叔琳注】

①**离骚**〔屈原列传〕原名平,楚之同姓也。为楚怀王左徒,王甚任之。上官大夫谗之,王怒而疏屈平,故忧愁幽思而作离骚。离骚者,犹离忧也。　②**轩翥**〔班固典引〕甘露宵零于丰草,三足轩翥于茂树。〔注〕轩翥,飞貌。③**楚人多才**〔左传〕惟楚有才,晋实用之。　④**淮南**〔汉书〕淮南王安好书,武帝使为离骚传,旦受诏,日食时上。⑤**蝉蜕**〔淮南子〕蝉饮而不食,三十日而蜕。　⑥**羿浇**〔离骚〕羿淫游以佚畋兮,又好射夫封狐。浇身被服强圉兮,纵欲而不忍。〔注〕羿,有穷之君,夏时诸侯也。因夏衰乱,代之为政。娱乐畋猎。信任寒浞,使为国相。浞杀羿而取羿妻,生浇,强梁多力,纵放其欲,不能自忍也。**二姚**〔离骚〕及少康之未家兮,留有虞之二姚。〔注〕有虞,国名。姚姓,舜后也。昔寒浞使浇杀夏后相,少康逃奔有虞,虞因妻以二女。　⑦**昆仑悬圃**〔天问〕昆仑悬圃,其尻安在?〔注〕昆仑,山名,其巅曰悬圃。　⑧**王逸**〔后汉书〕王逸字叔师,为侍中,著楚辞章句行于世。⑨**驷虬乘鹥**〔离骚〕驷玉虬以乘鹥兮,溘埃风余上征。⑩**时乘六龙**易乾彖辞。　⑪**昆仑流沙**〔禹贡〕昆仑析支渠搜。又曰:馀波入于流沙。〔离骚〕忽吾行此流沙兮。

⑫**陈尧舜**〔离骚〕彼尧舜之耿介兮，既遵道而得路。　⑬**称汤武**〔离骚〕汤禹俨而祗敬兮，周论道而莫差。　⑭**讥桀纣**〔离骚〕何桀纣之猖披兮，夫惟捷径以窘步。　⑮**虬龙**〔涉江〕驾青虬兮骖白螭。〔注〕虬螭，神兽，宜于驾乘，以喻贤人清白可信任也。　⑯**云蜺**〔离骚〕飘风屯其相离兮，帅云蜺而来御。〔注〕飘风，无常之风，以兴邪恶。云蜺，恶气，以喻佞人。　⑰**掩涕**〔离骚〕长太息以掩涕兮。　⑱**君门**〔九辩〕岂不郁陶而思君兮，君之门以九重。〔注〕阍阅扃闭，道路塞也。　⑲**云龙**〔离骚〕驾八龙之婉婉兮，载云旗之委蛇。〔注〕言己德如龙，可制御八方；己德如云雨，能润施万物也。　⑳**丰隆求宓妃**〔离骚〕吾令丰隆乘云兮，求宓妃之所在。〔注〕丰隆，云师，一曰雷师。宓妃，神女也，以喻隐士。　㉑**鸩鸟媒娀女**〔离骚〕望瑶台之偃蹇兮，见有娀之佚女。吾令鸩为媒兮，鸩告余以不好。〔注〕有娀，国名，谓帝喾之妃，契母简狄也。配圣帝，生贤子，以喻贞贤也。鸩，运日也。羽有毒可杀人，以喻谗贼。言我使鸩鸟为媒，以求简狄。其性谗贼，还诈告我，言不好也。　㉒**康回倾地**〔天问〕康回凭怒，地何故以东南倾？〔注〕康回，共工名。怒触不周山，地柱折故倾。　㉓**夷羿弹日**〔天问〕羿焉弹日，乌焉解羽。〔注〕淮南言尧时十日并出，草木枯死，尧命羿仰射十日，中其九日。日中九乌皆死，堕其羽翼。〔说文〕弹，射也。　㉔**木夫九首**〔招魂〕一夫九首，拔木九

千些。〔注〕有丈夫一身九头,强梁多力,从朝至暮,拔大木九千株也。 ㉕**土伯三目**〔招魂〕土伯九约,其角觺觺些。参目虎首,其身若牛些。〔注〕土伯,后土之侯伯也。其貌如虎,而有三目,身又肥大,状如牛也。 ㉖**彭咸**〔离骚〕愿依彭咸之遗则。〔注〕彭咸,殷贤大夫,谏其君不听,投水而死。则,法也。 ㉗**子胥**〔橘颂〕浮江淮而入海兮,从子胥而自适。 ㉘**士女杂坐,乱而不分**〔招魂句注〕言恣意调戏,乱而不分别也。 ㉙**娱酒不废,沉湎日夜**〔招魂句注〕言昼夜以酒相乐也。 ㉚**博徒**〔信陵君传〕公子闻赵有处士毛公,藏于博徒。 ㉛**九章**王逸曰:屈原放于江南之野,复作九章。章者著明也。言己所陈忠信之道甚著明也。 ㉜**九歌**王逸曰:昔楚南郢之邑,其俗信鬼而好祀,其祠必作歌乐鼓舞,屈原因为作九歌之曲,托以讽谏。**九辩**王逸曰:宋玉,屈原弟子,闵惜其师忠而放逐,故作九辩以述其志。 ㉝**远游**王逸曰:远游者,屈原之所作也。屈原履方直之行,不容于世,遂叙妙思,托配仙人,与俱游戏。**天问**王逸曰:天问者,屈原之所作也。屈原放逐,忧心愁悴,彷徨山泽,经历陵陆,见楚有先王之庙及公卿祠堂,图画天地山川神灵,及古贤圣怪物行事,因书其壁,呵而问之,以渫愤懑,舒写愁思。 ㉞**招魂**王逸曰:宋玉怜哀屈原厥命将落,作招魂,欲以复其精神,延其年寿。**大招**王逸曰:大招者,屈原之所作也。或曰景差,疑不能明也。屈原放流,恐命将终，所行不遂，故愤然大招其魂。又曰招隐士者，淮南小山之所作也。小山之徒，闵伤屈原，虽身沉没，名德显闻，与隐处山泽无异，故作招隐士之赋以章其志也。㉟**卜居**王逸曰：卜居者，屈原之所作也。原放弃，乃往太卜之家，卜以居世，何所宜行。　㊱**渔父**王逸曰：渔父者，屈原所作也。渔父避世时遇屈原，怪而问之，遂相应答。　㊲**九怀**王逸曰：九怀者，王褒之所作也。怀者，思也。褒读屈原之文，追而愍之，故作九怀以裨其词，遂列于篇。褒字子渊。　㊳**枚贾马扬**〔汉艺文志〕楚臣屈原离谗忧国，作赋以讽，有恻隐古诗之义。其后宋玉、唐勒，汉兴枚乘、司马相如，下及扬子云，竞为侈丽闳衍之辞，没其讽谕之义。又〔贾谊传〕谊为长沙王太傅，意不自得，及渡湘水，为赋以吊屈原。　㊴**乞灵**〔左传〕愿乞灵于臧氏。**长卿**〔汉书〕司马相如，字长卿。　㊵**假宠**〔左传〕君若苟无四方之虞，则愿假宠以请于诸侯。

【李详补注】

❶**辨骚**纪云：离骚乃楚词之一篇，统名楚词为骚，相沿之误也。详案：〔周中孚郑堂札记〕云：〔史记太史公自序〕屈原放逐，著离骚。又云作词以讽谏，连类以争义，离骚有之。〔汉书迁传〕屈原放逐，乃赋离骚。皆举首篇以统其全书。据此，彦和亦统全书而言，纪氏殆未审也。❷**班固以为露才扬己至王逸以为云云**详案：今俱见〔洪

兴祖楚辞章句补注〕后。纪氏谓班固、王逸二条失注,此并列在楚词,而失之目晓。案淮南离骚传亦见楚词章句。　❸**卜居句**详友丹徒陈祺寿云:〔论语微子篇〕隐居放言。〔集解〕引包咸云:放,置也,不复言世务。〔卜居〕云:吁嗟默默兮,谁知吾之廉贞。故彦和以放言美之。案此句下云渔父寄独往之才,亦言渔父鼓枻而去,独往不返也。陈说甚确。

【杨明照校注】

〔一〕**自风雅寝声**

按文选班固两都赋序:"昔成康没而颂声寝。"李注:"周道既微,雅颂并废。"李周翰曰:"寝,息也。"又皇甫谧三都赋序:"至于战国,王道陵迟,风雅寝顿。"张铣注:"顿,坏也。"

〔二〕**莫或抽绪**

按说文手部:"擂,引也。擂或从由。"又糸部:"绪,丝耑也。"玉篇耑部:"(耑)今为端。"段注:"抽丝者得绪而可引。引申之,凡事皆有绪可缵。"太玄玄莹:"群伦抽绪。"文选张华励志诗:"大猷玄漠,将抽厥绪。"张铣注:"言大道玄漠,犹将抽其端绪。""莫或抽绪"者,盖谓风雅之难为继也。

〔三〕**奇文郁起,其离骚哉**

"郁",楚辞补注作"蔚";广广文选十七。同。

按文选班固西都赋:“神明郁其特起。”梁书沈约传:“(郊居赋)值龙颜之郁起。”是“郁”字较胜。史记屈原传:“屈平之作离骚,……明道德之广崇,治乱之条贯,靡不毕见。其文约,其辞微,其志絜,其行廉,其称文小而其指极大,举类迩而见义远。”汉书艺文志诗赋略:“春秋之后,周道浸坏,颜注:“浸,渐也。”……而贤人失志之赋作矣。大儒孙卿及楚臣屈原离谗忧国,皆作赋以风,颜注:“离,遭也。风读曰讽。”咸有恻隐古诗之义。”王逸离骚经序:“离骚之文,……其词温而雅,其义皎而朗,凡百君子,莫不慕其清高,嘉其文采。”文选皇甫谧三都赋序:“至于战国,王道陵迟,……于是贤人失志,辞赋作焉。是以孙卿、屈原之属,遗文炳然,辞义可观。存其所感,咸有古诗之意。”均足与此文相发。

〔四〕**固已轩翥诗人之后**

按楚辞远游:“鸾鸟轩翥而翔飞。”洪兴祖补注:“方言十:‘翥,举也。楚谓之翥。’”

〔五〕**昔汉武爱骚,而淮南作传**

按章炳麟国故论衡明解故上:“淮南为离骚传,其实序也,太史依之以传屈原。”

〔六〕**小雅怨诽而不乱**

“诽”,黄校云:“元作‘谤’,许(无念)改。”此沿梅校。

徐𤊹亦校为“诽”。

按唐写本、楚辞补注、广广文选、谢钞本、汇函、赋略绪言作“诽”。许改、徐校是也。

〔七〕**昆仑悬圃**

“悬”，黄校云：“一作‘玄’。”此沿梅校。

按唐写本、何本、别解本、清谨轩本、崇文本作“玄”。文选张衡东京赋：“右睨玄圃。”李注：“（淮南子）地形。又曰：‘悬圃在昆仑阊阖之中。’‘玄’与‘悬’古字通。”

〔八〕**虽非明哲**

按“非明哲”，谓其投汨罗而死。诗大雅烝民：“既明且哲，以保其身。”

〔九〕**王逸以为诗人提耳**

按诗大雅抑：“匪面命之，言提其耳。”

〔一〇〕**驷（駟）虬乘翳**

“駟”，佘本作“驷”。芸香堂本、翰墨园本同。“翳”，郝懿行改“鹥”。　铃木虎雄云：“洪本按即洪兴祖楚辞补注本。‘翳’作‘鹥’，可从；诸本皆误。”据范文澜注引，后同。

按舍人用字，多从别本，此亦尔也。离骚：“驷玉虬以乘鹥兮。”旧校云：“‘鹥’，一作‘翳’。”后汉书冯衍传下章怀注杨慎均藻八霁引亦作“翳”。是“鹥”、“翳”二字，古本相通。不能谓为“诸本皆误”。训故本、广广文选、汇函、屈复楚辞新注即作“翳”。“駉”、“駧”并误，当据各本改作“驷”。黄本前除佘本作“駉”外，馀皆作“驷”。

〔一一〕**扬雄讽味，亦言体同诗雅**

“讽”，唐写本作“谈”。 “味”，稗编七三，古论大观三五作“咏”。褚德仪云：“‘味’疑‘咏’字之讹。”

按“谈”、“咏”并误。晋书袁宏传“（王）珣讽味久之”，世说新语赏誉篇“讽味遗言”，弘明集十二。释慧远与桓太尉论料简沙门书“二者讽味遗典”，广弘明集三。阮孝绪七录序“讲说讽味，方轨孔籍”，颜氏家训文章篇“孝元梁元帝。讽味，以为不可复得”，并“讽味”连文之证。又按子云语无考，黄、范诸家注亦未详。王逸楚辞天问后序：“昔屈原所作，凡二十五篇，世相教传，而莫能说天问；以其文义不次，又多奇怪之事。自太史公口论道之，多所不逮；至于刘向扬雄援引传记旧校云：“一作经传。”以解说之，亦不能详悉。”舍人谓其“体同诗雅”之言，就此可得其仿佛。

〔一二〕**称汤武之祗敬**

“汤武”，唐写本作“禹汤”；楚辞补注、广广文选同。 元本、两京本作“汤禹”。

按离骚“汤禹俨而祗敬兮”，又“汤禹严而求合兮”，并作“汤禹”；九章怀沙“汤禹久远兮”，亦作“汤禹”。疑舍人此文，原从离骚作“汤禹”。传写者以为失叙，乃改为“汤武”耳。若本作“禹汤”，恐不致误也。汉书宣元六王传：“汤禹所以成大功也。”论衡知实篇：“虽汤禹之察，不能过也。”其叙汤禹次第，与离骚同，亦可作为旁证。

〔一三〕**讥桀纣之猖披**

“猖”，梅本、凌本、合刻本、梁本、秘书本、谢钞本、汇编本、别解本、增定别解本、汇函、张松孙本作“昌”。“披”，楚辞补注、广广文选、诗源辨体二作“狂”。

按离骚：“何桀纣之猖披兮。”旧校云：“‘猖’，一作‘昌’。”唐写本文选、五臣本文选作“昌”。是“猖”与“昌”通。“披”作“狂”，疑误。

〔一四〕**伤羿浇之颠陨**

按离骚：“羿淫游以佚畋兮，又好射夫封狐；……浇身被服强圉兮，纵欲而不忍。日康娱而自忘兮，厥首用夫颠陨。”

〔一五〕**虬龙以喻君子，云蜺以譬谗邪，比兴之义也**

按王逸离骚序：“离骚之文，依诗取兴，引类譬谕；……虬龙鸾凤以托君子，飘风云霓以为小人。”

〔一六〕**每一顾而掩涕**

按黄注仅举离骚"长太息以掩涕兮"句以注，似于舍人文意未尽。当再引九章哀郢"望长楸而太息兮，涕淫淫其若霰；过夏首而西浮兮，顾龙门而不见"四句及抽思"望北山而流涕兮，临流水而太息"二句。

〔一七〕**丰隆求宓妃，鸩鸟媒娀女**

唐写本"丰"上有"驾"字，"鸩"上有"凭"字。

按"驾"、"凭"二字当据增，始能与上"托云龙说迂怪"句一例，否则辞意不明矣。

〔一八〕**夷羿彃日**

"彃"，黄校云："元作'蔽'，孙改。"此沿梅校。唐写本作"毙"。

按唐写本是也。楚辞天问："羿焉彃日？"旧校云："'彃'，一作'毙'。"舍人用传记文，多从别本，此必原是"毙"字。楚辞补注、广广文选作"弊"；元本、弘治本、活字本、汪本、佘本、张本、王批本、两京本、胡本、文津本、古论大观作"蔽"，皆音同形近之误。诸子篇"羿弊十日"，玉海三五。引作"毙"；元本、弘治本、活字本、汪本、佘本、张本、两京本、何本、胡本、梅本、合刻本、梁本、谢钞本等同。尤为切证。广弘明集三。江淹遂古篇："羿乃毙日，事岂然兮？"亦作"毙"。并其证。称"羿"为"夷羿"，见左传襄公四年虞人箴。徐干中论务本篇有“射如夷羿”语。

〔一九〕**木夫九首**

“夫”，黄校云：“元作‘天’，谢改。”此沿梅校。

按谢改与招魂合，是也。唐写本、楚辞补注、两京本、何本、训故本、梁本、别解本、尚古本、冈本、文溯本、王本、郑藏钞本、崇文本并作“夫”；广广文选、文俪、汇函、诗源辨体，引亦作“夫”。均未误。

〔二〇〕**土伯三目**

“目”，黄校云：“元作‘足’，朱改。”此沿梅校。

按朱改是也。唐写本、楚辞补注、活字本、何本、训故本、梁本、谢钞本、别解本、尚古本、冈本，正作“目”。广广文选、文俪、汇函、诗源辨体引，亦作“目”，均未误。

〔二一〕**体慢于三代**

“慢”，黄校云：“元作‘宪’，朱据宋本楚辞改。”此沿梅校。

按“宪”字不误，朱改非也。唐写本、元本、弘治本、活字本、汪本、佘本、张本、两京本、王批本、胡本、训故本、谢钞本、文津本、稗编、广广文选、文俪、古论大观、赋略绪言、七十二家评楚辞附录、观妙斋楚辞并作“宪”。诏策篇：“体宪风流矣。”亦以“体宪”为言。“体宪三代”，即篇中

"依经立义"、"皆合经术"、"同于风雅"、"取镕经意"之意。宋施元之苏轼诗注十七。林子中以诗寄文与可及余与可既没追和其韵首"君诗与楚词"句引:"刘勰辨骚:'楚词者,体慢于三代,……诗〔词〕赋之英杰也。'"是德初所见文心亦误"宪"为"慢",与宋本楚辞同。

〔二二〕**而风雅于战国**

"雅",唐写本作"杂"。

按唐写本是。时序篇:"屈平联藻于日月,宋玉交彩于风云,观其艳说,则笼罩雅颂,故知昳烨之奇意,出乎纵横之诡俗也。"正可作为"风杂于战国"一语注脚。

〔二三〕**虽取镕经意,亦自铸伟辞**

"伟",唐写本作"纬"。

按唐写本误。伟辞,犹奇辞也。说文人部:"伟,奇也。"此云伟辞,上云奇文,意本相承,其义一也。唐写本盖因经纬多相对举而误。书叙指南五、玉海二百四引,宋本楚辞、元本、弘治本、活字本、汪本、王批本等,并作"伟"。诏策篇:"辞义多伟。"书记篇:"实志高而文伟。"可资旁证。

〔二四〕**招魂招隐**

"招隐",徐𤊹校作"大招"。　　冯舒云:"'招隐',楚辞本作'大招'。下云'屈宋莫追',疑'大招'为是。"谭献亦校为"大招"。

按徐、谭校冯说是。唐写本、张乙本、训故本、广广文选并作"大招",未误。

〔二五〕**耀艳而深华**

"深",唐写本作"采"。

按唐写本是。"深"正作"罙",盖"采"初误为"罙",后遂变为"深"也。

〔二六〕**渔父寄独往之才**

"往",楚辞补注作"任";附校语云:"一云:'独任,当作独往。'"徐𤊹校作"任"。广广文选作"任"。

按"任"字非是。"独往"连文,始见于淮南王庄子略要,见范注引孙人和说。六朝人多用之。南齐书高逸传序"次则揭独往之高节",梁书沈约传"(郊居赋)实有心于独往",又处士诸葛璩传"将幽贞独往",抱朴子外篇刺骄"高蹈独往",文选谢灵运入华子岗是麻源第三谷诗"且申独往意",江淹杂体诗许征君首"资神任独往",并其证。若作"独任",则与渔父所言不合矣。

〔二七〕**故才高者菀其鸿裁,中巧者猎其艳辞**

"菀",唐写本作"苑";楚辞补注、杨慎均藻十灰、广广文选同。

按"苑"字是。"菀"与"苑"古虽相通,但本书则全用"苑"字。诠赋篇"夫京殿苑猎",以"苑猎”连文，与此以“苑”“猎”对举，其比正同。杂文篇“苑囿文情”，体性篇“苑囿其中矣”，练字篇“颉以苑囿奇文”，其用“苑”字义亦并与此同。此固不应单作“菀”也。总术篇“制胜文苑哉”，元本、活字本、王批本“苑”作“菀”，是“苑”“菀”二字易淆之证。

〔二八〕**酌奇而不失其真**

“其真”，唐写本作“居贞”。

按“贞”字是，“居”则非也。楚辞补注、训故本、广广文选、七十二家评注楚辞附录、八十四家评点楚辞集注总评、观妙斋楚辞，并作“其贞”。贞，正也；广雅释诂一。诚也。文选思玄赋旧注。铭箴篇“秉兹贞厉”，论说篇“必使时利而义贞”，活字本并误“贞”为“真”；事类篇“则改事失真”，活字本又误“真”为“贞”。是“贞”“真”二字固易淆误也。

〔二九〕**玩华而不坠其实**

按三国志魏书邢颙传：“庶子刘桢书谏（曹）植曰：‘……私惧观者将谓君侯习近不肖，礼贤不足，采庶子之春华，忘家丞邢颙。之秋实。’”志林：“虞喜曰：‘……世人奇其英辩，造次可观，而哂吕侯吕岱。无对为陋，不思安危终始之虑，是乐春藻之繁华，而忘秋实之甘口也。’”三国志吴书诸葛恪传裴注引。颜氏家训勉学篇：“夫学者犹种树也，春玩其华，秋登其实。”北齐书文苑传序：“开四照于春华，成万宝于秋实。”

〔三〇〕**则顾眄可以驱辞力**

“眄”，唐写本作“眄”。梅本作“盼”。

按“眄”“眄”“盼”三字，形音义俱别。王观国学林卷十辨之甚详。说文目部：“眄，目遍合视此依段注。也。”又：“眄，恨视也。”页部：“顾，还视也。”玉篇目部：“盼，黑白分也。”三字形近，每致淆误。此当以作“眄”为是。汉书叙传上：“（答宾戏）虞卿以顾眄而捐相印也。”晋书文苑赵至传：“（与嵇蕃书）从容顾眄，绰有馀裕。”

〔三一〕**咳唾可以穷文致**

按说文欠部：“欬（咳），屰气也。”今作逆气。又口部：“唾，口液也。”咳唾之间为时甚暂，此与上句之“顾眄”皆喻其易也。

〔三二〕**不有屈原，岂见离骚**

“原”，唐写本作“平”。

按时序篇“屈平联藻于日月”，物色篇“然屈平所以能洞监风骚之情者”，知音篇“昔屈平有言”，并称屈子之名。则此当从唐写本作“平”，前后始能一律。

〔三三〕**惊才风逸，壮志烟高**

“志”，唐写本作“采”。　　“烟”，楚辞补注旧校云:"一作'云'。"

按"惊才"就作者言,"壮采"则就作品言,当从唐写本作"采"为是。诠赋篇"时逢壮采",亦以"壮采"连文。舍人品评历代作家作品,多用壮字衡量,如杂文"取美于宏壮",又"壮语畋猎",诸子"心奢而辞壮",檄移"壮有骨鲠",又"并壮笔也",封禅"祀天之壮观矣",又"疏而能壮",体性"六曰壮丽","故言壮而情骇",夸饰"壮辞可得喻其真",才略"苏秦历说壮而中",又刘琨"雅壮而多风"等篇中之"壮"字,其明征也。又按后汉书逸民传赞:"远性风疏,逸情云上。"沈约梁武帝集序:"笺记风动,表议云飞。"类聚十四引。并以"风"、"云"相对,疑此文亦然。文选陆机汉高祖功臣颂:"身与烟消,名与风兴。"其以"烟"、"风"对举,与文心此文之以"风"、"烟"对举一实。盖舍人书在长期展转钞、刻过程中,传世者绝非一种版本,字句有异固无足怪。

〔三四〕**金相玉式**

按诗大雅棫朴:"追琢其章,金玉其相。"毛传:"相,质也。"说苑修文篇:"诗曰:'雕琢其章,金玉其相。'言文质美也。"左传昭公十二年:"其诗曰:'祈昭之愔愔,式昭德音。……式如玉,式如金。'"杜注:"式,用也。昭,明也。……金玉,取其坚重。"

文心雕龙校注卷二

明诗第六

大舜云:诗言志,歌永言。圣谟所析,义已明矣。是以在心为志,发言为诗,舒文载实〔一〕,其在兹乎!诗者,持也,持人情性〔二〕;三百之蔽,义归无邪,持之为训,有符焉尔。

人禀七情,应物斯感,感物吟志,莫非自然。昔葛天氏乐辞云,玄鸟在曲①〔三〕;黄帝云门②,理不空绮〔四〕。朱云:当作弦。至尧有大唐一作章。之歌③,舜造南风之诗④〔五〕,观其二文,辞达而已〔六〕。及大禹成功,九序惟歌⑤;太康败德,五子咸怨⑥〔七〕:顺美匡恶⑦,其来久矣。自商暨周,雅颂圆备〔八〕,四始彪炳⑧,六义环深⑨。子夏监绚素之章,子贡悟琢磨之句,故商赐二子,可与言诗〔九〕。自王泽殄竭⑩,风人辍采〔一〇〕,春秋观志⑪,讽诵旧章,酬酢以为宾荣⑫,吐纳而成身文⑬〔一一〕。逮楚国讽怨，则离骚为刺〔一二〕。秦皇灭典，亦造仙诗⑭。

汉初四言，韦孟首唱⑮，匡谏之义，继轨周人〔一三〕。孝武爱文，柏梁列韵⑯〔一四〕，严马之徒⑰，属辞无方〔一五〕。至成帝品录⑱，三百馀篇，朝章国采〔一六〕，亦云周备；而辞人遗翰，莫见五言⑲，所以李陵班婕妤见疑于后代也⑳〔一七〕。按召南行露㉑〔一八〕，始肇半章；孺子沧浪，亦有全曲；暇豫优歌㉒，远见春秋；邪径童谣㉓，近在成世：阅时取证〔一九〕，一作征。则五言久矣。又古诗佳丽，或称枚叔㉔，其孤竹一篇㉕，则傅毅之词。比采一作类。而推〔二〇〕，两汉之作乎？观其结体散文，直而不野，婉转附物〔二一〕，怊怅切情〔二二〕，实五言之冠冕也。至于张衡怨篇㉖〔二三〕，清典一作曲，从纪闻改。可味❶〔二四〕；仙诗缓歌㉗，雅有新声。

暨建安之初㉘，五言腾踊〔二五〕，文帝陈思㉙，纵辔以骋节，王徐应刘㉚，望路而争驱。并怜风月，狎池苑，述恩荣，叙酣宴，慷慨以任气，磊落以使才。造怀指事，不求纤密之巧；驱辞逐貌，唯取昭晰之能〔二六〕：此其所同也。乃正始明道㉛〔二七〕，诗杂仙心㉜，何晏之徒㉝，率多浮浅，唯嵇志清峻㉞〔二八〕，阮旨遥深㉟，故能摽焉。若乃应璩百一㊱〔二九〕，独立不惧〔三〇〕，辞谲义贞〔三一〕，亦魏之遗直也〔三二〕。

晋世群才，稍入轻绮，张潘左陆㊲〔三三〕，比肩诗衢❷，采缛于正始〔三四〕，力柔于建安，或析文以为妙〔三五〕，或流靡以自妍〔三六〕，此其大略也〔三七〕。江左篇制，溺乎玄风㊳，嗤笑徇务之志[39]，崇盛亡机之谈〔三八〕。袁孙已下[40]，虽各有雕采，而辞趣一揆，莫与争雄；所以景纯仙篇[41]，挺拔而为俊矣❸〔三九〕。宋初文咏[42]〔四〇〕，体有因革，庄老告退，而山水方滋[43]〔四一〕；俪采百字之偶，争价一句之奇，情必极貌以写物，辞必穷力而追新：此近世之所竞也。

故铺观列代〔四二〕，而情变之数可监；撮举同异，而纲领之要可明矣。若夫四言正体，则雅润为本；五言流调，则两则字从御览增。清丽居宗；华实异用，唯才所安。故平子得其雅，叔夜含其润，茂先凝其清[44]，景阳振其丽[45]〔四三〕；兼善则子建仲宣[46]〔四四〕，偏美则太冲公干[47]〔四五〕。然诗有恒裁，思无定位，随性适分，鲜能通圆〔四六〕。若妙识所难，其易也将至；忽之为易，其难也方来〔四七〕。至于三六杂言[48]，则出自篇什[49]〔四八〕；离合之发[50]，则明于图谶[51]〔四九〕；回文所兴❹，则道原为始[52]；联句共韵[53]，则柏梁馀制；巨细或殊，情理同致，总归诗囿，故不繁云。

赞曰：民生而志，咏歌所含。兴发皇世，风流二南。神理共契，政序相参。英华弥缛，万代永耽。

【黄叔琳注】

①**葛天氏乐词，玄鸟在曲**〔吕氏春秋〕葛天氏之乐，三人掺牛尾投足以歌八阕：一曰载民，二曰玄鸟，三曰遂草木，四曰奋五谷，五曰敬天常，六曰达帝功，七曰依地德，八曰总万物之极。　②**云门**〔周礼〕大司乐奏黄钟，歌大

吕，舞云门，以祀天神。〔史〕黄帝命大容作云门大卷乐。③**大唐之歌**〔尚书大传〕维五纪，奏钟石，论人声，及乃鸟兽咸变于前，秋养耆老而春食孤子，乃勃然韶乐兴于大麓之野。执事还归二年，谈然，乃作大唐之歌。一作大章。〔汉礼乐志〕尧作大章。 ④**南风**〔家语〕舜弹五弦之琴，造南风之诗，其诗曰：南风之薰兮，可以解吾民之愠兮。南风之时兮，可以阜吾民之财兮。 ⑤**九序**见虞书。 ⑥**五子**见夏书。 ⑦**顺美**〔孝经〕将顺其美，匡救其恶。 ⑧**四始**见宗经篇。 ⑨**六义**〔毛诗序〕诗有六义焉：一曰风，二曰赋，三曰比，四曰兴，五曰雅，六曰颂。⑩**王泽殄竭**〔班固赋〕王泽竭而诗不作。 ⑪**观志**〔左传〕郑伯享赵孟于垂陇，七子从。赵孟曰：七子从君以宠武也，请皆赋以卒君贶，武亦以观七子之志。 ⑫**宾荣**〔左传〕诗以言志，志诬其上而公怨之，以为宾荣，其能久乎？ ⑬**身文**〔左传〕言，身之文也。 ⑭**仙诗**〔史记〕秦始皇使博士为仙真人诗，令乐人弦歌之。 ⑮**韦孟**〔汉书〕韦孟为楚元王傅。傅子夷王及孙王戊。戊荒淫不遵道，孟作诗讽谏。 ⑯**柏梁**〔任昉文章缘起〕七言诗，汉武帝柏梁殿联句。 ⑰**严**〔严助传〕助，会稽吴人，严夫子子也。〔注〕夫子，严忌也。〔艺文志〕庄夫子赋二十四篇。〔注〕名忌，吴人。常侍郎庄匆奇赋十一篇。〔注〕匆奇者或言庄夫子子，或言族家子，庄助昆弟也。严助赋三十五篇。**马**司马相如，见前。 ⑱**成帝品录**

〔汉艺文志〕成帝诏刘向校经传诸子诗赋，每一书已，向辄条其篇目，撮其指意，录而奏之。歌诗二十八家，三百一十四篇。　⑲**五言**〔锺嵘诗品〕夏歌曰：郁陶乎余心。楚辞曰：名余曰正则。虽诗体未全，然是五言之滥觞也。逮汉李陵，始著五言之句矣。　⑳**李陵**〔诗品〕汉都尉李陵诗，其源出于楚辞，文多凄怨者之流。陵名家子，有殊才，生命不谐，声颓身丧。使陵不遭辛苦，其文亦何能至此。**倢伃**〔诗品〕汉倢伃班姬诗，其源出于李陵。团扇短章，辞旨清捷，怨深文绮，得匹妇之致。侏儒一节，可以知其工矣。　㉑**行露**谁谓雀无角云云，四句皆五言。㉒**暇豫**〔国语〕骊姬通于优施，欲害申生，而难里克。优施乃饮里克酒，中饮，优施起舞曰：暇豫之吾吾，不如鸟乌。人皆集于菀，己独集于枯。　㉓**邪径**〔汉五行志〕成帝时歌谣曰：邪径败良田，谗口害善人，桂树华不实，黄雀巢其巅。故为人所羡，今为人所怜。　㉔**枚叔**古诗十九首，〔文选注〕并云古诗，盖不知作者。或云枚乘，然诗云驱车上东门，又云游戏宛与洛，此辞兼东都，非尽是乘明矣。〔徐陵玉台新咏〕谓青青河畔草、西北有高楼、涉江采芙蓉、庭中有奇树、迢迢牵牛星、东城高且长、明月何皎皎七首是乘作。乘字叔。　㉕**孤竹**〔后汉书〕傅毅字武仲。孤竹一篇，谓十九首冉冉孤生竹篇也。　㉖**张衡怨篇**其辞曰：猗猗秋兰，植彼中阿。有馥其芳，有黄其葩。虽曰幽深，厥美弥嘉。之子云遥，我劳如何。　㉗**仙**

诗缓歌〔张衡同声歌〕素女为我师，仪态盈万方，众夫所希见，天老教羲皇。　㉘**建安**〔后汉献帝纪〕建安元年，春正月癸酉，郊祀上帝于安邑，大赦天下，改元建安。下所云文帝、陈思、王、徐、应、刘，俱当时作诗者也。　㉙**文帝陈思**〔诗品〕魏文帝诗其源出于李陵，颇有仲宣之体。陈思王植诗源出于国风，骨气奇高，词采华茂，情兼怨雅，体被文质，粲溢今古，卓尔不群。故孔氏之门如用诗，则公干升堂，思王入室，景阳潘陆，自可坐于廊庑之间矣。　㉚**王徐应刘**〔魏志〕王粲字仲宣，徐干字伟长，应玚字德琏，刘桢字公干。〔魏文帝与吴质书〕伟长怀文抱质，恬淡寡欲，有箕山之志，可谓彬彬君子矣。德琏常斐然有述作之意，其才学足以著书，美志不遂，良可痛惜。公干有逸气，但未遒耳。其五言诗之善者，妙绝时伦。仲宣独自善于辞赋，惜其体弱，不足起其文，至其所善，古人无以远过。　㉛**正始**〔魏志〕齐王芳改元正始。㉜**诗杂仙心**言其皆宗老庄。　㉝**何晏**〔典略〕何晏字平叔。锺嵘曰：平叔鸿雁之篇，风规见矣。　㉞**嵇**〔晋书〕嵇康字叔夜。锺嵘曰：嵇康诗颇似魏文，过为峻切，讦直露才，伤渊雅之志。然托喻清远，良有鉴裁，亦未失高流矣。　㉟**阮**〔晋书〕阮籍字嗣宗。锺嵘曰：阮籍诗其源出于小雅，无雕虫之功。而咏怀之作，可以陶性灵，发幽思，言在耳目之内，情寄八荒之表，洋洋乎会于风雅，使人忘其鄙近。自致远大，颇多感慨之词。厥旨渊放，归趣难求。 ㊱**应璩百一**〔魏志〕应璩字休琏。〔魏氏春秋〕齐王芳即位，曹爽辅政，多违法度，璩作百一诗以讽。序云：时谓爽曰：公闻周公巍巍之称，安知百虑有一失乎。故以百一名篇。 ㊲**张潘左陆**〔诗评序〕晋太康中，三张二陆，两潘一左，勃尔复与，踵武前王，风流未沫，亦文章之中兴也。按三张，载字孟阳，协字景阳，亢字季阳。王注引张华误。二陆，机字士衡，云字士龙。两潘，岳字安仁，尼字正叔。一左，思字太冲。 ㊳**玄风**〔沈约宋书〕在晋中兴，玄风独扇，为学穷于柱下，博物止乎七篇。驰骋文辞，义殚于此。自建武暨于义熙，历载将百，虽缀响联词，波属云委，莫不寄言上德，托意玄珠，遒丽之词，无闻焉耳。 ㊴**嗤笑**〔干宝晋纪总论〕学者以庄老为宗，而黜六经；谈者以虚薄为辩，而贱名检；当官者以望空为高，而笑勤恪。 ㊵**袁**〔晋书〕袁宏字彦伯，有逸才。锺嵘曰：彦伯咏史，虽文体未遒，而鲜明紧健，去凡俗远矣。**孙**〔晋书〕孙统字承公，弟绰字兴公，并任诞不羁，而善属文。旧注引孙楚，楚卒于惠帝初，不得为江左也。 ㊶**景纯**〔臧荣绪晋书〕郭璞字景纯，著游仙诗十四篇。 ㊷**宋初**〔宋书〕仲文始革孙许之风，叔源大变太元之气。爰逮宋氏，颜谢腾声，灵运之兴会标举，延年之体裁明密，并方轨前哲，垂范后昆。 ㊸**山水**谓颜谢腾声，如选诗游览诸作也。 ㊹**茂先**〔晋书〕张华字茂先。㊺**景阳**〔诗品〕晋张协诗雄于潘岳，靡于太冲，风流调达，实旷代之高手；词采葱蒨，音韵铿锵，使人味之，亹亹不倦。　㊻**子建仲宣**〔诗品〕王粲诗其源出于李陵，发愀怆之词，文秀而质羸。在曹刘间别构一体，方陈思不足，比魏文有馀。　㊼**太冲公干**〔诗品〕左思诗其源出于公干，文典以怨，颇为精切，得讽谕之致，虽野于陆机，而深于潘岳。谢康乐常言左太冲诗、潘安仁诗古今难比。

㊽**三六杂言**〔文章缘起〕三言诗晋夏侯湛所作，六言诗汉谷永作。　㊾**出自篇什**〔挚虞文章流别〕诗之流也，有三言四言五言六言七言九言。古诗率以四言为体，而时一句二句杂在四言之间，后世演之，遂以为篇。三言者“振振鹭”、“鹭于飞”之属是也，五言者“谁谓雀无角”之属是也，六言者“我姑酌彼金罍”之属是也，七言者“交交黄鸟止于桑”之属是也，九言者“泂酌彼行潦挹彼注兹”之属是也。　㊿**离合**〔文章缘起〕孔融作四言离合诗。

(51)**图谶**孔子作孝经及春秋河洛成，告备于天。有赤虹下，化为黄玉，长三尺，上刻文云：宝文出，刘季握；卯金刀，在轸北；字禾子，天下服。合卯金刀为刘，禾子为季也。　(52)**回文所兴，道原为始**道原未详，旧注引贺道庆，然道庆四言回文之前已有璇玑图诗，不可谓之始矣。〔唐武后璇玑图序〕前秦苻坚时，扶风窦滔妻苏氏名蕙字若兰，滔镇襄阳，绝苏氏音问，苏氏因织锦为回文。五彩相宣，纵广八寸，题诗二百馀首，计八百馀言，纵横反覆，皆为文章。又〔杂体诗序〕晋傅咸有回文反覆诗二首，反覆其文以示忧心展转也。是又在窦妻前。 ㉝**联句**见柏梁注。

【李详补注】

❶**张衡怨篇二句**黄注引衡诗但作其辞曰云云，不记所出。案〔御览〕(九百八十三)载衡怨诗曰：秋兰，嘉美人也。嘉而不获用，故作是诗。此是诗序，当并录之。诗与黄引同。明梅庆生凌云两本并作清曲，黄据困学纪闻改典非也。纪氏亦以清曲为是，云曲字作婉字解。 ❷**晋世群才四句**详案：沈约〔宋书〕谢灵运传论：降及元康，潘陆特秀，律异班贾，体变曹王，缛旨星稠，繁文绮合。 ❸**景纯仙篇二句**详案：〔锺嵘诗品〕郭景纯用俊上之才，变创其体。又云文体相辉，彪炳可玩，始变永嘉平淡之体，故称中兴第一。 ❹**回文所兴句**〔困学纪闻〕(卷十八评诗)云：诗苑类格谓回文出于窦滔妻所作，文心雕龙云回文所兴则道原为始。又傅咸有回文反覆诗，温峤有回文诗，皆在窦妻前。翁元圻〔注〕引四库全书总目宋桑世昌回文类聚提要：艺文类聚载曹植镜铭，回环读之，无不成文，实在苏蕙以前。详案梅庆生音注本云宋贺道庆作四言回文诗一首，计十二句，四十八言，从尾至首，读亦成韵。道原无可考，恐庆字之误。案道庆之前回文作者已众，不得定原字为庆字之误。

【杨明照校注】

〔一〕**舒文载实**

按文选颜延之赠王太常诗:"舒文广国华。"李注:"王逸楚辞(九叹怨思)注曰:'发文舒今本楚辞作序。词,烂然成章。'"张铣注:"舒其文章。"

〔二〕**诗者,持也,持人情性**

"诗"上,唐写本有"故"字。

按"故"字于此为承上领下之词,实不可少,应据增。汉书翼奉传:"奉对曰:'……故诗之为学,情性而已。五性不相害,六情更废兴。'"

〔三〕**昔葛天氏乐辞云,玄鸟在曲**

唐写本无"天""氏""云"三字。　　郝懿行云:"按'云'字疑衍。"

按唐写本脱"天"字,"氏""云"二字则当据删。乐府篇"葛天八阕",事类篇"按葛天之歌",并止作"葛天",无"氏"字。玉海一百六。引,正作"昔葛天乐辞",未衍未脱。

〔四〕**黄帝云门,理不空绮**

"绮",黄校引朱云:"当作'弦'。"此沿梅校。

按朱说是。唐写本及玉海引并作"弦",当据改。

〔五〕**至尧有大唐之歌,舜造南风之诗**

"舜",御览五八六引作"虞"。

按上言"尧",下言"虞",不相伦比,御览所引非是。

〔六〕**辞达而已**

按论语卫灵公："子曰：'辞达而已矣。'"集解引孔安国曰："凡事莫过于实，辞达则足矣，不烦文艳之辞。"

〔七〕**太康败德，五子咸怨**

"怨"，唐写本作"讽"；御览引同。　徐𤊹校作"五字感讽"。

按"讽"字是。上云"歌"，此云"讽"，文本相对为义。故下言"顺美匡恶"也。"顺美"指"大禹"二句，"匡恶"指"太康"二句。传写者盖泥于伪五子之歌文而改耳。徐校非。

〔八〕**自商暨周，雅颂圆备**

铃木云："案'圆'字可疑，下文亦云'周备'，'圆'疑'周'字讹。"

按"圆"字未误，本书亦屡用"圆"字。例多不具举。郑玄诗商颂长发笺："圆，谓周也。"是"圆备"即"周备"，无烦改字。其未如下文作"周备"者，盖与上句"自商暨周"之"周"字相避耳。

〔九〕**故商赐二子，可与言诗**

"与"，御览引作"以"。

按舍人此文本于论语，一见学而，一见八佾。而论语并作"与"，则御览所引非是。

〔一〇〕**自王泽殄竭，风人辍采**

“殄”，御览引作“弥”。

按“弥”为“彌”之简书，“殄”又作“殄”，形近易误。此当以作“殄”为是。殄，尽也；说文歺部。绝也。诗邶风新台毛传。汉书礼乐志：“王泽既竭，而诗不能作。”两都赋序：“王泽竭而诗不作。”

〔一一〕**春秋观志，讽诵旧章，酬酢以为宾荣，吐纳而成身文**

按汉书艺文志诗赋略：“古者，诸侯卿大夫交接邻国，以微言相感，当揖让之时，必称诗以谕其志，盖以别贤不肖而观盛衰焉。”

〔一二〕**逮楚国讽怨，则离骚为刺**

按“刺”字误。当依唐写本、何本、王批本、训故本、梅本、凌本、汇编本、尚古本、冈本、王本、郑藏钞本作“刺”。史记屈原列传：“屈平之作离骚，盖自怨生也。”

〔一三〕**匡谏之义，继轨周人**

“人”，活字本御览引作“文”；何本、梅本、凌本、合刻本、梁本、秘书本、汇编本、别解本、增定别解本、清谨轩本、尚古本、冈本、张松孙本、郑藏钞本、崇文本、读书引十二同。　唐写本作“人”。凡唐写本与今本同者，后不再出。

按“文”字误。通变篇“暨楚之骚文，矩式周人”，比兴篇“所以文谢于周人也”，并称诗三百篇作者为“周人”。若作“周文”，则与下句“孝武爱文”之“文”字复矣。梅庆生天启二年重修本已改为“人”。

〔一四〕**孝武爱文，柏梁列韵**

按柏梁台诗顾炎武日知录谓出后人拟作，原文范注已具。确为不易之论。但前代无有疑其为伪者。如汉武帝集：“武帝作柏梁台，诏群臣二千石有能为七言诗者，乃得上坐。御史大夫曰：‘刀笔之吏臣执之。’”御览二二五引。东方朔传：“汉武帝在柏梁台上使群臣作七言诗。”世说新语排调篇刘注引（东方朔传疑是东方朔别传）。颜延之庭诰：“柏梁以来，继作非一，所纂至七言而已。”御览五八六引。王僧孺谢齐竟陵王使撰众书启：“柏梁初构，首属骖驾之辞。”类聚五五引。颜之推观我生赋：“时参柏梁之唱。”北齐书文苑本传。并其证。宋武帝有华林都亭曲水联句效柏梁体诗，梁武帝有清暑殿联句效柏梁体诗，并见类聚五六节引。

〔一五〕**严马之徒，属辞无方**

按汉书礼乐志：“以李延年为协律都尉，多举司马相如等数十人造为诗赋；略论律吕，以合八音之调，作十九章之歌。”又佞幸传：“是时，上武帝。方兴天地诸祠，欲造乐，令司马相如等作诗颂。延年辄承意弦歌所造诗，为之新声曲。”此云"严马之徒",汉书云"司马相如等",所指当属一事。然则十九章之歌,有"严马之徒"所作在内乎?礼记内则:"三十,……博学无方。"郑注:"方,犹常也。至此学无常,在志所好也。"郊祀歌十九章中,有三言、四言或杂言,无完整五言。并无固定形式,故云"属辞无方"。

〔一六〕**朝章国采**

按汉书艺文志诗赋略:"高祖歌诗二篇,泰一杂甘泉寿宫歌诗十四篇,宗庙歌诗五篇,……出行巡狩及游歌诗十篇,诸神歌诗三篇,送迎灵颂歌诗三篇。"等,"朝章国采",盖指此类歌诗而言。

〔一七〕**所以李陵班婕妤见疑于后代也**

"妤",唐写本无,御览引同。　"疑",御览引作"拟"。

按曹植班婕妤画赞:"有德有言,实惟班婕。"初学记十引。陆厥中山王孺子妾歌:"班婕坐同车。"文选。并止称"班婕"。则此当据唐写本及御览删"妤"字。上文明言"辞人遗翰,莫见五言",自以作"疑"为是。颜延之庭诰:"逮李陵众作,总杂不类,是假托,非尽陵制。"御览五八六引,宋书延之传无。此李陵诗见疑后代之尚可考者。

〔一八〕**按召南行露**

"召",唐写本作"邵";宋本、刻本、鲍本御览引同。倪本、活字本御览作"郡","郡"即"邵"之误。

按诗大序"故系之召公"释文:"'召',本亦作'邵',同上照反;后'召南'、'召公'皆同。"舍人用字,多从别本;再以诠赋篇"昔邵公称公卿献诗"相证,此必原作"邵"也。

〔一九〕**阅时取证**

"证",黄校云:"一作'征'。" 何焯校作"征"。吴翌凤校同。

按唐写本及御览引并作"征"。释僧祐弘明集后序:"故复撮举世典,指事取征。"则作"征"是也。

〔二〇〕**比采而推**

"采",黄校云:"一作'类'。" 何焯校作"类"。纪昀云:"'类'字是。"

按黄氏所称"一作类"者,盖指何焯校本。唐写本作"彩",诔碑篇"文采允集",唐写本亦作"彩"。御览引作"采",与今本同。则何校、纪评未可从也。

〔二一〕**婉转附物**

"婉",唐写本作"宛";御览引同。

按以章句篇赞"宛转相腾",丽辞篇"则宛转相承",物色篇"既随物以宛转"例之,作"宛"是。当据改。

〔二二〕**怊怅切情**

"怊",御览引作"惆"。

按风骨篇有"怊怅述情",序志篇"怊怅于知音",则御览所引未可从也。楚辞东方朔七谏谬谏:"然怊怅而自悲。"王注:"怊怅,恨貌也。"补注:"怊,音超。"

〔二三〕**至于张衡怨篇**

按平子怨诗,除黄注所引者外,文选王粲赠士孙文始诗李注引张衡怨诗曰:"同心离居,绝我中肠。"续古文苑卷四、丁福保全汉诗卷二所辑张衡诗佚此条。用韵不同,所作或非一首。

〔二四〕**清典可味。**

"典",黄校云:"一作'曲',从纪闻改。"梅庆生天启二年重修本已改为"典"。　徐𤊹云:"当作'典'。"纪昀云:"是'清曲'。'曲'字作'婉'字解。"

按作"典"是也。唐写本、御览、玉海五九引、王批本并作"典"。陆士衡集遂志赋:"思玄精练而和惠,欲丽前人,而优游清典,漏幽通矣。"亦以"清典"二字品评。

〔二五〕**五言腾踊**

"踊",唐写本作"跃"。　御览、玉海引作"踴";元本、弘治本、活字本、汪本、佘本、张本、两京本、何本、王批本、训故本、凌本、合刻本、梁本、秘书本、谢钞本、汇编本、别解本、清谨轩本、尚古本、冈本、文津本、张松孙本、郑藏钞本、崇文本、汉魏诗乘总录、诗源辨体四、读书引十二同。

按"跃"、"踴"通用。以宗经篇"百家腾跃",总术篇"义味腾跃而生"例之,此当以作"跃"为是。今本作"踊",殆"踴"之残误。汉书食货志下:"而不轨逐利之民畜积馀赢以稽市物,痛腾跃。"颜注:"晋灼曰:'痛,甚也。言计市物贱,豫益畜之,物贵而出卖,故使物甚腾跃也。'师古曰:'不轨,谓不循轨度者也。言以其赢馀蓄积群货,使物稽滞在己,故市价甚腾贵。'"

〔二六〕**唯取昭晰之能**

"晰",唐写本作"晣";御览引同。 徐𤊹云:"'哲'汪本。当作'晰'。"

按"晣"字是。已详征圣篇"文章昭晰以象离"条。

〔二七〕**乃正始明道**

"乃",唐写本作"及";御览引同。

按"及"字是。

〔二八〕**唯嵇志清峻**

按文选向秀思旧赋序:"余与嵇康吕安居止接近,其人并有不羁之才,然嵇志远而疏。"

〔二九〕**若乃应璩百一**

"一",唐写本作"壹"。

按才略篇:"休琏风情,则百壹标其志。"此当从唐写本作"壹",前后始能一律。

〔三〇〕**独立不惧**

按易大过象辞:"君子以独立不惧。"

〔三一〕**辞谲义贞**

"贞",御览引作"具"。　　玉海引作"正"。

按"贞"字是。宗经篇"四则义贞此从唐写本。而不回",论说篇"必使时利而义贞",并其证。御览作"具",乃形近之误;玉海作"正",则为避宋仁宗嫌名改。广雅释诂一:"贞,正也。"

〔三二〕**亦魏之遗直也**

按左传昭公十四年:"仲尼曰:'叔向,古之遗直也。'"杜注:"言叔向之直,有古人遗风。"

〔三三〕**张潘左陆**

唐写本作"张左潘陆";御览引同。

按诠赋、时序、才略三篇所叙西晋作者,皆左先于潘,此亦应尔。宋书谢灵运传论"潘陆特秀",南齐书文学传论"潘陆齐名,机岳之文永异",梁书文学上庾肩吾传"太子萧纲。与湘东王书:'……近则潘陆颜谢'",诗品上"景阳潘陆,自可坐于廊庑之间矣",亦并以潘陆连称。

〔三四〕**采缛于正始**

"采",倪本、鲍本御览引作"彩"。

按"彩"字说文所无,当以作"采"为是。文镜秘府论南卷。论文意篇:"古人云:'采缛于正始。'"即引此文,不作"彩"。

〔三五〕**或枂文以为妙**

"枂",唐写本、两京本、训故本、龙溪本作"析";活字本、鲍本御览引同。

广韵二十三锡:"析,分也。字从木斤,破木也。枂,俗。"是"枂"为"析"之俗体,当据正。五经文字:"析作枂,讹。"

〔三六〕**或流靡以自妍**

按颜延之庭诰:"至于五言流靡,则刘桢、张华。"御览五八六引。沈约答甄琛书:"作五言诗者,善用四声,则讽咏而流靡。"文镜秘府论天卷四声论篇引。高僧传经师传论:"咏歌之作,欲使言味流靡,辞韵相属。"是"流靡"谓辞韵和谐也。史通言语篇:"言流靡而不淫。"又杂说下篇:"李陵集有与苏武书,词采壮丽,音句流靡。"

〔三七〕**此其大略也**

按孟子滕文公上:"此其大略也。"赵注:"略,要也。"

〔三八〕**崇盛亡机之谈**

"亡",徐𤊹云:"当作'忘'。"郝懿行说同。谭献校作"忘"。

按徐、郝说，谭校是。唐写本正作“忘”；御览引同。选诗约注二引亦作“忘”。天启梅本已改作“忘”，当从之。秘书本、张松孙本已照改。

〔三九〕**所以景纯仙篇，挺拔而为俊矣**

按李弘范翰林明道论：“（郭）景纯善于遥寄，缀文之士，皆同宗之。”明钞本太平广记十三郭璞条引。文选木华海赋：“又似地轴挺拔而争回。”李注：“广雅（释诂一）曰：‘挺，出也。’”

〔四〇〕**宋初文咏**

按“文咏”此专就诗言。晋书刘琨传：“文咏为当时所许。”宋书谢灵运传：“（山居赋）援纸握管，会性通神。”自注：“‘及山栖以来，别缘既阑，寻虑文咏，以尽暇日之适；便可得通神会性，以永终朝。’”南齐书孔稚珪传：“好文咏。”魏书成淹传：“子霄，好为文咏。”

〔四一〕**庄老告退，而山水方滋**

“庄”，唐写本作“严”；御览引同。

按汉书五行志上：“严公二十年‘夏，齐大灾’。”颜注：“严公，谓庄公也。避明帝讳，故改曰严。凡汉书载谥，姓为严者，皆类此。”又王贡两龚鲍传序：“（严君平）依老子、严周之指，著书十馀万言。”颜注：“严周即庄周。”史通五行志错误篇“直云严公”原注：“严公即庄公也。汉避明帝讳，故改曰严。”是舍人此文或原作“严”，与论说篇“庄尤”之作“严尤”同。故唐写本及御览仍作“严”也。它篇之“庄周”却不作“严”。又按章炳麟国故论衡辨诗篇：“玄言之杀，语及田舍；田舍之隆，旁及山川云物。”即出自此文。

〔四二〕**故铺观列代**

“铺”，龙溪本作“敷”。

按后汉书班固传：“（典引）铺观二代洪纤之度。”章怀注：“铺，遍也。”是“铺观”一词之所自出。封禅篇“铺观两汉隆盛”，尤为切证。龙溪本作“敷”，乃意改。

〔四三〕**叔夜含其润，茂先凝其清，景阳振其丽**

“含”，唐写本作“合”。宋本、钞本、倪本、喜多本、鲍本御览引同。　“凝”，唐写本作“拟”。宋本、钞本、倪本、活字本、鲍本御览引同。　“振”，唐写本作“震”。

按“含”、“凝”、“振”三字并是。文镜秘府论南卷。论文意篇：“古人云：‘……叔夜含其润，茂先凝其清，景阳振其丽。’”当即引此文。是空海所见文心，与今本正同。

〔四四〕**兼善则子建仲宣**

按颜延之庭诰：“至于五言流靡，则刘桢、张华；四言侧密，则张衡、王粲；若夫陈思王，可谓兼之矣。”御览五八六引。持论与舍人微异。萧统文选所选曹、王诗，四言五言均有之。

〔四五〕**偏美则太冲公干**

"偏"，宋本、倪本、喜多本、鲍本御览引作"遍"。

按此谓太冲、公干诗作，长于五言。"遍"字非是。文选所选刘、左两家诗，均止有五言，即其明证。

〔四六〕**鲜能通圆**

"通圆"，唐写本作"圆通"；御览引同。

按作"圆通"是。论说篇"义贵圆通"，封禅篇"辞贯圆通"，并其证。庾亮释奠祭孔子文"应感圆通"，类聚卷三八引。释僧祐出三藏记集胡汉译经音义同异记序"终隔圆通"，舍人灭惑论"触感圆通"，高僧传释僧远传"业行圆通"，楞严经六"十三者，六根圆通，明照无二"，亦并以"圆通"为言。史通自叙篇有"识昧圆通"语。

〔四七〕**若妙识所难，其易也将至；忽之为易，其难也方来**

"之"，唐写本作"以"；御览引同。

按作"以"是也。国语晋语四："文公问于郭偃曰：'始也吾以治国为易，今也难。'对曰：'君以为易，其难也将至矣；君以为难，其易也将至焉。'"即此文之所自出，正作"以"字。当据正。

〔四八〕**则出自篇什**

按"篇什"，犹言"风雅"。盖"风诗"以篇计，雅诗以什计也。沈约宋书谢灵运传论“纷披风什”之“风什”，与此“篇什”同。文选李善注：“毛诗题曰：‘鹿鸣之什。’说者云：‘诗每十篇同卷，故曰什也。’”

〔四九〕**则明于图谶**

“明”，徐𤊹校“萌”；冯舒校同。

按唐写本及御览引，并作“萌”。徐、冯两家所校，是也。天启梅本已改为“萌”。张松孙本同。

乐府第七

乐府者，声依永，律和声也。钧天九奏①，既其上帝〔一〕；葛天八阕②，爰乃皇时。自咸英以降③，亦无得而论矣。至于涂山歌于候人④，始为南音；有娀谣乎飞燕⑤，始为北声；夏甲叹于东阳⑥，东音以发；殷整元作鳌。思于西河⑦，西音以兴：音声推移〔二〕，亦不一概矣。匹元作及，许改。夫庶妇〔三〕，讴吟土风，诗官采言，乐盲元作育，许改。被律〔四〕，志感丝篁〔五〕，气变金石〔六〕。是以师旷觇风于盛衰⑧，季札鉴微于兴废⑨，精之至也。

夫乐本心术，故响浃肌髓〔七〕，先王慎焉，务塞淫滥⑩。敷训胄子〔八〕，必歌九德⑪，故能情感七始⑫，化动八风⑬。自雅声浸微，溺音腾沸⑭，秦燔乐经，汉初绍复，制氏纪其铿锵⑮，叔孙定其容与⑯〔九〕。于是武德兴乎高祖⑰，四时广于孝文⑱，虽摹韶夏，而颇袭秦旧，中和之响〔一〇〕，阒其不还。暨武帝崇礼，始立乐府⑲，总赵代之音，撮齐楚之气，延年以曼声协律⑳，朱马以骚体制歌〔一一〕。桂华杂曲㉑，丽而不经；赤雁群篇㉒，靡而非典〔一二〕；河间荐雅而罕御㉓，故汲黯致讥于天马也㉔。至宣帝雅颂，诗效鹿鸣㉕〔一三〕；迩及元成〔一四〕，稍广淫乐㉖。正音乖俗，其难也如此。暨后郊庙，惟杂雅章，辞虽典文，而律非夔旷。至于魏之三祖㉗，气爽才丽，宰割辞调，音靡节平。观其北上众引，秋风列篇，或述酣宴，或伤羁戍，志不出于淫荡〔一五〕，辞不离于哀思㉘，虽三调之正声㉙，实韶夏之郑曲也〔一六〕。逮于晋世，则傅玄晓音㉚，创定雅歌，以咏祖宗；张华新篇㉛，亦充庭万㉜。然杜夔调律㉝，音奏舒雅〔一七〕；荀勖改悬，声节哀急，故阮咸讥其离声㉞〔一八〕，后人验其铜尺，和乐精妙，固表里而相资矣。故知诗为乐心，声为乐体〔一九〕。乐体在声，瞽师务调其器；乐心在诗，君子宜正其文。好乐无荒㉟，晋风所以称远㊱；伊其相谑㊲，郑国所以云亡。故知季札观辞，不直听声而已〔二〇〕。

若夫艳歌婉娈㊳，怨志詄绝〔二一〕，淫辞在曲，正响焉生？然俗听飞驰，职竞新异〔二二〕，雅咏温恭，必欠伸鱼睨㊴〔二三〕；奇辞切至，则拊髀雀跃㊵：诗声俱郑，自此阶矣。凡乐辞曰诗，诗声曰歌〔二四〕，声来被辞，辞繁难节；故陈思称李延年闲于增损古辞，多者则宜减之〔二五〕，明贵约也。观高祖之咏大风㊶，孝武之叹来迟㊷，歌童被声，莫敢不协；子建士衡，咸有佳篇〔二六〕，并无诏伶人，故事谢丝管，俗称乖调，盖未思也。至于斩俞羡长云：疑作轩。伎疑作岐。鼓吹㊸〔二七〕，汉世铙挽㊹，虽戎丧殊事，而并总入乐府，缪袭所致㊺〔二八〕，亦有可算焉。昔子政品文，诗与歌别，故略具乐篇〔二九〕，以标区界。

赞曰：八音摛文〔三〇〕，树辞为体。讴吟坰野，金石云陛〔三一〕。韶响难追，郑声易启。岂惟观乐，于焉识礼〔三二〕。

【黄叔琳注】

①**钧天九奏**〔史记〕赵简子疾瘖，语大夫曰：我之帝所甚乐，与百神游于钧天，广乐九奏万舞，不类三代之乐，其声动人心。 ②**葛天八阕**见明诗篇。 ③**咸英**〔乐纬〕黄帝乐曰咸池，帝喾乐曰六英。 ④**涂山**〔吕氏春秋〕禹行功，见涂山之女，禹未之遇而巡省南土。女令妾待禹于涂山之阳，作歌曰：候人兮猗。实始作为南音。 ⑤**有娀**〔吕氏春秋〕有娀氏有二佚女，为之九成之台，饮食必以鼓。帝令燕往视之，鸣若谥隘，二女爱而争搏之，覆以玉筐。少选，发而视之，燕遗二卵北飞，遂不返。二女作歌，一终曰：燕燕往飞。实始作为北音。 ⑥**夏甲**〔吕氏春秋〕夏后氏孔甲田于东阳萯山，天大风晦盲，孔甲迷惑，入于民室。主人方乳，或曰之子是必有殃，后曰：以为余子，孰敢殃之。子长成人，幕动折橑，斧斫斩其足。孔甲曰：呜呼有疾，命矣夫！乃作破斧之歌，实始为东音。 ⑦**殷整**〔吕氏春秋〕周昭王亲将征荆，辛馀靡为王右。王抎于汉中，辛馀靡振王北济，周公乃候之于西翟。殷整甲徙宅西河，犹思故处，实始作为西音。 ⑧**师旷**〔左传〕晋人闻有楚师。师旷曰：不害。吾骤歌北风，又歌南风，南风不竞，多死声，楚必无功。 ⑨**季札**〔左传〕吴公子札来聘，请观周乐。为之歌郑，曰：美哉，其细已甚，民弗堪也，是其先亡乎？为之歌齐，曰：美哉，泱泱乎大风也哉！表东海者其太公乎？国未可量也。

⑩**淫滥**〔乐记〕流辟、邪散、狄成、涤滥之音作，而民淫乱。⑪**九德**〔汉礼乐志〕周诗既备，而其器用张陈，周官具焉。朝夕习业，以教国子。皆学歌九德，诵六诗，习六舞五声八音之和。故帝舜命夔曰：女典乐，教胄子。 ⑫**七始**〔礼乐志〕七始华始，肃倡和声。〔注〕七始，天地四时人之始。华始，万物英华之始也。以为乐名，如六英也。〔王应麟玉海〕黄钟、林钟、太簇为天地人之始，姑洗、蕤宾、南吕、应钟为四时之始。 ⑬**八风**〔易纬〕八节之风谓之八风。〔左传〕夫舞所以节八音而行八风。〔杜注〕八风，八方之风也。以八音之器播八方之风，手之舞之，足之蹈之，节其制而叙其情。 ⑭**溺音**〔乐记〕子夏曰：今君之所好者其溺音乎？文侯曰：敢问溺音何从出也？子夏曰：郑音好滥淫志，宋音燕女溺志，卫音趋数烦志，齐音敖辟乔志。此四者皆淫于色而害于德，是以祭祀弗用也。 ⑮**制氏**〔礼乐志〕汉兴乐家有制氏，以雅乐声律世世在太乐官，但能纪其铿锵鼓舞，而不能言其义。⑯**叔孙**〔礼乐志〕叔孙通因秦乐人，制宗庙乐。 ⑰**武德**〔礼乐志〕武德舞者，高祖四年作，以象天下乐已行武以除乱也。 ⑱**四时**〔礼乐志〕四时舞者，孝文所作，以明示天下之安和也。 ⑲**始立乐府**〔礼乐志〕武帝定郊祀之礼，乃立乐府，采诗夜诵，有赵、代、秦、楚之讴。〔按〕孝惠二年，夏侯宽已为乐府令，则乐府之立，未必始于武帝也。 ⑳**延年**〔汉书佞幸传〕李延年善歌，为新变声。

上欲造乐,令司马相如等作诗颂。延年辄承意弦歌所造诗,为之新声曲。女弟李夫人产昌邑王,繇是贵为协律都尉。 ㉑**桂华**〔礼乐志〕安世乐房中歌十七章,其七曰桂华。 ㉒**赤雁**〔礼乐志〕郊祀歌象载瑜十八:太始三年,行幸东海,获赤雁作。 ㉓**河间荐雅**〔礼乐志〕河间献王有雅材,以为治道非礼乐不成,因献所集雅乐,天子下太乐官常存肄之,岁时以备数,然不常御。常御及郊庙皆非雅声。 ㉔**汲黯**〔史记乐书〕武帝得神马渥洼水中,歌曲曰:太一贡兮天马下。后伐大宛,得千里马,歌诗曰:天马来兮从西极。汲黯进曰:凡王者作乐,上以承祖宗,下以化兆民;今陛下得马,诗以为歌,协于宗庙,先帝百姓,岂能知其音耶? ㉕**诗效鹿鸣**〔王褒传〕宣帝时,天下殷富,数有嘉应,上颇作歌诗,欲兴协律之事。于是益州刺史王襄欲宣风化于众庶,闻王褒有俊才,请与相见,使褒作中和乐职宣布诗,选好事者令依鹿鸣之声,习而歌之。 ㉖**稍广淫乐**〔礼乐志〕成帝时,郑声尤甚。黄门名倡丙强、景武之属,富显于世,贵戚五侯定陵、富平外戚之家,淫侈过度,至与人主争女乐。 ㉗**三祖**〔锺嵘诗品〕魏武帝、魏明帝诗,曹公古直,甚有悲凉之句。叡不如丕,亦称三祖。 ㉘**哀思淫荡**按魏太祖苦寒行"北上太行山"云云,通篇写征人之苦。文帝燕歌行"秋风萧瑟天气凉"云云,亦托辞于思妇,所谓或伤羁戍,辞不离于哀思也。他若文帝于谯作孟津诸作,则又或述酣宴,志不出于淫荡之证也。 ㉙**三调**〔晋乐志〕有因丝竹金石,造歌以被之,魏世三调歌辞之类是也。又〔唐乐志〕曰:平调、清调、瑟调,皆周房中曲之遗声,汉世谓之三调。又有楚调,汉房中乐也,与前三调总谓之相和调。㉚**傅玄**〔晋乐志〕泰始二年,诏郊祀明堂礼乐,权用魏仪,遵周室肇称殷礼之义,但改乐章而已,使傅玄为之词云。㉛**张华**〔晋乐志〕使郭夏、宋识等造正德、大豫二舞,其乐章张华所作。 ㉜**庭万**〔诗邶风〕简兮篇:公庭万舞。〔公羊传〕万者何,干舞也。〔何休注〕干谓楯也,能为人捍难,而不使害人,故圣王贵之,以为武乐。万者其篇名。 ㉝**杜夔**〔晋乐志〕魏武平荆州,获汉雅乐郎河南杜夔,能识旧法,以为军谋祭酒,使创定雅乐。 ㉞**荀勖、阮咸**〔晋乐志〕荀勖以杜夔所制律吕,校太乐、总章、鼓吹八音,与律吕乖错,乃制古尺,作新律吕,以调声韵。勖又作新律,自谓宫商克谐,然论者犹谓勖暗解。时阮咸妙达八音,论者谓之神解。咸常心讥勖新律声高,以为高近哀思,不合中和。每公会乐作,勖意咸谓之不调,以为异己,出咸为始平相。后有田父耕于野,得周时玉尺,勖以校已所治钟鼓金石丝竹,皆短校一米,于此伏咸之妙,征归。 ㉟**好乐无荒**诗唐风蟋蟀篇。 ㊱**晋风**〔左传〕季札观乐,为之歌唐,曰:思深哉!其有陶唐氏之遗民乎?不然何忧之远也。〔注〕晋本唐国。 ㊲**伊其相谑**诗郑风溱洧篇。 ㊳**艳歌**〔乐府〕古艳歌古辞,一曰妍歌。　㊴**欠伸鱼睨**〔鲍昭谢见原疏〕大喜猝至,小愿所图,鱼愕鸡睨,且悚且惭。　㊵**拊髀雀跃**〔庄子〕云将东游,过扶摇之枝,而适遭鸿濛。鸿濛方将拊髀雀跃而游。　㊶**咏大风**〔史记〕高帝还归过沛,悉召故人父老子弟纵酒。发沛中儿得百二十人,教之歌。酒酣,高祖击筑自为歌诗曰:大风起兮云飞扬,威加海内兮归故乡,安得猛士兮守四方。　㊷**叹来迟**〔汉书外戚传〕李夫人卒,帝思念不已。方士少翁言能致其神,乃夜张灯烛,设帷帐,陈酒肉,而令上居他帐遥望。见好女如李夫人之貌,上愈益相思悲感,为作诗曰:是邪非邪,立而望之,偏何姗姗其来迟!令乐府诸音家弦歌之。　㊸**轩岐鼓吹**〔崔豹古今注〕短箫铙歌,军乐也,黄帝使岐伯作。汉乐有黄门鼓吹,天子以燕乐群臣。短箫铙歌,鼓吹之一章耳。

㊹**汉世铙挽**〔宋乐志〕汉鼓吹铙歌十八曲。〔谯周法训〕挽歌者,高帝召田横,至尸乡自杀,从者不敢哭,为此歌以寄哀音焉。〔古今注〕薤露、蒿里,并丧歌也。言人命如薤上之露,易晞灭也。亦谓人死魂魄归乎蒿里。至孝武时,李延年乃分为二曲,薤露送王公贵人,蒿里送士大夫庶人,使挽柩者歌之,亦呼为挽歌。　㊺**缪袭**〔文章志〕缪袭字熙伯,作魏鼓吹曲及挽歌。

【杨明照校注】

〔一〕**既其上帝**

"既",唐写本作"暨"。　　"其",玉海一百六引作"具"。

按"暨"、"具"二字并误。章表篇"既其身文",奏启篇"既其如兹",程器篇"既其然矣",句法并与此同。舍人剡山石城寺石像碑"金刚既其比坚",亦可证。子苑六五引作"既其",益足证唐写本及玉海之误。王批本作"既其"。

〔二〕**音声推移**

"音",唐写本作"心"。

按唐写本是。"心声"二字出扬子法言问神篇,此指歌辞。书记、夸饰、附会三篇,并有"心声"之文。高诱淮南子修务篇注:"推移,犹转易也。"

〔三〕**匹夫庶妇**

"匹",黄校云:"元作'及',许改。"　　唐写本作"及匹夫庶妇"。

按唐写本是。许改以前各本均作"及夫庶妇",乃"及"下脱一"匹"字。许改于文意虽合,于语势则失矣。

〔四〕**乐盲被律**

"盲",黄校云:"元作'育',许改。"此沿万历梅本校语。汇编本、秘书本、崇文本作"盲"。　　清谨轩本作"音"。　　徐𤊹云:"乐胥,大胥。见礼记。"唐写本作"胃"。

按徐说是。“育”、“盲”、“肓”、“音”四字并误。天启梅本改“胥”，注云：“许改。”是许乃改“育”为“胥”，非改为“盲”也。唐写本作“胷”，即“胥”之或体。韩敕碑、桐柏庙碑“胥”并作“胷”(广韵九鱼：“胥，俗作胷。”)。周礼春官大司乐：“大胥中士四人，小胥下士八人。”礼记王制：“小胥，大胥。”郑注并云：“乐官属也。”文王世子“大胥赞之”注同。尚书大传略说：“胥与就膳彻。”郑注亦云：“胥，乐官也。”即其义。此作“乐胥”，与上句“诗官”相对。玉海一百六引正作“胥”，不误。当据改。

〔五〕**志感丝篁**

“篁”，唐写本作“簧”。

按总术篇“听之则丝簧”，亦以“丝簧”连文，则此当从唐写本改作“簧”，前后一律。文选马融长笛赋有“漂凌丝簧”语，吕向注：“丝，琴瑟也。簧，笙也。”

〔六〕**气变金石**

“石”，唐写本作“竹”。

按诗品序：“古曰诗颂，皆被之金竹。”疑此原亦作“金竹”。传写者盖狃于“金竹”连文不习见而改耳。礼记乐记：“金、石、丝、竹，乐之器也。”八音之钟为金，箫为竹。

〔七〕**夫乐本心术，故响浃肌髓**

按礼记乐记:“应感起物而动,然后心术形焉。”郑注:“术所由也。”汉书礼乐志“然后心术形焉”颜注:“术,道径也,心术,心之所由也。”汉书董仲舒传:“仲舒对曰:‘……乐者,所以变民风,化民俗也。其变民也易,其化人也著。故声发于和而本于情,接于肌肤,臧于骨髓。故王道虽微缺,而管弦之声未衰也。’”(礼乐志“夫乐本情性,而臧骨髓”二语,即本仲舒对策。)

〔八〕**敷训胄子**

按书舜典:“帝曰:‘夔!命汝典乐,教胄子。’”释文引马融曰:“胄,长也;教长天下之子弟。”

〔九〕**叔孙定其容与**

“与”,唐写本作“典”。

按唐写本是。后汉书曹褒传论:“汉初,天下创定,朝制无文,叔孙通颇采经礼,参酌秦法,虽适物观时,有救崩敝;然先王之容典,盖多阙矣。”章怀注:“容,礼容也,典,法则也;谓行礼威仪俯仰之容貌也。”舍人所谓“定容典”者,盖指其制宗庙乐见汉书礼乐志,范注已具。之礼容法则也。新唐书归崇敬传:“治礼家学,多识容典。”亦可为此当作“容典”之证。

〔一〇〕**中和之响**

按礼记乐记:“故乐者,天地之命,中和之纪,人情之所不能免也。”(荀子乐论篇略同)又见史记乐书、白虎通德论礼乐篇。荀子劝学篇:“乐之中和也。”杨注:“中和,谓使人得中和悦也。”

〔一一〕**朱马以骚体制歌**

“朱”,沈岩校作“枚”。吴翌凤校同。　　文体明辨六有此文,“朱”作“司”。诗法萃编同。

按“朱”字不误。朱为朱买臣,王惟俭、梅庆生所注是也。沈、吴校为“枚”,文选李善注曾四引枚乘乐府诗句(美人在云端,天路隔无期),盖沈、吴所据。徐、许改作“司”,并非。

〔一二〕**桂华杂曲,丽而不经;赤雁群篇,靡而非典**

按宋书乐志一:“汉武帝虽颇造新哥歌本字,然不以光扬祖考,崇述正德为先;但多咏祭祀见事,及其祥瑞而已。商周雅颂之体,阙焉。”隋书音乐志上:“武帝裁音律之响,定郊丘之祭,颇杂讴谣,非全雅什。”并足与此文相发。

〔一三〕**至宣帝雅颂,诗效鹿鸣**

唐写本作“至宣帝雅诗,颇效鹿鸣”。

按唐写本是。今本“颂”字,乃“颇”之倒误。“颇效鹿鸣”者,即汉书王褒传“选好事者,令依鹿鸣之声,习而歌之”之意。

〔一四〕**迩及元成**

“迩”,唐写本作“逮”。

按“逮”字是。

〔一五〕**志不出于淫荡**

“淫”，唐写本作“慆”。　　元本、弘治本、汪本、张本、两京本、何本、胡本、训故本、梅本、凌本、合刻本、梁本、秘书本、汇编本、别解本、清谨轩本、尚古本、冈本、文津本、张松孙本、崇文本作“滔”；诗纪别集一、子苑六五、汉魏诗乘总录、古乐苑衍录总论、文俪同。

按“慆”字是。“滔”盖“慆”之形误；“淫”非由字误，即写者妄改。左传昭公元年：“先王之乐，所以节百事也。……于是乎有烦手淫声，慆堙心耳；乃忘平和，君子弗听也。杜注：“五降而不息，则杂声并奏，所谓郑卫之声。”……君子之近琴瑟，以仪节也，非以慆心也。”杜注：“为心之节仪，使动不过度。”尚书大传：“师乃慆，前歌后舞。”郑玄注。曰：“慆，喜也。众大喜，前歌后舞也。”御览四六七引。说文心部：“慆，说悦。也。”玉篇心部：“慆，喜也；慢也。”广韵六豪：“慆，悦乐。”“志不出于慆荡”，承上“或述酣宴”句，“悦”、“喜”、“慢”、“悦乐”四训，皆与文意吻合。

〔一六〕**虽三调之正声，实韶夏之郑曲也**

按南齐书萧惠基传：“宋大明以来，声伎所尚，多郑卫淫俗，雅乐正声，鲜有好者。惠基解音律，尤好魏三祖曲及相和歌。每奏，辄赏悦不能已。”足与此文相发。

〔一七〕**然杜夔调律，音奏舒雅**

按傅畅晋诸公赞：“律成，散骑侍郎阮咸谓（荀）勖所造声高，高则悲，……今声不合雅，惧非德政中和之音，必是古今尺有长短所致。然今钟磬是魏时杜夔所造，不与勖律相应，音声舒雅，而久不知李慈铭批校谓：“不知疑当作不如。”夔所造，时人为之不足改易。”世说新语术解篇刘注引。舍人“音奏舒雅”语本此。

〔一八〕**故阮咸讥其离声**

“声”，唐写本作“磬”。

按唐写本是也。礼记明堂位：“垂之和钟，叔之离磬。”郑注：“和、离，谓次序其声县也。”孔疏：“叔之离磬者，叔之所作编离之磬，……和、离谓次序其声县也者，声解和也，县解离也，言县磬之时，其磬希疏相离。”据此，咸讥荀勖之离磬者，盖以其改悬依杜夔所造钟磬有所参池详范注。而言。若作“声”，则非其指矣。

〔一九〕**声为乐体**

按左传昭公二十一年：“夫音，乐之舆也；而钟，音之器也。”杜注：“乐因音而行。音由器以发。”

〔二〇〕**故知季札观辞，不直听声而已**

按"辞"字盖涉下文而误，当作"乐"。事见左传襄公二十九年。赞中亦有"岂惟观乐"语。礼记乐记："君子之听声，非听其铿锵而已。"又见史记乐书、说苑修文篇。

〔二一〕**怨志詄绝**

"詄"，谭献校改"诀"。

按谭校是。唐写本、元本、两京本、胡本、王批本正作"诀"，未误。当据改。

〔二二〕**职竞新异**

按诗小雅十月之交："职竞由人。"毛传："职，主也。"

〔二三〕**必欠伸鱼睨**

按仪礼士相见礼："君子欠伸。"郑注："志倦则欠，体倦则伸。"文选王褒洞箫赋："鱼瞰鸡睨。"李注："鱼目不瞑，鸡好邪视，故取喻焉。瞰，视也；睨，邪视也。"

〔二四〕**凡乐辞曰诗，诗声曰歌**

"诗声"，唐写本作"咏声"。

按唐写本是。"咏"同"詠"。汉书艺文志六艺略："诵其言谓之诗，咏其声谓之歌。"舍人语似本此。礼记乐记："歌，咏其声也。"史记乐书同。国语鲁语下："歌，所以咏诗也。"说苑修文篇：

"歌,咏其声。"并其证。今本盖涉上"诗"字而误,当据改。

〔二五〕**故陈思称李延年闲于增损古辞,多者则宜减之**

"李",唐写本作"左"。

按唐写本是。今本盖写者不甚了了左延年其人其事,而又囿于上文"延年以曼声协律"句妄改耳。晋书乐志上:"杜夔传旧雅乐四曲:一曰鹿鸣,二曰驺虞,三曰伐檀,四曰文王,皆古声辞。及太和魏明帝年号。中,左延年改夔驺虞、伐檀、文王三曲,更自作声节,其名虽存,而声实异。"此左延年"增损古辞"之可考者。"多者则宜减之",盖缘"自作声节"故也。

〔二六〕**子建士衡,咸有佳篇**

"咸",唐写本作"亟"。

按作"亟"是。"亟",屡也。汉书刑法志颜注。诸子篇"鹖冠绵绵,亟发深言",时序篇"微言精理,亟满玄席",其用"亟"字义与此同。

〔二七〕**至于斩伎鼓吹**

"斩",黄校引俞羡长云:"疑作'轩'。"此沿梅校。诗纪别集一作"斩",注云:"疑作'轩'。"汉魏诗乘总录、古乐苑衍录一注并同。　唐写本作"轩"。训故本、谢钞本、崇文本、文俪同(天启梅本改作"轩",张松孙本从之)。

"伎",黄校云:"疑作'岐'。"　唐写本作"岐"。

训故本同。天启梅本改作“代”。张松孙本从之（崇文本同）。

按作“轩岐”是。东观汉记乐志：“黄门鼓吹，……其短箫铙歌，军乐也。其传曰：‘黄帝岐伯所作，以建威扬德，风敌此字原脱，今补。劝士也。’”宋书乐志一、续汉礼仪志中刘注引蔡邕礼乐志同。天启梅本改“伎”为“代”，盖缘不得其解，由未作注可知。而又求与下句“汉世铙挽”相俪耳。

〔二八〕**缪袭所致**

唐写本作“缪朱所改”。纪昀云：“‘致’，当作‘制’。”

按唐写本“致”作“改”是，“朱”则非也。以其字形推之，“朱”当作“韦”。盖草书“韦”、“朱”形近，故“韦”误为“朱”。“缪”是缪袭，“韦”是韦昭。“所改”，谓缪袭所改魏鼓吹曲十二篇，韦昭所改吴鼓吹曲十二篇也。歌辞并见宋书乐志四及乐府诗集十六。晋书乐志下：“汉时有短箫铙歌之乐，其曲有朱鹭……钓竿等曲，列于鼓吹，多序战阵之事。及魏受命，改其十二曲，使缪袭为词，述以功德代汉。改朱鹭为楚之平，言魏也；……改上邪为太和，言明帝继体承统，太和改元，德泽流布也。其馀并同旧名。是时，吴亦使韦昭制十二曲名，以述功德受命。改朱鹭为炎精缺，言汉室衰，孙坚奋迅猛志，念在匡救，王迹始乎此也；改上邪曲为玄化，言其时主修文武，则天而行，仁泽流洽，天下喜乐也。其馀亦用旧名不改。”乐府诗集十六所叙略同。据此，舍人仅就鼓吹曲而言。黄、范两家注涉及熙伯挽歌，恐非。

〔二九〕**故略具乐篇**

“具”，唐写本作“序”。

按凌本作“叙”，与唐写本合。“序”、“叙”古通用不别。

〔三〇〕**八音摛文**

按周礼春官大师：“皆文之以五声：宫，商，角，徵，羽；皆播之以八音：金，石，土，革，丝，木，匏，竹。”郑注：“文之者，以调五声，使之相次，如锦绣之有文章。”此句“文”字义与彼同。

〔三一〕**金石云陛**

按“云陛”，谓宫廷。左思七讽：“建云陛之嵯峨。”文选谢朓始出尚书省诗李注（误作七牧），又沈约齐安陆昭王碑（又误作七略）李注引。南齐书孔稚珪传：“臣谨仰述天官，伏奏云陛。”文选谢朓始出尚书省诗：“十载朝云陛。”

〔三二〕**岂惟观乐，于焉识礼**

“礼”，万历梅本作“体”。　　汉魏诗乘总录作

"理"。

按"体"、"理"均误。此二句系用吴季札事。篇中曾明言之。礼记檀弓下:"孔子曰:'延陵季子,吴之习于礼者也。'"说苑修文篇、家语曲礼子贡问篇同。

诠赋第八

诗有六义，其二曰赋。赋者，铺也❶；铺采摛文，体物写志也。昔邵吕览作召。公称公卿献诗①，师箴赋〔一〕。传云：登高能赋②❷，可为大夫。诗序则同义，传说则异体，总其归涂，实相枝干。刘向云明不歌而颂〔二〕，班固称古诗之流也③。至如郑庄之赋大隧④，士𫇭之赋狐裘⑤，结言扫韵〔三〕，词自己作，虽合赋体，明而未融⑥。及灵均唱骚⑦，始广声貌〔四〕。然赋也者〔五〕，受命于诗人⑧，拓疑作括。宇于楚辞也⑨❸〔六〕。于是荀况礼智⑩，宋玉风钓⑪，爰锡名号，与诗画境，六义附庸，蔚成大国。遂许云：当作述。客主元作至。以首引，极声元脱，曹补。貌以穷文，斯盖别诗之原始，命赋之厥初也。

秦世不文，颇有杂赋⑫。汉初词人，顺流而作，陆贾扣其端⑬，贾谊振其绪⑭，枚马同其风⑮〔七〕，王扬骋其势⑯，皋朔元作翔，曹改。已下⑰，品物毕图。繁积于宣时，校阅于成世⑱，进御之赋，千有馀首，讨其源流，信兴楚而盛汉矣⑲。夫京殿苑猎⑳，述行序志㉑，并体国经野，义尚光大，既履端于倡序㉒〔八〕，亦归馀于总乱㉓。序以建言，首引情本；乱以理篇，迭致文契〔九〕。按那之卒章㉔，闵马元作焉，朱改。称乱，故知殷人辑颂，楚人理赋，斯并鸿裁之寰域，雅文之枢辖也。至于草区禽族㉕，庶元作鹿，曹改。品杂类〔一〇〕，则触兴致情，因变取会；拟诸形容，则言务纤密；象其物宜，则理贵侧附〔一一〕：斯又小制之区畛，奇巧之机要也。

观夫荀结隐语㉖，事数自环；宋发巧谈㉗〔一二〕，实始淫丽㉘；枚乘兔园㉙，举要以会新；相如上林㉚，繁类以成艳；贾谊鹏鸟㉛，致辨于情理；子渊洞箫㉜，穷变于声貌；孟坚两都㉝，明绚元作朋约，朱考御览改。以雅赡；张衡二京㉞，迅发一作拔。以宏富〔一三〕；子云甘泉㉟，构深玮之风；延寿灵光㊱，含飞动之势〔一四〕：凡此十家，并辞赋之英杰也〔一五〕。及仲宣靡密，发端必遒；伟长博通㊲，时逢壮采；太冲安仁㊳，策勋于鸿规；士衡子安㊴，底绩于流制〔一六〕；景纯绮巧㊵，缛理有馀；彦伯梗概㊶，情韵不匮〔一七〕：亦魏晋之赋首也。

原夫登高之旨，盖睹物兴情。情以物兴，故义必明雅；物以情观〔一八〕，故词必巧丽。丽词雅义，符采相胜，如组织之品朱紫，画绘之著玄黄，文虽新而有质〔一九〕，色虽糅而有本〔二〇〕，一作仪。此立赋之大体也。然逐末之俦，蔑弃其本，虽读千赋㊷，愈惑体要〔二一〕；遂使繁华损枝❹，膏腴害骨，无贵风轨〔二二〕，莫益劝戒：此扬子所以追悔于雕虫，贻诮于雾縠者也㊸。

赞曰：赋自诗出，分歧异派。写物图皃，蔚似雕画。抑滞必扬，言庸无隘〔二三〕，风归丽则，辞翦美稗〔二四〕。

【黄叔琳注】

①**召公**〔国语〕召公曰：故天子听政，使公卿至于列士献

诗,瞽献典,史献书,师箴,瞍赋,矇颂,百工谏。 ②**登高能赋**〔汉艺文志〕传曰:不歌而颂谓之赋,登高能赋,可以为大夫。 ③**古诗之流**〔班固两都赋序〕赋者古诗之流也。 ④**郑庄**〔左传〕郑庄公感颍考叔之言,与武姜隧而相见。公入而赋大隧之中,其乐也融融。 ⑤**士蒍**〔左传〕晋献公使士蒍为夷吾城屈,不慎,置薪焉。让之,退而赋曰:狐裘龙茸,一国三公,吾谁适从? ⑥**未融**〔左传〕明夷之谦,明而未融。 ⑦**灵均**屈原字。〔史记〕屈原名平,忧愁幽思而作离骚。 ⑧**诗人**〔艺文志〕春秋之后,聘问歌咏不行于列国。学诗之士,逸在布衣,而贤人失志之赋作矣。 ⑨**括宇**〔西京杂记〕相如曰:赋家之心,包括宇宙,总览人物。〔艺文志〕大儒孙卿及楚臣屈原,离谗忧国,作赋以风。 ⑩**荀况**〔史记〕荀卿,赵人,名况,著有礼赋、智赋。 ⑪**宋玉**〔宋玉风赋〕见文选。钓赋见赋苑。 ⑫**杂赋**〔艺文志〕秦时杂赋九篇。⑬**陆贾**〔艺文志〕陆贾赋三篇。 ⑭**贾谊**〔艺文志〕贾谊赋七篇。 ⑮**枚**〔艺文志〕枚乘赋九篇。**马**〔艺文志〕司马相如赋二十九篇。 ⑯**王**〔艺文志〕王褒赋十六篇。**扬**〔艺文志〕扬雄赋十二篇。 ⑰**皋**〔艺文志〕枚皋赋百二十篇。**朔**〔汉书〕东方朔有皇太子生禖屏风殿上柏柱平乐观赋。 ⑱**成世**〔两都赋序〕武宣之世,言语侍从之臣,时时间作。或以抒下情而通讽谕,或以宣上德而尽忠孝,雍容揄扬,著于后嗣,亦雅颂之亚也。故孝成之世，论而录之，盖奏御者千有馀篇。 ⑲**兴楚盛汉**〔吴讷文章辨体〕古今言赋，自骚之外，咸以两汉为古，盖非晋魏以还所及。 ⑳**京殿**〔文选〕两都、二京、灵光、景福之类是也。**苑猎**上林、甘泉、长杨、羽猎之类是也。㉑**述行**北征、东征之类是也。**序志**幽通、思玄之类是也。㉒**履端**〔左传〕先王之正时也，履端于始，归馀于终。㉓**总乱**〔王逸楚辞注〕乱，理也，所以发理词指，总撮其要也。极意陈词，文彩纷华，然后结括一言，以明所起也。㉔**那之卒章**〔国语〕闵马父曰：正考父校商之名颂十二篇于周太师，以那为首。其辑之乱曰：自古在昔，先民有作，温恭朝夕，执事有恪。 ㉕**草区禽族**〔艺文志〕杂禽兽六畜昆虫赋十八篇。杂器械草木赋三十三篇。㉖**荀结隐语**〔荀子礼赋注〕言礼之功用甚大，时人莫知，故假为隐语，问之先王。 ㉗**宋发巧谈**〔文选〕宋玉有高唐赋、神女赋、好色赋。 ㉘**淫丽**〔艺文志〕扬子曰：诗人之赋丽以则，词人之赋丽以淫。 ㉙**兔园**〔汉书〕枚乘字叔，游梁，梁客皆善属词赋，乘尤高。兔园，苑名。〔赋苑〕有枚乘兔园赋。 ㉚**上林**〔司马相如传〕相如请为天子游猎之赋，赋奏，天子以为郎。亡是公言上林广大，侈靡多过其实。 ㉛**鹏鸟**〔贾谊传〕谊为长沙傅三年，有鹏飞入谊舍，止于坐隅。鹏似鸮，不祥鸟也。谊既以谪居长沙，长沙卑湿，谊自伤悼，以为寿不得长，乃为赋以自广。 ㉜**洞箫**〔王褒传〕太子喜褒所为甘泉及洞箫颂，令后宫贵人左右皆诵读之。　㉝**两都**〔后汉书〕班固字孟坚，上两都赋，盛称洛邑制度之美。　㉞**二京**〔后汉书〕张衡字平子，永元中，天下承平日久，自王侯以下，莫不逾侈，衡乃拟班固两都作二京赋，因以讽谏。　㉟**甘泉**〔汉书〕扬雄字子云，正月从上甘泉还，奏甘泉赋以讽。㊱**灵光**〔后汉书〕王逸子延寿，字文考，游鲁作灵光殿赋。蔡邕亦造此赋，未成，及见延寿所为，遂辍翰。　㊲**仲宣伟长**〔魏志〕王粲字仲宣，徐干字伟长。〔文选〕曹子建与杨德祖书曰：昔仲宣独步于汉南，伟长擅名于青土。㊳**太冲**〔臧荣绪晋书〕左思字太冲，欲作三都赋，乃诣著作郎张载访岷邛之事，遂构思十稔，门庭藩溷皆著纸笔，得句即疏之。赋成，张华见而咨嗟，都邑豪贵竞相传写。**安仁**〔晋书〕潘岳字安仁，弱冠辟司空太尉府，举秀才，高步一时。所著有耕藉、射雉、西征、秋兴、闲居、怀旧诸赋。　㊴**士衡**〔臧荣绪晋书〕陆机字士衡，与弟云勤学，声溢四表，机妙解情理，作文赋。**子安**〔晋书〕成公绥字子安，少有俊才，口吃。张华一见甚善之，时人以贫贱不重其文。仕至中台郎，著有啸赋。　㊵**景纯**郭璞字景纯。〔晋中兴书〕曰：璞以中兴王宅江外，乃著江赋，述川渎之美。　㊶**彦伯**〔晋阳秋〕袁宏字彦伯，赋苑有袁彦伯东征赋。　㊷**读千赋**〔桓谭新论〕余素好文，见子云善为赋，欲从之学。子云曰：能读千首赋，则善为之矣。
㊸**雕虫雾縠**〔扬子法言〕或问：吾子少好赋？曰：然。童

子雕虫篆刻。俄而曰:壮夫不为也。或曰:雾縠之组丽。曰:女工之蠹矣。

【李详补注】

❶**赋者铺也二句**详案:〔毛诗关雎序〕诗有六义,二曰赋。〔正义〕曰:赋者铺陈今之政教善恶,其言通正变,兼美刺。详谓屈原、荀卿之赋,庶几似之。其后皆不免如彦和所云铺采摛文,体物写志矣。　❷**传云登高能赋二句**详案:语见今〔毛诗定之方中传〕〔正义〕大夫臣之最尊,故责其能。黄注引汉书艺文志,彦和先引毛传,后言刘向云云,系分别言,不以不歌而颂语归之传也。　❸**拓宇于楚辞**黄疑拓作括。纪云:拓字不误,开拓之义也。〔颜延年宋郊祀歌〕开拓土宇。李善〔注〕引汉书虞诩曰:先帝开拓土宇。　❹**繁华损枝**详案:〔战国策秦策〕木实繁者披其枝。

【杨明照校注】

〔一〕**昔邵公称公卿献诗,师箴赋**

"邵",黄校云:"吕览作'召'。"此沿梅校。　活字本御览五八七引作"召";训故本同。　唐写本无"卿"字,"赋"上有"瞽"字;御览引有"卿"字"瞽"字。　谢兆申校作"师箴瞍赋";沈岩、纪昀校同。训故本作"师箴瞍赋";赋略绪言引同。　天启梅本改作“师箴瞍赋”。“箴瞍”二字品排刻，当系剜改（文溯本剜增“瞍”字）。　　徐𤊹校作“师瞽箴赋”。

郝懿行云：“按国语作‘师箴瞍赋’，疑遗一字。”

按“邵”字未误。已详明诗篇“案召南行露”条。“公”字当有。舍人此文本国语周语下，原文黄、范两家注已具（梅注引吕氏春秋达郁篇不惬）。应以作“师箴瞍赋”为是。史记周本纪、潜夫论潜叹篇亦并作“师箴瞍赋”。

〔二〕**刘向云明不歌而颂**

唐写本“刘”上有“故”字，“云”字无；御览、类要三一引同。

郝懿行云：“按‘明’字疑衍。”

按“故”字当据增，“云”字应照删。“不歌而颂”，本见汉书艺文志诗赋略，原出诗鄘风定之方中毛传。而称刘向者，因汉志出于七略，而七略又本诸别录故也。

〔三〕**结言抅韵**

“抅”，唐写本作“短”；御览引同。　　伦明所校元本作“撷”；两京本、胡本同。　　徐𤊹校为“短”。

郝懿行云：“按集韵：‘抅’与‘短’同。”

按作“短”是。“抅”为“短”之俗体。见广韵二十四缓短字下。“撷”又由“抅”致误。文赋：“或托言于短韵。”李注：“短韵，小文也。”又：“故踸踔于短韵。”吕延济注：“短韵，小篇也。”宋书索虏传：“（宋文帝诏）吾少览篇籍，颇爱文义，……感慨之来，遂成短韵。”梁书文学上庾肩吾传：“（太子与湘东王书）性既好文，时复短咏。”亦并以“短韵”为言，皆谓篇体不广也。才略篇：“季鹰辨切于短韵。”可证此处之“拉”，原必作“短”也。

〔四〕**始广声皃**

按“皃”字当依各本及御览引作“貌”，始与全书一律；赞中“皃”字同。“皃”为“貌”之籀文。

〔五〕**然赋也者**

“然”下唐写本有“则”字。

按“则”字实不可少，御览、类要引并有“则”字。赋略绪言引亦有“则”字。当据增。

〔六〕**拓宇于楚辞也**

“拓”上唐写本有“而”字；御览引同。“拓宇”，梅本作“招字”，引孙（汝澄）云：“疑是‘体宪’。”黄校云：“‘拓’疑作‘括’。”王本、郑藏钞本已改作“括”。郝懿行云：“按‘拓’字于义自通，不必作‘括’。”

按“而”字当据增。唐写本、御览、玉海五九并作“拓宇”，是也。姚范援鹑堂笔记：“诗有六义，赋居其一，故曰‘受命楚辞’，无赋名也。‘拓’字为是，言恢拓疆宇耳。作‘括’非。注指黄注。尤谬。”所评甚当。后汉书窦宪传：“班固作铭封燕然山铭。曰：‘恢拓境宇，振大汉之天声。’”李注：“拓，开也。”宋书王景文传：“（太宗）乃下诏曰：‘……拓宇开邑。’”古文苑扬雄益州牧箴：“拓开疆宇。”并足为此当作“拓宇”之证。孙、黄说皆非。

〔七〕**枚马同其风**

“同”，唐写本作“播”；御览引作“洞”。

按汉赋至枚马发扬光大，唐写本作“播”是。播，扬也；左传昭公四年杜注。犹扬也。周礼大师郑玄注。“同”、“洞”二字均误。

〔八〕**既履端于倡序**

“倡”，唐写本作“唱”；御览引同。何焯义门读书记文选第一卷、读书引十二同。

按说文口部：“唱，导也。”又人部：“倡，乐也。”此当以作“唱”为是。元本、弘治本、活字本、汪本、佘本、张本、两京本、王批本、何本、胡本、训故本、梅本、凌本、合刻本、谢钞本、汇编本、别解本、秘书本、尚古本、冈本、张松孙本、王本、郑藏钞本、崇文本并作“唱”，不误。可见“倡”字为黄本误刻。上文“灵均唱骚”，明诗篇“韦孟首唱”，颂赞篇“唱发之辞”，杂文篇“观枚氏首唱”，封禅篇“蔚为首唱”，章句篇“发端之首唱”，附会篇“首唱荣华”，是本书屡用“唱”字之证。

〔九〕**迭致文契**

唐写本作“写送文势”；钞本、倪本、活字本、鲍本御览引同。宋本御览“送”误“迭”，喜多本“文”误“于”。

按作“写送文势”是也。“写送”二字见晋书文苑袁宏传及世说新语文学篇刘注引晋阳秋。高僧传释昙智传：“雅好转读，虽依拟前宗，而独拔新异，高调清彻，写送有馀。”又附释昙调：“写送清雅，恨功夫未足。”亦并以“写送”为言。文镜秘府论论文意篇：“开发端绪，写送文势。”正以“写送文势”成句。今本“迭”“契”二字，乃“送”“势”之形误，致文不成义。

〔一〇〕**庶品杂类**

“庶”，黄校云：“元作‘鹿’，曹（学佺）改。”此沿梅校。徐𤊹、冯舒校同。

按唐写本、训故本正作“庶”。曹、徐、冯校是也。

〔一一〕**拟诸形容，则言务纤密；象其物宜，则理贵侧附**

按易系辞上：“圣人有以见天下之赜，而拟诸其形容，象其物宜，是故谓之象。”

〔一二〕**宋发巧谈**

“巧”，唐写本作“夸”；御览、类要引作“夸”。

按“夸”字是，“夸”与“夸”通。“巧”其形误也。夸饰篇：“自宋玉、景差，夸饰始盛。”即其证。当据改。

〔一三〕**张衡二京，迅发以宏富**

“发”，黄校云：“一作‘拔’。” 唐写本、元本、弘治本、活字本、汪本、佘本、张本、两京本、胡本、王批本、训故本、文津本作“拔”；御览、类要、新笺决科古今源流至论前集二、经史子集合纂类语九引同。

按作“拔”是，“发”盖涉上下文而误。六朝习用“拔”字，如晋书文苑袁宏传“辞又藻拔”，梁书文学上庾肩吾传“（萧纲）与湘东王书‘谢客吐言天拔’”，又吴均传“均文体清拔”，世说新语文学篇“支道林……出藻奇拔”，诗品中“气调劲拔”，萧统陶渊明集序“辞彩精拔”，是也。本书明诗篇“景纯仙篇，挺拔而为俊矣”，杂文篇“观枚氏首唱，信独拔而伟丽矣”，隐秀篇“秀也者，篇中之独拔者也”，其用“拔”字义与此同。犹今言突出。

〔一四〕**延寿灵光，含飞动之势**

“含”，元本、汪本、佘本、张本、两京本、何本、胡本、王批本、梅本、凌本、合刻本、梁本、秘书本、谢钞本、别解本、清谨轩本、尚古本、冈本、文津本、张松孙本、崇文本作“合”。 何焯云：“‘合’，疑作‘含’。”类要引作“含”。

按“合”为“含”之形误。类要引正作“含”，当据改。宋刘沆谢启：“对灵光之殿，难含飞动之词。”见能改斋漫录卷十四记文。遣辞即出于此，可证。白帖十一宫殿：“壮丽之规，飞动之势。”盖亦本舍人语。

〔一五〕**凡此十家，并辞赋之英杰也**

“英杰”二字，元本、弘治本、活字本、汪本、佘本、张本、两京本、王批本、何本、胡本、训故本、梅本、凌本、合刻本、梁本、秘书本、谢钞本、汇编本、别解本、清谨轩本、尚古本、冈本、文津本、王本、张松孙本、郑藏钞本、崇文本作“流”。

按“流”字过于空泛，当以作“英杰”为长。文选皇甫谧三都赋序：“至如相如上林，扬雄甘泉，班固两都，张衡二京，马融广成，王生灵光，……皆近代辞赋之伟也。”彼言为“伟”，此言为“英杰”，其义无异也。辨骚篇：“固知楚辞者，……而词赋之英杰也。”句法与此相同，亦可证。唐写本、文溯本作“英杰”，不误。御览、类要、玉海、小学绀珠四引，亦并作“英杰”。

〔一六〕**士衡子安，底绩于流制**

按“底”当作“厎”，各本皆误。书舜典：“乃言厎可绩。”孔传：“厎，致。”释文：“厎，之履反。”又禹贡：“覃怀厎绩。”释文：“厎，之履反。”是“厎绩”字当作“厎”，而读为之履反。与从广之“底”，音义俱别。当校正。

〔一七〕**彦伯梗概，情韵不匮**

范注：“张衡东京赋薛综注：‘梗概不纤密，言粗举大纲如此之言也。’（袁宏）东征赋述名臣功业，皆略举大概，故云彦伯梗概。”

按本段评论赋家，皆举其代表作而言；此二句所指，疑为宏之北征赋。续晋阳秋：“宏从（桓）温征鲜卑，故作北征赋，宏文之高者。”（世说新语文学篇刘注引）晋书文苑宏传亦云：“从桓温北征，作北征赋，皆其文之高者。”世说新语文学篇：“桓宣武命袁彦伯作北征赋，既成；公与时贤共看，咸嗟叹之。时王珣在坐，云：‘恨少一句，得“写”字足韵，当佳。’袁即于坐揽笔益云：‘感不绝于余心，溯流风而独写。’公谓王曰：‘当今不得不以此事推袁。’”刘注引晋阳秋曰：“宏尝与王珣、伏滔同侍温坐，温令滔读原误作续，据晋书宏传改。其赋至‘致伤于天下’，于此改韵。珣原脱，据晋书补。云：‘此韵所咏，慨深千载，今于“天下”之后便移韵，于写送之致，如为未尽。’滔乃云：‘得益“写”一句，或当小胜。’桓公语宏：‘卿试思益之。’宏应声而益。王、伏称善。”晋书宏传略同。据此，则“梗概”应与时序篇“梗概多气”之“梗概”同，犹言慷慨也。“情韵不匮”，亦即王珣所谓“此韵所咏，慨深千载”之意。范注谓:“东征赋述名臣功业,皆略举大概,故云彦伯梗概。”并未得其肯綮所在,错会“梗概”二字之含义也。

〔一八〕**物以情观**

“观”,唐写本作“睹”;御览引同。

按“睹”字是。上云“睹物兴情”,故承之曰“情以物兴”;此当作“物以情睹”,始将上句文意完足。昭明太子集答晋安王书:“炎凉始贸,触兴自高。睹物兴情,更向篇什?”亦可资旁证。

〔一九〕**文虽新而有质**

“新”,唐写本作“杂”。　　徐𤊹云:“当作‘杂’。”

按作“杂”是。淮南子本经篇高注:“杂,糅也。”广雅释诂一:“糅,杂也。”此云“杂”,下云“糅”,文本相对为义。若作“新”,则不伦矣。宋本、钞本、倪本、喜多本御览引作“杂”,不误。当据改。

〔二〇〕**色虽糅而有本**

“本”,黄校云:“一作‘仪’。”　　何焯校作“仪”。

按唐写本作“义”,盖偶脱亻旁。御览、玉海、子苑三二、喻林八八引作“仪”。此句就色采言,当以作“仪”为是。元本、弘治本、佘本、两京本、胡本、王批本、训故本、谢钞本并作仪,未误。

当据改。

〔二一〕**愈惑体要**

“愈”,御览引作“逾”。

按以颂赞篇“年积逾远”,时序篇“庾以笔才逾亲”例之,作“逾”,前后一律。

〔二二〕**无贵风轨**

“贵”,唐写本作“实”。　　宋本、钞本、活字本、喜多本、鲍本御览引作“贯”,倪本御览作“贵”。

按“实”字是。“贯”乃“实”字脱其宀头,而“贵”又由“贯”致误。文选袁宏三国名臣序赞:“风轨德音,为世作范。”吕延济释“风轨”为“善风高迹”。

〔二三〕**枏滞必扬,言庸无隘**

唐写本“枏”作“抑”,“庸”作“旷”。　　郝懿行云:“按‘枏’字疑‘片’字之讹。”

按唐写本是。郝说非。赋主于铺张扬厉,故曰“抑滞必扬,言旷无隘”。又按文赋“言穷者无隘,论达者唯旷”二语,与此本不甚惬,而孙人和乃谓“文赋云,‘言旷者无隘’,此彦和所本”。其说及引文固误;范文澜不检原著,因仍其误,岂非一误再误!

〔二四〕**辞翦美稗**

“美”,唐写本作“稊”。

按孟子告子上“不如荑稗”，长短经八。善亡篇引作“稊稗”。是“稊”与“荑”通。“美”乃“荑”之形误。

颂赞第九

四始之至，颂居其极。颂者，容也，所以美盛德而述形容也。昔帝喾之世，咸墨为颂[①]〔一〕，以歌九韶〔二〕。自商已下〔三〕，文理允备〔四〕。夫化偃一国谓之风，风正四方谓之雅，容告神明谓之颂。风雅序人，事兼变正[②]；颂主告神[③]，义必纯美〔五〕。鲁国元脱，曹补。以公旦次编[④]，商人以前王追录[⑤]〔六〕，斯乃宗庙之正歌，非谯飨之常咏也〔七〕。时迈一篇[⑥]，周公所制；哲人之颂，规式存焉。夫民各有心〔八〕，勿壅惟口[⑦]；晋舆元作兴，曹改。之称原田[⑧]〔九〕，元作由，曹改。鲁民之刺裘鞸[⑨]，直言不咏，短辞以讽，邱明子高，并谍为诵：斯则野诵之变体，浸被乎人事矣。及三闾橘颂[⑩]，情采芬芳，比类寓意，又覃及细物矣〔一〇〕。

至于秦政刻文[⑪]，爰颂其德，汉之惠景[⑫]，亦有述容，沿世并作，相继于时矣。若夫子云之表充国[⑬][❶]，孟坚之序戴侯[⑭]，武仲之美显宗[⑮]，史岑之述熹元作僖，曹改。后[⑯]〔一一〕，或拟清庙，或范駉那，虽浅深不同〔一二〕，详略各异，其褒德显容，典章一也。至于班傅之北征西巡[⑰]〔一三〕，元作逝。变为序引，岂不褒过而谬体哉〔一四〕！马融之广成上林[⑱]，疑作东巡。雅而似赋〔一五〕，何弄文而失质乎〔一六〕！又崔瑗文学[⑲]，蔡邕樊渠[⑳]，并致美于序，而简约乎篇；挚虞品藻[㉑]，颇为精核，至云杂以风雅[㉒]，而不变旨趣，徒张虚论，有似黄白之伪说矣㉓。及魏晋辨颂〔一七〕，鲜有出辙，陈思所缀㉔，以皇子为摽〔一八〕；陆机积篇㉕，惟功臣最显：其褒贬杂居，固末代之讹体也。

原夫颂惟典雅〔一九〕，辞必清铄；敷写似赋，而不入华侈之区；敬慎如铭，而异乎规戒之域。揄扬以发藻，汪洋以树义。一作仪。唯纤曲巧致〔二〇〕，与情而变，其大体所底〔二一〕，如斯而已。

赞者，明也，助也。二字从御览增。昔虞舜之祀，乐正重赞，盖唱发之辞也。及益赞于禹㉖〔二二〕，伊陟赞于巫咸㉗〔二三〕，并飏言以明事〔二四〕，嗟叹以助辞也〔二五〕。故汉置鸿胪㉘，以唱拜为赞〔二六〕，即古之遗语也。至相如属笔㉙〔二七〕，始赞荆轲❷。及迁史固书〔二八〕，托赞褒贬，约文以总录，颂体以论辞；又纪传后元作侈，朱考御览改。评，亦同其名，而仲治流别〔二九〕，谬称为述㉚，失之远矣。及景纯注雅㉛，动植必赞〔三〇〕，一作赞之，从御览改。义兼美恶，亦犹颂之变耳。然本其为义，本字从御览增。事生奖叹，所以古来篇体，促而不广〔三一〕，一作旷，从御览改。必结言于四字之句，盘桓乎数韵之辞，约举以尽情，昭灼以送文〔三二〕，此其体也。发源虽远，而致用盖寡，大抵所归，其颂家之细条乎〔三三〕！

赞曰：容体底颂，勋业垂赞〔三四〕。镂彩摛文，声理有烂〔三五〕。年积逾远〔三六〕，音徽如旦〔三七〕。降及品物，炫辞作玩。

【黄叔琳注】

①**咸墨**墨应作黑。〔吕氏春秋〕帝喾命咸黑作为声歌,九招、六列、六英。　②**变正**〔诗序〕王道衰,政教失,而变风变雅作矣。　③**颂主告神**〔诗大序〕颂者,美盛德之形容,以其成功告于神明者也。　④**公旦**〔诗传〕成王赐鲁天子之礼乐以祀周公,故有鲁颂。　⑤**商人**〔诗序商颂〕那,祀成汤也。烈祖,祀中宗也。玄鸟,祀高宗也。长发,大禘也。殷武,祀高宗也。皆前代祭祀宗庙之乐。⑥**时迈**〔国语〕周文公之诗曰:载辑干戈,载橐弓矢。我求懿德,肆于时夏,允王保之。〔韦昭注〕文公,周公旦之谥也。颂时迈之诗,武王既伐纣,周公为作此诗,巡守告祭之乐歌。　⑦**壅口**〔国语〕民虑之于心,而宣之于口,成而行之,胡可壅也。若壅其口,其与能几何?　⑧**原田**〔左传〕晋侯听舆人之颂曰:原田每每,舍其旧而新是谋。　⑨**裘鞸**〔孔丛子〕子顺曰:先君初相鲁,鲁人谤颂之曰:麛裘而芾,投之无戾;芾而麛裘,投之无邮。〔吕氏春秋〕同。芾作鞸。〔高诱注〕鞸,小貌。此子顺述孔子之事,非子高也。子高,孔穿之子。　⑩**三闾橘颂**〔离骚序〕屈原与楚同姓,仕于怀王,为三闾大夫。著九章,内一篇曰橘颂。　⑪**秦政**〔史记〕秦始皇者,名政。东行郡县,上邹峄山,立石,与鲁诸儒生议刻石,颂秦德。　⑫**惠景**〔汉艺文志〕李思孝景皇帝颂十五篇。　⑬**表充国**〔赵充国传〕充国字翁孙,功德与霍光等,列画未央宫。

成帝时，西羌尝有警，上思将帅之臣，追美充国，乃召黄门郎扬雄，即充国图画而颂之。 ⑭**序戴侯**〔后汉书〕窦融字周公，光武八年，与大军会高平，封安丰侯，卒谥戴。〔文章流别〕有班固安丰戴侯颂。 ⑮**美显宗**〔后汉书〕傅毅字武仲，追美孝明帝功德最盛，而庙颂未立，乃依清庙作显宗颂十篇。 ⑯**述熹后**〔文选注〕范晔后汉书曰：王莽末，沛国史岑字孝山，以文显。〔文章志七志〕并载岑出师颂，而集林又载岑和熹邓后颂。计莽末以讫和熹，百有馀年。又〔东观汉记〕东平王苍上光武中兴颂，明帝问校书郎：此与谁等？对曰：前世史岑之比。斯则莽末史岑，明帝时已云前世，不得为和熹之颂明矣。盖有二史岑，字子孝者，仕王莽；字孝山者，当和熹。书典散亡，未详爵里，诸家遂以孝山之文，载于子孝之集。⑰**班傅**〔后汉书〕窦宪迁大将军，以傅毅为司马，班固为中护军，宪府文章之盛，冠于当世。毅所著诗赋诔颂诸作凡二十八篇，固所著赋铭诔颂诸作凡四十一篇。 ⑱**马融**〔马融传〕融字季长。邓太后临朝，邓骘兄弟辅政，俗儒世士以文德可兴，武功宜废。融以为文武之道，圣贤不坠；五材之用，无或可废，上广成颂以讽谏。太后怒，遂令禁锢之。安帝亲政，出为河间王长史。时车驾东巡岱宗，融上东巡颂，召拜郎中。 ⑲**崔瑗**〔崔瑗传〕瑗所著赋、碑、铭、箴、颂、七苏、南阳文学官志、叹辞、移社文、悔祈、草书埶、七言，凡五十七篇。其南阳文学官志,诸能为文者,皆自以弗及。 ⑳**樊渠**〔蔡邕樊惠渠颂〕略曰:阳陵县东,土气辛螫,嘉谷不植,而泾水长流。京兆尹樊君讳陵字德云,遂树柱累石,委薪积土,基趺工坚,清流浸润,昔日卤田化为甘壤,农民熙怡悦豫,谓之樊惠渠云。 ㉑**挚虞**〔挚虞传〕虞字仲洽,撰古文章类聚,区分为三十卷,名曰流别集。各为之论,辞理惬当,为世所重。 ㉒**杂以风雅**〔文章流别论〕扬雄充国颂,颂而似雅。傅毅显宗颂,杂以风雅之意。马融之广成、上林,纯为今赋之体,而谓之颂。 ㉓**黄白伪说**〔吕氏春秋〕相剑者曰:白所以为坚也,黄所以为韧也,黄白杂则坚且韧,良剑也。难者曰:黄白杂则不坚且不韧,焉得为利剑也。 ㉔**陈思**曹植字子建,封陈思王,集有皇子生颂。 ㉕**陆机**〔陆机集〕有汉高祖功臣颂。 **乐正重赞**〔尚书大传〕舜为宾客,禹为主人。乐正进赞曰:尚考大室之义,唐为虞宾,至今衍于四海,成禹之变,垂于万世之后。于是俊乂百工相和而歌庆云。 ㉖**益赞于禹**见书大禹谟篇。 ㉗**伊陟**〔书〕在太戊时,则有若伊陟、臣扈,格于上帝,巫咸乂王家。〔注〕伊陟,伊尹之子。巫氏咸名。〔史记封禅书〕伊陟赞巫咸。 ㉘**鸿胪**〔汉书注〕鸿,声也。胪,传也。所以传声赞导九宾也。 ㉙**相如**〔文章缘起〕司马相如荆轲赞,世已不传。厥后班孟坚汉史以论为赞,至宋范晔更以韵语。 ㉚**谬称为述**〔汉书注〕颜师古曰:史迁云为某事作某本纪、某列传,班固谦不敢言作，而改言述，盖避作者之谓圣而取述者之谓明也。但后之学者不晓此为汉书叙目，见有述字，乃呼为汉书述，失之远矣。挚虞尚有此惑，其馀曷足怪乎？

㉛**景纯注雅**〔郭璞传〕璞字景纯，注释尔雅，别为音义图谱。

【李详补注】

❶**子云之表充国**至**而失质乎**详案：彦和此论，本之挚仲治〔文章流别论〕。〔御览五百八十八〕引流别论云：昔班固为安丰戴侯颂，史岑为出师颂、和熹邓后颂，与鲁颂体意相类。扬雄赵充国颂，颂而似雅，傅毅显宗颂，文与周颂相似，而杂以风雅之意。若马融广成、上林之属，纯为今赋之体，而谓之颂，失之远矣。黄注所引不备。

❷**相如属笔二句**详案：〔汉书艺文志〕杂家有荆轲论五篇。班固自注：轲为燕刺秦王，不成而死，司马相如等论之。案王氏应麟〔汉艺文志考证〕，引彦和论系于荆轲论下，而未辨论与赞歧分之故。详疑彦和所见汉书本作荆轲赞，故采入颂赞篇。若原是论字，则必纳入论说篇中，列班彪王命、严尤三将之上矣。

【杨明照校注】

〔一〕**咸墨为颂**

“咸墨”，唐写本作“咸黑”；事物考二、山堂肆考角集三五、文通八引同。　宋本、钞本、倪本、活字本御览五八八、唐类函一百五引作"咸累"。喜多本、鲍本作"咸墨"。　路史后纪疏仡纪引作"成累"。广博物志三三引同。

按作"咸黑"是。咸黑事见吕氏春秋古乐篇。原文黄、范两家注已具。古乐志亦云:"古之善歌者有咸黑。"御览五七三引。"咸墨"、"咸累"、"成累",均误。

〔二〕**以歌九韶**

"韶",唐写本作"招";宋本、倪本、活字本、喜多本、鲍本御览引同。

按作"招"与吕氏春秋古乐篇合。事物纪原集类四、玉海六十、风雅逸篇十、诗纪前集附录、事物考二、唐类函一百五、山堂肆考引,亦并作"招"。当据改。

〔三〕**自商已下**

"商"下,唐写本有"颂"字。

按有"颂"字,语意始明。御览、唐类函引,亦并有之。当据增。

〔四〕**文理允备**

"理",凌本作"礼"。　"允",倪刻御览、唐类函引作"克"。

按作"礼"非是。宗经篇"辞亦匠于文理",诏策篇“文理代兴”，章表篇“文理弥盛”，奏启篇“文理迭兴”，通变篇“非文理之数尽”，时序篇“故知歌谣文理，……文理替矣”，其以“文理”连文，并与此同。“克”亦误字。颜延之重释何衡阳：“案东鲁阶差侨、札，理不允备。”弘明集四。可资旁证。诔碑篇赞：“文采允集。”其用“允”字义与此同。

〔五〕**风雅序人，事兼变正；颂主告神，义必纯美**

“事”上“义”上，唐写本并有“故”字。

按唐写本是。御览、唐类函引，亦有两“故”字，与唐写本合。“兼”御览误作“资”。王批本“人故”、“神故”品排刻。

〔六〕**鲁国以公旦次编，商人以前王追录**

“国”，黄校云：“元脱，曹补。”此沿梅校。　张本、王批本、训故本作“人”。唐写本“国”“人”二字并无；御览引同。　玉海引无“国”字；元本、弘治本、活字本、汪本、佘本、两京本、胡本、谢钞本同。

按“国”“人”二字均不必有。玉海、元本等有“人”字，乃涉上下文误衍者，曹学佺因配补“国”字，非是。

〔七〕**非谯飨之常咏也**

“谯飨”，唐写本作“飨谯”；宋本、活字本、喜多本、鲍本御览引作“飨燕”。“飨”钞本御览误作“响”；倪刻本又误作“向”。　谢钞本作“燕飨”，冯舒乙为“飨燕”。

按元本、弘治本、汪本、佘本、张本、两京本、王批本、训故本、文津本并作“飧譙”，与唐写本合。玉海引亦作“飧譙”。“燕”与“譙”通。

〔八〕**夫民各有心**

按诗大雅抑：“覆谓我僭，民各有心。”

〔九〕**晋舆之称原田**

“舆”，黄校云：“元作‘兴’，曹改。”　“田”，黄校云：“元作‘由’，曹改。”并沿梅校。

按曹改是。与左传僖公二十八年合，原文黄、范两家注已具。唐写本、黄丕烈所校元本、活字本、何本、训故本、谢钞本、清谨轩本、四库本、诗纪前集三、文通八，并作“晋舆之称原田”，不误。弘治本、汪本、佘本、张本、两京本、王批本、胡本之“田”字尚未误。

〔一〇〕**又覃及细物矣**

按诗大雅荡：“覃及鬼方。”尔雅释言：“覃，延也。”

〔一一〕**史岑之述熹后**

“熹”，黄校云：“元作‘僖’，曹改。”此沿梅校。

按唐写本作“燕”，盖“熹”之形误。玉海引作“熹”，文通八同。何本、谢钞本、清谨轩本亦作“熹”，未误。

〔一二〕**虽浅深不同**

“浅深”，唐写本作“深浅”；御览引同。

按元本、弘治本、活字本、汪本、佘本、张本、两京本、王批本、何本、训故本、合刻本、梁本、别解本、尚古本、冈本、四库本、王本、崇文本并作"深浅",未倒。"深浅不同",与下句"详略各异",本相对成文。若作"浅深",则声调不谐矣。

〔一三〕**至于班傅之北征西巡**

"巡",黄校云:"元作'逝'。"梅本校云:"('逝')疑作'巡'。" 冯舒云:"'逝',疑作'巡'。" 唐写本作"征"。

按"逝"字固误,黄氏依梅校径改为"巡",亦非。当依唐写本作"征"。傅毅所撰西征颂,御览三五一尚引其残文。

〔一四〕**岂不褒过而谬体哉**

"褒",唐写本作"通"。

按唐写本非是。"褒"亦过也,读如史记司马穰苴传赞"如其文也,亦少褒矣"之"褒"。若作"通",则不可解矣。

〔一五〕**马融之广成上林,雅而似赋**

"上林",黄校云:"疑作'东巡'。"此沿梅校。 冯舒校同。

按舍人此评,本文章流别论。原文黄、李两家注已具。既沿用仲治之语,想必得见季长之文。玉烛宝典三引马融上林颂曰："鹁鸽如烟。"严氏全后汉文十八所辑马融文漏此条。是季长此颂，隋世尚存，故杜氏得征引之也。何得因其颂文久佚，而遽疑作"东巡"耶！

〔一六〕**何弄文而失质乎**

刘永济校释："'弄文'，疑'美文'之讹。"

按本书屡用"弄"：杂文篇赞"负文馀力，飞靡弄巧"，谐隐篇"纤巧以弄思"，养气篇"常弄闲于才锋"，其用"弄"字义与此同。议对篇"若不达政体，而舞笔弄文"，正以"弄文"为言。刘说误。

〔一七〕**及魏晋辨颂**

"辨"，唐写本作"杂"。

按"辨"字盖涉上文"而不辨此依唐写本。旨趣"致误，当据唐写本改作"杂"。

〔一八〕**以皇子为摽**

按"摽"当依各本改作"标"。

〔一九〕**原夫颂惟典雅**

"雅"，御览引作"懿"。　徐𤊹校作"懿"。

按徐盖据御览校也。唐写本正作"懿"。足见文心原不作"雅"，当校正。

〔二〇〕**唯纤曲巧致**

唐写本作"虽纤巧曲致"；宋本、钞本、喜多本、鲍本御览引同。活字本误作“典致”,倪刻本误作“委曲”。

按作“虽纤巧曲致”是。“唯”系“虽”之残误,训故本“虽”字未误。“曲巧”二字误倒。谐隐篇“纤巧以弄思”,正以“纤巧”连文;神思篇“文外曲致”,亦以“曲致”为言。文章缘起注引作“唯纤巧曲致”,仅“唯”字有误。

〔二一〕**其大体所底**

“底”,唐写本作“弘”;御览引同。鲍本因避清高宗讳改作“宏”。

按“弘”字是。“弘”与“宏”通,“底”盖“宏”之形误。通变篇“宜宏大体”,语意与此同,可证。

〔二二〕**及益赞(讚)于禹**

“讚”,唐写本作“赞”;御览、玉海六二、事物纪原集类四、事物原始、新镌古今事物原始十一、事物考二引同。

按本段共用八“讚”字,仅此与下句唐写本及御览等作“赞”,馀亦作“讚”。以原道篇“幽讚此依元本、弘治本、活字本等,黄本已改为“赞”。神明”及宗经篇“赋颂歌讚”他篇“讚”字尚多有之。相证,舍人于“讚”字皆用或体。书伪大禹谟:“三旬,苗民逆命。益赞于禹曰:‘唯德动天,无远弗届。……至诚感神,矧兹有苗!’”是此句唐写本等作“赞”,乃据伪大禹谟改也。

〔二三〕**伊陟赞(讚)于巫咸**

"讚",唐写本、弘治本、汪本、佘本、张本、两京本、王批本、何本、训故本、梅本、合刻本、秘书本、谢钞本、汇编本、别解本、清谨轩本、文溯本、王本、郑藏钞本、崇文本作"赞";御览、玉海、事物纪原集类、事物原始、新镌古今事物原始、事物考引同。

按唐写本以下各本作"赞",盖亦据书序原文黄、范两家注已具。改,未必是舍人之旧也。今检全书正文,自原道篇"幽讚神明"至序志篇"敷讚圣旨",五十篇中之用"讚"字者,凡二十三处;而"赞"字除每篇之"赞曰"外,则止有论说篇"辨史则与赞评齐行"及"赞者明意",丽辞篇"而皋陶赞云",才略篇"益则有赞"四处。是舍人于"讚"、"赞"二字之使用,固有区别也。又按书咸有一德后附亡书序:"伊陟相大戊,……伊陟赞于巫咸,作咸乂四篇。"孔传:"伊陟,伊尹子。……赞,告也。巫咸,臣名。皆亡。"释文引马融云:"巫,男巫也,名咸。殷之巫也。"汉书郊祀志上:"太戊修德,桑穀死。伊陟赞巫咸。"颜注引孟康曰:"巫咸,殷贤臣。赞,说也,谓伊陟说其意也。"书序、汉志原皆作"赞",舍人却都改为"讚",与上"益讚于禹"句之"讚"字同,绝非偶然巧合,而是由于区别使用"讚"、

"赞"二字之又一明证。

〔二四〕**并飏言以明事**

"飏",事物纪原集类、事物原始、新镌古今事物原始引作"扬"。

按作"扬"非是。"飏言"二字出书益稷。孔传:"大言而疾曰'飏'。"比兴篇"飏言以切事者也",语意与此同,可证。时序篇亦有"飏言赞时"语。释僧祐齐太宰竟陵文宣王集录序"或飏言以泛解",亦作"飏言"。

〔二五〕**嗟叹以助辞也**

按毛诗序:"言之不足,故嗟叹之。"礼记乐记:"长言之不足,故嗟叹之。"郑注:"长言之,引其声也。嗟叹,和续之也。"释文:"和,胡卧反。"

〔二六〕**故汉置鸿胪,以唱拜为赞**

按汉书百官公卿表上:"典客,秦官,……武帝太初元年更名大鸿胪。"颜注引应劭曰:"郊庙行礼赞九宾,鸿声胪传之也。"胡广汉官解诂:"鸿,声也。胪,传也。所以传声赞导九宾也。"初学记十二、御览二三二引。

〔二七〕**至相如属笔**

"笔",御览、玉海、汉书艺文志考证七引作"词"。谭献云:"御览作'相如属辞',是也。"

按唐写本作"笔",声律篇亦有"属笔易巧"语,可证"笔"字不误。抱朴子外篇钧世:"使属笔者，得采伐渔猎其中。”又辞义：“属笔之家，亦各有病。”是远在舍人之前，葛洪已一再驱遣“属笔”二字矣。

〔二八〕**及迁史固书**

唐写本作“及史斑回书”。　　御览、玉海引作“及史班书记”。

按唐写本是也。本书“班”字唐写本均作“斑”。“回”乃“因”之或体。史传篇“史班立纪”此依训故本。及“故张衡摘史班之舛滥”，可证。元本、弘治本、活字本、汪本、佘本、张本、两京本、胡本、王批本并作“及史班固书”，“固”乃“因”之误。或写者妄改。今本及御览、玉海所引皆非，当据唐写本校正。

〔二九〕**而仲治流别**

“治”，唐写本作“冶”；元本、弘治本、汪本同，钞本御览五八八引亦同。文津本、文溯本剜改作“洽”；芸香堂本、翰墨园本、思贤讲舍本同。

按唐写本盖避高宗讳省去一点，致成“冶”字，元本等因之。四库本作“洽”，乃馆臣据武英殿本晋书妄改，百衲本晋书虽已作“洽”，馆臣未必得见。未可从也。以序志篇“仲治此依梁书、玉海等，芸香堂本、翰墨园本、思贤讲舍本亦误为“洽”。流别”諗之，此必原是“治”字，前后一律。世说新语文学篇

"左太冲作三都赋初成"条刘注:"挚仲治宿儒知名。"又"太叔广甚辩给,而挚仲治长于翰墨"条刘注引王隐晋书曰:"挚虞字仲治。"南齐书文学传论:"仲治之区判文体。"金楼子终制篇:"高平刘道真、京兆挚仲治,并遗令薄葬。"又立言篇下:"挚虞论(蔡)邕玄表赋曰:'(幽)通精以整,思玄博而赡,玄表拟之而不及。'余以为仲治此说为然也。"并"洽"为"治"之误确证。水经洛水、穀水注中所引挚说,亦均作"仲治"。

〔三〇〕**动植必赞**

"必赞",黄校云:"一作'赞之',从御览改。"

按唐写本、清谨轩本作"赞之";元本、弘治本、活字本、汪本、佘本、张本、两京本、王批本、何本、胡本、训故本、梅本、合刻本、梁本、秘书本、谢钞本、汇编本、别解本、尚古本、冈本、王本、张松孙本、郑藏钞本、崇文本并作"赞之"。"赞之"于此自通,不必依御览改。

〔三一〕**促而不广**

"广",黄校云:"一作'旷',从御览改。"

按"旷"亦"广"也。汉书邹阳传颜注:"旷,广也。"无烦改字。唐写本、元本、弘治本、活字本、汪本、佘本、张本、两京本、何本、胡本、王批本、训故本、梅本、合刻本、梁本、秘书本、凌本、谢钞本、汇编本、别解本、清谨轩本、尚古本、冈本、文溯本、王本、张松孙本、郑藏钞本、崇文本并作“旷”；子苑三二、文体明辨四八、文通十二引，亦作“旷”。

〔三二〕**昭灼以送文**

“昭”，唐写本作“照”；御览引同。

按“照”字是。已详宗经篇“言昭灼也”条。

〔三三〕**大抵所归，其颂家之细条乎**

按桓范政要论赞象篇：“夫赞象之所作，所以昭述勋德，思咏政惠，此盖诗颂之末流矣。”群书治要四七引。可以证成舍人此说。

〔三四〕**容体底颂，勋业垂赞**

“体”，唐写本作“德”。

按唐写本是。“容德”与“勋业”对。“底”亦疑为“厎”之误。左传昭公元年：“叔向曰：‘厎禄以德。’”杜注：“厎，致也。”释文：“厎，音旨。”

〔三五〕**镂彩摛文，声理有烂**

唐写本作“镂影摛声，文理有烂”。

按唐写本是也。元本、弘治本、活字本、汪本、佘本、张本、两京本、何本、胡本、梅本、凌本、合刻本、梁本、秘书本、谢钞本、汇编本、清谨轩本、尚古本、冈本、文津本、王本、张松孙本、郑藏钞本、崇文本，“彩”并作“影”，与唐写本合；惟“声文”二字误倒。余本作“文理”。“影”“声”相对成义,“文理”连文亦本书所恒见。舍人剡山石城寺石像碑有“朱桂镂影”语。

〔三六〕**年积逾远**

“积”,唐写本作“迹”。

按唐写本是。“年迹”与下句“音徽”对。文选王屮头陀寺碑:“身逾远而名劭。”

〔三七〕**音徽如旦**

按诗大雅思齐:“大姒嗣徽音。”郑笺:“徽,美也。”文选王俭褚渊碑文:“音徽与春云等润。”李注:“音徽,即徽音也。”诗大雅板“昊天曰旦”毛传:“旦,明。”

祝盟第十

天地定位〔一〕，祀遍群神〔二〕。元作臣，朱改。六宗既禋[①]，三望咸秩[②]〔三〕，甘雨和风，是生黍稷〔四〕，兆民所仰，美报兴焉〔五〕。牺盛惟馨，本于明德〔六〕，祝史陈信，资乎文辞〔七〕。昔伊耆元作祁，柳改。始蜡[③]〔八〕，以祭八神。其辞云：土反元作及，许改。其宅，水归其壑，昆虫毋作，草木归其泽。则上皇祝文，爰在兹矣。舜之祠田云：荷此长耜，耕彼南亩，四海俱有。利民之志，颇形于言矣[❶]〔九〕。至于商履，圣敬日跻[④]，玄牡告天[⑤]，以万方罪己〔一〇〕，即郊禋之词也；素车祷旱[⑥]，以六事责躬〔一一〕，则雩禜之文也[⑦]。及周之大祝[⑧]，掌六祝之辞。是以庶物咸生，陈于天地之郊；旁作穆穆，唱于迎日之拜[⑨]；夙兴夜处，言于祔庙之祝[⑩]；多福无疆[⑪]，布于少牢之馈；宜社类祃[⑫]，莫不有文〔一二〕。所以寅虔许补于神祇〔一三〕，严恭于宗庙也。春秋已下，黩祀谄祭，祝币史辞〔一四〕，靡神不至〔一五〕。至于张老成室[⑬]，致善于歌哭之祷〔一六〕；蒯聩临战[⑭]，获佑于筋骨之请〔一七〕：虽造次颠沛，必于祝矣〔一八〕。若夫楚辞招魂，可谓祝辞之组缅也〔一九〕。汉之群祀〔二〇〕，肃其旨一作百。礼〔二一〕，既总硕儒之仪，亦参方士之术〔二二〕。所以秘祝移过[⑮]，异于成汤之心；侲子驱疫[⑯]，元作欧疾，王改。同乎越巫之祝[⑰]：礼失之渐也〔二三〕。至如黄帝有祝邪之文[⑱]，东方朔有骂鬼之书[⑲]，于是后之谴咒，务于善骂。唯陈思诰咎[20]，元脱，曹补。裁以正义矣[❷]。若乃礼之祭祀，事止告飨；而中代祭文，兼赞言行，祭而兼赞，盖引神而作也〔二四〕。又汉代山陵，哀策流文[21]，周丧盛姬，内史执策[22]。然则策本书赠〔二五〕，因哀而为文也。是以义同于诔，而文实告神，诔首而哀末，颂体而祝一作咒。仪，太史所作之赞，因周之祝文也〔二六〕。凡群言发华，而降神务实，修辞立诚，在于无愧。祈祷之式，必诚以敬〔二七〕；祭奠之楷，宜恭且哀：此其大较也。班固之祀濛山，祈祷之诚敬也；潘岳之祭庾妇[23]，奠祭之恭哀也〔二八〕：举汇而求，昭然可鉴矣。

盟者，明也。骍毛白马[24]，珠盘玉敦[25]，陈辞乎方明之下[26]，祝告于神明者也〔二九〕。在昔三王，诅盟不及[27]〔三〇〕，时有要誓，结言而退[28]。周衰屡盟〔三一〕，以及要契[29]〔三二〕，始之以曹沫[30]，终之以毛遂[31]。及秦昭盟夷[32]，设黄龙之诅〔三三〕；汉祖建侯，定山河之誓[33]。然义存则克终，道废则渝始，崇替在人，咒何预焉？若夫臧洪歃辞，气截云蜺〔三四〕；刘琨铁誓[34]，精贯霏霜；而无补于晋汉，反为仇雠[❸]〔三五〕。故知信不由衷，盟无益也〔三六〕。夫盟之大体，必序危机，奖忠孝，共存亡，戮心力，祈幽灵以取鉴，指九天以为正〔三七〕，感激以立诚，切至以敷辞，此其所同也。然非辞之难，处辞为难。后之君子，宜在殷鉴〔三八〕，忠信可矣，无恃神焉！

赞曰：毖祀钦明〔三九〕，祝史惟谈。立诚在肃，修辞必甘[四〇]。季代弥饰，绚言朱蓝。神之来格[四一]，所贵无惭[四二]。

【黄叔琳注】

①**六宗**〔书〕禋于六宗。〔孔安国传〕一四时，二寒暑，三日，四月，五星，六水旱。〔汉郊祀志注〕六宗，星、辰、风伯、雨师、司中、司命。一说云：乾坤六子。又一说：天宗三，日、月、星辰；地宗三，泰山、河、海。或曰：天地间游神也。　②**三望**〔左传〕僖公三十一年，卜郊不从，乃免牲，犹三望。〔注〕望，祭山川也。　③**伊耆**〔礼记郊特牲〕伊耆氏始为蜡。蜡也者，岁十二月合聚万物而索飨之也。八神：先啬一，司啬二，百种三，农四，邮表畷五，猫虎六，坊七，水庸八。　④**圣敬日跻**诗商颂长发篇。⑤**玄牡**见书汤誓。　⑥**素车**〔尸子〕汤之救旱也，素车白马，布衣，身婴白茅，以身为牲，祷曰：政不节与？民失职与？苞苴行与？谗夫昌与？宫室崇与？女谒盛与？⑦**雩禜**〔左传〕龙见而雩。〔注〕旱祭也。又曰：雪霜风雨之灾则禜之。〔说文〕祷雨为雩，祷晴为禜。　⑧**太祝**〔周礼春官〕太祝掌六祝之辞，以事鬼神，曰顺祝、年祝、吉祝、化祝、瑞祝、策祝。　⑨**庶物迎日**〔大戴礼〕孝昭冠辞：皇皇上天，照临下土；庶物群生，各得其所，靡今靡古。维予一人某敬拜皇天之祐。又曰：明光于上下，勤施于四方，旁作穆穆。维予一人某敬拜迎于郊。以正月

朔日，迎日于东郊。 ⑩**祔庙**〔仪礼〕明日以其班祔，用嗣尸。曰：孝子某孝显相，夙兴夜处，小心畏忌不惰，其身不宁，用尹祭，嘉荐普淖，普荐溲酒，适尔皇祖某甫，以隮祔尔孙某甫。 ⑪**多福无疆**〔仪礼〕少牢馈食礼：主人酳尸，尸酢主人，祝嘏主人曰：皇尸命工祝，承致多福无疆于汝孝孙。 ⑫**宜社**〔王制〕天子将出，类乎上帝，宜乎社，造乎祢。诸侯将出，宜乎社，造乎祢。〔注〕宜，祭名。**类祃**〔诗〕是类是祃。〔传〕师祭也。类于上帝，祃于所征之地。 ⑬**张老成室**〔檀弓〕晋献文子成室，晋大夫发焉。张老曰：美哉轮焉！美哉奂焉！歌于斯，哭于斯，聚国族于斯！ ⑭**蒯聩**〔左传〕卫太子祷曰：曾孙蒯聩，敢昭告皇祖文王，烈祖康叔，文祖襄公，郑胜乱从，晋午在难，使鞅讨之。蒯聩不敢自佚，备持矛焉。敢告无绝筋，无折骨，无面伤，以集大事。 ⑮**秘祝**〔汉郊祀志〕文帝诏曰：秘祝之官，移过于下，朕甚弗取，其除之。⑯**侲子**〔后汉礼仪志〕大傩谓之逐疫，选中黄门子弟十岁以上、十二以下百二十人为侲子。 ⑰**越巫**〔郊祀志〕粤人勇之言，粤人俗鬼，而其祠皆见鬼，数有效。昔东瓯王敬鬼，寿百六十岁。后世怠嫚，故衰耗。武帝乃命粤巫，立粤祝祠。 ⑱**祝邪**〔山海经〕东望山有兽名白泽，能言语。王者有德，明照幽远则至。〔轩辕记〕帝于桓山得白泽神兽，能言，达于万物之情。因问天地鬼神之事。帝令写为图，作祝邪之文以祝之。 ⑲**骂鬼**〔王延寿梦赋序云〕臣遂得东方朔与臣作骂鬼之书。按朔与延寿隔世久远，或朔本有书，延寿得之则可，曰“与臣作”谬矣。倘作书亦是梦中事，便无所不可。然彦和又岂以乌有为实录乎？非后人传写之误，即前代有傅会失实者。 ⑳**诰咎**〔曹子建诰咎文序〕五行致灾，先史咸以为应政而作。天地之气，自有变动，未必政治之所兴致也。于时大风发屋拔木，意有感焉，聊假上帝之命，以诰咎祈福。 ㉑**哀策**〔文章缘起〕汉乐安相李尤作和帝哀策。 ㉒**执策**〔穆天子传〕天子西至于重璧之台，盛姬告病，天子哀之。于是觞祀而哭，内史执策。〔注〕策，所以书赠赗之事。㉓**祭庾妇**〔潘岳集〕有为诸妇祭庾新妇文。 ㉔**骍毛**〔左传〕瑕禽曰：昔平王东迁，吾七姓从王，牲用备具，王赖之而赐之骍毛之盟。〔注〕赤牛也。**白马**〔汉书〕王陵曰：高皇帝刑白马而盟曰：非刘氏而王者，天下共击之。㉕**珠盘玉敦**〔周礼天官〕玉府若合诸侯，则共珠盘玉敦。㉖**方明**〔汉律历志〕太甲元年，以冬至越茀祀先王于方明。〔注〕方明者，神明之象也。以木为之，方四尺，画六采，东青西白，南赤北黑，上玄下黄。 ㉗**诅盟**〔穀梁传〕诅盟不及三王。 ㉘**结言**〔公羊传〕古者不盟，结言而退。 ㉙**要契**〔左传〕使王叔氏与伯舆合要，王叔氏不能举其契。〔注〕要，合要辞。理曲无以为答，故不能举其契要之辞。 ㉚**曹沫**〔国语〕曹沫为鲁将，三北。鲁庄公与齐桓公会于柯而盟，沫执匕首，劫桓公于坛，尽归鲁之侵地。 ㉛**毛遂**〔史记〕秦围邯郸，平原君求救于楚。议日中不决，毛遂按剑历阶而上曰：从之利害，两言而决。合从者为楚，非为赵也。楚王曰：唯唯。遂谓左右曰：取鸡狗马之血来。遂奉铜盘而跪进之楚王，曰：王当歃血，次者吾君，次者遂。遂定从于殿上。 ㉜**秦昭**〔常璩巴志〕秦昭襄王与夷人刻石盟曰：秦犯夷，输黄龙一双；夷犯秦，输清酒一钟。 ㉝**山河**〔史记高祖功臣年表〕封爵之誓曰：黄河如带，泰山如砺，国以永宁，爰及苗裔。**臧洪**〔臧洪传〕洪字子源，太守张超请为功曹。时董卓图危社稷，超与洪西至陈留，见兄邈计事。邈与语，大异之。邈先有谋约，会超至，定议。乃与诸牧守大会酸枣，设坛场。将盟，既而莫敢先登，咸共推洪。洪升坛歃血，辞气慷慨，闻其言者，无不激扬。 ㉞**刘琨**〔刘琨传〕琨字越石。建武元年，琨与段匹磾期讨石勒，匹磾推琨为大都督，歃血载书，檄诸方守，俱集襄国。琨、匹磾进屯固安，以俟众军。匹磾从弟末波纳勒厚赂，独不进，乃沮其计。琨、匹磾以势弱而退。

【李详补注】

❶**舜之祠田云**至**颇形于言矣**〔札迻〕顾校（谓顾千里校本）云：困学纪闻引尸子曰：舜兼爱百姓，务利天下，其田也，荷彼耒耜，耕彼田亩，与四海俱有其利。案尸子文见御览八十一，其田也作其田历山也，无祠田之文。今无

可考。 ❷**陈思诰咎二句**详案:〔困学纪闻〕(卷十七)引作诘咎,谓假天帝之命,以诘风伯雨师。诘字较诰字为长。陈思此文前诘风伯雨师,后有"皇祇赫怒,顾叱丰隆,息飚遏暴,庆云是兴。甘泽微微,雨我公田,爰既我私,年登岁丰,民无馁饥"云云,所谓裁以正义也。❸**臧洪歃辞**至**反为仇雠**详案:黄注引后汉书臧洪传"无不激扬"下,当添入自是之后,诸军各怀迟疑,莫适先进,遂使粮储单竭,兵众乖散。原引晋书刘琨传"以势弱而退"下,当添入末波许琨为幽州刺史,共结盟而袭匹磾,请琨为内应,而为匹磾逻骑所得。琨别屯故征北府小城,未之知也,来见匹磾,匹磾遂留琨。会王敦密使匹磾杀琨,匹磾遂称有诏收琨,遂缢之。如此方与彦和本文"无补晋汉,反为仇雠"相合。

【杨明照校注】

〔一〕**天地定位**

按易说卦传:"天地定位,山泽通气。"

〔二〕**祀遍群神**

"神",黄校云:"元作'臣',朱改。"此沿梅校。

按"臣"改"神"是。唐写本正作"神"。书舜典"遍于群神",孔传:"群神,谓丘陵坟衍,古之圣贤皆祭之。"国语楚语下:"天子遍祀群神品物。"

〔三〕**三望咸秩**

按公羊传僖公三十一年："卜郊不从，乃免牲，犹三望。……三望者何？望，祭也。然则曷祭？祭泰山、河、海。"穀梁传范注引郑玄曰："望者，祭山川之名也。谓海也，岱也，淮也。"舍人上云"六宗"，此云"三望"，皆实有所指。黄、范两家注仅引左传杜注，似嫌空泛。文选东京赋："元祀惟称，群望咸秩。"薛综注："谓大祭天地之礼既举，群岳众神，望以祭祀之，皆有秩序。"李注："尚书（洛诰）曰：'咸秩无文。'王肃曰：'秩，序也。'左氏传（昭公十三年）曰：'乃（大）有事于群望。'孔安国尚书（舜典）传曰：'在远者，望而祭之。'"今本有异。

〔四〕**甘雨和风，是生黍稷**

"黍稷"，唐写本作"稷黍"。

按唐写本是。诗小雅甫田："以祈甘雨，以介我稷黍，以穀我士女。"尔雅释天："甘雨时降，万物以嘉。"

〔五〕**兆民所仰，美报兴焉**

按周礼春官小祝："掌小祭祀，将事侯禳祷祠之祝号，以祈福祥，顺丰年，逆时雨，宁风旱。"郑玄注："侯之言候也。候嘉庆，祈福祥之属；禳，禳却凶咎，宁风旱之属；顺丰年，而顺为之祝辞。"礼记郊特牲："社所以神地之道也。地载万物，天垂象，取财于地，取法于天，是以尊天而亲地也。故教民美报焉。”

〔六〕**牺盛惟馨，本于明德**

按左传僖公五年：“（周书）又曰：‘黍稷非馨，明德惟馨。’”杜注：“周书，逸书。馨，香之远闻。”书伪君陈：“黍稷非馨，明德惟馨。”枚传：“所谓芬芳，非黍稷之气，乃明德之馨，励之以德。”

〔七〕**祝史陈信，资乎文辞**

按左传襄公二十七年：“子木问于赵孟曰：‘范武子之德何如？’对曰：‘夫子之家事治。言于晋国，无隐情；其祝史陈信于鬼神，无愧辞。’”杜注：“祝陈馨香，德足副之，故不愧。”又昭公二十年：“晏子曰：‘日宋之盟，屈建问范会之德于赵武，赵武曰：“夫子之家事治。言于晋国，竭情无私；其祝史祭祀，陈信不愧。”’”

〔八〕**昔伊耆始蜡**

“耆”，黄校云：“元作‘祁’，柳改。”此沿梅校。

按礼记郊特牲释文：“（伊耆氏）或云即帝尧。”诗含神雾：“庆都与赤龙合婚，生赤帝伊祁尧。”初学记九引。帝王世纪：“尧，伊祁姓也。”同上。史记五帝纪索隐：“（尧）姓伊祁氏。”是“伊耆”之“耆”本有作“祁”者，不必依郊特牲改为“耆”也。

〔九〕**舜之祠田云：荷此长耜，耕彼南亩，四海俱有。利民之志，颇形于言矣**

唐写本“四”上有“与”字。

按尸子：“舜兼爱百姓，务利天下。其田也，荷彼耒耜，耕彼南亩，与四海俱有其利。”御览八一、困学纪闻十引。正有“与”字。当据增。又按路史后纪疏仡纪：“（帝舜）故祠于田曰：‘荷此长耜，耕彼南亩，四海俱有。’志利民也。”长源以三语为祠田文，与舍人同。

〔一〇〕**以万方罪己**

按左传庄公十一年：“禹汤罪己，其兴也悖焉。”杜注：“悖，盛貌。”释文：“悖，蒲忽反。一作勃，同。”

〔一一〕**以六事责躬**

按荀子、大略篇。说苑君道篇。所载汤祷旱之辞，均未标有“六事”二字。后汉书锺离意传：“上疏曰：‘……昔成汤遭旱，以六事自责。’”章怀注引帝王世纪同。又周举传：“对曰：‘……成汤遭灾，以六事克己。’”

〔一二〕**宜社类祃，莫不有文**

按黄、范两家注皆仅释“宜社类祃”之义，而于“有文”之说，则未之及。周礼春官大祝：“大师宜于社，造于祖，设军社类上帝，国将有事于四望；及军归，献于社，则前祝。”郑玄注：“前祝者，王出也，归也，将有事于此神；大祝居前，先以祝辞告之。"舍人所谓"有文"者,即指祝辞言之也。

〔一三〕**所以寅虔于神祇**

"虔",黄校云:"许补。"梅本校云:"(虔)许改。"

按"许补"当从梅本作"许改"。元本等乃误"虔"为"处",弘治本作"处"。非有脱落也。唐写本、两京本、王批本、胡本、训故本、别解本、谢钞本、清谨轩本、尚古本、冈本、文溯本并作"虔"。"祇",当依唐写本、弘治本、汪本、梅本改作"祇"。

〔一四〕**祝币史辞**

"祝",元本、弘治本、汪本、佘本、张本、两京本、何本、胡本、王批本、梅本、凌本、合刻本、梁本、秘书本、谢钞本、汇编本、清谨轩本作"祀"。　谢兆申"祀"校作"祝"。何焯校同。　"币",唐写本作"弊"。

按"祀""弊"二字皆误。左传成公五年:"梁山崩,……故山崩川竭,君为之不举。……祝币,史辞以礼焉。"杜注:"(祝币)陈玉帛;(史辞)自罪责。"又昭公十七年:"祝,用币;史,用辞。"杜注:"用币于社,用辞以自责。"并其证。子苑九四引作"币",未误。

〔一五〕**靡神不至**

按诗大雅云汉:“靡神不举。”郑笺:“言王宣王。为旱之故,求于群神,无不祭也。”又:“靡神不宗。”郑笺:“言遍至也。”

〔一六〕**至于张老成室,致善于歌哭之祷**

唐写本“成”作“贺”,“善”作“美”。

按礼记檀弓下:“晋献文子成室,晋大夫发焉。张老曰:‘美哉轮焉!美哉奂焉!歌于斯,哭于斯,聚国族于斯。’君子谓之善颂善祷。”郑注:“善颂,谓张老之言;善祷,谓文子之言。”则此“祷”字当作“颂”。舍人盖误记。“成”“善”,亦当依唐写本改作“贺”“美”。

〔一七〕**获佑于筋骨之请**

“佑”,唐写本作“祐”;子苑引同。

按“祐”字是。两京本、胡本作“祐”。说文示部:“祐,助也。”作“祐”,始与蒯聩之祷辞合。

〔一八〕**虽造次颠沛,必于祝矣**

按论语里仁:“君子无终食之间违仁,造次必于是,颠沛必于是。”集解引马融曰:“造次,急遽;颠沛,偃仆。虽急遽偃仆不违仁。”

〔一九〕**可谓祝辞之组缅也**

“缅”,唐写本作“丽”。

按唐写本是。法言吾子篇:“或曰:‘雾縠之组丽。’”李注:“言可好也。”此“组丽”二字所本。

"缅"字系涉"组"之偏旁而误者。王念孙广雅疏证一下。释诂:"组丽,犹纯丽也。"

〔二〇〕**汉之群祀**

"之",唐写本作"氏"。

按诏策篇"晋氏中兴",奏启篇"晋氏多难",句法并与此同,则唐写本作"氏"是也。

〔二一〕**肃其旨礼**

"旨",唐写本作"百"。　何焯校作"百"。

按"百"字是。"百礼"盖概括之辞,言其礼多耳。诗小雅宾之初筵、周颂丰年及载芟并有"以洽百礼"之文,皆谓合聚众礼以祭也。汉书食货志下有"百礼之会"语。诔碑篇"百此依唐写本及御览引。言自陈",今本"百"误"旨",其误与此同。

〔二二〕**既总硕儒之仪,亦参方士之术**

范文澜云:"'仪'唐写本作'义',案当作'议'为是。……谓如武帝命诸儒及方士议封禅,公玉带上黄帝时明堂图之类。"

按范说是。史记司马相如传:"(封禅文)乃迁思回虑,总公卿之议,询封禅之事。"汉书司马相如传下同。可证。

〔二三〕**礼失之渐也**

"礼",唐写本作"體"。何焯校"體"为"礼"。四库本剜改为"礼"。

按元本、弘治本、汪本、佘本、张本、两京本、何本、胡本、训故本、梅本、合刻本、秘书本、谢钞本、汇编本、别解本、张松孙本、崇文本作“體”。文通十四引同。“體”谓事体，即上所云“汉氏群祀”。其字未误，黄叔琳不应从何焯校本改为“礼”也。文选皇甫谧三都赋序：“夸竞之兴，體失之渐。”即舍人“體失之渐也”所本。王批本、子苑引作体（钞者误以“体”为“體”之简写）。

〔二四〕**祭而兼赞，盖引神而作也**

“神”，徐𤊹校作“伸”；沈岩、徐乃昌校同。　　凌本、秘书本作“伸”；文通十四引同。

按此言祝文体制之蕃衍，“伸”字是。易系辞上：“引而伸之，触类而长之。”

〔二五〕**然则策本书赠**

“赠”，唐写本作“赗”。

按仪礼既夕礼：“书赗于方。”郑注：“方，板也。书赗奠赙赠之人名与其物于板。”则唐写本作“赗”是也。“赗”、“赠”二字形近，每易淆误。左传襄公二十九年：“楚人使公亲襚。”杜注：“诸侯有遣使赗襚之礼。”释文：“赗，一本作赠。”是其例。

〔二六〕**太史所作之赞，因周之祝文也**

唐写本作“太祝所读，固祝之文者也”。

范文澜云:“……案太常卿属官,有太史令一人。礼仪志载太史令奉谥哀策,则彦和所云‘太史作赞’,当为指汉代而言矣。唐写本作‘太祝所读,固祝之文者也’。语意似不甚明。”

按唐写本语意甚明。续汉百官志二:“太祝令一人,六百石。本注曰:‘凡国祭祀,掌读祝及迎送神。’”宋书百官志上:“太祝令一人,丞一人。掌祭祀,读祝迎送神。”今本实不可解,当据唐写本改正。

〔二七〕**祈祷之式,必诚以敬**

按礼记曲礼上:“祷祠祭祀,供给鬼神,非礼不诚不庄。”郑注:“庄,敬也。”

〔二八〕**奠祭之恭哀也**

“奠祭”,唐写本作“祭奠”。

按唐写本是。上文“祈祷之式,必诚以敬”,故承之曰“祈祷之诚敬也”。此当作“祭奠之恭哀也”,始能与上“祭奠之楷,宜恭且哀”二句相应。

〔二九〕**陈辞乎方明之下,祝告于神明者也**

按仪礼觐礼:“诸侯觐于天子,为宫方三百步,四门坛十有二寻,深四尺,加方明于其上。方明者,木也。方四尺,设六色:东方青,南方赤,西方白,北方黑,上玄,下黄。”郑注:“方明者,上下四方神明之象也。上下四方之神者，所谓神明也。会同而盟，明神监之，则谓之天。天之司盟有象者，犹宗庙之有主乎？"周礼秋官司盟："掌盟载之法。凡邦国有疑会同，则掌其盟约之载及其礼仪，北面诏明神。"郑玄注："载，盟辞也。盟者书其辞于策，……明神，神之明察者，谓日月山川也。觐礼加方明于坛上，所以依之也。诏之者，读其载书以告之也。"黄、范两家注引汉书律历志下嫌晚且略。

〔三〇〕**在昔三王，诅盟不及**

按荀子大略篇："盟诅不及三王。"杨注："莅牲曰盟，此语出礼记曲礼下。谓杀牲歃血告神，以盟约也。"论衡自然篇："要盟不及三王。"三国志魏书高柔传裴注引孙盛曰："闻五帝无诰誓之文，三王无盟祝之事。然则盟誓之文，始自三季。"

〔三一〕**周衰屡盟**

按诗小雅巧言："君子屡盟，乱是用长。"郑笺："屡，数也。盟之所以数者，由世衰乱，多相背违。"盐铁论诏圣篇："夏后氏不倍言，殷誓，周盟，德信弥衰。"

〔三二〕**以及要契**

唐写本作"弊及要劫"。

按唐写本是。公羊传庄公十三年："庄公升坛，曹子手剑而从之。……已盟，曹子摽剑而去之。

要盟可犯，而桓公不欺；曹子可雠，而桓公不怨。”解诂：“臣约束君曰‘要’，强见要胁而盟尔，故云‘可犯’。以臣‘劫’君，罪‘可雠’。”是“要劫”不能如范氏截然分为两事作注，明矣。且舍人于此语下，即紧接“始之以曹沫，终之以毛遂”二句，“要劫”史实已为指明，何劳它求耶？

〔三三〕**及秦昭盟夷，设黄龙之诅**

按秦昭盟夷事，见后汉书南蛮传及华阳国志巴志。惟“黄龙”为何物，向无释之者。郝懿行文心雕龙辑注批注云：“按黄龙非可输之物，疑黄龙当为璜珑之省文。说文：‘璜，半璧也。珑，祷旱玉也，龙文。’按见玉部。抑或作黄珑，为珑玉色黄者耳。”其说当否，姑录以备考。

〔三四〕**若夫臧洪歃辞，气截云蜺**

唐写本“歃辞”作“唾血”，“气”作“辞”。

按后汉书臧洪传：“洪乃摄衣升坛，歃血而盟。”三国志魏书臧洪传：“（洪）亲登坛，歃血而盟。”则此当作“歃血”明矣。穀梁传桓公三年范注“不歃血而誓盟”释文：“歃，本又作啑。”唐写本盖先由“歃”作“啑”，后遂讹为“唾”耳。元明以来各本因脱去“血”字，故移“辞”字属上，而增一“气”字以弥缝其阙，于文殊不辞矣。幸有唐写本可资订正。

〔三五〕**而无补于晋汉，反为仇雠**

“于”，唐写本无。

按唐写本是。“无补晋汉”与“反为仇雠”，文正相对。

〔三六〕**故知信不由衷，盟无益也**

“不由”，唐写本作“由不”。

按唐写本非是。左传隐公三年：“君子曰：‘信不由中，“衷”与“中”通。质无益也。’”又桓公十二年：“君子曰：‘苟信不继，盟无益也。’”

〔三七〕**指九天以为正**

“正”，文章辨体汇选四十引作“证”。

按作“证”非是。楚辞离骚：“指九天以为正兮。”王注：“指，语也；九天，谓中央八方也；正，平也。”又九章惜诵：“指苍天以为正。”宋书武帝纪上：“（义熙三年策）诉苍天以为正。”并其证。贾子新书耳痺篇：“指九天而为证。”其“证”字亦误。

〔三八〕**宜在殷鉴**

“在”，唐写本作“存”。

按“在”“存”二字形近，此当以唐写本作“存”为长。诗大雅荡：“殷鉴不远，在夏后之世。”郑笺：“此言殷之明镜不远也。”

〔三九〕**毖祀钦明**

"祀",活字本作"祝"。　　"钦明",唐写本作"唾血"。

按书召诰:"毖祀于上下。"孔传:"为治当慎祀于天地。"此"毖祀"二字所本。活字本作"祝",非是。"钦明",疑为"方明"之误。篇中有"方明"之文。此句统言祝与盟二者,"毖祀方明",即慎祀上下四方神明之意。于祝于盟,均能关合。若作"钦明",既不惬洽;若据唐写本之"唾血"改为"唽血",则又不能施之于祝矣。

〔四〇〕**立诚在肃,修辞必甘**

"立",活字本作"意"。

按"立诚"二字,篇中两见,且与"修辞"或"敷辞"对举,"修辞立诚"语出易乾文言。故此句亦以"修辞"为对。作"意诚"非是。

〔四一〕**神之来格**

按诗大雅抑:"神之格思。"毛传:"格,至也。"书益稷:"祖考来格。"

〔四二〕**所贵无惭**

"贵",活字本作"责"。

按"责"为"贵"之形误。篇中"凡群言发华,而降神务实,修辞立诚,在于无愧"云云,即"所贵无惭"之意。

文心雕龙校注卷三

铭箴第十一

昔帝轩刻舆几以弼违①〔一〕，大禹勒笥簴而招谏②〔二〕；成汤盘盂，著日新之规，武王户席③，题必戒之训；周公慎言于金人④，仲尼革容于欹器⑤〔三〕：则先圣鉴戒〔四〕，其来久矣。故铭者，名也。观器必也正名，审用贵乎盛德〔五〕。盖臧武仲之论铭也⑥，曰：天子令德，诸侯计功，大夫称伐。夏铸九牧之金鼎⑦，周勒肃慎之楛矢⑧，令德之事也；吕望铭功于昆吾⑨，仲山镂绩于庸器⑩，计功之义也；魏颗纪勋于景钟⑪〔六〕，元作铭，曹改。孔悝表勤于卫鼎⑫，称伐之类也。若乃飞廉有石椁之锡⑬，灵公有蒿里之谥⑭〔七〕，铭发幽石〔八〕，吁可怪矣。赵灵勒迹于番吾⑮〔九〕，元作禺，杨改。秦昭刻博元作傅，朱改。于华山⑯〔一〇〕，夸诞示后，吁可笑元作茂，又作戒。也〔一一〕。详观众例，铭义见矣。至于始皇勒岳⑰，政暴而文泽，亦有疏通之美焉。若班固燕然之勒[18]，张昶华阴之碣[19]〔一二〕，序亦盛矣。蔡邕铭思，独冠古今〔一三〕；桥元作侨，孙改。公之钺[20]〔一四〕，元作箴。吐纳典谟；朱穆之鼎[21]，全成碑文，溺所长也。至如敬通杂器[22]，准矱戒铭〔一五〕，而事非其物，繁略违中。崔骃品物[23]，赞多戒少；李尤积篇[24]，义俭辞碎〔一六〕。蓍龟神物，而居博弈之中〔一七〕；衡斛嘉量，而在臼杵之末〔一八〕，曾名品之未暇，何事理之能闲哉！魏文九宝[25]，器利辞钝。唯张载元作采，谢改。剑阁[26]〔一九〕，其才清采，迅足骎骎〔二〇〕，后发前至，勒铭岷汉〔二一〕，得其宜矣。

箴者，所以攻疾防患，喻针石也〔二二〕。斯文之兴，盛于三代，夏商二箴[27]，馀句颇存❶。及周之辛甲，百官箴一篇[28]，体义备焉〔二三〕。迄至春秋，微而未绝。故魏绛讽君于后羿，楚子训民于在勤[29]。战代以来，弃德务功，铭辞代兴，箴文委绝〔二四〕。至扬雄稽古，始范虞箴[30]，作卿尹州牧二十五篇〔二五〕。及崔胡补缀[31]，总称百官❷，指事配位，鞶鉴可征，信所谓追清风于前古〔二六〕，攀辛甲于后代者也。至于潘勖符节[32]，要而失浅；温峤傅臣[33]〔二七〕，博而患繁；王济国子[34]，引广一作多。事杂〔二八〕；一作寡。潘尼乘舆[35]，义正体芜：凡斯继作，鲜有克衷。至于王朗杂箴[36]，乃置巾履，得其戒慎，而失其所施。观其约文举要，宪章戒铭〔二九〕，而水火井灶，繁辞不已❸，志有偏也。

夫箴诵于官〔三〇〕，铭题于器，名目虽异〔三一〕，而警戒实同。箴全御过，故文资确元作确，朱改。切[37]〔三二〕；铭兼褒赞，故体贵弘润：其取事也必核元作覆。以辨〔三三〕，其摛文也必简而深，此其大要也。然矢言之道盖阙❹〔三四〕，庸器之制久沦，所以箴铭异用〔三五〕，罕施于代。惟秉文君子〔三六〕，宜酌其远大焉。

赞曰：铭实表器，箴惟德轨。有佩于言〔三七〕，无鉴于水〔三八〕。秉兹贞厉，敬言乎履。义典则弘，文约为美。

【黄叔琳注】

①**舆几**〔皇王大纪〕帝轩作舆几之箴，以警宴安。 ②**笱簴**〔鬻子〕大禹为铭于笱簴曰：教寡人以道者击鼓，教以义者击钟，教以事者振铎，语以忧者击磬。 ③**户席**〔大戴礼〕尚父道丹书之言，武王闻之，惕若恐惧，退而为戒，书于席四端、于机、于鉴、于盥盘、于楹、于杖、于带、于履屦、于觞豆、于户、于牖、于剑、于弓、于矛，尽为铭焉，以戒后世子孙。 ④**金人**〔家语〕孔子观周，入后稷之庙，有金人焉，三缄其口，而铭其背曰：古之慎言人也，无多言，多言多败。 ⑤**欹器**〔荀子〕孔子观于鲁桓公之庙，有欹器焉，问于守者，为宥坐之器，虚则欹，中则正，满则覆，叹曰：乌有满而不覆者哉？ ⑥**论铭**〔左传〕季武子以所得于齐之兵作林钟，而铭鲁功焉。臧武仲曰：非礼也。夫铭，天子令德，诸侯言时计功，大夫称伐。今称伐则下等也，计功则借人也，言时则妨民多矣，何以铭为？ ⑦**金鼎**〔左传〕王孙满对楚子曰：昔夏之有德，远方图物，

贡金九牧，铸鼎象物。　⑧**楛矢**〔国语〕仲尼曰：昔武王克商，通道九夷百蛮，肃慎氏贡楛矢。先王欲昭其令德之致远也，故铭其筈曰：肃慎氏之楛矢。　⑨**吕望**〔史记〕太公望吕尚者，东海上人。〔蔡邕铭论〕吕尚作周太师，其功铭于昆吾之鼎。　⑩**仲山**〔窦宪传〕南单于遗宪古鼎，其傍铭曰：仲山甫鼎，其万年，子子孙孙永保用。**庸器**〔周礼〕典庸器掌藏乐器庸器。〔注〕庸器，伐国所获之器，若崇鼎贯鼎及以其兵物所铸铭也。　⑪**魏颗**〔国语〕昔克潞之役，秦来图败晋功，魏颗以其身却退秦师于辅氏，亲止杜回。其勋铭于景钟。　⑫**孔悝**〔礼记祭统〕有卫孔悝之鼎铭。　⑬**飞廉**〔秦本纪〕蜚廉为纣石北方，还无所报，为坛霍太山。而报得石棺，铭曰：帝令处父，不与殷乱，赐尔石棺以华氏。死，遂葬于霍太山。　⑭**灵公**〔庄子〕卫灵公死，卜葬于沙邱。掘之数仞，得石椁焉。洗而视之，有铭焉，曰：不冯其子，灵公夺而埋之。**蒿里**见乐府铙挽注。　⑮**赵灵**〔韩子〕赵主父令工施钩梯而缘番吾，刻疏人迹其上，广三尺，长五尺，而勒之曰：主父尝游于此。　⑯**秦昭**〔韩子〕秦昭王令工施钩梯而缘华山，以松柏之心为博，箭长八尺，棋长八寸，而勒之曰：昭王与天神博于此。　⑰**勒岳**〔秦始皇本纪〕始皇上泰山，立石封祠祀，刻石颂秦德焉而去。　⑱**燕然**〔窦宪传〕南单于请兵北伐，拜宪车骑将军。大破单于，登燕然山，刻石勒功，纪汉威德。令班固作铭。　⑲

华阴〔古文苑〕华阴堂阙碑铭，张昶为北地太守段煨作。 ⑳**桥公之钺**〔蔡中郎集〕桥玄黄钺铭，帝命将军，秉兹黄钺；威灵振耀，如火之烈。公之在位，群狄斯柔；齐斧罔设，人士斯休。 ㉑**朱穆之鼎**〔蔡中郎集〕忠文朱公名穆字公叔，延熹六年卒。肆其孤用作兹宝鼎，铭载休功，俾后裔永用享祀，以知其先之德。按伯喈作朱公叔坟前石碑，前用散体，后系四言韵语，至鼎铭则纯作散体大篇，不著韵语，所谓全成碑文也。 ㉒**敬通**〔冯衍传〕衍字敬通，所著赋诔铭说杂文五十篇。 ㉓**崔骃**〔崔骃传〕骃字亭伯，所著赋诗铭颂书记表七依婚礼结言达旨酒警，合二十一篇。 ㉔**李尤**〔后汉书〕李尤字伯仁，所著诗赋铭诔颂七叹哀典凡一十八篇。〔文章流别论〕尤自山河都邑至刀笔算契，无不有铭，而文多秽病。 ㉕**九宝**〔典论〕魏太子丕，造宝剑宝刀三，匕首三，皆因姿定名。其文曰：选咨良金，命彼国工，精而炼之，至于百辟，恨不遇薛烛、青萍也。 ㉖**剑阁**〔张载传〕载父收，蜀郡太守。载至蜀省父，道经剑阁，以蜀人恃险好乱，因著铭以作诫。张敏见而奇之，乃表上其文，武帝遣使镌之于剑阁焉。 ㉗**夏**〔逸周书文传解〕引夏箴云：中不容利，民乃外次。**商**〔吕氏春秋名类篇〕引商箴云：天降灾布祥，并有其职。 ㉘**百官**〔左传〕魏绛谓晋侯曰：昔周辛甲之为太史也，命百官官箴王阙。 ㉙**在勤**〔左传〕楚自克庸以来，其君无日不讨国人而训之，箴之曰：民生在勤，勤则不匮。 ㉚**虞箴**〔扬雄自序〕箴莫善于虞箴，作州箴。 ㉛**崔胡**〔文章流别论〕扬雄依虞箴作十二州、十二官箴，传于世。不具九官，崔氏累世弥缝其阙，胡公又以次其首目而为之解，署曰百官箴。 ㉜**潘勖**〔卫觊传〕建安末，河南潘勖与觊并以文章显。〔文章志〕勖字元茂，初名芝，改名勖。 ㉝**温峤**〔晋书〕温峤迁太子中庶子，在东宫数陈规讽，献侍臣箴。 ㉞**王济**〔王济传〕济字武子，文辞秀茂，累官侍中，以忤旨左迁国子祭酒。 ㉟**潘尼**〔晋书〕潘尼为乘舆箴。 ㊱**王朗**〔王朗传〕朗字景兴，历官御史大夫，所著奏议论记咸传于世。 ㊲**确切** 确，坚正也。〔崔实传〕指切时要，言辩而确。

【李详补注】

❶**斯文之兴四句**黄注逸周书文传解引夏箴云：中不容利，民乃外次。吕氏春秋名类篇引：天降灾布祥，并有其职。详案：严氏元照蕙櫋杂记，据吕览谨听篇引周箴：夫自念斯学，德未暮。谓三代皆有箴，不独夏商，举此为周箴馀句之证。 ❷**扬雄稽古**至**总称百官**详案：〔后汉书胡广传〕初扬雄依虞箴作十二州、二十五官箴，其九箴亡阙，后涿郡崔骃及子瑗及临邑侯刘騊駼增补十六篇，广复继作四篇，凡四十八篇。文甚典美，乃悉撰次首目，为之解释，名曰百官箴。案黄注引文章流别，未知原补有刘騊駼，又不著崔氏父子之名及胡公所补凡几篇，故据

广传益其未备。　❸**王朗杂箴**至**繁辞不已**详案:〔艺文类聚八十〕魏王朗杂箴:家人有严君焉,井灶之谓也。俾冬作夏,非灶孰能?俾夏作冬,非井孰闲?　❹**矢言之道盖阙**详案:〔段氏玉裁说文注〕云:盖阙叠韵字。案二字虽见论语,而义近歇后,如盍各言提之类,六朝人所习用也。

【杨明照校注】

〔一〕**昔帝轩刻舆几以弼违**

事始引作"轩辕舆几以弼不逮";事物纪原集类四、事物考二引同。　宋本御览五百九十引作"昔轩辕帝刻舆以弼违"。钞本御览"帝"作"常",馀同。　活字本御览作"昔轩辕刻舆以弼违"。　喜多本、鲍本御览作"昔轩辕帝刻舆几以弼违"。　唐写本作"昔帝轩刻舆几以弼违"。

按唐写本与今本同。是诸书所引,各有脱误。书益稷"予违汝弼"孔传:"我违道,汝当以义辅正我。"史记夏本纪作"予即辟,女匡拂予"。晋书武帝纪:"(泰始二年诏)择其能正色弼违,匡救不逮者。"又郭璞传:"(上疏)是以古之令主开纳忠谠,以弼其违。"谐隐篇有"其次弼违晓惑"语。

〔二〕**大禹勒笱簴而招谏**

"笱",唐写本作"簨"。

按广韵十七准："簨，簨虡。箕，上同。"礼记明堂位："夏后氏之龙簨虡。"郑注："簨虡，所以县钟磬也。横曰簨，饰之以鳞属。植曰虡，饰之以蠃属、羽属。"又檀弓上"有钟磬而无簨虡"，仪礼既夕礼郑注引作"有钟磬而无筍虡"。是"筍虡"与"簨虡"同。论衡雷虚篇："钟鼓而不空悬，须有箕簴，然后能安，然后能鸣。"阮谌三礼图："簨虡，两头并为龙以衔组。"文选颜延之三月三日曲水诗序李注引。

〔三〕**仲尼革容于欹器**

按孔子观欹器事，互见各书，早者自属荀子。原文黄、范两家注已具。然舍人"革容"二字，则本淮南子道应篇也。上云"慎言"，故此以"革容"（犹今言"变色"）对。

〔四〕**则先圣鉴戒**

唐写本作"列圣鉴戒"；御览引同。　　徐𤊹校作"列圣"。

按唐写本、御览是也。今本"则"字乃"列"之形误。"则圣鉴戒"，于文不辞，故又增"先"字以足之耳。封禅篇"腾休明于列圣之上"，正以"列圣"连文。宋书孝武帝纪"（大明七年诏）列圣遗式"，又谢庄传"（奏改定刑狱）示列圣之恒训"，南齐书海陵王纪"（皇太后令）列圣继轨"，文选左思魏都赋"列圣之遗尘"，又颜延之应诏讌曲水作诗“业光列圣”，并其证也。

〔五〕**故铭者，名也。观器必也正名，审用贵乎盛德**

唐写本作“铭者，名也；亲器必名焉。正名审用，贵乎慎德”。　　徐燉“盛”校作“慎”。

按唐写本仅“亲”字有误，唐写本“观”皆作“亲”。徐并是也。今本作“观器必也正名”，盖写者涉论语子路“必也正名乎”之文而误。后遂于“名”字下加豆。“盛”，御览、玉海六十引亦并作“慎”，与唐写本合。徐同今本。法言修身篇：“或问铭。曰：‘铭哉！铭哉！有意于慎也。’”是铭之用，固在慎德矣。颂赞篇：“敬慎如铭。”亦可证。

〔六〕**魏颗纪勋于景鐘（钟）**

“鐘”，黄校云：“元作‘铭’，曹改。”此沿梅校。

按曹改是。唐写本、何本、训故本、梁本、别解本、尚古本、冈本、清谨轩本、文溯本正作“鐘”。御览、玉海六十又二百四引、王批本并作“鍾”。金石例九、文通十二同。“鍾”与“鐘”通。

〔七〕**灵公有蒿里之谥**

“蒿”，唐写本作“旧”。　　御览引作“夺”。

按“夺”字是。“旧”乃“夺”之形误，“蒿”则写者臆改。“夺里”见庄子则阳篇。原黄、范两家注已具。博物志八文略同。

〔八〕**铭发幽石**

按鲍氏集芜城赋："莫不埋魂幽石。"

〔九〕**赵灵勒迹于番吾**

"吾"，黄校云："元作'禺'，杨改。"此沿梅校。唐写本作"潘吾"；御览引同。　　徐𤊹"禺"校"吾"。

按韩非子道藏本、张榜本、赵用贤本并作"潘吾"，与唐写本合。广韵二十二元："番，翻、盘、潘三音。""番"与"潘"音同得通，"番吾"，即"潘吾"矣。杨改、徐校"禺"为"吾"，是也。金石例九、文通十二引并作"番吾"。

〔一〇〕**秦昭刻博于华山**

"博"，黄校云："元作'传'，朱改。"此沿梅校。

按唐写本、训故本、谢钞本并作"博"；玉海引同。御览亦误作"传"。朱改是也。

〔一一〕**吁可笑也**

"笑"，黄校云："元作'茂'；又作'戒'。"　　徐𤊹云："'茂'，当作'戒'；一作'笑'。"　何焯校"戒"。

按曹学佺改"茂"为"笑"，见梅本。黄氏从之，是也。唐写本、何本、别解本、谢钞本、尚古本、冈本作"笑"；御览引同。谐隐篇"至魏文因俳说以著笑书"，元本、弘治本等亦误"笑"为"茂"，与此同。"笑"与"茂"草书形近。

〔一二〕**张昶华阴之碣**

“昶”,唐写本作“旭”;御览引同。

按“旭”为“昶”形近之误。郭缘生述征记:“华岳三庙前立碑,段煨所刻;其文,弘农张昶所造。”书钞一百二引。初学记五引文舒碑序,标目亦误作张旭。各本皆然。是张昶、张旭易误之证。玉海六十引作“张昶”,未误。

〔一三〕**蔡邕铭思,独冠古今**

按陆士龙文集八。与兄平原书:“蔡氏所长,唯铭颂耳。”

〔一四〕**桥公之钺**

黄校云:“(桥)元作‘侨’,孙改;(钺)元作‘箴’。”此沿梅校。

按唐写本正作“桥公之钺”;玉海引同。御览各本均误。谢钞本、别解本、尚古本、冈本作“桥公之铭”,“桥”字尚未误。

〔一五〕**至如敬通杂器,准矱戒铭**

“戒”,唐写本、御览引作“武”。

按“武”字是。“武铭”者,武王所题席、机等十七铭(见大戴礼记武王践阼篇)也。冯衍所作多则效之,故云。

〔一六〕**李尤积篇,义俭辞碎**

按李尤集序:“尤好为铭赞,门阶户席,莫不有述。”文选任昉齐竟陵文宣王行状李注引。挚虞文章流别论:“李尤为铭,自山河都邑至刀笔算契,无不有铭；而文多秽病，讨论润色，亦可采录。”御览五百九十引。华阳国志十中。广汉士女：“李尤字伯仁，……侍中贾逵荐尤有相如、扬雄之才，明帝当作和帝。召作东观、辟雍、德阳诸观赋铭、怀戎颂、百二十铭，著政事论七篇，帝善之。拜谏议大夫，乐安相。”后汉书文苑上李尤传只统言其著有铭。隋书经籍志四集部曾著录“（梁）有乐安相李尤集五卷，亡”。严可均全后汉文卷五十。所辑李尤文，以铭为最多。“百二十铭”，已辑得八十四铭。如是“积篇”，读后确有“义俭辞碎”之感。

〔一七〕**蓍龟神物，而居博弈之中**

“中”，唐写本作“下”；御览引同。

按“中”字与上“繁略违中”之“中”复，作“下”是。易系辞上：“探赜索隐，钩深致远，以定天下之吉凶，成天下之亹亹者，莫大乎蓍龟。是故天生神物，圣人则之。”

〔一八〕**衡斛嘉量，而在臼杵之末**

“臼杵”，唐写本作“杵臼”；御览引同。

按考工记有嘉量铭。挚虞文章流别论：“天子铭嘉量。”御览五百九十引。故舍人云然。易系辞下：“断木为杵，掘地为臼。臼杵之利，万民以济。”此经书中以“臼杵”连文之最先见者。本文作“臼杵”，正与之同。其他典籍则相沿作

"杵臼",命名者亦然。故唐写本及御览引,均作"杵臼"也。

〔一九〕**唯张载剑阁**

"载",黄校云:"元作'采',谢改。"此沿梅校。徐𤊹校作"载"。

按谢改、徐校是也。唐写本、何本、梁本、谢钞本、四库本正作"载";御览、玉海、文通引同。"采"字盖涉下句而误。

〔二〇〕**迅足骎骎**

按诗小雅四牡:"驾彼四骆,载骤骎骎。"毛传:"骎骎,骤貌。"释文引字林云:"马行疾也。"卢藏用陈子昂文集序"观其逸足骎骎",遣辞即出于此。

〔二一〕**勒铭岷汉**

"勒铭",唐写本作"诏勒"。

按唐写本是也。"诏勒",即晋书载本传"武帝遣使镌之于剑阁山"之意。今本盖写者据铭末"勒铭山阿"句改也。御览引"勒铭"作"铭勒"非。文选剑阁铭张孟阳名下李注引臧荣绪晋书曰:"张载父收为蜀郡太守,载随父入蜀,作剑阁铭,益州刺史张敏见而奇之,乃表上其文。世祖武帝。遣使镌石记焉。"

〔二二〕**箴者,所以攻疾防患,喻鍼(针)石也**

唐写本"箴者"下有"针也"二字。　　宋本、倪本、喜多本、鲍本御览五八五引“防”作“除”，“石”下有“垣”字。

按本书释名，概系二字以训，此应从唐写本增“针也”二字。山海经东山经：“高氏之山，……其下多箴石。”郭注：“可以为砥针治廱肿者。”淮南子说山篇：“医之用针石。”高注：“石针所抵，弹人雍痤，出其恶血。”汉书艺文志方技略：“而用度箴石汤火所施。”颜注：“箴，所以刺病也。石谓砭石，即石箴也。”后汉书文苑下赵壹传：“鍼石运乎手爪。”章怀注：“古者以砭石为鍼。凡鍼之法，……弹而怒之，搔而下之，此运手爪也。”并足证御览“石”下有“垣”字之非。唐写本及玉海五九引，均作“防患”，“垣”字亦无。“针”与“鍼”同。见玉篇金部及广韵二十一侵。“箴”与“针”、“鍼”音同得通。

〔二三〕**及周之辛甲，百官箴一篇，体义备焉**

唐写本作“周之辛甲，百官箴阙，唯虞箴一篇，体义备焉”；御览引同。

按今本文意不明，当据唐写本及御览订补。事物考二。引作“及周辛甲，百官箴阙，虞人之箴，体义备焉”；文章缘起注引作“及周之辛甲，百官箴阙，惟虞人箴一篇，体义备焉”。词句虽小异，要足以证今本之非。

〔二四〕**箴文委绝**

“委”，唐写本作“萎”；御览引同。

按“萎”字是。楚辞离骚：“虽萎绝其何伤兮。”王注：“萎，病也。”又九章思美人：“遂萎绝而离异。”并作“萎”。夸饰篇：“言在萎绝，寒谷未足成其凋。”尤为切证。今本此文作“委”，盖写者偶脱艹头耳。王批本“姜”盖写刻之误。

〔二五〕**至扬雄稽古，始范虞箴，作卿尹州牧二十五篇**

“作”，唐写本、弘治本、活字本、汪本、佘本、张本、两京本、胡本、万历梅本、训故本、谢钞本、汇编本无；御览、玉海、金石例引同。何焯增“作”字。

按“作”字实不可少。汉书扬雄传赞：“箴莫善于虞箴，作州箴。”后汉书胡广传：“初，扬雄依虞箴作十二州二十五官箴。”崔瑗叙箴：“昔扬子云读春秋传虞人箴而善之，于是作为九州及二十五官原误作管。箴。”御览五八八引。挚虞文章流别论：“扬雄依虞箴作十二州十二有脱误。官箴。”书钞一百二引。左传襄公四年孔疏：“汉成帝时，扬雄爱虞箴，遂依仿之，作十二州二十五官箴。”并足以证此文应有“作”字。元本、何本、凌本、梁本、秘书本、天启梅本、别解本、清谨轩本、尚古本、冈本、四库本、王本、张松孙本、郑藏钞本、崇文本尚未脱。

〔二六〕**肇鉴可征，信所谓追清风于前古**

唐写本"可"作"有"，"所"作"可"，"信"字无；御览引同。

按作"有征"是。"可"字盖涉下句"可谓"而误。"有征"二字出左传昭公八年，议对、总术两篇并用之。玉海、金石例引亦无"信"字，与唐写本、御览合。

〔二七〕**温峤傅臣**

"傅"，唐写本、王批本、训故本作"侍"；御览、玉海、何氏类镕十五引同。

按作"侍"与晋中兴书类聚四九、初学记十引。及晋书峤本传黄、范两家注已具。合。当据改。

〔二八〕**引广事杂**

黄校云："（广）一作'多'，（杂）一作'寡'。"徐𤊹云："'杂'一作'寡'，是。" 何焯"广"改"多"，"杂"改"寡"。

按唐写本作"引多而事寡"；御览引同。玉海引作"文多事寡"，惟"文"字有异并少一"而"字。徐校、何改是也。

〔二九〕**宪章戒铭**

"戒"，唐写本作"武"；御览引同。

按"武"字是。武铭者，谓武王所题席、机等十七铭也。景兴杂箴，多所则效之，故云。礼记中庸："仲尼祖述尧舜，宪章文武。"朱熹中庸章句："祖述者，远宗其道。宪章者，近守其法。"

〔三〇〕**夫箴诵于官**

"官"，御览引作"经"。

按"经"字误。左传襄公四年："昔周辛甲之为大史也，命百官箴王阙。"杜注："使百官各为箴辞，戒王过。"诗小雅庭燎序："庭燎，美宣王也；因以箴之。"国语周语上："师箴。"韦注："师，少师也。箴，箴刺王阙，以正得失也。"并"箴诵于官"之义。

〔三一〕**名目虽异**

"目"，唐写本作"用"；御览引同。

按王批本亦作"用"。此承上"箴诵于官，铭题于器"之辞，"用"字是也。

〔三二〕**故文资确切**

"确"，黄校云："元作'确'，朱改。"此沿梅校。

按唐写本及御览引并作"确"。以奏启篇"表奏确切"例之，自以作"确"为是。后汉书崔寔传："（政论）指切时要，言辩而确。"章怀注："确，坚正也。音口角反。"王批本作"确"。

〔三三〕**其取事也必核以辨**

"核"，黄校云："元作'覆'。"此沿梅校。

按“核”字是。唐写本、张本、王批本、何本、训故本、凌本、梁本、谢钞本、汇编本、别解本、尚古本、冈本、文溯本、王本、崇文本作“核”。辞学指南、金石例、文断总论、子苑二三、何氏类镕、文通引，亦并作“核”。梅校是也。

〔三四〕**然矢言之道盖阙**

按书盘庚上：“率吁众戚，出矢言。”孔传：“出正直之言。”

〔三五〕**所以箴铭异用**

“异”，唐写本作“寡”。　　宋本、喜多本御览引作“实”。

按上文明言“矢言之道盖阙，庸器之制久沦”，则“寡”字是。“实”盖由“寡”致误。

〔三六〕**惟秉文君子**

“秉”，汪本、佘本、张本、两京本、胡本作“乘”。

按“乘”字误。征圣、章表、时序三篇并有“秉文”之文。诗周颂清庙：“秉文之德。”毛传：“执文德之人也。”

〔三七〕**有佩于言**

按“佩”读如韩非子观行篇“西门豹性急，佩韦以自缓；董安于性缓，佩弦以自急”之“佩”。

〔三八〕**无鉴于水**

按书酒诰：“古人有言曰：‘人无于水监，当于民监。'"孔传:"视水见己形,视民行事见吉凶。"国语吴语:"申胥进谏曰:'……王夫差盍亦鉴于人,无鉴于水。'"韦注:"鉴,镜也。以人为镜见成败,以水为镜见形而已。"墨子非攻中:"古者有语曰:'君子不镜于水而镜于人。镜于水见面之容,镜于人则知吉与凶。'"史记蔡泽传:"蔡泽曰:'……吾闻之,鉴于水者见面之容,鉴于人者知吉与凶。'"太公阴谋武王镜铭:"以镜自照者见形容,以人自照者见吉凶。"(后汉书朱穆传章怀注引)

诔碑第十二

周世盛德，有铭诔之文〔一〕。大夫之材①，临丧能诔〔二〕。诔者，累也〔三〕；累其德行，旌之不朽也。夏商已前，其详靡闻〔四〕。周虽有诔，未被于士。又贱不诔贵②，幼不诔长，在万乘则称天以诔之〔五〕，读诔定谥〔六〕，其节文大矣。自鲁庄战乘邱③，始及于士。逮尼父卒，哀公作诔④〔七〕。观其慭遗之切，呜呼之叹，虽非叡作，古式存焉。至柳妻之诔惠子⑤，则辞哀而韵长矣。暨乎汉世，承流而作。扬雄之诔元后⑥，文实烦秽，沙麓撮其要〔八〕，而挚疑成篇，有脱误。安有累德述尊〔九〕，而阔略四句乎❶？杜笃之诔⑦，有誉前代；吴诔虽工，而他篇颇疏❷，岂以见称光武，而改盻千金哉⑧〔一〇〕！傅毅所制，文体伦序；孝山崔瑗⑨，辨絜相参〔一一〕：观其序事如传，辞靡律调，固诔之才也❸。潘岳构意⑩，专师孝山，巧于序悲，易入新切，御览作丽。所以隔代相望，能征厥声者也。至如崔骃诔赵，刘陶诔黄⑪❹，并得宪章，工在简要〔一二〕。陈思叨名，而体实繁缓，文皇诔末，旨言自陈⑫，其乖甚矣。若夫殷臣诔汤，追褒元鸟之祚〔一三〕；周史歌文，上阐后稷之烈：诔述祖宗，盖诗人之则也。至于序述哀情，则触类而长。傅毅之诔北海⑬，云白日幽光，雰雾杳冥；始序致感，一作惑，从御览改。遂为后式，景而效者〔一四〕，弥取于工元作功，谢改。矣〔一五〕。详夫诔之为制，盖选言录行，传体而颂文，荣始而哀终。论其人也，暧乎若可觌〔一六〕；道其哀也，凄焉如可伤：此其旨也。

碑者，埤也。上古帝皇，纪号封禅⑭〔一七〕，树石埤岳，故曰碑也。周穆纪迹于弇山之石⑮，亦古碑之意也〔一八〕。又宗庙有碑，树之两楹，事止元作正。丽牲⑯〔一九〕，未勒勋绩❺，而庸器渐缺，故后代用碑，以石代金，同乎不朽，自庙徂坟，犹封墓也。自后汉以来，碑碣云起⑰，才锋所断，莫高蔡邕〔二〇〕。观杨赐之碑⑱，骨鲠训典；陈郭二文⑲，词一作句，从御览改。无择言〔二一〕；周乎众碑，莫非清允。其叙事也该而要，其缀采也雅而泽；清词转而不穷，巧义出而卓立；察其为才，自然而至。孔融所创⑳，有慕伯喈〔二二〕；张陈两文㉑，辨给足采：亦其亚也。及孙绰为文㉒，志在碑诔〔二三〕；温王郤庾，辞多枝杂〔二四〕；桓彝一篇㉓，最为辨裁〔二五〕。夫属碑之体，资乎史才。其序则传，其文则铭。标序盛德，必见清风之华；昭纪鸿懿，必见峻伟之烈：此碑之制也〔二六〕。夫碑实铭器，铭实碑文，因器立名，事光当作先。于诔〔二七〕。是以勒石赞勋者，入铭之域〔二八〕；树碑述已者〔二九〕，同诔之区焉。

赞曰：写实追虚〔三〇〕，碑诔以立。铭德慕行〔三一〕，文采允集〔三二〕。观风似面，听辞如泣。石墨镌华，颓影岂忒〔三三〕。

【黄叔琳注】

①**大夫之材**见诠赋篇登高能赋注。 ②**贱不诔贵**〔礼

记〕贱不诔贵，幼不诔长，礼也。惟天子称天以诔之，诸侯相诔，非礼也。 ③**鲁庄**〔檀弓〕鲁庄公及宋人战于乘邱，县贲父御，卜国为右。马惊败绩，公队，佐车授绥。公曰：末之卜也。县贲父曰：他日不败绩而今败绩，是无勇也。遂死之。圉人浴马，有流矢在白肉。公曰：非其罪也。遂诔之。士之有诔，自此始也。 ④**哀公**〔左传〕孔子卒，哀公诔之曰：旻天不吊，不慭遗一老，俾屏予一人以在位，茕茕余在疚。呜呼哀哉！尼父，无自律！⑤**柳妻**〔说苑〕柳下惠死，门人将诔之。妻曰：将诔夫子之德耶？则二三子不如妾知之也。乃诔曰：夫子之不伐兮，夫子之不竭兮，夫子之信诚而与人无害兮。柔屈从俗，不强察兮。蒙耻救民，德弥大兮。虽遇三黜，终不弊兮。岂弟君子，永能厉兮。嗟乎惜哉，乃下世兮。庶几遐年，今遂逝兮。呜呼哀哉，神魂泄兮。夫子之谥，宜为惠兮。 ⑥**诔元后**〔汉书〕王莽建国五年，元后崩，诏扬雄作诔曰：太阴之精，沙麓之灵。作合于汉，配元生成。⑦**杜笃**〔后汉书〕杜笃字季雅。大司马吴汉薨，光武诏诸儒诔之。笃为诔最高，帝美之。 ⑧**改盻千金**〔国策〕苏代说淳于髡曰：人有卖骏马者，比三旦立市，人莫之知。伯乐还而视之，去而顾之，一旦而马价十倍。 ⑨**孝山**〔后汉书〕苏顺字孝山，和安间，以才学见称，所著赋论诔哀辞杂文凡十六篇。 ⑩**潘岳**〔潘岳集〕有杨荆州诔、杨仲武诔、夏侯常侍诔、马汧督诔。 ⑪**刘陶**〔刘陶传〕陶字子奇，济北贞王勃之后，著书数十万言。 ⑫**自陈**〔曹子建集〕文皇诔：自“咨远臣之眇眇兮，感凶问以怛惊”以下，皆自陈之辞。 ⑬**北海**〔后汉书〕北海靖王兴，齐武王伯升子也，永平七年薨。〔古文苑〕傅毅此诔，其文不全，亦无白日幽光之语。 ⑭**封禅**〔管子〕古者封禅泰山禅梁父者七十二家。 ⑮**弇山**〔穆天子传〕天子觞西王母于瑶池，遂驱升乎弇山，乃纪迹于弇山之石，而树之槐，眉曰西王母之山。 ⑯**丽牲**〔祭义〕牲入庙门丽于碑。〔说文注〕古宗庙立碑系牲，后人因于上纪功德。〔孙何碑解〕碑者，乃葬祭飨聘之际，所植一大木耳。而其字从石者，将取其坚且久，未闻勒铭其上也。今丧葬令其螭首龟趺，洎丈尺品秩之制。又易之以石者，后儒增耳。 ⑰**碑碣**〔后汉书注〕方者谓之碑，圆者谓之碣。⑱**杨赐**〔杨赐传〕赐字伯献，历官太尉，卒谥文烈。〔蔡中郎集〕有司空文烈侯杨公碑。 ⑲**陈郭**〔蔡中郎集〕有陈太邱碑、郭有道碑。 ⑳**孔融**〔孔融传〕融字文举，与蔡邕素善。邕卒，后有虎贲士貌类于邕，融每酒酣，引与之同坐，曰：虽无老成人，尚有典型。所著诗颂碑文凡三十五篇。 ㉑**张陈两文**孔文举有卫尉张俭碑铭。陈文无考。融没于曹子建之前，非陈思王也。 ㉒**孙绰**〔孙绰传〕绰字兴公，历官著作郎。于时文士，绰为其冠。温王郄庾诸公之薨，必须绰为碑文，然后刊石。〔世说新语〕孙兴公作庾公诔，多寄托之辞。既成，示庾道恒。庾见，慨然送还之曰：先君与君，自不至于此。　㉓**桓彝**〔桓彝传〕彝字茂伦，历官宣城内史。在郡苏峻反，为其将韩晃所害，绰为碑文。

【李详补注】

❶**扬雄之诔元后至阔略四句乎**〔注〕云：挚疑成篇有脱误，札迻云：此谓扬雄作元后诔，汉书元后传仅撮举四句，非其全篇也。挚疑成篇，挚当即挚虞。盖扬文全篇，虞偶未见，撰文章流别，遂疑全篇只此四句。故彦和难以累德述尊，必不如此阔略也。文无脱误。　❷**杜笃之诔四句**详案：艺文类聚（四十七）载笃大司马吴汉诔云：笃以为尧隆稷契，舜嘉皋陶，伊尹佐殷，吕尚翼周。若此五臣，功无与畴。今汉吴公，追而六之。乃作诔曰：朝失鲠臣，国丧爪牙。天子愍悼，中宫咨嗟。四方残暴，公不征兹。征兹海内，公其攸平。泯泯群黎，赖公以宁。勋业既崇，持盈守虚。功成即退，名勒丹书。功著金石，与日月俱。其馀他篇未见。　❸**孝山崔瑗至固诔之才也**详案：艺文类聚（十二）苏顺（顺字孝山）和帝诔略云：往代崎岖，诸夏擅命。爰兹发号，民乐其政。奄有万国，群臣咸秩，大孝备矣。闷宫有恤，由昔姜嫄。祖妣之室，本支百世，神契惟一。（又卷十五）崔瑗窦贵人诔云：若夫贵人，天地之所留神，造化之所殷勤。华光耀乎日月，才智出乎浮云。然犹退让，未尝专宠。乐庆云之普覆，悼

时雨之不广。忧国念祖，不敢迨遑。彦和所谓序事如传，词靡律调，于此可见一斑。 ❹**崔驷诔赵二句**详案：后汉书崔骃传，所著诗、赋、铭、颂、书、记、表、七依、婚礼、结言、达旨、酒警二十一篇；刘陶传言作七曜论，匡老子，反韩非，复孟轲，及上书言当世便事、条教、赋奏、书记、辨疑，凡百馀篇。蔚宗所记皆不言有诔。彦和差远范氏，乃作此云，宜具目睹，所未详矣。 ❺**碑者埤也**至**未勒勋绩**详案：刘氏宝楠汉石例（卷一）云：纪功德亦以石，但不名碑，故史记封禅书引管子秦始皇本纪并云刻石，不言立碑。墓用石名碑，与刻石纪功德名碑皆始于汉，文心雕龙谓碑名肇自上古，其说恐非。又两楹不得有碑，是盖指中庭之碑言也。

【杨明照校注】

〔一〕**周世盛德，有铭诔之文**

按后汉书种岱传："（李）燮闻岱卒，痛惜甚，乃上书求加礼于岱，曰：'……周礼盛德，有铭诔之文。'"章怀注："周礼司勋曰：'凡有功者，铭书于王之太常。'又曰：'卿大夫之丧，赐谥诔也。'"

〔二〕**大夫之材，临丧能诔**

"材"，冯舒校作"才"。 宋本、活字本、喜多本御览五九六引作"才"。 黄注云："'大夫之材'，见诠赋篇'登高能赋'注。"

按唐写本作“才”。冯校盖据御览校。是也。“丧纪能诔，可以为大夫”，止见诗鄘风定之方中毛传；黄氏于诠赋篇“登高能赋”句注亦止引汉志“传曰‘不歌而颂当作诵。谓之赋，登高能赋，可以为大夫’”三句。与此原不相涉，而云“见诠赋篇‘登高能赋’注”，不仅前后失照，其未一检汉志尤谬。

〔三〕**诔者，累也**

御览引无“累也”二字。

按“累也”二字当有，始与本书释名例符。

〔四〕**夏商已前，其详靡闻**

“详”，唐写本作“词”。

按唐写本是也。“词”通作“辞”，本书“辞”字，唐写本多作“词”。而“辞”俗又作“辞”，与“详”形近，故误。文章流别论：“诗颂箴铭之篇，皆有往古成文，可放依而作；惟诔无定制，故作者多异焉。”御览五九六引。舍人谓“其词靡闻”者，即仲治无“往古成文”之意。

〔五〕**在万乘则称天以诔之**

唐写本“在”上有“其”字；倪本御览引同。宋本、钞本、活字本御览有“其”字无“在”字。

按“其”字当有。于“乘”下加豆，文势较畅。诏策篇“其在三代，事兼诰誓”，檄移篇“其在金革，则逆党用檄”，章表篇“其在文物，赤白曰章”，句法并与此同,可证。

〔六〕**读诔定谥**

按周礼春官大师:"大丧,帅瞽而廞,作柩,谥。"郑玄注:"廞,兴也。……陈其生时行迹为作谥。"又小史:"卿大夫之丧,赐谥,读诔。"论衡道虚篇:"诔生时所行为之谥。"

〔七〕**逮尼父卒,哀公作诔**

唐写本"卒"上有"之"字;御览引同。

按有"之"字,语势较胜。

〔八〕**沙麓撮其要**

"麓",唐写本作"鹿";御览引同。

按春秋经僖公十四年"秋八月辛卯,沙鹿崩",作"鹿",舍人必原用"鹿"字。今本盖写者据汉书元后传改耳。

〔九〕**安有累德述尊**

"累",另一明钞本御览引作"诔"。

按作"诔"非是。文选颜延之宋文皇帝元皇后哀策文:"累德述怀。"徐陵玉台新咏序:"万年公主,非无累德之辞。"并其证。

〔一〇〕**而改盻千金哉**

"盻",唐写本作"眄";喜多本、鲍本御览引同。宋本、活字本御览作"眄"。 钞本、倪本御览作"盻"。 梅本、秘书本、王本、张松孙本作

"盼"。

按"眄"字是,馀并非也。已详辨骚篇"则顾眄可以驱辞力"条。

〔一一〕**辨絜相参**

"絜",唐写本作"潔";钞本、喜多本、鲍本御览引同。宋本、倪本、活字本御览作"潔",当是"潔"之残字。

按以议对篇"文以辨洁为能"例之,"洁"字是。

〔一二〕**工在简要**

"工",御览引作"贵"。

按以征圣篇"功在上哲",体性篇"功在初化",定势篇"功在铨别",物色篇"功在密附"例之,疑作"功"为是。御览作"贵"非也。

〔一三〕**若夫殷臣诔汤,追褒元鸟之祚**

纪昀云:"'诔汤'之说未详。"

范文澜云:"商颂长发序云:'长发,大禘也。'正义曰:'成汤受天明命,……故歌咏天德,因此大禘而为颂。''玄鸟之祚',即简狄吞鳦卵而生契之事,正义所谓'歌咏天德'也。若然,彦和文意当指长发篇言之。"　唐写本"诔"作"咏"。

两京本"祚"作"祥"。

按此文明言"追褒玄鸟之祚",而长发七章,并无咏述简狄吞鳦卵生契辞句,恐非舍人所指。玄鸟篇首以"天命玄鸟,降而生商"发端,即"追褒玄鸟之祚”也;“篇中曰‘武汤’、曰‘后’、曰‘先后’、曰‘武王’,皆谓汤”,陈奂诗毛氏传疏玄鸟篇中语。即“咏汤”也。然则此二句所指,其为商颂之玄鸟篇乎?“诔”当依唐写本作“咏”;“元”此黄氏例避清讳改。亦应从各本改“玄”。“祚”,两京本作“祥”,是。徐𤊹校作“祥”。

〔一四〕**景而效者**

“景”,唐写本作“影”;宋本、喜多本御览引同。

按本书率用“影”字,疑此原亦作“影”。

〔一五〕**弥取于工矣**

“工”,黄校云:“元作‘功’,谢改。”此沿梅校。唐写本作“切”;宋本、钞本、活字本御览引同。倪本御览作“巧”。

按“切”字是。“功”乃“切”之形误。本书有“切”字辞句,凡三十二处。足见“切”字为舍人所习用者。其含义大致相同,此亦宜然。谢改为“工”,非是。当据唐写本及御览改作“切”。

〔一六〕**论其人也,暧乎若可觌**

按“暧”本无其字,当作“僾”。说文人部:“僾,仿佛也。”礼记祭义:“祭之日,入室,僾然必有见乎其位。”释文:“僾,音爱,微见貌。”孔疏:“僾,仿佛见也。”说苑修文篇:“祭之日,将入户,僾然若有见乎其容。”释僧祐齐太宰竟陵文宣王法集录序："静寻遗篇，僾乎如在。"

〔一七〕**上古帝皇，纪号封禅**

"皇"，唐写本作"王"；倪本、鲍本御览、子苑三二引同。文章辨体汇选六四二引同。

按礼记逸礼："三王禅云云，五帝禅亭亭。"文选王融曲水诗序李注引。汉书兒宽传："封泰山，禅梁父，昭姓考瑞，帝王之盛节也。"东观汉纪赵熹上言曰："自古帝王，每世之隆，未尝不封禅。"并"皇"当作"王"之证。

〔一八〕**亦古碑之意也**

"古"，唐写本无。　　元本、弘治本、汪本、佘本、张本、两京本、王批本、何本、胡本、训故本、梅本、凌本、合刻本、梁本、秘书本、谢钞本、汇编本、别解本、清谨轩本、尚古本、冈本、王本、张松孙本、郑藏钞本作"石"。冯舒"石"校作"古"。何焯校同。

按"石"字误；冯舒、何焯据御览校为"古"，亦非。玉海六十。引无"古"字，与唐写本正合。当据删。

〔一九〕**又宗庙有碑，树之两楹，事止丽牲**

"止"，黄校云："元作'正'。"　　谢兆申云："（正）当作'止'。"

按"止"字是。唐写本、谢钞本正作"止"；御览、玉海引同。祝盟篇"事止告飨"，句法与此同，亦可证。礼记祭义:“祭之日,君牵牲,穆答君,卿大夫序从;既入庙门,丽于碑。”郑注:“丽,犹系也。”孔疏:“君牵牲入庙门,系著中庭碑也。”

〔二〇〕**才锋所断,莫高蔡邕**

按李充起居诫:“中世蔡伯喈长于为碑。”书钞一百引(严辑全晋文五三所辑李充文佚此条)。

〔二一〕**词无择言**

“词”,黄校云:“一作‘句’,从御览改。”

按唐写本、元本、弘治本、汪本、佘本、张本、两京本、王批本、何本、胡本、训故本、梅本、凌本、合刻本、梁本、秘书本、谢钞本、汇编本、张松孙本、崇文本并作“句”;文通十七。引同。足见“句”字并未误。“言”作“字”解,“句无择言”者,谓句中无可挑剔之字也。“择言”二字见书吕刑。论衡自纪篇有“口无择言,笔无择文”语。

〔二二〕**孔融所创,有慕伯喈**

“慕”,唐写本作“摹”。

按“摹”字是。乐府篇“虽摹韶夏”,哀吊篇“结言摹诗”,体性篇“故宜摹体以定习”,皆谓其摹仿也。

〔二三〕**及孙绰为文,志在碑诔**

唐写本作“志在于碑”;御览引同。

按晋书绰本传止称其善为碑文,原文黄、范两家注已具。本段亦单论碑,“诔”字实不应有,当据订。南齐书文学传论:“孙绰之碑,嗣伯喈之后。”亦足以证“诔”字误衍。(文选集注六二。公孙罗文选钞引文录云:“……故温、郗、王、庾诸公之薨,非兴公为文,则不刻石也。”)

〔二四〕**辞多枝杂**

“杂”,宋本、倪本、喜多本、鲍本御览引作“离”。

按“离”字是。“枝离”,叠韵连语。议对篇“支离构辞”,声律篇“割弃支离”,并以“支离”连文,可证。“支”与“枝”通。

〔二五〕**最为辨裁**

唐写本“裁”下有“矣”字;御览引同。倪刻御览“裁”作“才”。

按有“矣”字语势较胜,当据增。范宁榖梁传集解序:“公羊辩而裁。”杨疏:“辩,谓说事分明;裁,谓善能裁断。”则作“才”非是。议对篇:“辞裁以辨。”亦可证。“辨”与“辩”通。

〔二六〕**此碑之制也**

“制”,唐写本作“致”;御览引同。

按“致”字是。致,极也。国语吴语韦注。神思篇:“其思理之致乎?”其“致”字义与此同,亦可证。

〔二七〕**因器立名,事光于诔**

“光”,黄校云:“当作‘先’。”此沿梅校。徐𤊹云:“(光)当作‘先’。”

按唐写本正作“先”。徐、梅校是也。

〔二八〕**是以勒石赞勋者，入铭之域**

“石”，唐写本作“器”；御览引同。　　徐𤊹校“器”。

按“器”字是。铭箴篇：“铭题于器。”即其义也。王批本作“器”，当据改。

〔二九〕**树碑述已者**

“已”，唐写本作“亡”；御览引同。　　徐𤊹校作“亡”。

按“亡”字是。“已”其形误也。稗编七五引作“亡”，未误。王批本亦作“亡”。当据改。

〔三〇〕**写实追虚**

“实”，唐写本作“远”。

按唐写本是。左传襄公二十五年：“言之无文，行而不远。”“写远”，谓写成文字以传之久远也。今本盖写者缘“虚”字而妄改。

〔三一〕**铭德慕行**

“慕”，唐写本作“纂”。

按唐写本是。“纂”谓纂集。练字篇“尔雅者，孔徒之所纂”，诸本多误“纂”为“慕”，是二字形近易混之例。

〔三二〕**文采允集**

“文采”，唐写本作“光彩”。

按唐写本是。“光彩”承上“铭德纂行”句,则指其人之“德”“行”,非谓碑诔之文彩也。本书“采”字,唐写本均作“彩”。

〔三三〕**颓影岂忒**

“忒”,唐写本作“戢”。

按本赞纯用缉韵,立、集、泣、戢,广韵悉入缉韵,且系独用。此当以作“戢”为是。若作“忒”则失其韵矣。忒在德韵。礼记缁衣“其仪不忒”释文:“忒,本或作貣。”而“貣”俗又作“貮”,与“戢”形近。盖“戢”初误为“貮”,后又误为“忒”耳。文选陆机叹逝赋:“惜此景之屡戢。”李注引贾逵国语注曰:“惜,痛也。戢,藏也。”又夏侯湛东方朔画赞:“墟墓徒存,精灵永戢。”刘良注:“戢,藏也。”傅咸萤火赋:“当朝阳而戢影。”类聚九七引。孙绰庾公诔:“永戢话言,口诵心悲。”世说新语方正篇刘注引。

哀吊第十三

赋宪孙云：当作议德。之谥❶，短折曰哀①〔一〕。哀者，依也。悲实依心，故曰哀也。以辞遣哀，盖不泪之悼〔二〕，故不在黄发，必施夭元作天。昏②❷。昔三良殉秦③，百夫莫赎，事均夭横〔三〕，黄鸟赋哀，抑亦诗人之哀辞乎！暨汉武封禅，而霍子侯元作光病，曹改。又一本作霍嬗。暴亡④〔四〕，帝伤而作诗〔五〕，亦哀辞之类矣⑤。及后汉汝阳王亡，崔瑗哀辞，始变前式。元作戒，谢改。然履突鬼门，怪而不辞〔六〕；驾龙乘云，仙而不哀；又卒章五言，颇似歌谣，亦彷佛乎汉武也〔七〕。至于苏慎疑作顺。张升⑥〔八〕，并述哀文，虽发其情华，而未极心实。建安哀辞，惟伟长差善，行女一篇⑦，时有恻怛〔九〕。及潘岳继作，实踵其美〔一〇〕。观其虑善辞变〔一一〕，情洞悲苦，叙事如传，结言摹诗，促节四言，鲜有缓句，故能义直而文婉，体旧而趣新，金鹿泽兰⑧，莫之或继也。原夫哀辞大体，情主于痛伤，而辞穷乎爱惜❸。幼未成德〔一二〕，故誉止于察惠；誉字，御览作与言二字。弱不胜务，故悼加乎肤色。悼字下御览有惜字，肤一作容。隐心而结文则事惬，观文而属心则体奢。奢体为辞，则虽丽不哀；必使情往会悲，文来引泣，乃其贵耳。

吊者，至也。诗云：神之吊矣，言神至也〔一三〕。君子令终定谥，事极理哀，故宾之慰主，以至到为言也。压溺乖道[⑨]，所以不吊矣〔一四〕。又宋水郑火[⑩]，行人奉辞，国灾民亡，故同吊也。及晋筑虒元作虎，孙改。台[⑪]〔一五〕，齐袭燕城，史赵元脱，孙补。苏秦〔一六〕，翻贺为吊[⑫][❹]，虐民构敌，亦亡之道。凡斯之例，吊之所设也。或骄贵而殒身，或狷忿御览作介。以乖道〔一七〕，或有志而无时〔一八〕，或美才而兼累〔一九〕：追而慰之，并名为吊。自贾谊浮湘[⑬]，发愤吊屈〔二〇〕，体同而事核，辞清而理哀，盖首出之作也。及相如之吊二世[⑭]，全为赋体，桓谭以为其言恻怆，读者叹息。及平一作卒。章要切，断而能悲也〔二一〕。扬雄吊屈[⑮]，思积功寡，意深文略，故辞韵沉膇[⑯]。班彪蔡邕[⑰]，并敏于致语〔二二〕，然影附贾氏，难为并驱耳。胡阮之吊夷齐[⑱]，褒而无闻〔二三〕；仲宣所制，讥呵实工〔二四〕。然则胡阮嘉其清〔二五〕，王子伤其隘〔二六〕，各一本下有其字。志也〔二七〕。祢衡之吊平子[⑲]，缛丽而轻清；陆机之吊魏武[⑳]，序巧而文繁。降斯以下，未有可称者矣。夫吊虽古义，而华辞未造〔二八〕；华过韵缓，则化而为赋。固宜正义以绳理，昭德而塞违〔二九〕，割析褒贬〔三〇〕，哀而有正，则无夺伦矣〔三一〕。

赞曰：辞定所表，在彼弱弄[㉑]。苗而不秀[㉒]，自古斯恸〔三二〕。虽有通才，迷方告一作失。控[㉓][❺]〔三三〕。千载可伤〔三四〕，寓言以送〔三五〕。

【黄叔琳注】

①**短折**〔汲冢周书〕蚤孤短折曰哀，恭仁短折曰哀。

②**夭昏**〔左传〕札瘥夭昏。〔注〕夭死曰札，小疫曰瘥，短折曰夭，未名曰昏。 ③**三良**〔左传〕秦伯任好卒，以子车氏之三子为殉，皆秦之良也。国人哀之，为之赋黄鸟。〔诗秦风〕黄鸟篇是也。 ④**霍子侯**〔霍去病传〕去病薨，子嬗嗣。嬗字子侯，上爱之，幸其壮而将之，为奉车都尉，从封泰山而薨。〔汉武帝集〕嬗死，上甚悼之，乃自为歌诗。 ⑤**哀辞**〔文章流别论〕哀辞者，诔之流也。⑥**张升**〔后汉书〕张升字彦真，著赋诔颂碑书凡六十篇。⑦**行女**〔曹子建集〕行女哀辞：三年之中，二子频丧。〔文章流别论〕建安中，文帝与临淄侯各失稚子，命徐干、刘桢等为哀词。是伟长亦有行女篇也。 ⑧**金鹿泽兰**〔潘岳集〕金鹿哀辞。金鹿，岳之幼子也。又为任子咸妻作孤女泽兰哀辞。泽兰，子咸之女也。 ⑨**厌溺**〔檀弓〕死而不吊者三，畏、厌、溺。 ⑩**宋水**〔左传〕庄公十一年秋，宋大水，公使吊焉，曰：天作淫雨，害于粢盛，若之何不吊！**郑火**〔左传〕昭公十八年，宋卫陈郑皆火，陈不救火，许不吊灾。 ⑪**虒台**〔左传〕游吉相郑伯以如晋，亦贺虒祁也。史赵见子太叔曰：甚哉其相蒙也。可吊也而又贺之。 ⑫**翻贺为吊**〔国策〕燕易王初立，齐宣王因燕丧而攻之，取十城。苏秦为燕说齐王，再拜而贺，因仰而吊曰：燕虽弱小，秦王之少婿也。大王利其十城，而与强秦为雠，是食乌喙之类也。齐王曰：善！归燕之十城。⑬**浮湘**〔贾谊传〕谊为长沙王傅，意不自得，及渡湘水，为

赋以吊屈原。 ⑭**吊二世**〔司马相如传〕武帝还过宜春宫,相如奏赋以哀二世行失。〔注〕宜春,本秦之离宫,胡亥于此为阎乐所杀,故感其处而哀之也。 ⑮**吊屈**〔扬雄传〕雄作书,往往摭离骚文而反之,自岷山投诸江流,以吊屈原,名曰反离骚。 ⑯**沉膇**〔左传〕沉溺、重膇之疾。 ⑰**蔡邕**〔蔡邕集〕吊屈原文:卒坏覆而不振,顾抱石其何补。 ⑱**胡阮**〔文选思旧赋注〕胡广吊夷齐文曰:援翰录吊以舒怀兮。〔魏志〕阮瑀字元瑜,为魏武管记室,吊伯夷文曰:余以王事,适彼洛师;瞻望首阳,敬吊伯夷。求仁得仁,见叹仲尼;没而不朽,身灭名飞。 ⑲**祢衡**〔后汉书〕祢衡字正平,吊平子文:余今反国,命驾言归;路由西鄂,追吊平子。平子,张衡字也。衡,楚西鄂人。 ⑳**吊魏武**〔陆机吊魏武文〕悼穗帐之冥冥,怨西陵之茫茫;登雀台而群悲,眝美目其何望。 ㉑**弱弄**〔左传〕弱不好弄。 ㉒**苗而不秀**〔扬子法言〕育而不苗者,吾家之童乌乎!〔世说新语〕王戎子万子,有大成之风,苗而不秀。 ㉓**告控**〔左传〕翦焉倾覆,无所控告。

【李详补注】

❶**赋宪之谥**孙云当作议德,纪云:赋宪二字出汲冢周书,王伯厚困学纪闻已有考证,不得妄改为议德。详案:困学纪闻(卷二)周书谥法:惟三月既生魄,周公旦太师望相嗣王发既赋宪,受胪于牧之野。原注今本缺误。文心

雕龙云赋宪之谥出于此。案伯厚所采周书，出宋范镇编定六家谥法中。孙云作议德者，孙无挠也，见明吴兴凌云本。黄注前列元校姓氏有两孙氏：一汝澄字无挠，一孙良蔚字文若，非见凌本则不知其为无挠也。 ❷**盖不泪之悼三句**详案：北堂书钞（卷一百二）引文章流别论：哀辞者，以施之童殇夭折，不以寿终者也。 ❸**情主于痛殇二句**详案：书钞（卷一百二）引文章流别论：哀辞者，哀痛为主，而缘以叹惜之辞。 ❹**史赵苏秦二句**纪云：史赵苏秦皆一时说辞，不得列之吊类。详案：彦和明言"凡斯之例，吊之所设"，与上"吊者至也"一段，彼明吊字之训，此推吊字之例，未为不可。 ❺**迷方告控**详案：鲍照拟古第一首，迷方独沦误。

【杨明照校注】

〔一〕**短折曰哀**

按书洪范："六极：一曰凶短折。"史记宋微子世家集解引郑玄曰："未龀曰凶。索隐："未龀，未毁齿也。"未冠曰短，未婚曰折。"

〔二〕**以辞遣哀，盖不泪之悼**

"不泪"，唐写本作"下流"；宋本、钞本、喜多本御览五九六引同。倪刻御览作"下泪"；子苑二三引同。何焯改作"不泪"。

按作"下流"是。"下泪"、"不泪"皆非也。三国志魏书阎温传:“(张)就终不回,私与(父)恭疏曰:‘……愿不以下流之爱,使就有恨于黄壤也。’”又乐陵王茂传:“太和元年,徙封聊城公,其年为王。诏曰:‘……今封茂为聊城王,以慰太皇太后下流之念。’”王沈魏书:“(建安)二十二年九月,(太祖东征)大军还,武宣皇后左右侍御见后(甄后)颜色丰盈,怪问之曰:‘后与二子(明帝、东乡公主)别久,下流之情,不可为念。’”三国志魏书后妃甄皇后传裴注引。是“下流”一词为当时常语,子之于父,孙之于祖,均得通用。后指瑕篇于潘岳哀文遣辞不当,而评之曰:“礼文在尊极,而施之下流。”其用“下流”二字义,正与此同,亦最确切内证。元本及诸明本“不”皆作“下”,仅误“流”为“泪”耳。黄氏从何焯改“下”为“不”而作“不泪”,误矣。

〔三〕**事均夭横**

“横”,唐写本作“枉”;御览引同。

按“枉”字是。书洪范“一曰凶短折”孔疏:“郑玄以为凶短折皆是夭枉之名。”帝王世纪:“伏羲氏……乃尝味百药而制九针,以拯夭枉焉。”御览七二一引。华阳国志巴志:“是以清俭,夭枉不闻。”文选谢灵运庐陵王墓下诗:“脆促良可哀,夭枉特兼常。”陶弘景肘后百一方序:“其间夭枉,焉可胜言。”类聚七五引。并以“夭枉”为言。庾信哀江南赋:“功业夭枉,身名埋没。”亦以“夭枉”喻其帝业短折。

〔四〕**暨汉武封禅,而霍子侯暴亡**

“子侯”,黄校云:“元作‘光病’,曹改;此沿梅校。又一本作‘霍嬗’。”

按黄氏所称一本是也。唐写本、训故本及御览引,并作“霍嬗”。佘本作“霍去病”,谢兆申校作“霍侯”,徐𤊹校作“霍光”,皆非。曹改非是。史记封禅书:“天子既已封太山,无风雨灾。而方士更言‘蓬莱诸神,若将可得’。于是上欣然庶几遇之。乃复东至海,上望冀遇蓬莱焉。奉车子侯暴病,一日死。”汉书郊祀志上同(范注引风俗通义及通鉴,均嫌晚)。汉书霍去病传:“嬗字子侯。”日知录二七。云:“史记汪此字衍。‘奉车子侯暴病,一日死’。死于海上,非死于泰山下也。索隐所引新论,殊谬。”

〔五〕**帝伤而作诗**

按汉武帝集:“奉车子侯暴病,一日死。上甚悼之,乃自为歌诗。”类聚五六、御览五九二引。

〔六〕**然履突鬼门,怪而不辞**

按论衡订鬼篇:“山海经又曰:‘沧当作东。海之中,有度朔之山,上有大桃木,其屈蟠三千里,其枝间东北曰鬼门,万鬼所出入也。’”今本无。文选陆机挽歌:“今托万鬼邻。”李注引海水经当是山海经。曰:“东海中有山焉,名度索,上有大桃树,东北瘣枝名曰鬼门,万鬼所聚。”

〔七〕**驾龙乘云,仙而不哀;……亦彷佛乎汉武也**

“彷佛”,唐写本作“髣佛”;御览引同。

按“彷佛”,“仿佛”之俗。见广韵三十六养及八物。说文人部:“仿,相似也。”又:“佛,见不审也。”玉篇人部:“仿,仿佛,相似也。”又:“佛,仿佛也。”切韵残卷三十五养:“髣,髣髴。古作仿佛。”一切经音义二:“仿佛,声类作髣髴。同。”是“髣髴”为“仿佛”之后起字,其义一也。又按汉武伤霍嬗诗及崔瑗汝阳王哀辞,均不可考。惟史记封禅书索隐引顾胤云:“案武帝集,帝与子侯家语云:‘道士皆言子侯得仙,不足悲。’”亦可推瑗所作之不哀也。

〔八〕**至于苏慎张升**

“慎”,黄校云:“疑作‘顺’。”此沿梅校。

按唐写本及御览引,并作“顺”。当据改。文章流别论:“哀辞者,诔之流也。崔瑗、苏顺、马融等为之,率以施于童殇夭折,不以寿终者。”御览五九六引。是孝山向以哀辞著称也。所著十六篇中即有哀辞在内。见后汉书文苑上顺本传。

〔九〕**时有恻怛**

按礼记问丧:“恻怛之心,痛疾之意。”汉书文帝纪“为之恻怛不安”颜注:“恻,痛也。怛,怛也。”

〔一〇〕**及潘岳继作，实踵其美**

“踵”，唐写本作“锺”；御览引同。

按“锺”字是。才略篇：“潘岳敏给，辞自和畅，锺美于西征，贾馀于哀诔。”是其证。左传昭公二十八年：“天锺美于是。”当是“锺美”二字之所自出。隶释张纳碑：“锺美积德。”亦以“锺美”为言。

〔一一〕**观其虑善辞变**

“善”，唐写本作“赡”。　　宋本、喜多本御览作“瞻”。

按“赡”字是。“瞻”乃“赡”之误。章表篇“观其体赡而律调”，才略篇“理赡而辞坚”，句法并与此相同，可证。

〔一二〕**幼未成德**

“德”，宋本、钞本、喜多本、鲍本御览引作“性”。

按“性”字非是。穀梁传桓公十八年：“谥，所以成德也。”闵元年、文元年传同。范注：“谥者，行之迹，所以表德。”子苑引作“德”，足证“德”字未误。

〔一三〕**言神至也**

唐写本“神”下有“之”字。

按有“之”字语势较胜。

〔一四〕**所以不吊矣**

“矣”，唐写本无。　　冯舒校沾“矣”字。

按元本、弘治本、汪本、佘本、张本、两京本、王批本、何本、胡本、梅本、凌本、合刻本、梁本、秘书本、谢钞本、汇编本、别解本、尚古本、冈本、文津本、王本、张松孙本、郑藏钞本、崇文本并无“矣”字，与唐写本合。冯舒校沾“矣”字，盖据御览也。寻绎语势，“矣”字不必有。子苑引无“矣”字，亦足证冯舒单凭御览一书沾字之非。

〔一五〕**及晋筑虒台**

“虒”，黄校云：“元作‘虎’，孙改。”此沿梅校。

按孙改是也。唐写本、何本、训故本、梁本、谢钞本四库本系剜改。正作“虒”；钞本、喜多本御览引同。文通十八引亦作“虒”。

〔一六〕**史赵苏秦**

“赵”，黄校云：“元脱，孙补。”此沿梅校。

按唐写本、何本、训故本、梁本、谢钞本四库本系剜改。并有“赵”字；御览、文通引同。孙补是也。

〔一七〕**或狷忿以乖道**

按说文心部：“忿，悁也。”又：“悁，忿也。”战国策赵策二：“秦忿悁含怒之日久矣。”鹖冠子世兵篇：“故曹子曹沫。去忿悁之心，立终身之功。”史记鲁仲连传：“弃忿悁之节。”韩非子亡征篇：“心悁忿而不訾前后者，可亡也。”文选潘岳西征赋：“方鄙吝之忿悁。”并作“忿悁”或“悁忿”。疑此文“狷”字亦当作“悁”，始合。

〔一八〕**或有志而无时**

按后汉书赵岐传："初名嘉，……年三十馀，有重疾，卧蓐七年，自虑奄忽，乃为遗令敕兄子曰：'大丈夫生世，遁无箕山之操，仕无伊吕之勋，天不我与，复何言哉！可立一员石于吾墓前，刻之曰：汉有逸人，姓赵名嘉。有志无时，命也奈何！'"

〔一九〕**或美才而兼累**

"美才"，唐写本作"行美"。

按作"行美"较胜。

〔二〇〕**自贾谊浮湘，发愤吊屈**

按袁淑吊古文："贾谊发愤于湘江。"类聚四十引。

〔二一〕**及平章要切，断而能悲也**

按"及"字与上"及相如之吊二世"句复，语意亦不合，疑为"乃"之误。本书"乃""及"字多互误。"平"字亦当依唐写本及御览改为"卒"。徐𤇆校作"卒"，天启梅本已改作"卒"（张松孙本从之）。

〔二二〕**班彪蔡邕，并敏于致语**

"语"，唐写本作"诘"；宋本、钞本御览引同。

按"诘"字是。下句云："影附贾氏，难为并驱。"今诵长沙吊屈原文，自"讯曰"以下有"致诘"意。叔皮伯喈所作，虽无全璧，然据类聚卷四十引蔡邕吊屈原文，卷五六引班彪吊离骚文。所引者，亦皆有“致诘”之辞。老子第十四章:“此三者,不可致诘。”是“致诘”二字固有所本也。易恒九三王注:“德行无恒,自相违错,不可致诘。”又明夷“箕子之明夷”释文:“漫衍无经,不可致诘。”后汉书袁安传论:“虽有不类,未可致诘。”抱朴子内篇微旨:“渊乎妙矣难致诘。”亦并以“致诘”为言。

〔二三〕**胡阮之吊夷齐,褒而无闻**

“闻”,唐写本作“间”。　　御览引作“文”。天启梅本改作“文”。

按唐写本是也。“无间”二字,出论语泰伯。汉书叙传上“(谷)永指以驳讥赵、李,亦无间颜注:“间,非也。”云”,蔡中郎集朱公叔议“是后览之者亦无间焉”,傅玄七谟序“佥曰妙焉,吾无间矣”,类聚五七引。弘明集柳憕答梁武帝敕“圣情玄览,理证无间”,其用“无间”义与此同。“褒而无间”,盖谓伯始、元瑜所作,止有褒扬而无非难也。今观类聚所引残文并见卷三七,诚有如舍人所评者。左传庄公十五年“郑人间之”释文:“(间)一本作闻。”是“间”与“闻”易淆之证。御览引作“文”,则又由“闻”致误。

〔二四〕**仲宣所制,讥呵实工**

按陆士龙集与兄平原书:“仲宣文……其吊夷

齐辞不为伟，兄二吊自美之；但其呵二子小工，正当以此言为高文耳。”是舍人此评，本士龙也。

〔二五〕**然则胡阮嘉其清**

按孟子万章下：“孟子曰：‘伯夷圣之清者也。’”

〔二六〕**王子伤其隘**

按孟子公孙丑上：“孟子曰：‘伯夷隘。’”赵注：“惧人之污来及己，故无所含容。言其太隘狭也。”

〔二七〕**各志也**

黄校云：“‘各’下，一本有‘其’字。” 徐𤊹沾“其”字。 天启梅本“各其”二字品排刻。当是剜沾“其”字。王批本“其志”二字品排刻。

按有“其”字，文意乃足。唐写本及御览引，并有“其”字。奏启篇：“若夫傅咸劲直，而按辞坚深；刘隗切正，而劾文阔略，各其志也。”句法与此相同，可证。才略篇有“各其善也”语。汉书张陈王周传赞“（陈）平自免，以智终。王陵廷争，杜门自绝，亦各其志也”语式不殊，仅多一“亦”字耳。论语先进有“亦各言其志也”语。

〔二八〕**夫吊虽古义，而华辞未造**

铃木云：“案‘未’，‘末’字之误。”

按铃木说是。杂文篇有“暇豫之末造”语。仪礼士冠礼："夏之末造也。"郑注："造，作也。"礼记郊特牲亦有此文。

〔二九〕**昭德而塞违**

按左传桓公二年："君人者，将昭德塞违。"孔疏："昭德，谓昭明善德，使德益章闻也。塞违，谓闭塞违邪，使违命止息也。"

〔三〇〕**割析褒贬**

"割"，唐写本作"剖"；钞本御览引同。

按"剖"字是。"剖""割"形近，古籍中每易淆误。体性篇"剖析毫厘"，丽辞篇"剖毫析厘"，并以"剖析"为言。文选张衡西京赋："剖析毫厘，擘肌分理。"即"剖析"二字之所自出。

〔三一〕**则无夺伦矣**

按书舜典："八音克谐，无相夺伦。"孔传："伦，理也。"

〔三二〕**苗而不秀，自古斯恸**

按论语子罕："子曰：'苗而不秀者，有矣夫！秀而不实者，有矣夫！'"皇侃义疏："又为叹颜渊为譬也。"又先进："颜渊死，子哭之恸。从者曰：'子恸矣！'曰：'有恸乎？非夫人之为恸，而谁为！'"集解引马融曰："恸，哀过也。"法言问神篇："育而不苗疑当作苗而不育。注同。者，吾家之童乌乎！"李注："童乌，子云之子也。仲尼悼颜渊'苗而不秀',子云伤童乌'育而不苗'。"隶释郑固碑:"苗而不毓。"又逢盛碑:"苗而不秀。"弘明集理惑论:"颜渊有'不幸短命'之记,'苗而不秀'之喻。"

〔三三〕**迷方告控**

"告",黄校云:"一作'失'。"何焯校作"失"。

按"失"字是。唐写本正作"失"。文选鲍照拟古诗之二:"南国有儒生,迷方独沦误。"李注:"庄子(骈拇)曰:'小惑易方。'郭象曰:'东西易方,于礼(今本作体)未亏。'"此"迷方"二字所本。"失控",谓失其控制。

〔三四〕**千载可伤**

按文选古诗十九首之十三:"驱车上东门,遥望郭北墓。……下有陈死人,杳杳即长暮。潜寐黄泉下,千载永不寤。"张铣注:"寤,觉也。"

〔三五〕**寓言以送**

按礼记祭义:"哀以送往。"又问丧:"哀以送之。"

杂文第十四

智术之子，博雅之人，藻溢于辞，辞盈乎气〔一〕，苑囿文情，故日新殊致。宋玉含才，颇亦负俗①〔二〕，始造对问②，以申其志〔三〕，放怀寥廓〔四〕，气实使之。及枚乘摛艳〔五〕，首制七发③，腴辞云构〔六〕，夸丽风骇〔七〕。盖七窍所发，发乎嗜欲，始邪末正，所以戒膏粱之子也。扬雄覃思文阔❶〔八〕，业深综述，碎文璅语〔九〕，肇为连珠④，玉海作扬雄覃思文阁，碎文璅语，肇为连珠。其辞虽小而明润矣〔一〇〕。凡此三者，文章之枝派，暇豫之末造也〔一一〕。

自对问以后，东方朔效而广之，名为客难⑤。托古慰志，疏而有辨。扬雄解嘲⑥，杂以谐谑〔一二〕，回环自释，颇亦为工。班固宾戏⑦，含懿采之华；崔骃达旨⑧，吐典言之裁；张衡应间⑨〔一三〕，密而兼雅；崔实客讥⑩，整而微质；蔡邕释诲⑪，体奥而文炳；景纯客傲⑫，情见而采蔚：虽迭相祖述，然属篇之高者也。至于陈思客问，辞高而理疏；庾敳元作凯，钦改。客咨⑬〔一四〕，意荣而文悴〔一五〕。元作粹，朱改。斯类甚众，无所取裁矣〔一六〕。原兹文之设〔一七〕，乃发愤以表志。身挫凭乎道胜〔一八〕，时屯寄于情泰，莫不渊岳其心，麟凤其采，此立本之大要也〔一九〕。

自七发以下，作者继踵。观枚氏首唱⑭，信独拔而伟丽矣。及傅毅七激⑮，会清要之工；崔骃七依，入博雅之巧；张衡七辨[16]，结采绵靡；崔瑗七厉[17]〔二〇〕，植义纯正〔二一〕；陈思七启，取美于宏壮；仲宣七释[18]，致辨于事理。自桓麟七说以下[19]，左思七讽以上，枝附影从〔二二〕，十有馀家。或文丽而义暌，或理粹而辞驳。观其大抵所归，莫不高谈宫馆，壮语畋猎，穷瑰奇之服馔，极蛊媚之声色❷〔二三〕；甘意摇骨体〔二四〕，杨云：当作髓。艳词动魂识〔二五〕，虽始之以淫侈，而终之以居正〔二六〕，然讽一劝百，势不自反：子云所谓先骋郑卫之声，曲终而奏雅者也[20]。唯七厉叙贤，归以儒道，虽文非拔群❸，而意实卓尔矣。

自连珠以下，拟者间出。杜笃贾逵之曹[21]，刘珍潘勖之辈[22]❹，欲穿明珠，多贯鱼目[23]〔二七〕。可谓寿陵匍匐[24]，非复邯郸之步〔二八〕；里丑元作配，谢改。捧心[25]〔二九〕，不关西施之嚬矣。唯士衡运思，理新文敏，而裁章置句，广于旧篇，岂慕朱仲四寸之珰乎[26]！夫文小易周，思闲可赡。足使义明而词净，事圆而音泽，磊磊自转，可称珠耳〔三〇〕。

详夫汉来杂文，名号多品，或典诰誓问[27]，或览略篇章[28]，或曲操弄引[29]，或吟讽谣咏[30]。总括其名，并归杂文之区；甄别其义，各入讨论之域：类聚有贯，故不曲述。

赞曰：伟矣前修，学坚多饱〔三一〕。负文馀力，飞靡弄巧。枝辞攒映，嚖若参昴❺〔三二〕。慕嚬之心，于焉祇搅〔三三〕。

【黄叔琳注】

①**负俗**〔汉武帝纪〕士或有负俗之累而立功名。　②**对**

问〔文选宋玉对楚王问〕楚襄王问于宋玉曰:先生其有遗行与,何士民众庶不誉之甚也?对曰:唯,然,有之。愿大王宽其罪,使得毕其辞。 ③**七发**〔文选注〕七发者,说七事以启发太子也,犹楚词七谏之流。枚乘事梁孝王,恐孝王反,故作七发以谏之。 ④**连珠**〔傅玄叙连珠〕曰:连珠者,兴于汉章之世,班固、贾逵、傅毅三子受诏作之。其文体,辞丽而言约,不指说事情,必假喻以达其旨,而览者微悟,合于古诗劝兴之义。欲使历历如贯珠,易睹而可悦,故谓之连珠也。按文章缘起,连珠,扬雄作,是连珠非始于班固也。嗣后潘勖拟连珠,魏王粲仿连珠,晋陆机演连珠,宋颜延之范连珠,齐王俭畅连珠,梁刘孝仪探物作艳体连珠。又陈懋仁文章缘起注:北史李先传,魏帝召先读韩子连珠二十二篇。韩子,韩非子。书中有联语,先列其目,而后著其解,谓之连珠。据此,则连珠又兆韩非矣。 ⑤**客难**〔东方朔传〕朔上书陈农战强国之计,辞数万言,终不见用。朔因著论,设客难己,用位卑以自慰谕。 ⑥**解嘲**〔扬雄传〕哀帝时,丁、傅、董贤用事,诸附离之者,或起家至二千石。时雄方草太玄,有以自守,泊如也。或嘲雄以玄尚白,而雄解之,号曰解嘲。 ⑦**宾戏**〔班固汉书叙传〕固永平中为郎,典校秘书,专笃志于博学,以著述为业,或讥以无功。又感东方朔、扬雄自谕以不遭苏张范蔡之时,曾不折之以正道,明君子之所守,故聊复应焉。其辞曰宾戏。 ⑧**达**

旨〔崔骃传〕骃常以典籍为业,未遑仕进之事。或讥其太玄静,将以后名失实,骃拟扬雄解嘲,作达旨以答焉。 ⑨**应间**〔张衡传〕衡不慕当世所居之官,辄积年不徙。自去史职,五载复还,乃设客问,作应间以见其志。 ⑩**客讥**客疑作答。〔崔实传〕实因穷困,以酤酿贩鬻为业,时人多以此讥之。建宁中,病卒。所著碑、论、箴、铭、答、七言、祠文、表记、书凡十五篇。 ⑪**释诲**〔蔡邕传〕邕闲居玩古,不交当世,感东方朔客难及扬雄、班固、崔骃之徒,设疑以自通,乃斟酌群言,韪其是而矫其非,作释诲以戒厉云尔。 ⑫**客傲**〔郭璞传〕璞字景纯,好卜筮,缙绅多笑之。又自以才高位卑,乃著客傲。 ⑬**庾敳**〔晋书〕庾敳字子嵩。 ⑭**首唱**〔傅玄七谟序〕昔枚乘作七发,而属文之士,作者纷焉。通儒大才马季长、张平子亦引其源而广之。马作七厉,张造七辨。 ⑮**七激**〔后汉文苑传〕傅毅以显宗求贤不笃,士多隐处,作七激以为讽。 ⑯**七依七辩**注详下。 ⑰**崔瑗七厉**〔崔瑗传〕有七苏,无七厉。 ⑱**七启七释**〔曹子建七启序〕昔枚乘作七发,傅毅作七激,张衡作七辩,崔骃作七依,辞各美丽,余有慕之焉,遂作七启,并命王粲作焉。粲字仲宣,作者曰七释。 ⑲**七说**〔挚虞文章志〕桓麟文在者十八篇,有七说一篇。 ⑳**曲终奏雅**〔汉书〕扬雄以为靡丽之赋,劝百风一,犹骋郑卫之音,曲终奏雅,不已戏乎! ㉑**杜笃**〔后汉文苑传〕杜笃所著赋、诔、吊、书、赞、七言、女诫及杂文,凡十八篇。**贾逵**〔贾逵传〕逵作诗、颂、诔、书、连珠、酒令,凡九篇。 ㉒**刘珍**〔后汉文苑传〕刘珍著诔、颂、连珠凡七篇。 ㉓**鱼目**〔参同契〕鱼目岂为珠,蓬蒿不成槚。 ㉔**寿陵**〔庄子秋水篇〕子独不闻夫寿陵馀子之学行于邯郸与?未得国能,又失其故行矣,直匍匐而归耳。 ㉕**里丑**〔庄子天运篇〕西施病心而矉其里,其里之丑人见而美之,归亦捧心而矉其里。 ㉖**四寸珰**〔列仙传〕朱仲者,会稽市贩珠人。鲁元公主以七百金从仲求珠,仲乃献四寸珠而去。〔风俗通〕耳珠曰珰。 ㉗**典**〔尔雅〕典,经也。〔后汉文苑传〕李尤所著诗、赋、铭、诔、颂、七叹、哀、典,凡二十八篇。**诰**〔尔雅〕诰,誓,谨也。〔注〕皆所以约勤谨戒众。〔文章缘起〕诰,汉司隶从事冯衍作。**誓**〔文章缘起〕誓,汉蔡邕作艰誓。**问**对问。 ㉘**览**〔吕不韦传〕不韦使其客人人著所闻,集论以为八览、六论、十二纪,二十馀万言,号曰吕氏春秋。**略**〔汉艺文志〕刘歆总群书而奏其七略。**篇**〔汉艺文志〕凡将一篇,司马相如作。急就一篇,黄门令史游作。元尚一篇,将作大匠李长作。**章**〔艺文志〕苍颉七章者,秦丞相李斯所作也。爰历六章者,车府令赵高所作也。博学七章者,太史令胡毋敬所作也。 ㉙**曲**〔鼓吹曲〕一曰短箫铙歌。〔蔡邕礼乐志〕短箫铙歌,军乐也,黄帝岐伯所作,以建威扬德,风敌劝士也。〔晋书乐志〕武帝令傅玄制鼓吹曲二十二篇,以代魏曲。**操**〔风俗通〕闭塞忧愁而作，命其曲曰操。操者，言遇灾遭害，困厄穷迫，虽怨恨失意，犹守礼义，不惧不慑，乐道而不失其操者也。**弄**〔琴书〕蔡邕雅好琴道，入青溪访鬼谷先生所居。山有五曲，一曲制一弄。**引**〔古今注〕箜篌引，朝鲜津卒霍里子高妻丽玉所作也。 ㉚**吟**〔古今乐录〕张永元嘉枝录有吟叹四曲，一曰大雅吟。**讽**七讽。**谣**〔尔雅〕徒歌谓之谣。〔穆天子传〕有白云谣、黄泽谣。**咏**〔辨乐论〕神农教民食谷，有丰年之咏。夏侯湛作离亲咏。

【李详补注】

❶**扬雄覃思文阔**黄注：玉海作文阁。纪云：当作阁。详谓作阁是也。汉书雄传：校书天禄阁上。彦和语指此，犹谢灵运诗又哂子云阁，以阁为扬氏故事也。汉书叙传述"辍而覃思，草法纂玄"，又宾戏"扬雄覃思，法言太玄"，孟坚盖两言之，即雄传所言好深湛之思也。 ❷**极蛊媚之声色**详案：文选张衡南都赋：侍者蛊媚。善注：蛊，已见西京赋。案西京赋"妖蛊艳夫夏姬"，善注：左氏传，子产曰：在周易，女惑男谓之蛊。蛊，媚也。又张衡思玄赋：咸姣丽以蛊媚。 ❸**虽文非拔群句**详案：汉书景十三王传赞：夫唯大雅，卓尔不群。文用此。 ❹**自连珠以下四句**详案：杜笃连珠云：能离光明之显，长吟永啸。（文选蜀都赋注、嵇康幽愤诗注、秀才入军诗注引）贾逵连珠云：夫君人者，不饰不美，不足以一民。（文选

景福殿赋注引)潘勖拟连珠云:臣闻媚上以布利者,臣之常情,主之所患。忘身以忧国者,臣之所难,主之所愿。是以忠臣背利而修所难,明主排患而获所愿。(艺文类聚五十七引)惟刘氏之作未见。 ❺**嘒若参昴**详案:〔毛诗小星篇〕嘒彼小星,维参与昴。传曰:嘒,微也。参,伐也。昴,留也。笺云:言此处无名之星亦随伐留在天。案彦和借譬杂文,正用笺义,不得以纪文达童而习之之说弃之不引也。(纪评于黄注原引易道篇及大戴礼云:此等皆童而习之之典,能读文心雕龙者,不患其不知此数条。)

【杨明照校注】

〔一〕**藻溢于辞,辞盈乎气**

唐写本次"辞"字作"辨"。

按"辨"字是。"辨盈乎气",与上"藻溢于辞"相对为文。次"辞"字乃涉上句而误。汉书东方朔传:"辩知闳达,溢于文辞。"颜注:"溢者,言其有馀也。"

〔二〕**宋玉含才,颇亦负俗**

按战国策赵策二:"(武灵)王曰:'……夫有高世之功者,必负遗俗之累。'"史记赵世家:"夫有高世之功者,负遗俗之累。"正义:"负,留也。……今变为胡服,是负留风俗之谴累也。"汉书武帝纪："（元封五年诏）士或有负俗之累而立功名。"颜注引晋灼曰："负俗，谓被世讥论也。"越绝书外传记范伯篇："有高世之材者，必有负俗之累。"唐滂唐子："夫士有高世之名，必有负俗之累。"意林五引。

〔三〕**始造对问，以申其志**

纪昀云："卜居渔父，已先是对问，但未标对问之名耳。然宋玉此文载于新序，其标曰对问，似亦萧统所题。"

按文心成于齐代，为时先于文选；昭明既可标题，舍人又何尝不可？纪说过泥。

〔四〕**放怀寥廓**

按史记司马相如传："（大人赋）上寥廓而无天。"汉书司马相如传下颜注："嵺廓，广远也。嵺音辽。"嵺廓与寥廓同。晋书文学传论："怀天地之寥廓，赋辞人之所遗。"

〔五〕**及枚乘摛艳，首制七发，……所以戒膏粱之子也**

按此段文意本挚虞文章流别论，见类聚五七及御览五百九十引。

〔六〕**腴辞云搆（构）**

"搆"，唐写本作"構"；御览五百九十引同。

按"構"字是。"搆"乃"構"之俗。比兴篇"比体云構"，时序篇"英采云構"，此依弘治本、汪本等，黄本亦误为"搆"。并其证。

〔七〕**夸丽风骇**

按文选嵇康琴赋:"闼尔奋逸,风骇云乱。"张铣注:"闼尔,犹豁然也。奋逸,腾起也。骇,乱也。"

〔八〕**扬雄覃思文阔**

"覃",唐写本作"淡";钞本御览引作"谈"。"阔",御览、玉海五四引作"阁"。文通十一引同。 纪昀云:"'阔',当作'阁'。"谭献校作"阁"。

按"淡"、"谈"并误;"阁"字是,训故本正作"阁"。此文"覃思",即汉书扬雄传"默而好深湛之思"也。又叙传述"辍而覃思,草法纂玄",文选答宾戏"扬雄覃思,法言太玄",晋书夏侯湛传"扬雄覃思于太玄",盖舍人谓雄"覃思"之所自出。魏书常景传扬雄赞亦有"覃思邈前修"语。神思篇"覃思之人",才略篇"业深覃思",尤为本书一再以"覃思"连文内证。

〔九〕**碎文璅语**

"璅",御览引作"琐"。

按"璅""琐"二字,古多通用不别。易旅"旅琐琐"、诗小雅节南山"琐琐姻亚",释文并云:"一本作璅。"是也。以诸子篇"璅语必录"例之,此当作"璅",前后始能一律。

〔一〇〕**其辞虽小而明润矣**

唐写本“其”上有“珠连”二字。

按“珠连”二字当有，于“辞”下加豆。“珠连其辞”，所以“释名章义”也。

〔一一〕**暇豫之末造也**

“豫”，唐写本作“预”；御览引同。

按“暇豫”二字出国语晋语二。“预”“豫”虽通，但当以作“豫”为是。明诗篇“暇豫优歌”，时序篇“暇豫文会”，都用“豫”字，与此同。子苑三二引，亦作“豫”。

〔一二〕**扬雄解嘲，杂以谐谑**

“谑”，唐写本作“调”。

按研阅其文，实未至于谑。作“调”是也。

〔一三〕**张衡应间**

“间”，唐写本作“问”；元本、弘治本、活字本、汪本、佘本、张本、两京本、何本、胡本、王批本、训故本、梅本、凌本、合刻本、梁本、秘书本、谢钞本、汇编本、清谨轩本、文溯本、王本、张松孙本、郑藏钞本、崇文本并同。冯舒云：“‘问’当作‘间’。”

按诸本皆误。隶释张平子碑：“再为史官，而发应间之论。”是当作“间”切证。后汉书衡传及章怀注引衡集原文黄、范两家注已具。亦并作“间”。章怀注：“间，非也。”黄氏从冯舒说改“问”为“间”，是也。

〔一四〕**庚敳客咨**

"敳",黄校云:"元作'凯',钦改。"此沿梅校。

按钦改是也。唐写本、训故本、谢钞本正作"敳"。

〔一五〕**意荣而文悴**

"悴",黄校云:"元作'粹',朱改。"此沿梅校。 徐𤊹校作"瘁"。

按朱改是也。唐写本、何本、训故本、谢钞本、清谨轩本并作"悴"。以总术篇"或义华华犹荣也。而声悴"证之,当以作"悴"为是。

〔一六〕**无所取裁矣**

"裁",唐写本作"才"。

按唐写本是也。论语公冶长:"无所取材。""材"与"才"通。盖舍人所本。檄移篇"无所取才矣",尤为切证。

〔一七〕**原兹文之设**

唐写本"原"下有"夫"字。

按唐写本是。正纬、诠赋、颂赞、哀吊、史传、论说、章表、指瑕八篇,均有用"原夫"语句,当据增"夫"字。

〔一八〕**身挫凭乎道胜**

按淮南子精神篇:"故子夏见曾子,一臞,一肥。曾子问其故,曰:'出见富贵之乐而欲之,入见先王之道又说之;两者心战,故臞;先王之道胜,故肥。'"(又见韩非子喻老篇,"道胜"作"义胜"。汪继培辑尸子卷下。"道胜"作"言胜"。)

〔一九〕**此立本之大要也**

"本",唐写本作"體"。

按唐写本是也。"體"俗简写作"体",后遂误为"本"耳。铭箴篇"體义备焉",即有误"體"为"本"者,其比正同。征圣篇"或明理以立体",宗经篇"礼以立體",书记篇"随事立體",定势篇"莫不因情立體",并足为此当作"立體"之证。

〔二〇〕**崔瑗七厉**

黄注云:"瑗本传有'七苏',无'七厉'。"

按傅玄七谟序:"昔枚乘作七发,……通儒大才,马季长、张平子亦引其源而广之,马作七厉,张造七辩。或以恢大道而导幽滞,或以黜瑰奓而托讽咏。"类聚五七、御览五百九十引。是作七厉者,乃马融而非崔瑗。以下文"唯七厉叙贤,归以儒道,虽文非拔群,而意实卓尔矣"推之,则崔瑗合作马融。容斋随笔七七发条"马融七广","广"即"厉"之误。七厉非崔瑗所作,此亦有力旁证。

〔二一〕**植义纯正**

"植",唐写本作"指"。

按以檄移篇"故其植义飏辞"例之,此当以"植"字为是。唐写本作"指",殆"植"之形误。

〔二二〕**枝附影从**

按扬雄核灵赋:"枝附叶从,表立景读为影。随。"文选陈琳檄吴将校部曲文,又蔡邕郭有道碑文李注引。

〔二三〕**极蛊媚之声色**

按"蛊"与"冶"通。晏子春秋谏下篇"古冶子",后汉书马融传广成颂。作"古蛊";文选张衡南都赋"侍者蛊媚",五臣本作"冶媚",是其证。(明周婴卮林六。蛊冶通用条有说,可参阅。)

〔二四〕**甘意摇骨体**

"体(體)",黄校引杨慎。云:"当作'髓'。"此沿梅校。 徐𤊹校作"髓"。

按"髓"字是。唐写本、训故本正作"髓";御览引同。宗经、体性、风骨、附会、序志五篇,并有"骨髓"之文。杨慎均藻十三职引作"髓",盖改引,非所见文心作"髓"也。

〔二五〕**艳词动魂识**

"动",唐写本、弘治本、活字本、汪本、张本、两京本、王批本、胡本、训故本作"洞";御览、均藻十三职、稗编七五引同。 别解本作"勒"。

按上句云“摇骨髓”，此句又云“动魂识”，嫌复。当以作“洞”为是。宗经篇“洞性灵之奥区”，哀吊篇“情洞悲苦”，议对篇“又郊祀必洞于礼”，风骨篇“洞晓情变”，声律篇“练才洞鉴”，练字篇“莫不洞晓”，才略篇“洞入夸艳”，是本书屡用“洞”字，皆指其深度言也。“洞魂识”，犹司马相如上林赋“洞心骇耳”之“洞心”然也。汉书司马相如传上颜注：“洞，彻也。”别解本作“勭”，又“动”之形误。

〔二六〕**虽始之以淫侈，而终之以居正**

按后汉书文苑下边让传：“作章华赋，虽多淫丽之辞，而终之以正。”

〔二七〕**欲穿明珠，多贯鱼目**

按韩诗外传佚文：“鱼目似珠。”文选任昉到大司马记室笺李注引。雒书：“秦失金镜，鱼目入珠。”郑玄注：“鱼目乱真珠。”文选卢谌赠刘琨诗序李注引（到大司马记室笺注所引无郑注）。唐子：“鱼目似珠。”意林五引。

〔二八〕**可谓寿陵匍匐，非复邯郸之步**

按寿陵馀子学行邯郸，最先见庄子秋水篇，人皆知之。黄注已具。但此二句遣辞，则本班嗣报桓谭书。汉书叙传上：“嗣报曰：‘昔有学步于邯郸者，曾未得其仿佛，又复失其故步，遂匍匐而归耳！’”御览三九四引庄子，两“行”字皆作“步”。疑非庄子之旧。

〔二九〕**里丑捧心**

“丑”，黄校云：“元作‘配’，谢改。”此沿梅校。

按谢改是。唐写本、训故本、梁本、谢钞本正作“丑”；御览引同。喻林八九、文通十一引亦作“丑”。

〔三〇〕**磊磊自转，可称珠耳**

“磊磊”，唐写本作“落落”。

按练字篇：“参伍单复，磊落如珠矣。”疑此当作“磊落”。

〔三一〕**学坚多饱**

“多”，唐写本作“才”。

按唐写本是也。“学”“才”相对为文，若作“多”，则不伦矣。体性篇：“夫才有天资，学慎始习。”事类篇：“才自内发，学以外成，有学饱而才馁，有才富而学贫。学贫者迍邅于事义，才馁者劬劳于辞情。……才为盟主，学为辅佐。”亦皆以“学”“才”相提并论。是“多”为误字，审矣。

〔三二〕**嘒若参昴**

“嘒”，唐写本作“彗”。

按诗召南小星：“嘒彼小星，维参与昴。”毛传：“嘒，微貌。参，伐也。昴，留也。”郑笺：“此言众无名之星，亦随伐、留在天。”舍人语本此。唐写本作“彗”，乃偶脱其口旁耳。

〔三三〕**慕啲之心,于焉祇搅**

唐写本作“慕啲之徒,心焉祇搅”。

按唐写本是也。今本盖先误“徒”为“于”,因乙“心”字属上句耳。诗陈风防有鹊巢“心焉忉忉”,又“心焉惕惕”,小雅节南山之什巧言“心焉数之”,嵇中散集幽愤诗“心焉内疚”,陆士龙集赠郑曼柔诗“心焉忼慨”,并以“心焉”连文,可证。诗小雅何人斯:“祇搅我心。”毛传:“搅,乱也。”郑笺:“祇,适也。”

谐隐〔一〕第十五

芮良夫之诗云①:自有肺肠,俾民卒狂。夫心险如山②,口壅若川③,怨怒之情不一,欢谑之言无方。昔华元弃甲④,城者发睅目之讴,臧纥丧师⑤,国人造侏儒之歌:并嗤戏形貌,内怨为俳也〔二〕。又蚕蟹鄙谚⑥,貍首淫哇⑦,苟可箴戒,载于礼典。故知谐辞谑言,亦无弃矣。

谐之言皆也。辞浅会俗,皆悦笑也。昔齐威元作宣,许改。酣乐,而淳于说甘酒⑧;楚襄讌集,而宋玉赋好色⑨:意在微讽,有足观者〔三〕。及优旃之讽漆城⑩,优孟之谏葬马⑪,并谲辞饰说,抑止昏暴。是以子长编史,列传滑稽⑫〔四〕,以其辞虽倾回,意归义正也。但本体不雅〔五〕,一作杂。其流易弊。于是东方枚皋⑬,餔糟啜醨⑭,无所匡正,而诋嫚媟元作媒,谢改。弄〔六〕,故其自称为赋,乃亦俳也;见视如倡,亦有悔矣。至魏文元作大。因俳说以著笑元作茂,孙改。书〔七〕,薛综凭宴会而发嘲调⑮,虽抃推疑误。席〔八〕,而无益时用矣。然而懿文之士,未免枉辔;潘岳丑妇之属〔九〕,束皙卖饼之类⑯〔一〇〕,尤而一作相。效之〔一一〕,盖以百数。魏晋滑稽,盛相驱扇,遂乃应玚之鼻,方于盗削卵;张华之形,比乎握舂杵。曾是莠言〔一二〕,有亏德音,岂非溺者之妄笑⑰〔一三〕,元作茂,朱改。胥靡之狂歌欤⑱?

谑者,隐也;遁辞以隐意,谲譬以指事也。昔还社元作杨。求拯元作极。于楚师〔一四〕，喻智井而称麦曲⑲；叔仪乞粮于鲁人，歌佩玉而呼庚癸⑳；伍举刺荆王以大鸟㉑，齐客讥薛公以海鱼㉒；庄姬托辞于龙尾㉓，臧文谬书于羊裘㉔：隐语之用，被于纪传。大者兴治济身，其次弼违晓惑。盖意生于权谲，而事出于机急，与夫谐辞，可相表里者也。汉世隐书㉕，十有八篇，歆固编文❶，录之歌末。昔楚庄齐威，性好隐语㉖〔一五〕。至东方曼倩㉗，尤巧辞述〔一六〕。但谬辞诋戏，无益规补。自魏代以来，颇非俳优，而君子嘲一本无嘲字。隐，化为谜语㉘〔一七〕。谜也者，回互其辞，使昏迷也。或体目文字，或图象品物，纤巧以弄思〔一八〕，元作忠，谢改。浅察以衔辞，义欲婉而正，辞欲隐而显。荀卿蚕赋㉙，已兆其体。至魏文陈思，约而密之；高贵乡公㉚，博举品物，虽有小巧，用乖远大。夫观古之为隐〔一九〕，理周要务，岂为童稚之戏谑，搏髀而抃笑哉！然文辞之有谐讔，譬九流之有小说㉛，盖稗官所采㉜，以广视听。若效而不已，则髡袒而入室，旃孟之石交乎㉝！

赞曰：古之嘲隐，振危释惫。虽有丝麻，无弃菅蒯〔二〇〕。会义适时，颇益讽诫。空戏滑稽，德音大坏。

【黄叔琳注】

①**芮良夫**〔诗桑柔传〕芮伯刺厉王之诗。〔左传〕周芮良夫之诗。　②**心险**〔庄子〕孔子曰：凡人心险于山川。③**口壅**〔国语〕召公曰：防民之口，甚于防川。川壅而溃，

伤人必多，民亦如之。　④**华元**〔左传〕宋华元获于郑，宋以兵车文马赎之。宋城，华元为植。城者讴曰：睅其目，皤其腹，弃甲而复。于思于思，弃甲复来。　⑤**臧纥**〔左传〕臧纥救鄫，侵邾，败于狐骀。国人诵之曰：臧之狐裘，败我于狐骀；我君小子，朱儒是使，朱儒朱儒，使我败于邾。　⑥**蚕蟹**〔檀弓〕成人有其兄死而不为衰者，闻子皋将为成宰，遂为衰。成人曰：蚕则绩而蟹有匡，范则冠而蝉有緌，兄则死而子皋为之衰。　⑦**貍首**〔檀弓〕原壤之母死，孔子助之沐椁。原壤登木歌曰：貍首之斑然，执女手之卷然。　⑧**说甘酒**〔滑稽列传〕齐威王好为长夜之饮，置酒后宫，召淳于髡赐之酒。问曰：先生能饮几何而醉？对曰：臣饮一斗亦醉，一石亦醉。故曰：酒极则乱，乐极则悲，万事尽然，言不可极，极之而哀。以讽谏焉。王曰：善。乃罢长夜之饮。　⑨**赋好色**〔文选〕大夫登徒子侍于楚襄王，短宋玉。玉著登徒子好色赋，王称善。　⑩**讽漆城**〔滑稽列传〕秦二世欲漆其城，优旃曰：善！漆城荡荡，寇来不能上；即欲就之，易为漆耳。顾难为荫室。于是二世笑之，以其故止。　⑪**谏葬马**〔滑稽列传〕楚庄王有所爱马死，欲以棺椁大夫礼葬之。优孟曰：以楚国堂堂之大，何求不得，而以大夫礼葬之，薄，请以人君礼葬之。诸侯闻之，皆知大王贱人而贵马也。于是王乃使以马属太官，无令天下久闻也。　⑫**滑稽**〔史记滑稽列传注〕崔浩云：滑，音骨。稽，流酒器也。转注吐酒，终日不已，言出口成章，辞不穷竭，若滑稽之吐酒。故扬雄酒赋云“鸱夷滑稽，腹大如壶，尽日盛酒，人复藉沽”是也。又姚察云：滑稽，犹俳谐也。滑，读如字。稽，音计也。言谐语滑利，其计智疾出，故云滑稽。 ⑬**东方枚皋**〔枚皋传〕自言为赋不如相如，又言为赋乃俳，见视如倡，自悔类倡也。故其赋有诋諆东方朔，又自诋諆其文。 ⑭**餔糟啜醨**〔楚辞〕众人皆醉，何不餔其糟而歠其醨。 ⑮**薛综**〔薛综传〕综字敬文，仕吴守谒者仆射。蜀使张奉来聘，综嘲之曰：有犬为独，无犬为蜀，横目勾身，虫入其腹。 ⑯**束皙**〔束晳传〕束尝为劝农及饼诸赋，文颇鄙俗，时人薄之。 ⑰**溺者**〔左传〕吴王曰：溺人必笑，吾将有问也。 ⑱**胥靡**〔书传〕使胥靡刑人筑护此道，说贤而隐，代胥靡筑之以供食。〔疏〕胥，相也。靡，随也。古者相随坐轻刑之名。又〔汉书注〕师古曰：联系使相随而服役之，故谓之胥靡，犹今之役囚徒，以锁联缀耳。 ⑲**眢井麦曲**〔左传〕楚子围萧，还无社与司马卯言，号申叔展。叔展曰：有麦曲乎？曰：无。有山鞠穷乎？曰：无。河鱼腹疾奈何？曰：目于眢井而拯之。⑳**佩玉庚癸**〔左传〕哀公十三年夏，公会单平公、晋定公、吴夫差于黄池，吴申叔仪乞粮于公孙有山氏曰：佩玉蕊兮，余无所系之！旨酒一盛兮，余与褐之父睨之！对曰：粱则无矣，粗则有之。若登首山以呼曰：庚癸乎，则诺。〔杜注〕庚，西方，主谷。癸，北方，主水。 ㉑**大鸟**〔楚世家〕庄王即位三年,不出号令。伍举曰:愿有进隐。曰:有鸟在于阜,三年不蜚不鸣,是何鸟也?庄王曰:三年不蜚,蜚将冲天;三年不鸣,鸣将惊人。举退矣,吾知之矣。　㉒**海鱼**〔战国策〕靖郭君将城薛,曰:无为客通。齐人有请者曰:臣请三言而已矣。因见之。客趋而进曰:海大鱼。君曰:客有于此。客曰:君不闻大鱼乎?网不能止,钩不能牵,荡而失水,则蝼蚁得意焉。今夫齐,亦君之水也,君长齐,奚以薛为?夫齐虽隆薛之城到于天,犹之无益也。君曰:善!乃辍城薛。　㉓**龙尾**〔列女传〕楚庄姬上隐语于王曰:大鱼失水,有龙无尾,墙欲内崩,而王不视。王问之,对曰:鱼失水,离国五百里也。龙无尾,年三十无太子也。墙崩不视,祸将成而王不改也。　㉔**羊裘**〔列女传〕臧文仲使于齐,齐拘之。文仲微使人遗公书,谬其辞曰:敛小器,投诸台。食猎犬,组羊裘。琴之合,甚思之。母见书而泣曰:吾子拘而有木治矣。　㉕**汉世隐书**〔汉艺文志〕隐书十八篇。师古曰:刘向别录云:隐书者,疑其言以相问,对者以虑思之,可以无不谕。　㉖**性好隐语**〔滑稽列传〕齐威王之时喜隐。索隐曰:喜隐谓好隐语。　㉗**曼倩**〔东方朔传〕舍人恚曰:朔擅诋欺天子从官,当弃市。上问朔,何故诋之?对曰:臣非敢诋之,乃与为隐耳。舍人不服,因曰:臣愿复问朔隐语。朔应声辄对,变诈锋出,莫能穷者。　㉘**谜**〔古诗所〕鲍照有井字谜。　㉙**蚕赋**〔赋苑〕荀卿蚕赋,通篇皆形似之言，至末语始云，夫是之谓蚕理。　㉚**高贵乡公**〔晋阳秋〕高贵乡公神明爽俊，德音宣朗。景王曰：上何如主也？钟会对曰：才同陈思，武类太祖。景王曰：若如卿言，社稷之福也。　㉛**九流**〔汉艺文志〕有儒家者流，道家者流，阴阳家者流，法家者流，名家者流，墨家者流，纵横家者流，杂家者流，农家者流，小说家者流。诸子十家，其可观者，九家而已。　㉜**稗官**〔汉艺文志〕小说家者流，盖出于稗官，街谈巷语，道听涂说之所造也。如淳曰：王者欲知闾巷风俗，故立稗官，使称说之。师古曰：稗官，小官。汉名臣奏，唐林请省置吏，公卿大夫至都官稗官各减什三是也。　㉝**石交**〔史记〕弃仇雠而得石交。

【李详补注】

❶**汉世隐书三句**详案：歌末，当作赋末。汉书艺文志杂赋十二家，隐书居其末。孟坚云：右杂赋十二家二百二十三篇。核其都数，有隐书十八篇在内，则作赋末宜矣。

【杨明照校注】

〔一〕**谐隐**

“隐”，唐写本作“讔”；元本、弘治本、活字本、汪本、佘本、张本、两京本、王批本、何本、胡本、训故本、合刻本、梁本、谢钞本、清谨轩本、尚古本、冈本、文溯本、王本、张松孙本、郑藏钞本、崇文本并同。文津本剜改作“讔”。

按“谐隐”字本止作“隐”。然以篇中“讔者，隐也”諭之，则篇题原是“讔”字甚明。

〔二〕**内怨为俳也**

范文澜云：“‘俳’，当作‘诽’。放言曰‘谤’，微言曰‘诽’。‘内怨’，即腹诽也。”

按“内”读曰“纳”。说文人部：“俳，戏也。”“内怨为俳”，即“纳怨为戏”也。舍人所举“睅目之讴”，“侏儒之歌”，皆“纳怨为戏”具体例证。子苑一百引作“俳”，益见范说非是。

〔三〕**有足观者**

“足观”，伦明所校元本作“定称”；两京本、胡本同。

按议对、指瑕、总术三篇，并有“足观”之文，子苑亦引作“足观”。是作“定称”之本，未可从也。“定”或为“足”之误（诏策篇有“足称母师”语。）

〔四〕**是以子长编史，列传滑稽**

按子长，司马迁字。（史记自序、汉书迁传均缺史公之字。）法言君子篇：“多爱不忍，子长也。”李注：“史记叙事，但美其长，不贬其短，故曰多爱。”后汉书张衡传：“（应间）子长谍之，烂然有第。”章怀注：“司马迁字子长，作史记。”论衡自纪篇：“稽之子长不当。”荀悦汉纪孝武皇帝纪五：“（天汉元年）司马子长……遂著史记。”仲长统昌言：

“子长、班固，述作之士。”文选任昉王文宪集序李注引。

此司马迁字之见于两汉著述者。

〔五〕**但本体不雅**

“雅”，黄校云：“一作‘杂’。”

按佘本、何本、凌本、秘书本作“雅”，天启梅本改“雅”，黄氏从之，是也。黄氏底本为万历梅本。颜氏家训文章篇：“东方曼倩，滑稽不雅。”注此正合。

〔六〕**而诋嫚媟弄**

“媟”，黄校云：“元作‘媒’，谢改。”梅本作“媟”，无校语（此沿冯舒校语）。

按训故本作“娸”，是也。汉书枚皋传：“故其赋有诋娸东方朔。”颜注：“诋，毁也；娸，丑也。”广雅释诂二：“娸，丑也。”

〔七〕**至魏文因俳说以著笑书**

黄校云：“（文）元作‘大’；（笑）元作‘茂’，孙改。”此沿梅校。

按元明各本皆作“大”，冯舒、何焯始校为“文”，然未言所据。黄氏竟从而改之，殊违阙疑之义，未可从也。“茂”，文通十五引作“笑”，孙改是。又按“大”字固误，改“文”亦未允当。疑原是“人”字。“至魏人因俳说以著笑书”，盖指魏邯郸淳之笑林也。其人其事，附见三国志魏书王粲传及裴注所引魏略。粲传云：“自颍川邯郸淳、繁钦……弘农杨修、河内荀纬等，亦有文采。”魏略云:“淳一名竺,字子叔。博学有才章。……太祖曹操。素闻其名,召与相见,甚敬异之。……(曹)植初得淳甚喜,延入坐,不先与谈。……诵俳优小说数千言讫,谓淳曰:‘邯郸生何如邪?’”是子建所诵者,必然是笑林之组成部分。其书原有三卷(隋唐志子部曾著录),惟今已亡佚。今检阅马国翰所辑二十五条,确系因仍俳说,“空戏滑稽”;虽抃笑帷席,却无益讽诫。故舍人不称道名姓,而衹以“魏人”目之,虽含有贬意,但未涉及他人;后乃节外生枝,滋蔓纠纷矣。“魏文因俳说以著笑书”,即其一例。

〔八〕**虽抃推席**

“推”,黄校云:“疑误。”此沿梅校。　何焯校作“忭欢几席”。　范文澜云:“‘推’,当是‘帷’字之误,‘抃帷席’,即所谓‘众坐喜笑’也。”

按“抃”下疑脱“笑”字,篇末“搏髀而抃笑哉”句可证。文选曹丕与锺大理书:“笑与抃会。”亦以“笑”“抃”对举。“推”,范谓为“帷”之误,是也。何校非。刘师培中古文学史第三课谓“推”疑“雅”字。

〔九〕**潘岳丑妇之属**

按岳文已佚。初学记十九引有刘思真丑妇赋,御览三八二所引较略。安仁所作,或亦类是。

〔一〇〕**束晳卖饼之类**

按世说新语雅量篇:“殷荆州仲谌有所识,作赋,是束皙慢戏之流。”刘注引张骘文士传:“束皙曾为饼赋诸文,文甚俳谑。”严可均全晋文八七据书钞、类聚、初学记、御览辑录成篇。

〔一一〕**尤而效之**

“而”,黄校云:“一作‘相’。” 冯舒云:“‘相’当作‘而’。”何焯校同。

按“相”字盖涉下“盛相驱扇”句而误。黄氏从冯说、何校改为“而”,是也。元明各本皆作“相”。左传僖公二十四年:“尤而效之,罪又甚焉。”又襄公二十一年:“尤而效之,其又甚焉。”当为舍人所本。又定公六年有“尤人而效之”语。

〔一二〕**曾是莠言**

按诗小雅正月:“莠言自口。”毛传:“莠,丑也。”诗中屡以“曾是”二字连文,论语亦有之。

〔一三〕**岂非溺者之妄笑**

“笑”,黄校云:“元作‘茂’,朱改。”此沿梅校。

按朱改是也。佘本、训故本、谢钞本并作“笑”;均藻五歌、喻林八九、谐语三、文通十五引同。

〔一四〕**昔还社求拯于楚师**

黄校云:“(社)元作‘杨’;(拯)元作‘极’。”此沿梅校。

按梅校是。汉书艺文志考证八、谐语二、文通引,并作“昔还社求拯于楚师”,何本、梁本、谢钞本、清谨轩本、尚古本、冈本同。元本、佘本、张本、两京本、胡本、训故本“拯”字未误。

〔一五〕**昔楚庄齐威，性好隐语**

按黄注仅引史记滑稽传以证齐威王之好隐语，而于楚庄则阙如。上文“伍举刺荆王以大鸟”句，虽已引史记楚世家以注，但未明言庄王好隐。当补注。韩非子喻老篇：“楚庄王莅政三年，无令发，无政为也。右司马御座，而与王隐。”吕氏春秋重言篇：“荆庄王立三年，不听〔朝〕而好讔。”“朝”字据渚宫旧事及类聚二四引补。新序杂事二：“楚庄王莅政三年，不治而好隐戏。”并楚庄好隐语之可考者。

〔一六〕**至东方曼倩，尤巧辞述**

按汉书东方朔传：“指意放荡，颇复诙谐，辞数万言。”又叙传下：“东方赡辞，诙谐倡优。”颜注：“诙，音恢。”汉纪孝武皇帝纪二：“元光五年，……（东方）朔又上书自讼，独不得大官，因陈农战强国之计数万言。专用商鞅、韩非之语。文旨放荡，颇复以恢谐。”并曼倩巧辞述之证。

〔一七〕**而君子嘲隐，化为谜语**

黄校云：“一本无‘嘲’字。”　徐𤊹校沾“嘲”字。谭献校同。　天启梅本“子嘲”二字品排刻，当是剜沾“嘲”字。

按元本、弘治本、活字本、汪本、佘本、张本、两京本、何本、胡本、王批本、万历梅本、凌本、合刻本、梁本、秘书本、谢钞本、汇编本、清谨轩本、王本、郑藏钞本、崇文本并无“嘲”字，是也。此处“隐”字作显隐之隐解，非嘲隐意也。上云“自魏代已来，颇非俳优”，此言其变为谜语之故耳。

〔一八〕**纤巧以弄思**

“思”，黄校云：“元作‘忠’，谢改。”此沿梅校。

按谢改是。谢钞本、谂语二。引，正作“思”。

〔一九〕**夫观古之为隐**

按“夫观”二字当乙。诠赋篇“观夫荀结隐语”，史传篇“观夫左氏缀事”，比兴篇“观夫兴之托谕”，事类篇“观夫屈宋属篇”，才略篇“观夫后汉才林”，可证。

〔二〇〕**虽有丝麻，无弃菅蒯**

“菅”，弘治本、汪本、佘本、张本、两京本、王批本、文津本作“管”。文溯本剜改为“菅”。

按“管”字误。左传成公九年：“诗曰：‘虽有丝麻，无弃菅蒯。’”杜注：“逸诗也。”孔疏：“（尔雅）释草云：‘白华野菅。’郭璞曰：‘菅，茅属。’陆玑毛诗疏曰：‘菅似茅，而滑泽无毛，宜为索，沤及曝尤善。’蒯与菅连，亦菅之类。”

文心雕龙校注卷四

史传第十六

开辟草昧，岁纪绵邈，居今识古，其载籍乎！轩辕之世，史有仓颉①，主文之职，其来久矣。曲礼曰：史载笔。左右〔一〕。史者，使也；执笔左右，八字元脱，按胡孝辕本补。使之记也〔二〕。元作已，按胡本改。古元脱，孙补。者，左史记事者，右史记言者②〔三〕。言经则尚书③，事经则春秋④。唐虞流于典谟，商夏被于诰誓〔四〕。自汪本作洎。周命维新〔五〕，姬公定法，䌷三正以班历⑤〔六〕，贯四时以联事⑥，诸侯建邦，各有国史〔七〕，彰善瘅恶，树之风声〔八〕。自平王微弱，政不及雅〔九〕，宪章散紊，彝伦攸斁〔一〇〕。昔者二字从御览增。夫子闵王道之缺，伤斯文之坠，静居以叹凤，临衢而泣麟⑦，于是就太师以正雅颂，因鲁史以修春秋，举得失以表黜陟，征存亡以摽劝戒〔一一〕：褒见一字，贵逾轩冕；贬在片言，诛深斧钺。然睿旨存亡二字衍。幽隐〔一二〕，胡本作秘。经文婉约，邱明同时，实得微言〔一三〕，乃原始要终〔一四〕，创为传体[⑧]。传者，转也；转受经旨，以授于后，实圣文之羽翮，记籍之冠冕也。

及至从横之世，及字从御览增。史职犹存。秦并七王，而战国有策[⑨]〔一五〕，盖录而弗叙，故即简而为名也[❶]〔一六〕。汉灭嬴项，武功积年，陆贾稽古，作楚汉春秋[⑩]。爰及太史谈〔一七〕，世惟执简[⑪]；子长继志[⑫]〔一八〕，元作至，胡改。甄序帝绩。比尧称典，则位杂中贤；法孔题经，则文非元圣〔一九〕。故取式吕览[⑬]，通号曰纪〔二〇〕，纪纲之号，亦宏称也〔二一〕。元脱，谢补。故本纪以述皇王，列传以总侯伯，八书以铺政体，十表以谱年爵，虽殊古式，而得事序焉。尔其实录无隐之旨[⑭]，博雅宏辩之才，爱奇反经之尤[⑮]，条例踳落之失[⑯]，叔皮论之详矣[⑰]。及班固述汉[⑱]，因循前业，观司马迁之辞，思实过半〔二二〕。其十志该富[⑲]，赞序弘丽，儒雅彬彬，信有遗味。至于宗经矩圣之典，端绪丰赡之功，遗亲攘美之罪[⑳]〔二三〕，征贿鬻笔之愆[㉑]，公理辨之究矣[㉒]。观夫左氏缀事，附经间出，于文为约，而氏族难明。及史迁各传，人始区详而易览〔二四〕，述者宗焉。及孝惠委机，吕后摄政[㉓]，班史立纪[㉔]〔二五〕，违经失元脱，朱补。实。何则？庖牺以来，未闻女帝者也。汉运所值，难为后法。牝鸡无晨[㉕]，武王首誓；妇无与国[㉖]，齐桓著盟；宣后乱秦[㉗]，吕氏危汉[㉘]：岂唯政事难假，亦名号宜慎矣〔二六〕。张衡司史，而惑同迁固，元帝王元作年二,孙改。后[29],欲为立纪〔二七〕,谬亦甚矣。寻子弘虽伪[30],要当孝惠之嗣;孺子诚微[31],实继平帝之体〔二八〕:二子可纪,何有于二后哉〔二九〕?

至于后汉纪传,发源东观[32]。袁张所制[33],偏驳不伦。薛谢之作[34],疏谬少信。若司马彪之详实[35],若字从御览增。华峤之准当[36]〔三〇〕,则其冠也。及魏代三雄[37],记传互出。阳秋魏略之属[38],江表吴录之类[39],或激抗难征,或元脱,谢补。疏阔寡要〔三一〕。唯陈寿三志[40],文质辨洽,荀张比之于迁固,非妄誉也〔三二〕。

至于晋代之书,繁乎著作[41]。陆机肇始而未备[42];王韶续末而不终[43]❷;干宝述纪[44],以审正得御览作明。序;孙盛阳秋[45],以约举为能。按春秋经传,举例发凡[46];自史汉以下,莫有准的。至邓璨元作瑛,朱改。晋纪[47]〔三三〕,始立条例,又摆落一作撮略,从御览改。汉魏,宪章殷周〔三四〕,虽湘川曲学[48]〔三五〕,亦有心典谟〔三六〕。及安元作交,朱改。国立例〔三七〕,乃邓氏之规焉。

原夫载籍之作也,必贯乎百氏〔三八〕,元作姓。被之千载,表征盛衰,殷鉴兴废;使一代之制,共日月而长存,王霸之迹,并天地而久大〔三九〕。是以在汉之初,史职为盛,郡国文计,先集太史之府[49],欲其详悉于体国〔四〇〕;必阅石室,启金匮[50],抽裂帛〔四一〕,检残竹〔四二〕,欲其博练于稽古也。是立义选言,宜依经以树则〔四三〕;劝戒与夺,必附圣以居宗;然后铨评昭整[51],苛滥不作矣。然纪传为式,编年缀事，文非泛论，按实而书，岁远则同异难密〔四四〕，事积则起讫易疏，斯固总会之为难也。或有同归一事，而数人分功，两记则失于复重，偏举则病于不周，此又铨配之未易也。故张衡摘史班之舛滥[52]，傅玄讥后汉之尤烦[53]〔四五〕，皆此类也。

若夫追述远代，代远多伪，公羊高云传闻异辞[54]，荀况称录远略近〔四六〕，盖文疑则阙〔四七〕，贵信史也。然俗皆爱奇〔四八〕，莫顾实理〔四九〕。传闻而欲伟其事，录远而欲详其迹，于是弃同即异〔五〇〕，穿凿傍说，旧史所无，我书则传〔五一〕，此讹滥之本源，而述远之巨蠹也。至于记编同时，时元脱，胡补。同多诡〔五二〕，虽定哀微辞[55]〔五三〕，而世情利害。勋荣之家，虽庸夫而尽饰；迍败之士〔五四〕，虽令德而常嗤；理欲二字衍。吹霜煦一作喷，从御览改。露，寒暑笔端〔五五〕，此又同时之枉〔五六〕，可为叹息者也〔五七〕。为字从御览增。故元作欲，朱改。述远则诬矫如彼，记近则回邪如此，析理居正，唯素臣元作心，今改。乎[56]〔五八〕！

若乃尊贤隐讳，固尼父之圣旨，盖纤瑕不能玷瑾瑜也〔五九〕；奸慝惩戒，实良史之直笔，农夫见莠，其必锄也〔六〇〕：若斯之科，亦万代一准焉。至于寻繁领杂之术，务信弃奇之要，明白头讫之序，品酌事例之条，晓其大纲，则众理可贯。然史之为任，乃弥纶一代，负海内之责，而赢是非之尤〔六一〕，秉笔荷担〔六二〕，莫此之劳。迁固通矣，而历诋后世。若任情失正〔六三〕，文其殆哉！

赞曰：史肇轩黄，体备周孔。世历斯编，善恶偕总。腾褒裁贬，万古魂动。辞宗邱明，直归南董[57]。

【黄叔琳注】

①**仓颉**〔叙世本注〕黄帝之世，始立史官，仓颉沮诵，居其职矣。　②**左右史**〔玉藻〕动则左史书之，言则右史书之。　③**言经则尚书**王肃曰：上所言，下为史所书，故曰尚书。　④**事经则春秋**〔诸侯年表〕孔子西观周室，论史记旧闻，兴于鲁而次春秋，以制义法，王道备，人事浃。左邱明因孔子史记具论其语，成左氏春秋。虞卿上采春秋，下观近世，为虞氏春秋。吕不韦集六国时事，为吕氏春秋。　⑤**三正**〔书甘誓〕怠弃三正。〔注〕三正，子丑寅之正也。　⑥**四时**〔杜预春秋序〕记事者，以事系日，以日系月，以月系时，以时系年。史之所记，必表年以首事，年有四时，故错举以为所记之名。　⑦**泣麟**〔孔丛子〕叔孙氏之车子曰钮商，樵于野而获兽焉。众莫之识，以为不祥，弃之五父之衢。孔子往观，泣曰：麟也。麟出而死，吾道穷矣。　⑧**创为传体**〔春秋序〕左邱明受经于仲尼，以为经者不刊之书也。故传或先经以始事，或后经以终义，或依经以辩理，或错经以合异，随义而发其例之所重。　⑨**战国有策**〔战国策刘向序〕国策，或曰国事，或曰短长，或曰事语，或曰长书，或曰修书，臣向以为战国时游士辅所用之国，为之策谋，宜为战国策。其事

继春秋以后，讫楚汉之起，二百四十五年间之事皆定，以杀青，书可缮写，得三十三篇。 ⑩**楚汉春秋**〔史记索隐〕陆贾撰。记项氏与汉高祖初起之事，名楚汉春秋。⑪**世惟执简**〔太史公自序〕司马喜生谈。谈为太史公，仕于建元元封之间，有子曰迁。太史公发愤且卒，执迁手而泣曰：余先周室之太史也，自上世尝显功名，虞夏典天官事，后世中衰，绝于予乎？汝复为太史，则续吾祖矣。谈卒三岁，而迁为太史令。 ⑫**子长继志**〔司马迁传〕太史公仍父子相继纂其职，曰：余维先人罔罗天下放失旧闻，王迹所兴，原始察终，见盛观衰，论考之行事，略三代，录秦汉，上纪轩辕，下至于兹，著十二本纪，既科条之矣。并时异世，年差不明，作十表。礼乐损益，律历改易，兵权山川鬼神，天人之际，承敝通变，作八书。二十八宿环北辰，三十辐共一毂，运行无穷，辅弼股肱之臣配焉，忠信行道以奉主上，作三十世家。扶义俶傥，不令己失时，立功名于天下，作七十列传。凡百三十篇，为太史公书。迁字子长。 ⑬**吕览**注见杂文篇。 ⑭**实录无隐**〔司马迁传赞〕刘向、扬雄皆称迁有良史之材，服其善叙事理，其文直，其事核，不虚美，不隐恶，故谓之实录。⑮**爱奇**〔扬子法言〕多爱不忍，子长也。仲尼多爱，爱义也。子长多爱，爱奇也。〔史记叙传〕但美其长，不爱其短，故曰爱奇。 ⑯**条例**〔檀超传〕超与江淹掌史职，上表立条例。 ⑰**叔皮论之**〔班彪传〕彪字叔皮。斟酌前史，而讥正得失，其略论曰：迁之所纪，采经摭传，分散百家之事，甚多疏略。论学术则崇黄老而薄五经，序货殖则轻仁义而羞贫穷，道游侠则贱守节而贵俗功，此其大敝伤道也。又曰：一人之精，文重思烦，故其书刊落不尽，尚有盈辞多不齐一。 ⑱**述汉**〔汉书叙传〕固探纂前记，缀辑所闻，以述汉书。起于高祖，终于孝平王莽之诛，十有二世，一百三十年，综其行事，为春秋考纪表志传，凡百篇。 ⑲**十志**律历，礼乐，刑法，食货，郊祀，天文，五行，地理，沟洫，艺文。 ⑳**遗亲攘美**史记必称父谈太史公，汉书多踵彪所作后传，而曾不及之。 ㉑**征贿鬻笔**〔陈寿传〕丁仪、丁廙有盛名于魏，寿谓其子曰：可觅千斛米见与，当为尊公作佳传。丁不与之，竟不为立传。 ㉒**公理**〔后汉书〕仲长统字公理，著论曰昌言，略曰：数子之言当世得失皆究矣，然多谬通方之训，好申一隅之说。 ㉓**委机摄政**〔汉外戚传〕惠帝以戚夫人事，因病岁馀，不能起，日饮为淫乐，不听政，七年而崩。乃立孝惠后宫子为帝，太后临朝称制。 ㉔**立纪**汉书高后纪第三。 ㉕**牝鸡**见书牧誓。 ㉖**妇无与国**〔穀梁传〕葵邱之盟曰：毋使妇人与国事。 ㉗**乱秦**〔匈奴列传〕秦昭王时，义渠戎王与宣太后乱，有二子。 ㉘**危汉**〔高后纪〕太后以惠帝无子，取后宫美人子名之，以为太子。惠帝崩，太子立为皇帝，年幼，太后临朝称制，乃立兄子吕台、产、禄、台子通四人为王，封诸吕六人为列侯。四年夏,少帝自知非皇后子,出怨言。皇太后幽之永巷,立恒山王弘为皇帝。太后崩,禄、产谋作乱,悉捕诸吕皆斩之。大臣相与阴谋,以为少帝及三弟为王者,皆非孝惠子,复共诛之,尊立文帝。　㉙**元后**〔张衡传〕衡以为王莽本传,但应载篡事而已,至于编年月,纪灾祥,宜为元后本纪。　㉚**子弘**〔吕后本纪〕惠帝二年,常山王不疑薨,以其弟襄成侯山为常山王,更名义。孝惠崩,太子立为帝,太后以帝病久不已,不能继嗣,帝废位,立常山王义为帝,更名曰弘。　㉛**孺子**〔王莽传〕平帝崩时,元帝世绝,而宣帝曾孙有见王五人,莽恶其长大,曰:兄弟不得相为后。乃选玄孙中最幼广戚侯子婴,年二岁,托以为卜相最吉,立之。　㉜**东观**东观汉记一百四十三卷,起光武至灵帝,刘珍等撰。　㉝**袁张**后汉书一百一卷,袁山松撰。后汉南记五十八卷,张莹撰。　㉞**薛谢**后汉记一百卷,薛莹撰。后汉书一百三十卷,无帝纪,谢承撰。　㉟**司马彪**〔司马彪传〕彪讨论众书,缀其所闻,起于世祖,终于孝献,编年二百,录世十二,通综上下,方贯庶事,为纪志传凡八十篇,号曰续汉书。　㊱**华峤**〔华峤传〕峤以汉纪烦秽,慨然有改作之意。起于光武,终于孝献,为帝纪十二卷,皇后纪二卷,十典十卷,传七十卷,及三谱序传目录,凡九十七卷。峤以皇后配天作合,前史作外戚传以继末编,非其义也,故易为皇后纪以次帝纪。又改志为典,以有尧典故也。而改名汉后书。奏之,诏朝臣会议。时中书监荀勖、令和峤、太常张华、侍中王济，咸以峤文质事核，有迁固之规，实录之风，藏之秘府。㊲**三雄**〔潘岳诗〕三雄鼎足。〔注〕三雄，即三国之主。㊳**阳秋**魏阳秋异同八卷，孙寿著。**魏略**魏略五十卷，鱼豢著。　㊴**江表**〔虞溥传〕溥撰江表传，卒后子勃上于元帝，诏藏于秘书。**吴录**吴录三十卷，张勃撰。　㊵**三志**〔陈寿传〕寿撰魏吴蜀三国志，张华深善之，谓寿曰：当以晋书相付耳。　㊶**著作**〔晋书〕元康二年诏，著作旧属中书令，秘书既典文籍，宜改为秘书著作。于是改隶秘书省，著作郎一人，谓之大著作，专掌史任。　㊷**肇始**晋纪四卷，陆机撰。　㊸**续末**〔王韶之传〕韶之私撰晋安帝阳秋，及成时，人谓宜居史职，即除著作佐郎，使续后事。㊹**干宝**〔干宝传〕宝字令升，王导荐之元帝，领国史，著晋纪。自宣帝讫于愍帝，凡二十卷。其书简略，直而能婉，咸称良史。　㊺**孙盛**〔孙盛传〕盛字安国，累迁秘书监，著晋阳秋，词直而理正，咸称良史。　㊻**举例发凡**〔春秋序〕发凡以言例。〔注〕如隐公七年，凡诸侯同盟，于是称名之类有五十条，皆以凡字发明类例。　㊼**邓粲**〔邓粲传〕荆州刺史桓冲请为别驾，粲以父骞有忠信言而世无知者，乃著元明纪十篇。　㊽**湘川**邓粲长沙人。　㊾**先集太史**〔汉仪注〕太史公，武帝置。天下计书，先上太史，副上丞相。　㊿**石室金匮**〔太史公自序〕迁为太史令，紬史记石室金匮之书。　(51)**诠评**谢承曰诠，陈寿曰评。 ⑤②**张衡**〔张衡传〕衡条上司马迁、班固所叙与典籍不合者十馀事。 ⑤③**傅玄**〔傅玄传〕玄虽显贵，而著述不废，撰论经国九流及三史故事，评断得失，各为区例，名为傅子。 ⑤④**公羊高**〔汉艺文志〕公羊传十一卷。〔注〕公羊子，齐人。师古曰：名高。传曰：所见异辞，所闻异辞，所传闻又异辞。 ⑤⑤**定哀微辞**〔史记〕孔子著春秋，隐桓之间则章，至定哀之际则微，谓其切当世之文，而罔褒忌讳之辞也。 ⑤⑥**素臣**〔春秋序〕说者以仲尼自卫反鲁，修春秋，立素王，邱明为素臣。 ⑤⑦**南董**齐南史氏，晋董狐。

【李详补注】

❶**及至纵横之世至为名也**详案：战国策刘向序，以为战国游士辅所用之国，为之策谋，宜为战国策。向盖改原名国事、短长、事语、长书、修书诸名，然终以彦和即简为名为正，观其言战国有策，加一有字，则指史策明矣。刘知几史通六家篇论战国策，亦袭彦和之说。 ❷**陆机肇始而未备二句**详案：隋书经籍志：晋纪四卷，陆机撰。晋纪十卷，宋吴兴太守王韶之撰。史通正史篇：晋史，洛京时，陆机始撰三祖纪。晋江左史，自邓粲、孙盛、王韶之已下相次继作。远则偏记两帝，近则唯叙八朝。案陆机止记宣景文三帝，是肇始未备也。宋书王韶之传，韶之私撰晋安帝阳秋成，时人谓宜居史职，即除著作佐郎。

续后事讫义熙九年，是续末而不终也。黄注俱未了悉。

【杨明照校注】

〔一〕**曲礼曰：史载笔。左右**

郝懿行云："按'左右'二字疑衍。"

按郝说是。何本、王批本、凌本、合刻本、梁本、别解本、增定别解本、清谨轩本、尚古本、冈本、王本、郑藏钞本、崇文本均无"左右"二字；秘书本、梅庆生天启二年重修本"左右"二字无，空两格（当是刻后剜去者）。续文选、文章辨体汇选四八三引同。曲礼上原无左右二字，此盖涉下文误衍。

〔二〕**史者，使也；执笔左右，使之记也**

"史者使也执笔左右"八字，黄校云："元脱，按胡孝辕本疑即胡氏续文选。补。"此沿梅校。

按此八字当有。御览六百三、文章辨体汇选引，正有此八字；何本、凌本、合刻本、梁本、别解本、增定别解本、谢钞本、清谨轩本、尚古本、冈本、文溯本、王本、郑藏钞本、崇文本同。

〔三〕**左史记事者，右史记言者**

御览引作"左史记言，右史书事"。

按汉书艺文志六艺略："左史记言，右史记事；事为春秋，言为尚书。"礼记玉藻："动则左史书之，言则右史书之。"左右所记，与班相反。申鉴时事篇："左史记言，右史记动；动为春秋，言为尚书。"

郑玄六艺论："右史纪事，左史记言。"言动之分，则与班同。中论虚道篇："左史记事，右史记言。"事言之别，又与班异。孰是孰非，难定于一。然以御览所引論之，舍人殆原宗汉志说；今本或写者据玉藻改也。又两"者"字当据御览删。

〔四〕**商夏被于诰誓**

"商夏"，谢钞本、文溯本作"夏商"。

按作"夏商"是。铭箴篇"夏商二箴"，诔碑篇"夏商已前"，并未倒其时序，此亦应尔。

〔五〕**自周命维新**

"自"，黄校云："汪本作'洎'。""维"，元本、弘治本、汪本、佘本、张本、两京本、王批本、何本、合刻本、梁本、清谨轩本、尚古本、冈本、文津本、王本、郑藏钞本、崇文本作"惟"；续文选同。

按此文紧承上"唐虞流于典谟，商夏被于诰誓"二句，作"洎"是。"洎"，及也。文选张衡东京赋薛综注。元本、弘治本、活字本、张本、两京本、王批本、胡本、训故本、谢钞本、文溯本亦并作"洎"；续文选同。诗大雅文王："周虽旧邦，其命维新。"则作"维"是也。封禅篇"固维新之作也"，亦作"维"，可证。奏启篇"惟新日用"，时序篇"至武帝惟新"，二"惟"字亦当改作"维"。

〔六〕**细三正以班历**

“历”，元本、弘治本、汪本、佘本、张本、两京本、王批本、何本、梅本、凌本、合刻本、梁本、秘书本、谢钞本、汇编本并作“历”；续文选同。

按“历”字说文所无，新附有。当以作“历”见说文止部。为是。

〔七〕**诸侯建邦，各有国史**

按汉书艺文志六艺略：“古之王者，世有史官，君举必书。”申鉴时事篇：“古者，天子诸侯有事必告于庙，朝有二史，……君举必记，臧否成败，无不存焉。”

〔八〕**彰善瘅恶，树之风声**

按书伪毕命：“彰善瘅恶，树之风声。”枚传：“明其为善，病其为恶，立其善风，扬其善声。”

〔九〕**自平王微弱，政不及雅**

按范宁春秋穀梁传序：“平王以微弱东迁，……列黍离于国风，齐王德于邦君，所以明其不能复雅，政化不足以被群后也。”

〔一〇〕**彝伦攸斁**

按书洪范：“彝伦攸斁。”孔传：“斁，败也。”史记宋微子世家作“常伦所斁”。范宁春秋穀梁传序：“昔周道衰陵，乾纲绝纽，礼坏乐崩，彝伦攸斁。”释文：“彝，常；伦，理也。斁，丁故反。字书作殬，败也。”

〔一一〕**于是就太师以正雅颂，因鲁史以修春秋，举得失以表黜陟，征存亡以摽劝戒**

"太"，御览六百四、史略五引作"大"；弘治本、活字本、汪本、张本、两京本、王批本、续文选、文津本同。

按"大"字是，读若泰。论语八佾作"大"。汉书司马迁传赞："及孔子因鲁史记而作春秋。"三国志魏书文帝纪："（黄初二年诏）昔仲尼资大圣之才，……因鲁史而制春秋，就太师而正雅颂。"范宁春秋穀梁传序："于是就大师而正雅颂，因鲁史而修春秋；……举得失以彰黜陟，明成败以著劝戒。""摽"，当改作"标"。

〔一二〕**然睿旨存亡幽隐**

黄校云："（存亡）二字衍；（隐）胡本作'秘'。"此沿梅校。　　徐𤊹云："御览无'存亡'二字为是。"冯舒云："'存亡'各本衍此二字，功甫本无。"

按御览、史略引并作"然叡旨幽秘"，是也。"存亡"二字，盖涉上文误衍。续文选无。当据删。

〔一三〕**邱明同时，实得微言**

"时"，御览、史略引作"耻"。　　徐𤊹云："'时'当作'耻'。"

按史记十二诸侯年表序："（孔子）故西观周室，论史记旧闻，兴于鲁而次春秋。……鲁君子左丘明惧弟子人人异端，各安其意，失其真，故因孔子史记，具论其语，成左氏春秋。”汉书艺文志六艺略：“仲尼思存前圣之业，……以鲁周公之国，礼文备物，史官有法；故与左丘明观其史记，……丘明恐弟子各安其意，以失其真，故论本事而作传，明夫子不以空言说经也。”杜预春秋左氏传集解序：“左丘明受经于仲尼。”据此，则当作“时”无疑，故继云“实得微言”也。御览、史略引作“耻”者，盖涉论语公冶长“左丘明耻之，丘亦耻之”之文而致误耳。文章辨体汇选四八三引作“时”。

〔一四〕**乃原始要终**

按易系辞下：“原始要终，以为质也。”

〔一五〕**及至从横之世，史职犹存，秦并七王，而战国有策**

按汉书司马迁传赞：“春秋之后，七国并争；秦兼诸侯，有战国策。”

〔一六〕**盖录而弗叙，故即简而为名也**

御览、战国策校注后序、史略引，“弗”作“不”；下“而”字无。“即”，元本、弘治本、汪本、佘本、张本、两京本、何本、胡本、王批本、梅本、凌本、合刻本、梁本、秘书本、谢钞本、别解本、增定别解本、清谨轩本、尚古本、冈本、王本、张松孙本、郑藏钞本、崇文本作“节”。冯舒校改“节”为“即”，王批本、四库本剜改为“即”。

按史通六家篇：“夫谓之策者，盖录而不序，故即简以为名。”文即本此。“弗”“不”义同，本书“弗”字御览多引作“不”。下“而”字当有，史通“以”字可证；元本等作“节”，乃形近之误。续文选作“即”。

〔一七〕**爰及太史谈**

御览、史略引无“太”字；续文选同。

按无“太”字是。称司马谈为史谈，与称司马迁为史迁同。

〔一八〕**子长继志**

“志”，黄校云：“元作‘至’，胡改。”此沿梅校。

按御览、史略引，正作“志”。胡改是也。何本作“志”。礼记中庸：“夫孝者，善继人之志，善述人之事者也。”此“继志”二字之所自出。

〔一九〕**法孔题经，则文非元圣**

按“元圣”谓孔子也。已详原道篇“光采元圣”条。或改“元”为“玄”，非是。

〔二〇〕**故取式吕览，通号曰纪**

按校雠通义汉志诸子篇：“吕氏之书，盖司马迁之所取法也。十二本纪，仿其十二月纪；八书，仿其八览；七十列传，仿其六论。则亦微有所以折衷之也。”持论即本文心。

〔二一〕**亦宏称也**

"也",黄校云:"元脱,谢补。"此沿梅校。　　徐𤊹校补"也"字。

按补"也"字是。御览、史略引,正有"也"字。张本、何本、王批本、训故本、梁本、谢钞本亦并有之;续文选同。

〔二二〕**观司马迁之辞,思实过半**

"司马迁",御览、史略引作"史迁";续文选同。

按作"史迁"是也。下文即作"史迁"。封禅篇"是史迁八书",书记篇"观史迁之报任安",时序篇"于是史迁寿王之徒",知音篇"乃称史迁著书",并作"史迁",可证。易系辞下:"知者观其彖辞,则思过半矣。"

〔二三〕**遗亲攘美之罪**

按傅子:"班固汉书,因父得成,遂没不言彪,殊异马迁也。"意林五引(今本错入杨泉物理论中,此从严可均全晋文卷四七傅子解题下说)。颜氏家训文章篇:"班固盗窃父史。"并足证成仲长公理之说。文选任昉王文宪集序李注引昌言云:"子长班固,述作之士。"是昌言书中实有评论班固之语。

〔二四〕**及史迁各传,人始区详而易览**

梅庆生天启二年重修本"始"下有"区别"二字。品排刻,当是就原版剜改。

按今本语意欠明,确有脱文。以论说篇"八名区分",序志篇"则囿别区分"例之,"区"下当补一“分”字，并于“分”下加豆。

〔二五〕**班史立纪**

按“班史”二字当乙。“史”谓史迁，“班”谓班固。下文“故张衡摘史班之舛滥”，正作“史班”可证。训故本未倒，当据正。

〔二六〕**岂唯政事难假，亦名号宜慎矣**

按左传成公二年：“仲尼闻之曰：‘……唯器与名，不可以假人。君之所司也，政之大节也。若以假人，与人政也。政亡，则国家从之。’”杜注：“器，车服。名，爵号。”又昭公三十二年：“（史墨对曰）是以为君，慎器与名，不可以假人。”杜注：“器，车服。名，爵号。”

〔二七〕**元帝王后，欲为立纪**

“帝王”，黄校云：“元作‘年二’，孙改。”此沿梅校。

按孙改与后汉书张衡传合。谢钞本作“元帝皇后”，冯舒校“皇”为“王”。

〔二八〕**实继平帝之体**

按公羊传文公九年：“继文王之体。”史记外戚世家序“自古受命帝王及继体守文之君”索隐：“继体谓非创业之主，而是嫡子继先帝之正体而立者也。”

〔二九〕**二子可纪，何有于二后哉**

“二后”，元本、弘治本、活字本、汪本、张本、两京本、何本、胡本、合刻本、梁本、秘书本、谢钞本、别解本、增定别解本、尚古本、冈本作“三后”。徐𤊹校“三”为“二”；冯舒云：“‘三后’当作‘二后’。” 铃木云：“案上文‘元帝王后’若正，此‘二后’之‘二’字宜作‘王’，此‘二’字若正，上文‘帝王’宜作‘平二’。‘元平二后’，谓元帝平帝二皇后也。”

按作“二后”是。铃木氏说甚辨，其实非也。此乃总驳司马迁、班固、张衡之辞，“二后”，即史汉所立吕后本纪之吕后及张衡欲为元后本纪之元后。且张衡上疏止言“宜为元后本纪”，并未涉及平帝皇后。本段上文亦明言“寻子弘虽伪，要当孝惠之嗣；孺子诚微，实继平帝之体”，故以“二子可纪，何有于二后哉”作结语。既非专指王后一人，亦未包有平帝皇后在内也。王批本作“二后”。

〔三〇〕**华峤之准当**

按华峤集序：“峤作后汉书百卷，张华等称其有良史之才，足以继迹迁、固。”书钞九九引。

〔三一〕**或疏阔寡要**

“或”，黄校云：“元脱，谢补。”此沿梅校。

按御览、史略引有“或”字。张本、何本、训故本、梁本、谢钞本亦并有之；续文选同。谢补是也。

〔三二〕**唯陈寿三志，文质辨洽，荀张比之于迁固，非妄誉也**

范文澜云："彦和谓'荀张比之于迁固'，张系张华，荀不知何人，岂（荀）勖尝称其书，既而又疾之耶？抑'荀'或是'范'之误。范頵表言：'陈寿作三国志，辞多劝诫，明乎得失，有益风化。'或即彦和所指，'非妄誉也'。"

按荀为何人，黄注缺如；范氏虽注亦未妥。华阳国志后贤志："吴平后，（陈）寿乃鸠合三国史，著魏吴蜀三书六十五篇，号三国志。又著古国志五十篇，品藻典雅。中书监荀勖、令张华深爱之，以班固、史迁不足方也。"即此文所本，则荀为荀勖无疑。

〔三三〕**至邓璨晋纪**

"璨"，黄校云："元作'璞'，朱改。"此沿梅校。徐𤊹校作"粲"。

按当依御览、史略、玉海四六。引作"粲"，始与晋书本传合。训故本作"粲"，未误。续文选同。张松孙本已改作"粲"。

〔三四〕**又摆落汉魏，宪章殷周**

"摆落"，黄校云："一作'撮略'，从御览改。"

按史略亦作"摆落"。寻绎上下文意，作"摆落"

是。陶渊明集饮酒诗之十二："摆落悠悠谈，请从余所之。"梁书谢朏传："簪绂未褫，而风尘摆落。"并以"摆落"为言。

〔三五〕**虽湘川曲学**

"川"，元本、弘治本、汪本、佘本、张本、何本、梅本、凌本、合刻本、梁本、秘书本、谢钞本、汇编本、别解本、增定别解本、清谨轩本、尚古本、冈本、王本、郑藏钞本、崇文本作"州"。四库本剜改为"川"。

按十三州记："（长沙）有万里沙祠，而西自湘州至东莱万里，故曰长沙也。"史记货殖传正义引。水经湘水注："湘水又北径昭山西，山下有旋泉，深不可测，故言昭潭无底也。亦谓之曰湘州潭……晋怀帝以永嘉元年，分荆州湘中诸郡，立湘州，治此城之内。"隋书地理志下："长沙郡，本注：'旧置湘州。'"则"州"字是。战国策赵策二："穷乡多异，曲学多辨。"说苑谈丛篇："穷乡多曲学。"

〔三六〕**亦有心典谟**

"心"下，宋本、倪本、活字本、喜多本御览及史略引有"放"字。钞本御览作"扵"，鲍本御览作"於"。

按"放"字当有，鲍本御览作"於"，即"放"之误；钞本御览作"扵"，又"於"之俗。读为仿。"心放典谟"，即上文所谓"宪章殷周"也。

〔三七〕**及安国立例**

“安”，黄校云：“元作‘交’，朱改。”此沿梅校。

按朱改是也。御览、史略引正作“安”；元本、两京本、王批本、何本、续文选、梁本、尚古本、冈本亦作“安”。未误。

〔三八〕**必贯乎百氏**

“氏”，黄校云：“元作‘姓’。”此沿梅校。

按梅校是。何本、梁本、谢钞本正作“氏”；文通七引同。

〔三九〕**使一代之制，共日月而长存，王霸之迹，并天地而久大**

按易系辞上：“乾以易知，坤以简能；易则易知，简则易从；易知则有亲，易从则有功；有亲则可久，有功则可大；可久则贤人之德，可大则贤人之业。”张衡上表：“臣仰干史职，……愿得专于东观，毕力于纪记，竭思于补阙。俾有汉休烈，比久长于天地，并光明于日月。”后汉书张衡传章怀注引。

〔四〇〕**欲其详悉于体国**

“国”下玉海四六引有“也”字。

按有“也”字，始与下“欲其博练于稽古也”句俪。王批本、续文选、古论大观三五亦有之，当据增。周礼天官序官：“惟王建国，辨方正位，体国经野,设官分职,以为民极。”

〔四一〕**抽裂帛**

按史记自序:“迁为太史令,紬史记石室金匮之书。”作“紬”字;汉书迁传亦作“紬”。颜注:“紬,谓缀集之。音胄。”则此“抽”字当作“紬”。上文“紬三正以班历”,尤为切证。

〔四二〕**检残竹**

按刘桢鲁都赋:“采逸礼于残竹。”书钞一百引。刘峻答刘之遴借类苑书:“阅微言于残竹。”类聚五八引。残竹,残简。

〔四三〕**是立义选言,宜依经以树则**

按“是”字疑涉上误衍。续文选“是”下有“故”字。

〔四四〕**岁远则同异难密**

“同异”,御览引作“周曲”。

按作“周曲”较胜。

〔四五〕**傅玄讥后汉之尤烦**

按休奕语不可考。“尤”疑当作“冗”。晋书司马彪传:“(续汉书叙)汉氏中兴,讫于建安,忠臣义士,亦以昭著;而时无良史,记述烦杂,谯周虽已删除,然犹未尽。”袁宏后汉纪序:“予尝读后汉书,烦秽杂乱,睡而不能竟也。”并足为“后汉冗烦”之证。

〔四六〕**荀况称录远略近**

按荀子非相篇："传者久则论略，近则论详；略则举大，详则举小。"舍人所称，当即此文。然遗辞适与之反，且与本段亦相舛驰。岂传写有误耶？史通烦省篇亦作"录远略近"，浦二田通释已论及之矣，又韩诗外传三："夫传者久则愈略，近则愈详。略则举大，详则举细。"即出自荀子。益见此文"录远略近"之误昭然若揭，当乙作"录近略远"或"略远录近"始合。

〔四七〕**盖文疑则阙**

按穀梁传桓公五年："春秋之义，信以传信，疑以传疑。"

〔四八〕**然俗皆爱奇**

按论衡艺增篇："俗人好奇，不奇，言不用也。"

〔四九〕**莫顾实理**

"实理"，御览、史略引作"理实"。文通七引同。

按作"理实"是。书记篇："翰林之士，思理实焉。"正作"理实"。书伪毕命"辞尚体要"枚传："辞以理实为要。"后汉书朱浮传："（上疏）小违理实，辄见斥罢。"又王充传："充好论证，始若诡异，终有理实。"论衡乱龙篇："不得道理实也。"亦并以"理实"为言。

〔五〇〕**于是弃同即异**

按左传襄公二十九年："子大叔曰：'弃同即异，

是谓离德。’”

〔五一〕**旧史所无，我书则传**

“传”，御览引作“博”。　　冯舒校作“博”。

按“博”字义长。玉海亦引作“博”。

〔五二〕**时同多诡**

“时”，黄校云：“元脱，胡补。”此沿梅校。

按御览、史略引，并有“时”字；何本、梁本、谢钞本同。

〔五三〕**虽定哀微辞**

按公羊传定公元年：“定哀多微辞。”

〔五四〕**迍败之士**

“败”，御览、史略引作“贬”。

按“贬”字较胜。

〔五五〕**理欲吹霜煦露，寒暑笔端**

黄校云：“（理欲）二字衍。”此沿梅校。又云：“（煦）一作‘喷’，从御览改。”　　冯舒云：“‘理欲’，钱本无，误衍。”

按上句末之“常嗤”，当依御览、史略改作“嗤埋”。“理”即“埋”之误。上句之“常”字与此句之“欲”字，皆系妄增。“喷”，改“煦”是。记纂渊海七五、续文选亦并作“煦”。老子第二十九章：“或响或吹。”河上公注：“响，温也；吹，寒也。有所温，必有所寒也。”庄子刻意篇：“吹响呼吸。”释文：“响，亦作煦。”韩诗外传七：“避文士之笔端。”

〔五六〕**此又同时之枉**

“枉”下，御览、史略引有“论”字。

按有“论”字，语意始明。说文木部：“枉，邪曲也。”广雅释诂一：“枉，曲也。”“枉论”，谓持论偏颇也。

〔五七〕**可为叹息者也**

黄校云：“‘为’字从御览增。”

按史略亦有“为”字，黄本从御览增，是也。天启梅本“可为”二字品排刻，当是就万历版剜增也。黄本出自万历梅本。

〔五八〕**析理居正，唯素臣乎**

“臣”，黄校云：“元作‘心’，今改。”此沿梅校。徐𤊹校作“素臣”。纪昀云：“陶诗有‘闻多素心人’句，所谓有心人也。似不必定改‘素臣’。”

按文选颜延之陶征士诔：“长实素心。”李注：“礼记（檀弓下）曰：‘有哀素之心。’郑玄（注）曰：‘凡物无饰曰素。’”南齐书崔慧景传：“平生素心，士大夫皆知之。”江文通文集陶征君田居诗：“素心正如此。”并以“素心”连文。养气篇：“岂圣贤之素心。”尤为切证。不必泥于本篇专论史传而改“心”为“臣”也。元本、王批本、子苑三二引作"心",是"心"字不误。

〔五九〕**盖纤瑕不能玷瑾瑜也**

按左传宣公十五年:"瑾瑜匿瑕。"杜注:"匿亦藏也。虽美玉之质,亦或居藏瑕秽。"诗大雅抑"白圭之玷"毛传:"玷,缺也。"

〔六〇〕**农夫见莠,其必锄也**

按左传隐公六年:"周任有言曰:'为国家者,见恶如农夫之务去草焉:芟夷蕴崇之,绝其本根,勿使能殖,则善者信矣。'"杜注:"芟,刈也。夷,杀也。蕴,积也。崇,聚也。"释文:"信,如字;一音申。"孟子尽心下:"孔子曰:'恶似而非者:恶莠,恐其乱苗也。'"赵注:"莠之茎叶似苗。"

〔六一〕**负海内之责,而羸是非之尤**

"羸",元本、弘治本、活字本、汪本、佘本、张本、两京本、何本、王批本、训故本、凌本、合刻本、梁本、天启梅本、秘书本、别解本、增定别解本、清谨轩本、冈本、尚古本、王本、张松孙本、郑藏钞本、崇文本作"嬴"。四库本剜改作"赢"。 冯舒校作"赢"。

按"赢"字是。子苑、续文选、古论大观、文通引,亦并作"赢",未误。当据改。赢,受也;左传襄公三十一年杜注。负,担也。汉书刑法志颜注。淮南子修务篇:“又况嬴天下之忧,而任海内之事者乎!”“任”字从王念孙说增补。

〔六二〕**秉笔荷担**

按国语晋语九:“(士茁)对曰:‘臣以秉笔事君。’”

〔六三〕**若任情失正**

按宋书范晔传:“(狱中与诸甥侄书)班氏最有高名,既任情无例,不可甲乙辨。”“任情”二字出此。

诸子第十七

诸子者,入道见志之书〔一〕。太上立德,其次立言〔二〕。百姓之群居,苦纷杂而莫显;君子之处世,疾名德之不章。唯英才特达,则炳曜垂文〔三〕,腾其姓氏,悬诸日月焉。昔风后元脱,曹补。力牧伊尹①〔四〕,咸其流也。篇述者,盖上古遗语,而战伐所记者也❶〔五〕。至鬻熊知道②,而文王谘询,馀文遗事,录为鬻子。子自肇始,莫先于兹。及伯阳识礼③,而仲尼访问,爰序道德,以冠百氏。然则鬻惟文友,李实孔师〔六〕,圣贤并世,而经子异流矣。

逮及七国力政,俊乂蜂起〔七〕。孟轲膺儒以磬折④,庄周述道以翱翔⑤;墨翟执俭确之教⑥,尹文课名实之符⑦;野老治国于地利⑧,驺子养政于天文⑨〔八〕;申商刀锯以制理⑩,鬼谷唇吻以策勋⑪;尸佼元作狡,柳改。兼总于杂术⑫〔九〕,青史曲缀以街谈⑬〔一〇〕。承流而枝附者,不可胜算,并飞辩以驰术〔一一〕,厌禄而馀荣矣。

暨于暴秦烈火,势炎昆冈〔一二〕,而烟燎之毒,不及诸子。逮汉成留一作普。思,子政雠挍⑭〔一三〕,于是七略芬菲⑮,九流鳞萃⑯〔一四〕,杀青所编,百有八十馀家矣⑰。迄至魏晋,作者间出,谰谰与讕同,元作讕,朱改。言兼存⑱,璅语必录,类聚而求,亦充箱照轸矣⑲〔一五〕。

然繁辞谢补。虽积〔一六〕,而本体易总,述道言治,枝条五经。其纯粹者入矩，踳驳者出规〔一七〕。礼记月令[20]，取乎吕氏之纪；三年问丧[21]，写乎荀子之书：此纯粹之类也。若乃汤之问棘，云蚊睫有雷霆之声[23]〔一八〕；惠施对梁王[23]，云蜗角有伏尸之战[24]；列子有移山跨海之谈[25]，淮南有倾天折地之说[26]：此踳驳之类也。是以世疾诸混同一作洞。虚诞〔一九〕。按归藏之经[27]，大明迂怪，乃称羿弊十日[28]〔二〇〕，嫦娥奔月[29]〔二一〕。殷汤疑作易。如兹，况诸子乎？至如商韩[30]，六虱五蠹[31]，弃孝废仁，轘药之祸[32]，非虚至也。公孙之白马孤犊[33]，辞巧理拙，魏牟比之鸮鸟〔二二〕，非妄贬也。昔东平求诸子史记[34]，而汉朝不与。盖以史记多兵谋，而诸子杂诡术也。然洽闻之士，宜撮纲要，览华而食实，弃邪而采正，极睇参差，亦学家之壮观也。

研夫孟荀所述，理懿而辞雅；管晏属篇[35]，事核而言练；列御寇之书，气伟而采奇；邹子之说，心奢而辞壮；墨翟随巢[36]，意显而语质；尸佼尉缭[37]，术通而文钝；鹖冠绵绵[38]，亟发深言；鬼谷眇眇，每环奥义；情辨以泽，文子擅其能[39]；辞约而精，尹文得其要；慎到析密理之巧[40]；韩非著博喻之富；吕氏鉴远而体周[41]〔二三〕；淮南泛采而文丽〔二四〕：斯则得百氏之华采，而辞气疑脱。文之大略也〔二五〕。

若夫陆贾典语[42]❷〔二六〕，贾谊新书[43]，扬雄法言[44]，刘向说苑[45]，王符潜夫[46]，崔实政论[47]，仲长昌言[48]，杜夷幽求[49]：咸一作或。叙经典〔二七〕，或明政术，虽标论名，归乎诸子。何者？博明万事为子，适辨一理为论〔二八〕，彼皆蔓延杂说，故入诸子之流。夫自六国以前,去圣未远,故能越世高谈,自开户牖。两汉以后,体势漫弱〔二九〕,虽明乎虽乎二字元作难于,朱改。坦途〔三○〕,而类多依采,此远近之渐变也。嗟夫!身与时舛,志共道申,标心于万古之上,而送怀于千载之下〔三一〕,金石靡矣,声其销乎〔三二〕!

赞曰:大夫处世〔三三〕,怀宝挺秀〔三四〕。辨雕万物〔三五〕,智周宇宙〔三六〕。立德何隐,含道必授。条流殊述,若有区囿〔三七〕。

【黄叔琳注】

①**风后**〔汉艺文志〕风后十三篇。〔注〕图二卷。黄帝臣,依托也。**力牧**〔艺文志〕力牧二十二篇。〔注〕六国时所作,托之力牧。力牧,黄帝相。**伊尹**〔艺文志〕伊尹五十一篇。〔注〕汤相。〔又〕伊尹说二十七篇。〔注〕其语浅薄,似依托也。　②**鬻熊**〔子略〕鬻子年九十,见文王。王曰:老矣。鬻子曰:使臣捕兽逐麋已老矣,使臣坐策国事尚少也。文王师焉。著书二十二篇,名曰鬻子。③**伯阳**〔史记〕老子者,姓李氏,名耳,字伯阳。孔子适周,问礼于老子,谓弟子曰:老子其犹龙耶?老子居周,久之,见周之衰,遂去。至关,关令尹喜曰:子将隐矣,强为我著书。乃著书上下篇,言道德之意五千馀言而去。④**孟轲**〔史记〕孟轲,邹人也,受业子思之门人。述唐虞三代之德,是以所如者不合,退而与万章之徒序诗书,述

仲尼之意，作孟子七篇。　⑤**庄周**〔史记〕庄子名周，其学本归于老子之言，故著书十馀万言，大抵率寓言也。楚威王厚币迎之，许以为相。周笑曰：无污我！我宁游戏污渎之中自快，无为有国者所羁。　⑥**墨翟**〔史记〕墨翟，宋之大夫，善守御，为节用。〔艺文志〕墨子七十一篇。**俭确**〔太史公自序〕墨者亦尚尧舜道，言其德行曰：堂高三尺，土阶三等，茅茨不翦，采椽不刮。食土簋，啜土刑，粝粱之食，藜藿之羹。夏日葛衣，冬日鹿裘。其送死桐棺三寸，举音不尽其哀。教丧礼，必以此为万民之率。使天下法若此。　⑦**尹文**〔刘向别录〕尹文子学本庄老，其书自道以至名，自名以至法，以名为根，以法为柄，凡二卷，仅五千言。〔艺文志〕尹文子一篇。〔注〕说齐宣王，先公孙龙。师古曰：刘向云：与宋钘俱游稷下。⑧**野老**〔艺文志〕野老十七篇。〔注〕应劭曰：年老居田野，相民之耕种，故曰野老。　⑨**驺子**〔史记〕齐有三驺子。驺衍深观阴阳消息，而作怪迂之变，终始大圣之篇，十馀万言。〔艺文志〕邹子四十九篇。〔注〕名衍，齐人，为燕昭王师。居稷下，号谈天衍。　⑩**申**〔史记〕申不害相韩昭侯，学本黄老而主刑名。著书二篇，号曰申子。**商**〔商君传〕卫鞅既破魏还，秦封之于商十五邑，号为商君。〔艺文志〕商君二十九篇。　⑪**鬼谷**〔苏秦传〕东事师于齐，而习之于鬼谷先生。〔注〕扶风、池阳、颍川、阳城并有鬼谷墟，盖是其人所居，因为号。又曰：鬼谷子书云:苏秦欲神秘其道,故假名鬼谷。 ⑫**尸佼**〔艺文志〕尸子二十篇。〔注〕名佼,鲁人。秦相商君师之。鞅死,佼逃入蜀。 ⑬**青史**〔艺文志〕青史子五十七篇。〔注〕古史官,记事也。 ⑭**雠校**〔艺文志〕成帝使谒者陈农求遗书于天下,诏光禄大夫刘向等校之。每一书已,向辄条其篇目,撮其旨意,录而奏之。〔魏都赋〕雠校篆籀。⑮**七略**〔艺文志〕刘向卒,哀帝复使向子侍中奉车都尉歆卒父业,歆于是总群书而奏其七略,故有辑略、六艺略、诸子略、诗赋略、兵书略、术数略、方技略。 ⑯**九流**注见正纬篇。 **杀青**〔吴祐传〕杀青简以写经书。〔注〕以火炙简令汗,取其青易书,复不蠹,谓之杀青。 ⑰**百有八十馀家**〔艺文志〕凡诸子百八十九家,四千三百二十四篇。 ⑱**谰言**〔艺文志〕谰言十篇。〔注〕不知作者。〔广韵〕谰言,逸言也。 ⑲**充箱**〔韩诗外传〕成王之时,有三苗贯桑而生,同为一秀,大几满车,长几充箱。**照轸**〔田敬仲完世家〕梁王曰:寡人国小,尚有径寸之珠,照车前后各十二乘者十枚。 ⑳**月令**〔礼记月令第六〕孔颖达正义:郑目录云:名曰月令者,以其纪十二月政之所行也。吕不韦集诸儒所著为十二月纪,合十馀万言,名为吕氏春秋,篇首皆有月令,与此篇同。 ㉑**三年问丧**荀子礼论前半,褚先生补史记礼书采入,其后半皆言丧礼。三年之丧一段,与礼记三年问同文。 ㉒**蚊睫**〔列子〕江浦之么虫,名曰焦螟,群飞而集于蚊睫,弗相触也。徐以气听，砰然闻之，若雷霆之声。 ㉓**惠施**〔艺文志〕惠子一篇。〔注〕名施，与庄子同时。 ㉔**蜗角**〔庄子〕有国于蜗之左角者曰触氏，有国于蜗之右角者曰蛮氏，时相与争地而战，伏尸数万，逐北旬有五日而后反。按此系戴晋人语，今云惠施，误也。 ㉕**列子**〔艺文志〕列子八篇。〔注〕名御寇，先庄子，庄子称之。**移山**〔列子〕太行、王屋二山，方七百里，高万仞。愚公惩出入之迂也，聚室而谋移之。**跨海**〔列子〕渤海中有五山，岱舆、员峤、方壶、瀛洲、蓬莱。龙伯之国有大人，举足不盈数步，而暨五山之所。 ㉖**淮南**〔汉书〕淮南王安，为人好书，招致宾客方术之士数千人，作为内书二十一篇，外书甚众，又有中篇八卷，言神仙黄白之术，亦二十馀万言。**倾天折地**〔淮南天文训〕昔者共工与颛顼争为帝，怒而触不周之山，天柱折，地维绝。 ㉗**归藏**〔帝王世纪〕殷人因黄帝易曰归藏。皇甫谧曰：归藏易以纯坤为首，坤为地，万物莫不归而藏于其中，故曰归藏。 ㉘**羿弊十日**注见辨骚篇。 ㉙**奔月**〔归藏易〕嫦娥以西王母不死之药服之，遂奔月为月精。 ㉚**韩**〔史记〕韩非者，韩之诸公子也，喜刑名法术之学，为人口吃，而善著书，作孤愤、五蠹、内外储、说林、说难十馀万言。 ㉛**六虱**〔商子〕农商官三者，国之常食官也。农辟地，商致物，官法民。三官生虱六：曰岁，曰食，曰美，曰好，曰志，曰行。六者有朴必削。**五蠹**〔韩非子五蠹篇〕学者，言古者，带剑者，近御者，及商工之民,此五者邦之蠹也。 ㉜**轘**〔左传杜预注〕车裂曰轘。〔商君传〕秦孝公卒,太子立,公子虔之徒告商君欲反,秦惠王车裂商君以徇。**药**〔史记〕秦攻韩,韩王遣非使秦,李斯使人遗非药,使自杀。 ㉝**公孙**〔列子〕公孙龙诳魏王曰:白马非马,孤犊未尝有母。〔按〕列子所述魏公子牟正深悦公孙龙之辨,所谓承其馀窍者也。庄子秋水篇则异是。龙问牟,吾自以为至达已,今闻庄子之言,无所开吾喙,何也?公子牟有埳井之蛙谓东海之鳖之喻,是鹖鸟当作井蛙矣。 ㉞**东平**〔汉书〕东平思王宇,宣帝子。成帝时来朝,上疏求诸子及太史公书。大将军王凤以诸子书或反经术,或明鬼神,太史公书有战国纵横之谋,不许。 ㉟**管晏**〔艺文志〕晏子八篇。〔注〕名婴,谥平仲。管子八十六篇。〔注〕名夷吾。㊱**随巢**〔艺文志〕随巢子六篇。〔注〕墨翟弟子。 ㊲**尉缭**〔艺文志〕尉缭二十九篇。〔注〕六国时。师古曰:尉姓,缭名也。 ㊳**鹖冠**〔艺文志〕鹖冠子一篇。〔注〕楚人,居深山,以鹖为冠。 ㊴**文子**〔艺文志〕文子九篇。〔注〕老子弟子,与孔子同时,而称周平王问,似依托者也。 ㊵**慎到**〔史记〕慎到学黄老道德之术,因发明序其指意,著十二论。 ㊶**吕氏**注见杂文篇。 ㊷**陆贾**〔史记〕高帝谓陆生曰:试为我著秦所以失天下,吾所以得之者何,及古成败之国。陆生乃粗述存亡之征,凡著十二篇。每奏一篇,高帝未尝不称善,左右呼万岁,号其书曰新语。 ㊸**贾谊**〔艺文志〕贾谊五十八篇。 ㊹**法言**〔扬雄传〕雄见诸子各以其知舛驰，虽小辩终破大义，故人时有问雄者，常用法应之，撰以为十三卷，象论语，号曰法言。 ㊺**说苑**〔汉书〕刘向采传记行事，著新序、说苑，凡五十篇。 ㊻**潜夫**〔王符传〕符耿介不同于俗，隐居著书，以讥当时失得，不欲章显其名，故号曰潜夫论。 ㊼**政论**〔崔寔传〕寔字子真，明于政礼，论当世便事数十条，名曰政论。指切时要，言辨而确，当世称之。 ㊽**昌言**注见史传篇。 ㊾**幽求**〔晋书〕杜夷字行齐，庐江人。怀帝时举方正，著幽求子二十篇。

【李详补注】

❶**篇述者**至**战伐所纪者也**〔札迻〕云：元本作战代。纪云：战伐，当作战国。案元本是也。铭箴、养气、才略三篇，并有战代之文，纪校非。 ❷**陆贾典语**〔札迻〕云：典，当作新。新语十二篇，今书具存。史记贾本传及正义引七录并同，皆不云典语。〔隋书经籍志〕梁有典语十卷，吴中夏督陆景撰。（亦见马总意林）与陆贾书别，彦和盖偶误记也。

【杨明照校注】

〔一〕**诸子者，入道见志之书**

“入”，玉海五三引作“述”。

按元本作“入”；子苑三四引同。是“入”字不误。玉海所引盖涉下文“庄周述道以翱翔”及“述道言治”之“述道”而误。未可从也。

〔二〕**太上立德，其次立言**

“言”，活字本作“事”。

按此文出左传襄公二十四年，原文范注已具。作“事”非是。子苑引作“言”，可证。

〔三〕**则炳曜垂文**

按“曜”当作“燿”。已详原道篇“繇辞炳曜”条。后汉书刘瑜传：“上书陈事曰：‘……盖诸侯之位，上法四七，垂文炳燿，关之盛衰者也。’”

〔四〕**昔风后力牧伊尹**

黄校云：“（后）元脱，曹补。”

按元本作“昔□力牧伊尹”，两京本、胡本、训故本作“昔者力牧伊尹”；子苑引同。是此文原止作“昔者力牧伊尹”，“风”字系误衍，“后”字乃臆补。

〔五〕**而战伐所记者也**

郝懿行云：“按‘伐’疑‘代’字之讹。盖风后力牧诸篇，皆六国人依托也。”　孙诒让札迻。云：“‘战伐’，元本作‘战代’。冯本、活字本并同。按元本是也。铭箴、养气、才略三篇，并有‘战代’之文。”

按郝、孙说是。弘治本、汪本、佘本、张本、两京本、王批本、胡本、训故本、天启梅本、别解本、尚古本、冈本并作“代”;子苑引同,当据改。

〔六〕**及伯阳识礼,而仲尼访问,爰序道德,以冠百氏。然则鬻惟文友,李实孔师**

范文澜云:“孔子问礼于老聃,见礼记曾子问篇,当可信。惟著道德经之老子,当即其子为魏将者,时代远在孔子后,不得为孔子师。”子苑同今本。

按吕氏春秋当染篇:“孔子学于老聃。”韩诗外传五:“仲尼学乎老聃。”白虎通德论辟雍篇:“孔子师老聃。”潜夫论赞学篇:“孔子师老聃。”后汉书孔融传:“先君孔子与君先人李老君,同德比义,而相师友。”章怀注:“家语观周篇。曰:‘孔子谓南宫敬叔曰:“吾闻老聃博古而达今,通礼乐之源,明道德之归,即吾之师也,今将往矣。”遂至周,问礼于老聃焉。’”是舍人此说,实有所本也。

〔七〕**逮及七国力政,俊乂蜂起**

按汉书艺文志诸子略:“诸子十家,其可观者,九家而已。皆起于王道既微,诸侯力政,时君世主,好恶殊方。是以九家之术,蜂出并作。”颜注:“蜂与锋同。”又五行志中之下:“京房易传曰:‘天子弱,诸侯力政。’”颜注:“政亦征也。言专以武力相征讨。一说:诸侯之政,当以德礼,今王室微弱,文教不行,遂乃以力为政,相攻伐也。”又游侠传序："陵夷至于战国，合从连衡，力政争强。"颜注："力政者，弃背礼义，专任威力也。"

〔八〕**驺子养政于天文**

按下文"邹子之说，心奢而辞壮"，字又作"邹"，前后不同，当改其一。时序篇有"邹子以谈天飞誉"语。

〔九〕**尸佼兼总于杂术**

"佼"，黄校云："元作'狡'，柳改。"此沿梅校。

按两京本、何本、胡本、梁本、谢钞本、别解本、尚古本、冈本并作"佼"；子苑引同。柳改是也。

〔一〇〕**青史曲缀以街谈**

按汉书艺文志诸子略："小说家者流，盖出于稗官。街谈巷语，道听涂说者之所造也。"青史子入小说家，故云"曲缀以街谈"。

〔一一〕**并飞辩以驰术**

"辩"，元本、弘治本、汪本、佘本、张本、两京本、王批本、何本、合刻本、梁本、秘书本、别解本、清谨轩本、尚古本、冈本、四库本、王本、郑藏钞本、崇文本作"辨"。

按作"辨"非是。文选孔融荐祢衡表"飞辩骋辞"，潘岳夏侯常侍诔"飞辩摛藻"，并作"辩"。逢行珪鬻子序："驰术飞辩者矣。"语即出此，尤为切证。子苑作"辩"，未误。

〔一二〕**暨于暴秦烈火，势炎昆冈**

按书伪胤征："火炎昆冈，玉石俱焚。"枚传："山脊曰冈。昆山出玉。言火逸而害玉。"此二句指秦始皇焚书（见史记秦始皇纪及李斯传）。

〔一三〕**子政雠挍**

"挍"，子苑引作"校"；王批本同。

按时序篇"子政雠校于六艺"作"校"，前后不一律。此当依各本改为"校"。"雠校"字本作"校"，集韵始有"挍"字。

〔一四〕**九流鳞萃**

元本、弘治本、活字本、汪本、佘本、张本、两京本、何本、胡本、训故本、万历梅本、凌本、合刻本、梁本、秘书本、谢钞本、汇编本、别解本、尚古本、冈本、古论大观并作"流鳞活字本误作"麟"。萃止"；子苑引同。天启梅本"九流"二字品排刻，"萃"下空一格。四库本剜改为"九流鳞萃"。王批本作"流鳞萃"，脱"九"字。

按"九流鳞萃"与上句"七略芬菲"相对，诸本皆误。才略篇有"辞翰鳞萃"语（文选张衡西京赋"鸟集鳞萃"，古文苑张衡温泉赋"士女晔其鳞萃"。）

〔一五〕**类聚而求，亦充箱照轸矣**

范文澜云："'照轸'，疑当作'被轸'。释僧祐出三藏记集杂录序：'书序之繁，充车而被轸矣。'……'充箱被轸'，犹言车不胜载。"

按"照轸"自通，无烦改字。韩诗外传十："魏王惠王。曰：'若寡人之小国也，尚有径寸之珠，照车前后十二乘者十枚。'"又见史记田完世家。考工记："车轸四尺。"郑注："轸，舆后横木。"说文车部："轸，车后横木也。""照轸"，喻杂著繁多。子苑作"照轸"，王批本同。

〔一六〕**然繁辞虽积**

"辞"，黄校云："谢补。"此沿梅校。

按张本、何本、训故本、梁本、谢钞本、别解本、尚古本、冈本并有"辞"字。文溯本剜增"辞"字。谢补是也。

〔一七〕**踳駮（驳）者出规**

"駮"，弘治本、汪本、佘本、张本、两京本、王批本、何本、梅本、凌本、合刻本、秘书本、谢钞本、汇编本、别解本、清谨轩本、尚古本、冈本、四库本、王本、张松孙本、郑藏钞本、崇文本作"驳"；子苑、喻林八九引同。

按诸本是也。说文马部："驳，马色不纯。"又："駮兽，如马，倨牙，食虎豹。"是二字义别。"踳驳"字当作"驳"明矣。庄子天下篇"其道舛驳"，文选魏都赋李注引司马（彪）云："踳读曰舛，乖也；驳，色杂不同也。"是司马彪本"舛"作"踳"。说文舛为部首，重文作"踳"。

〔一八〕**若乃汤之问棘，云蚊睫有雷霆之声**

按列子汤问篇本作“夏革”，此作“棘”，兼用庄子逍遥游文也。列子张注：“夏革，即夏棘，字子棘。”

〔一九〕**是以世疾诸混同虚诞**

何焯云：“‘诸’下疑脱‘子’字。” 训故本“诸”下有一白匡。

“同”，黄校云：“一作‘洞’。” 范文澜云：“‘诸’下脱一‘子’字。‘混同’，疑当作‘鸿洞’。‘鸿洞’，相连貌，谓繁辞也。”

按何、范谓“诸”下脱“子”字是。读书引十有“子”字。范谓“混同”当作“鸿洞”则非。元本、弘治本、活字本、汪本、佘本、张本、两京本、王批本、何本、胡本、训故本、梅本、凌本、合刻本、梁本、秘书本、谢钞本、别解本、增定别解本、清谨轩本、尚古本、冈本、文津本、王本、张松孙本、郑藏钞本、崇文本并作“混洞”；子苑、古论大观引同。黄氏改“洞”作“同”，非也。“混洞虚诞”四字平列，而各明一义：“混”谓其杂，“洞”谓其空，“虚”谓其不实，“诞”谓其不经，皆就踳驳方面言。若作“鸿洞”，则为联绵词，与澒洞、虹洞、港洞同。与“虚诞”二字不类矣。

〔二〇〕**乃称羿弊十日**

“弊”，玉海引作“毙”；元本、弘治本、活字本、汪本、佘本、张本、两京本、何本、胡本、梅本、凌本、合刻本、梁本、秘书本、谢钞本、汇编本、别解本、清谨轩本、尚古本、冈本、文津本、王本、张松孙本、郑藏钞本、崇文本同。文溯本剜改作“𢏚”。　　郝懿行改“弊”为“𢏚”。经义考卷一引作“𢏚”。

按“𢏚”字是。已详辨骚篇“夷羿彃日”条。子苑引此文作“𢏚”，未误。

〔二一〕**嫦娥奔月**

“嫦”，玉海引作“常”。　　元本、弘治本、活字本、汪本、佘本、张本、两京本、何本、胡本、训故本、合刻本、谢钞本、别解本、清谨轩本、尚古本、冈本、文溯本、王本、郑藏钞本、崇文本作“姮”；子苑引同。文津本剜改为“嫦”。

按玉海所引是也。“常娥”字本作“常”；归藏：“昔常娥以不死之药奔月。”（文选月赋注、宣贵妃诔注、祭颜光禄文注、御览九八四引）。或作恒。淮南子览冥篇：“譬若羿请不死之药于西王母，恒娥窃以奔月。”（此高诱注本，许慎注本则作常）。后人以其为羿妻，乃加女旁为“嫦”与“姮”耳。“常娥奔月”事，学斋佔毕三、湛渊静语一、梦蕉诗话、逊志斋杂钞壬集、读书丛录并有说，兹不赘。

〔二二〕**魏牟比之鸮鸟**

“鸮鸟”，黄注云：“当作‘井蛙’。”　　谢钞本“鸮”作“枭”。

按“井蛙”与“鸮鸟”之形音不近，恐难致误。以其字形推之，疑“鸟”当作“鸣”，写者偶脱其口旁耳。说苑谈丛篇："枭逢鸠，鸠曰：'子将安之？'枭曰：'我将东徙。'鸠曰：'何故？'枭曰：'乡人皆恶我鸣，以故东徙。'鸠曰：'子能更鸣，可矣；不能更鸣，东徙犹恶子之声。'"曹植令禽恶鸟论即出自此文。是枭与鸮同。之鸣声，固为人所恶者已。易林蛊之恒："枭鸣室北，声丑可恶。"鲁连子："齐辩士田巴，辩于狙丘，议于稷下，毁五帝，罪三王，訾五伯，离坚白，合同异，一日服千人。有徐劫者，其弟子曰鲁仲连，……往请田巴曰：'……国亡在旦夕，先生奈之何！若不能者，先生之言，有似枭鸣，出声而人恶之。愿先生勿复言！'田巴曰：'谨闻命矣。'"史记鲁仲连传正义、御览四六四又九二七引。彼仲连之讥田巴，拟以枭鸣，则魏牟之比公孙，或亦乃尔。盖皆厌其詹詹多言，不切实用，而方以鸮鸣之可恶也。

〔二三〕**吕氏鉴远而体周**

按桓谭新论："秦吕不韦请迎高妙，作吕氏春秋。书成，布之都市，悬置千金，以延示众士，而莫能有变易者；乃其事约艳，体具而言微也。"文选杨修答曹植笺李注引。

〔二四〕**淮南泛采而文丽**

按"泛采"二字当乙，始能与上句之"鉴远"相俪。采泛，谓淮南王书采摭广泛也。

〔二五〕**而辞气文之大略也**

“气”下，黄校云：“疑脱。”此沿梅校。　徐𤊹圈去“文”字；范文澜云：“‘文’，疑是衍字。”

按无“文”字是。“文”盖“之”之误，章表篇“原夫章表之为用也”，元本等误“之”为“文”，其比正同。而原有“之”字亦复书出，遂致辞义晦涩。论语泰伯：“曾子言曰：‘……出辞气，朱注：“辞，言语。气，声气也。”斯远鄙倍矣。’”此“辞气”二字之最先见者。本书亦屡以“辞气”连文：封禅篇“法家辞气”，议对篇“辞气质素”，书记篇“辞气纷纭”，章句篇“所以节文辞气”，总术篇“辞气丛杂而至”是也。诏策篇“此诏策之大略也”，体性篇“才气之大略哉”，句法均与此同，尤为切证。古论大观无“文”字，当据删。

〔二六〕**若夫陆贾典语**

按“典”孙诒让谓当作“新”，见札迻十二。是也。训故本正作“新”。文溯本剜改为“新”。

〔二七〕**咸叙经典**

“咸”，黄校云：“一作‘或’。”

按当从一本作“或”，始与下句一例。训故本正作“或”。天启梅本已改作“或”，张松孙本从之。

〔二八〕**适辨一理为论**

范文澜云：“‘适’，疑当作‘述’。论说篇云‘述经叙理曰论’。”

按“适”字未误。“适辨一理”与上句“博明万事”相对为文，以明子书与论之研讨范围有所不同。“适”，读为敌，主也。见诗卫风伯兮毛传。

〔二九〕**体势漫弱**

“漫”，谭献校作“浸”。

按谭校是。元本、弘治本、活字本、汪本、佘本、张本、两京本、训故本、四库本正作“浸”；子苑、天中记三七、茹古略集十五引，亦并作“浸”。文选陆倕石阙铭：“晋氏浸弱。”是“浸弱”连文之证。乐府篇有“自雅声浸微”语。

〔三〇〕**虽明乎坦途**

黄校云：“‘虽’‘乎’二字，元作‘难’‘于’，朱改。”此沿梅校。

按朱改是也。庄子秋水篇：“明乎坦涂。”“涂”与“途”通。即此语之所自出。训故本、谢钞本、茹古略集作“虽明于”，别解本、清谨轩本、冈本作“虽明乎”。

〔三一〕**标心于万古之上，而送怀于千载之下**

按桓范政要论序作：“夫奋名于百代之前，而流誉于千载之后，以其览之者益，闻之者有觉故也。”群书治要四七引（“益”上疑脱一字）。逢行珪鬻子序：“驰心于万古之上，寄怀于千载之下，庶垂道见志，悬诸日月。”

〔三二〕**金石靡矣，声其销乎**

按此即序志篇“名逾金石之坚”之意。“其”，岂也。“其”“岂”音近互通。

〔三三〕**大夫处世**

“大”，何本、训故本、凌本、梁本、天启梅本、秘书本、别解本、尚古本、冈本、王本、张松孙本、郑藏钞本、崇文本作“丈”。张绍仁校作“丈”。

按“丈”字是。程器篇有“安有丈夫学文”语。后汉书张奂传：“（奂）尝与士友言曰：‘大丈夫处世，当为国家立功边境。’”又陈蕃传：“蕃曰：‘大丈夫处世，当扫除天下，安事一室乎！’”南齐书王秀之传：“（苟）丕乃遗书曰：‘……丈夫处世，岂可寂漠恩荣！’”世说新语言语篇：“（庞）士元从车中谓曰：‘吾闻丈夫处世，当带金佩紫。’”并足资旁证。

〔三四〕**怀宝挺秀**

“宝”，元本、弘治本、活字本、汪本、佘本、张本、两京本、胡本、训故本、文津本作“实”。文溯本剜改为“宝”。

按“实”字非是。“怀宝”出论语阳货，其义亦长。后汉书郎顗传：“（黄琼）被褐怀宝，含味经籍。”又郭符许传赞：“林宗怀宝。”抱朴子外篇行品：“含英怀宝。”文选王褒四子讲德论：“幸遭圣主平世而久怀宝。”并以“怀宝”为言。晋书潘尼传：“（释奠颂）笃生上嗣，继期挺秀。”

〔三五〕**辨雕万物**

“辨”，凌本作“辩”。

按“辩”字是。庄子天道篇：“辩虽雕与雕通。万物，不自说也。”作“辩”。情采篇：“庄周云：‘辩雕万物。’”亦作“辩”。则此不应作“辨”矣。

〔三六〕**智周宇宙**

按易系辞上：“知周乎万物而道济天下，故不过。”韩注：“知周万物，则能以道济天下也。”释文：“知，音智。”因与上句之“万物”相避，故作“智周宇宙”。

〔三七〕**条流殊述，若有区囿**

按以定势篇“夫情致异区，文变殊术”例之，“述”当作“术”。此盖涉篇中诸“述”字而误者。杂文篇“智术之子”，伦明所校元本“术”误为“述”；议对篇“祖述春秋”，两京本、胡本“述”又误为“术”。是“述”“术”二字易互误之证。

论说第十八

圣哲元作世，朱按玉海改。彝训曰经，述经叙理曰论。论者，伦也；伦理无爽，则圣意不坠。无爽元作有无，圣字上无则字，从御览改。昔仲尼微言，门人追记，故仰其经目，称为论语〔一〕。盖群论立名，始于兹矣。自论语已前，经无论字❶〔二〕；六韬二论①〔三〕，后人追题乎？详观论体，条流多品，陈政则与议说合契，释经则与传注参体，辨史则与赞评齐行，铨文则与叙引共纪〔四〕。故议者宜言，说者说语，传者转师，注者主解，赞者明意，评者平理，序者次事，引者胤辞：八名区分，一揆宗论。论也者，弥纶群言，而研精元脱，朱补。一理者也〔五〕。

是以庄周齐物②，以论为名❷；不韦春秋，六论昭列③；至石渠论艺④，白虎通讲⑤，聚述圣言通经〔六〕，论家之正体也。及班彪王命⑥，严尤元作允，朱改。三将⑦〔七〕，敷述昭情，善入史体。魏之初霸，术兼名法；傅嘏王粲⑧，校练名理〔八〕。迄至正始，务欲守文〔九〕；何晏之徒，始盛元论〔一〇〕。于是聃周当路⑨，与尼父争涂矣。详观兰石之才性〔一一〕，仲宣之去代❸〔一二〕，叔夜之辨声⑩，太初之本元⑪❹，辅嗣之两例⑫〔一三〕，平叔之二论⑬❺，并师心独见〔一四〕，锋颖精密，盖人伦之英也〔一五〕。至如李康运命⑭，同论衡而过之⑮〔一六〕；陆机辨亡⑯，元作正，谢改。效过秦而不及⑰〔一七〕:然亦其美矣。次及宋岱元作代。郭象⑱〔一八〕,元作蒙,朱据旧本改。锐思于几神之区〔一九〕;夷甫裴頠⑲,交辨于有无之域⑳:并独步当时,流声后代。然滞有者全系于形用,贵无者专守于寂寥,徒锐偏解,莫诣正理;动极神源,其般若之绝境乎㉑?逮江左群谈,惟玄是务;虽有日新,而多抽前绪矣。至如张衡讥世,韵似俳说〔二〇〕;孔融孝廉,但谈嘲戏;曹植辨道㉒,体同书抄:言不持正,论如其已〔二一〕。汪本作才不持论,宁如其已。

原夫论之为体,所以辨正然否〔二二〕,穷于有数,追于无形,两于字从汪本改。迹一作钻。坚求通〔二三〕,钩深取极〔二四〕;乃百虑之筌蹄㉓,万事之权衡也。故其义贵圆通,辞忌枝碎;必使心与理合,弥缝莫见其隙〔二五〕;辞共心密,敌人不知所乘:斯其要也。是以论如御览作辟。析薪,贵能破理。斤利者越理而横断,辞辨者反义而取通:览文虽巧,而检迹如妄〔二六〕。唯君子能通天下之志〔二七〕,安可以曲论哉?若夫注释为词,解散论体,杂文虽异,总会是同〔二八〕。若秦延君元作君延,杨改。之注尧典㉔〔二九〕,十馀万字;朱普之解尚书㉕,三十万言:所以通人恶烦,羞元作差,朱改。学章句〔三〇〕。若毛公之训诗㉖,安国之传书㉗,郑君之释礼㉘,王弼之解易,要约明畅,可为元作谓。式矣〔三一〕。

说者,悦也。兑为口舌㉙,故言咨悦怿〔三二〕;过悦必伪,故舜惊谗说。说之善者,伊尹以论味隆殷㉚〔三三〕,太公以辨钓兴周㉛;及烛武行而纾郑㉜,端木出而存鲁㉝,亦其美也。暨战国争雄，辨士云踊〔三四〕；从横参谋，长短角势〔三五〕；转丸骋其巧辞㉞，飞钳伏其精术㉟；一人之辨，重于九鼎之宝；三寸之舌㊱，强于百万之师；六印磊落以佩㊲〔三六〕，五都隐赈而封㊳❻。至汉定秦楚，辨士弭节〔三七〕，郦君既毙于齐镬㊴，蒯子几入乎汉鼎㊵；虽复陆贾籍甚㊶，张释傅会㊷，杜钦文辨㊸，楼护唇舌㊹，颉颃万乘之阶，抵嘘公卿之席㊺〔三八〕，并顺风以托势，莫能逆波而溯洄矣❼。

夫说贵抚会，弛张相随，不专缓颊㊻，亦在刀笔㊼。范雎之言事㊽〔三九〕，李斯之止逐客㊾，并烦情入机，动言中务，虽批逆鳞㊿，而功成计合，此上书之善说也。至于邹阳之说吴梁(51)，喻巧而理至，故虽危而无咎矣。敬通之说元脱，孙补。鲍邓(52)，事缓而文繁，所以历骋元作聘，柳改。而罕遇元作过。也〔四〇〕。凡说之枢要，必使时利而义贞；进有契于成务〔四一〕，退无阻于荣身。自非谲敌，则唯忠与信，披肝胆以献主〔四二〕，飞文敏以济辞，此说之本也。而陆氏直称说炜晔以谲诳，何哉？

赞曰：理形于言，叙理成论。词深人天，致远方寸。阴阳莫贰〔四三〕，鬼神靡遁。说尔飞钳，呼吸沮劝〔四四〕。

【黄叔琳注】

①**六韬**〔汉艺文志〕周史六弢六篇。〔注〕惠襄之间，或曰显王时，或曰孔子问焉。师古曰：即今之六韬也，盖言取天下及军旅之事。〔按〕六韬有霸典文论、文师武论。

②**齐物**庄周著齐物论。 ③**六论**吕不韦辑吕氏春秋，有开春、慎行、贵值、不苟、似顺、士容六论。 ④**石渠**〔翟酺传〕孝宣论六经于石渠。〔注〕宣帝诏诸儒讲五经于殿中，兼平公羊、穀梁同异，上亲临决焉。时更崇穀梁，故言此六经也。石渠，阁名。 ⑤**白虎**〔章帝纪〕建初四年，诏诸生诸儒会白虎观，讲议五经同异，帝亲临称制临决，如孝宣甘露石渠故事，作白虎议奏。 ⑥**王命**〔班彪传〕隗嚣拥众天水，问彪曰：往者周亡，战国并争，天下分裂，意者纵横之事，复起于今乎？彪既疾嚣言，又伤时方艰，乃著王命论。 ⑦**三将**〔王莽传〕大司马严尤非莽攻伐四夷，數谏不从，著古名将乐毅、白起不用之意，及言边事，凡三篇，以风谏莽。〔通志〕严尤三将军论一卷。 ⑧**傅嘏**〔魏志〕傅嘏字兰石，常论才性同异，锺会集而论之。**王粲**〔魏志〕王粲著诗赋论议垂六十篇。 ⑨**聃周**〔史记〕老子者，姓李氏，名耳，字伯阳，谥曰聃。著书上下篇，言道德之意五千馀言。庄子者，名周，著书十馀万言，大抵率寓言也。 ⑩**叔夜**〔嵇康传〕康字叔夜，作声无哀乐论。略曰：以殊方异俗，歌哭不同，使错而用之，或闻哭而欢，或闻歌而感，斯非音声之无常哉！ ⑪**太初**〔魏志〕夏侯玄，字太初。〔注〕玄尝著乐毅、张良及本无、肉刑论。按本玄，本无，未知孰是。 ⑫**辅嗣**〔魏志〕锺会与山阳王弼并知名。弼好论儒道，辞才逸辩，注易及老子。〔注〕弼字辅嗣。 ⑬**平叔**〔魏志〕何晏好老庄

言，作道德论。〔注〕晏字平叔。　⑭**运命**李康著运命论。　⑮**论衡**〔王充传〕充以为俗儒守文，多失其真，乃闭门潜思，著论衡八十五篇。　⑯**辩亡**〔陆机传〕机以祖父世为将相，有大勋于江表，深慨孙皓举而弃之，乃论权所以得，皓所以亡，又欲述其祖父功业，作辩亡论二篇。⑰**过秦**贾谊著过秦论。　⑱**宋岱**〔通志〕晋荆州刺史宋岱通易论一卷。**郭象**〔郭象传〕象字子玄，好老庄，能清言，闲居以文论自娱，著碑论十二篇。　⑲**夷甫**〔王衍传〕衍字夷甫，好清谈。魏正始中，何晏、王弼等祖述老庄，立论以为天地万物皆以无为为本，衍甚重之，惟裴頠以为非，著论以讥之。　⑳**交辨有无**〔晋诸公赞〕自魏太常夏侯玄等，皆著道德论。后进庾敳之徒，希慕简旷。裴成公疾世俗尚虚无之理，作崇有二论以折之。时人莫能难，惟夷甫来，理如小屈，时人即以王理难裴，理还复伸。　㉑**般若**〔昙霍传〕霍持一锡杖，令人跪曰：此是波若眼。〔广韵〕般若，梵语，谓智慧也。　㉒**辩道**曹植著辩道论二篇。　㉓**筌蹄**〔庄子杂篇〕筌者所以在鱼，得鱼而忘筌；蹄者所以在兔，得兔而忘蹄。〔注〕筌，鱼笱也。蹄，兔网也。　㉔**秦延君**〔汉儒林传〕张山拊事小夏侯建为博士，论石渠，授信都秦恭延君，恭增师法至百万言。〔桓谭新论〕秦延君但说粤若稽古，即三万言。　㉕**朱普**〔儒林传〕尚书欧阳氏学，平当授九江朱普公文。〔桓荣传〕荣习欧阳尚书，事博士九江朱普。　㉖**毛公**〔儒林传〕毛公赵人也，治诗，为河间献王博士。 ㉗**安国**〔儒林传〕孔氏有古文尚书，孔安国以今文字读之，因以起其家，逸书得十馀篇，盖尚书兹多于是矣。 ㉘**郑君**〔郑玄传〕郑玄好学，注仪礼、礼记，答临孝存周礼难，凡百馀万言。 ㉙**口舌**〔易象〕兑，说也。〔说卦传〕兑为口舌。㉚**论味**〔吕氏春秋〕伊尹说汤以至味曰：凡味之本，水最为始。五味三材，九沸九变，火之为纪。时疾时徐，灭腥去臊除膻，必以其胜，无失其理。调和之事，必以甘酸苦辛咸，先后多少，其齐甚微，皆有自起。 ㉛**辨钓**〔吕氏春秋〕吕尚坐茅以渔，文王劳而问取。尚曰：鱼求于饵，乃牵其缗。人食于禄，乃服于君。以饵取鱼，以禄取人，以小钓钓川而擒其鱼，以中钓钓国而擒其万国诸侯。㉜**纾郑**〔左传〕秦晋围郑，郑伯使烛之武夜缒而出，说秦伯。秦伯与郑盟，晋亦去之。 ㉝**存鲁**〔仲尼弟子传〕端木赐字子贡，至齐说田常曰：名存亡鲁，实困强齐，智者不疑也。 ㉞**转丸**鬼谷子有转丸篇。文阙。 ㉟**飞钳**〔鬼谷子〕著飞箝篇。 ㊱**九鼎三寸**〔平原君传〕平原君曰：毛先生一至楚，而使赵重于九鼎大吕。毛先生以三寸之舌，强于百万之师。 ㊲**六印**〔苏秦传〕秦喟然叹曰：使我有雒阳负郭田二顷，吾岂能佩六国相印乎？㊳**五都**〔张仪传〕秦惠王封仪五邑。**隐赈**〔尔雅〕赈，富也。〔注〕谓隐赈富有。〔蜀都赋〕居邑隐赈。 ㊴**郦君**〔郦生传〕淮阴侯闻郦生伏轼下齐七十馀城，乃夜度兵袭齐。齐王田广以为郦生卖己，遂烹郦生。　㊵**蒯子**〔淮阴侯传〕信方斩，曰：吾悔不用蒯通之计，乃为儿女子所诈。高祖捕通，欲烹之。通曰：秦失其鹿，天下共逐之。欲为陛下所为者甚众，顾力不能耳，又可尽烹之耶？乃释通之罪。　㊶**陆贾**〔陆贾传〕陆生游汉廷公卿间，名声籍甚。　㊷**张释**〔张释之传〕释之言便宜事，文帝曰：卑之无甚高论，令今可施行也。于是释之言秦汉间事，文帝称善。　㊸**杜钦**〔杜钦传〕帝舅大将军王凤以外戚辅政，求贤知自助，奏请钦为大将军军武库令，后为议郎，以病免。征诣大将军幕府，国家政谋，凤常与钦虑之。京兆尹王章言凤专权蔽主之过，钦令凤上疏谢罪，乞骸骨。文指甚哀。凤心惭称病笃，欲遂退，钦复说凤起视事。章死诏狱，众庶冤之，以讥朝廷。钦欲救其过，复说凤举直言极谏。其补过将美，皆此类也。　㊹**唇舌**〔汉游侠传〕楼护字君卿，与谷永俱为五侯上客。长安号曰：谷子云笔札，楼君卿唇舌。言其见信用也。　㊺**抵嘘**疑作抵戏。〔杜周传赞〕业因势而抵㠊。〔注〕㠊，音诡，一说㠊读与戏同音，许宜反，险也。言击其危险之处。鬼谷有抵戏篇也。　㊻**缓颊**〔魏豹传〕汉王闻魏豹反，谓郦生曰：缓颊往说魏豹，能下之，吾以万户封若。〔注〕缓颊，徐言譬喻也。　㊼**刀笔**〔萧相国世家〕太史公曰：萧相国何，于秦时为刀笔吏。〔刘盆子传注〕古者记事于简策，谬误者以刀削而除之，故曰刀笔。　㊽**范睢**〔范睢传〕王稽载睢入秦，说昭王废王后，逐穰侯，拜为相。
㊾**李斯**〔李斯传〕斯西说秦，秦王拜斯为客卿。会韩人郑国来间秦，以作注溉渠。已而觉，秦宗室大臣请一切逐客。斯上书秦王，乃除逐客之令。 ㊿**逆鳞**〔韩非说难〕龙喉下有逆鳞径尺，婴之则必杀人。人主亦有逆鳞，说者能无婴人主之逆鳞，则几矣。 51**邹阳**〔邹阳传〕吴王濞阴有邪谋，阳奏书谏。为其事尚隐，恶指斥言，故先引秦为喻，因道胡、越、齐、赵、淮南之难，然后乃致其意。吴王不内其言。去之梁。羊胜、公孙诡等疾阳，恶之孝王。孝王怒，下阳吏，将杀之。乃从狱中上书。书奏，孝王立出之。 52**敬通**〔冯衍传〕衍字敬通。更始二年，遣鲍永行大将军事，安集北方。衍因以计说永，永素重衍，乃以衍为立汉将军。〔刘峻广绝交论注〕冯衍与邓禹书曰：衍以为写神输意，则聊成之说，碧鸡之辩，不足难也。

【李详补注】

❶**自论语以前经无论字**纪云：观此，知古文尚书梁时尚不行于世，故不引论道经邦之文，然周礼却有论字。详案：困学纪闻卷十七：文心雕龙云：论语以前，经无论字。晁子止云：不知书有论道经邦。阎〔笺〕论道经邦乃晚出书周官篇，本考工记或坐而论道来。案文达之评据此。又纪闻何笺云：论道经邦本于古文尚书，未可以诋彦和。又云：刘彦和或不读古文尚书。案此何氏为彦和左袒。

何又云：书中议对篇即引议事以制。此则何氏卓见，可以证彦和不引论道经邦之疏。盖彦和本文士，于经学不甚置意，且当时并不知古文尚书为伪也。 ❷**庄子齐物以论为名**纪云：物论二字相连，此以为论名似误。钱辛楣同年（案钱说见十驾斋养新录卷十九）引王伯厚云：庄子齐物论非欲齐物也。盖谓物论之难齐也。邵子〔诗〕齐物到头争。恐误。按左思〔魏都赋〕万物可齐于一朝。刘渊林〔注〕庄子有齐物之论。刘琨答卢谌书：远慕老庄之齐物。文心雕龙论说篇：庄子齐物，以论为名。是六朝人已误以齐物二字连读。详案：庄子齐物论郭象注：夫自是而非彼，美己而恶人，物莫不皆然，是非虽异，而彼我均也。正是齐物之意。六朝既有此读，故邵子宗之。其观物外篇云：庄子齐物，未免乎较量。亦读与诗同，非误也。文达、少詹，似皆未得其旨。 ❸**仲宣之去代**〔札迻〕云：代，当作伐，形近而误。〔隋书经籍志〕儒家，梁有去伐论集三卷，王粲撰。即此。去伐，言去矜伐。艺文类聚（二十三）引袁宏去伐论。仲宣谕意，当与彼同。 ❹**太初之本玄**黄〔注〕魏志：夏侯玄字太初。〔注〕玄尝著乐毅、张良及本无、肉刑论。本玄，本无，未知孰是，〔札迻〕云：本玄论，张溥辑太初集已佚。考列子仲尼篇，张〔注〕引夏侯玄曰：天地以自然运，圣人以自然用。自然者道也，道本无名，故老子曰强为之名。仲尼称尧荡荡无能名焉云云，与本无之义正合。疑即本无论之文。无无玄元，传写贸乱，遂成岐互尔。 ❺**平叔之二论**黄〔注〕魏志：何晏好老庄言，作道德论。〔札迻〕云：隋书经籍志道家：梁有老子道德论二卷，何晏撰。世说文学篇云：何平叔注老子始成，诣王辅嗣，见王注精奇，因以所著为道德二论。是二论即道德论，显较无疑。考晏有无为论，见晋书王衍传。又有无名论，见列子仲尼篇注。无为无名，皆道德经语，殆即二论之细目与？❻**六印磊落以佩二句**详案：〔后汉书蔡邕传〕连衡者六印磊落。张衡〔西京赋〕郊甸之内，都邑殷赈。五都货殖，既迁既引。案殷音隐，义通。 ❼**并顺风以托势二句**详案：〔荀子劝学篇〕顺风而呼，声非加疾也，而闻者彰。〔诗秦风〕溯洄从之，道阻且长。〔毛传〕逆流而上曰溯洄。

【杨明照校注】

〔一〕**故仰其经目，称为论语**

"仰"，范文澜云："'仰其经目'，疑当作'抑其经目'，谓谦不敢称经也。"

按范说是，"仰"乃"抑"之形误。宋本、钞本御览五九五引，正作"抑"。当据改。又按郑玄论语序："易、诗、书、礼、乐、春秋，策皆二尺四寸，原误作"皆尺二寸"，据杜预左传注序孔疏所引郑序改。孝经谦，半之；论语八寸策者，三分居一，又谦焉。"仪礼聘礼

"百名以上书于策"贾疏引。郑序之"论语八寸策",可视为论语"抑其经目"最确切注脚。

〔二〕**自论语已前,经无论字**

范文澜云:"'论语已前,经无论字',非谓经书中不见论字,乃谓经书无以论为名者也。上文云'群论立名',下文云'六韬二论',皆指书名篇名言之。"

按范说是。郑玄周礼外史掌达书名于四方。注:"古曰名,今曰字。"又论语子路必也正名乎。注:"古者曰名,今世曰字。"是"经无论字",即"经无论名"也。因上"群论立名"句已用"名"字,故改为"字"字以避重出也。

〔三〕**六韬二论**

"二",郡斋读书志四上引作"三"。日知录二四司业条引同。

按六韬有霸典文论、文师武论详范注。二篇,"三"字非。玉海六二、子苑三二引作"二",未误。

〔四〕**铨文则与叙引共纪**

范文澜云:"'铨',当作'诠'。……史传多以'撰'为之。"

按范说是。子苑、文章辨体总论、七修类藁二九引,并作"诠";清谨轩本同。又按下文"序者次事"即承此而言,"叙"、"序"上下不同,应改其一。定势篇:"史论序注,则师范于核要。"则此处之“叙”当改“序”，始合。

〔五〕**而研精一理者也**

“精”，黄校云：“元脱，朱补。”此沿梅校。　　谢兆申补“析”字。

按御览、玉海、文章辨体汇选三八二又三九二、文通九引，并有“精”字；王批本“精一”二字品排刻。梁本、谢钞本同。朱补是也。谢补“析”非。书伪孔传序“研精覃思”，文选左思三都赋序“而论者莫不诋讦其研精”，张华励志诗“研精耽道”，夏侯湛东方朔画赞“乃研精而究其理”，并以“研精”为言。

〔六〕**至石渠论艺，白虎通讲，聚述圣言通经**

谢兆申云：“疑作‘白虎通讲，聚述圣言，旁通经典’。”

徐𤊹删“通”“言”二字。　　天启梅本“讲”上“圣”下各空一格。系就万历版之“通”“言”二字剜去。

孙诒让云：“今本文心雕龙‘述’上衍‘聚’字，‘圣’下衍‘言’字，应依御览引删。”见籀庼述林四白虎通义考下篇。

按徐、梅删去“通”“言”二字，是也。“论艺”与“讲聚”相对为文。时序篇：“然中兴之后，群才稍改前辙，华实所附，斟酌经辞；盖历政讲聚，故渐靡儒风者也。”正指章帝会诸儒白虎观而言，其文亦作“讲聚”。今本“通”字，非缘白虎通德论之名衍，即涉下"通"字而误；"言"字亦涉上文误衍者。御览此据宋本、钞本、倪本、活字本。及玉海引，并无"通""言"二字，当据删。孙氏所据御览盖鲍刻本。

〔七〕**严尤三将**

按后汉书光武帝纪上："伯升又破王莽纳言将军严尤。"章怀注："桓谭新论云：'庄尤，字伯石。'此言'严'，避明帝讳也。"则此文之称"严尤"，乃沿汉避明帝讳而未改复者也。

〔八〕**傅嘏王粲，校练名理**

按魏晋士流校练名理者，不乏其选。三国志魏书锺会传："及壮，有才数技艺，而博学精练名理。"晋书范汪传："遂博学多通，善谈名理。"世说新语言语篇："王（衍）曰：'裴仆射（頠）善谈名理，混混有雅致。'"刘注引冀州记曰："頠弘济有清识，稽古，善言名理。"荀粲别传："粲太和初到京邑，与傅嘏谈，嘏善名理，粲尚玄远。"世说新语文学篇"傅嘏善言虚胜"条刘注引。

〔九〕**迄至正始，务欲守文**

范文澜云："魏氏三祖，皆有文采。正始中，玄风始盛。高贵乡公才慧夙成，好问尚辞，有文帝之风。盖皆守文之主。"

按范说误。何休公羊解诂序："斯岂非守文徐疏："守文者，守公羊之文。"持论，败绩失据之过哉！"后汉书张纯曹褒郑玄传论："汉兴，诸儒颇修艺文；及东京学者，亦各名家。而守文之徒，滞固所禀；……遂令经有数家，家有数说，章句多者，或乃百馀万言。"又王充传："以为俗儒守文，多失其真。"又党锢传序："自武帝以后，崇尚儒学，怀经协术，所在雾会，至有石渠分争之论，党同伐异之说。守文之徒，盛于时矣。"又儒林下何休传："乃作春秋公羊解诂，……皆经纬典谟，不与守文同说。"是"守文"乃指今古学者之"滞固所禀"，拘牵文义而言，非谓"守文之主"也。又按"务欲"二字，疑有脱误。当作"无务"神思篇"无务苦虑"，风骨篇"无务繁采"。或"不欲"，文意始顺。下文"师心独见"，正所谓不守文也。

〔一〇〕**何晏之徒，始盛元论**

"元"，御览引作"玄"。文通九引同。

按"玄"字是。元本、弘治本、活字本、汪本、佘本、张本、两京本、王批本、何本、胡本、训故本、梅本、凌本、合刻本、梁本、秘书本、谢钞本、汇编本、尚古本、冈本、崇文本并作"玄"。清谨轩本、四库本作"玄"。（凡各本作"玄"，黄本作"元"者，皆黄氏例避清讳改也。后仿此。）

〔一一〕**详观兰石之才性**

按兰石文已佚，其详无由得知。袁准有才性论，见类聚卷二三引。严辑全晋文五四辑有之，可参阅。

〔一二〕**仲宣之去代**

"代"，宋本、活字本御览引作"伐"；玉海引同。

按"伐"字是。说详札迻十二。训故本正作"伐"。当据改。

〔一三〕**辅嗣之两例**

按李冶敬斋古今黈二："王弼既注易，又作略例上下二篇。"舍人所谓"两例"，当指易略例上下篇言之。惜今通行略例本已非旧矣。姚振宗隋志考证六："王弼两例，即易、老略例。"

〔一四〕**并师心独见**

按庄子人间世篇："夫胡可以及化，犹师心者也。"文子上义篇："必有独见之明，然后能擅道而行。"吕氏春秋制乐篇："故'祸兮福之所倚，福兮祸之所伏'。见老子第五十八章。圣人所独见，众人焉知其极。"

〔一五〕**盖人伦之英也**

"人伦"二字，御览、玉海引止作"论"。

按作"论"字是。章表篇"并表之英也"，与此句法相同，可证。彼篇为章表，故云"表之英"；彼段论表。此篇为论说，故云"论之英"。此段论论。若作"人伦"，则非其旨矣。

〔一六〕**至如李康运命，同论衡而过之**

按论衡有逢遇、命禄、气寿、命义等篇，故云。

〔一七〕**陆机辨亡，效过秦而不及**

"亡"，黄校云："元作'正'，谢改。"此沿梅校。徐𤊹校作"亡"。

按御览、文通引作"亡"；梁本、谢钞本、清谨轩本、尚古本、冈本同。谢改是也。陆士龙集与兄平原书："辨亡则已是过秦，对事求当可得耳。"当为评士衡辨亡论之最先见者。

〔一八〕**次及宋岱郭象**

黄校云："（岱）元作'代'，（象）元作'蒙'，朱据旧本改。"此沿梅校。

按玉海、文通引，正作"宋岱郭象"；训故本、梁本、谢钞本、清谨轩本、尚古本、冈本同。朱改是也。

〔一九〕**锐思于几神之区**

"几"，元本、弘治本、汪本、佘本、张本、两京本、何本、训故本、梅本、凌本、合刻本、梁本、秘书本、谢钞本、清谨轩本、尚古本、冈本、文津本、王本、张松孙本、郑藏钞本、崇文本作"机"。文渊本剜改为"几"。

按"机"字是。已详征圣篇"妙极机神"条。又按梅本原作"机"，是"几"乃黄氏臆改。

〔二〇〕**至如张衡讥世，韵似俳说**

按"韵"字于义不属，且与下"但谈嘲戏"句不伦,疑为“颇”之形误。哀吊篇“卒章五言,颇似歌谣”,声律篇“翻回取均,颇似调瑟”,句法并与此相类,可证。汉书扬雄传下:“雄以为赋者,……又颇似俳优淳于髡、优孟之徒,非法度所存,贤人君子诗赋之正也,于是辍不复为。”“颇似俳优”之“颇”,尤为“韵”当作“颇”切证。

〔二一〕**言不持正,论如其已**

黄校云:“汪本作‘才不持论,宁如其已’。”

按汪氏私淑轩原刻及覆刻,皆作“才不持论如其已”元本、弘治本、佘本、两京本、谢钞本同。七字。黄校有误。张本、胡本、王批本作“才不持论,宁如其已”,是也。徐𤊹即于私淑轩本“如”字上方书一“宁”字。当从之。汉书严助传“朔、皋不根持论”,又东方朔传赞“不能持论”,又儒林传:“(董)仲舒通五经,能持论。”风俗通义十反篇“范滂辩于持论”,文选典论论文“然不能持论”,并以“持论”为言。此为评张衡讥世、孔融孝廉、曹植辨道之辞,谓所作不能持论,宁可搁笔也。训故本作“才不持论,如宁其已”,“如宁”二字误倒。老子第九章:“持而盈之,不如其已。”河上公注:“已,止也。”

〔二二〕**原夫论之为体,所以辨正然否**

按论衡超奇篇:“桓君山作新论,论世间事,辨照然否。”又自纪篇：“论说辩然否。”

〔二三〕**迹坚求通**

“迹”，黄校云：“一作‘钻’。”天启梅本作“钻”。

按“钻”字义长。御览、文章辨体汇选三九二、文章缘起注引，并作“钻”。论语子罕：“钻之弥坚。”当为“钻坚”二字所本。

〔二四〕**钩深取极**

按易系辞上：“探赜索隐，钩深致远。”孔疏：“物在深处，能钩取之；物在远方，能招致之。卜筮能然，故云钩深致远也。”三国志魏书邴原传：“裴注引原别传曰：‘郑君玄。学览古今，博闻强识，钩深致远，诚学者之师模。’”

〔二五〕**必使心与理合，弥缝莫见其隙**

按左传桓公五年：“先偏后伍，伍承弥缝。”杜注：“承偏之隙，而弥缝阙漏也。”又昭公二年：“季武子拜曰：‘敢拜子之弥缝敝邑，寡君有望矣。’”杜注：“弥缝，犹补合也。”

〔二六〕**而检迹如妄**

纪昀云：“‘如’当作‘知’。”此依芸香堂本（翰墨园本误作“却”）。

按纪说是。宋本、钞本、活字本、喜多本、鲍本御览引，正作“知”。当据改。又按天启梅本已改为“知”，黄氏底本为万历梅本，故仍作“如”。

〔二七〕**唯君子能通天下之志**

按易同人彖辞:"唯君子为能通天下之志。"王注:"君子以文明为德。"孔疏:"此更赞明君子贞正之义,唯君子之人于同人之时,能以正道通达天下之志,故利君子之贞。"释文:"谓文理通明也。"集解:"虞翻曰:'唯,独也。'"

〔二八〕**若夫注释为词,解散论体,杂文虽异,总会是同**

按"杂"当作"离",字之误也。礼记学记:"一年,视离经辨志。"郑注:"离经,断句绝也。"正义:"离经,谓离析经理,使章句断绝也。"此"离"字义当与彼同。"离文",谓离析原书章句,分别作注。即下文所举"毛公之训诗,安国之传书,郑君之释礼,王弼之解易"之类是。后汉书桓谭传章怀注:"章句,谓离章辨句,委曲枝派也。"应劭风俗通义序:"汉兴,儒者竞复比谊会意,为之章句,家有五六,皆析文便辞。""离文",即"析文"也。

〔二九〕**若秦延君之注尧典**

"延君",黄校云:"元作'君延',杨改。"梅本作杨云:"注疏作'近君'。"

按作"延君"是。玉海四二引作"延君";训故本同。四库本剜乙为"延君"。

〔三〇〕**所以通人恶烦,羞学章句**

"羞",黄校云:"元作'差',朱改。"此沿梅校。

按玉海、文通引,正作"羞";谢钞本同。朱改是也。羞学章句者,除范注引证扬雄、班固外,尚不乏人:后汉书桓谭传:"博学多通,遍习五经,皆诂训大义,不为章句。"又王充传:"好博览而不守章句。"又荀淑传:"博学而不好章句。"卢植传:"能通古今学,好研精而不守章句。"又逸民梁鸿传:"博览无不通,而不为章句。"盖章句之学,辞过枝离,义鲜圆通,博览者多所不为,故舍人云然。

〔三一〕**要约明畅,可为式矣**

"为",黄校云:"元作'谓'。" 徐𤊹校作"为"。天启梅本改作"为"。 纪昀云:"'谓'字不讹,不必改'为'字。"

按黄氏依天启梅本改"为"字是。四库本剜改作"为"。玉海引正作"为"。纪说未可从。

〔三二〕**故言咨悦怿**

"咨",何焯校作"资"。铃木说同。

按何校是。铭箴篇"箴全御过,故文资确切",檄移篇"顺命资移",书记篇"注序世统,事资周普",又"征召防伪,事资中孚",语法并与此同,可证。

〔三三〕**伊尹以论味隆殷**

按史记殷本纪："伊尹名阿衡，阿衡欲奸汤而无由，乃为有莘氏媵臣，负鼎俎，以滋味说汤，致于王道。"吕氏春秋本味篇所论虽详，然不如殷纪之要约明畅，言简意赅。

〔三四〕**辨士云踊**

"踊"，何焯校作"涌"。　　纪昀云："'踊'，当作'涌'。"

按文选赵景真与嵇茂齐书："若乃顾影中原，愤气云踊。"是"踊"字自通，无烦改作。

〔三五〕**从横参谋，长短角势**

按长短即从横也。史记六国年表序："务在强兵并敌，谋诈用而从衡短长之说起。"又田儋传赞："蒯通者，善为长短说。"索隐："言欲令此事长，则长说之；欲令此事短，则短说之。故战国策亦名曰'短长书'是也。"又主父偃传："学长短纵横之术。"汉书偃传作"学长短从横术"。颜注引服虔曰："苏秦法百家书说也。"又酷吏张汤传："边通，学长短。"集解引汉书音义曰："长短术兴于六国时。行长入短，其语隐谬，用相激怒。"汉书汤传："边通，学短长。"颜注引应劭曰："短长术兴于六国时。长短其语隐谬，用相激怒也。"张晏曰："苏秦张仪之谋，趣彼为短，归此为长，战国策名长短术也。"淮南子要略篇："故纵横修淮南王安避父讳改长为修。短之说生焉。"刘向战国策书录："中书本号：……或曰短长,……或曰长书,或曰修书。……生从横短长之说,左右倾侧。”并其证。世说新语谗险篇:“袁悦有口才,能短长说。”

〔三六〕**六印磊落以佩**

按后汉书蔡邕传:“(释诲)连衡者六印磊落。”

〔三七〕**辨士弭节**

按离骚:“吾令羲和弭节兮。”王注:“弭,按也;按节,徐步也。”史记司马相如传:“(子虚赋)于是楚王乃弭节裴回。”集解:“郭璞曰:‘或云节,今之所杖信节也。’”弭,止也。诗小雅沔水毛传。

〔三八〕**抵嘘公卿之席**

按“嘘”当作“巇”。鬼谷子有抵巇篇,陶弘景注云:“抵,击实也;巇,衅隙也。”今本作“嘘”,盖误山为口,而又脱其戈旁耳。

〔三九〕**范雎之言事**

徐𤍠云:“‘事’上疑脱一字。”

按“事”上合有一字,始与下“李斯之止逐客”句相俪。战国策秦策三:“范子因王稽入秦,献书昭王曰:‘……今臣之胸不足以当椹质,要不足以待斧钺,岂敢以疑事尝试于王乎?……利则行之,害则舍之,疑则少尝之,虽尧舜禹汤复生,弗能改已。语之至者,臣不敢载之于书;其浅者,又不足听也。……愿少赐游观之閒,望见足下而入之。'"据此,"事"上疑脱"疑"字。后才略篇"范雎上书密而至",即此言有疑事之书也。

〔四〇〕**敬通之说鲍邓,事缓而文繁,所以历骋而罕遇也**

黄校云:"(说)元脱,孙补;(骋)元作'聘',柳改;(遇)元作'过'。"并沿梅校。

按何本、梁本、谢钞本并有"说"字;"骋""遇"二字亦未误。文通十一引同。清谨轩本亦同。

〔四一〕**进有契于成务**

按易系辞上:"夫易开物成务。"集解:"陆绩曰:'圣人观象而制网罟耒耜之属,以成天下之务,故曰成务也。'"

〔四二〕**披肝胆以献主**

按汉书蒯通传:"乃先微感(韩)信曰:'臣愿披心腹,堕颜注:"堕,毁也。音火规反。"肝胆。'"后汉书窦融传:"(上书)故遣刘钧口陈肝胆。"又郎𫖮传:"𫖮乃诣阙拜章曰:'……披露肝胆,书不择言。'"均足证成舍人此说。

〔四三〕**阴阳莫贰**

按"贰"为"貣"之形误。"貣"即"忒"也。礼记缁衣"其仪不忒",释文:"'忒'本或作'貣'。"即其证。书洪范"衍忒",史记宋微子世家作"衍貣"。是"衍貣"、"衍忒"一实。易豫彖辞:"天地以顺动,故日月不过，四时不忒。”又观彖辞：“观天之神道，而四时不忒。”诗大雅抑：“昊天不忒。”汉书礼乐志：“（郊祀歌）寒暑不忒况皇章。”颜注引臣瓒曰：“忒，差也。寒暑不差，言阴阳和也。”扬雄连珠：“阴阳和调，四时不忒。”御览四六八又四六九引。“阴阳莫貣”即阴阳莫忒，喻论说之精微。管子势篇：“动作不貳”。王念孙读书杂志（管子第八）谓“貳”当作“貣”。其误与此同。此文之误，盖先由“忒”作“貣”，后遂讹为“貳”耳。

〔四四〕**呼吸沮劝**

按文选江赋：“呼吸万里。”李注：“言其疾也。”左传襄公二十七年：“赏罚无章，何以沮劝。”孔疏：“沮，止也。”呼吸，喻时间。沮劝，指事务。

诏策第十九

皇帝御寓①〔一〕,其言也神。渊嘿黼扆②〔二〕,而响盈四表,唯诏策乎〔三〕！昔轩辕唐虞,同称为命。命之为义,制性之本也。其在三代,事兼诰誓〔四〕。誓以训戎③,诰以敷政④〔五〕,命喻自天,故授官元作管。锡胤⑤〔六〕。易之姤象,后以施命诰四方。诰命动民,若天下之有风矣〔七〕。降及七国,并称曰令。令者,使也〔八〕。秦并天下,改命曰制。汉初定仪则,则命有四品〔九〕:疑衍一则字,以定仪为读。一曰策书,二曰制书,三曰诏书,四曰戒敕⑥。敕戒州部〔一〇〕,诏诰百官〔一一〕,制施赦命〔一二〕,策封王侯。策者,简也。制者,裁也。诏者,告也。敕者,正也。诗云畏此简书,易称君子以制度数〔一三〕,礼称明君之诏,书称敕天之命:并本经典以立名目。远诏近命,习秦制也。记称丝纶⑦,所以应接群后。虞重纳言,周贵喉舌。故两汉诏诰,职在尚书⑧。王言之大,动入史策,其出如綍,不反若汗⑨。是以淮南有英才,武帝使相如视草⑩〔一四〕;陇右多文士,光武加意于书辞⑪:岂直取美当时,亦敬慎来叶矣〔一五〕。

观文景以前,诏体浮新〔一六〕;武帝崇儒,选言弘奥。策封三王⑫,文同训典;劝元作观,谢改。戒渊雅〔一七〕,垂范后代;及制诰严助〔一八〕,即云厌承明庐⑬,盖宠才之恩也。孝宣玺书,赐太守陈遂⑭❶〔一九〕,赐太守,元作责博士,考汉书改。汪本作责博进陈遂。亦故旧之厚也。逮光武拨乱，留意斯文，而造次喜怒，时或偏滥。诏赐邓禹，称司徒为尧⑮；敕责侯霸，称黄钺一下⑯：若斯之类，实乖宪章。暨明帝崇学〔二〇〕，雅元作惟，朱改。诏间出。安和政弛〔二一〕，礼阁鲜才⑰，每为诏敕，假手外请〔二二〕。建安之末，文理代兴，潘勖九锡⑱，典雅逸群；卫觊元作凯，孙改。禅诰⑲，符命炳燿〔二三〕，弗可加已。自魏晋诰策，职在中书⑳，刘放张华㉑，互管斯任〔二四〕，施命发号〔二五〕，洋洋盈耳〔二六〕。魏文帝下诏，辞义多伟，至于作威作福㉒，其万虑之一弊乎？晋氏中兴，唯明帝崇才㉓，以温峤文清㉔，故引入元脱，朱按御览补。中书〔二七〕。自斯以后，体宪元作虑，朱改。风流矣〔二八〕。

夫王言崇秘〔二九〕，大观在上，所以百辟其刑，万邦作孚。故授官选贤，则义炳重离之辉㉕；优文封策，则气含风雨之润〔三〇〕；敕戒恒诰，则笔吐星汉之华；治戎燮伐，则声有洊雷之威㉖；眚灾肆赦，则文有春露之滋；明罚敕法，则辞有秋霜之烈：此诏策之大略也。

戒敕为文，实诏之切者，周穆命郊元作邓，朱考穆天子传改。父受敕宪㉗〔三一〕，此其事也。魏武称作敕戒，当指事而语，一作诰，从御览改。勿得依违，晓治要矣。及晋武敕戒，备告百官：敕都督以兵要，戒州牧以董司，警郡守以恤隐〔三二〕，勒牙门以御卫，有训典焉。

戒者，慎也，禹称戒之用休。君父至尊，在三罔元作同，许改。极㉘〔三三〕，汉高祖之敕太子㉙，东方朔之戒子㉚，亦顾命之作也。及马援已下㉛,各贻家戒〔三四〕。班姬女戒㉜,足称母师也〔三五〕。教者,效也,言出而民效也。契敷五教〔三六〕,故王侯称教❷。昔郑弘之守南阳㉝,条教为后所述〔三七〕,乃事绪明也。孔融之守北海㉞,文教丽而罕于理〔三八〕,乃治体乖也。若诸葛孔明之详约㉟〔三九〕,庾稚恭之明断㊱,并理得而辞中,教一作辞,从御览改。之善也。自教以下,则又有命。诗云有命在天,明为重也;周礼曰师氏诏王,为轻命㊲〔四〇〕。今诏重而命轻者,古今之变也❸。

赞曰:皇王施令,寅严宗诰。我有丝言〔四一〕,兆民尹好〔四二〕。辉音峻举,鸿风远蹈。腾义飞辞,涣其大号〔四三〕。

【黄叔琳注】

①**皇帝**〔独断〕汉天子正号曰皇帝。皇帝,至尊之称。皇者,煌也,盛德煌煌,无所不照。帝者,谛也,能行天道,事天审谛。　②**黼扆**〔礼记〕天子负黼扆南乡而立。〔书传〕黻扆,屏风,画为斧文,置户牖间。　③**誓以训戎**书甘誓、汤誓、泰誓、牧誓、费誓、秦誓是也。　④**诰以敷政**书召诰、洛诰是也。　⑤**命以授官**书微子之命、蔡仲之命、毕命、冏命是也。　⑥**制策诏戒**〔独断〕天子之言曰制诏,其命令一曰策书,二曰制书,三曰诏书,四曰戒书。策书,策者,简也,以命诸侯王三公。制书,帝者制度之命也。其文曰制诏三公,赦令赎令之属是也。诏书者,诏,诰也。有三品,其文曰:告某官,官如故事。是为

诏书。戒书，戒敕刺史太守及三边营官，被敕文曰：有诏敕某官。是为戒敕也。世皆名此为策书，失之远矣。⑦**丝纶**〔缁衣〕王言如丝，其出如纶。王言如纶，其出如綍。 ⑧**尚书**〔汉官仪〕尚书，唐虞官也。龙作纳言。〔诗〕云：惟仲山甫，王之喉舌。秦改称尚书，汉亦尊此官，典机密也。 ⑨**反汗**〔楚元王传〕刘向曰：易曰涣汗其大号，言号令如汗，汗出而不反者也。今出善令，未能逾时而反，是反汗也。 ⑩**视草**〔淮南王传〕武帝以安辩博，善为文辞，每为报书及赐，帝召司马相如等视草乃遣。 ⑪**加意**〔隗嚣传〕嚣宾客掾史，多文学生，每所上事，当世士大夫皆讽诵之。故帝有所辞答，尤加意焉。⑫**策封三王**〔三王世家〕有齐王策、燕王策、广陵王策。太史公曰：封立三王，天子恭让，群臣守义，文辞烂然，甚可观也。褚先生曰：孝武帝之时，同日拜三子为王，为作策以申戒之。 ⑬**厌承明庐**〔严助传〕助以对策擢中大夫，上问所欲，对愿为会稽太守。武帝赐书曰：制诏会稽太守。君厌承明之庐，劳侍从之事，出为郡吏。〔注〕承明庐在石渠阁外。 ⑭**陈遂**〔游侠传〕陈遵祖父遂，宣帝微时与有故，相随博弈，数负进。及宣帝即位，用遂，稍迁至太原太守，乃赐遂玺书曰：制诏太原太守，官尊禄厚，可以偿博进矣。 ⑮**称尧**〔邓禹传〕帝以关中未定，而邓禹久不进兵，下敕曰：司徒尧也，亡贼桀也，宜以时进讨，镇慰西京，系百姓之心。 ⑯**黄钺**〔光武赐侯霸玺书〕崇山幽都何可偶，黄钺一下无处所。欲以身试法耶？⑰**礼阁**〔萧惠基传〕王俭朝宗贵望，惠基同在礼阁，非公事不私觌焉。　⑱**潘勖**〔文章志〕潘勖字元茂。相魏公九锡策命，勖所作也。**九锡**〔韩诗外传〕诸侯有德，天子锡之。一锡车马，再锡衣服，三锡虎贲，四锡乐器，五锡纳陛，六锡朱户，七锡弓矢，八锡𫓧钺，九锡秬鬯。〔魏志〕建安十八年，使御史大夫郗虑持节，策命曹操为魏公，加九锡。　⑲**卫觊禅诰**〔卫觊传〕觊还汉朝为侍郎，劝赞禅代之义，为文诰之诏。　⑳**中书**〔刘放传〕黄初初，改秘书为中书，以放为监。〔王献之启瑯琊王为中书监表〕中书职掌诏命，非轻才所能独任，自晋建国，常命宰相参领。中兴以来，益重其任，故能王言弥缴，德音四塞者也。　㉑**刘放**〔刘放传〕放善为书檄，三祖诏命，多放所为。**张华**〔张华传〕华迁长史，兼中书郎，朝议表奏，多见施用。　㉒**威福**〔蒋济传〕文帝诏夏侯尚曰：卿腹心重将，特当任使，作威作福，杀人活人。尚以示济。帝问济：天下风教何如？对曰：但见亡国之语耳。帝作色问故。济具以答，因曰：作威作福，书之明戒。天子无戏言，唯陛下察之。于是帝遣追取前诏。　㉓**崇才**〔晋明帝纪〕钦贤爱客，雅好文辞，当时名臣，自王导、庾亮辈，温峤、桓彝、阮放等，咸见亲待。　㉔**文清**〔晋书〕太宁初，诏温峤曰：卿既以令望，忠允之怀，著于周旋，且文清而旨远，宜居深密。欲即以为中书令，朝端亦咸以为宜。

㉕**重离**〔易离卦〕彖曰：离，丽也，重明以丽乎正。象曰：明两作离，大人以继明照于四方。　㉖**洊雷**〔易震卦〕象曰：洊雷震。〔程传〕洊，重袭也。上下皆震，故为洊雷。雷重仍则威益盛。　㉗**敕宪**〔穆天子传〕丙寅，天子属官效器，乃命正公郊父受敕宪，用伸□八骏之乘，以饮于枝洔之中。　㉘**在三**〔国语〕民生于三，事之如一。父生之，师教之，君食之，故一事之。惟其所在，则致死焉。㉙**敕太子**〔汉高祖手敕太子〕吾遭乱世，当秦禁学，自喜谓读书无益。洎践祚以来，时方省书，乃使人知作者之意。追思昔所行，多不是。又云：汝见萧、曹、张、陈诸公侯，吾同时人，倍年于汝者，皆拜。　㉚**戒子**〔东方朔传赞〕朔戒其子以尚容：首阳为拙，柳惠为工；饱食安步，以仕易农；依隐玩世，诡时不逢。　㉛**马援**〔马援传〕援诫兄子严郭书曰：吾欲汝曹闻人过失，如闻父母之名，耳可得闻，口不可得言也。好议论人长短，妄是非正法，此吾所大恶也。汝曹知吾恶之甚矣，所以复言者，施衿结缡，申父母之戒，欲使汝曹不忘之耳。　㉜**班姬**〔后汉列女传〕扶风曹世叔妻者，班彪之女也，名昭。博学高才，作女诫七篇，有助内训。　㉝**郑弘**〔郑弘传〕弘为南阳太守，条教法度，为后所述。　㉞**孔融**〔九州春秋〕孔融守北海，教令辞气温雅，可玩而诵。论事考实，难可悉行。㉟**诸葛孔明**〔诸葛亮传〕陈寿等言：论者或怪亮文彩不艳，而过于丁宁周至。臣愚以为咎繇大贤也，周公圣人

也,考之尚书,咎繇之谟略而雅,周公之诰烦而悉。何则? 咎繇与舜、禹共谈,周公与群下矢誓故也。亮所与言,尽众人凡士,故其文指不得及远也。然其声教遗言,皆经事综物,公诚之心,形于文墨,足以知其人之意理,而有辅于当世。 ㊱**庾稚恭**〔庾翼传〕翼字稚恭,代亮镇武昌,劳谦匪懈,戎政严明。 ㊲**轻命**按周官师氏职无此文。

【李详补注】

❶**孝宣玺书二句**明凌云本赐太守元作责博于,梅考汉书改。〔札迻〕云:疑当作责博于陈遂。此陈遂负博进,玺书责其偿,汉书所载甚明。元本唯于字讹作士,责博二字则不误,梅、黄固妄改,纪校亦误,读汉书皆不足凭也。详案:黄注从梅改。纪云:责博进当作偿博进。偿责并从贝脚,以形似误,故孙云然。 ❷**教者效也**至**称教**详案:〔蔡邕独断〕诸侯言曰教。 ❸**诗云**至**古今之变也**黄〔注〕案周官师氏职无此文。〔札迻〕云:此据师氏职有掌以媺诏王之文,明以臣诏君,为诏轻于命,非谓周礼有轻命之文也。黄注谬。

【杨明照校注】

〔一〕**皇帝御寓**

“寓”,宋本、活字本、喜多本御览五九三引作“寓”;

元本、活字本、张乙本、胡本同。王批本作“寓”。

按“寓”为“宇”之籀文,见说文宀部。作“寓”非。宋书孝武帝纪:“(大明四年诏)昔鈇衣御寓。”又乐志一:“今帝德再昌,大孝御寓。”南齐书礼志下:“(李抝议)圣上驭驭与御古今字。寓。”文选沈约奏弹王源:“自宸历御寓。”并以“御寓”为言。可证。范注底本误“寓”为“寓”。且引“黄云案冯本作‘寓’”。前后失照,吁可怪矣!

〔二〕**渊嘿黼扆**

刘永济云:“御览五九三作‘负扆’。按:审文义当从御览作‘负’。负属动词也。”

按刘说是。仪礼觐礼:“天子衮冕负斧依。”依与扆通。郑注:“负,谓背之南面也。”礼记明堂位:“天子负斧依释文:“依,本又作扆。”南乡而立。”郑注:“负之言背也。”淮南子氾论篇:“周公继文王之业,……负扆而朝诸侯。”高注:“负,背也。扆,户牖之间,言南面也。”宋书顺帝纪:“(升明元年诏)负扆巡政。”又臧质传:“(上表)遂令负扆席图。”南齐书高帝纪上:“(宋帝禅位下诏)负扆握枢。”并其证。

〔三〕**唯诏策乎**

“唯”上御览引有“其”字。

按有“其”字较胜。易乾文言:“知进退存亡而不失其正者，其唯圣人乎！”诗豳风东山序：“说以使民，民忘其死，其唯东山乎！”礼记射义：“发而不失正鹄者，其唯贤者乎！”语式并与此同，可证。

〔四〕**其在三代，事兼诰誓**

按穀梁传隐公八年：“诰誓不及五帝。”荀子大略篇亦有此语。故舍人云然。

〔五〕**誓以训戎，诰以敷政**

“戎”，御览引作“诫”。　徐𤊹云：“‘戎’当作‘戒’。”　何本、凌本、王本、文溯本、郑藏钞本作“戒”；王批本作“戎”。

按“诫”、“戒”并非。文选班固典引蔡邕注：“本事曰诰，戎事曰誓。”是“戎”字不误。

〔六〕**故授官锡胤**

“官”，黄校云：“元作‘管’。”梅本校云：“（管）疑作官。”何焯改“官”。

“胤”，芸香堂本作“允”。翰墨园本、思贤讲舍本同。范文澜云：“‘允’当作‘胤’。”

按下文有“故授官选贤”语，黄从梅、何说改“管”为“官”是。清避世宗胤祯讳缺左笔作“𦙍”，芸香堂本等径改为“允”。范谓“允”当作“胤”，似不知其原为避讳所改也。

〔七〕**诰命动民，若天下之有风矣**

按“诰命动民”，即诗大序“风以动之，教以化之”

之意。“下”字误衍，当删。后汉书蔡邕传：“邕上封事曰：‘……风者，天之号令，所以教人也。’”章怀注引翼氏风角曰：“风者，天之号令，所以谴告人君者。”论衡感虚篇：“夫风者，气也。论者以为天〔地〕之号令也。”风俗通义佚文：“风者，天之号令，谴告人君风而靡者也。”书钞一五一引。

〔八〕**降及七国，并称曰令。令者，使也**

宋本、钞本、活字本、喜多本、鲍本御览引两“令”字并作“命”。元本、弘治本、活字本、汪本、张本、胡本、万历梅本、谢钞本、汇编本上“令”下“命”；文通四引同。

按作“命”与下“改命曰制”句符。何本、凌本、合刻本、梁本、天启梅本、张松孙本、崇文本并作“命”，不误。元本等上作“令”，非是。

〔九〕**汉初定仪则，则命有四品**

黄校云：“疑衍一‘则’字，以‘定仪’为读。”此袭何焯说。　纪昀云：“上‘则’字作法程解，非衍文。”御览引“则”字不重，“命”字无。文通引“则”字不重。

按御览所引是也。章表篇：“汉定礼仪，则有四品。”与此可互发明。纪氏故尔立异，非是。

〔一〇〕**敕戒州部**

“部”，宋本、钞本、活字本、喜多本、鲍本御览引作“郡”。　倪刻御览、子苑三二引作“邦”；元本、弘治本、活字本、汪本、佘本、张本、两京本、胡本、训故本、万历梅本、谢钞本、汇编本、文津本同。

按“郡”字是。“部”“邦”皆非也。秦立郡县后,通称地方为州郡,见于史记、汉书、后汉书及隶释中者,多至不可胜举。本书檄移篇,亦有“州郡征吏”语。是此文“部”字当从御览改作“郡”切证。“州部”,乃周代称呼,战国策楚策四、庄子达生篇、韩非子显学篇并有“州部”之文。非舍人所宜用;“邦”,盖“郡”之误。王批本作“郡”。

〔一一〕**诏诰百官**

“诰”,御览引作“告”;子苑引同。

按以下文“诏者,告也”证之,“告”字是。胡广汉制度:“诏书者,诏,告也。”后汉书光武帝纪上章怀注引。

〔一二〕**制施赦命**

“命”,御览引作“令”。

按独断上:“制书,帝者制度之命也。……三公赦令、赎令之属是也。”则此当以作“令”为是。

〔一三〕**易称君子以制度数**

“度数”,顾校作“数度”。 元本、弘治本、汪本、佘本、张本、两京本、王批本、胡本、训故本、四库本作“数度”。

按作“数度”与易节象辞合。当据乙。

〔一四〕**是以淮南有英才,武帝使相如视草**

按赵翼陔馀丛考二一视草条："汉书淮南王安传：'安善为文词，武帝每为报书，常召司马相如等视草乃遣。'"视草二字始见此。言作书已就，令相如等覆视草稿始遣去，非令相如等作书也。

〔一五〕**岂直取美当时，亦敬慎来叶矣**

"亦"，谢兆申疑作"亦以"。徐𤊹校同。

按以练字篇"岂直才悬，抑亦字隐"例之，"亦"上似脱"抑"字。哀吊篇"抑亦诗人之哀辞乎"，物色篇"抑亦江山之助乎"，并以"抑亦"连文。三国志蜀书诸葛亮传："臣寿等言：……亮之器能政理，抑亦管、萧之亚匹也。"亦以"抑亦"为言。均足证此文"亦"上所脱者，定是一"抑"字。谢说、徐校，未可从也。

〔一六〕**观文景以前，诏体浮新**

"新"，御览引作"杂"。徐𤊹校"杂"。

按"杂"字是。"浮杂"，盖谓文景以前诏书直言事状，不似武帝以后之以经典缘饰也。史记三王世家赞："文辞烂然，甚可观也。"索隐："又按武帝集，此三王策皆武帝手制。"又太史公自序："三子之王，文辞可观。"并其证也。

〔一七〕**劝戒渊雅**

"劝"，黄校云："元作'观'，谢改。"此沿梅校。

徐㶿校作"劝"。

按御览引作"劝";谢钞本同。谢改、徐校是也。

〔一八〕**及制诰严助**

冯舒云:"'诰',当作'诏'。"范注误为黄丕烈校。何焯、郝懿行说同。

按"诏"字是。汉制度:"制书者,帝者制度之命,其文曰'制诏三公'。"后汉书光武帝纪上章怀注、御览五九三引。独断:"制诏者,王者之言必为法制也。"今本无,此据文选潘勖册魏公九锡文李注及御览五九三引。汉书严助传本作"制诏会稽太守"云云。

〔一九〕**赐太守陈遂**

黄校云:"'赐太守',元作'责博士',考汉书改。此沿梅校。汪本作'责博进陈遂'。"冯舒云:"'赐太守',元版作'责博士',梅鼎祚所改也。当作'责博进'。"

按汪氏私淑轩原刻及覆刻、王批本,皆作"责博士陈遂",弘治本、张本、佘本、两京本、胡本、凌本、合刻本同。黄校有误。孙诒让札迻十二。谓当作"责博于陈遂",甚是。梅鼎祚所改非也。训故本作"责太守陈遂"亦非。

〔二〇〕**暨明帝崇学**

"帝",御览引作"章"。

按“章”字是。时序篇“及明帝叠耀”，误与此同。隋书经籍志一：“光武中兴，笃好文雅；明章继轨，尤重经术。”可资旁证。

〔二一〕**安和政弛**

“安和”，御览引作“和安”。

按御览所引是也。训故本正作“和安”，与时序合。当据乙。

〔二二〕**每为诏敕，假手外请**

按后汉书周荣传：“尚书陈忠上疏荐（周）兴曰：尚书出纳帝命，为王喉舌。臣等既愚暗，而诸郎多文俗吏，鲜有雅才，每为诏文，宣示内外，转相求请。”足证舍人此说。史通载笔篇：“古者国有诏命，皆人主所为。……至于近古则不然。凡有诏敕，皆责成群下，但使朝多文士，国富辞人，肆其笔端，何事不录。……其君虽有反道败德，唯顽与暴。观其政令，则辛、癸不如；读其诏诰，则勋、华再出。此所谓假手也。”

〔二三〕**卫觊禅诰，符命炳燿**

“命”，御览引作“采”。　　徐𤊹云：“御览作‘符采’。”

按“采”字是。“符采炳燿”，与上“典雅逸群”相对为文。且“符采”专就觊之辞翰言，若作“符命”，则非其指矣。传写者非泥于符命之说妄改，即涉下文而误。原道、宗经、诠赋、风骨诸篇，并有“符采”之文。

〔二四〕**刘放张华，互管斯任**

“互管”，宋本、钞本、活字本、喜多本、鲍本御览引作“管于”；倪刻本御览作“牙管”，元本、弘治本、活字本、汪本、佘本、张本、两京本、胡本、训故本同。

按诸本并非。“互”或作“㸦”，见广韵十一暮互字下其作“牙”者，乃“㸦”之讹；作“管于”者，则讹而倒误者也。玉海六四。引作“互管”，不误。文通引同。

〔二五〕**施命发号**

“命”，宋本、钞本、活字本、喜多本、鲍本御览引作“令”。

按“令”字是。书伪冏命：“发号施令，罔有不臧。”文子下德篇：“发号施令，天下从风。”淮南子本经篇：“发号施令，天下莫不从风。”又要略篇：“发号施令，以时教期。”吴子励士篇有“发号布令，而人乐闻”语。赞中“皇王施令”，亦可证。

〔二六〕**洋洋盈耳**

按论语泰伯：“子曰：‘师挚之始，关雎之乱，洋洋乎盈耳哉！’”集解引郑玄曰：“洋洋盈耳，听而美之。”朱集注：“洋洋，美盛意。”后汉书延笃传:"笃闻,乃为书止。(李)文德曰:'……夕则消摇内阶,咏诗南轩,……洋洋乎其盈耳也。'"章怀注:"洋洋,美也。"

〔二七〕**以温峤文清,故引入中书**

"引入",黄校云:"元脱,朱按御览补。"此沿梅校。

按何本、王批本、谢钞本有"引入"二字。史记高祖纪:"吕公者,好相人。见高祖状貌,因重敬之,引入坐。"汉书高帝纪上作"引入坐上坐"。颜注:"上坐,尊处也,令于尊处坐。"后汉书马援传:"会召援,夜至,帝光武帝。大喜,引入,具以群议质之。"并以"引入"为言,皆谓其重敬之也。

〔二八〕**体宪风流矣**

"宪",黄校云:"元作'虑',朱改。"此沿梅校。徐𤊹云:"(虑)当作'宪',后'敕宪'本此。"

按朱盖据御览改,是也。何本、谢钞本正作"宪",未误。辨骚篇:"体宪于三代。"亦以"体宪"为言,尤切证也。

〔二九〕**夫王言崇秘**

"秘",宋本、钞本、倪本、喜多本、鲍本御览引作"祕";元本、弘治本、汪本、佘本、张本、两京本、王批本、胡本、梁本、尚古本、冈本、四库本同。

按说文示部:"祕,神也。"广韵六至:"祕,密也。……俗作秘。"是"祕"与"秘"为正俗字,当据御览及元本等改作“祕”为是。

〔三〇〕**则气含风雨之润**

“风”，御览、玉海引作“云”。子苑作“雨”，王批本同。

按易系辞上：“润之以风雨。”即此文所本。“云”字非。

〔三一〕**周穆命郊父受敕宪**

“郊”，黄校云：“元作‘邓’，朱考穆天子传改。”此沿梅校。

按何本、梁本、谢钞本、尚古本、冈本作“郊”，朱改是也。

〔三二〕**警郡守以恤隐**

按国语周语上：“勤恤民隐，而除其害也。”韦注：“恤，忧也；隐，痛也。”

〔三三〕**君父至尊，在三罔极**

“罔”，黄校云：“元作‘同’，许改。”此沿梅校。

按许改非是。“在三同极”者，即国语晋语一栾共子谓“民生于三，事之如一”全文黄、范两家注已具。之意。若改作“罔”，则非其指矣。宋书徐羡之传：“（元嘉三年诏）民生于三，事之如一，爱敬同极。”南齐书文惠太子传：“（王）俭曰：‘资敬奉君，必同至极。’”亦可证。后汉书王充王符仲长统传论：“若夫玄圣御世，则天同极。”章怀注：“极犹致也，言法天之道同其致也。”南齐书柳世隆传："立人之本，二理同极。"其用"同极"二字与此文同，可资旁证。

〔三四〕**及马援已下，各贻家戒**

按刘向集有诫子书，御览四五九引。时在伏波前，舍人说未谛。继援而为家戒者，代有其人：后汉书陈宠传有陈咸戒子孙文，三国志魏书王昶传有昶戒子书，晋书王祥传有祥遗令训子孙文，类聚二三引有王修诫子书，御览四五九引有魏文帝诫子书、杜恕家事戒、颜延之庭诰等，是也。

〔三五〕**班姬女戒，足称母师也**

按汉书外戚传下："倢伃诵诗及窈窕、德象、女师之篇。"颜注："诗，谓关雎以下也。窈窕、德象、女师之篇，皆古箴戒之书也。故传云诵诗及窈窕以下诸篇，明诗外别有此篇耳。"列女传母仪鲁之母师传："母师者，鲁九子之寡母也。……（鲁）大夫美之，言于穆公。赐母尊号曰母师。使明请夫人，夫人诸姬皆师之。君子谓母师能以身教。"舍人以女戒"有助内训"，故以"母师"誉之也。

〔三六〕**契敷五教**

按书舜典："帝曰：'契，百姓不亲，五品不逊，汝作司徒，敬敷五教，在宽。'"孔传："布五常之教，务在宽。"史记五帝纪集解："郑玄曰：'五品，父、母、兄、弟、子也。'王肃曰：'五品，五常也。'马融曰：'（五教）五品之教。'"

〔三七〕**昔郑弘之守南阳，条教为后所述**

范文澜云："后汉书郑弘传：'政有仁惠，……迁淮阴太守。'……案黄注引郑弘传曰：'弘为南阳太守，条教法度，为后所述。'考弘传并无此语，未知其何见而云然。……窃疑'昔郑弘之守南阳'，当作'昔郑弘之著南宫'。……'阳'是'宫'之误，'南宫'既误'南阳'，后人乃改'著'字为'守'字，不知弘实未为南阳太守也。"

按范注大误。汉书卷六十六。公孙刘田王杨蔡陈郑传八人合传。之"郑"，即郑弘也。其传曰："郑弘字稚卿，……兄昌字次卿，……次卿为太原、涿郡太守，弘为南阳太守，皆著治迹，条教法度，为后所述。"此即舍人遣辞所本，亦即黄注之所自出。是正文本无误字，黄氏亦未误记也。惜黄氏未著书名，致范氏不谙所在，横生异议，既已误稚卿为巨君，后汉书郑弘传"弘字巨君"。复欲移南阳作南宫，不自知其非，而反以黄注为误，真可谓笑他人之未工，忘己事之已拙者矣！

〔三八〕**孔融之守北海，文教丽而罕于理**

宋本、钞本、活字本御览引作"文教丽而罕施"。

按作"文教丽而罕施"，是也。困学纪闻："孔北海答王休教曰:‘掾清身洁己,历试诸难,谋而鲜过,惠训不倦;余嘉乃勋,应乃懿德,用升尔于王庭,其可辞乎?’文辞温雅,有典诰之风,汉郡国之条教如此。自注云:‘然历试诸难,恐不可用。’”卷十三。实足为此文注脚。司马彪九州春秋:“孔融守北海,教令辞气温雅,论事考实,难可悉行。”三国志魏书崔琰传裴注引。抱朴子外篇清鉴:“孔融、边让,文学邈俗,而并不达治务,所在败绩。”亦可证。

〔三九〕**若诸葛孔明之详约**

“约”,宋本、活字本、喜多本御览引作“酌”。

按“酌”字是。“详酌”与下句“明断”对文。三国志蜀书诸葛亮传陈寿上诸葛氏集表:“论者或怪亮文彩不艳,而过于丁宁周至。”“丁宁周至”,即“详酌”也。晋书孝友李密传:“(张华)次问:‘孔明言教何碎?’密曰:‘昔舜、禹、皋陶相与语,故得简雅;大诰与凡人言,宜碎。孔明与言者无己敌,言教是以碎耳。’华善之。”令伯所答,足与此文之“详酌”相发。

〔四〇〕**诗云:有命在天,明为重也;周礼曰:师氏诏王,为轻命**

“在”,冯舒云:“当作‘自’。” 天启梅本“在”改“自”。

"明为重也",徐𤊹校作"明命为重";"为轻命",徐𤊹校作"明诏为轻"。　　天启梅本同。

卢文弨云:"当作:'诗云:"有命自天。"明为重也。周礼曰:"师氏诏王。"明为轻也。'下衍一'命'字。"抱经堂文集十四。

按冯、卢说是,当从之。

〔四一〕**我有丝言**

按礼记缁衣:"子曰:'王言如丝,其出如纶。'"郑注:"言言出弥大也。纶,今有秩,啬夫所佩也。"释文:"纶,音伦。……绶也。"孔疏:"王言初出微细如丝,及其出行于外,言更渐大如似纶也。言纶粗于丝。"

〔四二〕**兆民尹好**

"尹",何焯校"式"。　　范文澜云:"'尹好',疑当作'式好'。'式',语辞也。"

按"尹"字于此,实不可解;然与"式"之形音俱不近,似难致误。疑系"伊"之残字。文选颜延之陶征士诔:"伊好之洽。"吕延济注:"伊,惟;洽,合也。""伊好"连文,即出于此。图书集成一三七引,正作"伊"。当据订。左传闵公元年:"天子曰兆民,诸侯曰万民。"

〔四三〕**涣其大号**

"涣",元本、弘治本、汪本、佘本、张本、两京本、何本、王批本、合刻本、梁本、冈本、尚古本、文津本、文溯本剜改为"涣"。王本、崇文本并作"焕"。徐𤇾校作"涣"。图书集成引作"焕"。

按诸本作"焕"误。徐校作"涣"是也。易涣："九五，涣汗其大号。"王注："散汗大号，以荡险厄者也。"孔疏："人遇险厄惊怖而劳，则汗从体出……以散险厄者也。"李鼎祚集解："九家易曰：'……故宣布号令，百姓被泽，若汗之出身不还反也。'"汉书刘向传："乃上封事谏曰：'……易曰："涣汗其大号。"言号令如汗，汗出而不反者也。'"颜注："言王者涣然大发号令，如汗之出也。"

檄移第二十

震雷始于曜电〔一〕，出师先乎威声，故观电而惧雷壮，听声而惧兵威。兵先乎声，其来已久〔二〕。昔有虞始戒于国，夏后初誓于军，殷誓军门之外，周将交刃而誓之。故知帝世戒兵，三王誓师①，宣训我众，未及敌人也〔三〕。至周穆西征，祭公谋父称古有威让之令，令有文告之辞②〔四〕，即檄之本源也。及春秋征伐，自诸侯出〔五〕，惧敌弗服，故兵出须名〔六〕，振此威风，暴彼昏乱。刘献公之所谓告之以文辞，董之以武师元作师武。者也③〔七〕。齐桓征楚，诘元作告。苞汪本作菁。茅之阙④〔八〕；晋厉伐秦，责箕部之焚⑤：管仲吕相，奉辞先路，详其意义，即今之檄文。暨乎战国，始称为檄。檄者，皦也；宣露于外〔九〕，皦然明白也。张仪檄楚⑥，书以尺二，明白之文，或称露布⑦，播诸视听也〔一〇〕。夫兵以定乱，莫敢自专，天子亲戎，则称恭行天罚〔一一〕；诸侯御师，则云肃将王诛〔一二〕。故分阃推毂⑧，奉辞伐罪〔一三〕，非唯致果为毅⑨，亦且厉辞为武。使声如冲元作衡。风所击⑩〔一四〕，元作系。气似欃枪所扫⑪〔一五〕，奋其武怒〔一六〕，总其罪人，征其恶稔之时〔一七〕，显其贯盈之数〔一八〕，摇奸宄之胆〔一九〕，订信慎之心〔二〇〕；使百尺之冲⑫，摧折于咫书，万雉之城⑬，颠坠于一檄者也。观隗嚣之檄亡新，布元作有。其三逆⑭，文不雕饰，而辞切事明，陇右文士⑮，得檄之体矣。陈琳之檄豫州[⑯]，元脱。壮有骨鲠，虽奸阉携养[⑰]，章密太甚〔二一〕，发邱摸金[⑱]，诬过其虐；然抗辞书衅，皦然露骨元作固，孙改。又一本作暴露。矣。敢指曹公之锋，幸哉免袁党之戮也〔二二〕。钟会檄蜀[⑲]，征验甚明；桓公檄胡[⑳]〔二三〕，观衅尤切，并壮笔也。

凡檄之大体，或述此休明，或叙彼苛虐，指天时，审人事，算强弱，角权势，标蓍龟于前验，悬鞶鉴于已然，虽本国信，实参兵诈〔二四〕。谲诡以驰旨，炜晔以腾说，凡此众条，莫或违之者也〔二五〕。故其植义飏辞，务在刚健；插羽以示迅，不可使辞缓；露板以宣众，不可使义隐〔二六〕；必事昭而理辨，气盛而辞断，此其要也。若曲趣密巧，无所取才矣。又州郡征吏[㉑]，亦称为檄，固明举之义也。

移者，易也；移风易俗，令往而民随者也〔二七〕。相如之难蜀老[㉒]，文晓而喻博，有移檄之骨焉。及刘歆之移太常[㉓]，辞刚而义辨，文移之首也〔二八〕。陆机之移百官[㉔]，言约而事显，武移之要者也。故檄移为用，事兼文武，其在金革，则逆党用檄，顺元作烦，曹改。命资移〔二九〕，所以洗濯民心〔三〇〕，坚同元作用，曹改。符契〔三一〕，意用小异，而体义大同，与檄参伍，故不重论也。

赞曰：三驱弛刚[㉕][❶]〔三二〕，九伐先话[㉖]〔三三〕。鞶鉴吉凶，蓍龟成败。惟压鲸鲵[㉗]〔三四〕，抵落蜂虿[㉘][❷]〔三五〕。移宝一作实。易俗〔三六〕，草偃风迈〔三七〕。

【黄叔琳注】

①**戒兵誓师**〔司马法〕有虞氏戒于国中,欲民体其命也。夏后氏誓于军中,欲民先成其虑也。殷誓于军门之外,欲民先意以待事也。周将交刃而誓之,以致民志也。②**威让文告**〔国语〕周穆王将征犬戎,祭公谋父谏曰:先王耀德不观兵,有威让之令,有文告之辞。 ③**文辞武师**〔左传〕晋侯使叔向告刘献公曰:抑齐人不盟,若之何?对曰:盟以底信,君苟有信,诸侯不贰,何患焉?告之以文辞,董之以武师,虽齐不许,君庸多矣。 ④**包茅**〔左传〕齐侯以诸侯之师伐楚,管仲曰:尔贡包茅不入,王祭不共,无以缩酒,寡人是征。 ⑤**箕部**〔左传〕晋侯使吕相绝秦曰:入我河县,焚我箕部,我是以有辅氏之聚。⑥**檄楚**〔张仪传〕仪尝从楚相饮,相亡璧,意仪盗之,掠笞数百。张仪既相秦,为文檄告楚相曰:始吾从若饮,我不盗而璧,若笞我。若善守汝国,我顾且盗而城。徐广曰:檄,一作咫尺之檄。〔汉匈奴传〕汉遗单于书,以尺一牍,中行说令单于以尺二寸牍及印封,皆令广长大。 ⑦**露布**〔魏武帝述志令〕露布天下。〔文章缘起〕汉露布,贾弘为马超伐曹操所作。〔封氏闻见记〕露布者,谓不封检,露而宣布,欲四方速知,亦谓之露版者。魏武奏事云:有警急,辄露版插羽是也。 ⑧**分阃推毂**〔冯唐传〕唐对曰:臣闻上古王者遣将也,跪而推毂曰:阃以内,寡人制之。阃以外,将军制之。 ⑨**致果**〔左传〕杀敌为

果，致果为毅。　⑩**冲风**〔韩安国传〕安国曰：冲风之衰，不能起毛羽。〔注〕冲风，疾风之冲突者也。　⑪**欃枪**〔天官书〕紫宫左三星曰天枪，所见之国，不可举事用兵。〔司马相如赋〕揽欃枪以为旌兮。张楫曰：彗星为欃枪。⑫**百尺之冲**〔国策〕苏子说齐闵王曰：百尺之冲，折之衽席之上。〔诗皇矣注〕冲，冲车也，从旁冲突者也。　⑬**万雉之城**〔公羊传〕雉者何？五板而堵，五堵而雉，百雉而城。一曰城高一丈曰堵，三堵曰雉。〔班固西都赋〕建金城之万雉。　⑭**三逆**〔隗嚣传〕嚣移檄告郡国曰：故新都侯王莽，慢侮天地，悖道逆理。昔秦始皇毁坏谥法，以一二数欲至万世，而莽下三万六千岁之历，言身当尽此度，是其逆天之大罪也。分裂郡国，断截地络，发冢河东，攻劫邱垄，此其逆地之大罪也。攻战之所败，苛法之所陷，饥馑之所夭，疾疫之所及，以万万计，其死者则露尸不掩，生者则奔亡流散，妇女流离系虏，此其逆人之大罪也。　⑮**陇右文士**详诏策篇。　⑯**陈琳**〔陈琳传〕琳避难冀州，袁绍使典文章。尝为绍檄，酷诋曹操。袁氏败，琳归操。操谓曰：卿昔为本初移书，但可罪状孤而已，何乃上及父祖耶？琳谢罪。操爱其才而不咎。　⑰**奸阉携养**〔陈琳檄〕司空曹操，祖父中常侍腾，与左悺、徐璜并作妖孽。父嵩乞丐携养，因赃假位。操赘阉遗丑，本无懿德。　⑱**发邱摸金**〔陈琳檄〕操又特置发邱中郎将，摸金校尉，所过隳突，无骸不露。　⑲**锺会**〔锺会传〕

会移檄蜀将吏士民曰：蜀相牡见禽于秦，公孙述授首于汉，此皆诸贤所备闻也。明者见危于无形，智者规祸于未萌，岂晏安酖毒，怀禄而不变哉？　⑳**桓公**〔桓温檄胡文〕胡贼石勒，暴肆华夏，齐民涂炭，至使六合殊风，九鼎乖越。寡人不德，忝荷戎重。先顺者获赏，后伏者蒙诛，此之风范，想所闻也。　㉑**州郡征吏**〔王逊传〕逊为宁州刺史，未到州，遥举董联为秀才。建宁功曹周悦谓联非才，不下版檄。〔刘讦传〕本州刺史张稷辟为主簿，主者檄召，讦乃挂檄于树而逃。　㉒**难蜀**〔司马相如传〕相如使蜀，蜀长老多言通西南夷之不为用。相如欲谏，业已建之，不敢。乃著书藉蜀父老为辞，而己诘难之，以风天子，且因宣其使指，令百姓皆知天子意。　㉓**移太常**〔楚元王传〕刘歆欲建立左氏春秋及毛诗逸礼古文尚书皆列于学官，哀帝令歆与五经博士讲论其义。诸博士或不肯置对，歆因移书太常博士责让之。　㉔**移百官**按〔成都王颖传〕颖表请诛羊玄之、皇甫商等，檄长沙王乂使就第，乃与王颙将张方伐京都。以陆机为前锋都督。陆机至洛，与成都王笺曰：王室多故，羊玄之等乘宠凶竖，皇甫商同恶相求，共为乱阶云云。或机此时有移百官文，后代失传耳。　㉕**三驱**〔易〕比九五，王用三驱。　㉖**九伐**〔周礼〕大司马以九伐之法正邦国。　㉗**鲸鲵**〔左传〕古者明王伐不敬，取其鲸鲵而封之，以为大戮，于是乎有京观。〔杜注〕鲸鲵，大鱼名，以喻不义之人，吞食小国。

㉘**蜂虿**〔左传〕臧文仲曰：君无谓邾小，蜂虿有毒，而况国乎！

【李详补注】

❶**三驱弛刚**纪云：刚，疑作纲。〔札迻〕云：当作弛网。网为纲，三写成刚，遂不可通。吕氏春秋异用篇说汤解网，令取三面舍一面，与易比九五"三驱失前禽"之文偶合，故彦和兼用之。 ❷**惟压鲸鲵二句**〔札迻〕云：案惟压义不可通。惟，黄校元本（谓黄荛圃校元本）、冯本、汪本、活字本并作摧，是也。当据正。

【杨明照校注】

〔一〕**震雷始于曜电**

按汉书礼乐志："（安世房中歌）靁震震，电燿燿。"又刑法志："刑罚威狱，以类天之震曜杀戮也。"颜注："震，谓雷电也。"又叙传下："靁电皆至，天威震燿。"述刑法志。靁，雷本字。见说文雨部。

〔二〕**兵先乎声，其来已久**

按史记淮阴侯传："广武君对曰：'兵固汉书信传作故。有先声而后实者。'"

〔三〕**宣训我众，未及敌人也**

按尹文子佚文："将战，有司读诰誓，三令五申之；

既毕,然后即敌。”文选东京赋李注引。

〔四〕**祭公谋父称古有威让之令,令有文告之辞**

冯舒校去次“令”字。　　郝懿行云:“按下‘令’字疑衍,应据国语删。”

按御览五九七引无次“令”字;训故本同。冯校、郝说是也。国语周语上原无次“令”字。

〔五〕**及春秋征伐,自诸侯出**

按论语季氏:“天下无道,则礼乐征伐,自诸侯出。”

〔六〕**故兵出须名**

按礼记檀弓下:“师必有名。”郑注:“庶几其师有善名。”汉书高帝纪上:“新城三老董公遮说汉王曰:‘臣闻“顺德者昌,逆德者亡”;“兵出无名,事故不成”。’”颜注引苏林曰:“名者,伐有罪。”

〔七〕**刘献公之所谓告之以文辞,董之以武师者也**

“武师”,黄校云:“元作‘师武’。”　　冯舒云:“(师武)当作‘武师’。”

按御览引作“武师”,与左传昭公十三年合。原文黄、范两家注已具。冯校、黄乙是也。“公”下“之”字,亦当据御览删。

〔八〕**齐桓征楚,诘苞茅之阙**

“苞”,黄校云:“汪本作‘菁’。”王批本作“青”,误。

按御览引作“菁”;元本、弘治本、活字本、佘本、张本、两京本、胡本、训故本、合刻本、文津本同。舍人此文,盖本穀梁僖公四年。作"菁茅"。管子轻重丁篇、韩非子外储说左上、史记夏本纪、新序杂事四并有"菁茅"之文。下云"箕部",二地名。此云"菁茅",禹贡孔传以为二物。文本相对。若作"苞茅",左传本作"包",他书多引作"苞"。与左传虽合,"包""苞"古通。于词性则失矣。禹贡孔传:"其所包裹而致者。"左传杜注:"包,裹束也。"是"包"为动词。

〔九〕**宣露于外**

"露",御览引作"布";玉海二百三引同。

按"布"字是。"露"盖涉下而误。

〔一〇〕**明白之文,或称露布,播诸视听也**

"露布"下,御览引作"露布者,盖露板不封,布诸视听也";事文类聚别集七、玉海引同。

按今本文意不足,当以御览等所引为是。容斋续笔十引作"露布者,盖露板不封,布诸观听也";胡三省通鉴卷二六九注引同。"观"字虽异,其所见本固未脱也。文章辨体总论、文体明辨三十、山堂肆考角集三六所引与御览同,当系转引,未必明世尚有未脱之本也。又按"播"字应依御览诸书作"布"。

〔一一〕**天子亲戎,则称恭行天罚**

"恭",元本、弘治本、活字本、汪本、佘本、张本、两京本、训故本、合刻本、四库本作"龚"。　徐𤊹校作“恭”。

按“恭”“龔”同音通假。书甘誓“今予惟恭行天之罚”,孔传:“恭,奉也。”吕氏春秋先己篇高注引作“龔”;伪泰誓下“奉予一人恭行天罚”,文选东都赋李注引作“龔”。并其证。不必校“龔”为“恭”也。御览、何本、王批本等作“恭”。

〔一二〕**诸侯御师,则云肃将王诛**

按书伪泰誓上:“皇天震怒,命我文考,肃将天威。”枚传:“言天怒纣之恶,命文王敬行天罚。”

〔一三〕**奉辞伐罪**

按书伪大禹谟:“肆予以尔众士,奉辞罚罪。”文选潘岳西征赋李注引作“伐罪”,与此同。

〔一四〕**使声如冲风所击**

黄校云:“(冲)元作‘衝’;(击)元作‘系’。”此沿梅校。　　徐𤊹“衝”校“冲”;“系”校“击”。

按宋本、喜多本御览及文通引,正作“冲风所击”。徐校、梅改是也。史记韩长孺传:“安国曰:‘……冲风之末,力不能漂鸿毛。’”汉书韩安国传颜注:“冲风,疾风之冲突者也。”盐铁论轻重篇:“冲风飘卤。”

〔一五〕**气似欃枪所扫**

按后汉书崔骃传:“(崔篆慰志赋)运欃枪以电埽兮。”李注:“欃枪,彗也。”埽与扫通。

〔一六〕**奋其武怒**

按左传昭公五年:"薳启强曰:'……奋其武怒,以报其大耻。'"

〔一七〕**惩其恶稔之时**

"惩",宋本、钞本、活字本、喜多本御览引作"征"。

按"征"字较胜。训故本亦作"征"。左传昭公十八年:"苌弘曰:'毛得必亡,是昆吾稔之日也。'"杜注:"稔,熟也。"曹丕答曹洪书:"今鲁罪兼苗桀,恶稔厉莽。"文选陈琳为曹洪与魏文帝书李注引。

〔一八〕**显其贯盈之数**

按书伪泰誓上:"商罪贯盈,天命诛之;予弗顺天,厥罪惟钧。"孔传:"纣之为恶,一以贯之,恶贯已满,天毕其命。今不诛纣,则为逆天,与纣同罪。"左传宣公六年:"中行桓子曰:'使疾其民以盈其贯。'"

〔一九〕**摇奸宄之胆**

"宄",宋本、喜多本御览引作"凶";钞本、活字本作"宪"(凶之俗)。倪刻本御览作"冗"。

按"凶""冗"并非。书舜典:"寇贼奸宄。"孔传:"在外曰姦,在内曰宄。"释文:"宄,音轨。"左传成公十七年:"长鱼矫曰:'乱在外为姦,在内为轨。'"释文:"轨,一作宄。""奸",与"姦"

通。元本、弘治本、活字本、汪本等作“姦”。

〔二〇〕**订信慎之心**

“慎”,御览引作“顺”。　　徐𤊹校作“顺”。

按“顺”字是。前哀吊篇“至于苏慎、张升”,亦误为“慎”,是“慎”“顺”易误之证。

〔二一〕**虽奸阉携养,章密太甚**

“密”,宋本、钞本、活字本、喜多本御览引作“实”。徐𤊹校“实”。　　王批本作“实”。

按“实”字是。左传桓公二年:“郜鼎在庙,章孰甚焉。”语意与此同,可证。

〔二二〕**皦然露骨矣。敢指曹公之锋,幸哉免袁党之戮也**

黄校云:“(骨)元作‘固’,孙改;此沿万历梅本校语;天启梅本作“布”,校云:元作“固”,孙改。又一本作‘暴露’。”

王批本作“暴露”。谢兆申云:“疑作‘固矣,敢指曹公之锋;幸哉!获免袁党之戮也’。”　　铃木云:“案‘矣敢’当作‘敢矣’,与下句‘幸哉’相对。”　　纪昀云:“‘指’当作‘撄’。”

按黄校一本是。御览引作“曝暴之俗体。露”。左传襄公三十一年:“亦不敢暴露。”是“暴露”二字连文之证。元本、弘治本等因“露”上脱“暴”字,而又误“固”为“骨”,遂作“皦然露骨矣”。其实非也。“固矣”当属下读,与孟子告子下“固哉高叟之为诗也”之“固哉”同。谢校近是。“指”字不误。诗鄘风蝃蝀有“莫之敢指”语。纪氏盖泥于孟子尽心下“莫之敢撄”之文而为说耳。

〔二三〕**桓公檄胡**

“公”,御览引作“温”。　　徐𤊹校“温”。

按上云“锺会”,此忽云“桓公”,似不伦类。且本书论述作者,除曹操、羊祜、庾亮外,它无称为公者。当以御览所引为是。王批本作“温”。未误。当据改。

〔二四〕**实参兵诈**

按孙子军争篇:“故兵以诈立。”韩非子难一篇:“战阵之间,不厌诈伪。”吕氏春秋义赏篇:“昔晋文公将与楚人战于城濮。……咎犯对曰:‘……繁战之君,不足于诈。君亦诈之而已。’”高注:“足犹厌也。诈者,谓诡变而用奇也。”淮南子人间篇:“战陈之事,不厌诈伪。”说苑权谋篇:“晋文公与荆人战于城濮,君问于咎犯。咎犯对曰:‘……服战之君,不足于诈。诈之而已矣。’”后汉书虞诩传:“诩曰:‘……今其众新盛,难与争锋;兵不猒与厌同。权,愿宽假辔策,勿令有所拘阂而已。’”

〔二五〕**莫或违之者也**

御览引作“莫之或违者也”。徐𤊹校同。

按御览所引是。哀吊篇“莫之或继也”,句法与此相同,可证。指瑕篇有“未之或改”语。

〔二六〕**插羽以示迅,不可使辞缓,露板以宣众,不可使义隐**

按史记陈豨传“吾高祖。以羽檄征天下兵”集解:“魏武帝奏事曰:‘今边有小警,辄露檄插羽。’飞羽檄之意也。骃案:推其言,则以鸟羽插檄书,谓之羽檄,取其急速若飞鸟也。”汉书高帝纪下“吾以羽檄征天下兵”颜注:“檄者,以木简为书,长尺二寸,用征召也。其有急事,则加以鸟羽插之,示速疾也。魏武奏事云:‘今边有警,辄露檄插羽。’檄音胡历反。”

〔二七〕**移风易俗,令往而随者也**

按礼记乐记:“故乐行而伦清,耳目聪明,血气和平,移风易俗,天下皆宁。”又见荀子乐论篇。孝经广要道章:“移风易俗,莫善于乐。”史记李斯传:“(谏逐客书)孝公用商鞅之法,移风易俗,民以殷盛,国以富强。”

〔二八〕**文移之首也**

按以下“武移之要者也”句相例,“首”下合有“者”字。

〔二九〕**顺命资移**

"顺",黄校云:"元作'烦',曹改。"此沿梅校。

按御览、文通引作"顺";何本、梁本、谢钞本、别解本同。曹改是也。"命",当依御览改作"众"。

〔三〇〕**所以洗濯民心**

按左传襄公二十一年:"洒濯其心。"崔实政论:"洗濯民心,湔浣浮俗。"意林三引。

〔三一〕**坚同符契**

"同",黄校云:"元作'用',曹改。"此沿梅校。

按"用"字固误,曹改为"同",亦非。当依御览引作"明"。弘明集何承天答宗居士书:"证譬坚明。"金楼子立言篇下:"曹子建、陆士衡皆文士也,观其辞致侧密,事语坚明,意匠有序,遗言无失。"并以"坚明"为言。王批本正作"明",未误。

〔三二〕**三驱弛刚**

郝懿行云:"按'刚'字疑'网'字之讹。"

按孙诒让札迻十二。亦谓当作"弛网",与郝说同,是也。抱朴子外篇君道:"识弛网而悦远。"即用汤网去三面事,正作"弛网",其切证也。

〔三三〕**九伐先话**

刘永济云:"按'话'乃'诫'误。……篇首所谓'始戒'、'戒兵','戒'即'诫'也。"

按刘说非是。“九伐先话”，即篇首“兵先乎声”之意。且本赞纯用夬韵，“诫”在怪韵。若改作“诫”，则失其韵矣。精于声律之刘勰，绝不可能失误如此。刘说殊缪！

〔三四〕**惟压鲸鲵**

“惟”，元本、弘治本、活字本、张乙本、两京本、王批本、胡本、训故本作“摧”；汪本、佘本、张甲本、何本、梅本、凌本、合刻本、梁本、秘书本、谢钞本、汇编本、别解本、尚古本、冈本、四库本、王本、张松孙本、郑藏钞本、崇文本作“推”。

按“摧”字是。喻林八七引正作“摧”。谭校作“摧”，“推”“惟”并“摧”之残误。黄本原出梅氏，而梅原作“推”，诸本亦无作“惟”者，则“惟”字乃黄氏臆改。

〔三五〕**抵落蜂虿**

按各本皆作“抵”，与文意不合，疑当作“扺”。说文手部：“扺，侧击也。”“扺”音纸，与“抵”之音义俱别。

〔三六〕**移宝易俗**

黄校云：“（宝）一作‘实’。”何焯改作“实”。　徐𤊹云：“（宝）当是‘风’字，本文有‘移风’之语。‘移宝’，于义不通。”

按“宝”喻帝位。时序篇有“暨皇齐驭宝”语。“移宝”，谓改朝换代。若依徐说改“宝”为“风”，则与下句之“风迈”复，本书五十篇赞文中无是例也。

〔三七〕**草偃风迈**

按书伪君陈："尔惟风，下民惟草。"枚传："民从上教而变，犹草应风而偃。"论语颜渊："孔子对曰：'……君子之德风，小人之德草；草上之风必偃。'"集解引孔安国曰："……偃，仆也。加草以风，无不仆者。犹民之化于上。"孟子滕文公上："君子之德，风也；小人之德，草也。草上之风，必偃。"赵注："偃，伏也。以风加草，莫不偃伏也。"

文心雕龙校注卷五

封禅第二十一

夫正位北辰，向明南面[①]，所以运天枢[②]，毓黎献者[③]，何尝不经道纬德，以勒皇迹者哉〔一〕！录图曰〔二〕：潬潬噅噅，棼棼雉雉，万物尽化。言至德所被也。丹书曰[④]：义胜欲则从，欲胜义则凶〔三〕。戒慎之至也。则戒慎以崇其德，至德以凝其化〔四〕，七十有二君，所以封禅矣〔五〕。

昔黄帝神灵〔六〕，克膺鸿瑞，勒功乔岳〔七〕，铸鼎荆山[⑤]。大舜巡岳[⑥]，显乎虞典。成康封禅[⑦]，闻之乐纬。及齐桓之霸[⑧]，爰窥王迹，夷吾谲陈，当作谏。距以怪物〔八〕。固知玉牒金镂[⑨]，专在帝皇也。然则西鹣东鲽，南茅北黍[⑩]，空谈非征，勋德而已。是史迁八书，明述封禅者〔九〕，固禋祀之殊礼，名元作铭，朱改。号之秘祝[⑪]，元脱，朱补。祀天之壮观矣〔一〇〕。

秦皇铭岱⑫〔一一〕，文自李斯，法家辞气，体乏弘润；然疏而能壮，亦彼时之绝采也。铺观两汉隆盛，孝武禅号于肃然⑬，光武巡封于梁父⑭，诵元作请，孙改。德铭勋，乃鸿笔耳〔一二〕。观相如封禅⑮，蔚为唱首〔一三〕，尔其表权舆，序皇王，炳元符⑯〔一四〕，镜鸿业，驱前古于当今之下，腾休明于列圣之上，歌之以祯瑞，赞之以介邱⑰，绝笔兹文，固维新之作也。及光武勒碑⑱，则文自元作字。张纯⑲〔一五〕，首胤典谟，末同祝辞，引钩谶，叙离乱⑳，元脱，许补。一本作合。计武功，述文德，事核理举，华不足而实有馀矣。凡此二家，并岱宗实迹也。及扬雄剧秦，班固典引，事非镌石，而体因纪禅。观剧秦为文㉑，影写长卿，诡言遁辞，故兼包神怪㉒。然骨掣靡密〔一六〕，辞贯圆通，自称极思，无遗力矣。典引所叙㉓，雅有懿乎〔一七〕，历鉴前作，能执厥中〔一八〕，其致义会文，斐然馀巧，故称封禅丽而不典〔一九〕，剧秦典而不实。岂非追观易为明，循势易为力欤！至于邯郸受命㉔，攀响前声，风末力寡〔二〇〕，辑韵成颂，虽文理顺元作烦，一作颇。序〔二一〕，而不能奋飞〔二二〕。陈思魏德㉕，假论客主，问答迂缓，且已千言❶，劳深绩寡，飙焰缺焉。

兹文为用，盖一代之典章也。构位之始〔二三〕，宜明大体，树骨于训典之区，选言于宏富之路，使意古而不晦于深，文今而不坠于浅，义吐光芒，辞成廉锷〔二四〕，则为伟矣。虽复道极数殚〔二五〕，终然相袭〔二六〕，而日新其采元作来。者〔二七〕，必超前辙焉。

赞曰：封勒帝绩，对越天休〔二八〕。逖听高岳[26]，声英克彪〔二九〕。树石九旻〔三〇〕，泥金八幽〔三一〕。鸿律蟠采，如龙如虬〔三二〕。

【黄叔琳注】

①**向明**〔易说卦传〕圣人南面而听天下，向明而治。②**运天枢**〔天官书〕斗为帝车，运于中央。〔春秋运斗枢〕斗第一天枢。　③**黎献**〔书益稷〕万邦黎献，共惟帝臣。〔传〕黎献，黎民之贤者也。　④**绿图丹书**见正纬篇。　⑤**铸鼎**〔汉郊祀志〕公孙卿曰：黄帝采首阳山铜铸鼎于荆山下，鼎既成，有龙垂胡须下迎黄帝。　⑥**巡岳**〔书舜典〕岁二月，东巡守，至于岱宗。五月，南巡守，至于南岳。八月，西巡守，至于西岳。十有一月朔，巡守至于北岳。　⑦**成康封禅**〔封禅书〕周德之洽，惟成王，成王之封禅则近之矣。　⑧**齐桓**〔汉郊祀志〕齐桓公既霸，会诸侯于葵邱，而欲封禅。管仲曰：古者封泰山禅梁父者七十二家，而夷吾所记者十有二焉，皆受命然后得封禅。管仲睹桓公不可穷以辞，因设之以事云云，桓公乃止。详下西鹣东鲽注。　⑨**玉牒金镂**〔后汉祭祀志〕封禅用玉牒书，藏方石。有玉检，检用金缕五，周以水银，和金以为泥。　⑩**西鹣东鲽南茅北黍**〔郊祀志〕管仲曰：古之封禅，鄗上黍，北里禾，所以为盛。江淮间一茅三脊，所以为藉也。东海致比目之鱼，西海致比翼之鸟，然

后物有不召而至者十有五焉。〔注〕比目鱼其名谓之鲽，比翼鸟其名谓之鹣。 ⑪**秘祝**见祝盟篇。 ⑫**铭岱**〔秦始皇本纪〕始皇东行郡县，上邹峄山，立石，与鲁诸生议刻石颂秦德，议封禅望祭山川之事。遂上泰山，禅梁父，刻所立石。 ⑬**禅号肃然**〔孝武本纪〕丙辰，禅泰山下趾东北肃然山。 ⑭**巡封梁父**〔后汉祭祀志〕建武三十二年二月，皇帝东巡狩，至于岱宗，柴。甲午，禅于梁阴。⑮**相如**〔司马相如传〕武帝曰：相如病甚，可往从悉取其书，若不然，后失之矣。使所忠往，而相如已死。其妻曰：长卿未死时，为一卷书，曰：有使者来求书，奏之。其遗札书言封禅事。 ⑯**元符**〔李善文选注〕元符，天符也。 ⑰**介邱**〔封禅文〕以登介邱。〔注〕介，大也。邱，山也。言登泰山封禅也。 ⑱**勒碑**〔后汉祭祀志〕建武三十二年二月，上至奉高，遣侍御史与兰台令史将工先上山刻石。 ⑲**张纯**〔张纯传〕纯奏上宜封禅曰：宜及嘉时，遵唐帝之典，继孝武之业，以二月东巡狩，封于岱宗。明中兴，勒功勋，复祖统，报天神，禅梁父，祀地祇，传祚子孙，万世之基也。中元元年，帝乃东巡岱宗，以纯视御史大夫从，并上元封旧仪及刻石文。 ⑳**引钩谶叙离乱**〔后汉祭祀志〕刻石文曰：王莽篡叛，宗庙隳坏，社稷丧亡，扬、徐、青三州首乱，兵革横行。延及荆州，豪杰并兼，百里屯聚，往往僭号。北夷作寇，千里无烟，无鸡鸣犬吠之声。按文内多引河图、赤伏符、会昌符、孝经钩命决等书。 ㉑**剧秦**〔扬雄剧秦美新序〕司马相如作封禅一篇，以彰汉氏之休。臣敢竭肝胆，写腹心，作剧秦美新一篇，虽未究万分之一，亦臣之极思也。 ㉒**兼包神怪**谓篇中元符灵契黄瑞涌出云云也。 ㉓**典引**〔班固典引序〕伏惟相如封禅，靡而不典，扬雄美新，典而亡实。臣不胜区区，窃作典引一篇。〔注〕典谓尧典，引犹续也。汉承尧后，故述汉德以续尧典。 ㉔**受命**邯郸淳著魏受命述。 ㉕**魏德**〔陈思王集〕魏德论末曰：固将封泰山，禅梁父，历名山以祈福，周五方之灵宇，越八九于往素，踵帝王之灵矩，流馀祚于黎烝，钟元吉乎圣主。 ㉖**逖听**〔封禅文〕逖听者风声。

【李详补注】

❶**陈思魏德四句**详案：今本陈思王集魏德论存六百馀字，俱系答辞。案北堂书钞（一百四）引曹植魏德论：栖笔寝馈，含光而不明，朦窃惑焉。此审是客问语。朦窃惑焉四字，本张衡西京赋。朦，张作蒙，义通。

【杨明照校注】

〔一〕**何尝不经道纬德，以勒皇迹者哉**

按“迹”当作“绩”。赞中“封勒帝勣（绩）”“勣”与“绩”古今字。句可证。

〔二〕**录图**

"录",绎史五黄帝纪引作"绿"。　何焯校作"绿"。　纪昀云:"'录',当作'绿'。"　范文澜云:"(纪)说无考。"

按正纬篇"则是尧造绿图,昌制丹书",亦以"绿图"与"丹书"对。此亦应尔。(淮南子俶真篇:"洛出丹书,河出绿图。"即丹书、绿图对举。)汪本、张本、训故本并作"绿"。当据改。

〔三〕**丹书曰:义胜欲则从,欲胜义则凶**

按大戴礼记武王践阼篇:"武王践阼三日,……然后召师尚父而问焉,曰:'黄帝、颛顼之道存乎?意亦忽不可得见与?'师尚父曰:'在丹书。王欲闻之,则齐斋。矣。'……师尚父西面道书之言曰:'敬胜怠者吉,怠胜敬者灭;义胜欲者从,欲胜义者凶。'"(六韬文韬明传:"故义胜欲则昌,欲胜义则亡;敬胜怠则吉,怠胜敬则灭。")尚书帝命验丹书文与大戴礼记同,见史记周本纪正义。

〔四〕**则戒慎以崇其德,至德以凝其化**

按"则"字上疑脱"然"字。本书屡以"然则"二字紧承上文(凡十见)。

〔五〕**七十有二君,所以封禅矣**

按庄子佚文:"易姓而王,封于泰山,禅于梁父者,七十有二代;其有形兆垠堮勒石,凡千八百馀处。"续汉书祭祀志上刘注引。史记封禅书:"管仲曰:'古者封泰山、禅梁父者,七十二家。而夷吾所记者,十有二焉。'"今本管子封禅篇系据史记封禅书补。

〔六〕**昔黄帝神灵**

按大戴礼记五帝德篇:"孔子曰:'黄帝,少典之子也,曰轩辕,生而神灵。'"史记五帝本纪:"黄帝者,少典之子,姓公孙,名曰轩辕,生而神灵。"又见家语五帝德篇。

〔七〕**勒功乔岳**

按诗周颂时迈:"怀柔百神,及河乔嶽。"毛传:"乔,高也。高岳,岱宗也。"释文:"嶽,本亦作岳,同。音岳。"孔疏:"言高嶽岱宗者,以巡守之礼必始于东方,故以岱宗言之。"后知音篇"阅乔岳以形培塿"句之"乔岳",泛指高山,与此"乔岳"之专指黄帝"上泰山封"各明一义,不能混而为一。文选曹植七启"乔岳无巢居之民"之"乔岳",亦泛指高山。

〔八〕**夷吾谲陈,距以怪物**

"陈",黄校云:"当作'谏'。"此袭冯舒、何焯说。文溯本剜改为"谏"。　　纪昀云:"'陈'训敷陈,不必改'谏'。"　　"距",何本、凌本、别解本、尚古本、冈本、王本、郑藏钞本、崇文本作"拒"。

按"谏"字是。奏启篇"谷永之谏仙",御览五九四引作"陈仙",是"谏"、"陈"易误之例。诗大序:"主文而谲谏。"即"谲谏"二字所出。家语辩政篇:"孔子曰:'忠臣之谏君有五义焉:一曰谲谏。'"史记齐太公世家:"桓公称曰:'吾欲封泰山,禅梁父。'管仲固谏不听。乃说桓公以远方珍怪物至,乃得封。桓公乃止。"足为夷吾谲谏之证。"距"与"拒"通。

〔九〕**是史迁八书,明述封禅者**

范文澜云:"'是史迁八书'句不辞,'是'下疑脱一'以'字。"

按范说是。训故本正有"以"字。当据增。

〔一〇〕**固禋祀之殊礼,名号之秘祝,祀天之壮观矣**

黄校云:"(名)元作'铭',朱改;'祝'元脱,朱补。"此沿梅校。　　"天"下徐𤑔沾"下"字。

按"铭"字不误,纪昀已评之矣。"天"上"祀"字与上"禋祀"复,疑为"祝"之形误;"天"下应从徐说补"下"字。史记司马相如传:"(封禅文)皇皇哉!斯事天下之壮观。"当为舍人此语所本。"禋祀之殊礼"与"铭号之秘祝"为平列句,"天下之壮观矣"则总摄之辞,非同上二句平列也。周礼春官大宗伯:"以禋祀祀昊天上帝。"国语周语上:"精意以享,禋也。""秘",当依各本作"祕"。

〔一一〕**秦皇铭岱**

"秦"下,元本、弘治本、活字本、汪本、佘本、张本、两京本、何本、训故本、梅本、凌本、合刻本、梁本、秘书本、谢钞本、汇编本、别解本、尚古本、冈本、文津本、王本、张松孙本、郑藏钞本、崇文本并有“始”字;文通五引同。

按“始”字不必有。明诗篇:“秦皇灭典,亦造仙诗。”知音篇:“秦皇、汉武,恨不同时。”皆只称“秦皇”,可证。

〔一二〕**诵德铭勋,乃鸿笔耳**

“诵”,黄校云:“元作‘请’,孙改。”此沿梅校。

按何本、梁本、谢钞本、别解本、尚古本、冈本作“诵”,孙改是也。史记秦始皇纪:“二十八年,始皇东行郡县,……乃遂上泰山,立石,封,祠祀。……刻所立石,其辞曰:‘……二十有六年,初并天下,罔不宾服。亲巡远方黎民,登兹泰山,周览东极。从臣思迹,本原事业,祗诵功德。’”又:“(议刻金石)今皇帝并一海内,以为郡县,天下和平。……群臣相与诵皇帝功德,刻于金石,以为表经。”论衡须颂篇:“古之帝王建鸿德者,须鸿笔之臣褒颂纪载,鸿德乃彰,万世乃闻。”

〔一三〕**观相如封禅,蔚为唱首**

按明诗篇“汉初四言,韦孟首唱”,杂文篇“观枚氏首唱”,章句篇“发端之首唱”,附会篇“若首唱荣华”,并作“首唱”。则此“唱首”二字当乙。

〔一四〕**炳元符**

"元",元本、弘治本、活字本、汪本、佘本、张本、两京本、何本、胡本、梅本、凌本、合刻本、梁本、秘书本、谢钞本、汇编本、别解本、尚古本、冈本、崇文本作"玄";文通引同。文溯本缺末笔。

按"玄"字是。黄本避清讳改作"元"。文选扬雄剧秦美新:"玄符灵契。"李注:"玄符,天符也。"

〔一五〕**及光武勒碑,则文自张纯**

"自",黄校云:"元作'字'。"此沿梅校。

按上文"秦皇铭岱,文自李斯",句法与此同,"字"改"自"是。何本、谢钞本正作"自";文通引同。

〔一六〕**然骨掣靡密**

按"骨掣"二字不辞,疑当作"体制"。定势、附会两篇并有"体制"之文。郝懿行云:"按'掣'疑本作'制',下篇'应物掣巧',一作'制',是也。"

〔一七〕**典引所叙,雅有懿乎**

纪昀云:"'乎'当作'采'。"

按纪说是。杂文篇:"班固宾戏,含懿采之华。"是舍人于孟坚文评为"懿采",前后两言之。时序篇"鸿风懿采",亦可证。

〔一八〕**能执厥中**

按书伪大禹谟:"允执厥中。"论语尧曰作"允执其中"。

〔一九〕**故称封禅丽而不典**

按“丽”当作“靡”，始与典引合。张瞻剧秦美新注：“相如封禅，靡而不典。”书钞一百引。盖沿用孟坚文，亦作“靡”。明诗篇有“靡而非典”语。可证。

〔二〇〕**风末力寡**

按史记韩长孺传：“冲风之末，力不能漂鸿毛，非初不劲，末力衰也。”汉书韩安国（字长孺）传颜注：“冲风，疾风之冲突者也。”

〔二一〕**虽文理顺序**

“顺”，黄校云：“元作‘烦’；此沿万历梅本校语。一作‘颇’。”

按元本、弘治本、活字本、汪本、佘本、张本、王批本作“烦”，文津本同。确为误字。万历梅本改“顺”，盖据徐𤊹校也。谢钞本、汇编本、郑藏钞本、文溯本（剜改）作“顺”。寻绎语意，曹学佺校作“颇”见凌本、天启梅本、秘书本、张松孙本校语。极是。伦明所校元本正作“颇”。当据改。两京本、何本、胡本、训故本、合刻本、梁本、秘书本、别解本、尚古本、冈本、崇文本并作“颇”。

〔二二〕**而不能奋飞**

按诗邶风柏舟：“静言思之，不能奋飞。”

〔二三〕**构位之始**

“构”，元本、两京本作“构”；文章辨体汇选一九八引同。

按“构”字是。已详杂文篇“腴辞云构”条。

〔二四〕**辞成廉锷**

按庄子说剑篇：“以清廉士为锷。”释文引司马彪云：“锷，剑刃也。”

〔二五〕**虽复道极数殚**

按文选扬雄剧秦美新：“道极数殚。”李注：“言天道既极，历数又殚。”张铣注：“汉道已极，历数穷尽。”广雅释诂一：“殚，尽也。”

〔二六〕**终然相袭**

按文选嵇康琴赋：“历世才士，并为之赋颂。其体制风流，莫不相袭。”李注：“孔安国尚书（大禹谟）传曰：‘袭，因也。’”大禹谟原是“习”字，李注乃改引为“袭”与赋文相应（此例李注多有之）。“习”与“袭”同，见大禹谟孔疏。

〔二七〕**而日新其采者**

“采”，黄校云：“元作‘来’。”　　徐𤊹校“采”。天启梅本改“采”。

按改“来”为“采”，是也。杂文篇有“麟凤其采”语。

〔二八〕**对越天休**

按诗周颂清庙：“对越在天。”郑笺：“对，配；越，于也。”又大雅江汉：“对扬王休。”郑笺：“对，答。休，美。”国语周语中：“各守尔典，以承天休。”韦注：“典，常也。休，庆也。”书伪汤诰：“以承天休。”枚传:“守其常法,承天美道。”

〔二九〕**声英克彪**

按“声英”二字当乙,始能与上句之“逖听”相俪。史记司马相如传:“(封禅文)蜚英声。”索隐引胡广曰:“飞扬英华之声。”文选封禅文李注:“蜚,古飞字也。”

〔三〇〕**树石九旻**

按“九旻”,犹九天,言其高。史记封禅书:“(始皇)自太山至巅,立石颂秦始皇帝德,明其得封也。”又:“(武帝)东上太山,太山之草木叶未生,乃令人上石,立之太山巅。”续汉书祭祀志上:“(元封元年)三月,上东上泰山,乃上石立之泰山巅。”

〔三一〕**泥金八幽**

按“泥金”,本作“金泥”。因与上句之“树石”相俪,故乙转为“泥金”。白虎通德论封禅篇:“或曰:‘封者,金泥银绳,封之以印玺。’”风俗通义正失篇:“(封泰山禅梁父)或曰:‘金泥银绳,印之以玺。’”又汉官仪:“传曰:‘封者,以金泥银绳,印之以玺。’”御览六八二引。续汉书祭祀志上封禅:“乃求元封时封禅故事,议封禅所施用。有司奏当用方石再累置坛中,皆方五尺,厚一尺,用玉牒书藏方石〔下〕。牒厚五寸,长尺三寸，广五寸，有玉检。……检用金缕五周，以水银和金以为泥。玉玺一方寸二分，一枚方五寸。”孟康汉书注：“王者功成治定，告成功于天。封，崇也，助天之高也。刻石纪号，有金策、石函、金泥、玉检之封焉。”武帝纪“（元封元年）登封泰山”句注。“八”，指函内四正四隅。“幽”，隐也。说文丝部。“八幽”，谓玉牒藏函后覆盖检封也。

〔三二〕**鸿律蟠采，如龙如虬**

“律”，范文澜引黄（丕烈）云：“活字本作‘岳’。”按顾、黄合校本文心雕龙，顾广圻于“逖听高岳”句下栏校云：“‘岳’活‘嶽’。”是所校谓“高岳”之“岳”活字本作“嶽”，本书“岳”字活字本皆作“嶽”。非谓“鸿律”之“律”活字本作“岳”也。范氏所引有误。又按“鸿律”于此费解，“律”疑“笔”之误。书记、镕裁、练字三篇及本篇上文并有“鸿笔”之文。“鸿笔”，谓撰封禅文字之大手笔也。

章表第二十二

夫设官分职，高卑联事[①]。天子垂珠以听[②]，诸侯鸣玉以朝。敷奏以言，明试以功。故尧咨四岳〔一〕，舜命八元[③]〔二〕，固辞再让之请，俞往钦哉之授〔三〕，并陈辞帝庭，匪假书翰。然则敷奏以言，则一作即。章表之义也；明试以功，即授爵之典也〔四〕。至太甲既立，伊尹书诫[④]，思庸归亳[⑤]，又作书以赞〔五〕，元作缵。文翰献替[⑥]，事斯见矣。周监二代，文理弥盛〔六〕，再拜稽首，对扬休命〔七〕，承文受册，敢当丕显[⑦]，虽言笔未分[⑧]，而陈谢可见〔八〕。降及七国，未变古式，言事于主，皆称上书〔九〕。秦初定制，改书曰奏。汉定礼仪，则有四品：一曰章，二曰奏，三曰表，四曰议[⑨]〔一〇〕。章以谢恩，奏以按劾，表以陈请，议以执异。章者，明也。诗云为章于天，谓文明也；其在文物，赤白曰章[⑩]〔一一〕。表者，标也。礼有表记，谓德见于仪；其在器式，揆景曰表[⑪]〔一二〕。章表之目，盖取诸此也。按七略艺文[⑫]，谣咏必录；章表奏议，经国之枢机，然阙而不纂者，乃各有故事而在职司也〔一三〕。

前汉表谢，遗篇寡存。及后汉察举，必试章奏。左雄奏议[⑬]，台阁为式；胡广章奏[⑭]，一作表。天下第一：并当时之杰笔也。观伯始谒陵之章，足见其典文之美焉。昔晋文受册，三辞元脱，朱补。从命〔一四〕，是以汉末让表，以三为断〔一五〕。曹公称为表不必三让〔一六〕，又勿得浮华。所以魏初表章，指事造实，求其靡丽，则未足美矣〔一七〕。至于文举之荐祢衡⑮，气扬采飞；孔明之辞后主⑯，志尽文畅：虽华实异旨，并表之英也。琳瑀章表⑰，有誉当时；孔璋称健⑱，则其标也。陈思之表⑲，独冠群才。观其体赡而律调，辞清而志显，应物掣一作制。巧〔一八〕，随变生趣，执辔有馀，故能缓急应节矣。逮晋初笔札，则张华为俊⑳〔一九〕。元作俦。其三让公封，理周辞要，引义比事，必得其偶，世珍鷦鷯㉑，莫顾章表。及羊公之辞开府㉒，有誉于前谈；庾公之让中书㉓，信美于往载〔二〇〕：一作册。序志显类〔二一〕，有文雅焉。刘琨劝进㉔，张骏自序㉕，文致耿介，并陈事之美表也〔二二〕。

原夫章表之元作文，谢改。为用也〔二三〕，所以对扬王庭，昭明心曲〔二四〕。既其身文，且亦国华。章以造阙，风矩应明；表以致禁，骨采宜耀：循名课实〔二五〕，以章元脱，一作文。为本者也〔二六〕。是以章式炳贲，志在典谟，使要而非略，明而不浅。表体多包，情伪屡迁，必雅义以扇其风，清文以驰其丽。然恳恻元作惬。者辞为心使〔二七〕，浮侈者情为文元作出。使〔二八〕，一作情为文屈。繁约得正，华实相胜，唇吻不滞〔二九〕，则中律矣。子贡云：心以制之，言以结之，盖一一作以。辞意也。荀卿以为观人美辞，丽于黼黻文章，亦可以喻于斯乎！

赞曰：敷奏绛阙㉖〔三〇〕，献替黼扆㉗〔三一〕。言必贞明，义则弘伟。肃恭节文，条理首尾。君子秉文，辞令有斐〔三二〕。

【黄叔琳注】

①**联事**〔周礼〕太宰以八法治官府,三曰官联,以会官治。 ②**垂珠**〔玉藻〕天子玉藻,十有二旒。〔释名〕祭服曰冕,玄上纁下,前后垂珠,有文饰也。 ③**八元**〔左传〕舜臣。尧举八元,使布五教于四方。 ④**书诫**〔书序〕太甲元年,伊尹作伊训。 ⑤**思庸**〔书序〕太甲放诸桐。三年,复归于亳,思庸,伊尹作太甲三篇。 ⑥**献替**〔左传〕君所谓可而有否焉,臣献其否,以成其可。君所谓否而有可焉,臣献其可,以去其否。 ⑦**丕显**〔左传〕僖公二十八年,王策命晋侯为侯伯。晋侯三辞从命曰:重耳敢再拜稽首,奉扬天子之丕显休命。受册以出。 ⑧**言笔**〔曲礼〕史载笔,士载言。 ⑨**章奏表议**〔独断〕凡群臣上书于天子者有四名:一曰章,二曰奏,三曰表,四曰驳议。 ⑩**赤白**〔考工记〕画缋之事,赤与白谓之章。 ⑪**揆景**〔晋天文志〕郑众说,土圭之长,尺有五寸。以夏至之日,立八尺之表,其景与土圭等,谓之地中。〔桓谭新论〕二仪之大,可以章程测也。三纲之动,可以圭表测也。⑫**七略**见诸子篇。 ⑬**左雄**〔左雄传〕自雄掌纳言,多所匡肃。章表奏议,台阁以为故事。 ⑭**胡广**〔胡广传〕举孝廉,既到京师,试以章奏。安帝以广为天下第一。⑮**文举**〔孔融传〕融字文举,文选有荐祢衡表。 ⑯**孔明**

〔诸葛亮传〕亮字孔明,后主建兴五年,率诸军北驻汉中,临发上疏。表见文选。 ⑰**琳瑀**陈琳、阮瑀。〔典论〕琳、瑀之章表书记,今之隽也。 ⑱**孔璋**陈琳字孔璋。〔魏文帝与吴质书〕孔璋章表殊健。 ⑲**陈思之表**〔陈思王植传〕太和二年,植常自愤怨,抱利器而无所施,上疏求自试。五年,植上疏求存问亲戚。 ⑳**张华**〔张华传〕初封广武县侯,进封壮武郡公,华十馀让,中诏敦譬,乃受。 ㉑**鷦鷯**〔张华传〕华初未知名,著鷦鷯赋以自寄。 ㉒**辞开府**〔羊祜传〕武帝时,加车骑将军开府如三司之仪,祜上表固让。载文选。 ㉓**让中书**文选有庾亮让中书监表。 ㉔**刘琨**文选有刘琨劝进表。 ㉕**张骏**〔张骏传〕骏上疏曰:臣专命一方,职在斧钺。勒、雄既死,人怀反正,谓季龙、李期之命,曾不崇朝。而皆篡继凶逆,鸱目有年,遂使桃虫鼓翼,四夷喧哗。臣之所以宵吟荒漠,痛心长路者也。 ㉖**绛阙**〔孙楚传〕楚作书遗孙皓曰:窃号之雄,稽颡绛阙,球琳重锦,充于府库。 ㉗**黼扆**见诏策篇。

【杨明照校注】

〔一〕**故尧咨四岳**

按书尧典:“帝曰:‘咨! 四岳。’”孔传:“四岳,即上羲和之四子,分掌四岳之诸侯,故称焉。”史记五帝本纪:“尧又曰:‘嗟! 四岳。’”集解:“郑玄曰:‘四岳,四时官,主方岳之事。’”

〔二〕**舜命八元**

按左传文公十八年:“高辛氏有才子八人:伯奋,仲堪,叔献,季仲,伯虎,仲熊,叔豹,季貍。……天下之民,谓之八元。……舜臣尧,举八元,使布五教于四方。”杜注:“契作司徒,五教在宽。故知契在八元之中。”孔疏:“舜典云:‘帝曰:“契,百姓不亲,五品不逊,汝作司徒,敬敷五教在宽。”’尚书‘契敷五教’,此云‘举八元使布五教’,以此故知契在八元中也。”

〔三〕**固辞再让之请,俞往钦哉之授**

按书舜典:“帝曰:‘俞。咨!禹,汝平水土,惟时懋哉!’禹拜稽首,让于稷、契暨皋陶。帝曰:‘俞。汝往哉!’”孔传:“然其所推之贤,不许其让,勅使往宅百揆。”又:“帝曰:‘俞。咨!伯,汝作秩宗,夙夜惟寅,直哉惟清。’伯拜稽首,让于夔、龙。帝曰:‘俞。往钦哉!’”孔传:“然其贤,不许让。”史记五帝本纪“俞”作“然”,“钦”作“敬”。

〔四〕**然则敷奏以言,则章表之义也;明试以功,即授爵之典也**

按后汉书章帝纪:“(建初元年诏)敷奏以言,则文章可采;明试以功,则政有异迹。”

〔五〕**又作书以赞**

"赞",黄校云:"元作'缵'。"梅本校云:"当作'赞'。"徐𤊹校"赞"。

按黄氏从梅说改"赞"是。宋本、钞本、活字本、喜多本、鲍本御览五九四引,正作"赞";张本、王批本同。四库本剜改为"赞"。

〔六〕**周监二代,文理弥盛**

按论语八佾:"子曰:'周监于二代,郁郁乎文哉!吾从周。'"集解引孔安国曰:"监,视也。言周文章备于二代,当从周也。"

〔七〕**对扬休命**

按书伪说命下:"敢对扬天子之休命。"枚传:"对,答也;答受美命而称扬之。"

〔八〕**虽言笔未分,而陈谢可见**

按"言"谓口头陈辞,"笔"谓书翰,此承上"再拜稽首,对扬休命;承文受册,敢当丕显"而言。黄注引礼记曲礼上"史载笔,士载言"以注,非是。

〔九〕**言事于主,皆称上书**

范文澜云:"王应麟(汉书艺文志)考证曰:'七国未变古式,言事于王,皆称上书;秦初,改书曰奏。'案王说本文心此篇。'主'字疑今本误,当依改作'王'。"

按范说是。玉海六一引,亦作"王";元本、弘治本、汪本、佘本、张本、两京本、王批本、何本、胡本、训故本、梅本、凌本、合刻本、梁本、秘书本、谢钞本、汇编本、尚古本、冈本、四库本、王本、张松孙本、郑藏钞本、崇文本同。文体明辨二二引亦作“王”。黄本作“主”,盖据御览改也。苏秦上书说秦惠王及为齐上书说赵王,黄歇上书说秦昭王,赵括母上书赵王,并足为“言事于王,皆称上书”之证。

〔一〇〕**四曰议**

“议”上御览引有“驳”字。

按汉杂事后汉书胡广传章怀注、事始、御览五九四引。又独断上,并作“四曰驳议”。今本盖写者求其与上三句相俪,而删去“驳”字耳。

〔一一〕**赤白曰章**

“赤白”,宋本、钞本、活字本、喜多本、鲍本御览引作“青赤”。

按“赤白曰章”,见考工记。作“青赤”非是。倪刻御览、子苑三二引作“赤白”,未误。

〔一二〕**揆景曰表**

按淮南子本经篇:“天地之大,可以矩表识也。”高注:“表,影表。”黄注误以刘昼书(见刘子心隐篇)为桓谭新论,非是。史记司马穰苴传:“先驰至军,立表下漏待(庄)贾。”索隐:“立表,谓立木为表,以视日景。”诗鄘风定之方中:“揆之以日。”毛传：“揆，度释文：“待洛反。”也；度日出入，以知东西。”孔疏：“此度日出入，谓度其影也。”

〔一三〕**然阙而不纂者，乃各有故事而在职司也**

范文澜云：“‘各有故事而在职司’，谓如汉志尚书类、礼类、春秋类、论语类各有议奏若干篇。又法家有晁错，儒家有贾山、贾谊等，诸人奏议皆在其中。”

按此文之意，盖谓书奏送尚书者，则藏于尚书；送御史者，则藏于御史；送谒者者，则藏于谒者也。范说非也。

〔一四〕**昔晋文受册，三辞从命**

“辞”，黄校云：“元脱，朱补。”此沿梅校。

按御览、文通八引有“辞”字；何本、王批本、训故本、谢钞本、尚古本、冈本同。朱补是也。

〔一五〕**是以汉末让表，以三为断**

按应劭汉官仪：“和帝丁酉策书曰：‘故太尉邓彪，元功之族，而三让弥高，海内归仁，为群贤首。’”书钞五二、初学记十一、御览二百六引。蔡中郎集东鼎铭：“乃诏曰：‘其以大鸿胪乔玄为司空。’再拜稽首以让。帝曰：‘俞。往！’三让，然后受命。”又西鼎铭：“乃制诏曰：‘其以光禄大夫玄为太尉。’公拜稽首曰：‘臣闻之，三让莫克或从，臣不敢辟。’”并“三让为断”之证。

〔一六〕**曹公称为表不必三让**

“必”，御览引作“止”；弘治本、活字本、汪本、佘本、张本、两京本、王批本、胡本、训故本、万历梅本、谢钞本、文津本同。　　何焯改作“必”。

按“止”字误；作“必”元本、何本、凌本、合刻本、梁本、天启梅本、秘书本作“必”。亦非。操上书有“臣虽不敏，犹知让不过三”类聚五一引。之语，疑原是“过”字。“过”，俗简作“过”，草书误为“止”耳。

〔一七〕**求其靡丽，则未足美矣**

“美”，宋本、钞本、活字本御览引无。

按“美”字实不应有，当据删。

〔一八〕**应物掣巧**

“掣”，黄校云：“一作‘制’。”　　徐𤊹校作“製”；何焯改“制”。

按“掣”字误，作“製”宋本、钞本、活字本、喜多本御览引作“製”；文通引同。作“制”倪本、鲍本御览作“制”。均可。

〔一九〕**则张华为俊**

“俊”，黄校云：“元作‘侍’。”此沿梅校。

按御览、文通引正作“侍”；何本、梁本、谢钞本同。体性篇“然才有庸俊”又“故辞理庸俊”，又“叔夜俊侠”，指瑕篇“虽有俊才”，才略篇“然子建思捷而才俊”，是本书用“俊”字。梅改是也。

〔二〇〕**信美于往载**

“载”，黄校云：“一作‘册’。”

按御览引作“载”；张本、何本、梅本、凌本、合刻本、梁本、秘书本、谢钞本、汇编本、王本、张松孙本、郑藏钞本、崇文本同。文通引亦作“载”，文溯本剜改为“载”。文津本作“册”。元本、弘治本、活字本、汪本、佘本、两京本、王批本、胡本作“再”，非“载”之声误，即“册”之形误。此当以作“载”为是。“往载”与上“前谈”对。后汉书宦者传序：“无谢于往载。”亦以“往载”为言。

〔二一〕**序志显类**

“显”，宋本、钞本、喜多本、鲍本御览引作“联”。

按“联”字是。叔子、元规所上表范注已具。可按也。物色篇：“是以诗人感物，联类不穷。”正以“联类”为言。韩非子难言篇：“多言繁称，连类比物。”史记鲁仲连邹阳传赞：“邹阳辞虽不逊，然其比物连类，有足悲者。”连类，即联类也。一切经音义三：“连，古文联，同。”

〔二二〕**并陈事之美表也**

“表”，何焯校“者”。

按何校是。

〔二三〕**原夫章表之为用也**

"之"，黄校云："元作'文'，谢改。"此沿梅校。徐𤊹校作"之"。

按御览、稗编七五、文通引作"之"；王批本、何本、训故本、谢钞本、尚古本、冈本同。谢改、徐校是也。

〔二四〕**所以对扬王庭，昭明心曲**

按易夬："夬，扬于王庭。"集解："郑玄曰：'……扬，越也。'"诗秦风小戎："乱我心曲。"郑笺："心曲，心之委曲也。"

〔二五〕**循名课实**

按邓析子无厚篇："循名责实，君之事也。"又："循名责实，察法立威，是明王也。"韩非子定法篇："因任而授官，循名而责实。"淮南子主术篇："故有道之主，……循名责实，使有司任而弗诏，责而弗教。"文子上仁篇："循名责实，使自有司。"(疑有脱误)

〔二六〕**以章为本者也**

"章"，黄校云："元脱；一作'文'。"万历梅本作"章"，天启梅本作"文"。　徐𤊹、冯舒校增"文"字。王批本有"文"字。

按御览引有"文"字，校增"文"字，是也。此句为总束章、表之辞，故云"以文为本"；亦即赞末"辞令有斐"之意也。

〔二七〕**然恳恻者辞为心使**

"恻",黄校云:"元作'惬'。"　　冯舒、何焯校作"恻"。

按"恻"字是。御览引正作"恻"。后汉书乐恢传"(上书)圣人恳恻,不虚言也",又黄琼传:"琼辞疾让封六七上,言旨恳恻,乃许之。"又史弼传:"从事坐传责曰:'诏书疾恶党人,旨皆恳恻。'"晋书庾亮传:"疏奏,诏曰:'省告恳恻执以感叹。'"文选任昉齐竟陵文宣王行状:"黜殡之请,至诚恳恻。"并以"恳恻"为言。奏启篇有"温峤恳恻于费役"语,尤为切证。

〔二八〕**浮侈者情为文使**

"文",黄校云:"元作'出';一作'情为文屈'。"

按黄校一本是。天启梅本即作"情为文屈"。宋本、钞本、活字本、喜多本御览引作"情为文出",王批本同,下有"必使"二字;倪本、鲍本御览作"情为文屈",下亦有"必使"二字。元本、弘治本、活字本、汪本等作"情为出使"者,乃其上下脱"文""必"二字,"出"又"屈"之讹。此当作"情为文屈",与上"辞为心使"对;"必使"二字属下句读。

〔二九〕**唇吻不滞**

"唇",宋本、钞本、活字本、喜多本、鲍本御览引作

"脣"。

按作"脣"是。说文肉部:"脣,口耑也。"又口部:"唇,惊也。"是二字意义各别。此当以作"脣"为是。声律篇"律吕脣吻",知音篇"君卿脣舌",并不误。文章缘起注引作"脣",未误。章句篇"唇吻告劳",误与此同。亦当校正。

〔三〇〕**敷奏绛阙**

按傅玄正都赋:"巍巍绛阙。"文选五等论李注引(赭白马赋注引作北都赋,为石仲容与孙皓书注又引作西都赋)。

〔三一〕**献替黼扆**

"替",张甲本作"僣"。王批本作"替"。

按说文竝部:"朁,废也;一曰偏下也。䁹,或从兟从曰。""替"为"䁹"之俗体。张甲本作"僣",盖由"䁹"致误。汪本、张乙本即作"䁹"。"献替"二字,出国语晋语九及左传昭公二十年。篇首亦有"文翰献替"句。

〔三二〕**君子秉文,辞令有斐**

按"秉文"与上"肃恭节文"句重一"文"字,全书赞中无是例也。疑当作"秉笔"。史传篇有"秉笔荷担"语,此亦应尔。"秉笔"二字出国语晋语九。

奏启第二十三

昔唐虞之臣，敷奏以言；秦汉之辅，上书称奏。陈政事，献典仪，上急变[①]，劾愆一作僭。谬〔一〕，总谓之奏。奏者，进也；言元脱，谢补。敷于下，情进于上也。

秦始立奏〔二〕，而法家少文。观王绾之奏勋德[②]，辞质而义近；李斯之奏骊山[③]，事略而意径：政御览作故。无膏润，形于篇章矣。自汉以来，奏事或称上疏，儒雅继踵，殊采可观。若夫贾谊之务农[④]，晁错之兵事[⑤]〔三〕，元作卒，孙改。匡衡之定郊[⑥]，王吉之观礼[⑦]〔四〕，温舒之缓狱[⑧]，谷永之谏仙[⑨]，理既切至，辞亦通畅〔五〕，一作达，又作辨。可谓识大体矣。后汉群贤，嘉言罔伏〔六〕。杨秉耿介于灾异[⑩]，陈蕃愤懑于尺一[⑪]，骨鲠得焉；张衡指摘于史职[⑫]〔七〕，蔡邕铨列于朝仪[⑬]，博雅明焉。魏代名臣，文理迭兴。若高堂天文[⑭]，王元作黄，从魏志改。观教学[⑮]❶〔八〕，王朗节省[⑯]，甄元作瓯，朱改。毅考课❷〔九〕，亦尽节而知治矣。晋氏多难，灾屯流移〔一〇〕。刘颂殷勤于时务[⑰]，温峤恳恻一作切。于费役[⑱]，并体国之忠规矣。

夫奏之为笔，固以明允笃诚为本〔一一〕，辨析疏通为首。强志足以成务，博见足以穷理〔一二〕，酌古御今，治繁总要，此其体也。若乃按劾之奏，所以明宪清国。昔周之太仆，绳愆纠缪[⑲]；秦之御史，职主文法〔一三〕；汉置中丞[⑳]，总司按劾；故位在鸷一作挚。击，砥砺其气〔一四〕，必使笔端振风，简上凝霜者也〔一五〕。观孔光之奏董贤[21]，则实其奸回；路粹之奏孔融[22]，则诬其衅恶：名儒之与险士〔一六〕，固殊心焉。若夫傅咸元作盛。劲直[23]，而按辞坚深〔一七〕；刘隗切正[24]，而劾文阔略：各其志也。后之弹事[25]，迭相斟酌，惟新日用，而旧准弗差。然函人欲全，矢人欲伤，术在纠恶，势必深峭〔一八〕。诗刺谗人，投畀豺虎；礼疾无礼，方之鹦猩[26]；墨翟非儒[27]，目以豕彘〔一九〕；孟轲讥墨，比诸禽兽：诗礼儒墨，既其如兹，奏劾严文，孰云能免？是以世人为文，竞于诋诃，吹毛取瑕，次骨为戾[28]，复似善骂[29]，多失折衷〔二〇〕。若能辟礼门以悬规，标义路以植矩〔二一〕，然后逾垣者折肱[30]〔二二〕，捷径者灭趾[31]〔二三〕，何必躁言丑句〔二四〕，诟元作话，谢改。病为切哉〔二五〕？是以立范运衡，宜明体要；必使理有典刑，辞有风轨，总法家之式〔二六〕，秉儒家之文，不畏强御，气流墨中，无纵诡随，声动简外，乃称绝席之雄[32]〔二七〕，直方之举耳〔二八〕。一作也。

启者，开也。高宗云：启乃心，沃朕心。取其义也。孝景讳启，故两汉无称。至魏国笺记，始云启闻。奏事之末，或云谨启〔二九〕。自晋来盛启，用兼表奏。陈政言事，既奏之异条；让爵谢恩，亦表之别干。必敛饬元作散。入规，促其音节，辨要轻清，文而不侈，亦启之大略也。

又表奏确切，号为谠言[33]。谠者，偏也〔三〇〕。王道有偏，乖乎荡荡，下有脱字。其偏，故曰谠言也〔三一〕。孝成称班伯之谠言，贵直也。自汉置八仪，密奏阴阳；皂囊封板[34]，故曰封事[35]。晁错受书，还上便宜[36]。后代便宜，多附封事，慎机密也〔三二〕。夫王臣匪躬，必吐謇谔[37]〔三三〕，事举人存〔三四〕，故无待泛说也。

赞曰：皂饬司直[38]〔三五〕，肃清风禁[3]。笔锐干将，墨含淳酖〔三六〕。虽有次骨，无或肤浸〔三七〕。献政陈宜，事必胜任。

【黄叔琳注】

①**急变**〔汉平帝纪〕乙未，义陵寝神衣在柙中。丙申旦，衣在外床上，寝令以急变闻。〔注〕非常之事，故云急变。　②　**王绾**〔秦始皇本纪〕秦初并天下，议帝号，丞相王绾等议曰：陛下平定天下，海内为郡县，法令由一统，五帝所不及。古有天皇，有地皇，有泰皇，泰皇最贵，臣等昧死上尊号王为泰皇。　③**李斯**〔蔡质汉仪〕李斯治骊山陵，上书曰：臣所将隶徒七十馀万人，治骊山者已深已极，凿之不入，烧之不燃，叩之空空，如下天状。　④**务农**〔汉食货志〕文帝即位，躬修俭节，思安百姓。时民近战国，贾谊说上曰：积贮者，天下之大命也。今殴民而归之农，使天下各食其力，末技游食之民，转而缘南亩，则蓄积足而人乐其所矣。　⑤**兵事**〔晁错传〕匈奴强，數寇边，上发兵以御之。错上言兵事。　⑥**定郊**〔汉郊祀志〕成帝初即位，丞相匡衡等奏言：帝王之事，莫大乎承天之

序。承天之序，莫重于郊祀，宜于长安定南北郊为万世基。天子从之。 ⑦**王吉**〔王吉传〕吉疏曰：安上治民，莫善于礼。愿陛下与公卿大臣延及儒生，述旧礼，明王制，敺一世之民，跻之仁寿之域。 ⑧**温舒**〔路温舒传〕宣帝初即位，温舒上书言宜尚德缓刑。 ⑨**谷永**〔汉郊祀志〕成帝末年，颇好鬼神，亦以无继嗣故，多上书言祭祀方术者，皆得待诏，祠祭上林苑中。谷永说上曰：臣闻明于天地之性，不可惑以神怪。盛称奇怪鬼神，及言世有仙人，皆挟左道，怀诈伪，以欺罔世主。 ⑩**杨秉**〔杨秉传〕帝时微行，幸河南尹梁胤府舍。是日大风拔树，昼昏，秉因谏曰：王者至尊，出入有常，况以先王法服，而私出槃游，设有非常之变，上负先帝，下悔靡及。 ⑪**陈蕃**〔陈蕃传〕时封赏逾制，蕃上疏谏曰：陛下宜采求得失，择从忠善，尺一选举，委尚书三公，使褒责诛赏，各有所归。⑫**张衡指摘**〔张衡传〕衡收检遗文，毕力补缀，条上司马迁、班固所叙与典籍不合者十馀事。又以为王莽本传，但应载篡事而已。至于编年月，纪灾祥，宜为元后本纪。又宜以更始之号，建于光武之初。 ⑬**朝仪**〔蔡邕独断〕正月朝贺，三公奉璧上殿，向御座北面。太常赞曰：皇帝为君，兴，三公伏。皇帝坐，乃进璧。旧仪，三公以下月朝，后省，常以六月朔十月朔旦朝。后又以盛暑省六月朝。故今独以为正月十月朔朝也。冬至阳气起，君道长，故贺。夏至阴气起，君道衰，故不贺。 ⑭**天文**〔高堂隆传〕青龙中，大治殿舍，有星孛于大辰，隆上疏曰：今之宫室，实违礼度，乃更建立九龙，华饰过前。天彗章灼，始起于房心，犯帝座而干紫微，此乃皇天子爱陛下，是以发教戒之象，欲必觉寤陛下，不宜有忽，以重天怒。⑮**王观**〔魏志〕观字伟台。　⑯**节省**魏王朗有节省奏。⑰**刘颂**〔刘颂传〕除淮南相。颂在郡上疏，言封国之制，宜如古典，及六州将士之役，凡数千言，诏褒美之。　⑱**温峤**〔温峤传〕太子起西池楼观，颇为劳费。峤上疏以为朝廷草创，巨寇未灭，宜应俭以率下。太子纳焉。　⑲**绳愆纠缪**〔书序〕穆王命伯冏为周太仆正，作冏命，曰：惟余一人无良，实赖左右前后有位之士，匡其不及，绳愆纠缪，格其非心，俾克绍先烈。今予命汝作大正，正于群仆侍御之臣，懋乃后德，交修不逮。　⑳**中丞**〔汉百官公卿表〕御史大夫，秦官，一曰中丞，在殿中兰台，掌图籍秘书，外督部刺史，内领侍御史员十五人，受公卿奏事，举劾按章。　㉑**奏董贤**〔董贤传〕贤自杀。王莽复风孔光奏贤：质性巧佞，翼奸以获封侯；治第造冢，不异王制；死后以砂画棺，至尊无以加，臣请收没入财物县官。　㉒**奏孔融**〔孔融传〕曹操令路粹枉奏融：昔在北海，见王室不静，欲规不轨，云我大圣之后，有天下者，何必卯金刀。㉓**傅咸**〔傅咸传〕咸字长虞，刚简有大节。顾荣与亲故书曰：傅长虞为司隶，劲直忠果，劾按惊人。虽非周才，偏亮可贵也。　㉔**刘隗**〔刘隗传〕隗迁丞相司直，弹奏不畏强御。　㉕**弹事**六朝御史中丞劾奏曰弹事,文选有沈休文、任彦昇弹事。〔王淮之传〕宋台谏除御史中丞,为百僚所惮。自彪之至淮之,四世居此职。淮之尝作五言诗,范泰嘲之,卿惟解弹事耳。　㉖**鹦猩**〔曲礼〕鹦鹉能言,不离飞鸟;猩猩能言,不离禽兽。今人而无礼,虽能言,不亦禽兽之心乎!　㉗**墨翟非儒**〔墨子非儒篇〕贪于饮食,惰于作务,陷于饥寒,无以违之。是苦人气䁯鼠藏,而羝羊视贲彘起。君子笑之。　㉘**次骨**〔杜周传〕周少言重迟,而内深次骨。〔注〕其用法深刻至骨。　㉙**善骂**〔留侯世家〕四皓曰:陛下轻士善骂,臣等义不受辱,故恐而亡匿。　㉚**逾垣**〔国语〕君有短垣而自逾之。　㉛**捷径**〔离骚〕夫唯捷径以窘步。　㉜**绝席**〔王常传〕常为横野大将军,位次与诸将绝席。〔注〕绝席,谓尊显之也。汉官仪曰:御史大夫、尚书令、司隶校尉皆专席,号三独坐。　㉝**谠言**〔汉书叙传〕禁中张画屏风,画纣醉踞妲己,作长夜之乐。上指画问班伯,伯对曰:诗书淫乱之戒,其原皆在于酒。上乃喟然叹曰:吾久不见班生,今日复闻谠言。　㉞**皂囊封板**〔后汉礼仪志〕日冬至,召太史令各板书,封以皂囊。〔独断〕凡章表皆启封,其言密事,得皂囊盛。　㉟**封事**〔霍光传〕上令吏民得奏封事,不关尚书。　㊱**上便宜**〔晁错传〕太常遣晁错受尚书伏生所,还因上便宜事。　㊲**謇谔**〔陈蕃传〕窦太后优诏蕃曰:忠孝之美,德冠本朝。謇谔之操,华首弥固。　㊳**司直**〔百官公卿表〕武帝元狩五年,初置司直,掌佐丞相举不法。

【李详补注】

❶**王观教学**黄注元作黄,从魏志改。详案:太平御览(九百六)引魏名臣奏有郎中黄观,黄字不当辄改。　❷**甄毅考课**详案:太平御览(二百十四)引魏名臣奏,驸马都尉甄毅奏曰:汉时公卿皆奏事。选尚书郎,试,然后得为之。其在职,自赍所发书诣天子前发省。便处当事轻重,口自决定。或天子难问,据案处正,乃见郎之割断才技。魏则不然。今尚书郎皆天下之选,才技锋出,亦欲骋其能于万乘之前。宜如故事,令郎口自奏事,自处当。案毅奏仅见于此,未知即彦和所指否。魏志文德甄皇后传"封兄子毅为列侯,毅数上书陈时政者"是也。　❸**皂饬司直二句**〔札迻〕云:饬疑当作袀。〔续汉书舆服志〕云:宗庙皆服袀玄。刘〔注〕云:独断曰:袀,绀缯也。〔吴都赋〕曰:袀,皂服。皂袀,即袀玄。详案:吴都赋:六军袀服。无袀皂服语,孙氏误记。

【杨明照校注】

〔一〕**劾愆谬**

"愆",黄校云:"一作'僭'。"　　徐𤊹校作"愆";何焯校同。　　御览五九四引作"愆"。文溯本剜改为"愆"。

按史记三王世家“(齐王策)厥有僁不臧”,汉书武五子传作“愆”。广韵二仙:“愆,过也。僁,俗。”元本、弘治本等作“僭”,盖由“僁”致误。史传篇“征贿鬻笔之愆”,御览六百四、史略五引作“僁”。是此处或原作“僁”也。

〔二〕**秦始立奏**

“始”下,御览引有“皇”字。

按此不应有“皇”字。“秦始立奏”者,犹言秦初立奏耳。汉杂事:“秦初之制,改书为奏。”御览五九四引。事始:“汉杂事曰:‘秦初定制,改书为奏。’章表篇:‘秦初定制,改书曰奏。’”尤明证也。

〔三〕**晁错之兵事**

“事”,黄校云:“元作‘卒’,孙改。”此沿梅校。　　徐𤊹校作“术”。

按御览引作“术”,徐校是也。汉书晁错传:“错上言兵事曰:‘……匈奴之长技三,中国之长技五。陛下又兴数十万之众,以诛数万之匈奴,众寡之计,以一击十之术也。今降胡义渠蛮夷之属来归谊者,其众数千,饮食长技与匈奴同。可赐之坚甲絮衣,劲弓利矢,益以边郡之良骑。令明将能知其习俗和辑其心者,以陛下之明约将之,即有险阻,以此当之;平地通道,则以轻车材官制之,两军相为表里，各用其长技，衡加之以众，此万全之术也。’”据此，则合作“术”字。不必仅以“错上言兵事”一语，遽改为“事”字也。

〔四〕**王吉之观礼**

“观”，宋本、钞本、活字本、喜多本御览引作“劝”。

按“劝”字是。汉书本传上疏可譣。今本“观”字非缘“劝”之形近致误，即涉上文而讹。当据改。

〔五〕**辞亦通畅**

“畅”，黄校云：“一作‘达’；又作‘辨’。” 徐𤊹云：“当作辨。”

按钞本、倪本、鲍本御览引作“辨”。宋本、活字本御览作“办”，乃“辨”之误。则“辨”字是。张本、训故本作“明”（文津本作“解”）。

〔六〕**嘉言罔伏**

按书伪大禹谟：“嘉言罔攸伏。”枚传：“善言无所伏，言必用。”

〔七〕**张衡指摘于史职**

“职”，宋本、喜多本、鲍本御览引作“谶”。

按“谶”字是。“史”，指条上司马迁、班固所叙与典籍不合者，“谶”，指上疏论图纬虚妄，并见后汉书本传。若作“职”，则非其指矣。

〔八〕**王观教学**

“王”，黄校云：“元作‘黄’，从魏志改。” 梅庆生云:“魏志作王观,字伟台。” 冯舒云:“‘黄’当作‘王’。” 何焯改作“王”。 王批本作“黄”。

按“黄”字不误,李详补注已辨之矣。御览、玉海六一引,并作“黄”。类聚八五曾引魏黄观奏,益足以证梅、冯、何、黄四家之非。

〔九〕**甄毅考课**

“甄”,黄校云:“元作‘瓯’,朱改。”此沿梅校。 徐𤊹校作“甄”。

按御览、玉海、文通八引作“甄”;王批本、训故本、谢钞本同。朱改是也。文溯本剜改为“甄”。

〔一〇〕**晋氏多难,灾屯流移**

宋本、钞本、喜多本、鲍本御览引作“世交屯夷”。活字本御览作“世教屯夷”。

按作“世交屯夷”是。宋书文帝纪:“(文帝)答曰:‘皇运艰弊,数钟屯夷。’”又:“(元嘉十九年诏)而频遘屯夷。”南齐书高帝纪下:“(建元元年诏)末路屯夷。”文选傅亮为宋公求加赠刘前军表:“臣契阔屯夷。”并其证。

〔一一〕**固以明允笃诚为本**

按左传文公十八年:“齐圣广渊,明允笃诚。”杜注:“允,信也;笃,厚也。”

〔一二〕**博见足以穷理**

按抱朴子外篇勖学:“广博以穷理。”

〔一三〕**秦之御史,职主文法**

“之”,御览引作“有”。

按“有”字是。“之”盖涉上而误。

〔一四〕**故位在鸷击,砥砺其气**

“鸷”,黄校云:“一作‘挚’。”子苑三二作“挚”,王批本同。

按御览引作“鸷”。元明以来各本皆作“挚”;冯舒、何焯校为“鸷”。黄氏从之,是也。史记酷吏义纵传:“而纵以鹰击毛挚为治。”集解引徐广曰:“鸷鸟将击,必张羽毛也。”汉书酷吏义纵传颜注:“言如鹰隼之击,奋毛羽执取飞鸟也。”汉书五行志上:“金,西方,万物既成,杀气之始也。故立秋而鹰隼击。”又孙宝传:“今日鹰隼始击,当顺天气,以成严霜之诛。”春秋纬感精符:“霜者,杀伐之表也。季秋霜始降,鹰隼击,王者顺天行诛,以成肃杀之威。”白帖一引。“鸷击”,即“鹰击”或“鹰隼击”也。作“挚击”非。

〔一五〕**必使笔端振风,简上凝霜者也**

按崔篆御史箴:“简上霜凝,笔端风起。”初学记十二引(严可均全前汉文六一所辑崔篆文漏此条)。

〔一六〕**名儒之与险士**

按汉书王莽传上:“莽以大司徒孔光名儒。”此“名儒”二字所本。程器篇亦有“然子夏(孔光字)无亏于名儒”语。

〔一七〕**若夫傅咸劲直，而按辞坚深**

“劲直”，宋本、钞本、活字本、喜多本、鲍本御览引作“果劲”。

按作“果劲”是。“果”谓果敢，“劲”谓劲直。孙盛晋阳秋：“司隶校尉傅咸，劲直正厉，果于从政。先后弹奏百寮，王戎多不见从。”文选干宝晋纪总论李注引。正以“果”与“劲”二者并言。山公启事：“孔颢有才能，果劲不挠，宜为御史中丞。”书钞三三又六二引。则直以“果劲”连文矣。

〔一八〕**术在纠恶，势必深峭**

按史记晁错传：“错为人陗直刻深。”集解：“韦昭曰：‘术岸高曰峭。’瓒曰：‘陗，峻。’索隐：‘峭，峻也。’”汉书错传颜注：“陗字与峭同。峭谓峻狭也。”

〔一九〕**墨翟非儒，目以豕彘**

“豕”，御览引作“羊”。

按“羊”字是。墨子非儒下：“贪于饮食，惰于作务，陷于饥寒，危于冻馁，无以违之，是若乞人，鼸鼠藏而羝羊视，贲彘起。”正以“羊”“彘”为言。御览所引与墨子合，当据改。

〔二〇〕**是以世人为文，竞于诋诃，吹毛取瑕，次骨为戾；复似善骂，多失折衷**

“世人”，御览引作“近世”。

按“世人”二字嫌泛，御览所引是也。宋书荀伯子传：“（伯子）为御史中丞，凡所奏劾，莫不深相谤毁，或延及祖祢，示其切直；又颇杂嘲戏，世人以此非之。”可资旁证。汉书中山靖王传：“有司吹毛求疵。”后汉书杜林传：“林奏曰：‘……吹毛索疵，诋欺无限。……至于法不能禁，令不能止，上下相遁，为敝弥深。’”章怀注：“诋欺，谓饰非成衅，非其本罪。……遁，犹回避也。”三国志吴书步骘传：“（上疏）伏闻诸典校擿抉细微，吹毛求瑕，重案深诬，趋欲陷人。”史记孔子世家赞：“折中于夫子。”索隐：“离骚云：‘明五帝以折中。’王叔师云：‘折中，正也。’宋均云：‘折，断也。中，当也。言欲折断其物而用之，与度相中当。’”“中”、“衷”古通。

〔二一〕**若能辟礼门以悬规，标义路以植矩**

按孟子万章下：“夫义，路也；礼，门也。惟君子能由是路，出入是门也。”

〔二二〕**然后逾垣者折肱**

“肱”，王批本、凌本作“股”。

按易丰爻辞：“折其右肱。”左传定公十三年：“齐高强曰：‘三折肱知为良医。’”是“折肱”二字固有所本也。凌本作“股”非。子苑引作“肱”。

〔二三〕**捷径者灭趾**

"趾",御览引作"迹"。

按易噬嗑爻辞:"屦校灭趾。"释文:"趾,足也。"此"灭趾"二字所自出。"灭趾"与上句之"折肱"对,御览所引非也。

〔二四〕**何必躁言丑句**

按论语季氏:"言未及之而言,谓之躁。"集解引郑玄曰:"躁,不安静。"说文走部:"趮,疾也。"段注:"今字作躁。"是躁言谓疾言也。

〔二五〕**诟病为切哉**

"诟",黄校云:"元作'话',谢改。"此沿梅校。

按御览引作"诟";元本、活字本、何本、训故本、梁本、谢钞本、别解本同。谢改是也。礼记儒行:"常以儒相诟病。"郑注:"诟病,犹耻辱也。"诗小雅斯干笺:"言时人骨肉用是相爱好,无相诟病也。"中论爵禄篇:"于是则以富贵相诟病矣。"文选晋纪总论:"盖共嗤点以为灰尘而相诟病矣。"并以"诟病"为言。

〔二六〕**总法家之式**

"式",宋本、活字本、喜多本、鲍本御览引作"裁"。

按史记自序:"(司马谈论六家要指)法家不别亲疏,不殊贵贱,一断于法。"据此,则作"裁"是。范宁穀梁传集解序:"公羊辩而裁。"杨疏:

"裁,谓善能裁断。"诂此正合。

〔二七〕**乃称绝席之雄**

范文澜云:"'绝席',疑当作'夺席'。后汉书儒林戴凭传:'帝令群臣能说经者,更相难诘,义有不通,辄夺其席,以益通者。凭遂重坐五十馀席。'"

按后汉书宣秉传:"建武元年,拜御史中丞。光武特诏御史中丞与司隶校尉、尚书令会同,并专席而坐。故京师号曰'三独坐'。"汉旧仪:"御史中丞朝会独坐,出讨奸猾;内与尚书令、司隶校尉会同,皆专席。京师号之曰'三独坐'者也。"书钞六二引。则"绝席"当作"专席",始与本段所论吻合。若作"夺席",似仍嫌泛也。

〔二八〕**直方之举耳**

"耳",黄校云:"一作'也'。"　何焯改"也"。

按御览引作"也";玉海同。何改是。易坤文言:"直,其正也;方,其义也。君子敬以直内,义以方外,敬义立而德不孤。直方大,不习无不利。"

〔二九〕**或云谨启**

元本、弘治本、活字本、汪本、佘本、张本、两京本、何本、胡本、训故本、梅本、凌本、合刻本、梁本、秘书本、谢钞本、汇编本、别解本、尚古本、冈本、张松孙本、崇文本作"或谨密启"。

按诸本非是。徐𤊹、冯舒、何焯均校为"或云谨启",黄氏从之,是也。四库本剜改为"或云谨启"。事始:"沈约书云:'景帝名启,两帝按当作汉。俱讳;魏国笺记,末方曰谨启。'"事物纪原集类二:"魏国笺记,始云启,末云谨启。"并其证。御览五九五引,正作"或云谨启"。王批本同。

〔三〇〕**说者,偏也**

范文澜云:"疑有脱字,似当云'说者,正偏也'。"

按范氏谓有脱字甚是,惟谓作"正偏",似与下"王道有偏,乖乎荡荡"不相应;疑当作"无偏"。书洪范:"无偏无党,王道荡荡。"隶释石门颂:"无偏荡荡,真雅以方。"并足与此文相发。

〔三一〕**王道有偏,乖乎荡荡;其偏,故曰说言也**

"荡荡"下,黄校云:"有脱字。" 徐𤊹校增"矫正"二字。 何焯校云:"'其偏'上当有阙文。"训故本有二白匡。

按"其"下疑脱"言无"二字,观上下文意可见。

〔三二〕**后代便宜,多附封事,慎机密也**

按后汉书蔡邕传:"故密特稽问,……具对经术,以皁囊封上。"章怀注:"汉官仪曰'凡章表皆启封,其言密事得皁囊'也。"公孙瓒传注引同。

〔三三〕**夫王臣匪躬,必吐謇谔**

按易蹇:"彖曰:'蹇,难也。'又:'六二,王臣蹇蹇,匪躬之故。'”孔疏:“履正居中,志匡王室,能涉蹇难而往济蹇,故曰王臣蹇蹇也。尽忠于君,匪以私身之故,而不往济君,故曰匪躬之故。”隶释卫尉衡方碑:“謇謇王臣,群公宪章。”又冀州从事张表碑:“委蛇公门,謇謇匪躬。”是“蹇”与“謇”通。韩诗外传七:“(赵)简子曰:'……昔者吾友周舍有言曰:千羊之皮,不若一狐之腋;众人之唯唯,不若一士之谔谔。'”又见史记赵世家、新序杂事一。史记商君传:“赵良曰:'……千人之诺诺,不如一士之谔谔。'”后汉书陈忠传:“(上疏)忠臣尽謇谔之节,不畏逆耳之害。”又儒林上戴凭传:“凭谢曰:'臣无謇谔之节,而有狂瞽之言。'”晋书武帝纪:“(泰始八年)帝曰:'谠言謇谔,所望于左右也。'”楚辞离骚:“余固知謇謇之为患兮。”王注:“謇謇,忠贞皃也。”玉篇言部:“谔,正直之言也。”广韵十九铎:“谔,謇谔,直言。”

〔三四〕**事举人存**

“举”,活字本作“徙”。

按“徙”字误。礼记中庸:“哀公问政,子曰:'文武之政,布在方策;其人存,则其政举。'”

〔三五〕**皂饬司直**

按“皂饬”二字不可解,札迻十二谓当作“皂袀”，亦未可从。疑为“白简”之舛误。晋书傅玄传：“玄天性峻急，不能有所容；每有奏劾，或值日暮，捧白简，整簪带，竦踊不寐，坐而待旦。于是贵游慑伏，台阁生风。”南齐书谢超宗传：“上（世祖）积怀超宗轻慢，使兼中丞袁粲奏曰：‘……超宗品第未入简奏，臣辄奉白简以闻。’”隋书儒林刘炫传：“乃自为赞曰：‘……名不挂于白简，事不染于丹笔。’”何尚之与颜延之书：“绛驺清路，白简深劾。”初学记十二、通典二四引。文选任昉奏弹曹景宗：“臣谨奉白简以闻。”又沈约奏弹王源：“臣辄奉白简以闻。”集注：“钞曰：‘谓其有罪不得复用本官之纸，故我辄即奉白简以闻天子也。’”据景印唐写集注本移录。诗郑风羔裘：“邦之司直。”毛传：“司，主也。”左传襄公二十七年曾引此诗，杜注亦训“司”为“主”。

〔三六〕**墨含淳酖**

按“酖”在覃韵，“禁”、“浸”、“任”并在沁韵，如读“酖”，为丁含切，则与“禁”、“浸”、“任”之韵不叶。左传庄公三十二年经：“公子牙卒。”杜注：“饮酖而死。”释文：“（酖）音鸩，本亦作鸩。”易小过九四王注“宴安鸩毒”释文：“（鸩）本亦作酖。”是“酖”与“鸩”得相通假，读为直禁切，即在沁韵矣。

〔三七〕**无或肤浸**

按论语颜渊:"子曰:'浸润之谮,肤受之诉。'"集解:"郑(玄)曰:'谮人之言,如水之浸润,渐以成之。'马(融)曰:'肤受之诉,皮肤外语,非其内实。'"

议对第二十四

周爰谘谋[一]，是谓为议。议之言宜，审事宜也。易之节卦，君子以制度数议德行[二]。周书曰：议事以制，政乃弗迷。议贵节制，经典之体也。

昔管仲称轩辕有明台之议[①]，则其来远矣。洪水之难，尧咨四岳[三]，宅揆之举，舜畴五人[四]。一本作臣。三代所兴，询及刍荛[五]。春秋释宋[②]，鲁桓务议[❶][六]。及赵灵胡服[③]，而季父争论；商鞅变法[④]，而甘龙交辨：虽宪章无算，而同异足观。迄至元作今。有汉，始立驳议[⑤]。驳者，杂也；杂议不纯，故曰驳也。自两汉文明，楷式昭备[七]，蔼蔼多士[八]，发言盈庭[九]；若贾谊之遍代诸生[⑥]，可谓捷于议也。至如主父当作吾邱。之驳挟弓[⑦]，安国之辨匈奴[⑧]，贾捐之之陈于朱崖[⑨][一〇]，刘歆之辨于祖宗[⑩]：虽质文不同，得事要矣。若乃张敏之断轻侮[⑪]，郭躬之议擅诛[⑫]，程元作陈。晓之驳校事[⑬][一一]，司马芝之议货钱[⑭]，何曾蠲出女之科[⑮]，秦秀定贾充之谥[⑯][一二]，元作谧。事实允当，可谓达议体矣。汉世善驳，则应劭为首[⑰]；晋代能议，则傅咸为宗。然仲瑗博古[⑱][一三]，而铨贯有叙；长虞识治，而属辞枝繁；及陆机断议，亦有锋颖，而谀辞弗剪，颇累文骨[一四]：亦各有美，风格存焉。

夫动先拟议，明用稽疑，所以敬慎群务，弛张治术〔一五〕。故其大体所资，必枢纽经典，采故实于前代，观通变于当今；理不谬摇其枝，字不妄舒其藻。又御览作其。郊祀必洞于礼，戎事必一作要，又作宜。练于兵〔一六〕，田一作佃。谷先晓于农，断讼务精于律；然后标以显义，约以正辞，文以辨洁为能，不以繁缛为巧；事以明核为美，不以深隐为奇：此纲领之大要也。若不达政体，而舞笔弄文，支离构辞，穿凿会巧，空骋其华，固为事实所摈，设得其理，亦为游辞所埋矣〔一七〕。昔秦女嫁晋，从文衣之媵，一本下有者字。晋人贵媵而贱女；楚珠鬻郑，为薰桂之椟，郑人买椟而还珠⑲。若文浮于理，末胜其本，则秦女楚珠，复在于兹矣〔一八〕。

又对策者❷，应诏而陈政也；射策者⑳，探事而献说也。言中理准，譬射侯中的〔一九〕，二名虽殊，即议之别体也。古之造士，选事考言。汉文中年，始举贤良㉑，晁错对策，蔚为举首。及孝武益明，旁求俊乂〔二〇〕，对策者以第一登庸〔二一〕，射策者以甲科入仕〔二二〕，斯固选贤要术也〔二三〕。观晁氏之对，证验古今〔二四〕，辞裁以辨，事通而赡，超升高第，信有征矣。仲舒之对㉒，祖述春秋，本阴阳之化，究列代之变，烦而不慁者，事理明也。公孙之对㉓，简而未博，然总要以约文，事切而情举，所以太常居下，而天子擢上也。杜钦之对㉔，略而指事，辞以治宣，不为文作。及后汉鲁丕㉕，元作平，朱改。辞气质素〔二五〕，以儒雅中策，独一作以。入高第。凡此五家，并前元作明，谢改。又一本作列。代之明范也。魏晋已来,稍务文丽,以文纪实,所失已多,及其来选,又称疾不会㉖,虽欲求文,弗可得也。是以汉饮博士,而雉集乎堂㉗;晋策秀才,而麏兴于前㉘〔二六〕:无他怪也,选失之异耳。

夫驳议偏辨,各执异见;对策揄扬,大明治道。使事深于政术,理密于时务,酌三五以镕世〔二七〕,而非迂缓之高谈;驭权变以拯俗,而非刻薄之伪论;风恢恢而能远,流洋洋而不溢,王庭之美对也。难矣哉,士之为才也!或练治而寡文,或工文而疏治,对策所选,实属通才〔二八〕,志足文远㉙,不其鲜欤〔二九〕!

赞曰:议惟畴政,名实相课。断理必纲,摛辞无懦〔三〇〕。对策王庭,同时酌和。治体高秉,雅谟远播。

【黄叔琳注】

①**明台**〔管子〕黄帝立明台之议者,上观于贤也。　②**释宋**〔春秋〕僖公二十二年,公会诸侯盟于薄,释宋公。〔公羊传〕执未有言释之者,此其言释之何?公与为尔也。公与为尔奈何?公与议尔也。按鲁桓公无议释宋事,桓当作僖。　③**胡服**〔赵世家〕武灵王欲胡服,公子成曰:中国者,贤圣之所教也。今王舍此而袭远方之服,变古之教,逆人之心。王曰:儒者一师而俗异,中国同礼而教离。今叔之所言者,俗也;吾之所言者,所以制俗也。公子成曰:王将继简襄之意,以顺先王之志,臣敢不

听命乎？ ④**变法**〔商君列传〕孝公既用卫鞅，鞅欲变法。甘龙曰：圣人不易民而教，知者不变法而治。鞅曰：龙之所言，世俗之言也。三代不同礼而王，五伯不同法而伯。孝公曰善，卒定变法之令。 ⑤**驳议**见章表篇。⑥**贾谊**〔贾谊传〕谊为博士，每诏令议下，诸老先生不能言，贾生尽为之对。人人各如其意所欲出，诸生于是以为能。文帝说之。 ⑦**驳挟弓**〔吾邱寿王传〕公孙弘奏言，禁民毋得挟弓弩便。上下其议。寿王对曰：臣恐邪人挟之而吏不能止，良民以自备而抵法禁，是擅贼威而夺民救也。上以难弘，弘诎服焉。按非主父偃事。⑧**辨匈奴**〔韩安国传〕武帝时，匈奴请和亲，大行王恢议伏兵袭击。安国曰：匈奴轻疾悍亟之兵也，至如猋风，去如收电，难得而制。今使边郡久废耕织，以支胡之常事，其势不相权也，臣故曰勿击便。 ⑨**陈朱崖**朱崖当作珠崖。〔贾捐之传〕珠崖又反，上使王商诘问捐之。捐之对曰：臣愚以为非冠带之国，禹贡所及，春秋所治，皆可且无以为。愿遂弃珠崖，专用恤关东为忧。 ⑩**辨祖宗**〔刘歆武帝庙不宜毁议〕孝武皇帝南灭百粤，北攘匈奴，至今累世赖之。天子三昭三穆，与太祖之庙而七。孝宣皇帝举公卿之议，既以为世宗之庙，臣愚以为不宜毁。⑪**断轻侮**〔张敏传〕建初中，有人侮辱人父者，而其子杀之。肃宗贳其死刑，自后因以为比。遂定议以为轻侮法。敏驳议曰：使执宪之吏，得设巧诈，非所以导在丑不争之义,可下三公廷尉蠲除其敝。议寝不省。敏复上疏,和帝从之。　⑫**议擅诛**〔郭躬传〕窦固出击匈奴,秦彭为副。彭在别屯,而辄以法斩人。固奏彭专擅,请诛之。显宗乃引公卿朝臣平其罪科。躬曰:汉制棨戟。即为斧钺,于法不合罪。帝从躬议。　⑬**驳校事**〔魏志〕程晓嘉平中为黄门侍郎,时校事放横。晓上疏,遂罢校事官。　⑭**议货钱**〔司马芝传〕先是文帝罢五铢钱,令民以谷币为市。至明帝时,巧伪滋多,芝议以用钱非独丰国,亦以省刑。从之。　⑮**蠲出女科**〔晋刑法志〕魏法,犯大逆者诛及已出之女。毌邱俭之诛,其子甸妻荀氏应坐死,诏听离婚。荀氏所生女芝为刘子元妻,亦坐死,以怀妊系狱。荀氏辞诣司隶校尉何曾乞恩,求没为官婢以赎芝命。曾哀之,使主簿程咸上议曰:男不得罪于他族,而女独婴戮于二门,臣以为在室之女,从父母之诛;既醮之妇,从夫家之罚。宜改旧科,以为永制。　⑯**定贾充谥**〔秦秀传〕贾充薨,议谥。秀议曰:充以异姓为后,绝祖父之血食,开朝廷之祸门,谥法昏乱纪度曰荒,请谥荒。⑰**应劭**〔应劭传〕劭凡为驳议三十篇。　⑱**仲瑗**〔应劭传〕劭字仲远。〔注〕续汉书文士传作仲援。汉官仪又作仲瑗。　⑲**贵媵贱女买椟还珠**〔韩子〕昔秦伯嫁其女于晋公子,令晋为之饰装,从衣文之媵七十人。至晋,晋人爱其妾而贱公女。此可谓善嫁妾,而未可谓善嫁女也。楚人有卖其珠于郑者,为木兰之柜,薰桂椒之椟,缀以珠玉，饰以玫瑰，辑以翡翠。郑人买其椟而还其珠。此可谓善卖椟矣，未可谓善鬻珠也。 ⑳**射策对策**〔萧望之传〕望之以射策甲科为郎。〔注〕射策者，谓为难问疑义，书之于策，量其大小，署为甲乙之科，列而置之，不使彰显。有欲射者，随其所取得而释之，以知优劣。射之言，投射也。对策者，显问以政事经义，令各对之，而观其文辞，定高下也。 ㉑**举贤良**〔晁错传〕诏有司举贤良文学士，对策者百馀人，错为高第。 ㉒**仲舒**〔董仲舒传〕仲舒少治春秋。武帝即位，举贤良文学之士，前后百数，而仲舒以贤良对策举首。 ㉓**公孙对**〔平津侯传〕公孙弘使匈奴还，不合上意，病免归。元光五年，诏征文学，国人固推弘。弘至太常，太常令所征儒士各对策百馀人，弘第居下。策奏，天子擢弘对为第一。 ㉔**杜钦**〔杜钦传〕日蚀地震，诏举贤良方正能直言士，钦上对云云。 ㉕**鲁丕**〔鲁丕传〕丕字叔陵，兼通五经，为当世名儒。肃宗诏举贤良方正，刘宽举丕，时对策者百有馀人，惟丕在高第，关东号之曰五经复兴鲁叔陵。 ㉖**称疾**〔晋书〕元帝时，以天下丧乱，远方孝秀，不复策试，到即除署。既经略粗定，乃诏试经，有不中科，刺史太守免官。其后孝秀莫敢应命，有送至京师，皆以疾辞。 ㉗**雉集**〔汉成帝纪〕鸿嘉二年春，行幸云阳。三月，博士行饮酒礼。有雉蜚集于庭，历阶升堂而雊。诏举敦厚有行义能直言者，冀闻切言嘉谋。 ㉘**麈兴**〔晋五行志〕咸和六年正月,会州郡秀孝于乐贤堂。有麏见于前,获之。孙盛以为吉祥。夫秀孝天下之彦士,乐贤堂所以乐养贤也。自丧乱以后,风教陵夷。秀孝策试,乏四科之实,麏兴于前,或斯故乎? ㉙**志足文远**〔左传〕仲尼曰:志有之:言以足志,文以足言。不言,谁知其志? 言之无文,行而不远。

【李详补注】

❶**春秋释宋二句**详案:钱氏大昕〔十驾斋养新录〕(卷十四)云:文心雕龙议对篇春秋释宋鲁桓务议二句,注家皆未详。(详案:时黄注已出,钱氏未见。)惠学士士奇云:案文当云鲁僖预议,(详案:又见惠栋九曜斋笔记卷一)预与与同,转写讹为务耳。详案:〔史记郦生陆贾列传〕将相和调,则士务附。〔集解〕徐广曰:务一作豫。豫与预通,此作务议,亦未为不可也。　❷**对策者句**详案:此指公孙弘天子擢弘为第一事,黄注置于公孙对下,失其次矣。

【杨明照校注】

〔一〕**周爰谘谋**

"谘",御览五九五引作"咨"。秘书本作"咨"。　范文澜云:"诗大雅绵'爰始爰谋',笺云'于是始与豳人之从己者谋'。又'周爰执事',笺云'于是从西方而往东之人，皆于周执事，竞出力也’。‘周爰谘谋’，语本此。”

按诗小雅皇皇者华：“载驰载驱，周爰咨谋。”毛传：“忠信为周；访问于善为咨。以上系上章“周爰咨诹”句传。咨事之难易为谋。”郑笺：“爰，于也。”释文：“‘咨’，亦作‘谘’。”此舍人所本。范说谬。“谘”，俗字，“咨”已从口，无庸再加言旁。当依御览作“咨”，始与诗合。以论说篇“故言咨悦怿”，章表篇“故尧咨四岳”，本篇下文“尧咨四岳”，书记篇“短牒咨谋”諗之，此必原作“咨”也。

〔二〕**易之节卦，君子以制度数议德行**

“度数”，活字本御览引作“数度”。

按作“数度”始与易合。前诏策篇“易称‘君子以制度数’”，“数度”二字亦误倒。

〔三〕**洪水之难，尧咨四岳**

按书尧典：“帝曰：‘咨！四岳。汤汤洪水方割，荡荡怀山襄陵，浩浩滔天，下民其咨！有能俾乂？’佥曰：‘於！鲧哉！’”

〔四〕**宅揆之举，舜畴五人**

宋本、钞本、活字本、喜多本、鲍本御览引，“宅”作“百”，“人”作“臣”。　徐𤊹“宅”校作“百”，“人”校作“臣”。天启梅本“人”改“臣”。　黄校云：“（人）一本作‘臣’。”　刘永济云：“按舜典：舜新命六人，禹、垂、益、伯夷、夔、龙也。此作‘五人’，疑误。又舜典虽有‘惠畴’、‘畴若’之文，皆训谁？此言舜畴五人，亦文不成义。‘畴’乃‘酬’之借字，亦作‘诪’，魏元丕碑曰‘诪咨群寮’是也。”

按“百”“臣”二字并是。“百揆”与上“洪水”对。论语泰伯：“舜有臣五人，而天下治。”集解引孔(安国)曰：“禹、稷、契、皋陶、伯益也。”圣贤群辅录：“禹、稷、契、皋陶、益，右舜五臣，见论语。”阎若璩尚书古文疏证四：“舜之佐二十有二人，其最焉者九官，又其最焉者五臣。”刘宝楠论语正义：“舜典言舜命禹百揆，弃为稷，契为司徒，皋陶为士，益为虞。此五人才最盛也。”是“五”字未误。周生烈子：“舜尝驾五龙以腾唐衢。”御览八一引。抱朴子佚文：“舜驾五龙。”书钞十一引。五龙，亦即五臣也。“畴”，读为“筹”。荀子正论篇“故至贤畴四海”杨注：“或曰：‘畴，与筹同。谓计度也。’”是“畴”字于此，亦非不可解者。刘说误。

〔五〕**询及刍荛**

“刍”，元本、弘治本、活字本、汪本、佘本、张本、两京本、王批本、何本、合刻本、梁本、别解本、尚古本、冈本、王本作“蒭”。

按诗大雅板：“先民有言，询于刍荛。”毛传：“刍荛，薪采者。”“刍”已从艸，不必再加艹头也。

〔六〕**春秋释宋，鲁桓务议**

“务”，宋本、钞本、活字本、喜多本御览引作“预”。徐𤊹校作“预”。天启梅本改作“预”。

黄注云：“按鲁桓公无议释宋事，‘桓’当作‘僖’。”文溯本剜改为“僖”。

按当作“鲁僖预议”，始与公羊传僖公二十二年合。惠栋九曜斋笔记卷一、钱大昕十驾斋养新录卷十四、陈鳣手校本文心。并有说。

〔七〕**楷式昭备**

“昭”，元本、弘治本、汪本、佘本、张本、两京本、谢钞本、文津本作“照”。文溯本剜改为“昭”。

按以宗经、颂赞二篇之“照灼”证之，“照”字是。

〔八〕**蔼蔼多士**

按诗大雅卷阿：“蔼蔼王多吉士。”毛传：“蔼蔼，犹济济也。”郑笺：“王之朝多善士，蔼蔼然君子在上位者。”释文：“尔雅（释训）云：‘（蔼蔼）臣尽力也。’”

〔九〕**发言盈庭**

按诗小雅小旻：“谋夫孔多，……发言盈庭。”

〔一〇〕**贾捐之之陈于朱崖**

“朱崖”，黄注云：“当作‘珠崖’。”文溯本剜改为“珠崖”。　　顾广圻校“朱”作“珠”。

按法言孝至篇：“朱崖之绝，捐之之力也。”李

注:“朱崖,南海水中郡。元帝时背叛不臣,议者欲往征之。贾捐之以为无异禽兽也,‘弃之不足惜,不击不损威’。元帝听之。事在汉书(贾捐之传)。”作“朱崖”。后汉书东夷传、水经温水注亦并作“朱崖”。此固不必依汉书本传作“珠崖”也。

〔一一〕**程晓之驳校事**

“程”,黄校云:“元作‘陈’。”此沿梅校。

按御览引作“程”;文通九引同。元本、弘治本、汪本、佘本、张本、王批本、何本、训故本、谢钞本同。梅改是也。

〔一二〕**秦秀定贾充之谥**

“谥”,黄校云:“元作‘谧’。”此沿梅校。

按梅本改“谥”,黄氏误作“謚”,非是。宋本、钞本、倪本、活字本、鲍本御览引作“谥”;文通引同。元本、张乙本、两京本、王批本、胡本、训故本、秘书本、谢钞本、汇编本、张松孙本同。未误。

〔一三〕**然仲瑗博古**

“瑗”,宋本、钞本、活字本御览引作“援”。　天启梅本作“远”。　王批本作“瑗”。

按应劭之字,仲远、仲援、仲瑗不一致;章怀注范书劭传,亦未定其孰是孰非。惠栋后汉书补注卷五十二:“刘宽碑阴隶释卷十二。有故吏南顿应劭仲瑗。洪适云:‘汉官仪作瑗。’官仪既劭所著,又有此碑可据,则知‘远’、‘援’皆非也。”是舍人此文之作仲瑗,信而有征矣。水经河水注东阿县下引应仲瑗曰:“有西故称东。”亦作仲瑗。可资旁证。不必仅据范书遽改为“远”也。

〔一四〕**而谀辞弗剪,颇累文骨**

纪昀云:“‘谀’当作‘腴’。”

按御览引作“腴”;文通引同。元本、弘治本、汪本、佘本、张本、两京本、王批本、何本、胡本、训故本、梅本、凌本、合刻本、梁本、秘书本、谢钞本、汇编本、别解本、尚古本、冈本、四库本、王本、张松孙本、崇文本同。纪说是也。杂文篇:“腴辞云构。”正以“腴辞”二字组合,尤为切证。正纬篇“辞富膏腴”,诠赋篇“膏腴害骨”,事类篇“必列膏腴”,总术篇“味之则甘腴”,是本书屡用“腴”字也。黄本作“谀”,非臆改,即误刻。

〔一五〕**弛张治术**

“弛”,宋本、钞本、活字本、喜多本御览引作“施”。子苑三二引作“弛”。

按“施”“弛”“弛”为“弛”之或体。古通,臧琳经义杂记七言之甚详。“弛张”二字原出礼记杂记下,然古亦有作“施张”者,古文苑孔融离合作郡姓名字诗“出行施张”,郭元祖列仙传赞“盖万物施张,浑尔而就”是也。御览引作“施”,或文心古本如此。

〔一六〕**戎事必练于兵**

“必”,黄校云:“一作‘要’;又作‘宜’。” 何焯改“宜”。

按御览引作“宜”。下文之“先”字“务”字,皆以不同字相对;上“郊祀必洞于礼”句,已著“必”字,此不应重出,当以作“宜”为是。

〔一七〕**亦为游辞所埋矣**

“游”,御览引作“浮”。

按易系辞下:“诬善之人其辞游。”此“游辞”二字所出。“游”“游”同。御览作“浮”,盖涉下而误。子苑引作“游”。

〔一八〕**则秦女楚珠,复在于兹矣**

“在”,宋本、钞本、活字本、喜多本御览引作“存”。

按“在”“存”二字形近,每易淆混。此当以作“存”为是。文选曹植求通亲亲表:“则古人之所叹,风雅之所咏,复存于圣世矣。”又王俭褚渊碑文:“裴楷清通,王戎简要,复存于兹。”句法并与此同,可证。

〔一九〕**譬射侯中的**

按礼记射义:“射侯者,射为诸侯也。射中,则得为诸侯。”

〔二〇〕**及孝武益明,旁求俊乂**

按汉书儒林传赞:“自武帝立五经博士,开弟子员,设科射策,劝以官禄。”书皋陶谟:“俊乂在官。”释文引马融曰:“千人曰俊,百人曰乂。”又伪太甲上:“旁求俊彦。”枚传:“旁,非一方。”又伪说命下:“旁招俊乂,列于庶位。”枚传:“广招俊乂,使列众官。”

〔二一〕**对策者以第一登庸**

按书尧典:“帝曰:‘畴咨?若时登庸。’”孔传:“庸,用也。”史记五帝纪:“尧曰:‘谁可顺此事?’”正义:“言将登用之嗣位也。”

〔二二〕**射策者以甲科入仕**

按汉代射策以甲科入仕者,颇不乏人:汉书匡衡传:“衡射策甲科,以不应令,除为太常掌故。”颜注:“投射得甲科之策,而所对文指不应令条也。”又马宫传“以射策甲科为郎”,翟方进传“以射策甲科为郎”,何武传“以射策甲科为郎”,王嘉传“以明经射策甲科为郎”,又儒林房凤传“以射策乙科为太史掌故”,循吏召信臣传“以明经甲科为郎”是也。汉旧仪:“太常博士弟子试射策,中甲科补郎,中乙科补掌故。”史记晁错传索隐引。

〔二三〕**斯固选贤要术也**

"贤",活字本、清谨轩本作"言"。

按此句为总论对策、射策之辞,故云"选贤要术"。作"言"非。

〔二四〕**观晁氏之对,证验古今**

玉海六十引作"验古明今"。

按以奏启篇"酌古御今",体性篇"摈古竞今",事类篇"援古以证今"例之,玉海所引是也。灭惑论亦有"验古准今"语。元本、弘治本、活字本、汪本、王批本等原有脱文,仅存"验古今"三字。王惟俭于"验"上补"考"字,梅庆生据谢兆申说于"验"上补"证"字,黄本从之,皆非是。

〔二五〕**及后汉鲁丕,辞气质素**

"丕",黄校云:"元作'平',朱改。"此沿梅校。 徐𤊹校作"丕"。 顾广圻云:"'丕'之误也。"

按徐校、顾说是。三国志吴书阚泽传裴注引吴录曰:"……泽曰:'以字言之,"不""十"为"丕"。'"玉篇一部:"丕,或作丕。"五经文字:"丕,石经作丕。"此盖原作"鲁丕",后因误"丕"为"平"耳。王批本、何本、谢钞本作"丕",未误。文通九引作"丕"。

〔二六〕**晋策秀才,而麏兴于前**

按宋书五行志二:"晋成帝咸和六年正月丁巳,会州郡秀、孝于乐贤堂,有麏见于前,获之。孙盛曰：‘夫秀、孝，天下之彦士，乐贤堂，所以乐养贤也。晋自丧乱以后，风教凌夷，秀无策试之才，孝乏四行之实。麡兴于前，或斯故乎。’”晋书五行志中文有脱落，故改引宋书。

〔二七〕**酌三五以镕世**

按“三五”，谓三皇五帝。史记孔子世家：“楚令尹子西曰‘……今孔丘述三五原误作“王”，此据文选班固东都赋、刘琨劝进表、王融曲水诗序、袁宏三国名臣序赞、李康运命论李注所引改。之法……’”汉书郊祀志下：“夫周秦之末，三五之隆。”颜注：“三谓三皇，五谓五帝也。”文选东都赋：“事勤乎三五。”刘良注：“三五，三皇五帝也。”

〔二八〕**对策所选，实属通才**

按杜恕笃论：“校才选能，莫善于对策。”意林五引。足与此文相发。

〔二九〕**不其鲜欤**

按尔雅释诂上：“鲜，善也。”读息浅切。

〔三〇〕**断理必纲，摛辞无懦**

黄侃云：“此句与下句一意相足，下云‘摛辞无懦’，则此‘纲’字为‘刚’字之讹。”

按黄说是。训故本正作“刚”。当据改。

书记第二十五

大舜云：书用识哉①！所以记时事也。盖圣贤言辞，总为之一作尚。书〔一〕，书之为体，主言者也。扬雄曰②：言，心声也；书，心画也。声画形，君子小人见矣〔二〕。故书者，舒也。舒布其言，陈之简牍③〔三〕，取象于夬④，贵在明决而已。三代政暇，文翰颇疏。春秋聘繁，书介弥盛：绕朝赠士会以策⑤❶〔四〕，子家与赵宣以书⑥，巫臣之遗子反⑦〔五〕，子产之谏范宣⑧，详观四书，辞若对面。又子服敬叔进吊书于滕君⑨，固知行人挈辞，多被翰墨矣〔六〕。及七国献书，诡丽辐辏〔七〕；汉来笔札⑩，辞气纷纭〔八〕。观史迁之报任安⑪，东方朔之难公孙⑫❷〔九〕，杨恽之酬会宗⑬，子云之答刘歆⑭，志气槃桓〔一〇〕，各含殊采：并杼轴乎尺素〔一一〕，抑扬乎寸心❸〔一二〕。逮后汉书记，则崔瑗尤善。魏之元瑜⑮，号称翩翩；文举属章⑯，半简必录；休琏好事⑰，留意词翰〔一三〕：抑其次也。嵇康绝交⑱，实志高而文伟矣；赵至叙元作赠，王性凝改。离⑲〔一四〕，乃少年之激切也〔一五〕。至如陈遵占辞⑳，百封各意；祢衡代书㉑，亲疏得宜：斯又御览作皆。尺牍之偏才也。

详总书体，本在尽言，言以散郁陶〔一六〕，托风采，故宜条畅御览作涤荡。以任气〔一七〕，优柔以怿怀〔一八〕；文明从容，亦心声之献酬也㉒。若夫尊贵差序，则肃以节文。战国以前，君臣同书㉓，秦汉立仪，始有表奏㉔；王公国内，亦称奏书，张敞奏书于胶后㉕，其义美矣〔一九〕。迄至后汉，稍有名品，公府奏记，而郡将奏笺㉖〔二〇〕。记之言志，进己志也。笺者，表也，表识其情也〔二一〕。崔实奏记于公府㉗，则崇让之德音矣；黄香奏笺于江夏㉘〔二二〕，亦肃恭之遗式矣。公干笺记㉙，丽而规益〔二三〕，子桓弗论，故世所共遗❹；若略名取实，则有美于为诗矣。刘廙谢恩㉚，喻切以至；陆机自理㉛，情周而巧：笺之为善者也〔二四〕。原笺记之为式，既上窥乎表，亦下睨乎书，使敬而不慑，简而无傲〔二五〕，清美以惠其才，彪蔚以文其响，盖笺记之分也。

夫书记广大，衣被事体，笔札杂名，古今多品。是以总领黎庶，则有谱籍簿录；医历星筮，则有方术占试〔二六〕；申宪述兵，则有律令法制；朝市征信，则有符契券疏；百官询事，则有关刺解谍〔二七〕；万民达志，则有状列辞谚：并述理于心，著言于翰，虽艺文之末品，而政事之先务也。

故谓谱者㉜，普也〔二八〕。注序世统，事资周普；郑氏谱诗㉝，盖取乎此。

籍者㉞，借也。岁借民力，条之于版〔二九〕；春秋司籍㉟〔三〇〕，即其事也。

簿者㊱，圃也。草木区别，文书类聚；张汤李广㊲，为吏所簿，别情伪也。

录者㊳，领也。古史世本㊴，编以简策，领其名数，故曰录也。

方者[40]，隅也。医药攻病，各有所主，专精一隅，故药术称方。

术者[41]，路也。算历极数，见路乃明，九章积微[42]，故以为术；淮南万毕[43]，皆其类也。

占者[44]，觇也。星辰飞伏，伺候乃见，精疑作登。观书云[45]〔三一〕，故曰占也。

式者[46]，元脱。则也〔三二〕。阴阳盈虚，五行消息，变虽不常，而稽之有则也。

律者[47]，中也。黄钟调起[48]〔三三〕，五音以正，元本下多音以正三字。法律驭民，八刑克平，以律为名，取中正也。

令者[49]，命也。出命申禁，有若自天〔三四〕；管仲下命一作令。如流水[50]〔三五〕，使民从也。

法者[51]，象也。兵谋无方，而奇正有象〔三六〕，故曰法也。

制者[52]，裁也。上行于下，如匠之制器也。

符者[53]，孚元作厚，谢改。也。征召防伪，事资中孚〔三七〕；三代玉瑞[54]〔三八〕，汉世金竹[55]，末代从省，易以书翰矣〔三九〕。

契者[56]，结也。上古纯质，结绳执契；今羌胡征数，负贩记缗，其遗风欤！

券者[57]，束也。明白约束，以备情伪，字形半分，故周称判书[58]。古有铁券[59]，以坚信誓〔四〇〕，王褒髯奴[60]，则券之楷也〔四一〕。

疏者，布也。布置物类，撮题近意，故小券短书，号为疏也。

关者，闭也。出入由门，关闭当一作由。审；庶务在政，通塞应详。韩非云：孙亶回元作四，朱改。圣相也[61][四二]，而关于州部。盖谓此也。

刺者[62]，达也。诗人讽刺，周礼三刺[63]，事叙相达，若针之通结矣。

解者，释也。解释结滞，征事以对也。

牒者[64]，叶也。短简编牒，如叶在枝，温舒截蒲[65]，即其事也。议政未定，故短牒咨谋。牒之尤密，谓之为签。签者，纤一作签。密者也[四三]。

状者[66]，貌也。体一作礼。貌本原[四四]，取其事实，先贤表谥，并有行状[67][四五]，状之大者也。

列者，陈也。陈列事情，昭然可见也。

辞者[68]，舌端之文[四六]，通己于人。子产有辞[69]，诸侯所赖，不可已也。

谚者，直语也。丧言亦不及文[四七]，元作交。故吊亦称谚。廛路浅言，有实无华[四八]。邹穆公云：囊满汪本作漏。储中[70][四九]，皆其类也。太誓曰：古人有言，牝鸡无晨。大雅云：人亦有言，惟忧用老。并上古遗谚，诗书可引者也。至于陈琳谏辞，称掩目捕雀[71]；潘岳哀辞，称掌珠伉俪[72]：并引俗说而为文辞者也。夫文辞鄙俚，莫过于谚，而圣贤诗书，采以为谈，况逾于此，岂可忽哉！

观此四疑作数。条[五〇]，并书记所总：或事本相通，而文意各异；或全任质素，或杂用文绮，随事立体，贵乎精要；意少一字则义阙，句长一言则辞妨，并有司一作词。之实务，而浮藻之所忽也。然才冠鸿笔，多疏尺牍，譬九方堙之识骏足⑬，而不知毛色牝牡也。言既身文，信亦邦瑞〔五一〕，翰林之士⑭，思理实焉。

赞曰：文藻条流，托在笔札。既驰金相，亦运木讷〔五二〕。万古声荐，千里应拔。庶务纷纶，因书乃察〔五三〕。

【黄叔琳注】

①**书用识哉**书益稷篇文。 ②**扬雄云云**见法言问神篇。 ③**简牍**〔杜预春秋序〕大事书之于策，小事简牍而已。 ④**象夬**见征圣篇。 ⑤**赠策**〔左传〕晋人患秦之用士会也，乃使魏寿馀伪以魏叛者以诱士会。士会行。绕朝赠之以策，曰：子无谓秦无人，吾谋适不用也。 ⑥**与书**〔左传〕晋侯不见郑伯，以为贰于楚也。郑子家使执讯而与之书，以告赵宣子。 ⑦**遗子反**〔左传〕楚子重、子反以夏姬故，怨巫臣而杀其族。巫臣自晋遗二子书。 ⑧**谏范宣**〔左传〕范宣子为政，诸侯之币重，郑人病之。子产寓书于子西以告宣子。 ⑨**进吊书**〔檀弓〕滕成公之丧，使子服敬叔吊，进书。 ⑩**笔札**〔司马相如传〕相如请为游猎之赋，上令尚书给笔札。〔注〕札，木简之薄小者，时未多用纸，故给札以书。 ⑪**报任安**〔司马迁传〕迁被刑之后，为中书令，尊宠任职，故人益州刺史任

安予迁书，责以古贤臣之义。迁报以书。　⑫**难公孙**〔公孙弘传〕武帝时，北筑朔方，弘谏以为罢弊中国。上使朱买臣等难弘置朔方之便，发十策，弘不得一。按〔东方朔传〕有答客难，无难公孙弘事。　⑬**酬会宗**〔杨恽传〕恽失位家居，治产业，起室宅，以财自娱。友人孙会宗知略士也，与恽书谏戒之。恽报以书。　⑭**答刘歆**扬雄字子云。集有答刘歆书。　⑮**元瑜**〔魏文帝集与吴质书〕元瑜书记翩翩，致足乐也。　⑯**文举**〔孔融传〕融字文举。魏文帝深好融文辞，募天下上融文章者，辄赏以金帛。　⑰**休琏**〔文章叙录〕应璩字休琏，博学好属文，善为书记文。　⑱**绝交**〔嵇康传〕山涛将去选官，举康自代，康乃与涛书告绝。　⑲**叙离**〔晋文苑传〕赵至与嵇康兄子蕃友善，及将远适，乃与蕃书叙离，并陈其志。　⑳**陈遵**〔陈遵传〕起为河南太守，既到官，治私书谢京师故人。遵凭几，口占书吏，且省官事，书数百封，亲疏各有意。　㉑**祢衡**〔后汉文苑传〕祢衡为黄祖作书记，轻重疏密，各得体宜。　㉒**献酬**〔世说〕人问：抚军殷浩谈竟何如？答曰：不能胜人，差可献酬群心。　㉓**君臣同书**如乐毅报燕王，燕王谢乐毅，上下无别，同称书也。　㉔**表奏**〔文章缘起〕表，淮南王安谏伐闽表。奏，汉枚乘奏书谏吴王濞。　㉕**张敞**〔张敞传〕敞拜胶东相。到胶东，居顷之，王太后数出游猎。敞奏书谏。　㉖**郡将**〔严延年传〕延年新将。〔注〕新为郡将也。谓郡守为郡将者，以其兼领武事也。 ㉗**崔实**见诸子篇。 ㉘**黄香**〔后汉文苑传〕黄香字文强，江夏安陆人，所著赋笺奏书令凡五篇。 ㉙**公干**刘桢字公干。按魏文帝与吴质书，公干五言诗妙绝当时，而不言其笺记，故云弗论。文帝字子桓。㉚**刘廙**〔刘廙传〕魏讽反，廙弟伟为讽所引，当相坐诛。太祖令曰：叔向不坐弟虎，古之制也，特原不问，徙署丞相仓曹属。廙上疏谢曰：起烟于寒灰之上，生华于已枯之木。物不答施于天地，子不谢生于父母。 ㉛**陆机自理**〔陆机谢平原内史表〕横为故齐王冏诬臣与众人共作禅文，幽执囹圄，当为诛始。臣乃崎岖自列，片言只字，不关其间，字踪笔迹，皆可推校。 ㉜**谱**〔汉艺文志〕帝王诸侯世谱二十卷，古来帝王年谱五卷。〔刘杳传〕王僧孺撰谱，访杳血脉所因。杳云：桓谭新论云：太史三世表，旁行斜上，并效周谱。以此而推，当起周代。 ㉝**谱诗**〔郑玄传〕玄所著毛诗谱。〔注〕玄于诗、礼、论语，为之作序。此谱亦序之类，避子夏序名，以其列诸侯世及之次，谓之为谱。 ㉞**籍**〔萧何世家〕高祖入关，何独先走丞相府收图籍，以是具知天下户口厄塞。 ㉟**司籍**〔左传〕周景王谓籍谈曰：昔而高祖孙伯黡司晋之典籍，以为大政，故曰籍氏。 ㊱**簿**〔汉食货志〕多张空簿。〔注〕簿，计簿也。 ㊲**张汤**〔史记酷吏传〕天子以汤怀诈面欺，使使八辈簿责汤。〔注〕谓以文簿次第，一一责之。**李广**〔李广传〕广从大将军击匈奴，惑失道，大将军使长史急责广之幕府对簿。 ㊳**录**〔周礼〕职币振掌事者之馀财，皆辨其物而奠其录。〔注〕定其录籍。 ㊴**世本**〔班彪传〕左邱明有记录黄帝以来至春秋时帝王公侯卿大夫，号曰世本，一十五篇。〔马总意林〕傅子曰：楚汉之际，有好事者作世本，上录黄帝，下逮汉末。 ㊵**方**〔汉艺文志〕经方十一家。经方者，辨五苦六辛，致水火之齐，以通闭解结。 ㊶**术**〔汉艺文志〕凡数术百九十家。数术者，皆明堂羲和史卜之职也。 ㊷**九章**〔郑玄传〕始通京氏易、公羊春秋、三统历、九章算术。〔注〕三统历，刘歆所撰。九章算术，周公作也，凡有九篇：方田一，粟米二，差分三，少广四，均输五，方程六，傍要七，盈不足八，钩股九。 ㊸**万毕**〔龟策传〕臣为郎时，见万毕石朱方传曰：有神龟在江南嘉林中。〔注〕万毕术中有石朱方，方中说嘉林中，故云传曰。淮南有毕万术一卷。㊹**占**〔汉艺文志〕杂占十八家。杂占者，纪百事之象，候善恶之征。 ㊺**书云**〔左传〕凡分至启闭，必书云物。㊻**式**〔周礼〕大师抱天时与大师同车。〔注〕太史主抱式以知天时，处吉凶。释曰：据当时占文谓之式，以其见时候有法式，故谓载天文者为式。〔汉艺文志〕羡门式法二十卷，羡门式二十卷。 ㊼**律**〔汉刑法志〕萧何攈摭秦法，取其宜于时者，作律九章。 ㊽**黄钟**〔汉律历志〕五声之本，生于黄钟之律。 ㊾**令**〔萧望之传〕金布令甲。〔注〕金布者，令篇名也。其上有府库金钱布帛之事，因以篇名。令甲者,其篇甲乙之次。 ⑩**管仲**〔管子〕下令如流水之原者,令顺民心也。 ⑤**法**〔周礼疏〕齐景公时,大夫田穰苴作司马法。至六国时,齐威王大夫等追论古法,又作司马法,附于穰苴。〔汉艺文志〕张良、韩信序次兵法。 ⑫**制**〔礼记月令〕命有司修法制。 ⑬**符**〔东观汉记〕郭丹初之长安,从宛人陈兆买入关符,以入函谷关。既入,封符乞人曰:不乘使者车不出关。 ⑭**玉瑞**〔周礼〕典瑞掌玉瑞玉器之藏。〔注〕瑞,符信也。〔五帝本纪〕修五礼五玉。〔注〕即五瑞也。 ⑮**金竹**〔孝文本纪〕初与郡国守相为铜虎符、竹使符。 ⑯**契**〔周礼〕小宰之职,听取予以书契。〔注〕书契谓出予受人之凡要,凡簿书之最目,狱讼之要词,皆曰契。 ⑰**券**〔周礼天官小宰〕四曰听称责以傅别。〔注〕傅别,谓券书也。听讼责者,以券书决之。〔地官质人〕大市以质,小市以剂。〔注〕大市人民马牛之属,用长券。小市兵器珍异之物,用短券。 ⑱**判书**〔周礼秋官〕朝士凡有责者,有判书以治则听。〔注〕判,半分而合者。 ⑲**铁券**〔汉高帝纪〕与功臣剖符作誓,丹书铁券。 ⑳**髯奴**〔王褒僮约〕券文曰:资中男子王子渊,从成都安志里女子杨惠买亡夫时户下髯奴便了,决卖万五千。奴从百役使,不得有二言。 ㉑**孙亶回**〔韩子〕徐渠问田鸠曰:阳城义渠,名将也,而措于毛伯;公孙亶回,圣相也,而关于州部,何哉?田鸠曰:此无他,主有度,上有术之故也。

⑥②**刺**〔唐百官志〕诸司相质，其制有三：一曰关，二曰刺，三曰移。 ⑥③**三刺**〔周礼〕司刺掌三刺三宥三赦之法，以赞司寇，听狱讼。一刺曰讯群臣，再刺曰讯群吏，三刺曰讯万民。 ⑥④**牒**〔左传〕右师不敢对，受牒而退。〔正义〕简，牒也。牒，札也。 ⑥⑤**截蒲**〔路温舒传〕温舒取泽中蒲截以为牒，编用写书。 ⑥⑥**状**〔杨引传〕引母终，经十三年，哀慕不改。郡县乡里三百人上状称美。 ⑥⑦**行状**〔文章缘起〕行状，汉丞相仓曹傅胡干作杨元伯行状。 ⑥⑧**辞**〔周书〕两造具备，师听五辞。五辞简孚，正于五刑。 ⑥⑨**子产**〔左传〕叔向曰：辞之不可以已也。子产有辞，诸侯赖之，若之何其释辞也。 ⑦⓪**囊满储中**〔贾谊新书〕邹穆公令食凫雁者必以秕，于是仓无秕，而求易于民，二石粟而易一石秕。吏请以粟食之。公曰：去，非而所知也。汝知小计而不知大会。周谚曰"囊漏贮中"，而独弗闻与？ ⑦①**掩目捕雀**〔何进传〕袁绍等欲召外兵向京城以胁太后，进然之。陈琳谏曰：易称即鹿无虞，谚有掩目捕雀，夫微物尚不可欺以得志，况国之大事，其可以诈立乎！ ⑦②**伉俪**〔潘黄门集〕杨仲武诔序：子之姑，予之伉俪。 ⑦③**九方堙**〔淮南子〕秦穆公使九方堙求马。三月而反，报曰：在于沙邱，牡而黄。使人往取之，牝而骊。穆公不说。伯乐曰：若堙之所观者，天机也，得其精而忘其粗。马至而果千里之马。 ⑦④**翰林**〔长杨赋〕藉翰林以为主人。〔注〕翰，笔也。翰林，文翰之多若林。

【李详补注】

❶**绕朝赠士会以策**黄评云：可证解作鞭策之谬。纪云：解作鞭策不谬，杜氏误解为书策耳。绕朝二语，对面启齿即了，何必更题而赠之，故知策是鞭策，寓使策马速行之意。详案：杜注本云：策马挝。黄氏故据彦和此说，以诋其谬。纪云“解作鞭策不谬”，正是附和杜说，又何得云杜氏误解为书策邪？解作书策乃服虔说，见左传正义。服虔云：绕朝以策书赠士会。彦和系用服义，黄既不探其源，纪亦近于臆断。 ❷**东方朔句**黄注：东方朔有答客难，无难公孙弘事。详案：〔御览〕（四百六）东方朔与公孙弘书：盖闻爵禄不相贵以礼，同类之游，不以远近为是。故东门先生居蓬户空穴之中，而魏公子一朝以百骑尊宠之；吕望未尝与文王同席而坐，一朝让以天下半。夫丈夫相知，何必抚尘而游，垂发齐年，偃伏以日数哉！案玩其辞气，似与公孙弘不协，疑即是此书。❸**并杼轴乎尺素二句**详案：〔陆机文赋〕函绵邈于尺素，吐滂沛乎寸心。 ❹**公干笺记四句**详案：〔魏志邢颙传〕载桢谏曹植书云：家丞邢颙，北土之彦，少秉高节，玄静淡泊，言少理多，真雅士也。桢诚不足同贯斯人，并列左右，而桢礼遇殊特，颙反疏简。私惧观者将谓君侯习见不肖，礼贤不足，采庶子之春华，忘家丞之秋实。为上招谤，其罪不小，以此反侧。又〔王粲传注〕引典略植答魏文帝书云：桢闻荆山之璞，曜元后之宝；随侯之珠，烛众

士之好；南垠之金，登窈窕之首；貂韔之尾，缀侍臣之帻。此四宝者，伏朽石之下，潜污泥之中，而扬光千载之上，发彩畴昔之外，亦皆未能初自接于至尊也。夫尊者所服，卑者所修也；贵者所御，贱者所先也。故夏屋初成，而大匠先立其下；嘉禾始熟，而农夫先尝其粒。恨桢所带，无他妙饰，若实殊异，尚可纳也。此皆彦和所言丽而规益者。魏文典论论文，但以琳瑀书记为隽，而云公干壮而不密，是不重桢之文，故言弗论。黄注仅言魏文与吴质书，于论字之原犹未悉也。

【杨明照校注】

〔一〕**总为之书**

"之"，黄校云："一作'尚'。" 何焯校作"之"。

按御览五九五引作"之"。何校、黄改是也。

〔二〕**声画形，君子小人见矣**

"见"上，弘治本、汪本、佘本、张本、两京本、王批本、何本、胡本、训故本、梅本、凌本、合刻本、秘书本、谢钞本、尚古本、冈本、四库本、王本、张松孙本、郑藏钞本、崇文本有"可"字；书记洞诠、文章辨体汇选六六引同。何焯云："'可'，衍。"

按法言问神篇原无"可"字，诸本非。御览引亦无。黄氏从何焯说删去"可"字，甚是。

〔三〕**陈之简牍**

"陈",宋本、钞本、活字本、喜多本御览引作"染"。按"染"字是。文选潘岳秋兴赋序:"于是染翰操纸,慨然而赋。"又谢惠连秋怀诗:"朋来当染翰。"陶渊明集感士不遇赋:"此古人所以染翰慷慨。"又闲情赋序:"复染翰为之。"沈约梁武帝集序:"时或染翰。"类聚十四引。萧统文选序:"飞文染翰。"可证"染"字为当时文士所习用。

〔四〕**绕朝赠士会以策**

按舍人此文用服虔义。见左传文公十三年孔疏。杨慎、太史升庵文集卷四三。惠栋、左传补注卷二十。卢文弨、钟山札记卷一。梁玉绳瞥记卷十九。均有所论证。

〔五〕**巫臣之遗子反**

"遗",宋本、钞本、活字本、喜多本御览引作"责"。按书中有"尔以谗慝贪惏事君,而多杀不辜"之语,作"责"是也。

〔六〕**固知行人挈辞,多被翰墨矣**

"挈",宋本、喜多本御览引作"絜";书记洞诠同。按穀梁传襄公十一年:"行人者,挈国之辞也。"范注:"行人,是传国之辞命者。"舍人语本此。作"絜"非。史通言语篇:"周监二代,郁郁乎文。大夫、行人,尤重词命,语微婉而多切,言流靡而不淫,若春秋载'吕相绝秦',按见左传成公十三年。……是也。"又按左传僖公四年"屈完使齐"、僖公三十年“烛之武退秦师”，亦皆行人挈国之辞载诸史策者。

〔七〕**诡丽辐辏**

“辏”，宋本、钞本、喜多本、鲍本御览引作“凑”；汪本、张本、训故本、四库本同。　　顾广圻校作“凑”。

按“凑”字是。说文水部：“凑，水上人所会也。”又车部：“毂，辐所凑也。”“辏”乃俗体，当以作“凑”为正。

〔八〕**汉来笔札，辞气纷纭**

“气”，宋本、钞本、活字本、喜多本御览引作“音”。又明钞本御览作“旨”。鲍本御览同。

按汉来笔札，原非一家，内容较为复杂，当以作“旨”为是。“音”乃“旨”之形误。

〔九〕**东方朔之难公孙**

御览引无“朔”字；“难”作“谒”。　　何焯校删“朔”字。

按御览所引、何删是也。此云“东方”，与上句之“史迁”相俪。谐隐篇“于是东方、枚皋”，亦止称“东方”与“枚皋”对。梁书文学下伏挺传：“时仆射徐勉以疾假还宅，挺致书以观其意，曰：‘……近以蒲槧勿用，笺素多阙，聊效东方，献书丞相。’”所隶盖为一事。则此文之“难”字，当从御览所引作“谒”始合。惜谒书已佚,其详不可得知耳。

〔一〇〕**志气槃桓**

“槃”,宋本、钞本、倪本、喜多本御览引作“盘”;书记洞诠同。

按以颂赞篇“盘桓乎数韵之辞”例之,作“盘”前后一律。当据改。

〔一一〕**并杼轴乎尺素**

按诗小雅大东“杼柚其空”释文:“柚,本又作轴。”是舍人此文从或本作也。神思篇“杼轴献功”,亦然。文选文赋:“虽杼轴于予怀,怵他人之我先。”李注:“杼轴,以机喻也。”

〔一二〕**抑扬乎寸心**

按文赋:“函绵邈于尺素,吐滂沛乎寸心。”李注:“列子(仲尼篇)文挚谓龙叔曰:‘吾见子之心矣,方寸之地虚矣。’”

〔一三〕**休琏好事,留意词翰**

按应璩集序:“璩博学,好属文,善为书记。”书钞一百三引。文选书类所选二十四首书中,休琏之作,即有其四。严可均全三国文卷三十所辑休琏文,全为笺书。舍人称其“留意词翰”,洵不诬也。

〔一四〕**赵至叙离**

“叙”，黄校云：“元作‘赠’，王性凝改。”此沿梅校。

按御览引作“赠”；弘治本、活字本、汪本、佘本、张本、两京本、王批本、胡本、训故本、书记洞诠、尺牍新钞、文津本同。文溯本剜改为“叙”。“赠”字自通，不必依唐修晋书至传改为“叙”也。

〔一五〕**乃少年之激切也**

“切”，宋本、钞本、活字本、喜多本、鲍本御览引作“昂”。

按“昂”字是。“昂”，古作“卬”，“切”乃“卬”之误。

〔一六〕**言以散郁陶**

“言”，御览引作“所”。

按“所”字是。“言”乃涉上句而误。

〔一七〕**故宜条畅以任气**

“条畅”，黄校云：“御览作‘涤荡’。”按倪刻御览作“条畅”。　子苑三二引作“条畅”。

按“涤荡”与“条畅”同。淮南子泰族篇“树循其所有而涤荡之”，文子道原篇作“条畅”，是其证。

〔一八〕**优柔以怿怀**

“柔”，御览引作“游”。　子苑引作“柔”。

按“优柔”与“优游”于此均通。养气篇有“优柔适会”语，作“柔”前后一律。大戴礼记子张问入官篇:"优而柔之,使自求之。"家语入官篇同,王注:"优,宽也。柔,和也。使自求其宜也。"杜预春秋经传集解序:"优而柔之,使自求之。"孔疏:"优柔俱训为安,宽舒之意也。"

〔一九〕**张敞奏书于胶后,其义美矣**

"其"下,宋本、钞本、喜多本、鲍本、御览引有"辞"字。

按原道篇"彪炳辞义",诏策篇"辞义多伟",才略篇"辞义温雅",并以"辞义"为言。则此当据御览补"辞"字,文意始完备。

〔二〇〕**公府奏记,而郡将奏笺**

"奏笺",宋本、钞本、喜多本御览引作"奉笺"。

按公府曰"奏记",郡将曰"奉笺",正示其名品之异。御览所引是也。汉书丙吉传吉"奏记霍光",又萧望之传"郑朋奏记望之",又冯奉世传"杜钦素高野王父子行能奏记于王凤",又朱博传"文学儒吏时有奏记称说云云",后汉书李固传"固奏记梁商",三国志蜀书秦宓传"奏记州牧刘焉荐儒士任定祖"。臧荣绪晋书:"太尉蒋济闻(阮)籍有才隽而辟之,籍诣都亭奏记。"文选阮籍奏记诣蒋公李注解题引。此皆公府称奏记之事见于史传者。三国志魏书崔林传:"文帝践阼,拜尚书,出为幽州刺史。北中郎将吴质统河北军事。涿郡太守王雄谓林别驾曰:‘吴中郎将上所亲重,国之贵臣也;杖节统事州郡,莫不奉笺致敬。’”宋书孔觊传:“转署(衡阳王义季)记室,奉笺固辞。”上列二事,并“郡将奉笺”之证。汉书酷吏严延年传:“(赵)绣见延年新将。”颜注:“新为郡将也,谓郡守为郡将者,以其兼领武事也。”刺史、太守当方面,总兵权,故称将。如郡将、州将。

〔二一〕**牋(笺)者,表也,表识其情也**

“表识”,御览引作“识表”;王批本、子苑、文体明辨二五、书记洞诠同。元本、弘治本、活字本、汪本、佘本、张本、两京本、胡本、谢钞本、训故本同。

按说文竹部:“笺,表识书也。”此舍人说所本。“笺”与“牋”正俗字。当以作“表识”为是。

〔二二〕**黄香奏笺于江夏**

“奏”,宋本、钞本、倪本、喜多本御览引作“奉”。

按“奉”字是。说已见上。

〔二三〕**公干笺记,丽而规益**

“丽”上,御览引有“文”字;王批本同。

按有“文”字,辞气较胜。当据增。

〔二四〕**笺之为善者也**

“为”,御览引无。

按“为”字于此实不应有,盖涉下句而衍。当据删。

〔二五〕**简而无傲**

按书舜典："刚而无虐，简而无傲。"孔传："刚失之虐，简失之傲，教之以防其失。"

〔二六〕**则有方术占试**

冯舒云："'试'，当作'式'。"何焯、顾广圻校同。

按作"式"始与下文合。冯说、何、顾校是也。张本、王批本、训故本正作"式"。当据改。

〔二七〕**则有关刺解谍**

"刺"，何本、梅本、凌本、汇编本作"刺"；书记洞诠同。　"谍"，元本、活字本、汪本、张本、两京本作"牒"；子苑引作"牒"，振绮类纂二引同。郝懿行改"牒"。张绍仁校同。

按"刺"字当依各本改为"刺"。下同。"谍"亦当改"牒"，始能与下文"牒者，叶也。短简编牒，……故短牒咨谋。牒之尤密"诸"牒"字一律。

〔二八〕**故谓谱者，普也**

徐𤊹校删"故谓"二字。

按此下分述二十四种杂文，即由"故谓"二字领起，实不可删。天启梅本从徐说删去"故谓"二字，非是。王批本、子苑引有"故谓"二字，足以证其原文非衍。

〔二九〕**籍者，借也。岁借民力，条之于版**

范文澜云："释名释书契：'籍，籍也。所以籍疏（疏，条列也。）人民户口也。'左传襄公二十五年'赋车籍马'注：'籍，疏其毛色岁齿以备军用。'周礼天官叙官司书贾疏：'簿，今手版。'此岁借民力说所本。"　"籍"，子苑三二引作"藉"。

按范注虽引证三书，惜与"岁借民力"之说毫不相干。诗周颂载芟序："春籍田而祈社稷也。"郑笺："籍之言借也，借民力治之，故谓之籍田。"礼记王制："古者公田藉而不税，……用民之力，岁不过三日。"郑注："藉之言借也，借民力治公田。"公羊传宣公十五年："古者什一而藉。"何注："什一以借民力。以什与民，自取其一为公田。"国语周语上："宣王即位，不籍千亩。"韦注："籍，借也，借民力以为之。"汉书贾山传："（至言）用民之力不过岁三日，什一而籍。"颜注："什一，谓十分之中公取一也。籍，借也，谓借人力也。"并"岁借民力"说切证。周礼秋官司民："掌登万民之数，皆书于版。"郑注："版，今户籍也。""条之于版"，盖谓条例一年中所用民力之时间与次数也。

〔三〇〕**春秋司籍**

范文澜云："左传昭公十五年：'孙伯黡司晋之典

籍，以为大政，故曰籍氏。'此春秋司籍说所本。"

按左传正文"王周景王。曰：'叔氏，而读上声，下同。忘诸乎？……且昔而高祖孙伯黡，司晋之典籍，以为大政，故曰籍氏。'"世系非常清楚；注、疏且有扼要解释。杜注："叔，籍谈字。孙伯黡，晋正卿。籍谈九世祖。"孔疏："孙伯黡为晋之正卿。世掌典籍有功，故曰籍氏。是籍谈九世祖也。"黄叔琳注所引传文"周景王谓籍谈曰：'昔而高祖孙伯黡，司晋之典籍，以为大政，故曰籍氏。'"亦言简意赅。范注却置左传正文及注、疏于不顾，只摘取黄注"孙伯黡司晋之典籍，以为大政，故曰籍氏"三句，并于孙伯黡三字左侧加姓名标号，原世世代代之姓籍者籍谈，突然变为姓孙矣。引书如此卤莽灭裂，其有误也固无足怪。

〔三一〕**精观书云**

"精"，黄校云："疑作'登'。"此袭何焯说。

按作"登"与左传僖公五年（原文范注已具）合。说苑辨物篇："登灵台以望气氛。"后汉书明帝纪："（永平二年）升灵台望元气。"又赞："登台观云。"中论历数篇："人君亲登观台，以望气而书云物为备者也。"亦可证"精"字之误。

〔三二〕**式者，则也**

"者",黄校云:"元脱。"此沿梅校。　　张绍仁校沾"者"字。

按有"者"字,始与上下各段合。张本、两京本、何本、训故本、梁本、谢钞本、尚古本、冈本未脱;子苑、广博物志二九、文通十六引,亦并有之。

〔三三〕**黄鐘(钟)调起**

"鐘",弘治本、汪本、佘本、张本、两京本、王批本、何本、王本、郑藏钞本、崇文本作"鍾"。子苑引同。

按"鐘"与"鍾"古本相通,然以声律篇"失黄鍾之正响"例之,此应据改为"鍾",前后始能一律。吕氏春秋古乐篇:"昔黄帝令伶伦作为律,伶伦自大夏之西,乃之阮隃崐崘(即昆仑)之误。之阴,取竹于嶰溪之谷;以生空窍厚钧者,断两节间,其长三寸九分而吹之,以为黄鍾之宫。……次制十二筒,以之阮隃之下,听凤皇之鸣,以别十二律。其雄鸣为六,雌鸣亦六。以比黄鍾之宫,适合。黄鍾之宫,皆可以生之。故曰:'黄鍾之宫,律吕之本。'"

〔三四〕**出命申禁,有若自天**

按诗大雅大明:"有命自天,命此文王。"郑笺:"天为将命文王君天下于周京之地。"

〔三五〕**管仲下命如流水**

"命",黄校云:"一作'令'。" 天启梅本改"令"。文溯本剜改为"令"。 冯舒云:"'下命',当作'下令'。"

按作"令"始与管子牧民篇原文黄、范两家注已具。及本段合。训故本作"令",未误。史记管仲传:"故其称曰:'……下令如流水之原,令顺民心。'"刘向管子书录:"故其书称曰:'……下令犹流水之原,令顺人心。'"并"命"当改"令"切证。文子精诚篇有"出令如流水之原"语。

〔三六〕**兵谋无方,而奇正有象**

按孙子势篇:"三军之众,可使必受敌而无败者,奇正是也。"又:"凡战者,以正合,以奇胜。"又:"战势不过奇正,奇正之变,不可胜穷也。奇正相生,如循环之无端,孰能穷之?"曹注:"先出合战为正,后出为奇。正者,当敌奇兵,从傍击不备也。"史记田单传:"太史公曰:'兵以正合,以奇胜。善之者,出奇无穷。奇正还相生,如环之无端。……其田单之谓邪!'"

〔三七〕**符者,孚也。征召防伪,事资中孚**

"孚",黄校云:"元作'厚',谢改。"此沿梅校。徐𤊹校作"孚"。

按谢改、徐校是也。宋本、倪本、活字本、喜多本、鲍本御览五九八引,正作"孚";文通五引同。

何本、训故本、梁本、谢钞本同。天启梅本改“孚”。文选序：“书誓符檄之品。”张铣注：“符，孚也。征召防伪，事资中孚。”文即袭此，亦可证。又按易杂卦传：“中孚，信也。”

〔三八〕**三代玉瑞**

“瑞”，伦明所校元本作“麟”；两京本、胡本同。子苑引同。

按隋书樊子盖传：“（炀）帝顾谓子盖曰：‘……今为公别造玉麟符，以代铜兽。’”北史子盖传同。是玉麟符隋炀帝时始造，作“麟”非是。玉瑞，黄注已具。

〔三九〕**易以书翰矣**

俞正燮癸巳存稿七引作“代以繻”。

按御览引此文，“易”作“代”，馀同今本；元明以来各种文心版本，亦无作“代以繻”者。俞氏盖误记。

〔四〇〕**古有铁券，以坚信誓**

按楚汉春秋：“高祖初，封侯者皆赐丹书铁券，曰：‘使黄河如带，太山如砺，汉有宗庙，尔无绝世。’”御览六三三引（五九八所引者有脱落）。汉书高帝纪下：“天下既定，……又与功臣剖符作誓，丹书铁契，金匮石室，藏之宗庙。”汉纪高皇帝纪三：“封爵之日誓曰：‘使黄河如带，太山如砺，国以永存，爰及苗裔。’于是申以丹书之信，重以白马之盟。”三辅故事：“娄敬为高车使者，持节至匈奴，与其分土定界。作丹书铁券，曰：‘自海以南，冠盖之士处焉；自海以北，控弦之士处焉。’”书钞一百四、御览七七九引。

〔四一〕**王褒髯奴，则券之楷也**

“楷”，宋本、钞本、活字本、喜多本御览引作“谐”；冈本同。

按“谐”字是。谐隐篇云：“谐之言皆也，辞浅会俗，皆悦笑也。”释此正合。“则券之谐”，谓王褒僮约僮约有“髯奴便了”语，故称僮约为髯奴（孙志祖读书脞录卷七、朱亦栋群书札记卷十三并谓舍人所指为僮约）。为俳谐之券文也。南齐书文学传论：“王褒僮约，束皙发蒙，滑稽之流。”亦可作为旁证。颜氏家训文章篇有“王褒过章僮约”语。

〔四二〕**孙亶回圣相也**

“回”，黄校云：“元作‘四’，朱改。”此沿梅校。

按朱改是。何本、训故本作“回”；书记洞诠、文通十六引同。

〔四三〕**签者，纤密者也**

“纤”，黄校云：“一作‘签’。” 元本、弘治本、活字本、汪本、佘本、张本、两京本、王批本、何本、胡本、训故本、万历梅本、凌本、合刻本、梁本、秘书本、谢钞本、王本、郑藏钞本、崇文本作“签”。四库本剜改为“签”。

按“签”字非是。徐𤊹校“纤”、天启梅本改“纤”，黄氏从之是也。明诗篇“不求纤密之巧”，诠赋篇“言务纤密”，指瑕篇“或精思以纤密”，并以“纤密”连文，可证。

〔四四〕**體(体)貌本原**

“體”，黄校云：“一作‘禮(礼)’。”天启梅本改“體”。徐𤊹校作“體”。冯舒校同。

按“體”字是。佘本作“体”，“體”之俗。训故本作“體”；文章辨体汇选四八引同。诗大雅卷阿郑笺：“體貌则颙颙然敬顺。”孔疏：“颙颙是睹其形状，故以为體貌敬顺；敬顺，即温和也。”文选宋玉登徒子好色赋：“玉为人體貌闲丽。”李注：“闲，静也。丽，美也。”吕周翰注：“言玉容貌美丽。”又班彪王命论：“二曰體貌多奇异。”李注：“汉书(高帝纪上)曰：‘高祖为人，隆准而龙颜，美须髯，左股有七十二黑子。’”

〔四五〕**先贤表謚(谥)，并有行状**

“謚”，元本、弘治本、汪本、佘本、张本、两京本、王批本、何本、梅本、合刻本、梁本、秘书本、尚古本、冈本、王本、张松孙本、郑藏钞本、崇文本作“谥”；广博物志、书记洞诠、子苑、文通十八引同。

按“谥”字是。诔碑篇“读诔定谥”作“谥”，未误。议对篇“秦秀定贾充之谥”，黄本亦误为

"諡"。与此同。说文言部:"谥,行之迹也。从言益声。"段注:"周书谥法解、(礼记)檀弓(下)、乐记、表记(郑)注皆云:'谥者,行之迹也。'……六书故曰:'唐本说文无"諡",但有"谥"。'……唐开成石经,宋一代书版皆作谥,不作諡。"考订精辟,可视为谥字定论。特移录如上。文选行状类任昉齐竟陵文宣王行状,刘良注:"述其德行之状。"堪称行状典范。又按文章缘起行状目著录:汉丞相仓曹傅胡干作杨元伯行状。后汉书史弼传章怀注引佚名裴瑜行状。是行状兴于汉代,信有征矣。宋吴曾乃谓行状"南朝以来已有之"。见能改斋漫录卷二事始行状说。清江藩又谓"至典午晋。之时,始有行状"。见炳烛室杂文行状说。皆非也。裴松之三国志注屡引诸家先贤行状。

〔四六〕**辞者,舌端之文**

按韩诗外传七:"避辩士之舌端。"

〔四七〕**丧言亦不及文**

"文",黄校云:"元作'交'。"此沿梅校。　　杨慎升庵文集六四、古今谚、文通十六引作"文"。

按孝经丧亲章:"子曰:'孝子之丧亲也,……言不文。'"舍人遣辞本此,当以作"文"为是。情采篇:"孝经垂典,丧言不文。"亦可证。何本、训故本、谢钞本作“文”，不误。四库本剜改为“文”。

〔四八〕**有实无华**

“实”，升庵文集引作“质”。

按本书屡以“华”“实”对举，杨引作“质”非。子苑引作“实”。

〔四九〕**囊满储中**

“满”，黄校云：“汪本作‘漏’。”

按作“漏”与贾子新书春秋篇合。原文黄、范两家注已具。新序刺奢篇：“周谚曰：‘囊漏贮储之借字。中。’”宋书范泰传：“泰又谏曰：‘……故囊漏贮中，识者不吝。’”南齐书顾宪之传：“乃囊漏不出贮中。”并作“漏”。元本、弘治本、活字本、佘本、张本、两京本、王批本、胡本、谢钞本、训故本、冈本亦并作“漏”；广博物志、书记洞诠同。当据改。

〔五〇〕**观此四条**

“四”，黄校云：“疑作‘数’。”顾广圻校同。　　范文澜云：“‘四条’，疑当作‘六条’。”

按“四”字固误，然“数”“六”二字之形与“四”均不近，恐难致误。疑原作“众”，非旧本残其下段，即写者偶脱，故误为“四”耳。檄移篇：“凡此众条。”句法与此同，可证。铭箴篇“详观众例”，诔碑篇“周胡众碑”，亦可证。

〔五一〕**信亦邦瑞**

按左传僖公二十五年:“(晋文)公曰:‘信,国之宝也。’”

〔五二〕**亦运木讷**

按论语子路:“子曰:‘刚毅木讷,近仁。’”集解引王肃曰:“木,质朴也;讷,迟钝也。”

〔五三〕**庶务纷纶,因书乃察**

按易系辞上:“上古结绳而治,后世圣人易之以书契,百官以治,万民以察。”许慎说文解字叙:“及神农氏结绳为治,而统其事,庶业其繁,饰伪萌生。黄帝之史仓颉,见鸟兽蹄迒之迹,知分理之可相别异也,初造书契,百工以乂,万品以察。”

文心雕龙校注卷六

神思第二十六〔一〕

古人云:形在江海之上,心存魏阙之下①〔二〕。神思之谓也。文之思也,其神远矣。故寂然凝虑,思接千载,悄焉动容,视通万里;吟咏之间,吐纳珠玉之声;眉睫之前,卷舒风云之色:其思理之致乎?故思理为妙,神与物游,神居胸臆,而志气统其关键②〔三〕;物沿耳目,而辞令管其枢机〔四〕。枢机方通,则物无隐貌;关键将塞,则神有遁心。是以陶钧文思③,贵在虚静〔五〕,疏瀹五藏,澡雪精神;积学以储宝,酌理以富才,研阅以穷照,驯致以怿一作绎。辞〔六〕;然后使元解之宰〔七〕,寻声律而定墨④;独照之匠〔八〕,窥意象而运斤:此盖驭文之首术,谋篇之大端〔九〕。

夫神思方运,万涂竞萌,规矩虚位,刻镂无形;登山则情满于山,观海则意溢于海,我才之多少,将与风云而并驱矣。方其搦翰，气倍辞前；暨乎篇成，半折心始〔一〇〕。何则？意翻空而易奇，言征实而难巧也〔一一〕。是以意授于思，言授于意；密则无际，疏则千里；或理在方寸，而求之域表；或义在咫尺〔一二〕，而思隔山河。是以秉心养术〔一三〕，无务苦虑；含章司契⑤〔一四〕，不必劳情也。

人之禀才，迟速异分；文之制体，大小殊功：相如含笔而腐毫⑥〔一五〕，扬雄辍翰而惊梦⑦，桓谭疾感于苦思⑧，王充气竭于思虑⑨〔一六〕，张衡研京以十年，左思练都以一纪，虽有巨文，亦思之缓也。淮南崇朝而赋骚❶〔一七〕，枚皋应诏而成赋，子建援牍如口诵⑩，仲宣举笔似宿构⑪〔一八〕，阮瑀据案而制书⑫〔一九〕，祢衡当食而草奏⑬，虽有短篇，亦思之速也。若夫骏发之士〔二〇〕，心总要术，敏在虑前，应机立断⑭；覃思之人，情饶歧路〔二一〕，鉴在疑后，研虑方定。机敏故造次而成功，虑疑故愈久而致绩。难易虽殊，并资博练。若学浅而空迟，才疏而徒速，以斯成器，未之前闻。是以临篇缀虑，必有二患：理郁者苦贫，辞溺者伤乱〔二二〕。然则博见一作闻。为馈贫之粮〔二三〕，贯一为拯乱之药，博而能一，亦有助乎心力矣。

若情数诡杂，体变迁贸，拙辞或孕于巧义，庸事或萌于新意，视布于麻，虽云未费〔二四〕，杼轴献功，焕然乃珍〔二五〕。至于思表纤旨，文外曲致，言所不追，笔固知止；至精而后阐其妙，至变而后通其数〔二六〕，伊挚不能言鼎⑮，轮扁不能语斤⑯，其微矣乎〔二七〕！

赞曰：神用象通，情变所孕。物以貌求，心以理应〔二八〕。汪作胜。刻镂声律，萌芽比兴。结虑司契，垂帷制胜〔二九〕。

【黄叔琳注】

①**江海魏阙**〔庄子〕中山公子牟谓瞻子曰：身在江海之上，心居乎魏阙之下。奈何？　②**关键**〔老子〕善闭无关键而不可开。〔小尔雅〕键谓之钥。　③**陶钧**〔邹阳传〕阳上书曰：圣王制世御俗，独化于陶钧之上。〔注〕陶家名转者为钧，盖取周回调钧耳。言圣王制驭天下，亦犹陶人转钧。　④**定墨**〔礼玉藻〕卜人定龟，史定墨。⑤**司契**〔陆机文赋〕意司契而为匠。　⑥**相如**〔枚皋传〕皋为文疾，受诏辄成，故所赋者多。司马相如善为文而迟，故所作少而善于皋。　⑦**扬雄惊梦**〔桓谭新论〕成帝幸甘泉，诏扬子云作赋。倦卧，梦其五脏出在地，以手收内。　⑧**桓谭苦思**〔桓谭新论〕余少时见扬子云之丽文高论，而猥欲追及。尝激一事而作小赋，用精思太剧，而立感动发病，弥日瘳。　⑨**王充**〔王充传〕充闭门潜思，著论衡二十馀万言。年渐七十，志力衰耗，乃造性书十六篇，裁节嗜欲，颐神自守。　⑩**口诵**〔杨修答临淄侯曹子建笺〕尝亲见执事，握牍持笔，有所造作。若成诵在心，借书于手，曾不斯须，少留思虑。　⑪**宿构**〔王粲传〕粲字仲宣，善属文，举笔便成，无所改定，时人常以为宿构。然正复精意殚思，亦不能加也。　⑫**阮瑀据案**〔典

略〕太祖尝使阮瑀作书与韩遂，瑀于马上具草书成呈之。太祖揽笔欲有所定，而竟不能增损。 ⑬**祢衡草奏**〔祢衡传〕刘表尝与诸文人共草章奏。时衡出，还见之，开省未周，因毁以抵地。从求笔札，须臾立成，辞义可观。表益重之。 ⑭**应机立断**〔刘向新序〕新以尚干将莫邪者，贵其立断也。〔陈琳答东阿王笺〕拂钟无声，应机立断。⑮**伊挚**〔吕氏春秋〕汤得伊尹，明日设朝而见之。说汤以至味曰：鼎中之变，精妙微纤，口弗能言，志弗能喻。⑯**轮扁**〔庄子〕轮扁谓桓公曰：以臣之事观之，斫轮徐，则甘而不固，疾则苦而不入。不徐不疾，得之于手而应于心，口不能言，有数存焉于其间。

【李详补注】

❶**淮南崇朝而赋骚**〔札迻〕云：高诱淮南子序云：诏使为离骚赋，自旦受诏，日早食已上。即彦和所本也。〔汉书本传〕云：武帝使为离骚传（班固楚辞序说同）。〔王逸楚辞序〕又云：作离骚经章句。并与淮南序不同。传及章句，非崇朝所能成，疑高说得之。

【杨明照校注】

〔一〕**神思**

按曹植宝刀赋："规圆景以定环，摅神思而造象。"初学记二二、御览三四六引（此盖"神思"二字连文之最先见者)。三国志蜀书杜琼传:"(谯)周曰:'……由杜君之辞而广之耳,殊无神思独至之异也。'"又吴书楼玄传:"(华覈上疏)宜得闲静,以展神思。"晋书刘寔传:"平原管辂尝谓人曰:'吾与刘颍川兄弟(寔与弟智)语,使人神思清发,昏不假寐。'"宗炳别传:"(画山水序)圣贤映于绝代,万趣融其神思。"历代名画记六引。南齐书文学传论:"属文之道,事出神思。"是"神思"之妙,至精至微,关系作家亦至巨。故舍人特列为专题系统论述,以冠下编之首。

〔二〕**古人云:形在江海之上,心存魏阙之下**

按此二句除先见庄子让王篇原文黄、范两家注已具。外,文子下德篇、吕氏春秋审为篇、淮南子俶真篇亦有之。而淮南下句作"神游魏阙之下"。其上文即先言神游效应,与神思篇前段中所描绘者,字句虽有多少之殊,立意固无异也。

〔三〕**神居胸臆,而志气统其关键**

范文澜云:"据礼记孔子闲居'清明在躬,气志如神',此文'志气'当作'气志'。"

按孟子公孙丑上:"夫志,气之帅也;气,体之充也。"赵注:"志,心所念虑也;气,所以充满形体为喜怒也。志帅气而行之,度其可否也。"是舍人此语兼用孟子,故作"志气"。庄子盗跖篇:"志气欲盈。”文子九守篇：“夫精神志气者，静而日充以壮。”吕氏春秋诬徒篇：“不能教者，志气不和。”淮南子精神篇：“弗疾去，则志气日耗。”亦并以“志气”为言。前书记篇“志气槃桓”，风骨篇“志气之符契也”，其并作“志气”，正与此同。并足说明“志气”二字之不可妄乙。王批本、子苑三二引作“志气”，是最有力明证。

〔四〕**物沿耳目，而辞令管其枢机**

按国语周语下：“夫耳目，心之枢机也。”韦注：“枢机，发动也。心有所欲，耳目为之发动。”

〔五〕**是以陶钧文思，贵在虚静**

按荀子解蔽篇：“故治之要，在于知道。人何以知道？曰：‘心。’心何以知道？曰：‘虚壹而静。心未尝不藏也，然而有所谓虚；心未尝不两也，然而有所谓壹；心未尝不动也，然而有所谓静。……虚壹而静，谓之大清明。’”足与此说相发。

〔六〕**驯致以怿辞**

“怿”，黄校云：“一作‘绎’。”天启梅本改“绎”。

按“绎”字是。元本、弘治本、活字本、汪本、佘本、张本、两京本、王批本、胡本、训故本、四库本作“绎”；子苑、喻林八八、稗编七五、汤绍祖续文选二七、胡震亨续文选十二、文俪十三同。“绎”，理也，方言六。寻绎也；文选王褒四子讲德论李注引马融论语注。“怿”,说也。说文新附。此当作“绎”,始能与上句“研阅以穷照”相承。易坤象辞:“履霜坚冰,阴始凝也;驯致其道,至坚冰也。”孔疏:“驯,犹狎顺也;若鸟兽驯狎然。言顺其阴柔之道,习而不已,乃至坚冰也。”

〔七〕**然后使元解之宰**

按“元”当据各本作“玄”。黄氏避清讳改。子苑引作“玄”,当据改。

〔八〕**独照之匠**

按文子微明篇:“视于冥冥,听于无声,冥冥之中,独有晓焉;寂寞之中,独有照焉。”淮南子俶真篇:“视于冥冥,听于无声,冥冥之中,独见晓高注:‘晓,明也。’焉;寂漠之中,独有照焉。”庄子天地篇无末二句,盖脱。

〔九〕**谋篇之大端**

按礼记礼器:“二者居天下之大端矣。”郑注:“端,本也。”

〔一〇〕**暨乎篇成,半折心始**

按“篇成”二字当乙,始能与上句之“搦翰”相对。宋书范晔传:“(狱中与诸甥侄书)文章转进,但才少思难;所以每于操笔,其所成篇,殆无全称者。”足与此说印证。知音篇有“岂成篇之足深”语。

〔一一〕**意翻空而易奇,言征实而难巧也**

黄庭坚与王观复书引“言”作“文”，“巧”作“工”。

按下文“是以意授于思，言授于意”，以“意”、“言”对举，则此不应作“文”字；“工”为平声，与上句之“奇”字亦不协调。黄引未可从。御览五八五、子苑引，并同今本，益足证黄引之非。

〔一二〕**或义在咫尺**

“义”，文体明辨总论、艺苑卮言一引作“议”。

按“议”字非是。此云“义”，上云“理”，相互为文。

〔一三〕**是以秉心养术**

按诗鄘风定之方中：“秉心塞渊。”毛传：“秉，操也。”又小雅小弁：“君子秉心。”郑笺：“秉，执也。”

〔一四〕**含章司契**

按老子第七十九章：“有德司契。”河上公注：“有德之君，司察契信而已。”文赋：“意司契而为匠。”

〔一五〕**相如含笔而腐毫**

“含”，事文类聚五、群书通要巳集二、山堂肆考角集三十引作“濡”。汇书详注二二有此文，亦作“濡”。

按“含”“濡”二字，义并得通。元本、子苑引仍作“含”，是所见本与今本同。

〔一六〕**王充气竭于思虑**

"思",事文类聚、群书通要、山堂肆考引作"沉"。汇书详注同。

按"沉"字较胜。上云"苦思",此云"沉虑",文始相对;且复字亦避。当据改。

〔一七〕**淮南崇朝而赋骚**

按孙诒让札迻十二。谓舍人此文本高诱淮南子序,是也。章炳麟国故论衡明解故上:"淮南为离骚传,其实序也。"裴松之上三国志注表:"既谢淮南食时之敏。"文选任昉齐竟陵文宣王行状:"淮南取贵于食时。"亦本高诱淮南子序。李商隐太尉卫公会昌一品集序"淮南王食时之工"。

〔一八〕**仲宣举笔似宿搆(构)**

按"搆"当作"構(构)"。已详杂文篇"腴辞云搆"条。

〔一九〕**阮瑀据案而制书**

"案",梅庆生云:"疑作'鞍'。" 吴翌凤、顾广圻说同。

按"鞍"字是。典略:"太祖尝使瑀作书与韩遂。时太祖适近出,瑀随从,因于马上具草。书成,呈之。太祖揽笔欲有所定,而竟不能增损。"三国志魏书王粲传裴注、书钞六九又一百三、类聚五八、御览五九五引。金楼子:"刘备叛走,曹操使阮瑀为书与备,马上立成。"御览六百引。"马上具草"、"马上立成",即"据鞍制书"之谓。训故本作"鞍",

未误。当据改。

〔二〇〕**若夫骏发之士**

按诗周颂噫嘻："骏发尔私。"郑笺："骏，疾也；发，伐也。"陆士龙集赠顾骠骑诗二首序："祈阳秉文之士，骏发其声。"

〔二一〕**情饶歧路**

"歧"，元本、弘治本、汪本、佘本、张本、两京本、王批本、何本、梅本、凌本、合刻本、梁本、秘书本、汇编本、别解本、清谨轩本、尚古本、冈本、四库本、王本、张松孙本、郑藏钞本作"岐"；子苑、稗编、汤氏续文选、胡氏续文选、文俪、文通二一、四六法海十、赋略绪言同。

按尔雅释宫："二达谓之歧旁。"郭注："歧道旁出也。"释名释道："二达曰歧旁；物两为歧，在边曰旁。"列子说符篇："杨子之邻人亡羊，既率其党，又请杨子之竖追之。杨子曰：'嘻！亡一羊，何追者之众？'邻人曰：'多歧路。'""歧路"连文，即出于此。子苑引作"歧路"，是所见本亦作"歧"也。当据改。

〔二二〕**理郁者苦贫，辞溺者伤乱**

"苦"，宋本、倪本、活字本御览五八五引作"始"。钞本御览、子苑引作"若"；元本、弘治本、活字本、汪本、张甲本、两京本、胡本同。

按“始”字非是。“苦贫”、“伤乱”，相对为文。其作“若”者，即“苦”之形误。

〔二三〕**然则博见为馈贫之粮**

“见”，黄校云：“一作‘闻’。”

按元明各本皆作“闻”，其义自通。何焯依御览校作“见”，黄氏从之，似可不必。子苑引作“闻”，是所见本亦为“闻”字，与元明各本同。

〔二四〕**视布于麻，虽云未费**

类要三二引作“虽宋弗见”。　　喻林八八引作“虽未足贵”。　　徐𤊹“费”校作“贵”；天启梅本改作“贵”。

按织麻为布，其质仍是麻，故云“未费”。类要所引虽有脱误，“虽”下脱“云”字（元本、弘治本等亦然），“宋”为“未”之讹。然“弗见”二字由“费”致误之迹则甚明显。徐𤊹校“费”作“贵”，喻林引作“虽未足贵”，皆非。王批本、子苑引作“虽云未费”，与今本正同。

〔二五〕**杼轴献功，焕然乃珍**

按淮南子说林篇：“黼黻之美，在于杼轴。”高注：“白与黑为黼，青与赤为黻。皆文衣也。”

〔二六〕**至精而后阐其妙，至变而后通其数**

按易系辞上：“子曰：‘知变化之道者，其知神之所为乎？……是以君子将有为也，将有行也，问焉而以言，其受命也如响。无有远近幽深，遂知来物。非天下之至精，其孰能与于此！参伍以变，错综其数，通其变，遂成天下之文；极其数，遂定天下之象。非天下之至变，其孰能与于此！'"

〔二七〕**伊挚不能言鼎，轮扁不能语斤。其微矣乎**

按孙子用间篇："昔殷之兴也，伊挚在夏。"曹注："伊尹也。"楚辞离骚："挚咎繇而能调。"王注："挚，伊尹名。"又天问："帝乃降观，下逢伊挚。"王注："挚，伊尹名也。"文赋："是盖轮扁所不得言，故亦非华说之所能精。"南齐书文学陆厥传："（沈）约答曰：'……韵与不韵，复有精粗，轮扁不能言。'"又文学传论："斫轮言之未尽。"阮籍集伏义与籍书："昔者，轮扁不能言微。"类聚三二引。今本阮集作"昔轮扁不能言微于其弟"。皆用庄子天道篇轮扁言斫轮事。

〔二八〕**物以貌求，心以理应**

"应"，黄校云："汪作'胜'。"

按元本、弘治本、活字本、佘本、两京本、王批本、胡本、训故本、文溯本、四六法海亦并作"胜"，与下"垂帷制胜"句复，非是。张本、何本、梅本、凌本、合刻本、梁本、秘书本、谢钞本、别解本、王本、张松孙本、郑藏钞本、崇文本作"应"，亦非。文津本剜改为“塍”，是也。尔雅释言：“塍，送也。”“心以理塍”，与上句“物以貌求”，文正相应。“塍”与“胜”形近，易误。章句篇“追塍前句之旨”，元本等亦误“塍”为“胜”，与此同。附会篇：“若首唱荣华，而塍句憔悴。”是舍人屡用“塍”字也。何焯校作“賸”，未免舍近求远。

〔二九〕**垂帷制胜**

按“垂”，下也。荀子富国篇杨注。“垂帷”，即“下帷”。史记儒林董仲舒传：“以治春秋，孝景时为博士。下帷讲诵，弟子传以久次相受业，或莫见其面。盖三年，董仲舒不观于舍园。其精如此。”汉书仲舒传同。汉纪武帝纪二作“下帷读书”。汉书叙传下董仲舒传述：“下帷覃思，论道属书。”束皙读书赋：“垂帷帐以隐几，披纨素而读书。”书钞九八、类聚五五引。用仲舒事而作“垂帷帐”；顾野王玉篇序：“所以垂帷闭户，而觌遐年之世。”则作“垂帷”，正与此同。“垂帷制胜”，乃重申篇中“积学”、“博见”之要，非谓将军之运筹帷幄，决胜千里也。“制胜”二字出孙子虚实篇。

体性第二十七

夫情动而言形〔一〕，理发而文见〔二〕，盖沿隐以至显〔三〕，因内而符外者也。然才有庸俊，气有刚柔〔四〕，学有浅深，习有雅郑，并情性所铄〔五〕，陶染所凝，是以笔区云谲，文苑波诡者矣❶。故辞理庸俊，莫能翻其才；风趣刚柔，宁或改其气〔六〕；事义浅深，未闻乖其学；体式雅郑，鲜有反其习：各师成心，其异如面❷〔七〕。

若总其归涂，则数穷八体：一曰典雅，二曰远奥，三曰精约，四曰显附，五曰繁缛，六曰壮丽，七曰新奇，八曰轻靡。典雅者，镕式经诰，方轨儒门者也。远奥者，馥采典文〔八〕，经理元宗者也〔九〕。精约者，核字省句，剖析毫厘者也〔一〇〕。显附者，辞直义畅，切理厌心者也。繁缛者，博喻酿采〔一一〕，炜烨枝派者也。壮丽者，高论宏裁，卓烁异采者也〔一二〕。新奇者，摈古竞今，危侧趣诡者也。轻靡者，浮文弱植，缥缈附俗者也。故雅与奇反，奥与显殊，繁与约舛，壮与轻乖，文辞根叶，苑囿其中矣。

若夫八体屡迁〔一三〕，功以学成，才力居中，肇自血气；气以实志，志以定言〔一四〕，吐纳英华，莫非情性〔一五〕。是以贾生俊发〔一六〕，故文洁而体清；长卿傲诞，故理侈而辞溢〔一七〕；子云沈寂，故志隐而味深；子政简易①，故趣昭而事博〔一八〕；孟坚雅懿，故裁密而思靡；平子淹通，故虑周而藻密;仲宣躁锐〔一九〕,故颖出而才果;公干气褊,故言壮而情骇〔二〇〕;嗣宗俶傥,故响逸而调远;叔夜俊侠,故兴高而采烈〔二一〕;安仁轻敏,故锋发而韵流;士衡矜重,故情繁而辞隐:触类以推,表里必符,岂非自然之恒资,才气之大略哉!

夫才有天资,学慎始习〔二二〕,斫梓染丝②,功在初化,器成彩定,难可翻移。故童子雕琢〔二三〕,必先雅制,沿根讨叶,思转自圆,八体虽殊,会通合数,得其环中③,则辐辏相成〔二四〕。故宜摹体以定习,因性以练才,文之司南④,用此道也。

赞曰:才性异区〔二五〕,文辞繁诡〔二六〕。辞为肤根,志实骨髓〔二七〕。雅丽黼黻,淫巧朱紫〔二八〕。习亦凝一作疑。真〔二九〕,功沿渐靡〔三〇〕。

【黄叔琳注】

①**简易**〔刘向传〕向字子政,为人简易无威仪。 ②**斫梓**〔周书〕若作梓材,既勤朴斫。**染丝**〔墨子〕墨子见染丝者而叹曰:染于苍则苍,染于黄则黄,故染不可不慎也。③**环中**〔庄子〕枢始得其环中,以应无穷。 ④**司南**〔韩子〕先王立司南以端朝夕。〔注〕司南,即指南车也,以喻国之正法。

【李详补注】

❶**笔区云谲二句**详案:〔扬雄甘泉赋〕于是大厦云谲波诡。〔注〕孟康曰:言厦屋变巧,乃为云气水波相谲诡也。

❷**各师成心二句**详案:〔左传〕襄公三十一年,子产曰:人心之不同,如其面焉。

【杨明照校注】

〔一〕**夫情动而言形**

按诗大序:"情动于中而形于言。"礼记乐记有"情动于中故形于声"语。

〔二〕**理发而文见**

按礼记乐记:"理发诸外而民莫不承顺。"郑注:"理,容貌之进止也。"

〔三〕**盖沿隐以至显**

按文赋:"或本隐以之显。"

〔四〕**气有刚柔**

按抱朴子外篇尚博:"清浊参差,所禀有主,朗昧不同科,强弱各殊气。"晋书文苑传论:"夫赏好生于情,刚柔本于性。"

〔五〕**并情性所铄**

"铄",元本、弘治本、活字本、汪本、佘本、张本、两京本、王批本、胡本、训故本、梁本、四库本作"烁"。

按孟子告子上:"仁义礼智,非由外铄我也,我固有之也。”赵注：“仁义礼智，人皆有其端，怀之于内，非从外消铄我也。”此“铄”字义当与之同。作“烁”非。

〔六〕**风趣刚柔，宁或改其气**

按抱朴子外篇尚博：“清浊参差，所禀有主。朗昧不同科，强弱各殊气。”晋书文苑传论：“夫赏好生于情，刚柔本于性。”典论论文：“文以气为主，气之清浊有体，不可力强而致。”

〔七〕**各师成心，其异如面**

按庄子齐物论：“夫随其成心而师之，谁独且无师乎？”郭注：“夫心之足以制一身之用者，谓之成心。人自师其成心，则人各自有师矣；人各自有师，故付之而自当。”陆德明经典释文序：“各师成心，制作如面。”即袭于此。

〔八〕**馥采典文**

按以原道篇“符采复隐”，练字篇“复文隐训”，隐秀篇“隐以复意为工”，总术篇“奥者复隐”例之，“馥”当作“复”，始合。文心全书中仅此处用一“馥”字，殊为可疑。与文意亦不合。

〔九〕**经理元宗者也**

“元”，元本、弘治本、活字本、汪本、佘本、张本、两京本、王批本、何本、梅本、凌本、合刻本、梁本、秘书本、谢钞本、别解本、清谨轩本、尚古本、冈本、四库本、崇文本作“玄”；子苑、文通二一引同。

按“玄”字是。文选王俭褚渊碑文：“眇眇玄宗。”江文通文集张令为太常领国子祭酒诏：“必能阐扬玄宗。”诗品中：“（郭璞诗）但游仙之作，辞多慷慨，乖远玄宗。”颜氏家训勉学篇：“何晏王弼，祖述玄宗。”并其证。黄本盖例清讳改。

〔一〇〕**剖析毫厘者也**

按西京赋：“剖析毫厘，擘肌分理。”

〔一一〕**博喻酿采**

按说文酉部：“醲，厚酒也。”广雅释诂三：“醲，厚也。”玉篇酉部：“醲，厚酒。”广韵三钟：“醲，厚酒。”是“酿”当作“醲”，始合文意。礼记学记：“能博喻，然后能为师。”孔疏：“博喻，广晓也。”

〔一二〕**卓烁异采者也**

“烁”，活字本、谢钞本作“铄”。顾广圻、张绍仁校作“铄”。

按作“铄”非是。“卓”，疑“焯”之误。文选扬雄羽猎赋：“隋珠和氏，焯烁其陂。”李注：“焯，古灼字。”左思蜀都赋：“符采彪炳，晖丽灼烁。”刘注：“灼烁，艳色也。”嵇康琴赋：“华容灼烁，发采扬明。”古文苑宋玉舞赋：“珠翠灼烁而照曜兮。”章注：“灼烁，鲜明貌。”张衡观舞赋：“光灼烁以发扬。”并其证。

〔一三〕**若夫八体屡迁**

按易系辞下："易之为书也不可远，为道也屡迁。"孔疏："屡迁者，屡，数也。"集解引虞翻曰："迁，徙也。"文赋："其为物也多姿，其为体也屡迁。"李注："文非一则，故曰屡迁。"

〔一四〕**气以实志，志以定言**

按左传昭公九年："味以行气，气以实志，志以定言。"杜注："气和，则志充；在心为志，发口为言。"

〔一五〕**吐纳英华，莫非情性**

按礼记乐记："和顺积中，而英华发外。"

〔一六〕**是以贾生俊发**

范文澜云："神思篇'骏发之士'，此'俊'字疑当作'骏'。"

按宋书谢灵运传论："纵横俊发，过于延之。"高僧传唱导论："辞吐俊发。"是作"俊"亦可。

〔一七〕**长卿傲诞，故理侈而辞溢**

按文选班固典引："司马相如洿行无节，但有浮华之辞。"足为"辞溢"之征。

〔一八〕**子云沈寂，故志隐而味深；子政简易，故趣昭而事博**

困学纪闻十七引，"子云"二句在"子政"二句下。

按诸子篇："扬雄法言，刘向说苑。"时序篇："子云锐思于千首，子政雠校于六艺。”才略篇：“雄向已后，颇引书以助文。”所叙次第，扬雄均在刘向前，与此相同。则王氏所引，未可从也。

〔一九〕**仲宣躁锐**

按以程器篇“仲宣轻脆以躁竞”譣之，“锐”是“竞”之误。三国志魏书杜袭传：“魏国既建，为侍中，与王粲、和洽并用。粲强识博闻，故太祖游观出入，多得骖乘；至其见敬，不及洽、袭。袭尝独见，至于夜半。粲性躁竞，起坐曰：‘不知公对杜袭道何等也？’洽笑答曰：‘天下事岂有尽邪！卿昼侍可矣。悒悒于此，欲兼之乎？’”据此，应作“竞”必矣。嵇中散集养生论：“今以躁竞之心，涉希静之涂。”抱朴子外篇嘉遁：“标退静以抑躁竞之俗。”隋书儒林刘炫传：“炫性躁竞。”颜氏家训省事篇：“世见躁竞得官者，便谓弗索何获？”亦并以“躁竞”为言。

〔二〇〕**公干气褊，故言壮而情骇**

按文选谢灵运邺中诗集序：“（刘）桢卓荦偏人，而文最有气，所得颇经奇。”李注引潘勖玄达赋曰：“匪偏人之自韪，诉诸衷于来哲。”李周翰注：“偏人，谓文才偏美于人。”文士传：“刘桢辞气锋烈，莫有折者。”御览三八五引。诗品上：“刘桢诗其源出于古诗，仗气爱奇，动多振绝。”上所引者，均足证“褊”字有误，当以作“偏”为是。诗魏风葛屦序“其君俭啬，褊急”孔疏：“褊急，言性躁。”释此与文意不符。

〔二一〕**叔夜俊侠，故兴高而采烈**

按世说新语品藻篇：“简文云：‘何平叔巧累于理，嵇叔夜俊伤其道。’”足为“俊”之征。

〔二二〕**学慎始习**

“慎”，玉海二百一引作“谨”。

按王氏避宋孝宗讳改引作“谨”，非所见本有异也。子苑引同今本。

〔二三〕**故童子雕瑑**

“瑑”，元本、弘治本、活字本、汪本、佘本、张本、两京本、何本、梅本、凌本、合刻本、梁本、秘书本、谢钞本、汇编本、别解本、清谨轩本、尚古本、冈本、四库本、王本、张松孙本、郑藏钞本、崇文本作“琢”；喻林九十、子苑、文通引同。沈岩改“琢”为“瑑”。

按“瑑”“琢”二字本通，然以原道篇“雕琢情性”及情采篇“雕琢其章”例之，当以作“琢”为是。汉书司马迁传：“（报任安书）今虽欲雕瑑曼辞以自解。”颜注：“瑑，刻也。音篆。”文选作“雕琢”。

〔二四〕**则辐辏相成**

“辏”，元本、弘治本、汪本、两京本、训故本、四库本作“凑”。

按“凑”字是。已详书记篇“诡丽辐辏”条。

〔二五〕**才性异区**

按荀子修身篇：“彼人之才性之相县也，岂若跛鳖之与六骥足哉！”嵇康集明胆论：“赋受有多少，故才性有昏明。”抱朴子外篇勖学：“才性有优劣。”

〔二六〕**文辞繁诡**

“辞”，冯舒校作“体”。　　元本、弘治本、汪本、佘本、张本、两京本、何本、胡本、训故本、合刻本、梁本、别解本、清谨轩本、尚古本、冈本、四库本、王本、郑藏钞本、崇文本作“体”；喻林八八引同。

按作“体”是。“辞”字盖涉下句而误。“体”“性”本对言，作“辞”则非其旨矣。

〔二七〕**辞为肤根，志实骨髓**

范文澜云：“‘肤根’，‘根’当作‘叶’。”

按“肤根”于此，义不可通。改“根”作“叶”，恐亦非舍人之旧。汉书礼乐志：“夫乐本情性，浃肌肤而藏骨髓。”文子道德篇：“以耳听者，学在皮肤；以心听者，学在肌肉；以神听者，学在骨髓。”淮南子原道篇：“不浸于肌肤，不浃于骨髓。”汉书礼乐志：“夫乐本情性，浃肌肤而臧骨髓。”又董仲舒传：“仲舒对曰：‘……故声发于和而本于情，接于肌肤，臧于骨髓。’”抱朴子外篇辞义:“属笔之家,亦各有病:……其浅者,则患乎妍而无据,证援不给,皮肤鲜泽,而骨鲠迥弱也。”皆用人体为喻,以“肌肤”、“皮肤”与“骨髓”或“骨鲠”对举,表其浅深之异。则此赞亦当如是。辨骚篇:“观其骨鲠所树,肌肤所附。”附会篇:“事义为骨髓,辞采为肌肤。”正以“肌肤”与“骨髓”或“骨鲠”对。则此处之“肤根”,似当作“肌肤”始合。“根”字盖涉篇内两“根”字而误。

〔二八〕**淫巧朱紫**

范文澜云:“‘朱紫’,当作‘青紫’。”

按此与诠赋篇“组织之品朱紫”,定势篇“宫商朱紫,随势各配”之“朱紫”,皆仅就其不同之色言,文选西京赋“土被朱紫”李注:“朱紫,二色也。”非关正色与间色也。若谓“朱”字不伦类,而改为“青”,则“青”又何尝不是正色?范说误。

〔二九〕**习亦凝真**

“凝”,黄校云:“一作‘疑’。” 纪昀云:“‘疑’字是。庄子‘乃疑于神’,正作‘疑’字。后人或作‘凝’,或作‘拟’,皆不知妄改。”

按本书率用“凝”字,例多不具列。焉得尽如庄子达生篇。一一而改之!纪说未可从。

〔三〇〕**功沿渐靡**

按汉书淮南衡山济北王传赞："亦其俗薄，臣下渐靡使然。"又枚乘传："（上书谏吴王）泰山之霤穿石，单极之绠断干；水非石之钻，索非木之锯，渐靡使之然也。"王念孙读书杂志汉书第九。谓："案渐，读渐渍之渐；靡，与摩同。渐靡，即渐摩。董仲舒传云'渐民以仁，摩民以谊'，是也。"时序篇"故渐靡儒风者也"，其用"渐靡"义与此同。

风骨第二十八

诗总六义，风冠其首，斯乃化感之本源，志气之符契也。是以怊怅述情，必始乎风〔一〕，沉吟铺辞，莫先于骨。故辞之待骨，如体之树骸；情之含风，犹形之包气。结言端直，则文骨成焉；意气骏爽，则文风清一作生。焉。若丰藻克赡，风骨不飞，则振采失鲜，负声无力。是以缀虑裁篇，务盈守气〔二〕，刚健既实①，辉光乃新〔三〕，其为文用，譬征鸟之使翼也②。故练于骨者，析辞必精；深乎风者，述情必显。捶字坚而难移，结响凝而不滞，此风骨之力也。若瘠义肥辞，繁杂失统，则无骨之征也；思不环周〔四〕，索莫元作课，杨改。乏气〔五〕，元作风，杨改。则无风之验也。昔潘勖锡魏③，思摹经典，群才韬笔〔六〕，乃其骨髓峻也〔七〕；相如赋仙④，气号凌云，蔚为辞宗❶，乃其风力遒也。能鉴斯要，可以定文，兹术或违，无务繁采。

故魏文称文以气为主⑤，气之清浊有体，不可力强而致。故其论孔融，则云体气高妙；论徐干⑥，则云时有齐气；论刘桢，则云一本下有时字。有逸气⑦〔八〕。公干亦云：孔氏卓卓，信含异气，笔墨之性，殆不可胜。并重气之旨也。夫翚翟备色〔九〕，而翾翥百步〔一〇〕，肌丰而力沉也；鹰隼乏采〔一一〕，而翰飞戾天〔一二〕，骨劲而气猛也：文章才力，有似于此。若风骨乏采，则鸷集翰林，采乏风骨，则雉窜文囿：

唯藻耀而高翔〔一三〕，固文笔之鸣凤也〔一四〕。

若夫镕铸一作冶。经典之范〔一五〕，翔集子史之术〔一六〕，洞晓情变，曲昭文体，然后能孚汪作莩。甲新意[8]〔一七〕，雕画奇辞。昭体故意新而不乱，晓变故辞奇而不黩。若骨采未圆，风辞未练，而跨略旧规，驰骛新作，虽获巧意，危败亦多。岂空结奇字[9]，纰缪而成经矣〔一八〕。周书云：辞尚体要，弗惟好异。盖防文滥也。然文术多门，各适所好，明者弗授，学者弗师；于是习华随侈，流遁忘反〔一九〕。若能确乎正式，使文明以健〔二〇〕，则风清骨峻，篇体光华。能研诸虑〔二一〕，何远之有哉〔二二〕！

赞曰：情与气偕，辞共体并〔二三〕。文明以健，珪璋乃骋〔二四〕。蔚彼风力〔二五〕，严此骨鲠。才锋峻立，符采克炳〔二六〕。

【黄叔琳注】

①**刚健**〔易〕象曰：大畜刚健笃实，辉光日新其德。②**征鸟**〔礼记月令〕征鸟厉疾。 ③**锡魏**见诏策篇。④**赋仙**〔司马相如传〕相如以为列仙之儒，居山泽间，形容甚臞，此非帝王之仙意也。乃遂奏大人赋。天子大悦，飘飘有凌云气，游天地之间意。 ⑤**魏文**文以气为主云云，魏文帝典论论文语也。 ⑥**孔融徐干**〔魏文帝集〕典论论文：王粲长于辞赋，徐干时有齐气，然非粲之匹也。孔融体气高妙，有过人者，然不能持论，理不胜

辞,至于杂以嘲戏。及其所善,扬班俦也。 ⑦**刘桢逸气**〔魏志〕刘桢字公干。文帝与吴质书曰:公干有逸气,但未遒耳。 ⑧**孚甲**〔诗疏〕杨之莩甲,早于众木;昏姻失时,曾木之不如也。〔后汉章帝诏〕方春生养,万物莩甲,宜助萌阳,以育时物。 ⑨**奇字**〔扬雄传〕刘棻尝从雄学作奇字。

【李详补注】

❶**相如赋仙三句**详案:〔汉书叙传述〕司马相如蔚为辞宗,赋颂之首。

【杨明照校注】

〔一〕**是以怊怅述情,必始乎风**

按此专就"怊怅"为言,则当据情采篇"盖风雅之兴,志思蓄愤"解之。史记自序:"诗三百篇,大抵圣贤发愤之所为作也。"汉书食货志上:"男女有不得其所者,因相与歌咏,各言其伤。"公羊传宣公十五年何休解诂:"男女有所怨恨,相从而歌:饥者歌其食,劳者歌其事。"并足与此相发。

〔二〕**务盈守气**

按左传昭公十一年:"单子会韩宣子于戚,视下,言徐。叔向曰:'单子其将死乎?……今单子为王官伯,而命事于会,视不登带,言不过步,貌不道容,而言不昭矣。不道,不共;不昭,不从。无守气矣!'"孔疏:"言无守身之气,将必死。"此"守气"二字所出。

〔三〕**刚健既实,辉光乃新**

按此用易大畜彖辞,系从汉儒旧读:"刚健笃实,辉光日新。""其德"二字属下。惠栋汉书补注卷八、钱大昕潜研堂文集卷四、王引之经义述闻卷二、马国翰目耕帖卷三、并有说。黄注从王弼断句,与舍人文不相应,非是。汉书礼乐志:"被服其风,光燀日新。"隶释度尚碑:"令闻弥崇,晖光日新。"傅咸周易诗:"晖光日新,照于四方。"类聚五五、初学记二一引。裴松之上三国志注表:"晖光日新,郁哉弥盛。"宋书乐志二张华四箱乐歌:"跻我王道,晖光日新。"文选张华励志诗:"进德修业,晖光日新。"管辂别传:"刘邠问辂:'易言"刚健笃实,辉光日新",斯为同不也?'"三国志魏书管辂传裴注引。造句皆同汉儒旧读。说文日部:"晖,光也。"又火部:"燀,光也。"音义并同。"辉"与"晖"、"燀"亦同。见广韵八微燀字下。

〔四〕**思不环周**

按文选张华励志诗:"寒暑环周。"

〔五〕**索莫乏气**

"莫",黄校云:"元作'课',杨改。"此沿梅校。　何焯云:"疑是'牵课'。"

按作"牵课"是。养气篇"非牵课才外也",正以"牵课"连文。"索"即"牵"之误。宋书孝武帝纪:"(大明二年诏)勿使牵课虚悬。"又谢庄传:"(与江夏王义恭笺)牵课尫瘵。"梁书徐勉传:"(诫子崧书)牵课奉公,略不克举。"出三藏记集序:"于是牵课羸恙,沿波讨源。"徐孝穆集答族人梁东海太守长孺书:"牵课疲朽,不无辞制。"广弘明集萧绎内典碑铭集林序:"或首尾伦帖,事似牵课。"是牵课二字,为南朝常语。

〔六〕**昔潘勖锡魏,思摹经典,群才韬笔**

按殷洪疑为芸之误。小说:"魏国初建,潘勖字元茂,为策命文。自汉武(策封三王)已来,未有此制。勖乃依商周宪章,唐虞辞义,温雅与典诰同风。于时朝士,皆莫能措一字。"御览五九三引。

〔七〕**乃其骨髓峻也**

"峻",何本、凌本、合刻本、梁本、别解本、尚古本、冈本、王本、郑藏钞本、崇文本作"骏";翰墨园本作"畯"。思贤讲舍本同。

按以篇末"则风清骨峻"諭之,"骏"、"畯"并非。又按"峻"固可训为大,礼记大学郑注。但骨可言大,而髓则不能言大;虽亦可训为美,淮南子览冥篇高注。然止言骨髓之美,则又未尽"结言端直"之义。其应作“骾”,必矣。赞中有“严此骨鲠与骾通。”语,尤为切证。附会篇“事义为骨髓”,御览五八五引作“骨骾”。是“骾”、“髓”二字易淆之例。

〔八〕**论刘桢则云有逸气**

“云”下,黄校云:“一本有‘时’字。” 元本、弘治本、活字本、汪本、佘本、张本、两京本、何本、训故本、梅本、凌本、合刻本、梁本、秘书本、谢钞本、汇编本、别解本、清谨轩本、尚古本、冈本、四库本、王本、张松孙本、郑藏钞本、崇文本并有“时”字;汉魏诗乘总录、四六法海同。 冯舒云:“‘时’字衍。”

按以魏文与吴质书原文黄、范两家注已具。諗之,当以无“时”字为是。诸本盖涉上“时有齐气”句而衍。

〔九〕**夫翚翟备色**

按尔雅释鸟:“伊洛而南,素质,五采皆备成章,曰翚。”郭注:“翚亦雉属,言其毛色光鲜。”又:“鸐,山雉。”郭注:“长尾者。”书禹贡“羽畎夏翟”孔传:“翟,雉名。”孔疏:“(尔雅)释鸟云:‘翟,山雉。’是‘鸐’与‘翟’同。说文羽部:‘翟,山雉也。’”

〔一〇〕**而翾翥百步**

“翾”,宋本、钞本御览五八五引作“翺”;倪本、活字本、鲍本御览作“翔”。

按说文羽部:“翾,小飞也。”玉篇羽部:“翾,小飞皃。”诂此正合。“翱”、“翔”二字皆非。

〔一一〕**鹰隼乏采**

“乏”,御览引作“无”。

按“无”字是。“乏”乃涉下“乏采”而误。

〔一二〕**而翰飞戾天**

按诗小雅小宛:“宛彼鸣鸠,翰飞戾天。”毛传:“翰,高;戾,至也。”

〔一三〕**唯藻耀而高翔**

“唯”,御览引作“若”;金石例九、文断引同。

按“若”与上重出,语势亦不顺,非是。宋书宗室临川烈武王道规传:“义庆上表曰:‘……皇阶藻曜。’”鲍氏集学刘公干体之四:“藻耀君王池。”楚辞宋玉九辩:“将去君而高翔。”

〔一四〕**固文笔之鸣凤也**

“笔”,御览、辞学指南、记纂渊海七五、金石例、文断、文通二一引作“章”。

按章句篇“文笔之同致也”,亦以“文笔”为言,则此“笔”字不误。诗大雅卷阿:“凤皇鸣矣,于彼高冈。”郑笺:“凤皇鸣于山脊之上者,居高视下,观可集止。”文选何晏景福殿赋:“故能翔岐阳之鸣凤。”又孙绰游天台山赋:“听鸣凤之嗈嗈。”

〔一五〕**若夫镕铸经典之范**

“铸”，黄校云：“一作‘冶’。” 何焯校作“冶”。

按元本、弘治本、活字本、汪本、佘本、张本、两京本、胡本、王批本、训故本、谢钞本、四库本并作“冶”；辞学指南、金石例、文断、喻林引同。何校是也。

〔一六〕**翔集子史之术**

按论语乡党：“色斯举矣，翔而后集。”集解引周生烈曰：“回翔审观，而后下止也。”邢疏：“此‘翔而后集’一句，以飞鸟喻也。”

〔一七〕**然后能孚甲新意**

“孚”，黄校云：“汪作‘莩’。” 元本、弘治本、活字本、佘本、张本、两京本、何本、胡本、王批本、训故本、合刻本、梁本、谢钞本、别解本、清谨轩本、尚古本、冈本、四库本、王本、郑藏钞本、崇文本，亦并作“莩”；辞学指南、金石例、文断、喻林引同。何焯校作“莩”。

按释名释天：“甲，孚甲也，万物解孚甲而生也。”易解彖辞：“而百果草木皆甲坼。”孔疏：“百果草木皆莩甲开坼。”是“孚”、“莩”相通之证。“孚”之通“莩”，犹“包”之通“苞”也。

〔一八〕**岂空结奇字，纰缪而成经矣**

“经”，元本、弘治本、活字本、汪本、张甲本、两京本、何本、胡本、训故本、梅本、王批本、凌本、合刻本、梁本、秘书本、谢钞本、汇编本、别解本、尚古本、冈本、王本、郑藏钞本作“轻”;文通、四六法海、诸子汇函引同。　何焯改作“经”。　范文澜云:“‘经’字不误,经,常也,言不可为常道。‘矣’字疑当作‘乎’字。”

按“轻”字是,“经”则非也。“空结奇字,纰缪成轻”,殆即体性篇所斥“轻靡”之“轻”。“矣”字亦未误。此文句式,与序志篇“岂取驺奭之群言雕龙也”同。“岂”,犹其也。见经传释词卷五。研味文意,实非疑问语气。

〔一九〕**流遁忘反**

徐𤇯云:“‘遁’疑‘荡’字。”

按后汉书张衡传:“衡因上疏陈事曰:‘……夫情胜其性,流遯与遁通。忘反。’”晋书隐逸戴逵传:“(放达为非道论)则流遁忘反,为风波之行。”文选张衡东京赋:“若乃流遁忘反,放心不觉。”均可证“遁”字不误。徐说非。诸子汇函作“遁”。

〔二〇〕**使文明以健**

按易同人彖辞:“文明以健,中正而应。”

〔二一〕**能研诸虑**

按易系辞下:“能说诸心,能研诸侯之虑。”王弼周易略例明爻通变篇、李鼎祚周易集解序,并引作"能研诸虑"。舍人此语当用易系辞,是所见本亦无"侯之"二字也。孙奕示儿编二谓"侯之"二字为衍文;孙志祖示儿编案语,曾引舍人此文以证成其说。

〔二二〕**何远之有哉**

按论语子罕:"子曰:'未之思也夫?何远之有哉!'"此依皇侃义疏本。左传昭公二十一年:"死如可逃,何远之有!"汉书杨胡朱梅云传赞:"清则濯缨,何远之有!"后汉书刘虞公孙瓒传论:"则古之休烈,何远之有!"三国志魏书文帝纪赞:"则古之贤主,何远之有哉!"

〔二三〕**情与气偕,辞共体并**

按礼记乐记:"事与时并,名与功偕。"舍人语式步此。

〔二四〕**珪璋乃骋**

"骋",元本、弘治本、活字本、汪本、佘本、张本、两京本、王批本、胡本、训故本、谢钞本、文津本作"聘"。文溯本剜改为"骋"。何焯校作"聘"。

按礼记聘义:"以圭璋聘,重礼也。……圭璋特达,德也。"郑注:"特达,谓以朝聘也。"孔疏:"行聘之时,唯执圭璋特得通达。"又儒行:"儒有席上之珍以待聘。"均足证"骋"乃"聘"之形误。又按本赞上四句用"劲"韵,下四句用"梗"

韵;若作“骋”,其韵虽与“梗”韵通用,骋在“静”韵。然“并”字则羁旅无友矣。“聘”、“骋”形近易讹,论说篇“历骋罕遇”,元本、弘治本、活字本、汪本等又误“骋”为“聘”。何校“骋”为“聘”,当据改。

〔二五〕**蔚彼风力**

按文选陆机赠贾谧诗:“蔚彼高藻,如玉之阑。”李注:“蔚,文貌。”

〔二六〕**符采克炳**

按文选左思蜀都赋:“符采彪炳。”刘良注:“彪炳,光彩貌。”

通变第二十九

夫设文之体有常，变文之数无方，何以明其然耶〔一〕？凡诗赋书记〔二〕，名理相因，此有常之体也；文辞气力，通变则久〔三〕，此无方之数也。名理有常，体必资于故实〔四〕；通变无方，数必酌于新声：故能骋无穷之路，饮不竭之源。然绠短者衔渴①〔五〕，足疲者辍涂，非文理之数尽，乃通变之术疏耳。故论文之方，譬诸草木，根干丽土而同性，臭味晞阳而异品矣〔六〕。

是以九代咏歌，志合文则。元作财，许无念改。黄歌断竹②，质之至也；唐歌在昔，则广于黄世；虞歌卿云③，则文于唐时；夏歌雕墙④〔七〕，缛于虞代；商周篇什，丽于夏年。至于序志述时，其揆一也〔八〕。暨楚之骚文，矩式周人；汉之赋颂，影写楚世；魏之策元作荐，许无念改。一本作篇。制，顾慕汉风〔九〕；晋之辞章，瞻望魏采。搉而论之〔一〇〕，则黄唐淳而质，虞夏质而辨，商周丽而雅，楚汉侈而艳，魏晋浅而绮〔一一〕，宋初讹而新。从质及讹，弥近弥澹。何则？竞今疏古，风味一作末。气衰也〔一二〕。今才颖之士，刻意学文，多略汉篇，师范宋集〔一三〕，虽古今备阅，然近附而远疏矣。夫青生于蓝⑤，绛生于蒨⑥，虽逾本色，不能复化〔一四〕。桓君山云：予见新进丽文，美而无采；及见刘扬言辞，常辄有得〔一五〕。此其验也。故练青濯绛，必归蓝蒨〔一六〕，矫讹翻浅，还宗经诰；斯斟酌乎质文之间，而檃括乎雅俗之际⑦〔一七〕，可与言通变矣。

夫夸张声貌，则汉初已极，自兹厥后〔一八〕，循环相因，虽轩翥出辙，而终入笼内。枚乘七发云：通望兮东海，虹洞兮苍天。相如上林云：视之无端，察之无涯，日出东沼，月生西陂〔一九〕。马融广成云：天地虹洞，固元作因，按颂文改。无端涯，大明出东，月生西陂〔二〇〕。扬雄校猎云：出入日月，天与地沓〔二一〕。张衡西京云：日月于是乎出入，象扶桑于濛汜〔二二〕。此并广寓极状，而五家如一。诸如此类，莫不相循，参伍因革，通变之数也。

是以规略文统，宜宏大体，先博览以精阅，总纲纪而摄契；然后拓衢路，置关键，长辔远驭〔二三〕，从容按节，凭情以会通，负气以适变，采如宛虹之奋鬐⑧，光元作毛，曹改。若长离之振翼⑨〔二四〕，乃颖脱之文矣⑩。若乃龌龊于偏解⑪，矜激乎一致，此庭间之回骤⑫，岂万里之逸步哉！

赞曰：文律运周〔二五〕，日新其业。变则其疑作可。久〔二六〕，通则不乏。趋时必果，乘机无怯〔二七〕。一作跲。望今制奇，参古定法。

【黄叔琳注】

①**绠短**〔庄子〕绠短者不可以汲深。　②**断竹**〔吴越春秋〕范蠡进善射者陈音。越王请音而问曰：孤闻子善射，道何所生？音曰：臣闻弩生于弓，弓生于弹，弹起于古之

孝子不忍见父母为禽兽所食，故作弹以守之。故歌曰：断竹续竹，飞土逐宍。按所歌者本黄帝时竹弹谣。③**卿云**〔尚书大传〕舜将禅禹，百工相和而歌卿云。帝歌曰：卿云烂兮，纠缦缦兮，日月光华，旦复旦兮。八伯咸进，稽首而和歌曰：明明上天，烂然是陈。日月光华，弘予一人。　④**雕墙**〔书五子之歌〕峻宇雕墙。　⑤**青蓝**〔荀子〕青出之蓝而青于蓝。　⑥**绛蒨**〔尔雅茹藘注〕今之蒨也。可以染绛。〔疏〕今染绛蒨也。一名茹藘，一名茅蒐。〔诗疏广要注〕本草：茜根可以染绛。一名蒨。⑦**檃括**〔家语〕自极于隐括之中。　⑧**宛虹**〔西京赋〕瞰宛虹之长鬐。〔注〕宛，谓屈曲也。鬐，虹鬣也。　⑨**长离**〔张衡思玄赋〕前长离使拂羽兮。〔注〕长离，南方朱雀也。　⑩**颖脱**〔平原君传〕毛遂曰：臣今日请处囊中耳。使遂蚤得处囊中，乃脱颖而出，非特其末见而已。⑪**龌龊**〔张衡西京赋〕独俭啬以龌龊。〔注〕龌龊，小节也。〔司马相如难蜀父老〕委琐龌龊。〔注〕龌龊，局促也。　⑫**庭间回骤**〔楚辞哀时命〕骋骐骥于中庭兮，焉能极夫远道。

【杨明照校注】

〔一〕**何以明其然耶**

“明”，两京本、胡本作“知”。

墨子尚同中篇“何以知其然也”，庄子胠箧篇“何以知其然邪”，淮南子人间篇“何以知其然也”，并作“知”。此处“明”字盖写者据后情采篇改也。子苑三二引作“知”，是所见本原作“知”之切证。

〔二〕**凡诗赋书记**

按自明诗第六至书记第二十五，皆研讨文体者；势不能一一标出，故约举首尾篇目以包其馀。舍人“论文叙笔”，原无辨骚在内，此亦一证也。

〔三〕**通变则久**

按易系辞下：“变则通，通则久。”

〔四〕**体必资于故实**

按国语周语上：“赋事行刑，必问于遗训而咨于故实。”韦注：“咨，谋也。故实，故事之是者。”“咨”，与“资”通。文选吴质在元城与魏太子笺，即作“资于故实”。

〔五〕**然绠短者衔渴**

按荀子荣辱篇：“短绠不可以汲深井之泉。”杨注：“绠，索也。”淮南子说林篇：“短绠不可以汲深，器小不可以盛大，非其任也。”说苑政理篇：“（管仲）对曰：‘夫短绠不可以汲深井，知鲜不可以与圣人之言。’”黄注曾引庄子至乐篇“绠短者不可以汲深”。

〔六〕**故论文之方，譬诸草木，根干丽土而同性，臭味晞阳而异品矣**

按易离彖辞：“离，丽也。日月丽乎天，百谷草木丽乎土。”王注：“丽，犹著也。”诗小雅湛露：“湛湛露斯，匪阳不晞。”毛传：“阳，日也。晞，干也。”左传襄公八年：“季武子曰：‘谁敢哉！今譬于草木，寡君在君，君之臭味也。’”杜注：“言同类。”又襄公二十二年：“公孙侨对曰：‘……谓我敝邑，迩在晋国，譬诸草木，吾臭味也。’”杜注：“晋郑同姓故。”又按“晞”，范注本、翰墨园本误为“睎”，芸香堂本原不误。非是。

〔七〕**夏歌雕墙**

“雕”，玉海一百六引作“雕”。

按作“雕”与书伪五子之歌合。

〔八〕**其揆一也**

按孟子离娄下：“先圣后圣，其揆一也。”赵注：“揆，度也。言圣人之度量同也。”文选袁宏三国名臣序赞：“风美所扇，训革千载，其揆一也。”李周翰注：“揆，理也。”

〔九〕**魏之策制，顾慕汉风**

“策”，黄校云：“元作‘荐’，许无念改。一本作‘篇’。”

按万历梅本作“策”，有校语云：“元作‘荐’，许无念改。”凌本、秘书本同。天启梅本作“篇”，亦有校语云：“元作‘荐’，许无念改。”张松孙本同。是许乃改“荐”为“篇”，非改作“策”也。作“策”。系万历梅本之误。此当以作“篇”为是。明诗篇：“江左篇制，溺乎玄风。”语式与此同，可证。其作“荐”者，乃“篇”之形误。乐府篇“河间荐雅而罕御”，唐写本又误“荐”为“篇”。

〔一〇〕**搉而论之**

“搉”，元本、弘治本、汪本、佘本、张本、两京本、王批本、何本、胡本、梅本、凌本、合刻本、梁本、秘书本、谢钞本、汇编本、别解本、尚古本、冈本、四库本、王本、张松孙本、郑藏钞本作“确”；诗纪别集一引同。

按诸本非是。“搉”，扬搉也。广雅释训：“扬搉，都凡也。”广韵四觉：“搉，扬搉。”文选左思蜀都赋：“请为左右扬搉而陈之。”刘注：“韩非有扬搉篇。班固（汉书叙传下述食货志）曰：‘扬搉古今。’其义一也。”李注：“许慎淮南子注（俶真篇间诂）曰：‘扬搉，粗略也。’”

〔一一〕**魏晋浅而绮**

“绮”，六朝诗乘总录引作“浮”。

按明诗篇：“晋世群才，稍入轻绮。”则作“浮”非是。沈约宋书谢灵运传论：“降及元康，潘陆特秀，缛旨星稠，繁文绮合。”亦可证。

〔一二〕**风味气衰也**

“味”，黄校云：“一作‘末’。” 徐𤊟云：“‘味’

字疑误。”　　孙人和云：“按作‘末’是也。封禅篇云‘风末力寡’，与此意同。”

按“末”字是。天启梅本已改作“末”。黄氏所称一本，盖即天启梅本。

〔一三〕**今才颖之士，刻意学文，多略汉篇，师范宋集**

按南齐书高祖十二王武陵昭王晔传：“（晔）与诸王共作短句诗，学谢灵运体。”梁书文学下伏挺传：“好属文，为五言诗，善效谢康乐体。”南史王籍传：“为诗慕谢灵运，至其合也，殆无愧色。时人咸谓康乐之有王籍，如仲尼之有丘明，老聃之有严庄。周。”诗品序：“次有轻薄之徒，笑曹刘为古拙，谓鲍照羲皇上人，谢朓今古独步。”并足为“师范宋集”之证。

〔一四〕**夫青生于蓝，绛生于蒨，虽逾本色，不能复化**

按淮南子俶真篇：“今以涅染缁，则黑于涅；以蓝染青，则青于蓝。涅非缁也，青非蓝也，兹虽遇其母，而无能复化已。”高注：“涅，矾石也。母，本也。”

〔一五〕**桓君山云：予见新进丽文，美而无采；及见刘扬言辞，常辄有得**

范文澜云：“刘扬，谓子骏、子云也。”

按新论：“谭见刘向新序，陆贾新语，乃为新论。”御览六百二引。是君山之于新序，奉为述作典范，推崇极矣。则“刘”当指刘向。本书诸子、体性、时序、才略四篇，亦皆以刘向与扬雄并举，更是最确切旁证。范说误。又按舍人此文所引者当是新论。孙冯翼、严可均（全后汉文卷十三至十五）辑本均漏此条。

〔一六〕**故练青濯绛，必归蓝蒨**

“绛”，弘治本、活字本、汪本、佘本、张本、两京本、王批本、胡本、万历梅本、训故本、谢钞本作“锦”；诗纪别集一、六朝诗乘总录引同。

按此为回应上文“夫青生于蓝，绛生于蒨”之辞，作“锦”非是。

〔一七〕**而檃括乎雅俗之际**

“檃”，弘治本、汪本、佘本、张本、王批本、何本、梅本、凌本、梁本、秘书本、谢钞本、汇编本、别解本、尚古本、冈本、张松孙本、崇文本作“隐”；诗纪别集一、文通二一引同。

按“檃括”、“檃栝”、“隐括”、“隐栝”，古籍多互作。依说文当作“檃桰”。然以镕裁篇“檃括情理”，指瑕篇“若能檃括于一朝”证之，则此亦当作“檃括”，前后始能一律。荀子性恶篇：“故枸木必将待檃栝烝矫然后直。”杨注：“檃栝，正曲木之木也。”

〔一八〕**自兹厥后**

按书无逸：“自时厥后。”文选皇甫谧三都赋序有此语。文选王俭褚渊碑文："自兹厥后，无替前规。"

〔一九〕**日出东沼，月生西陂**

按"月生西陂"，当依上林赋作"入乎西陂"。此盖写者涉下广成颂"月生西陂"而误。孙志祖文选考异一、梁章钜文选旁证十一并有说。

〔二〇〕**大明出东，月生西陂**

按后汉书马融传作"大明生东，月朔西陂"。此引"生"为"出"、"朔"为"生"，非缘舍人误记，即由写者涉上下文而误。礼记礼器："大明生于东，月生于西。"郑注："大明，日也。"

〔二一〕**出入日月，天与地沓**

按"沓"当依汉书扬雄传上作"杳"。颜注："谓苑囿之大，遥望日月皆从中出入，而天地之际杳然县远也。说者反以杳为沓，解云重沓；非惟乖理，盖以失韵。"文选旁证十二、朱亦栋群书札记十二、胡绍瑛文选笺证十一并有说。今此作"沓"，盖写者依文选改也。

〔二二〕**象扶桑于濛汜**

按"于"字不可解，盖涉上句而误者。当依西京赋作"与"。续历代赋话十四引作"与"，当是据赋文改。

〔二三〕**长辔远驭**

按文选孙楚为石仲容与孙皓书:“长辔远御,“御”、“驭”古今字。妙略潜授。”刘良注:“长辔远御,谓有长远之策也。”南齐书孔稚珪传:“乃上表曰:‘……长辔远驭,子孙是赖。’”

〔二四〕**光若长离之振翼**

“光”,黄校云:“元作‘毛’,曹改。”此沿梅校。

按曹改是。汉书礼乐志:“长丽前掞光耀明。”颜注:“臣瓒曰:‘长丽,灵鸟也。’故相如赋大人赋。曰:‘前长丽汉书作“离”。而后矞皇。’旧说云:‘鸾也。’师古曰:‘丽,音离。’”

〔二五〕**文律运周**

按文赋:“普辞条与文律。”曹子建集朔风诗:“四气代谢,悬景运周。”

〔二六〕**变则其久**

“其”,黄校云:“疑作‘可’。”此沿梅校。　何焯校“堪”。

按“其”字与上句重出,固非;然与“可”之形不近,恐难致误。改“堪”亦未必是。疑原作“甚”,非旧本阙其末笔,即写者偶脱。时序篇“其鼎盛乎”,元本、两京本、胡本“其”并作“甚”。是二字易误之证。

〔二七〕**乘机无怯**

“怯”,黄校云:“一作‘跲’。”天启梅本作“跲”。

元本、弘治本、活字本、汪本、张本、两京本、胡本、万历梅本、谢钞本作“法”;何本、凌本、合刻本、梁本、秘书本、别解本、尚古本、冈本、王本、郑藏钞本、崇文本作“怯”。梅氏万历重刊本作“怯”(见冯舒校语),四库本剜改为“怯”。

按“法”字盖涉末句“参古定法”而误。以其形推之,“怯”与“法”较近,当以作“怯”为是。

定势第三十

夫情致异区，文变殊术，莫不因情立体，即体成势也。势者，乘利而为制也〔一〕。如机发矢直，涧曲湍元作文，王性凝按本赞改。回〔二〕，自然之趣也。圆者规体，其势也自转；方者矩形，其势也自安〔三〕：文章体势，如斯而已。是以模经为式者，自入典雅之懿；效骚元作验，王改。命篇者，必归艳逸之华〔四〕；综意浅切者，类乏酝藉①〔五〕；断一作斲。辞辨约者〔六〕，率乖繁缛：譬激水不漪，槁木无阴，自然之势也。

是以绘事图色，文辞尽情，色糅而犬马殊形，情交而雅俗异势，镕范所拟，各有司匠，虽无严郛②，难得逾越。然渊乎文者，并总群势，奇正虽反，必兼解以俱通；刚柔虽殊，必随时而适用。若爱典而恶华，则兼通之理偏，似夏人争弓矢，执一不可以独射也；若雅郑而共篇，则总一之势离，是楚人鬻矛誉楯③，两难得而俱售也〔七〕。是以括囊杂体，功一作切，从御览改。在铨别〔八〕，宫商朱紫，随势各配〔九〕。章表奏议，则准的乎典雅〔一〇〕；一作雅颂，从御览改。赋颂歌诗，则羽仪乎清丽〔一一〕；符檄书移，则楷式于明断；史论序注，则师范于核要〔一二〕；箴铭碑诔，则体制于弘深；连珠七辞，则从事于巧艳：此循体而成势，随变而立功者也。虽复契会相参，节文互杂，譬五色之锦，各以本采为地矣〔一三〕。

桓谭称文家各有所慕，或好浮华而不知实核，或美众多而不见要约。陈思亦云:世之作者,或好烦文博采,深沉其旨者;或好离言辨白,分毫析厘者:所习不同,所务各异。言势殊也。刘桢云:文之体指实强弱〔一四〕,使其辞已尽而势有馀,天下一人耳,不可得也。公干所谈,颇亦兼气。然文之任势,势有刚柔,不必壮言慷慨乃称势也。又陆云自称:往日论文,先辞而后情,尚势而不取悦泽,及张公论文,则欲宗其言④。夫情固先辞,势实须泽,可谓先迷后能从善矣〔一五〕。

自近代辞人,率好诡巧,原其为体,讹势所变,厌黩旧式,故穿凿取新;察其讹意,似难而实无他术也,反正而已⑤。故文反正为乏〔一六〕,元作支。辞反正为奇。效奇之法,必颠倒文句〔一七〕,元作向,王改。上字而抑下,中辞而出外,回互不常,则新色耳〔一八〕。夫通衢夷坦,而多行捷径者,趋近故也〔一九〕;正文明白,而常务反言者,适俗故也。然密会者以意新得巧,苟异者以失体成怪〔二〇〕。旧练之才,则执正以驭奇;新学之锐,则逐奇而失正:势流不反,则文体遂弊。秉兹情术,可无思耶!

赞曰:形生势成,始末相承。湍回似规〔二一〕,矢激如绳。因利骋节,情采自凝。枉辔学步〔二二〕,力止襄谢云:当作寿。陵〔二三〕。

【黄叔琳注】

①**酝藉**〔薛广德传〕广德为人温雅有酝藉。〔注〕酝,言

如酝酿也。藉，有所荐藉也。　②**郛**〔说文〕郛，郭也。〔西京赋〕经城洫，营郭郛。　③**鬻矛誉楯**〔韩子〕客曰：人有鬻矛誉楯者，誉其楯之坚，物莫能陷也。俄而又誉其矛曰：吾矛之利，于物无不陷也。有应之曰：以子之矛，陷子之楯，何如？其人弗能应也。　④**欲宗其言**〔陆清河集〕与兄平原书：往日论文，先辞而后情，尚洁而不取悦泽。尝忆兄道张公父子论文，实欲自得，今日便欲宗其言。　⑤**反正**〔左传〕文反正为乏。

【杨明照校注】

〔一〕**势者，乘利而为制也**

按孙子计篇："势者，因利而制权也。"

〔二〕**涧曲湍回**

"湍"，黄校云："元作'文'，王性凝按本赞改。"此沿梅校。　徐𤊹校作"湍"。

按"湍"字是。何本、梁本、别解本正作"湍"。

〔三〕**圆者规体，其势也自转；方者矩形，其势也自安**

按尹文子大道上篇："圆者之转，非能转而转，不得不转也；方者之止，非能止而止，不得不止也。"淮南子原道篇："员者常转，自然之势也。"孙子势篇"圆方"作"木石"。

〔四〕**效骚命篇者，必归艳逸之华**

"骚"，黄校云："元作'验'，王改。"此沿梅校。　徐㶿云:“‘验’字必‘骚’字之误。篇目宗经第三,辨骚第五,可推矣。”

按“骚”字是。何本、训故本、谢钞本正作“骚”;子苑三二引同。才略篇有“景纯艳逸”语。

〔五〕**类乏酝藉**

“藉”,两京本、何本、梅本、凌本、合刻本、梁本、秘书本、汇编本、别解本、尚古本、冈本、文津本、王本、郑藏钞本、崇文本作“籍”;文通二一引同。

按“酝藉”,又作“温藉”、“蕴藉”或“缊藉”,其“藉”字无作“籍”者。两京本等作“籍”,误。汉书薛广德传:“广德为人,温雅有酝藉。”颜注引服虔曰:“宽博有馀也。”黄、范两家注引颜师古说,未安。

〔六〕**断辞辨约者**

“断”,黄校云:“一作‘斲’。” 徐㶿云:“当作‘斲’。”

按“断”字不误。“断辞”二字出易系辞下。征圣、比兴两篇亦并用之。子苑引作“断”。

〔七〕**是楚人鬻矛誉楯,两难得而俱售也**

按此文失伦次,当作“是楚人鬻矛楯,誉两,难得而俱售也”。始能与上文“似夏人争弓矢,执一,不可以独射也”相俪。舍人是语,本韩非子难一篇。原文范注已具(黄注所引见难势篇)。若作“鬻矛誉楯”,既与韩子“两誉矛楯”之说舛驰,复与本篇上文“雅郑共篇，总一势离”之意不侔。当校正。

〔八〕**功在铨别**

“功”，黄校云：“一作‘切’，从御览改。”

按改“功”是也。征圣篇“功在上哲”，体性篇“功在初化”，物色篇“功在密附”，句法并与此同，可证。广博物志二九引，亦作“功”。

〔九〕**宫商朱紫，随势各配**

按南齐书周颙传：“颙音辞辩丽，宫商朱紫，发口成句。”

〔一〇〕**则准的乎典雅**

“典雅”，黄校云：“一作‘雅颂’，从御览改。”

按记纂渊海七五、文断引，亦作“典雅”。

〔一一〕**则羽仪乎清丽**

按易渐爻辞：“鸿渐于陆，其羽可用为仪。”

〔一二〕**则师范于核要**

“师”，御览五八五引作“轨”；记纂渊海七五、文断、广博物志引同。

按通变篇“师范宋集”，才略篇“师范屈宋”，并以“师范”连文，此似以作“师”为是。

〔一三〕**譬五色之锦，各以本采为地矣**

按考工记画缋：“画缋之事，杂五色。……凡画缋之事，后素功。”郑注：“素，白采也。后布之，为其易渍污也。”论语八佾：“子夏问曰：‘巧笑倩兮,美目盼兮,素以为绚兮。’何谓也?子曰:‘绘事后素。’”集解引郑玄曰:“绘,画文也。凡绘画,先布众色,然后以素分布其间以成其文。”朱注:“素,粉地,画之质也。绚,采色,画之饰也。……绘事,绘画之事也。后素,后于素也。考工记曰:‘绘画之事,后素功。’谓先以粉地为质,而后施五采。”淮南子原道篇:“色者,白立而五色成矣。”高注:“白者,所在当乙作在所。以染之,故五色可成也。”文子道原篇有此文,无注。

〔一四〕**刘桢云:文之体指实强弱**

徐𤊹引谢肇淛云:“当作‘文之体指,虚实强弱’。”

黄侃云:“‘文之体指实强弱’句有误。细审彦和语,疑此句当作‘文之体指贵强’,下衍‘弱’字。” 范文澜云:“疑公干语当作‘文之体指,实殊强弱’。” 刘永济云:“‘体’下疑脱一‘势’字。此句当作‘文之体势贵强’。‘指’、‘弱’二字衍,‘实’又‘贵’之误。”

按此文确有误脱,诸家之说仍有未安。“指”,疑为“势”之误。南齐书文学陆厥传:“刘桢奏书,大明体势之致。”即此引文当作“体势”之切证。本篇以“定势”标目,篇中言文势者不一而足;上文且有“即体成势”及“循体成势”之语,亦足以证当作“体势”也。“实”下似脱一“有”

字。原文作“文之体势，实有强弱”。抱朴子外篇尚博有“强弱各殊气”语。

〔一五〕**可谓先迷后能从善矣**

按易坤：“先迷，后得主利。”左传成公八年：“君子曰：‘从善如流，宜哉！’”论语述而：“子曰：‘三人行，必有我师焉。择其善者而从之。’”

〔一六〕**故文反正为乏**

“乏”，黄校云：“元作‘支’。”此沿梅校（按“支”当作“之”。元本、弘治本等乃作“之”，非作“支”也）。 徐𤊹校作“乏”。

按“乏”字是。何本、两京本、梁本、别解本、谢钞本并作“乏”；文通二一引同。

〔一七〕**必颠倒文句**

“句”，黄校云：“元作‘向’，王改。”此沿梅校。徐𤊹校作“句”。朱彝尊校同。

按“句”字是。何本、梁本、别解本、谢钞本并作“句”。

〔一八〕**回互不常，则新色耳**

谢兆申云：“疑作‘色新耳目’。”

按谢说近是。丽辞篇：“碌碌丽辞，则昏睡耳目。”句法与此同，可证。宋书谢灵运传：“（山居赋）阶基回互，橑棂乘隔。”北史王劭传：“劭复迴回之或体。互其字，作诗二百八十篇，奏之。”文选木华海赋:“乖蛮隔夷,迴互万里。”李周翰注:“迴互,回转也。”

〔一九〕**夫通衢夷坦,而多行捷径者,趋近故也**

按老子第五十三章:“大道甚夷,而民好径。”河上公注:“夷,平易也。”离骚:“夫唯捷径以窘步。”王注:“捷,疾也。径,邪道也。窘,急也。”

〔二〇〕**然密会者以意新得巧,苟异者以失体成怪**

按“意新”、“失体”,词性参差,以神思篇“庸事或萌于新意”,风骨篇“然后能孚甲新意”例之,当乙作“新意”,始能与“失体”相对。

〔二一〕**湍迴(回)似规**

按此为回应篇首“涧曲湍回”之辞,“迴”当作“回”,前后始一致。

〔二二〕**枉辔学步**

“枉”,元本、弘治本、汪本、佘本、张本、两京本、胡本、训故本、谢钞本作“狂”;喻林引同。　何本、万历梅本、凌本、梁本、秘书本、别解本、尚古本、冈本、王本、郑藏钞本、崇文本作“征”。徐𤊹校作“枉”;冯舒云:“‘狂’,疑作‘枉’。”

按以谐隐篇“未免枉辔”例之,“枉”字是。“狂”、“征”皆非。晋书艺术传论:“然而硕学通人,未宜枉辔。”亦以“枉辔”为言。

〔二三〕**力止襄陵**

“襄”，黄引谢云：“当作‘寿’。”梅庆生天启二年重修本已改作“寿”。

按此语本庄子秋水篇，原文范注已具。自以作“寿”为是。杂文篇：“可谓寿陵匍匐，非复邯郸之步。”正作“寿”，不误。汉书叙传上：“（班）嗣报曰：‘……昔有学步于邯郸者，曾未得其仿佛，又复失其故步，遂匍匐而归耳！’”用典即本庄子，亦作寿陵。可证“襄”确为“寿”之误。

文心雕龙校注卷七

情采第三十一

圣贤书辞,总称文章〔一〕,非采而何!夫水性虚而沦漪结〔二〕,木体实而花萼振〔三〕:文附质也。虎豹无文,则鞹同犬羊;犀兕有皮①,而色资丹漆:质待文也。若乃综述性灵,敷写器象,镂心鸟迹之中②,织辞鱼网之上③,其为彪炳,缛采名矣。故立文之道,其理有三:一曰形文,五色是也;二曰声文,五音是也;三曰情文,五性是也。五色杂而成黼黻〔四〕,五音比而成韶夏〔五〕,五情疑作性。发而为辞章❶〔六〕,神理之数也。孝经垂典,丧言不文,故知君子常一作尝。言〔七〕,未尝质也。老子疾伪,故称美言不信④,而五千精妙⑤,则非弃美矣。庄周云辩雕万物,谓藻饰也。韩非云艳采辩说,谓绮丽也。绮丽以艳说,藻饰以辩雕⑥,文辞之变,于斯极矣。研味李老❷〔八〕,则知文质附乎性情;

详览庄韩，则见华实过乎淫侈。若择源于泾渭之流⑦，按辔于邪正之路，亦可以驭文采矣。夫铅黛所以饰容，而盼倩生于淑姿〔九〕；文采所以饰言，而辩丽本于情性〔一〇〕。故情者文之经，辞者理之纬，经正而后纬成，理定而后辞畅，此立文之本源也。

昔诗人什篇，为情而造文〔一一〕；辞人赋颂，为文而造情。何以明其然？盖风雅之兴，志思蓄愤〔一二〕，而吟咏情性，以讽其上〔一三〕，此为情而造文也；诸子之徒〔一四〕，心非郁陶，苟驰夸饰，鬻声钓世，此为文而造情也；故为情者要约而写真，为文者淫丽而烦滥。而后之作者，采滥忽真，远弃风雅，近师辞赋，故体情之制日疏〔一五〕，逐文之篇愈盛。故有志深轩冕〔一六〕，而泛咏皋壤⑧；心缠几务〔一七〕，而虚述人外⑨〔一八〕：真宰弗存⑩，翩其反矣〔一九〕。夫桃李不言而成蹊⑪，有实存也；男子树兰而不芳⑫，无其情也。夫以草木之微，依情待实；况乎文章，述志为本，言与志反，文岂足征？

是以联辞结采，将欲明经〔二〇〕；汪本作理。采滥辞诡，则心理愈翳。固知翠纶桂饵⑬，反所以失鱼〔二一〕。言隐荣华⑭，殆谓此也。是以衣锦褧衣，恶文太章〔二二〕；贲象穷白⑮，贵乎反本〔二三〕。夫能设谟谢云：当作模。以位理〔二四〕，拟地以置心，心定而后结音，理正而后摛藻⑯，使文不灭质，博不溺心，正采耀乎朱蓝，间色屏于红紫〔二五〕，乃可谓雕琢其章〔二六〕，彬彬君子矣〔二七〕。

赞曰:言以文远,诚哉斯验。心术既形〔二八〕,英华乃赡〔二九〕。吴锦好渝,舜英徒艳⑰〔三〇〕。繁采寡情,味之必厌〔三一〕。

【黄叔琳注】

①**犀兕**〔左传〕华元答城者讴曰:牛则有皮,犀兕尚多?役人又歌曰:纵其有皮,丹漆若何? ②**鸟迹**见原道篇。③**鱼网**〔东观汉记〕黄门蔡伦典作上方,用树皮及敝布鱼网作纸。帝善其能。自是莫不用,天下咸称蔡侯纸也。④**美言不信**〔老子〕信言不美,美言不信。 ⑤**五千**〔老子传〕著书上下篇,言道德之意五千馀言。 ⑥**辩雕**〔庄子〕古之王天下者,知虽落天地,不自虑也。辩虽雕万物,不自说也。 ⑦**泾渭**〔诗〕泾以渭浊,湜湜其沚。〔传〕泾渭相入而清浊异。 ⑧**皋壤**〔庄子〕山林与?皋壤与?使我欣欣然而乐与? ⑨**人外**〔宋书隐逸传〕孔淳之遇释法崇,因留共止,遂停三载。法崇叹曰:缅想人外,三十年矣,今乃倾盖于兹,不觉老之将至也。 ⑩**真宰**〔庄子〕若有真宰而特不得其朕。 ⑪**桃李**〔李广传〕桃李不言,下自成蹊。 ⑫**树兰**〔淮南子〕男子树兰,美而不芳。 ⑬**翠纶桂饵**〔阙子〕以桂为饵,锻黄金之钩;错以银碧,垂翡翠之纶。 ⑭**言隐**〔庄子〕言隐于荣华。⑮**贲象**〔易贲〕上九,白贲无咎。 ⑯**摛藻**〔汉书叙传〕摛藻如春华。 ⑰**舜英**〔诗〕有女同行,颜如舜英。

〔传〕舜,木槿也。其花朝生暮落。

【李详补注】

❶**五情发而为辞章**详案:〔文选欧阳建临终诗李善注〕文子曰:昔者中黄子曰:色有五色文章,人有五情。 ❷**研味李老**纪云:李当作孝。孝老,犹云老易。详案:此段首引孝经、老子,次引庄周、韩非,其下总词则云研味李老,详览庄韩,纪以李当为孝是也。李字易讹为孝。〔列女传班倢好传〕寡孝之行,讹为寡李,可以取证。

【杨明照校注】

〔一〕**圣贤书辞,总称文章**

按原道、征圣、宗经三篇,皆有所论证,兹不再赘。

〔二〕**夫水性虚而沦漪结**

"漪",元本、弘治本、汪本、张本、两京本、王批本、文溯本作"猗";文俪十三同。 谢钞本作"漪",冯舒校作"猗"。

按诗魏风伐檀:"河水清且沦猗。"毛传:"小风水成文,转如轮也。"释文:"沦,音伦。韩诗云:'顺流而风曰沦。沦,文貌。'"尔雅释水:"小波为沦。"释名释水:"水小波曰沦。沦,伦也,水文相次有伦理也。"又按伐檀首章"河水清且涟猗"释文:"猗,……本亦作漪,同。"文选吴都赋:"刷荡漪澜。”刘注：“漪澜，水波也。”是“沦猗”字可作“漪”矣。定势篇：“譬激水不漪。”则此或原是“漪”字，不必校改为“猗”也。

〔三〕**木体实而花萼振**

“花”，元本、弘治本、活字本、汪本、佘本、张本、两京本、王批本、胡本、何本、训故本、合刻本、梁本、别解本、尚古本、冈本、清谨轩本、四库本、王本、郑藏钞本、崇文本作“华”；均藻十二震、喻林八八引同。

按“华”字是。孙志祖读书脞录（卷七）谓古书花皆作华，魏晋间始有之。才略篇：“非群华之韡萼也。”是此亦当作“华”。诗小雅常棣：“常棣之华，鄂不韡韡。”郑笺：“承华者曰鄂。”说文𠌶部韡下引诗作萼，文选六臣注本。束皙补亡诗李注引诗及郑笺亦作萼，与此同。

〔四〕**五色杂而成黼黻**

按书益稷：“藻、火、粉米、黼、黻、絺绣，以五采彰施于五色，作服。”孔传：“黼若斧形，黻为两己相背。”考工记：“白与黑谓之黼，黑与青谓之黻。”左传桓公二年“火、龙、黼、黻，昭其文也”杜注：“白与黑谓之黼，形若斧。黑与青谓之黻，两已相戾。”国语郑语：“物一无文。”韦注：“五色杂，然后成文也。”抱朴子外篇交际：“孑色不能成衮龙之玮烨。”又尚博：“群色会而衮藻丽。”裴松之上三国志注表："窃惟绘事以众色成文。"

〔五〕**五音比而成韶夏**

徐𤊹云："'夏'，一作'护'。" 喻林引作"华"。

按以乐府篇"虽摹韶夏"及"实韶夏之郑曲也"证之，作"护"非是；事类篇："听者因以蔑韶夏矣。"其作"韶夏"与此同。"华"字尤谬。又按"比"，读如史记乐书"协比声律"、汉书食货志上"比其音律"之"比"。颜注："比，谓次之也。比，音频二反。"

〔六〕**五情发而为辞章**

"情"，黄校云："疑作'性'。" 冯舒云："'情'，疑作'性'。"何焯说同。

按此句为承上文"三曰情文，五性是也"之辞，确应作"性"。大戴礼记文王官人篇"民有五性"，白虎通德论情性篇"人禀阴阳气而生，故内怀五性六情"，汉书翼奉传"五性不相害，六情更兴废"，并以"五性"为言。训故本正作"五性"，不误。当据改。

〔七〕**故知君子常言**

"常"，黄校云："一作'尝'。" 天启梅本改"常"。文溯本剜改为"常"。

按"常"是也。"尝"盖涉下而误。训故本、秘书本、谢钞本并作"常"；诸子汇函同。

〔八〕**研味李老**

纪昀云："'李'，当作'孝'；'孝老'，犹云'老易'。"

按纪说是。此句为回应上文之辞，"孝"，孝经也；上文曾引孝经丧亲章语。"老"，老子也。上文曾引老子第八十一章语。元本、弘治本、活字本、汪本、佘本、张本、两京本、王批本、训故本、梅本、凌本、秘书本、谢钞本并作"孝"；文俪十三、文通二一、四六法海十同。当据改。诸子汇函作"孔"，误。

〔九〕**而盼倩生于淑姿**

"盼"，元本、弘治本、汪本、张本、两京本、何本、梅本、凌本、梁本、秘书本、谢钞本、汇编本、别解本、清谨轩本、尚古本、冈本、张松孙本、崇文本作"盻"；诗纪别集一、文俪、子苑三二、四六法海同。

按"盻"字非是。诗卫风硕人："巧笑倩兮，美目盼兮。"毛传："倩，好口辅。盼，白黑分。"

〔一〇〕**而辩丽本于情性**

"辩"，增定别解本、清谨轩本作"辨"；诗纪别集一、经史子集合纂类语九同。

按汉书王褒传："辞赋大者与古诗同义，小者辩丽可喜。"则作"辨"非是。子苑引作"辩"，与今本同。

〔一一〕**昔诗人什篇，为情而造文**

"什篇"，艺苑卮言一、古逸书后卷引作"篇什"。

按明诗篇："至于三六杂言，则出自篇什。"通变篇:“商周篇什,丽于夏年。”并以“篇什”为言。则此当据乙为“篇什”,始能一律。它书中言“篇什”者甚多,此不具列。

〔一二〕**盖风雅之兴,志思蓄愤**

按史记太史公自序:“诗三百篇,大抵贤圣发愤之所为作也。”文选报任少卿书“抵”作“氐”。李注引尔雅释言曰:“氐,致也。”郭璞曰:“音指。”汉书迁传作“氐”,颜注:“氐,归也,音丁礼反。”

〔一三〕**而吟咏情性,以讽其上**

按诗大序:“吟咏情性,以风其上。”“风”读曰“讽”。孔疏:“动声曰吟,长言曰咏。作诗必歌,故言吟咏情性也。”

〔一四〕**诸子之徒**

按上文以“诗人”、“辞人”分言,则此处之“诸子”承“辞人”,非谓九流十家也。

〔一五〕**故体情之制日疏**

按此“故”字不应有,疑涉上下文误衍。

〔一六〕**故有志深轩冕**

按管子法法篇:“是故先王制轩冕足以著贵贱。”庄子缮性篇:“古之所谓得志者,非轩冕之谓也。……今之所谓得志者,轩冕之谓也。”成疏:“轩,车也;冕,冠也。”

〔一七〕**心缠几务**

"几",凌本作"机"。

按以征圣篇"妙极机神",论说篇"锐思于机此依元本、弘治本等。黄本已改作"几"。神之区"证之,"机"字是。文选嵇康与山巨源绝交书"机务缠其心",为此语所本。宋书王弘传:"参赞机务。"又裴松之传:"而机务惟殷。"梁书徐勉传:"虽当机务,下笔不休。"又孔休源传:"军民机务,动止询谋。"并其旁证。

〔一八〕**而虚述人外**

按后汉书陈宠传:"(尹)勤字叔梁,笃性好学,屏居人外,荆棘生门,时人重其节。"古文苑王融栖玄寺听讲毕游邸园诗:"畅哉人外赏,迟迟眷西夕。"(又见广弘明集卷三十上)

〔一九〕**翩其反矣**

按诗小雅角弓:"骍骍角弓,翩其反矣。"朱熹集传:"翩,反貌。"

〔二〇〕**将欲明经**

"经",黄校云:"汪本作'理'。"元本、弘治本、活字本、佘本、张本、两京本、王批本、胡本、训故本、合刻本、谢钞本、四库本亦并作"理";稗编七三、诗纪别集一、喻林、文俪、四六法海同。

按以上下文諭之,"理"字是。

〔二一〕**固知翠纶桂饵,反所以失鱼**

按阙子:“鲁人有好钓者,以桂为饵,黄金之钩,错以银碧,垂翡翠之纶,其持竿处位即是,然其得鱼不几矣。故曰:‘钓之务不在芳饰,事之急不在辩言。’”御览八三四引。黄、范两家注皆引而不全,故备录之。

〔二二〕**是以衣锦褧衣,恶文太章**

按礼记中庸:“诗曰:‘衣锦尚絅。’恶其文之著也。”释文:“絅,诗作‘褧’。”朱集传:“锦,文衣也。褧,禅也。锦衣而加褧焉,为其文之太著也。”又中庸集注:“衣,去声。絅,口迥反。恶,去声。……褧、絅同。禅衣也。尚,加也。”

〔二三〕**贲象穷白,贵乎反本**

按吕氏春秋壹行篇:“孔子卜得贲。孔子曰:‘不吉。’子贡曰:‘夫贲亦好矣,何谓不吉乎?’孔子曰:‘夫白而白,黑而黑,夫贲又何好乎?’”高注:“贲,色不纯也。”说苑反质篇:“孔子卦得贲,喟然仰而叹息,意不平。子张进,举手而问曰:‘师闻贲者吉卦,而叹之乎?’孔子曰:‘贲非正色,是以叹之。吾思夫质素,白当正白,黑当正黑。夫贲原误“质”,从孙诒让札迻改。又何也?吾亦闻之:丹漆不文,白玉不雕,宝珠不饰。何也?质有馀者,不受饰也。’”舍人语意,殆宗于此。家语好生篇略同。黄、范两家注皆仅引易贲上九之辞，似有未尽。

〔二四〕**夫能设谟以位理**

“谟”，黄校引谢云：“当作‘模’。”此沿梅校。

按何本、别解本作“模”；文通、四六法海同。

〔二五〕**间色屏于红紫**

范文澜云：“‘红紫’，疑当作‘青紫’，上文云‘正采耀乎朱蓝’。”

按“红”本间色，其字未误。若改作“青”，则适为正色矣。环济要略：“正色有五，谓青、赤、黄、白、黑也。间色有五，谓绀、红、缥、紫、流黄也。”御览八一四引（文选江淹别赋李注止引下句）。论语乡党：“红紫不以为亵服。”皇侃义疏：“红紫，非正色也。……侃案：五方正色：青、赤、白、黑、黄；五方间色：绿为青之间，红为赤之间，碧为白之间，紫为黑之间，缁为黄之间也。故不用红紫，言是间色也。”又阳货：“子曰：‘恶紫之夺朱也。’”集解引孔（安国）曰：“朱，正色。紫，间色之好者。”荀子正论篇：“衣被则服五采，杂间色。”杨注：“服五采，言备五色也。间色，红碧之属。”法言吾子篇：“或问苍蝇红紫。”李注：“红紫，似朱而非朱也。”南齐书文学传论：“亦犹五色之有红紫。”并以“红紫”为间色。说文糸部：“红，帛赤白也。”段注：“谓如今之粉红、桃红。”范氏盖错认“红”为“朱”，故疑其字有误。礼记王制：“屏之四方。”郑注：“屏，犹放去也。”

〔二六〕**乃可谓雕琢其章**

按诗大雅棫朴：“追琢其章，金玉其相。”毛传：“追，雕也。金曰雕，玉曰琢。相，质也。”荀子富国篇：“故为之雕琢刻镂，黼黻文章，使足以辨贵贱而已，不求其观。……诗曰：‘雕琢其章，金玉其相。亹亹我王，纲纪四方。’此之谓也。”杨注：“相，质也。……言雕琢为文章，又以金玉为质。勉力为善，所以纲纪四方也。与诗义小异也。”说苑修文篇：“故圣人之与圣也，……周则又始，穷则反本也。诗曰：‘雕琢其章，金玉其相。’言文质美也。”寻绎上下文意，舍人此语，以荀、刘两家说解之最宜。

〔二七〕**彬彬君子矣**

按论语雍也：“文质彬彬，然后君子。”集解引包咸曰：“彬彬，文质相半之貌。”

〔二八〕**心术既形**

按礼记乐记：“应感起物而动，然后心术形焉。”郑注：“术，所由也。形，犹见也。”管子七法篇：“实也，诚也，厚也，施也，度也，恕也，谓之心术。”汉书礼乐志颜注：“术，道径也。心术，心之所由也。形,见也。”

〔二九〕**英华乃赡**

按礼记乐记:“和顺积中而英华发外。”

〔三〇〕**舜英徒艳**

“舜”,元本、弘治本、汪本、佘本、张本、两京本、胡本、训故本作“蕣”;喻林八九、文体明辨四八、四六法海同。

按礼记月令:“(仲夏之月)木堇荣。”释文:“堇,一名舜华。”尔雅释草:“椴,木堇;榇,木堇。”郭注:“别二名也。似李树,华朝生夕陨。”邢疏:“其树如李,其华朝生暮落。与草同气,故在草中。……陆玑(草木)疏云:‘舜,一名木槿。……今朝生暮落者是也。’”说文艸部:“蕣,木堇,朝生莫暮。落者。”“徒艳”,谓舜华朝生夕陨也。又按说文引“舜”作“蕣”,是二字本通。

〔三一〕**繁采寡情,味之必厌**

按文赋:“言寡情而鲜爱。”

镕裁第三十二

情理设位，文采行乎其中〔一〕。刚柔以立本，变通以趋时〔二〕。立本有体，意或偏长；趋时无方，辞或繁杂。蹊要所司，职在镕裁，檃括情理，矫揉文采也〔三〕。规范本体谓之镕，剪截浮词谓之裁〔四〕。裁则芜秽不生，镕则纲领昭畅，譬绳墨之审分，斧斤之斫削矣。骈拇枝指①，由侈于性，附赘悬肬，实侈于形。二意两出，义之骈枝也〔五〕；同辞重句，文之肬赘也。

凡思绪初发，辞采苦杂，心非权衡，势必轻重〔六〕。是以草创鸿笔〔七〕，先标三准：履端于始，则设情以位体；举正于中，则酌事以取类；归馀于终，则撮辞以举要。然后舒华布实，献替疑作质，元作赞。节文〔八〕，绳墨以外，美材既斫，故能首尾圆合，条贯统序。若术不素定，而委心逐辞，异端丛至，骈赘必多。

故三准既定，次讨字句。句有可削，足见其疏；字不得减，乃知其密。精论要语，极略之体；游心窜句，极繁之体〔九〕；谓繁与略，随分所好〔一〇〕。引而伸之〔一一〕，则两句敷为一章；约以贯之，则一章删成两句。思赡者善敷，才核者善删。善删者字去而意留，善敷者辞殊而意汪本作义。显〔一二〕。字删而意阙，则短乏而非核；辞敷而言重，则芜秽而非赡。

昔谢艾王济②，西河文士，张俊当作骏。以为艾繁而不可删〔一三〕，济略而不可益；若二子者，可谓练镕裁而晓繁略矣。至如士衡才优，而缀辞尤繁〔一四〕；士龙思劣，而雅好清省。及云之论机，亟恨其多，而称清新相接③，不以为病，盖崇友于耳❶。夫美锦制衣〔一五〕，修短有度，虽玩其采，不倍领袖，巧犹难繁，况在乎拙。而文赋以为榛楛勿剪④，庸音足曲⑤，其识非不鉴，乃情苦芟元作炎。繁也〔一六〕。夫百节成体，共资荣卫⑥；万趣会文，不离辞情。若情周而不繁，辞运而不滥，非夫镕裁，何以行之乎〔一七〕！

赞曰：篇章户牖，左右相瞰。辞如川流〔一八〕，溢则泛滥。权衡损益，斟酌浓淡。芟繁剪秽，弛于负担〔一九〕。

【黄叔琳注】

①**骈拇**〔庄子〕骈拇枝指，出乎性哉，而侈于德。附赘县疣，出乎形哉，而侈于性。　②**谢艾**〔张重华传〕主簿谢艾，兼资文武。　③**清新**〔陆清河集〕与兄机书：兄文章之高远绝异，不可复称言，然犹皆欲微多，但清新相接，不以此为病耳。　④**榛楛**〔陆机文赋〕石韫玉而山晖，水怀珠而川媚；彼榛楛之勿翦，亦蒙荣于集翠。〔注〕榛楛，喻庸音也。以珠玉之句既存，故榛楛之辞亦美也。⑤**庸音**〔文赋〕放庸音以足曲。　⑥**荣卫**〔内经〕荣卫不行，五藏不通。

【李详补注】

❶**盖宗友于耳**详案:此谓陆云推尊其兄,语近歇后。〔后汉书史弼传〕陛下隆于友于。〔曹植求通亲亲表〕今之否隔,友于同忧。自后遂以友于为常语。陶公诗亦云:再喜见友于。彦和又无论矣。

【杨明照校注】

〔一〕**情理设位,文采行乎其中**

"设"下,两京本、胡本有"乎其"二字。

按两京本、胡本非是。易系辞上:"天地设位,而易行乎其中矣。"舍人语式步此。

〔二〕**刚柔以立本,变通以趋时**

按易系辞下:"刚柔者,立本者也;变通者,趋时者也。"

〔三〕**蹊要所司,职在镕裁,檃括情理,矫揉文采也**

按以宗经、诠赋、诔碑、论说、隐秀等篇"释名章义"之句式相例,"檃括"上疑脱"镕裁者"三字。

〔四〕**剪截浮词谓之裁**

"剪",何本、凌本、梁本、汇编本、尚古本、冈本、王本、郑藏钞本、崇文本、龙溪本作"翦"。

按正字作"前",说文刀部:"前,齐断也。"经传多假"翦"为之,"前"借为歬(前)后字。"剪"乃俗体。"前"已从刀,下复加刀,非是。何本等作"翦",是也。

书伪孔传序:“翦截浮辞。”文选吕向注:“有浮艳之辞,如刀翦而截之。”

〔五〕**二意两出,义之骈枝也**

“二”,两京本、胡本、训故本、四库本作“一”;子苑三二同。

按“一”字是。“一意两出”,始为“义之骈枝”。若作“二”,则不相应矣。何焯、黄丕烈校作“一”。当据改。

〔六〕**心非权衡,势必轻重**

按礼记经解:“故衡诚县,不可欺以轻重。”郑注:“衡,称也。县,谓锤也。”释文:“县,音玄。称,尺证反。锤,直伪反。”孟子梁惠王上:“权,然后知轻重。”赵注:“权,铨衡也,可以称轻重。”慎子:“有权衡者,不可欺以轻重。”意林二引。汉书律历志上:“衡权者,衡,平也,权,重也。衡所以任权而均物平轻重也。”

〔七〕**是以草创鸿笔**

纪昀云:“‘鸿’,当作‘鸣’。后‘鸣笔之徒’句可证。”

按纪说非是。论衡须颂篇、原文已见封禅篇“乃鸿笔耳”条下。抱朴子佚文“虽鸿笔不可益也”(意林四引)。并有“鸿笔”之文。晋书陈寿等传论亦有“奋鸿笔于西京”语。封禅篇“乃鸿笔耳”,书记篇“才冠鸿笔”,

亦并作“鸿笔”。练字篇“鸣笔之徒”句“鸣”字本误,朱谋㙔已校改为“鸿”矣。南齐书文学丘巨源传:“朝廷洪笔,何故假手凡贱。”“洪”与“鸿”通。

〔八〕**献替节文**

“替”,黄校云:“疑作‘质’;元作‘赞’。” 徐𤊹云:“‘赞’,当作‘替’,后有‘献替’之句。” 何焯校改“质”。文溯本剜改为“质”。

按徐说是。元本、弘治本、活字本、汪本等作“赞”,乃“朁”之形误。“替”正字作“䂮”,或体作“朁”。何本、训故本、谢钞本正作“替”;文通二一引同。本书屡用“献替”二字,何改“质”,非也。喻林八八引作“賛”亦非。

〔九〕**精论要语,极略之体;游心窜句,极繁之体**

按此谓文之繁略,各有其体。“极略之体”,则“精论要语”不见其少;“极繁之体”,则“游心窜句”未嫌其多。

〔一〇〕**随分所好**

“随”,元本、弘治本、汪本、佘本、张本、两京本、王批本、何本、胡本、训故本、梅本、凌本、合刻本、秘书本、谢钞本、尚古本、冈本、四库本、王本、张松孙本、郑藏钞本、崇文本作“适”;子苑引同。

按“适”字是。明诗篇“随性适分”,养气篇“适分胸臆”,并以“适分”为言,可证。

〔一一〕**引而伸之**

按易系辞上:“引而申之,触类而长之。”祝盟篇:“祭而兼赞,盖引神而作也。”“神”即“伸”之误。

〔一二〕**善敷者辞殊而意显**

“意”,黄校云:“汪本作‘义’。”

按“义”字是。上云“意留”,此云“义显”,始避重出。元本、弘治本、活字本、佘本、张本、两京本、王批本、何本、胡本、训故本、合刻本、尚古本、冈本、文溯本、王本、郑藏钞本、崇文本亦并作“义”;辞学指南、子苑、文断引同。

〔一三〕**张俊以为艾繁而不可删**

“俊”,黄校云:“当作‘骏’。”此沿梅校。

按训故本正作“骏”;文通引同。章表篇“张骏自序”,亦作“骏”。当据改。

〔一四〕**至如士衡才优,而缀辞尤繁**

按世说新语文学篇:“陆文若排沙简金,往往见宝。”刘注:“文章传曰:‘机善属文,司空张华见其文章,篇篇称善,犹讥其作文大治,谓曰:人之作文,患于不才,至子为文,乃患太多也。’”又:“孙兴公云:‘……陆文深而芜。’”并足证成舍人此说。

〔一五〕**夫美锦制衣**

按左传襄公三十一年:“子产曰:‘……子有美

锦，不使人学制焉。'"杜注："制，裁也。"

〔一六〕**乃情苦芟繁也**

"芟"，黄校云："一作'忞'。"此沿梅校。

按"忞"字是。元本、弘治本、汪本、佘本、张本、两京本、胡本、王批本、训故本并作"忞"；子苑、诗纪别集四同。谢钞本作"删"，冯舒校"忞"；文溯本剜改为"忞"。广韵二十一震："吝，……俗作'忞'。"是"忞"或"悋"，原为"吝"之俗体。书伪仲虺之诰"改过不吝"枚传："有过则改，无所吝惜。"论语尧曰"出纳之吝"皇疏："吝，难惜之也。"说文口部："吝，恨惜也。"段注："慳吝，亦恨惜也。"后汉书张衡传："（思玄赋）柏舟悄悄吝文选作"忞"。不飞。"章怀注："吝，惜也。"家语致思篇："孔子曰：'商子夏名。之为人也，甚悋于财。'"王注："悋，啬甚也。"上引诸书，于"情苦忞繁"涵义，便涣然冰释，迎刃而解矣。梅庆生因赞中有"芟繁"之文，径改"忞"为"芟"，非是。由梅本出者，皆然。

〔一七〕**非夫镕裁，何以行之乎**

按论语为政："子曰：'人而无信，不知其可也。大车无輗，小车无軏，其何以行之哉！'"

〔一八〕**辞如川流**

按诗大雅常武："如川之流。"蔡邕何休碑："辞述川流。”文选王俭褚渊碑文李注引。

〔一九〕**弛于负担**

按左传庄公二十二年：“齐侯使敬仲为卿，辞曰：‘羁旅之臣，幸若获宥，及于宽政，赦其不闲于教训，而免于罪戾，弛于负担，君之惠也。’”杜注：“敬仲，陈公子完。羁，寄也；旅，客也。宥，赦也。弛，去离也。”

声律第三十三

夫音律所始，本于人声者也〔一〕。声含宫商〔二〕，肇自血气，先王因之以制乐歌，故知器写人声〔三〕，声非学当作效。器者也〔四〕。故言语者，文章神明，枢机吐纳，律吕唇吻而已。古之教歌①，先揆以法，使疾呼中宫，徐呼中徵。夫商徵响高，宫羽声下，抗喉矫舌之差，攒唇激齿之异，廉肉相准②，皎然可分。今操琴不调，必知改张③，摘文乖张〔五〕，而不识所调。响在彼弦，乃得克谐，声萌我心，更失和律，其故何哉？良由内元作外，王改。听难为聪也〔六〕。故外听之易，弦以手定；内听之难，声与心纷：可以数求，难以辞逐。凡声有飞沈，响有双叠〔七〕，二字脱。杨云：有字下诸本皆遗翕散二字。谢云：据下文当作双叠二字。双声隔字而每舛，叠韵杂句而必暌④；沈则响发而断，飞则声飏不还：并辘轳交往⑤，逆鳞相比，迂其际会〔八〕，则往蹇来连⑥〔九〕，其为疾病，亦文家之吃也⑦。夫吃文为患，生于好诡，逐新趣异，故喉唇纠纷；将欲解结，务在刚断。左碍而寻右，末滞而讨前，则声转于吻，玲玲如振玉；辞靡于耳，累累如贯珠矣⑧。是以声画妍蚩，寄在吟咏〔一〇〕，吟咏滋味，流于字元作下，商孟和改。句，气力孙云：气力上当复有字句二字。穷于和韵⑨〔一一〕。异音相从谓之和，同声相应谓之韵。韵气一定，故馀声易遣；和体抑扬，故遗响难契〔一二〕。属笔易巧，选和至难〔一三〕，缀文难精，而作韵甚易，虽纤意一作毫。曲变〔一四〕，非可缕言，然振其大纲，不出兹论❶。

若夫宫商大和，譬诸吹籥⑩；翻回取均⑪，颇似调瑟⑫。瑟资移柱〔一五〕，故有时而乖贰；籥含定管，故无往而不壹。陈思潘岳，吹籥之调也；陆机左思，瑟柱之和也。概举而推，可以类见。又诗人综韵，率多清切；楚辞辞楚，故讹韵实繁〔一六〕。及张华论韵，谓士衡多楚，文赋亦称知楚不易，可谓衔灵均之声馀，失黄钟之正响也〔一七〕。凡切韵之动〔一八〕，势若转圜；讹音之作，甚于枘方⑬；免乎枘方，则无大过矣〔一九〕。练才洞鉴，剖字钻响，识疏汪本作疏识。阔略〔二〇〕，随音所遇，若长风之过籁，南元作东，叶循父改。郭之吹竽耳⑭❷〔二一〕。古之佩玉，左宫右徵⑮，以节其步，声不失序，音以律文，其可忘王本作忽。哉〔二二〕！

赞曰：标情务远，比音则近。吹律胸臆〔二三〕，调钟唇吻⑯〔二四〕。声得盐梅〔二五〕，响滑榆槿⑰。割弃支离，宫商难隐。

【黄叔琳注】

①**古之教歌云云**见韩子。　②**廉肉**〔礼乐记〕先王制雅颂之声以导之，使其曲直繁瘠廉肉节奏，足以感动人之善心而已矣。　③**改张**〔董仲舒策〕窃譬之琴瑟不调，甚者，必解而更张之，乃可鼓也。　④**双声叠韵**〔谢庄传〕王元谟问庄：何者为双声？何者为叠韵？答曰：互护为

双声，礅碻为叠韵。　⑤**辘轳**〔诗评〕单辘轳韵者，单出单入，两句换韵。双辘轳韵者，双出双入，四句换韵。⑥**往蹇来连**易蹇卦六四爻辞。　⑦**吃**〔韩非传〕非为人口吃不能道说，而善著书。〔注〕吃：语难也。　⑧**累累**〔礼乐记〕倨中矩，句中钩，累累乎端如贯珠。　⑨**和韵**杨慎曰：东董是和，东中是韵。　⑩**吹籥**〔公羊传去籥注〕籥：所吹以节舞也。吹籥而舞，文乐之长。　⑪**取均**〔杨收传〕旋宫以七声为均，均之为言韵也。　⑫**调瑟**〔扬子法言〕以往圣人之法治将来，譬犹胶柱而调瑟。⑬**枘方**〔宋玉九辩〕圆凿而方枘兮，吾固知其钼铻而难入。〔注〕枘，刻木耑所以入凿。　⑭**吹竽**〔韩子〕南郭处士为齐宣王吹竽。宣王悦之，廪食以数百人。湣王立，好一一而听之，处士逃。　⑮**左宫右徵**〔礼玉藻〕古之君子必佩玉，右徵角，左宫羽，趋以采齐，行以肆夏。⑯**调钟**〔扬雄传〕师旷之调钟，竢知音者之在后也。〔注〕晋平公钟，工者以为调矣。师旷曰：臣窃听之，知其不调也。至于师涓，而果知钟之不调。是师旷欲善调之钟，为后世之有知音。　⑰**榆槿**〔礼内则〕堇荁枌榆免薨滫瀡以滑之。

【李详补注】

❶**凡声有飞沈**至**不出兹论**详案：〔周春双声叠韵谱〕（卷七）论文心雕龙此段云：案飞者扬也，沉者阴也。双声隔

字而每舛者，双声必连二字，若上下隔断，即非真双声。叠韵杂句而必睽者，叠韵亦必连二字。若杂于句中，即非正叠韵。双叠得宜，斯阴阳调合。辘轳交往、逆鳞相比者，总指不单用也。迂其际会，谓阴阳不谐，双叠不对，乃文字之吃，便成疾病矣。和者即双声也，故曰异音相从。韵者即叠韵也，故曰同声相应。双声故曰难契至难，叠韵故曰易遣甚易。选和作韵，大纲不出乎此。盖彦和精于音韵者，故其论如左碍寻右，末滞讨前，可与休文前有浮声后须切响，互相发明，盖既用一双叠字样，必再用一双叠字样以配之也。〔原注〕吃引韩非口吃，与此无涉。和引杨升庵东董是和东中是韵，引之费解。案周引原注即黄注也。 ❷**若长风之过籁二句**〔札迻〕云：南，元本、汪本、活字本、冯本，并作东。注云：元作东，叶循父改。纪云：东郭吹竽，其事未详。若南郭滥竽，则于义无取，殆必不然。案叶校改南，据韩非子内储说上七术篇改也。今检〔新论审名篇〕云：东郭吹竽而不知音。〔袁孝政注〕亦以齐宣王东郭处士事为释，则南郭古书自有作东郭者，不必定依韩子也。但滥竽事终与文意不相应耳。

【杨明照校注】

〔一〕**夫音律所始，本于人声者也**

按礼记乐记："凡音之起，由人心生也；人心之动，物使之然也。感于物而动，故形于声。”郑注：“宫、商、角、徵、羽，杂比曰音，单出曰声。形，犹见也。”又：“凡音者，生人心者也。情动于中，故形于声；声成文，谓之音。”又见吕氏春秋适音篇、史记乐书、说苑修文篇。

〔二〕**声含宫商**

“含”，何本、凌本、梁本、秘书本、尚古本、冈本、王本、郑藏钞本作“合”。

按“合”字非是。“声含宫商”，犹言声含有宫商耳，非谓其合于宫商也。白虎通德论姓名篇：“人含五常而生，正声有五：宫，商，角，徵，羽。”王批本作“含”，不误。

〔三〕**故知器写人声**

按淮南子本经篇：“雷震霆。之声，可以鼓钟写也。”高注：“写，犹放敩也。”此“写”字亦应作放敩解。

〔四〕**声非学器者也**

“学”，黄校云：“当作‘效’。”此沿梅校。　范文澜云：“‘学器’，当作‘效器’。”

按“学”字不误。广雅释诂三：“学，效也。”诂此正合。物色篇：“嘤嘤学草虫之韵。”尤为切证。

〔五〕**摘文乖张**

“摘”，何本、凌本、梁本、天启梅本、秘书本、尚古本、冈本、王本、张松孙本、郑藏钞本、崇文本作"摛"。

按"摛"字是。乐府、诠赋、铭箴、程器四篇，并有"摛文"连文之句。左思七讽："摛文润世。"书钞一百引（严可均全晋文卷七四所辑左思文佚此条）。

〔六〕**良由内听难为聪也**

黄校云："（内）元作'外'，王改。"此沿梅校。又云："'由'字下，王本有'外听易为□而'六字。"

按王氏训故本所有六字，是也。下文"外听之易"、"内听之难"云云，即承此引申；如今本，则踸踔而行矣。元本、弘治本、活字本、汪本、佘本、张本、两京本、胡本、王批本、谢钞本作"良由外听难为聪也"，"听"下"难"上即脱"易为□而内听"六字。喻林八九引此文，作"良由外听易为察，内听难为聪也"。正足以补订今本之误脱。范文澜谓王本之白匡为"巧"字，刘永济疑是"力"字，乃想当然臆说，皆非也。

〔七〕**响有双叠**

"双叠"，黄校云："二字脱，杨（慎）云：'有字下，诸本皆遗"翕散"二字。'谢（兆申）云：'据下文，当作"双叠"二字。'"此沿梅校。　徐𤊹补"翕散"二字，并云："一本作'响有双叠'。"　天启梅本补"双叠"二字。张本作"动静"；何本、清谨轩本、冈本、尚古本作"高下"；训故本作"翕散"。

按谢校、梅补是也。刘善经四声论、见文镜秘府论天卷。玉海四五引,并作“响有双叠”。可证。

〔八〕**迂其际会**

纪昀云:“‘迂’当作‘迕’。”

按纪说是。四声论引正作“迕”。当据改。

〔九〕**则往蹇来连**

四声论引“蹇”作“謇”;“连”,作“替”。

按“蹇”、“謇”通用,“替”则非也。舍人此语用易蹇六四爻辞。孔疏:“蹇,难也。……马(融)云:‘连,亦难也。’”

〔一〇〕**是以声画妍蚩,寄在吟咏**

“蚩”,何本、梁本、清谨轩本、尚古本、冈本、文溯本、王本、郑藏钞本、崇文本作“媸”。王批本作“蚩”。

按“媸”字说文所无,古多以“蚩”为之。后汉书文苑下赵壹传:“孰知辨其蚩妍。”文选文赋:“妍蚩好恶。”江淹杂体诗孙廷尉杂述:“浪迹无蚩妍。”刘峻辨命论:“而谬生妍蚩。”并不作“媸”。本书以“妍蚩”连文者凡四处,各本亦多作“蚩”。此文四声论所引,亦作“蚩”。则舍人原皆作“蚩”可知矣。法言问神篇:“故言,心声也;书,心画也。声画形,君子小人见矣。”李注:“声发成言,画纸成书。书有文质,言有史野。二者之来,皆由于心。”

〔一一〕**吟咏滋味,流于字句,气力穷于和韵**

何本无“吟咏”二字。王本、郑藏钞本、崇文本同。徐𤊹删去“吟咏”二字，云：“二字似衍。” 天启梅本空二格。当系将原版之“吟咏”二字剜去。 黄校云：“（字）元作‘下’，商孟和改；孙云：‘气力上，当复有字句二字。’”此并沿梅校。

按“吟咏”二字原系误衍，何本、徐校本、天启梅本是也。孙氏不审，而欲再增“字句”二字以弥缝之，非是。“下”字不误，元本、弘治本、活字本、汪本、佘本、张本、两京本、王批本、胡本、训故本亦并作“下”；诗纪别集二引同。商改为“字”非。四声论引，正作“滋味流于下句”。当据订。

〔一二〕**故遗响难契**

“遗”，冈本作“遣”。尚古本同。

按冈本乃涉上而误。非是。“遗响”与“馀声”对文。文选洞箫赋有“吟气遗响”语。

〔一三〕**属笔易巧，选和至难**

“选”上，两京本、胡本有“而”字。

按有“而”字，始能与下“缀文难精，而作韵甚易”相俪。

〔一四〕**虽纤意曲变**

“意”，黄校云：“一作‘毫’。” 天启梅本改作“毫”。

按"毫"字较胜。黄氏所称一本,盖即天启梅本。

〔一五〕**瑟资移柱**

按淮南子氾论篇:"譬犹师旷之施瑟柱也,所推移上下者,无寸尺之度,而靡不中音。"盐铁论相刺篇:"胶柱而调瑟,固而难合矣。"

〔一六〕**楚辞辞楚,故讹韵实繁**

按离骚:"民生各有所乐兮,余独好修以为常;虽体解吾犹未变兮,岂余心之可惩。"又:"勉升降以上下兮,求矩矱之所同;汤禹严而求合兮,挚咎繇而能调。"言楚辞古音者,各执一辞,或谓"常"当作"恒",或谓"惩"古音"长";或谓"调"古读如"重",或谓"调"从言周声,周之本体从用,兼有用声等。以叶其韵。舍人所谓"讹韵实繁",未审属此类否?

〔一七〕**可谓衔灵均之声馀,失黄钟之正响也**

按"声馀"二字当乙,始能与"正响"相对。上文"馀声易遣",亦与"遗响难契"对。

〔一八〕**凡切韵之动**

按此承上"诗人综韵,率多清切"二句,非谓讲求反切之切韵。

〔一九〕**则无大过矣**

按论语述而:"子曰:'加我数年,五十以学易,可以无大过矣。’”

〔二〇〕**识疏阔略**

“识疏”，黄校云：“汪本作‘疏识’。”

按汪本是也。“疏识”、“阔略”，词性始能相偶。元本、弘治本、活字本、佘本、张本、王批本、训故本、梁本、谢钞本、四库本亦并作“疏识”；诗纪别集二、喻林八八引同。当据改。

〔二一〕**若长风之过籁，南郭之吹竽耳**

黄校云：“‘籁’字下，王本有‘流水之浮花□□□郑人之买椟’十三字。”

按两京本、胡本有“流水之浮花，郑人之买椟”十字，与训故本略同。寻绎上下文意，实不应有。“长风”、“南郭”二句皆以音喻，“流水浮花”、“郑人买椟”于此似不伦类，疑为后人妄增。文子自然篇：“若风之过箫，忽然而感之，各以清浊应。”淮南子齐俗篇：“若风之过箫，忽然感之，各以清浊应矣。”许注：“箫，籁也。”高注：“清，商；浊，宫也。”今齐俗篇为许注本，此所引高注见酉阳杂俎砭误篇。

〔二二〕**其可忘哉**

“忘”，黄校云：“王本作‘忽’。”

按“忽”字是。书记篇：“岂可忽哉！”辞意与此同，可证。汉书文帝纪“不敢忽”颜注：“忽，怠忘也。”

〔二三〕**吹律胸臆**

按吹律用伶伦之昆仑断竹制十二筒效凤皇之鸣以别十二律事，见吕氏春秋古乐篇。原文已具书记篇“黄钟调起五音以正”条。

〔二四〕**调鍾（钟）唇吻**

“鍾”，元本、弘治本、活字本、汪本、佘本、张本、两京本、王批本、何本、训故本、梅本、凌本、合刻本、秘书本、谢钞本、文溯本、王本、郑藏钞本、张松孙本作“鐘”；喻林引同。　何焯校“鍾”。

按“鍾”、“鐘”古本通用，然以总术篇“知夫调鐘未易”譣之，当依各本作“鐘”，前后始能一律。吕氏春秋长见篇：“晋平公铸为大鐘，使工听之，皆以为调矣。师旷曰：‘不调。请更铸之。’平公曰：‘工皆以为调矣。’师旷曰：‘后世有知音者，将知鐘之不调也。’”高注：“调，和也。”

〔二五〕**声得盐梅**

按书伪说命下：“若作和羹，尔惟盐梅。”枚传：“盐，咸；梅，醋。羹须咸醋以和之。”“声得盐梅”，喻声之和也。

章句第三十四

夫设情有宅，置言有位；宅情曰章，位言曰句。故章者，明也；句者，局也①。局言者联字以分疆，明情者总义以包体，区畛相异②，而衢路交通矣。夫人之立言，因字而生句，积句而成章，积章而成篇〔一〕。篇之彪炳，章无疵也；章之明靡，句无玷也；句之清英〔二〕，字不妄也；振本而末从，知一而万毕矣〔三〕。

夫裁文匠笔，篇有小大；离章合句，调有缓急：随变适会〔四〕，莫见定准。句司数字，待相接以为用；章总一义，须意穷而成体。其控引情理，送迎际会，譬舞容回环，而有缀兆之位③；歌声靡曼，而有抗坠之节也④。寻诗人拟喻，虽断章取义，然章句在篇，如茧之抽绪〔五〕，原始要终〔六〕，体必鳞次。启行之辞⑤，逆萌中篇之意；绝笔之言，追媵元作胜，谢改。前句之旨〔七〕：故能外文绮交，内义脉注，跗萼相衔⑥，首尾一体。若辞失其朋〔八〕，元作明。则羁旅而无友〔九〕；事乖其次，则飘寓而不安。是以搜句忌于颠倒，裁章贵于顺序，斯固情趣之指归〔一〇〕，文笔之同致也。若夫笔句无常，而字有条数，四字密而不促，六字格而非缓❶〔一一〕，或变之以三五，盖应机之权节也。至于诗颂大体，以四言为正，唯祈父肇禋⑦，以二言为句❷。寻二言肇于黄世，竹弹之谣是也⑧；三言兴于虞时，元首之诗是也⑨；

四言广于夏年，洛汭之歌是也[10]；五言见于周代，行露之章是也[11]；六言七言[12]，杂出诗骚；而疑有脱字。体之篇成于两汉〔一二〕：情数运周，随时代用矣。

若乃改韵从调〔一三〕，所以节文辞气，贾谊枚乘，两韵辄易；刘歆桓谭，百句不迁：亦各有其志也。昔魏武论赋，嫌于积韵，而善于资代〔一四〕。陆云亦称四言转句，以四句为佳。观彼制韵，志同枚贾。然两韵辄易，则声韵微躁，百句不迁，则唇吻告劳〔一五〕；妙才激扬，虽触思利贞，曷若折之中和，庶保无咎。

又诗人以兮字入于句限〔一六〕，楚辞用之，字出句外。寻兮字成句〔一七〕，乃语助馀声，舜咏南风[13]，用之久矣，而魏武弗好，岂不以无益文义耶！至于夫惟盖故者，发端之首唱；之而于以者，乃札句之旧体；乎哉矣也，亦送末之常科〔一八〕。据事似闲，在用实切。巧者回运，弥缝文体，将令数句之外，得一字之助矣。外字难谬，况章句欤？

赞曰：断章有检，积句不恒。理资配主[14]，辞忌失元作告，谢改。朋。环情草孙云：当作节。调〔一九〕，宛转相腾。离合同王本作同合。异〔二〇〕，以尽厥能。

【黄叔琳注】

①**明也局也**〔诗关雎疏〕章者，明也，总义包体，所以明情也。句者，局也，联字分疆，所以局言也。　②**区畛**〔蜀都赋〕瓜畴芋区。〔注〕区，界畔也。〔周礼〕十夫有沟，

沟上有畛。畛，田界。　③**缀兆**〔礼乐记〕行其缀兆，要其节奏，行列得正焉。〔注〕缀兆，舞位也。　④**抗坠**〔礼乐记〕歌者上如抗，下如坠，曲如折，止如槁木。⑤**启行**〔诗小雅〕元戎十乘，以先启行。启行，喻始也。⑥**跗萼**〔诗小雅〕鄂不韡韡。〔笺〕承华者曰鄂。不，当作拊。拊，鄂足也。〔疏〕郑以为华下有鄂，鄂下有拊，由华以覆鄂，鄂以承华，华鄂相覆而光明，犹兄弟相顺而荣显。　⑦**祈父**〔小雅〕祈父，予王之爪牙。**肇禋**〔周颂〕肇禋。迄用有成，维周之祯。　⑧**竹弹谣**见通变篇。⑨**元首**〔虞书〕帝庸作歌曰：股肱喜哉，元首起哉，百工熙哉。皋陶乃赓载歌曰：元首明哉，股肱良哉，庶事康哉。〔按〕哉为语助，以喜起熙、明良康为韵，是三言也。⑩**洛汭**夏书五子之歌也。　⑪**行露**见明诗篇。　⑫**六言七言**同上。　⑬**南风**同上。　⑭**配主**〔易丰〕初九，遇其配主。

【李详补注】

❶**笔句无常四句**详案：钱少詹〔十驾斋养新录〕（卷十六）据此云：骈俪之文，宋人谓之四六，梁时文笔已多用四字六字矣。　❷**二言二句**详案：〔黄生义府〕云：此未知诗理，盖"断竹续竹，飞土逐宍"，必四言成句，语脉紧，声情始切。若读作二言，其声啴缓而不激扬，恐非歌旨，若昔人读"黄绢幼妇外孙齑臼"成二言四句。此实妙解

文章之味。又古文八字用四韵者，〔老子〕“知足不辱知止不殆”，〔韩非〕“名正物定名倚物徙”是也。

【杨明照校注】

〔一〕**夫人之立言，因字而生句，积句而成章，积章而成篇**

“成章”，元本、弘治本、汪本、佘本、张本、两京本、王批本、胡本、训故本、文津本作“为章”；翰苑新书序、子苑三二、唐音癸签四引同。

按作“为章”，与下句之“成篇”始不重出，是也。论衡正说篇：“文字有意以立句，句有数以连章，章有体以成篇。”

〔二〕**句之清英**

“清”，何本、凌本、梁本、清谨轩本、尚古本、冈本、王本、郑藏钞本作“青”；诗法萃编作“菁”。子苑引同今本。

按时序篇“并结藻清英”，程器篇“昔庾元规才华清英”，是“青”“菁”二字皆误切证。后汉书文苑下边让传：“（蔡邕）荐（让）于何进曰：‘伏惟幕府初开，博选清英。’”晋书文苑传序：“综采繁缛，杼轴清英。”文选萧统序：“略其芜秽，集其清英。”吕延济注：“清英，喻善也。”亦以“清英为言”，并其旁证。

〔三〕**知一而万毕矣**

按庄子天地篇：“记曰：‘通于一而万事毕。’”荀子非相篇有“以一知万”语。

〔四〕**随变适会**

按易系辞上:“唯变所适。”韩注:“变动贵于适时,趣舍存乎其会也。”

〔五〕**如茧之抽绪**

按文选张衡南都赋:“白鹤飞兮茧曳绪。”李周翰注:“犹蚕茧曳丝绪而相连。”

〔六〕**原始要终**

按易系辞下:“易之为书也,原始要终,以为质也。”论衡实知篇:“亦揆端推类,原始见终。”

〔七〕**追媵前句之旨**

“媵”,黄校云:“元作‘胜’,谢改。”此沿梅校。 徐𤊹校“媵”。

按谢改、徐校是也。弘治本、何本、训故本、清谨轩本、冈本正作“媵”;文通二二引同。

〔八〕**若辞失其朋**

“朋”,黄校云:“元作‘明’。”此沿梅校。 徐𤊹云:“玩赞语,(明)当作‘朋’。”

按何本、训故本、谢钞本、清谨轩本、冈本正作“朋”;文通引同。徐校、梅改是也。

〔九〕**则羁旅而无友**

按楚辞宋玉九辩:“廓落兮,羁旅而无友生。”旧校云:“一无‘生’字。”文选张衡思玄赋:“顝羁旅而无友兮。”

〔一〇〕**斯固情趣之指归**

按三国志吴书诸葛瑾传：“与（孙）权谈说谏喻，未尝切愕，微见风彩，粗陈指归。”郭璞尔雅序：“夫尔雅者，所以通诂训之指归。”邢疏：“指归，谓指意归乡也。”抱朴子外篇钧世：“情见乎辞，指归可得。”

〔一一〕**六字格而非缓**

按说文木部：“格，木长皃。”诂此正合。

〔一二〕**而体之篇成于两汉**

“而”下，黄校云：“疑有脱字。”此沿梅校。　诗法萃编“体”上有“各”字。　范文澜云：“‘而体之篇’，疑当作‘二体之篇’。‘二体’，指上六言七言。”

按“体”上应据补“各”字。上文已分述二言、三言、四言、五言缘起，则此“各体”当是杂体，亦即杂言诗也。各体之篇，成于两汉者，谓杂言诗发展至两汉，已由诗之“附庸”而“蔚为大国”。如日出入、战城南、上邪、乌生、董桃行、西门行、东门行、妇病行、孤儿行等，都成为诗歌史上脍炙人口名篇。故云“各体之篇成于两汉”。范说似是而实非也。

〔一三〕**若乃改韵从调**

铃木云:"按'从'疑作'徙'。"

按铃木说是。文选嵇康琴赋"改韵易调,奇弄乃发",晋书文苑袁宏传:"作北征赋:'……岂一性之足伤,乃致伤于天下。'其本至此便改韵。(王)珣云:'此赋方传千载,无容率耳。今于"天下"之后,移韵徙事,然于写送之致,似为未尽。'"并可资旁证。姚振宗隋书经籍志考证别集类一引作"改韵易调",盖以意改也。

〔一四〕**昔魏武论赋,嫌于积韵,而善于资代**

冯舒云:"'赋',玉海按见玉海附刻辞学指南。作'诗';'资',作'贸'。" 何焯云:"'武'疑作'文'。""资"改"贸"。 谭献云:"'赋',玉海作'诗',是也;'资',玉海作'贸',是也。"

按金石例九、文断引,亦作"诗"、"贸",当据改。又按魏武论赋语不可考;何焯疑为魏文,亦未言所出。或出于想当然揣测。

〔一五〕**则唇吻告劳**

按"唇"字当依元本、弘治本、活字本、汪本、佘本、张本、两京本、王批本、何本、胡本等改为"脣"。说已详章表篇"脣吻不滞"条。

〔一六〕**又诗人以兮字入于句限**

按"诗人",谓诗三百篇作者。"句限",犹言句内。

〔一七〕**寻兮字成句**

“成”，元本、弘治本、汪本、佘本、张本、两京本、王批本、胡本、训故本、文津本作“承”。文溯本剜改为“成”。

按“承”字是。

〔一八〕**乎哉矣也，亦送末之常科**

“也”下，徐𤊹沾“者”字。

按有“者”字，始能与上两句相俪。徐校是也。史通浮词篇：“是以伊惟夫盖，发语之端也；焉哉矣兮，断句之助也。”即由舍人此文化出。

〔一九〕**环情草调**

“草”，黄校引孙云：“当作‘节’。”此沿梅校。徐𤊹校“革”。

按徐校是。“草”即“革”之形误。“革”，改也；易革卦郑注。更也。诗大雅皇矣毛传。“革调”，申言篇中“改韵徙调”之意。

〔二〇〕**离合同异**

“合同”，黄校云：“王本作‘同合’。”元本、弘治本、活字本、汪本、佘本、两京本、王批本、何本、胡本、合刻本、梁本、清谨轩本、尚古本、冈本、四库本、王本、郑藏钞本、崇文本亦并作“同合”。

按“合同”、“同合”，其义固无异也。

丽辞第三十五

造化赋形，支体必双〔一〕，神理为用，事不孤立〔二〕。夫心生文辞，运裁百虑，高下相须，自然成对。唐虞之世，辞未极文，而皋陶赞云①：罪疑惟轻，功疑惟重。益陈谟云②：满招损，谦受益。岂营丽辞，率然对尔〔三〕。易之文系③，圣人之妙思也。序乾四德，则句句相衔；龙虎类感，则字字相俪；乾坤易简，则宛转相承；日月往来，则隔行悬合：虽句字或殊，而偶意一也。至于诗人偶章，大夫联辞，奇偶适变，不劳经营。自扬马张蔡，崇盛丽辞，如宋画吴冶④〔四〕，画元作尽，冶元作治，朱改。刻形镂法，丽句与深采并流，偶意共逸韵俱发。至魏晋群才，析句弥密，联字合趣，剖一作割。毫析厘❶〔五〕。然契机者入巧，浮假者无功。

故丽辞之体，凡有四对：言对为易，事对为难，反对为优，正对为劣。言对者，双比空辞者也；事对者，并举人验者也；反对者，理殊趣合者也；正对者，事异义同者也。长卿上林赋元脱，补。云⑤〔六〕：修容乎礼园，翱翔乎书圃。此言对之类也。宋玉神女赋云⑥：毛嫱鄣袂⑦〔七〕，不足程式；西施掩面，比之无色。此事对之类也。仲宣登楼云⑧〔八〕：锺仪幽而楚奏⑨，庄舄显而越吟⑩。此反对之类也❷。孟阳七哀云⑪：汉祖想枌榆⑫，光武思白水⑬。此正对之类也。凡偶辞胸臆，言对所以为易也；征元作拟，亦作微。人之学，事对所以为难也〔九〕；幽显同志，反对所以为优也；并贵共心，正对所以为劣也〔一〇〕。又以事对，各有反正，指类而求，万条自昭然矣〔一一〕。

张华诗称游雁比翼翔，归鸿知接翮；刘琨诗言元在诗字上。宣尼悲获麟〔一二〕，西狩泣孔邱〔一三〕：若斯重出，即对句之骈枝也。是以言对为美，贵在精巧；事对所先，务在允当⑭。若两事相配，而优劣不均〔一四〕，是骥在左骖，驽为右服也〔一五〕。若夫事或孤立，莫与相偶，是夔之一足⑮，趻踔而行也⑯〔一六〕。若气无奇类，文乏异采〔一七〕，碌碌丽辞，则昏睡耳目〔一八〕。必使理圆事密，联璧其章，迭用奇偶，节以杂佩〔一九〕，乃其贵耳。类此而思，理自汪本作斯。见也〔二〇〕。

赞曰：体植必两，辞动有配。左提右挈❸，精味兼载。炳烁联华，镜静含态。玉润双流〔二一〕，如彼珩珮〔二二〕。

【黄叔琳注】

①**皋陶赞**见虞书大禹谟。　②**益陈谟**同上。　③**文系**〔易文言〕元者，善之长也。亨者，嘉之会也。利者，义之和也。贞者，事之干也。君子体仁足以长人，嘉会足以合礼，利物足以和义，贞固足以干事。〔又〕同声相应，同气相求。水流湿，火就燥，云从龙，风从虎。〔系辞〕乾道成男，坤道成女。乾知大始，坤作成物。乾以易知，坤以简能。易则易知，简则易从。易知则有亲，易从则有功。有亲则可久，有功则可大。可久则贤人之德，可大则贤

人之业。〔又〕日往则月来,月往则日来,日月相推而明生焉。寒往则暑来,暑往则寒来,寒暑相推而岁成焉。④**宋画**〔庄子〕宋元君将画图,众史皆至。有一史后至者,儃儃然不趋,受揖不立,因之舍。公使人视之,则解衣槃礴蠃。君曰:可矣,是真画者也。**吴冶**〔吴越春秋〕越王允常使欧冶子造剑五枚。⑤**上林**司马相如字长卿,作上林赋。⑥**神女**宋玉作神女赋。⑦**毛嫱**〔庄子〕毛嫱、丽姬,人之所美也。⑧**登楼**见诠赋篇。⑨**楚奏**〔左传〕晋侯观于军府,见锺仪,问曰:南冠而絷者谁也?有司对曰:郑人所献楚囚也。使税之,问其族,对曰:伶人也。使与之琴,操南音。范文子曰:乐操土音,不忘旧也。⑩**越吟**〔陈轸传〕轸曰:越人庄舄仕楚执珪,有顷而病。楚王曰:舄故越之鄙细人也,今仕楚执珪,富贵矣,亦思越不?中谢对曰:凡人之思故,在其病也。彼思越则越声,不思越则楚声。使人往听之,犹尚越声也。⑪**孟阳**张载字孟阳,本集有七哀诗二首。⑫**枌榆**〔汉郊祀志〕高祖诏御史,令丰治枌榆社。⑬**白水**〔东京赋〕龙飞白水,凤翔参墟。〔注〕白水,谓南阳白水县,世祖初起之处也。⑭**允当**〔左传〕允当则归。⑮**夔**〔山海经〕东海中有流波山,上有兽,状如牛,苍身而无角,一足。⑯**踸踔**〔庄子〕夔谓蚿曰:吾以一足踸踔而行,予无如矣。

【李详补注】

❶**剖毫析厘**详案：〔张衡西京赋〕剖析毫厘。　❷**仲宣登楼四句**详案：〔庾信哀江南赋〕班超生而望反，温序死而思归，亦祖仲宣，而词并美丽。　❸**左提右挈**详案：四字出史记张耳陈馀传。

【杨明照校注】

〔一〕**造化赋形，支体必双**

按淮南子原道篇："（大丈夫）乘云陵霄，与造化者俱。"高注："造化，天地。"又精神篇："夫造化者，既以我为坯矣。"高注："言既以我为人。"左传昭公三十二年："（史墨）对曰：'物生有两，……体有左右。'"杜注："谓有两。"支体必双，谓左右肩股。

〔二〕**神理为用，事不孤立**

按易说卦传："是以立天之道，曰阴与阳；立地之道，曰柔与刚；立人之道，曰仁与义。"老子第二章："故有无相生，难易相成，长短相形，高下相倾，音声相和，前后相随。"穀梁传庄公三年："独阴不生，独阳不生。"

〔三〕**岂营丽辞，率然对尔**

"尔"，元本、弘治本、活字本、汪本、佘本、张本、两京本、胡本、王批本、训故本、谢钞本、文津本作"耳"；

诗纪别集二引同。

按“耳”字是。全书中句末用“耳”字者，凡十七处。此亦宜然。明诗篇“有符焉尔”句，乃“焉尔”连文。

〔四〕**如宋画吴冶**

黄校云：“‘画’，元作‘尽’；‘冶’，元作‘治’。朱改。”此沿梅校。

按梅本曾引朱云：“宋画吴冶，语出淮南子。”按见修务篇。黄氏注中未加征引，亦云疏矣。又按何本、谢钞本作“宋画吴冶”，未误。

〔五〕**剖毫析厘**

“剖”，黄校云：“一作‘割’。”　元本、弘治本、汪本、佘本、张本、两京本、王批本、何本、胡本、训故本、梅本、凌本、合刻本、梁本、秘书本、谢钞本、汇编本、清谨轩本、尚古本、冈本、四库本、王本、张松孙本、郑藏钞本、崇文本，亦并作“割”；诗纪别集二、汉魏诗乘总录引同。　何焯改“剖”。

按文选西京赋：“剖析毫厘。”是此语之所自出，不作“割”。体性篇“剖析毫厘者也”，亦然。黄氏从何校改“剖”，是也。“剖”、“割”形近，每易淆误。哀吊篇“割析褒贬”，唐写本“割”作“剖”；序志篇“至于割情析采”，元本、弘治本等“割”作“剖”。并其证。

〔六〕**长卿上林赋云**

“赋”,黄校云:“元脱,补。”此沿梅校。

按本书引赋颇多,其名出两字外者,皆未著“赋”字,此不应补。通变、事类两篇,并有“相如上林云”之句,尤为切证。梅氏补“赋”字,盖求其与下“宋玉神女赋云”句相配耳。其实此“赋”字乃浅人所增,匪特与舍人选文称名之例不符,且与下“仲宣登楼”、“孟阳七哀”二句亦不相偶也。王批本、子苑三二引,并无“赋”字。当据删。吟窗杂录二七引有“赋”字非。

〔七〕**毛嫱鄣袂**

吟窗杂录引,“鄣”作“反”。王批本同今本。

按文选神女赋作“鄣”不作“反”。刘良注解“鄣袂”为“鄣袖”,亦原不作“反”之证。

〔八〕**仲宣登楼云**

“楼”下,何本、凌本、梁本、秘书本、清谨轩本、冈本、尚古本、王本、郑藏钞本、崇文本有“赋”字。

按此亦不应有“赋”字。元本、弘治本、活字本、汪本、王批本等无之,是也。

〔九〕**征人之学,事对所以为难也**

“征”,黄校云:“元作‘拟’;一作‘微’。”弘治本、汪本、两京本、王批本、胡本、何本、训故本、万历梅本即作“微”。

徐𤊹云:“(微)当作‘征’。” 唐云:“‘微’当作‘征’,盖用事则人之学可见矣。”见凌本、合刻本、梁本。

刘永济云:“今按当作‘拟人贵学’,‘贵’字误入下文‘并贵同心’句，‘并贵’当依纪评作‘并肩’，各本皆误。此文谓事对必举人相拟，举人之功，在乎博学，学不博则拟人不于其伦，故曰‘所以为难也’。”

按晋宋以降，隶事之风日盛，舍人曾列事类一篇论之；上文亦明言“事对为难”。由弘治本、汪本等作“微”推之，必原是“征”字。元本、活字本、谢钞本正作“征”，未误。梅庆生初校谓当作“拟”，见万历本。第六次校定本即改为“征”。见天启本。可谓择善而从矣。刘说非是。

〔一〇〕**并贵共心，正对所以为劣也**

“并贵其心”，广博物志二九引作“并对苦心”。

纪昀云：“‘贵’，当作‘肩’。”子苑引同今本。

按上文之“幽显同志”云云，是就所举登楼赋例言；此处之“并贵共心”，则指所举七哀诗例言。高祖、光武俱为帝王，故云“并贵”；想枌榆、思白水同是念乡，故云“共心”。纪说误。董氏不得其肯綮所在，妄改为“并对苦心”，失之远矣。近于南京图书馆借阅所藏传录何焯校本，何氏亦云：“并贵，谓高祖、光武。”

〔一一〕**指类而求，万条自昭然矣**

范文澜云：“案‘万’字衍，‘自’为‘目’之误。当作‘指类而求，条目昭然’，即上所云‘四对’也。”

按“万条”，喻其多。如它篇之言“众条”檄移篇

“凡此众条”。“众例”铭箴篇“详观众例”。然。“万”字非衍文，“自”字亦未误。“指类而求，万条自昭然矣”，即触类自能旁通之意。原谓由已论列者类推，并非复述上之“四对”。范说误。

〔一二〕**刘琨诗言**

“言”，黄校云：“元在‘诗’字上。”此沿梅校。徐𤊹云：“‘言诗’，当作‘诗言’。”四库本剜乙为“诗言”。

按张本、何本、王批本、训故本、谢钞本并作“诗言”；诗纪万历本。别集二、文通二三引同。徐校、梅改是也。

〔一三〕**西狩泣孔邱**

“泣”，冯舒校作“涕”。　　元本、弘治本、活字本、汪本、佘本、张本、两京本、王批本、何本、合刻本、谢钞本、尚古本、冈本、文津本、王本、郑藏钞本、崇文本作“涕”。

按晋书琨传作“泣”；文选作“涕”。舍人原作何字虽不可知，然其义固无害也。

〔一四〕**若两事相配，而优劣不均**

纪昀云：“‘事’，当作‘言’。”

按纪说非是。下文“若夫事或孤立，莫与相偶”，盖言事奇无匹，故承云“是夔之一足，趻踔而行也”；此言事对不均，故承云“是骥在左骖，驽为右服也”。吟窗杂录三七有此文作“事”，子苑引亦作“事”，足见“事”字未误。

〔一五〕**是骥在左骖，驽为右服也**

“骥”，类要三二引作“骊”；吟窗杂录同。

按以下文“是夔之一足跉踔而行”系用庄子秋水故实相例，则此当以作“骊”为长。“骊”，盗骊之省。列子周穆王篇：“命驾八骏之乘：……次车之乘：……左骖盗骊而右山子。”是“骊在左骖”一语，正用列子之“左骖盗骊”也。今本作“骥”，似嫌空泛。

〔一六〕**是夔之一足，跉踔而行也**

“跉”，谭献校作“踸”。　　元本、弘治本、汪本、佘本、张本、两京本、王批本、胡本、训故本、谢钞本、四库本作“踸”；吟窗杂录、子苑、喻林八九、汉魏诗乘总录、艺苑卮言、天中记三七、翰苑新书序、续文章缘起引同。类要引作“堪”，当是“踸”之误。

按“跉”字说文所无，新附有“踸”字。楚辞东方朔七谏怨世：“马兰踸踔而日加。”文赋：“故踸踔于短垣。”江文通文集镜论语：“宁踸踔于马兰。”是古人率用“踸”字。又按舍人此文本庄子秋水篇，黄氏所注是也。范注先引韩非子事既不惬，继引庄子文又未备，皆非。

〔一七〕**若气无奇类，文乏异采**

按“类”字费解，疑当作“貌”。夸饰篇：“至如气貌山海，体势宫殿，……光采炜炜而欲然，声貌岌岌其将动矣。莫不因夸以成状，沿饰而得奇也。”是“气无奇类”之“类”，应改为“貌”始合。物色篇：“写气图貌。”亦其切证。盖文心原有作“緢”之本，写者误认为“类（類）”，遂以讹传讹，流行至今。书洪范“一曰貌”释文：“本亦作緢。”说文皃部：“緢，皃。或从页。”玉篇页部：“緢，孟教切，容也。与皃同。”汉书刑法志：“夫人宵天地之緢。”颜注：“緢，古貌字。”一切经音义十二：“貌，古文皃、緢二形。”荀子礼论篇：“緢而不功。”杨注：“緢，形也。”“緢”字因不习见，故误为“类”耳。当校正。

〔一八〕**则昏睡耳目**

按宋书乐志一：“魏文侯虽好古，然犹昏睡于古乐。”史通补注篇有“有昏耳目，难为披览”语。

〔一九〕**节以杂佩**

按诗郑风女曰鸡鸣：“杂佩以赠之。”毛传：“杂佩者，珩、璜、琚、瑀、冲牙之类。”

〔二〇〕**理自见也**

“自”，黄校云：“汪本作‘斯’。”

按元本、弘治本、活字本、佘本、张本、两京本、王批本、胡本、训故本、谢钞本、四库本亦并作

“斯”，诗纪别集二统论下引同。是也。章表篇“事斯见矣”，语意与此同，可资旁证。

〔二一〕**玉润双流**

按礼记聘义：“昔者，君子比德于玉焉：温润而泽，仁也；……叩之，其声清越以长。”淮南子说山篇：“夫玉润泽而有光，其声舒扬。”“双流”，谓其光泽与声，以喻丽辞之须讲求藻饰及声律也。

〔二二〕**如彼珩珮**

“珮”，喻林引作“佩”。

按元本、弘治本、汪本、佘本、张本、两京本、胡本、王批本、文溯本并作“佩”。礼记玉藻：“古之君子必佩玉，……凡带必有佩玉。”说文人部：“佩，大带佩也。从人凡巾。”段注：“从人者，人所以利用也。从凡者，所谓无所不佩也。从巾者，其一耑也。……俗作‘珮’。”玉篇人部：“佩，大带佩也。”又玉部：“珮，本作佩。或从玉。”广韵十八队：“佩，玉之带也。……佩，玉珮。俗。”是“珮”为“佩”之俗体。篇末“节以杂‘佩’”作“佩”，则此“珮”字亦应从元本、弘治本等及喻林引改为“佩”始合。

文心雕龙校注卷八

比兴第三十六

诗文弘奥，包韫六义①，毛公述传②，独标兴体，岂不以风通一作异。而赋同〔一〕，比显而兴隐哉！故比者，附也；兴者，起也。附理者切类以指事，起情者依微以拟议。起情故兴体以立，附理故比例以生。比则畜愤以斥言〔二〕，兴则环譬以记一作托。讽〔三〕。盖随时之义不一，故诗人之志有二也。

观夫兴之托谕〔四〕，婉而成章〔五〕，称名也小，取类也大〔六〕。关雎有别③，故后妃方德〔七〕；尸鸠贞一④，故夫人象义〔八〕。义取其贞，无从于夷禽〔九〕；德贵其别，不嫌于鸷鸟⑤：明而未融，故发注而后见也。且何谓为比？盖写物以附意，飏言以切事者也。故金锡以喻明德⑥，珪璋以譬秀民⑦〔一〇〕，螟蛉以类教诲⑧，蜩螗以写号呼⑨，浣衣以拟心忱[10],席卷汪本作卷席。以方志固[11][一一]:凡斯切象,皆比义也。至如麻衣如雪[12],两骖如舞[13],若斯之类,皆比类者也。楚襄信谗,而三闾忠烈[一二],依诗制骚,讽兼比兴[一三]。炎汉虽盛,而辞人夸毗[14],诗刺道丧,故兴义销亡[一四]。于是赋颂先鸣,故比体云构[一五],纷纭杂遝,信旧章矣。

夫比之为义,取类不常:或喻于声,或方于貌,或拟于心,或譬于事。宋玉高唐云:纤条悲鸣,声似竽籁。此比声之类也。枚乘菟园云:焱焱纷纷,若尘埃之间白云[1][一六]。此则比貌之类也[一七]。贾生鹏赋云[一八]:祸之与福,何异纠缠。此以物比理者也。王褒洞箫云:优柔温润[15],如慈父之畜子也[一九]。此以声比心者也。马融长笛云:繁缛络绎,范蔡之说也。此以响比辩者也。张衡南都云:起郑舞,茧曳元作茧抽,按本赋改。绪[二〇]。此以容比物者也。若斯之类,辞赋所先,日用乎比,月忘乎兴,习小而弃大,所以文谢于周人也[二一]。至于扬班之伦,曹刘以下,图状山川,影写云物,莫不纤疑作织。综比义[二二],以敷其华,惊听回视[二三],资此效绩[二四]。又安仁萤赋云[16]:流金在沙。季鹰杂诗云[17]:青条若总翠[二五]。皆其义者也。故比类虽繁,以切至为贵,若刻鹄元作鹤,谢改。类鹜[18][二六],则无所取焉。

赞曰:诗人比兴,触物圆览。物虽胡越[19],合则肝胆[20][二七]。拟容取心,断辞必敢[21]。攒杂咏歌,如川之涣[二八]。

【黄叔琳注】

①**六义**见明诗篇。　②**毛公**〔汉艺文志〕毛诗故训传三十卷。毛公之学，自谓子夏所传。　③**关雎**〔诗小序〕关雎，后妃之德也。　④**尸鸠**〔诗小序〕鹊巢，夫人之德也。国君积行累功以致爵位，夫人起家而居有之，德如鸤鸠，乃可以配焉。　⑤**鸷鸟**〔诗传〕雎鸠，王雎也，挚而有别。〔注〕挚本亦作鸷。　⑥**金锡**见卫风淇澳篇。　⑦**珪璋**见大雅卷阿篇。　⑧**螟蛉**见小雅小宛篇。〔扬子法言〕螟蛉之子殪而逢蜾蠃，祝之曰：类我类我，久则肖之矣。⑨**蜩螗**见大雅荡之篇。　⑩**浣衣**见邶风柏舟篇。　⑪**席卷**同上。　⑫**如雪**见曹风蜉蝣篇。　⑬**如舞**见诗大叔于田篇。　⑭**夸毗**见大雅板之篇。　⑮**优柔温润**〔王褒洞箫赋〕听其巨音，则周流泛滥。并包吐含，若慈父之畜子也。〔又云〕优柔温润，又似君子。　⑯**安仁萤赋**〔潘岳萤火赋〕飘飘颎颎，若流金之在沙。岳字安仁。⑰**季鹰杂诗**〔张翰杂诗〕青条若总翠。翰字季鹰。　⑱**刻鹄类鹜**〔马援与兄子书〕效伯高不得，犹为谨厚之士，所谓刻鹄不成尚类鹜者也。　⑲**胡越**〔孔丛子〕胡越之人，同舟济江，中流遇风波，其相救如左右手。　⑳**肝胆**〔庄子〕自其异者视之，肝胆楚越也。　㉑**必敢**〔李斯传〕赵高曰：顾小而忘大，后必有害。狐疑犹豫，后必有悔。断而敢行，鬼神避之，后有成功。

【李详补注】

❶**枚乘菟园三句**〔札迻〕云：案枚赋见〔古文苑〕。猋猋作疾疾，误，当据此正之。

【杨明照校注】

〔一〕**岂不以风通而赋同**

"通"，黄校云："一作'异'。"　天启梅本改"异"。

按"通"，谓通于美刺；"同"，谓同为铺陈。天启梅本改"通"为"异"，非是。王批本作"通"。

〔二〕**比则畜愤以斥言**

按"畜"当作"蓄"，音之误也。说文艸部："蓄，积也。"又田部："畜，田畜也。"是二字意义各别。情采篇："盖风雅之兴，志思蓄愤。"尤为切证。何本、梁本、别解本、尚古本、冈本、王本、郑藏钞本、崇文本作"蓄"，不误；何焯钝吟杂录评、浦铣历代赋话续集十四引同。当据改。

〔三〕**兴则环譬以记讽**

"记"，黄校云："一作'托'。"　徐𤊹校作"托"。

天启梅本改作"托"，张松孙本同。钝吟杂录评引作"托"。　张本作"寄"。

按"记讽"不辞，"寄"字亦误。当以作"托"为是。此云"托讽"，下云"托谕"，其意一也。汉书叙传下司马相如传述："寓言淫丽，托风颜注："风读曰讽。”终始。”文选颜延之五君咏：“寓辞类托讽。”并以“托讽”连文。史通序传篇亦有“或托讽以见其情”语。训故本作“托”，未误。当据改。

〔四〕**观夫兴之托谕**

按文选曹植七启：“假灵龟以托喻。”“谕”与“喻”同。

〔五〕**婉而成章**

按左传成公十四年：“君子曰：‘春秋之称，……婉而成章。’”杜注：“婉，曲也。谓曲屈其辞，有所辟讳，以示大顺，而成篇章。”

〔六〕**称名也小，取类也大**

按易系辞下：“其称名也小，其取类也大。”韩注：“托象以明义，因小以喻大。”

〔七〕**关雎有别，故后妃方德**

按淮南子泰族篇：“关雎兴于鸟，而君子美之，为其雌雄之不乘原误作“乖”，据王念孙读书杂志九淮南内篇第二十二说改。居也。”列女传仁智魏曲沃负传：“夫雎鸠之鸟，犹未尝见乘居而匹处也。”

〔八〕**尸鸠贞一，故夫人象义**

训故本“夫”，作“淑”；“义”，作“仪”。下“义”字亦作“仪”。

按诗曹风鸤鸠：“鸤释文：“鸤，音尸。本亦作尸。”鸠在桑，其子七兮；淑人君子，其仪一兮。”如训故本，是舍人此文所指，为曹风之鸤鸠矣。王氏注即引曹风鸤鸠。然元明各本皆作"夫人象义"，则所指乃召南之鹊巢。原文黄、范两家注已具。上云"后妃方德"，此云"夫人象义"，正相匹对。王本作"淑人"嫌泛，非也。

〔九〕**无从于夷禽**

郝懿行云："按'夷禽'，未详其义。"　　黄侃云："'从'，当为'疑'字之误。"

按"从"，读曰纵。说文糸部："纵，缓也；一曰舍也。"夷，常也。书顾命孔传、诗大雅皇矣传。"无从于夷禽"，言常禽如尸鸠亦可歌咏，而不舍弃也。诗法萃编三引作"无恶于拙禽"，盖以意改，非是。

〔一〇〕**珪璋以譬秀民**

按此文有误字。梅庆生以来各家俱引诗大雅卷阿之十一章以注，似是而实非也。因卷阿诗文与"秀民"无涉，非舍人所指。"秀"，当作"诱"。今本脱其言旁耳。大雅板："天之牖民，……如璋如圭，……牖民孔易。"毛传："牖，道也。……如璋如圭，言相合也。"孔疏："牖与诱，古字通用，故以为导也。……半圭为璋，合二璋则成圭。"风俗通义声音篇、书钞十引"天之牖民"作"天之诱民"；礼记乐记、韩诗外传五、史记乐书引"牖民孔易"作"诱民孔易"。则此处之“秀民”，当作“诱民”无疑。舍人用经传语多从别本，此又一证矣。

〔一一〕**席卷以方志固**

“席卷”，黄校云：“汪本作‘卷席’。”

按元本、弘治本、活字本、佘本、张本、两京本、王批本、胡本、四库本亦并作“卷席”；诗纪别集一引同。是也。上云“浣衣”，此云“卷席”，文始相俪。

〔一二〕**楚襄信谗，而三闾忠烈**

“楚襄”，元本、弘治本、活字本、汪本、张本、两京本、王批本、何本、胡本、万历梅本、凌本、合刻本、梁本、秘书本、谢钞本、汇编本、清谨轩本作“襄楚”；诗纪别集一引同。　冯舒云：“‘襄楚’，当作‘楚襄’。”　天启梅本改“衰楚”。　尚古本、冈本作“楚怀”。

按三闾见谗，不止楚怀一代，亦非始于楚襄之世。下文以“炎汉虽盛，而辞人夸毗”与此对言，则“襄”字当依天启梅本改作“衰”，始合文意。作“襄”作“怀”均非。才略篇“赵衰以文胜从飧”，元本、弘治本、活字本、汪本等亦误“衰”为“襄”，正与此同。

〔一三〕**依诗制骚，讽兼比兴**

按王逸楚辞章句序：“屈原履忠被谮，忧悲愁思，独依诗人之义而作离骚。”又离骚序：“离骚之文，依诗取兴，引类譬喻。”

〔一四〕**诗刺道丧，故兴义销亡**

曹学佺云：“‘诗’，当作‘讽’。兴起乎风，比近乎赋，兴义销亡，故风气愈下。”谭献校作“讽”。

按训故本正作“讽”。当据改。书记篇有“诗人讽刺”语。汉书艺文志诗赋略：“大儒孙卿及楚臣屈原，离谗忧国，皆作赋以风，咸有恻隐古诗之义；其后宋玉、唐勒，汉兴，枚乘、司马相如，下及扬子云，竞为侈丽闳衍之词，没其风谕之义。”颜注：“离，遭也。风读曰讽。”足与此文相发。又按“剌”，当依元本、何本、梅本、凌本、汇编本、王本改作“刺”。诗纪别集一引同。

〔一五〕**于是赋颂先鸣，故比体云构**

按“故”字疑涉上误衍。

〔一六〕**枚乘菟园云：焱焱纷纷，若尘埃之间白云**

按从三火之“焱”与从三犬之“猋”，音义俱别。说文焱部：“焱，火华也。”音琰。又犬部：“猋，犬走皃。”音飙。枚赋此段写鸟，合是“猋”字。“猋猋纷纷”，盖形容众鸟“往来霞水，离散没合”之变化多端，不可名状。文选班固西都赋：“飑飑纷纷，矰缴相缠。”李注：“飑飑纷纷，众多之貌也。说文风部。曰：飑，古飙字也。”猋与飑通，是猋焱纷纷即飑飑纷纷。又东都赋"焱焱炎炎",段玉裁说文解字注卷十下焱部下。谓当作"猋猋炎炎"。是"焱"、"猋"二字形近,固易互讹也。

〔一七〕**此则比貌之类也**

按以上文"此比声之类也"例之,"则"字不应有,当删。

〔一八〕**贾生鹏赋云**

顾广圻云:"'赋',当作'鸟'。" 谭献说同。

按顾、谭说是。此段所引高唐、菟园、洞箫、长笛、南都诸赋,皆未著赋字,此亦应尔。诠赋篇所引菟园、洞箫、鹏鸟诸赋,而"鹏鸟"正不作"鹏赋",亦可证。

〔一九〕**如慈父之畜子也**

"畜",元本、弘治本、活字本、汪本、佘本、张本、两京本、何本、训故本、梅本、凌本、合刻本、秘书本、谢钞本、汇编本、王本、张松孙本、郑藏钞本、崇文本作"爱";诗纪别集一、赋略绪言引同。 何焯改作"畜"。

按梅本有校语云:"本赋作'畜'字。"是黄氏据文选洞箫赋改为"畜"也。意舍人所见本有作"爱"者,不然,"爱"、"畜"二字之形、音俱不近,何由致误?类聚四四所引王赋,惜未引此句。又按汉书陈汤传"示弃捐不畜"颜注:"畜,谓爱养也。”可证元本等作“爱”并非字误，不必仅依今本文选遽改为“畜”也。

〔二〇〕**茧曳绪**

“曳”，黄校云：“元作‘抽’，按本赋改。”此沿梅校。

按作“抽”盖写者依前章句篇“如茧之抽绪”句妄改。谢钞本作“曳”，未误。梅校、黄改是也。

〔二一〕**所以文谢于周人也**

按文选颜延之赠王太常诗：“属美谢繁翰。”李注：“谢，犹惭也。”周人，谓诗三百篇中周代作者。

〔二二〕**莫不纤综比义**

“纤”，黄校云：“疑作‘织’。”本何焯说（诗法萃编一引作“织”）。

按正纬篇：“盖纬之成经，其犹织综。”又：“先纬后经，体乖织综。”并足证“纤”为“织”之误。当据改。

〔二三〕**惊听回视**

按汉书扬雄传上：“（甘泉赋）目骇耳回。”颜注：“言惊视听也。”文选李注：“苍颉篇曰：‘骇，惊也。’回，谓回皇也。”

〔二四〕**资此効（效）绩**

按国语鲁语下：“男女效绩。”韦注：“绩，功也。”文选文赋：“立片言而居要，乃一篇之警策。虽众辞之有条，必待兹而效绩。”李注：“必待警策之言，以效其功也。”广韵三十六效：“效，又效力、效验也。効，俗。”

〔二五〕**季鹰杂诗云：青条若总翠**

“杂”，元本、弘治本、活字本、汪本、佘本、两京本、胡本、训故本、文津本作“春”；诗纪别集一、赋略绪言引同。　　徐𤊹“春”校作“杂”。文溯本剜改为“杂”。　　冯舒“杂”校作“春”。何焯校同。

按文选卷二九题作杂诗，徐氏盖据文选校也。覆按其词，发端四句即写暮春景象：“暮春和气应，白日照园林。青条若总翠，黄华如散金。”宜人春色，跃然纸上。元本、弘治本、王批本等作“春”，是也。当据改。

〔二六〕**若刻鹄类鹜**

“鹄”，黄校云：“元作‘鹤’，谢改。”此沿梅改。

按谢改是也。何本、训故本、别解本、谢钞本、尚古本、冈本正作“鹄”；历代赋话续集十四引同。

〔二七〕**物虽胡越，合则肝胆**

按淮南子俶真篇：“是故自其异者视之，肝胆胡越。”庄子德充符篇作楚越。高注：“肝胆，喻近；胡越，喻远。”舍人遣辞本此。黄注引庄子外，复引孔丛子以释胡越，不啻画蛇添足矣。附会篇：“善附者，异旨如肝胆；拙会者，同音如胡越。”

语意与此亦同。

〔二八〕**如川之涣**

黄侃云："'涣'字失韵，当作'澹'，字形相近而误。'澹淡'，水貌也。"

按黄说是。"览"、"胆"、"敢"皆敢韵字见广韵上声四十九敢。惟"涣"字在换韵广韵去声二十九换。确是失韵。作"澹"，则在敢韵内矣。当据改。又按文选西都赋："澹淡浮。"李注："澹淡，盖随风之貌也。"又高唐赋："徙靡澹淡。"李注："澹淡，水波小文也。"又七发："湍流溯波，又澹淡之。"李注："澹淡，摇荡之貌也。"说文水部："澹，水摇也。"玉篇水部："澹，水动貌。"上所引者，对理解"如川之澹"句涵义，不无小助，故覃及之。

夸饰第三十七

夫形而上者谓之道，形而下者谓之器〔一〕。神道难摹，精言不能追其极；形器易写，壮辞可得喻其真：才非短长，理自难易耳。故自天地以降，豫入声貌，文辞所被，夸饰恒存。虽诗书雅言，风格训世〔二〕，事必宜广，文亦过焉。是以言峻则嵩高极天①，论狭则河不容舠②❶，说多则子孙千亿③，称少则民靡孑遗④；襄陵举滔天之目⑤，倒戈立漂杵之论⑥，辞虽已甚，其义无害也。且夫鸮音之丑⑦，岂有泮林而变好；荼味之苦⑧，宁以周原而成饴：并意深褒赞，故义成矫饰〔三〕。大圣所录，以垂宪章。孟轲所云：说诗者不以文害辞，不以辞害意也〔四〕。

自宋玉景差⑨，夸饰始盛〔五〕。相如凭风，诡滥愈甚〔六〕：故上林之馆，奔星与宛虹入轩⑩；从禽之盛〔七〕，飞廉与鷦鹩按本赋作焦明。俱获⑪〔八〕。及扬雄甘泉，酌其馀波，语瑰奇则假珍于玉树⑫〔九〕，言峻极则颠坠于鬼神⑬。至东都之比目⑭，西京之海若⑮，验理则理无不验〔一〇〕，穷饰则饰犹未穷矣。又子云羽一作校。猎〔一一〕，鞭宓妃以饷屈原⑯〔一二〕；张衡羽猎，困元冥于朔野⑰〔一三〕。娈彼洛神〔一四〕，既非罔两；惟此水师，亦非魑魅⑱〔一五〕；而虚用滥形，不其疏乎！此欲夸其威而饰元脱。其下有阙字。事，义暌刺也〔一六〕。至如气貌山海，体势宫殿，嵯峨揭业⑲，熠燿焜煌之状，光采炜炜而欲然，声貌岌岌其将动矣。莫不因夸以成状，沿饰而得奇也。于是后进之才，奖气挟声，轩翥而欲奋飞，腾掷而羞跼步〔一七〕。辞入炜烨，春藻不能程其艳；言在萎绝，寒谷未足成其凋⑳。谈欢则字与笑并，论戚则声共泣偕〔一八〕，信可以发蕴而飞滞，披瞽而骇聋矣❷。

然饰穷其要，则心声锋起，夸过其理，则名实两乖。若能酌诗书之旷旨，翦扬马之甚泰❸〔一九〕，使夸而有节，饰而不诬，亦可谓之懿也。

赞曰：夸饰在用，文岂循检。言必鹏运㉑，气靡鸿渐㉒〔二〇〕。倒海探珠，倾昆取琰。旷而不溢，奢而无玷。

【黄叔琳注】

①**嵩高**〔大雅〕嵩高维岳，峻极于天。 ②**容舠**〔国风〕谁谓河广，曾不容刀。 ③**千亿**〔大雅〕干禄百福，子孙千亿。 ④**孑遗**〔小雅〕周馀黎民，靡有孑遗。 ⑤**滔天**〔尧典〕汤汤洪水方割，荡荡怀山襄陵，浩浩滔天。⑥**漂杵**〔武成〕前徒倒戈，攻于后以北，血流漂杵。⑦**鸮音**〔鲁颂〕翩彼飞鸮，集于泮林。食我桑黮，怀我好音。 ⑧**荼味**〔大雅〕周原膴膴，堇荼如饴。 ⑨**景差**〔风赋〕楚襄王游于兰台之宫，宋玉、景差侍。〔注〕宋玉、景差，楚大夫。 ⑩**奔星宛虹**〔上林赋〕奔星更于闺闼，宛虹拖于楯轩。 ⑪**飞廉焦明**〔上林赋〕径峻赴险，越壑厉水，椎飞廉，弄獬豸。〔注〕飞廉，龙雀也，鸟身鹿

头。〔又〕捷鹓鸰,掩焦明。〔注〕焦明似凤,西方之鸟也。　⑫**玉树**〔扬雄甘泉赋〕翠玉树之青葱兮。〔注〕汉武故事曰:上起神屋,前庭植玉树,珊瑚为枝,碧玉为叶。⑬**鬼神**〔甘泉赋〕鬼魅不能自逮兮,半长途而下颠。〔注〕言鬼魅至此亦不能上,至半途而颠坠也。　⑭**比目**〔西都赋〕投文竿,出比目。〔注〕东方有比目鱼,不比不行。　⑮**海若**〔西京赋〕海若游于玄渚。〔注〕海若,海神也。　⑯**宓妃**〔扬雄羽猎赋〕鞭洛水之宓妃,饷屈原与彭胥。〔汉书音义〕宓妃,宓羲氏之女,溺死洛水为神。⑰**元冥**〔左传〕昧为玄冥师。〔注〕玄冥,水官。昧为水官之长。又共工氏以水纪,故为水师而水名。按张衡羽猎赋文不全,无困元冥于朔野之语。　⑱**魑魅**〔左传〕魑魅罔两,莫能逢之。〔注〕魑,山神。魅,怪物。罔两,水神。　⑲**嵯峨揭业**〔西京赋〕嵯峨崨嶪。〔上林赋〕嵯峨嶕嶫。〔鲁灵光殿赋〕飞陛揭孽。　⑳**寒谷**〔刘向别录〕邹衍在燕,有谷寒,不生五谷,邹子吹律而温至生黍也。㉑**鹏运**〔庄子〕北冥有鱼,其名为鲲,化而为鸟,其名为鹏,海运则将徙于南冥。　㉒**鸿渐**易渐卦爻。

【李详补注】

❶**论狭则河不容舠**〔札迻〕云:案〔诗卫风河广〕曾不容刀,释文云:刀字书作舠。(广雅释器及释名释舟并作舠同)彦和依字书作舠。(说文舟部云:舠,船行不安也。

从舟刖省声，读若抏，与诗容刀字音义俱别。） ❷**披瞽而骇聋**详案：〔枚乘七发〕发瞽披聋。 ❸**翦扬马之甚泰**详案：〔张衡东京赋〕况初制于甚泰，服者焉能改裁。

【杨明照校注】

〔一〕**夫形而上者谓之道，形而下者谓之器**

按易系辞上："是故形而上者谓之道，形而下者谓之器。"孔疏："道是无体之名，形是有质之称。凡有从无而生，形由道而立，是先道而后形。是道在形之上，形在道之下。故自形外已上者，谓之道也；自形内而下者，谓之器也。形虽处道器两畔之际，形在器不在道也。既有形质可为器用，故云形而下者谓之器也。"

〔二〕**虽诗书雅言，风格训世**

"格"，谢钞本作"俗"。 顾广圻校作"俗"。

按"风格训世"，义不可通。作"俗"是也。议对篇"风格存焉"，御览五九五引"格"作"俗"，是二字易讹之例。"风"，读为"讽"。"风俗训世"，即诗大序"风，风也，教也；风以动之，教以化之"之意。慧皎高僧传序："明诗书礼乐，以成风俗之训。"语意与此同，尤为切证。论语述而："子所雅言：诗，书，执礼，皆雅言也。"集解引孔安国曰："雅言，正言也。"

〔三〕**故义成矫饰**

按荀子性恶篇:"古者圣王以人之性恶,以为偏险而不正,悖乱而不治,是以为之起礼义,制法度,以矫饰人之情性而正之,以扰化人之情性而导之也。"杨注:"矫,强抑也。扰,驯也。"

〔四〕**孟轲所云:说诗者不以文害辞,不以辞害意也**

按孟子万章上:"故说诗者不以文害辞,不以辞害志;以意逆志,是为得之。"朱熹集注:"文,字也。辞,语也。逆,迎也。……言说诗之法,不可以一字而害一句之义,不可以一句而害设辞之志,当以己意迎取作者之志,乃可得之。"

〔五〕**自宋玉景差,夸饰始盛**

按文选皇甫谧三都赋序:"宋玉之徒,淫文放发,言过于实,夸竞之兴,体失之渐,风雅之则,于是乎乖。"

〔六〕**相如凭风,诡滥愈甚**

按史记司马相如传:"无是公言天子上林广大,山谷水泉万物,及子虚言楚云梦所有甚众,侈靡过其实。"又见汉书司马相如传上。

〔七〕**从禽之盛**

按易屯:"象曰:'即鹿无虞,以从禽也。'""从禽"二字本此。三国志魏书高堂隆传:"时文帝曹丕。为太子,耽乐田猎,晨出夜还。(栈)潜谏曰:

'……若逸于游田，晨出昏归，以一日从禽之娱，而忘无垠之衅，愚窃惑之。'"“禽”为鸟兽总名。“从禽之盛”，谓田猎追逐鸟兽，所获甚丰也。

〔八〕**飞廉与鷦鷯俱获**

“鷦鷯”，黄校云：“按本赋作‘焦明’。”此沿梅校。

按作“焦明”是。训故本正作“焦明”。史记司马相如传：“（上林赋）掩焦明。”汉书相如传上同。集解：“焦明似凤。”索隐：“乐叶图征曰：‘焦明状似凤皇。’宋衷曰：‘水鸟。’”又难蜀父老：“犹鷦明已翔乎寥廓，而罗者犹视乎薮泽。”文选作鷦鵬。楚辞刘向九叹远游：“驾鸾凤以上游兮，从玄鹤与鷦明。”王注：“鷦明，俊鸟也。”“焦明”、“鷦明”、“鷦鵬”，字形虽异，音义则同。“鷦鷯”，当据训故本改作“焦明”始合。诗法萃编引作“鷦明”。又按庄子逍遥游：“鷦鷯巢于深林，不过一枝。”释文引李颐云：“鷦鷯，小鸟也。”文选张华鷦鷯赋：“鷦鷯，小鸟也。生于蒿莱之间，长于藩篱之下，翔集寻常之内。”又：“惟鷦鷯之微禽兮，……毛弗施于器用，肉弗登于俎味。”陆玑毛诗草木鸟兽虫鱼疏：“桃虫，今鷦鷯是也，微小于黄雀。”（诗周颂小毖孔疏、尔雅释鸟邢疏引）某氏诗义疏：“桃虫，今鷦鷯，微小黄雀也。”（文选鷦鷯赋李注引）鷦鷯既微小，毛、肉又无所用之。“从禽”者不可能追逐。

盖浅人习见鷦鷯，罕见鷦鵬或鷦明，因而妄改致误。元至正本已作鷦鷯，是二字之误，早在六百五十五年前矣。

〔九〕**语瑰奇则假珍于玉树**

按文选左思三都赋序："然相如赋上林而引'卢橘夏熟'，扬雄赋甘泉而陈'玉树青葱'。假称珍怪，以为润色。"张铣注："润其文章，使有光色。"又皇甫谧三都赋序："而长卿之俦，过以非方之物，寄以中域，虚张异类，托有于无。"李周翰注："司马长卿、扬雄之俦，所述物色，非本土所出也。中域，谓中国也。则长卿（赋）上林而言'卢橘夏熟'，扬雄赋甘泉而言'玉树青葱'。是也。"

〔一〇〕**验理则理无不验**

纪昀云："'不验'，当作'可验'。"

按纪说是也。诗法萃编引作"可验"。

〔一一〕**又子云羽猎**

"羽"，黄校云："一作'校'。"　　元本、弘治本、活字本、汪本、佘本、张本、两京本、王批本、何本、胡本、梅本、凌本、合刻本、梁本、秘书本、清谨轩本、尚古本、冈本、四库本、王本、张松孙本、郑藏钞本、崇文本亦并作"校"；汤氏续文选二七、胡氏续文选十二、文俪十三、四六法海十、赋略绪言引同。梅庆生云："（校）当作'羽'。"何焯校同。

按以通变篇引“出入日月，天与地沓”二句而标为“校猎”证之，此当依诸本作“校”，前后始能一律。黄氏从梅、何两家校径改为“羽”，非是。

〔一二〕**鞭宓妃以饷屈原**

按赋文“鞭洛水之宓妃，饷屈原与彭胥”本是二句，各明一义。非子云原意。史通杂说下：“（扬雄）自序又云不读非圣之书。然其撰甘泉赋浦校：‘当云羽猎赋。’刘勰文心已讥之矣。”

〔一三〕**困元冥于朔野**

按黄氏例避清讳，改“玄”为“元”。清谨轩本、四库本缺末笔作“玄”。玄冥，水正也。见左传昭公二十九年。

〔一四〕**娈彼洛神**

按诗邶风泉水：“娈彼诸姬。”毛传：“娈，好貌。”

〔一五〕**惟此水师，亦非魑魅**

“师”，元本、弘治本、活字本、汪本、佘本、张本、两京本、王批本、何本、胡本、训故本、万历梅本、凌本、合刻本、梁本、秘书本、谢钞本、别解本、尚古本、冈本、王本、郑藏钞本、崇文本作“怪”；汤氏续文选、胡氏续文选、四六法海、赋略绪言引同。

天启梅本作“师”。

按国语鲁语下：“木石之怪，曰夔、蝄蜽；水之怪，曰龙、罔象。”左传宣公三年：“螭魅罔两。”杜注：“螭，山神，兽形。魅，怪物。罔两，水神。”是“怪”字未误。黄本作“师”，盖依天启梅本改，惜未择善而从也。

〔一六〕**此欲夸其威而饰其事，义睽剌也**

黄校云：“（饰）元脱；此沿梅校。（其）下有阙字。”此袭何焯说。

按何本、谢钞本有“饰”字，梅补是也。“事”下加豆，文义自通，非有阙脱也。

〔一七〕**腾掷而羞跼步**

“掷”，元本、弘治本、汪本、佘本、张本、两京本、王批本、何本、胡本、凌本、合刻本、梁本、别解本、清谨轩本、尚古本、冈本、四库本、王本、郑藏钞本、崇文本作“踯”；汤氏续文选、胡氏续文选、文俪、四六法海、赋略绪言引同。何氏类镕十五有此文，亦作“踯”。

按“踯”为“蹢”之后起字，“掷”又“踯”之俗体，当据改为“踯”。诗小雅正月：“谓天盖高，不敢不局。”释文：“局，本又作跼。”文选东京赋“岂徒跼高天蹐厚地而已哉”薛注：“跼，伛偻也。”字林：“跼，踡行不申也。”（文选赭白马赋李注引）

〔一八〕**谈欢则字与笑并，论戚则声共泣偕**

“字”，徐𤊹校作“容”。　　“偕”，经史子集合纂类语九引作“谐”。

按徐校、冯引皆非。文赋：“思涉乐其必笑，方言哀而已叹。”抱朴子外篇嘉遁:“言欢则木梗怡颜如巧笑,语戚则偶象嚬颇而滂沱。”并足与此文相发。

〔一九〕**翦扬马之甚泰**

按老子第二十九章:“是以圣人去甚、去奢、去泰。”

〔二〇〕**气靡鸿渐**

按汉书公孙弘传赞:“公孙弘、卜式、兒宽皆以鸿渐之翼,困于燕爵。”颜注引李奇曰:“渐,进也。鸿一举而进千里者,羽翼之材也。”说文非部:“靡,柀今字用披。靡也。”

事类第三十八

事类者，盖文章之外[一]，据事以类义，援古以证今者也。昔文王繇易，剖判爻位，既济九三，远引高宗之伐[①]；明夷六五，近书箕子之贞[②]：斯略举人事以征义者也。至若胤征羲和，陈政典之训[③][二]；盘庚诰民，叙迟任之言[④]：此全引成辞以明理者也。然则明理引乎成辞，征义举乎人事，乃圣贤之鸿谟，经籍之通矩也。大畜之象，君子以多识前言往行，亦有包于文矣。

观夫屈宋属篇，号依诗人[三]，虽引古事，而莫取旧辞。唯贾谊鹏赋，始用鹖冠之说[⑤]；相如上林，撮引李斯之书[⑥][❶]：此万分之一会也[四]。及扬雄百元作六。官箴[⑦][五]，颇酌于诗书；刘歆遂初赋[⑧]，历叙于纪传：渐渐综采矣。至于崔班张蔡，遂捃摭经史[⑨]，华实布濩[⑩][六]，因书立功，皆后人之范式也。

夫姜桂同地，辛在本性[七]；文章由学[八]，能在天资[九]。才自内发，学以外成[一〇]，有学饱而才馁，有才富而学贫。学贫者迍邅于事义，才馁者劬劳于辞情，此内外之殊分御览作方。也[一一]。是以属意立文，心与笔谋，才为盟主，学为辅佐，主佐合德[一二]，文采必霸，才学褊狭，虽美少功。夫以子云之才，而自奏不学[⑪]，及观书石室，乃成鸿采[❷]。表里相资，古今一也。故魏武称张子之文为拙〔一三〕,然学问肤浅,所见不博〔一四〕,专拾掇崔杜小文〔一五〕,所作不可悉难,难便不知所出,斯则寡闻之病也。夫经典沉深,载籍浩瀚〔一六〕,实群言之奥区,而才思之神皋也。扬班以下,莫不取资,任力耕耨,纵意渔猎〔一七〕,操刀能割〔一八〕,必列汪作裂。膏腴〔一九〕,是以将赡才力,务在博见,狐腋非一皮能温⑫〔二〇〕,鸡蹠必数千而饱矣⑬〔二一〕。是以综学在博,取事贵约〔二二〕,校练务精,捃理一作摭。须核〔二三〕,众美辐辏〔二四〕,表里发挥。刘劭赵都赋云⑭〔二五〕:公子之客,叱劲楚令歃盟⑮;管库隶臣⑯,呵强秦使鼓缶⑰❸。用事如斯,可谓理得而义要矣。故事得其要,虽小成绩,譬寸辖制轮⑱,尺枢运关也⑲。或微言美事,置于闲散,是缀金翠于足胫,靓粉黛于胸臆也〔二六〕。

凡用旧合机,不啻自其口出〔二七〕,引事乖谬,虽千载而为瑕。陈思,群才之英也,报孔璋书云:葛天氏之乐,千人唱,万人和,听者因以蔑韶夏矣。此引事之实谬也。按葛天之歌,唱和三人而已。相如上林云:奏陶唐之舞,听葛天之歌,千人唱,万人和〔二八〕。唱和千万人,乃相如接人,疑当作推之二字。然而滥侈葛天,推三成万者,信赋妄书,致斯谬也❹。陆机园葵诗云:庇足同一智,生理合异端〔二九〕。夫葵能卫足⑳,事讥鲍庄;葛藟庇根㉑,辞自乐豫。若譬葛为葵,则引事为谬;若谓庇胜卫,则改事失真:斯又不精之患。夫以子建明练,士衡沉密,而不免于谬;曹仁之谬高唐,又曷足以嘲哉〔三〇〕?夫山木为良匠所度㉒,经书为文士所择，木美而定于斧斤，事美而制于刀笔，研思之士，无惭匠石矣㉓。

赞曰：经籍深富，辞理遐亘。皓如江海〔三一〕，郁若昆邓〔三二〕。文梓共采㉔，琼珠交赠。用人若己〔三三〕，古来无懵㉕。

【黄叔琳注】

①**高宗**〔易既济〕九三，高宗伐鬼方，三年克之。 ②**箕子**〔易明夷〕六五，箕子之明夷，利贞。 ③**政典**〔夏书〕政典曰：先时者杀无赦，不及时者杀无赦。 ④**迟任**〔盘庚〕迟任有言曰：人惟求旧，器非求旧，惟新。 ⑤**鹖冠**〔汉艺文志〕鹖冠子一篇。〔注〕楚人，居深山，以鹖为冠。按贾谊鹏鸟赋中多用鹖冠子语。 ⑥**引李斯书**〔李斯谏逐客书〕建翠凤之旗，树灵鳝之鼓。〔司马相如上林赋〕建翠华之旗，树灵鼍之鼓。 ⑦**百官**扬雄有百官箴。⑧**遂初**〔刘歆集〕有遂初赋。按赋中感往寓意，皆纪传中事。 ⑨**捃摭**〔汉艺文志〕捃摭遗逸。〔注〕捃摭，谓拾取之。 ⑩**布濩**〔东京赋〕声教布濩。〔注〕布濩，犹散被也。 ⑪**自奏不学**〔扬雄答刘歆书〕雄为郎之岁，自奏少不得学，而心好沉博绝丽之文，愿不受三岁之奉，且休脱直事之繇，得肆心广意以自克就。有诏可，不夺奉，令尚书赐笔墨钱六万，得观书于石渠。 ⑫**狐腋**〔慎子〕千金之裘，非一狐之腋。 ⑬**鸡蹠**〔淮南子〕善学者若齐王

之食鸡,必食其蹠数千而后足。 ⑭**刘劭**〔魏志〕刘劭字孔才,尝作赵都赋,明帝美之。 ⑮**歃盟**毛遂事,见祝盟篇。 ⑯**管库隶臣**〔檀弓〕所举于晋国管库之士,七十有馀家。〔左传〕舆臣隶,隶臣僚。〔注〕隶,谓隶属于吏也。 ⑰**鼓缶**〔蔺相如传〕赵王与秦王会渑池,秦王酒酣,令赵王鼓瑟。蔺相如奉盆缶秦王,以相娱乐。秦王不肯击缶,相如曰:五步之内,相如请得以颈血溅大王矣。于是秦王不怿,为一击缶。〔风俗通义〕缶者,瓦器,所以盛酒,秦人鼓之以节歌也。按相如本宦者缪贤舍人,故云管库隶臣。 ⑱**寸辖**〔淮南子〕夫车之所以能转千里者,以其要在三寸之辖。 ⑲**运关**〔文子〕五寸之关,能制开阖,所居要也。 ⑳**卫足**〔左传〕齐刖鲍牵。孔子曰:鲍庄子之智不如葵,葵犹能卫其足。 ㉑**庇根**〔左传〕宋昭公将去群公子,乐豫曰:不可。公族,公室之枝叶也,若去之,则本根无所庇荫矣。葛藟犹能庇其本根,故君子以为比,况国君乎! ㉒**山木**〔左传〕山有木,工则度之。 ㉓**匠石**〔庄子〕匠石之齐,见栎社树。匠石不顾,曰:此不材之木也。〔嵇康琴赋〕匠石奋斤。 ㉔**文梓**〔吴越春秋〕越王使木工伐木,天生神木一双,阳为文梓,阴为楩楠。 ㉕**无懵**〔左传〕不与于会,亦无瞢焉。〔注〕瞢,闷也。瞢与懵同。

【李详补注】

❶**观夫屈宋属篇**至**撮引李斯之书**详案：相如〔大人〕影写〔远游〕，枚叔〔七发〕备摭〔吕览〕，亦所谓取旧辞也。 ❷**夫以子云之才**至**乃成鸿采**黄〔注〕扬雄答刘歆书：有诏可，不夺奉，令尚书赐笔墨钱六万，得观书于石渠。详案：〔左思魏都赋刘逵注〕引作得观书于石室。〔北堂书钞〕（九十七、一百三）引并同。戴氏震方言疏证、钱氏绎方言笺疏，于扬答刘书，咸据选注及雕龙此篇改为石室。且左赋所用石室，与日色革为韵，必无误理。黄〔注〕不究室之与渠所由致误，亦其疏也。 ❸**刘劭赵都赋云五句**详案：严氏可均辑全三国文，采劭赵都赋，未引此语。 ❹**陈思报孔璋书**至**致斯谬也**详案：篇中接人乃接人之讹。古人引书，据前人引申之说，并为本书，此例多有。纪云：千人万人自指汉时之歌舞者，诚为不错（观相如赋听葛天氏之歌下一听字，则千人唱万人和必非原文明矣），而陈思亦非为巨谬也。

【杨明照校注】

〔一〕**事类者，盖文章之外**

按"事类"非自己出，故曰"外"。

〔二〕**至若胤征羲和，陈政典之训**

"政"，元本、弘治本、活字本、汪本、佘本、张本、两京本、何本、胡本、训故本、合刻本、谢钞本、王本、清谨轩本、冈本、尚古本作“正”。　　顾广圻校作“正”。

按书伪胤征本文作“政”;枚传:“政典,夏后为政之典籍。”亦作“政”。元本等及顾校皆误。

〔三〕**观夫屈宋属篇,号依诗人**

按王逸楚辞章句序:“而屈原履忠被谮,忧悲愁思,独依诗人之义,而作离骚。”

〔四〕**此万分之一会也**

按战国策韩策三:“段干越人谓新城君曰:‘……故缧牵于事,万分之一也,而难千里之行。’”史记张释之传:“今盗宗庙器而族之,有如万分之一。”汉书张释之传作“有如万分一”。后汉书党锢杜密传:“(密)对曰:‘……使明府赏刑得中,令问休扬,不亦万分之一乎?’”文选扬雄剧秦美新:“虽未究万分之一。”

〔五〕**及扬雄百官箴**

“百”,黄校云:“(百)元作‘六’。”此沿梅校。　　范文澜云:“扬雄作十二州二十五官箴,不得云‘扬雄百官箴’。(百官箴之名,起自胡广。)百疑是州之误。”

按“六”字固误;改“百”亦非。范说是也。铭箴篇:“至扬雄稽古,始范虞箴,作卿尹州牧二十五篇。及崔胡补缀,总称百官。”挹彼注兹,最为确切;亦可证作“六”、改“百”之谬。

〔六〕**华实布濩**

“濩”,元本、弘治本、汪本、佘本、张本、两京本、王批本、胡本、训故本作“護(护)”。

按“護”、“濩”同音通假。文选司马相如封禅文“我泛布護之”作“護”;上林赋“布濩闳泽”,扬雄剧秦美新“布濩流衍”作“濩”,是其相通之证。“布濩”之作“布護”,犹“大濩”之作“大護”然也。郭璞上林赋注:“布濩,犹布露也。”

〔七〕**夫姜桂同地,辛在本性**

“同”,御览五八五引作“因”。

按“因”字是,“同”其形误也。宋玉集序:“宋玉事楚怀王,友人言之王,王以为小臣。玉让友人。友曰:‘姜桂因地而生,不因地而辛。’”书钞三三引。韩诗外传七:“宋玉因其友见楚襄王,襄王待之无以异,乃让其友。友曰:‘夫姜桂因地而生,不因地而辛。’”新序杂事五、渚宫旧事三同。为舍人此文所本,正作“因”。当据改。

〔八〕**文章由学**

“由”,御览、记纂渊海七五引作“沿”。

按“沿”字较胜。文心全书中有“沿”字辞句,凡十二见,此其一也。有“由”字辞句仅四见。

〔九〕**能在天资**

"资",御览引作"才";文断总论作文法引同。何焯改作"才"。

按"才"字是。下文屡以"才"、"学"对言,即承此引申。若作"资",则上下不应矣。

〔一〇〕**才自内发,学以外成**

"才"上,御览引有"故"字。

按有"故"字,于义为长。记纂渊海、文断亦引有"故"字。当据增。

〔一一〕**此内外之殊分也**

"分",黄校云:"御览作'方'。" 顾广圻校作"方"。

按宋本、钞本、倪本、活字本、喜多本御览作"分";记纂渊海、文断引同。是也。庄子逍遥游:"定乎内外之分。"即舍人此语之所自出。黄、顾二家所据御览为鲍刻本。

〔一二〕**主佐合德**

"德",倪本、活字本、鲍本御览引作"得"。

按"合德"二字出易乾文言。文子精诚篇"故大人与天地合德",淮南子泰族篇"故大人者,与天地合德",汉书律历志上"衡权合德",鹖冠子天则篇"与天地合德",隶释桐柏淮源庙碑"五岳四渎,与天合德",并以"合德"为言,则作"得"非也。

〔一三〕**故魏武称张子之文为拙**

按"张子"未审为张范否？邴原别传："河内张范，名公之子也。其志行有与（邴）原符，甚相亲敬。（曹操）令曰：'邴原名高德大，清规邈世，魁然而峙，不为孤用。闻张子颇欲学之。吾恐造之者富，随之者贫也。'"三国志魏书邴原传裴注引。

〔一四〕**然学问肤浅，所见不博**

范文澜云："'然'字疑衍。"

按"然"，犹乃也。见经传释词卷七。非衍文。

〔一五〕**专拾掇崔杜小文**

按崔骃父子及杜笃皆有杂文，见严可均全后汉文卷二八又卷四四至卷四七。

〔一六〕**载籍浩瀚**

"瀚"，元本、弘治本、活字本、汪本、佘本、张本、两京本、胡本、王批本、训故本、谢钞本作"汗"；喻林八九引同。

按"瀚"、"汗"音同得通。

〔一七〕**纵意渔猎**

按抱朴子外篇钧世："然古书虽多，未必尽美，要当以为学者之山渊，使属笔者得采伐渔猎其中。"

〔一八〕**操刀能割**

按左传襄公三十一年："子产曰：'……犹未能操刀而使割也。'"六韬文韬守土篇："太宗曰：'……操刀必割。'"新书宗首篇："黄帝曰：'操刀必割。'"

〔一九〕**必列膏腴**

"列"，黄校云："汪作'裂'。"何焯校作"裂"。　元本、弘治本、活字本、佘本、张本、两京本、王批本、何本、胡本、训故本、合刻本、梁本、别解本、尚古本、冈本、四库本、王本、郑藏钞本、崇文本亦并作"裂"。

按说文刀部："列，分解也。"又衣部："裂，缯馀也。"是分裂字本应作"列"，然古多通用不别。子苑三二作"裂"。

〔二〇〕**狐腋非一皮能温**

按慎子："狐白之裘，非一狐之腋。"意林二、治要三七、御览七六、文选四子讲德论李注引。吕氏春秋用众篇："天下无粹白之狐，而有粹白之裘，取之众白也。"淮南子说山篇："天下无粹白狐，而有粹白之裘，掇之众白也。"史记刘敬叔孙通传赞："语曰：'千金之裘，非一狐之腋也。'"说苑建本篇："千金之裘，非一狐之皮。"文选王褒四子讲德论："故千金之裘，非一狐之腋。"又卢谌答魏子悌诗："珍裘非一腋。"刘子荐贤篇："狐白之裘，非一腋之毳。”

〔二一〕**鸡蹠必数千而饱矣**

范文澜云：“‘数千’，似当作‘数十’，‘数千’不将太多乎？”

按古人为文，恒多夸饰之辞，舍人于前篇言之备矣。如鸡蹠数千，即为太多，则所谓周游七十二君者，其国安在？白发三千丈者，其长谁施耶？吕氏春秋用众篇：“善学者，若齐王之食鸡也，必食其跖与蹠同。数千而后足。”是舍人此文，本吕览也。且本篇立论，务在博见，故谓“狐腋非一皮能温，鸡蹠必数千而饱”。皆喻学者取道众多，然后优也。

〔二二〕**是以综学在博，取事贵约**

“约”，吟窗杂录三七作“要”。

按“要”字非是。孟子离娄下：“博学而详说之，将以反说约也。”袁准正书：“学莫大于博，行莫过于约。”御览六一二引。并以“博”与“约”对举。

〔二三〕**捃理须核**

“理”，黄校云：“一作‘摭’。” 天启梅本改作“摭”。

按“摭”字非是。吟窗杂录作“捃理贵核”，是所见本作“理”。

〔二四〕**众美辐辏**

"辏",元本、弘治本、汪本、张本、两京本、王批本、训故本、四库本作"凑"。

按"凑"字是。已详书记篇"诡丽辐辏"条。

〔二五〕**刘劭赵都赋云**

"劭",元本、弘治本、活字本、汪本、张本、两京本、何本、胡本、别解本、尚古本、冈本、王本、郑藏钞本作"邵";梁本、清谨轩本作"卲"。

按丹铅总录卷四。刘卲之卲从卩不从阝条:"刘卲,字孔才。宋庠曰:'卲,从卩。说文(卩部):高也。故字孔才。扬子"周公之才之卲"今法言修身篇文异。是也。三国志(魏书劭传)作劭,或作邵,从邑,皆非,不叶孔才之义;从卩为卲,乃叶。'"宋说见人物志卷尾。则此当依梁本、清谨轩本改作"卲"。

〔二六〕**靓粉黛于胸臆也**

按史记司马相如传:"(上林赋)靓庄刻饬。"集解引郭璞曰:"靓庄,粉白黛黑也。"

〔二七〕**不啻自其口出**

按书秦誓:"其心好之,不啻如自其口出,是能容之。"孔传:"心好之至也。"礼记大学引"是"作"寔"。

〔二八〕**相如上林云:奏陶唐之舞,听葛天之歌,千人唱,万人和**

纪昀云:“‘千人’、‘万人’,自指汉时之歌舞者。不过借陶唐葛天点缀其事,非即指上二事也。子建固误,彦和亦未详考也。”

按梁玉绳史记志疑卷三四。司马相如传听葛天之歌千人唱万人和条附案:“文心雕龙事类篇曰:‘陈思报孔璋书云:葛天氏之乐,千人唱,万人和,听者因以蔑韶夏矣。案葛天之歌,唱和三人而已。相如上林,滥侈葛天,推三成万;信赋妄书,致斯谬也。’余谓‘千唱万和’,此赋乃总承上文,非专言葛天;谬在陈思,不在相如。”梁章钜文选旁证卷十一。上林赋“千人唱,万人和”条略同。所论均视纪说为长。

〔二九〕**陆机园葵诗云:庇足同一智,生理合异端**

“合异端”,艺文类聚八二引作“各万端”。

按士衡诗多偶句,类聚所引是也。作“各万端”,始能与“同一智”相俪。园葵诗二首,文选载其第一首;四部丛刊影印陆士衡文集,小万卷楼丛书所刻陆平原集,亦各只有第一首。舍人此文所举者,应属第二首。今检诗纪卷三十五。及汉魏六朝百三家集,卷四十九。园葵诗二首俱在。其第二首第六句,正作“生理各万端”,与类聚所引合。当据改。

〔三〇〕**曹仁之谬高唐,又曷足以嘲哉**

范文澜云："彦和讥曹洪之谬高唐，谓绵驹误作王豹也。文帝答洪书佚。其中当有嘲辞。"

按上文明言"夫以子建明练，士衡沈密，而不免于谬"。故此承之曰："曹仁当作洪。之谬高唐，又曷足以嘲哉！"意即曹洪非子建、士衡之比，其谬绵驹为王豹，固无足嘲也。与曹丕答洪书之是否有嘲辞无关。

〔三一〕**皓如江海**

按孟子滕文公上："曾子曰：'不可。江汉以濯之，秋阳以暴之，皓皓乎不可尚已。'"赵注："曾子不肯。以为圣人之洁白，如濯之江汉，暴之秋阳。……皓皓，白甚也。"朱注："暴，蒲木反。皓，音杲。……江汉水多，言濯之洁也。秋日燥烈，言暴之干也。皓皓，洁白貌。尚，加也。言夫子道德明著，光辉洁白，非有若所能仿佛也。"

〔三二〕**郁若昆邓**

按文选张衡西京赋："珍物罗生，焕若昆仑。"李注："山海经海内西经。云：'昆仑之墟，有珠树、文玉树。'"又："嘉卉灌丛，蔚若邓林。"李注："山海经海外北经。曰：'夸父与日竞走，渴饮河渭，不足；北饮大泽，未至，道渴死。弃其杖，化为邓林。'"列子汤问篇："夸父不量力，欲追日影，逐之于隅谷之际。渴欲得饮，赴饮河渭。河渭不足，将走北饮大泽。未至，道渴而死。弃其杖，尸膏肉所浸，生邓林。邓林弥广数千里焉。”淮南子地形篇：“夸父弃其策，是为邓林。”高注：“夸父，神兽也。饮河渭不足，将饮西海。未至，道渴死。……策，杖也。其杖生木而成林。邓，犹木也。”

〔三三〕**用人若己**

按书伪仲虺之诰：“用人惟己。”枚传：“用人之言，若自己出。”

练字第三十九

夫文象列而结绳移〔一〕，鸟迹明而书契作，斯乃言语之体貌，而文章之宅宇也。苍颉造之，鬼哭粟飞①；黄帝用之，官治民察②。先王声教，书必同文，辅轩之使③，纪言殊俗，所以一字体，总异音。周礼保张本有章字。氏掌教六书④〔二〕。秦灭旧章，以吏为师⑤，及李斯删籀而秦篆兴〔三〕，程邈造隶而古文废⑥。汉初草律，明著厥法〔四〕，太史学童，教试六体⑦；又吏民上书，字谬辄劾。是以马字缺画⑧，而石建惧死，虽云性慎〔五〕，亦时重文也。至孝武之世，则相如撰篇⑨。及宣成二帝，征集小学〔六〕，张敞以正读传业⑩，扬雄以奇字纂训⑪，并贯练雅颂〔七〕，总阅音义，鸿元作鸣，朱改。笔之徒，莫不洞晓，且多赋京苑，假借形声，是以前汉小学，率多玮字，非独制异，乃共晓难也〔八〕。暨乎后汉，小学转疏，复文隐训，臧否太半⑫。及魏代缀藻，则字有常检，追观汉作，翻成阻奥。故陈思称扬马之作，趣幽旨深，读者非师传不能析其辞〔九〕，非博学不能综其理。岂直才悬，抑亦字隐〔一〇〕。自晋来用字，率从简易，时并习易，人谁取难？今一字诡异，则群句震惊；三人弗识，则将成字妖矣。后世所同晓者，虽难斯易，时所共废，虽易斯难〔一一〕，趣舍之间，不可不察。

夫尔雅者，孔徒之所纂⑬〔一二〕，元作慕，许改。而诗书之襟带也;仓颉者,李斯之所辑〔一三〕,而鸟籀之遗体也〔一四〕;雅以渊源诂训,颉以苑囿奇文,异体相资,如左右肩股,该旧而知新,亦可以属文。若夫义训古今,兴废殊用,字形单复,妍媸异体〔一五〕,心既托声于言,言亦寄形于字,讽诵则绩在宫商,临文则能归字形矣。

是以缀字属篇,必须练择〔一六〕:一避诡异,二省联边,三权重出〔一七〕,元作幽,钦愚公改。四调单复。诡异者,字体瑰怪者也。曹摅诗称岂不愿斯游,褊心恶哅呶〔一八〕。两字诡异,大疵美篇,况乃过此,其可观乎!联边者,半字同文者也。状貌山川,古今咸用,施于常文,则龃龉元作钽铻,朱改。为瑕〔一九〕,如不获免,可至三接,三接之外⑭,其字林乎!重出者,同字相犯者也。诗骚元作验。适会〔二〇〕,而近世忌同,若两字俱要,则宁在相犯〔二一〕。故善为文者,富于万篇,贫于一字,一字非少,相避为难也。单复者,字形肥瘠者也。瘠字累句,则纤疏而行劣;肥字积文,则黯黕元作默,朱改。而篇暗⑮;善酌字者,参伍单复〔二二〕,磊落如珠矣。凡此四条,虽文不必有,而体例不无。若值而莫悟,则非精解。

至于经典隐暧,方册纷纶,简蠹帛裂,三写易字⑯,或以音讹,或以文变。子思弟子,于穆不祀者〔二三〕,音讹之异也❶。晋之史记,三豕渡河⑰〔二四〕,文变之谬也。尚书大传有别风淮雨,帝王世纪云列风淫雨,别列淮淫,字似潜移,淫列义当而不奇,淮别理乖而新异。傅毅制诔,已用淮雨❷〔二五〕,固知爱奇之心,古今一也。史之阙文,圣人所慎〔二六〕,若依义弃奇,则可与正文字矣。

赞曰:篆隶相镕,苍雅品训。古今殊迹,妍媸异分〔二七〕。字靡异流,文阻难运。声画昭精,墨采腾奋〔二八〕。

【黄叔琳注】

①**鬼哭粟飞**〔淮南子〕昔者苍颉作书而天雨粟,鬼夜哭。 ②**官治民察**见征圣篇象夬注。 ③**輶轩**〔风俗通〕周秦常以岁八月,遣輶轩之使,采异代方言,藏之秘府。 ④**六书**〔周礼〕保氏教国子六艺,五曰六书。〔注〕象形,会意,转注,指事,假借,谐声。 ⑤**吏师**〔秦始皇本纪〕若欲学法令,以吏为师。 ⑥**删籀造隶**〔汉艺文志〕苍颉七章,秦丞相李斯所作也。文字多取史籀篇,而篆体复颇异,所谓秦篆者也。是时始造隶书矣,起于官狱多事,苟趋省易,施之于徒隶也。 ⑦**六体**〔汉艺文志〕汉兴,萧何草律,亦著其法,曰:太史试学童,能讽书九千字以上,乃得为史。又以六体试之,课最者以为尚书、御史、史书令史。吏民上书,字或不正辄举劾。六体者,古文、奇字、篆书、隶书、缪篆、虫书。〔注〕篆书谓小篆,盖秦始皇使程邈所作也。隶书亦程邈所献。 ⑧**马字缺画**〔万石君传〕长子建,为郎中令。奏事下,建读之,惊恐曰:书马者与尾而五,今乃四,不足一,获谴死矣。其为谨慎,虽他皆如是。 ⑨**相如撰篇**〔汉艺文志〕武帝时,司马相

如作凡将篇，无复字。 ⑩**张敞传业**〔汉艺文志〕仓颉多古字，俗师失其读。宣帝时，征齐人能正读者，张敞从受之。传至外孙之子杜林，为作训故。〔杜邺传〕邺少孤，其母张敞女。邺壮，从敞子吉学问，得其家书。吉子竦，又幼孤，从邺学问，亦著于世，尤长于小学。邺子林，清静好古，亦有雅材，其正文字，过于邺、竦，故世言小学者由杜公。 ⑪**扬雄纂训**〔汉艺文志〕元始中，征天下通小学者以百数，各令记字于庭中。扬雄取其有用者，以作训纂篇。 ⑫**太半**〔东京赋注〕凡数，三分有二为太半。⑬**孔徒**〔西京杂记〕郭威以为尔雅周公所制。余尝以问扬子云，子云曰：孔子门徒游夏之俦所记，以解释六艺者也。 ⑭**三接之外**按三接者，如张景阳杂诗“洪潦浩方割”、沈休文和谢宣城诗“别羽泛清源”之类。三接之外，则曹子建杂诗“绮缟何缤纷”、陆士衡日出东南隅行“璚珮结瑶璠”，五字而联边者四，宜有字林之讥也。若赋则更有十接二十接不止者矣。 ⑮**黯黕**〔刘向九叹〕望旧邦之黯黕兮。〔注〕黯黕，暗也。 ⑯**三写**〔抱朴子〕书三写，鱼成鲁，帝成虎。 ⑰**三豕**〔家语〕子夏见读史志者云：晋师伐秦，三豕渡河。子夏曰：非也，己亥耳。读者问诸晋史，果曰己亥。

【李详补注】

❶**子思弟子三句**〔札迻〕云：案祀当作似。〔诗周颂〕维

天之命,于穆不已。〔毛传〕引孟仲子说。〔正义〕引〔郑谱〕云:孟仲子者,子思弟子。又云:子思论诗于穆不已。仲子于穆不似。即彦和所本也。今所传欧阳修辑本〔郑谱〕无此二文。　❷**尚书大传**至**已用淮雨**详案:卢氏文弨〔钟山札记〕引已用淮雨下据宋本有元长作序亦用别风八字,当补入。又云〔古文苑〕载傅毅作北海靖王兴诔云:白日幽光,淮雨杳冥。今雕龙诔碑篇所载,为后人易以氛雾杳冥矣。〔蔡中郎集〕中有太尉杨赐碑云:烈风淮雨,不易其趣。今俗间本淮雨改作虽变,余所见者宋本也。安知烈风不亦出后人所改乎?元长序无考,唯〔陆士龙九愍〕有思振袂于别风之语,于彦和所举之外,又得此二证。

【杨明照校注】

〔一〕**夫文象列而结绳移**

按许慎说文解字序:"仓颉之初作书,盖依类象形,故谓之文。……文者,物象之本。"此六字原脱,段依左传宣公十五年孔疏补。"文象"二字,盖出于此。易系辞下:"上古结绳而治。"孔疏:"结绳者,郑康成注云:'事大大结其绳,事小小结其绳。'"集解引九家易曰:"古者无文字,其有约誓之事,事大大结其绳,事小小结其绳。结之多少,随物众寡,各执以相考。"

〔二〕**周礼保氏掌教六书**

“保”下,黄校云:“张本有‘章’字。”

按元本、弘治本、活字本、汪本、佘本、两京本、王批本、何本、胡本、梅本、凌本、合刻本、梁本、秘书本、谢钞本、汇编本、清谨轩本、尚古本、冈本、文津本、王本、张松孙本、郑藏钞本、崇文本亦并有“章”字;文溯本剜去“章”字。子苑四三、文通二三引同。皆非也。“教以六书”,见地官保氏,原文黄、范两家注已具。非保章氏也。

〔三〕**及李斯删籀而秦篆兴**

按芸香堂本误“及”为“乃”,翰墨园本、思贤讲舍本同。非是。子苑引作“及”。

〔四〕**汉初草律,明著厥法**

“草”,元本、弘治本、活字本、汪本、佘本、张本、两京本、王批本、何本、胡本、梅本、凌本、合刻本、梁本、秘书本、谢钞本、汇编本、清谨轩本、王本、张松孙本、郑藏钞本、崇文本作“章”;子苑、文通引同。

按“章”字非是。汉书艺文志六艺略:“汉兴,萧何草律,亦著其法。”颜注:“草,创造之。”舍人此文所本也。

〔五〕**虽云性慎**

“慎”,汉书艺文志考证四引作“谨”。

按王氏避宋孝宗讳改引为“谨”,非所见本有异也。体性篇“学慎始习”，王氏亦引“慎”为“谨”。

〔六〕**征集小学**

“集”，何本、凌本、梁本、清谨轩本、尚古本、冈本、王本、郑藏钞本、崇文本作“习”；历代赋话续集十四引同。子苑引作“集”。

按汉书艺文志六艺略：“至元始中，征天下通小学者以百数，各令记字于庭中。”许慎说文解字叙：“孝平皇帝时，征(爰)礼等百馀人，令说文字未央廷中。以礼为小学元士。”则作“习”非也。

〔七〕**并贯练雅颂**

按本段专论小学，“雅颂”二字于此不伦类，“颂”当作“颉”始合。“雅”谓尔雅，“颉”谓仓颉篇也。下文“雅以渊源诂训，颉以苑囿奇文”，正以雅与颉对举；赞中“苍雅品训”，亦以仓颉篇与尔雅连文。皆“颂”为“颉”之误切证。“雅颂”与小学无关。当据改。传写者盖不习见“雅颉”连文，而妄改为“雅颂”。

〔八〕**非独制异，乃共晓难也**

按“异”，谓异体；“难”，谓难字。

〔九〕**读者非师传不能析其辞**

“传(傳)”，凌本、秘书本、张松孙本、崇文本作“傅”。

按作“傅”非是。三国志魏书国渊传：“二京赋，博物之书也。世人忽略，少有其师，可求能读者从受之。”足与此相发。子苑引作“传”。

〔一〇〕**岂直才悬，抑亦字隐**

“直”，何本、秘书本、清谨轩本、尚古本、冈本、崇文本作“真”；历代赋话续集引同。

按“真”字误。诏策篇：“岂直取美当时，（抑）亦敬慎来叶矣。”亦以“岂直”连文可证。子苑引作“直”。

〔一一〕**时所共废，虽易斯难**

按以上文“后世所同晓者，虽难斯易”例之，“废”下疑脱“者”字。

〔一二〕**夫尔雅者，孔徒之所纂**

“纂”，黄校云：“元作‘慕’，许改。”此沿梅校。徐𤊹云：“‘慕’，当作‘纂’。”

按何本、训故本、清谨轩本作“纂”；文通引同。许改、徐校是也。郑玄驳五经异义：“尔雅者，孔子门人所作，以释六艺之言，盖不误也。”诗王风黍离孔疏引。郭璞尔雅序：“夫尔雅者，所以通诂训之指归，叙诗人之兴咏，总绝代之离词，辩同实而殊号者也。”西京杂记三：“（扬）子云曰：‘（尔雅）孔子门徒游、夏之俦所记，以解释六艺者也。’”

〔一三〕**仓颉者，李斯之所辑**

“仓”，元本、弘治本、汪本、佘本、张本、两京本、王批本、何本、合刻本、梁本、清谨轩本、尚古本、冈本、四库本、王本、郑藏钞本、崇文本作“苍”。

按“仓”与“苍”音同得通。然此与篇首及赞中之二“苍”字不一律，应改其一。

〔一四〕**而鸟籀之遗体也**

范文澜云：“‘鸟籀’当作‘史籀’。艺文志云：‘苍颉七篇者，秦丞相李斯所作也。文字多取史籀篇。’说文序亦云：‘斯作仓颉篇，取史籀大篆。’仓颉所载皆小篆，而鸟虫书别为一体，以书幡信，与小篆不同。”

按“鸟”字不误。“籀”即史籀简称，“鸟”盖指苍颉初作之书言。说文序云：“黄帝之史仓颉，见鸟兽蹄迒之迹，……初造书契。”吕氏春秋君守篇：“苍颉作书。”高注：“苍颉生而知书，写仿鸟迹，以造文章。”舍人谓之“鸟籀”，正如许君之云“古籀”说文序云：“今叙篆文，合以古籀。”然也。情采篇“镂心鸟迹之中”，亦以“鸟迹”代替文字。且此文与上相俪，上云“诗书襟带”，此云“鸟籀遗体”，词性相同；若作“史籀”，则奇觚矣。说文序云：“及宣王太史籀著大篆十五篇，与古文或同或同二字据系传本增。或异。……斯作仓颉篇，……皆取史籀大篆，或颇省改。”或之云者，不尽然之词。是大篆中存有古文之体，而苍颉篇亦必有因仍之者。汉志云:“文字多取史籀篇。”则苍颉篇所载,不尽为小篆,又可知矣。故舍人概之曰:“鸟籀之遗体也。”鸟虫书自别为一体,许君列为亡新时六书之一,虽未著其缘起,然厕于佐书之后,见说文序。其为后起无疑。舍人岂不是审,而置于史籀之上哉!

〔一五〕**妍媸异体**

“媸”,元本、弘治本、汪本、佘本、张本、王批本、训故本、梅本、凌本、秘书本、谢钞本、文溯本、王本、张松孙本、郑藏钞本作“蚩”。两京本作“媸”(由其字体偏左推之,盖原止作“蚩”,后乃加女旁)。

按作“蚩”是。已详声律篇“是以声画妍蚩”条。子苑引作“蚩”。

〔一六〕**是以缀字属篇,必须练择**

徐𤊹云:“‘练’,当作‘拣’也。”广博物志卷二九有此文,亦作“拣”。

按埤苍:“练,择也。”文选七发李注引。是“练”字未误。徐说非。董氏盖以意改。

〔一七〕**三权重出**

“出”,黄校云:“元作‘幽’,钦恿公改。”此沿梅校。两京本、王批本、何本、训故本、谢钞本作“出”;文通引同。吟窗杂录三七、广博物志、唐音癸签并有此文,均作“出”。

按钦改是。

〔一八〕**曹摅诗称岂不愿斯游，褊心恶呶呶**

“摅”，芸香堂本作“据（據）”。翰墨园本、思贤讲舍本同。

按萧齐前诗家无“曹据”其人；元明各本亦无作“曹据”者。“据”字当为写刻之误。此与才略篇“曹摅清靡于长篇”之“曹摅”，应是一人。三国志魏书曹休传裴注引文士传曰：“（曹）肇孙摅，字颜远。少厉志操，博学，有才藻。……大司马齐王冏辅政，摅与齐人左思俱为记室督从中郎。”书钞六九引、唐修晋书良吏摅传略同。诗品中：“季伦、石崇字。颜远，并有英篇。”其诗丁福保全晋诗卷四。据文选及文馆词林辑得七首；惜漏此二句。又按文选卷二九。载其五言思友人诗及感旧诗各一首，皆长篇。故舍人于才略篇有“清靡于长篇”之评。

〔一九〕**则龃龉为瑕**

“龃龉”，黄校云：“元作‘钼铻’，朱改。”此沿梅校。何焯“铻”改“铻”。　　黄丕烈所校元本作“钼铻”。　　元本、弘治本、汪本、佘本、张本、两京本、胡本、训故本亦并作“钼铻”。

按“铻”乃“铻”之残误。楚辞九辩：“圆凿而方枘兮，吾固知其钼铻而难入。”文选吕延济注：“钼铻，相距貌。”玉篇齿部：“龃，床吕切，龃龉。

龉,牛莒切,齿不相值也。”广韵八语:“龉,龃龉,不相当也;或作钼铻。”是“龃龉”即“钼铻”也。

〔二〇〕**诗骚适会**

按三百篇中同字相犯者,不一而足;离骚如“非世俗之所服”,“退将复修吾初服”,“判独离而不服”,即重出三“服”字。

〔二一〕**若两字俱要,则宁在相犯**

按如郑白渠歌“池阳谷口”与“亿万之口”,二“口”字相犯;孤儿行“命独当苦”与“不敢自言苦”,二“苦”字相犯之类是。顾炎武日知录卷二一有“古人不忌重韵”条。

〔二二〕**参伍单复**

按易系辞上:“参伍以变,错综其数。”孔疏:“参,三也;伍,五也。或三或五,以相参合,以相改变。略举三、五,诸数皆然也。”

〔二三〕**于穆不祀者**

“祀”,孙诒让札迻卷十二。云:“当作‘似’。”

按孙说是也。玉海四五、困学纪闻三、汉书艺文志考证二引,并作“似”。当据改。灭惑论亦误“似”为“祀”。

〔二四〕**三豕渡河**

按“河”下当有“者”字,始与上“于穆不祀者”句相俪。风俗通义正失篇:“晋师已亥渡河,有

'三豕'之文。"刘子审名篇:"'三豕'渡河,云彘行水上。"家语弟子解黄注已具,吕氏春秋察传篇范注已具。

〔二五〕**傅毅制诔,已用淮雨**

吴翌凤云:"'淮雨'下,当缺'王元长曲水诗序用别风'事。"见北京大学图书馆所藏吴氏校本。

按顾广圻亦校补"元长作序,亦用别风"八字。惟未言所据。卢文弨钟山札记卷一。则谓宋本有"元长作序,亦有别风"二句。顷检文选元长曲水诗序,实无用"别风"辞句;而卢氏所见宋本,又无从问津。姑存疑俟考。

〔二六〕**史之阙文,圣人所慎**

按论语卫灵公:"子曰:'吾犹及史之阙文也,今亡矣夫!'"集解引包咸曰:"古之良史,于书字有疑,则阙之,以待知者。"汉书艺文志六艺略:"古制,书必同文,不知则阙,问诸故老。至于衰世,是非无正,人用其私。故孔子曰:'吾犹及史之阙文也,今亡矣夫!'盖伤其寖不正。"又按春秋经桓公十四年"夏五",杜注:"不书月,阙文。"又庄公二十四年"郭公",杜注:"无传,盖经阙误也。"并足为此文注脚。

〔二七〕**妍媸异分**

按此"媸"字,亦当从元本、弘治本、活字本、汪本、佘本、张本、两京本、王批本、训故本、梅本、谢钞本等改作"蚩"。

〔二八〕**墨采腾奋**

"采",金壶记中引作"彩"。

按"采"、"彩"古通。

隐秀第四十

夫心术之动远矣，文情之变深矣，源奥而派生，根盛而颖峻，是以文之英蕤〔一〕，有秀有隐。隐也者，文外之重旨者也；秀也者，篇中之独拔者也。隐以复意为工，秀以卓绝为巧，斯乃旧章之懿绩，才情之嘉会也。夫隐之为体，义主汪作生。文外，秘响傍通〔二〕，伏采潜发，譬爻象之变互元作玄，王改。体[①]，川渎之韫珠玉也。故互体变爻，而化成四象；珠玉潜水，而澜表方圆[②]。始正而末奇，内明而外润，使玩之者无穷，味之者不厌矣。彼波起辞间，是谓之秀，纤手丽音，纤丽字阙。宛乎逸态，若远山之浮烟霭，娈女之靓容华。然烟霭天成，不劳于妆点；容华格定，无待于裁镕；深浅而各奇，嬇字典无嬇字，应是秾字之误。纤而俱妙，若挥之则有馀，而揽之则不足矣。

夫立意之士，务欲造奇，每驰心于玄默之表；工辞之人，必欲臻美，恒溺思于佳丽之乡。呕心吐胆，不足语穷；煅岁炼年，奚能喻苦？故能藏颖词间，昏迷于庸目；露锋文外，惊绝乎妙心。使酝藉者蓄隐而意愉，英锐者抱秀而心悦，譬诸裁云制霞，不让乎天工，斫卉刻葩，有同乎神匠矣。若篇中乏隐，等宿儒之无学，或一叩而语穷；句间鲜秀，如巨室之少珍，冯本有此二字。若百诘诘字阙。而色沮：斯并不足于才思，而亦有愧于文辞矣。将欲征隐，聊可指篇：古诗之离别[③]，乐府之长城[④]，词怨旨深，而复兼乎比兴；陈思之黄雀[⑤]，公干之青松[⑥]，格刚才劲，而并长于讽谕；叔夜之，阙二字。嗣宗之，阙二字。境玄思澹，而独得乎优闲；士衡之，阙二字。彭泽之[⑦]〔三〕，阙二字。以上四句功甫本阙八字。一本增入疏放豪逸四字。心密语澄，而俱适乎。下阙二字，一本有壮采二字。如欲辨秀，亦惟摘句：常恐秋节至，凉飙夺炎热，意凄而词婉，此匹妇之无聊也；临河濯长缨，念子怅悠悠，志高而言壮，此丈夫之不遂也；东西安所之，徘徊以旁皇，心孤而情惧，此闺房之悲极也；朔风动秋草，边马有归心〔四〕，气寒而事伤，此羁旅之怨曲也。

凡文集胜篇，不盈十一；篇章秀句，裁可百二：并思合而自逢，非研虑之所求元作果，谢改。也〔五〕。或有晦塞为深，虽奥非隐，雕削取巧，虽美非秀矣。故自然会妙，譬卉木之耀英华；润色取美〔六〕，譬缯帛之染朱绿。朱绿染缯，深而繁鲜；英华曜树〔七〕，浅而炜烨：秀句所以照文苑，盖以此也。

赞曰：深文隐蔚，馀味曲包。辞生互体，有似变爻。言之秀矣，万虑一交〔八〕。动心惊耳〔九〕，逸响笙匏〔一〇〕。

【黄叔琳注】

①**互体**〔左传杜氏注〕易之为书，六爻皆有变体，又有互体，圣人随其义而论之。〔疏〕二至四，三至五，两体交互，各成一卦，先儒谓之互体。圣人随其义而论之，或取

互体,言其取义无常也。 ②**澜表方圆**〔尸子〕水圆折者有珠,方折者有玉。 ③**古诗离别**〔古诗十九首〕行行重行行,与君生别离。 ④**乐府长城**〔乐府古辞〕有饮马长城窟行。长城,蒙恬所筑也。言征客之至长城而饮其马,妇思之,故为长城窟行。 ⑤**黄雀**陈思王有野田黄雀行。 ⑥**青松**〔刘公干诗〕亭亭山上松。 ⑦**彭泽**〔陶潜传〕潜字渊明,或云字元亮,为镇军建威参军,后为彭泽令。

黄云:隐秀篇自始正而末奇至朔风动秋草朔字,元至正乙未刻于嘉禾者即阙此叶,此后诸刻仍之。胡孝辕、朱郁仪皆不见完书,钱功甫得阮华山宋椠本钞补,后归虞山,而传录于外甚少。康熙庚辰,何心友从吴兴贾人得一旧本,适有钞补隐秀篇全文。辛巳,义门过隐湖,从汲古阁架上见冯己苍所传录功甫本,记其阙字以归。如疏放豪逸四字,显然为不学者以意增加也。

纪云:癸巳三月,以永乐大典所收旧本校勘,凡阮本所补悉无之,然后知其真出伪撰。

【杨明照校注】

〔一〕**是以文之英蕤**

"英",吟窗杂录三七作"精"。

按文选嵇康琴赋:"郁纷纭以独茂兮,飞英蕤于昊苍。"李注引说文曰:"(蕤)草木花貌。"按说文艸部:

“蕤，草木华垂貌。”是李注脱“垂”字。吕延济注：“郁纷纭，枝叶繁茂盛也。英蕤，花也。昊苍，天也。”是“英蕤”连文，出自琴赋。艺苑卮言一引，亦作“英蕤”。可证作“精”之误。

〔二〕**秘响傍通**

“秘”，元本、弘治本、汪本、佘本、张本、两京本、王批本、训故本、梁本、冈本、尚古本、文津本、崇文本作“祕”；喻林八八引同。

按“祕”字是。已详正纬篇“东序秘宝”条。又按以原道篇“旁通而无涯”及剡山石城寺石像碑“妙应旁通”例之，“傍”当改作“旁”，始合。易乾文言有“旁通情也”语。

〔三〕**彭泽之□□**

纪昀云：“称渊明为彭泽，乃唐人语，六朝但有征士之称，不称其官也。”

按此篇所补四百馀字，出明人伪撰，纪氏已多所抉发，信而有征。惟谓“称渊明为彭泽，乃唐人语”云云，则未确。鲍氏集卷四有“学陶彭泽体”一首，是称渊明为彭泽，非始于唐人也。

〔四〕**朔风动秋草，边马有归心**

“朔风”，张本作“凉风”。　　何本、梅本、凌本、合刻本、梁本、秘书本、清谨轩本、尚古本、冈本作“凉飙”；文通二一引同。

按元本止阙"朔"字,"风"字原有。弘治本、活字本、汪本、佘本、两京本、胡本、训故本同。谢钞本、徐𤊹校本、何焯钞本作"朔风";诗纪别集四引同。是也。正长朔风之句,曾为沈约、宋书谢灵运传论。钟嵘诗品中。所标举,萧统且以入选。见文选卷二九。作"凉风"、"凉飙"均非是。

〔五〕**非研虑之所求也**

"求",黄校云:"元作'果',谢改。"梅校引谢云:"果,当作'求'。" 徐𤊹云:"'果',一作'求'。"谢钞本作"求"。

按"果"与"求"之形音俱不近,恐难致误。疑原是"课"字,偶脱其言旁耳。诸子篇"课名实之符",章表篇"循名课实",议对篇"名实相课",指瑕篇"课文了不成义",才略篇"多俊当作役。才而不课学",其用"课"字义,并与此同,可证。

〔六〕**润色取美**

按"取"字与上"取巧"复,疑当作"致"。左传文公十五年:"史佚有言曰:'兄弟致美。'"杜注:"各尽其美,义乃终。"此"致美"二字见于古籍之最早者。颂赞篇"并致美于序",才略篇"亦致美于序铭",亦并以"致美"连文。

〔七〕**英华曜树**

按此句为回应上文"譬卉木之耀英华"之词,

"曜"、"耀"不同,当改其一。梅庆生天启二年重修本已改"曜"为"耀"。

〔八〕**万虑一交**

按江文通文集卷四。张黄门协。苦雨:"岁暮百虑交。"

〔九〕**动心惊耳**

按文选枚乘七发:"涌触并起,动心惊耳。"李周翰注:"涌触,言满于器也。并起,言多也。动心惊耳,言非常所闻见者也。"

〔一〇〕**逸响笙匏**

按周礼春官大师:"皆播之以八音:金,石,土,革,丝,木,匏,竹。"郑注:"匏,笙也。"贾疏:"笙,以插竹于匏;但匏、笙一也。故郑以笙解匏。"文选古诗今日良宴会:"弹筝奋逸响,新声妙入神。"刘良注:"奋,起也。"

文心雕龙校注卷九

指瑕第四十一

管仲有言[1]：无翼而飞者声也，无根而固者情也。然则声不假翼，其飞甚易；情不待根，其固匪难〔一〕：以之垂文，可不慎欤〔二〕？古来文才，异世争驱〔三〕，或逸才以爽迅，或精思以纤密，而虑动难圆〔四〕，鲜无瑕病。陈思之文[2]，群才之俊也，而武帝诔云：尊灵永蛰〔五〕。明帝颂云：圣体浮轻〔六〕。浮轻有似于胡蝶〔七〕，永蛰颇疑于昆虫〔八〕，施之尊极，岂其当乎[❶]〔九〕？左思七讽，说孝而不从，反道若斯，馀不足观矣〔一○〕。潘岳为才，善于哀文〔一一〕，然悲内兄，则云感口泽[3]；伤弱子，则云心如疑[4]〔一二〕。礼文在尊极，而施之下流〔一三〕，辞虽足哀，义斯替矣。若夫君子拟人，必于其伦〔一四〕，而崔瑗之诔李公〔一五〕，比行于黄虞〔一六〕；向秀之赋嵇生，方罪于李斯[5]；与其失也，虽宁僭元作降，孙改。无滥⑥〔一七〕，然高厚之诗，不类甚矣⑦〔一八〕。凡巧言易標，拙辞难隐，斯言之玷，实深白圭〔一九〕，繁例难载，故略举四条。

若夫立文之道，惟字与义。字以训正，义以理宣，而晋末篇章，依希其旨，始有赏际奇至之言，终无抚叩酬即谢云：当作酢。之语，每单举一字，指以为情。夫赏训锡赉，岂关心解〔二〇〕，抚训执握，何预情理〔二一〕？雅颂未闻〔二二〕，汉魏莫用；悬领似如可辩，课文了不成义：斯实情讹之所变，文浇之致弊。而宋来才英，未之或改，旧染成俗〔二三〕，非一朝也。近代辞人，率多猜忌，至乃比语求蚩，反音取瑕，虽不屑于古，而有择于今焉。又制同他文，理宜删革，若排王本作掠。人美辞〔二四〕，以为己力〔二五〕，宝玉大弓⑧，终非其有〔二六〕。全写则揭箧，傍采则探囊⑨，然世远者太轻，时同者为尤矣。

若夫注解为书，所以明正事理；然谬于研求，或率意而断。西京赋称中黄育获之畴⑩，而薛综谬注谓之阉尹，是不闻执雕虎之人也❷〔二七〕。又周礼井赋，旧有疋马⑪；而应劭释疋⑫，或量首数蹄，斯岂辩物之要哉！原夫古之正名，车两而马疋〔二八〕，疋元脱，杨补。两称目〔二九〕，以并耦为用。盖车贰佐乘⑬〔三〇〕，马俪骖服⑭，服乘不只，故名号必双，名号一正，则虽单为疋矣⑮。疋夫疋妇，亦配义矣⑯〔三一〕。夫车马小义，而历代莫悟；辞赋近事，而千里致差〔三二〕；况钻灼经典，能不谬哉！夫辩言一作疋。而数筌一作首。蹄〔三三〕，选勇而驱阉尹，失理太甚，故举以为戒。丹青初炳而后渝〔三四〕，文章岁久而弥光，若能隐括于一朝，可以无惭于千载也〔三五〕。

赞曰：羿氏舛射⑰〔三六〕，东野败驾⑱。虽有俊才，谬则多谢⑲。斯言一玷，千载弗化。令章靡疚，亦善之亚。

【黄叔琳注】

①**管仲言**〔管子戒篇〕管仲复于桓公曰：无翼而飞者声也，无根而固者情也。 ②**陈思**〔陈思王集武帝诔〕幽闼一扃，尊灵永蛰。〔冬至献袜颂〕翱翔万域，圣体浮轻。③**口泽**〔礼玉藻〕父没而不能读父之书，手泽存焉尔；母没而杯圈不能饮焉，口泽之气存焉尔。 ④**如疑**〔檀弓〕孔子观送葬者曰：善哉为丧乎！其往也如慕，其反也如疑。〔潘岳金鹿哀辞〕将反如疑，回首长顾。金鹿，岳幼子也。 ⑤**方罪李斯**〔向秀传〕嵇康被诛，秀作思旧赋云：昔李斯之受罪兮，叹黄犬而长吟。悼嵇生之永辞兮，顾日影而弹琴。 ⑥**宁僭无滥**〔左传〕蔡声子曰：归生闻之，善为国者，赏不僭而刑不滥。赏僭则惧及淫人，刑滥则惧及善人，若不幸而过，宁僭无滥。 ⑦**不类**〔左传〕晋侯与诸侯宴于温，使诸大夫舞，曰：歌诗必类，齐高厚之诗不类。 ⑧**宝玉大弓**〔春秋〕盗窃宝玉大弓。〔左传杜氏注〕盗谓阳虎也。宝玉，夏后氏之璜。大弓，封父之繁弱。 ⑨**胠箧探囊**〔庄子〕将为胠箧探囊发匮之盗

而为守备，则必摄缄縢，固扃鐍，此世俗之所谓知也。⑩**中黄育获**〔李善文选注〕尸子曰：中黄伯曰：余左执太行之獶而右搏雕虎。〔战国策〕范雎说秦王曰：乌获之力焉而死，夏育之勇焉而死。 ⑪**井赋疋马**〔周礼小司徒〕经土地而井牧其田野。〔注〕井十为通，通为匹马。〔疏〕三十家出马一匹。 ⑫**应劭释疋**〔应劭风俗通〕或曰：马夜行目明，照前四丈，故曰一疋。或曰：度马纵横，适得一疋。〔汉食货志〕布帛长四丈为匹。 ⑬**车贰佐乘**〔礼少仪〕乘贰车则式，佐车则否。〔注〕贰车，朝祀之副车也。佐车，戎猎之副车也。又贰车者，诸侯七乘云云。 ⑭**马俪**〔郑风大叔于田〕两骖如舞，两服上襄。⑮**虽单为疋**〔左传〕匹夫无罪。〔正义〕曰：士大夫以上则有妾媵，庶人惟夫妇相匹。其名既定，虽单亦通，故书传通谓之匹夫匹妇也。按〔易中孚〕象曰：马匹亡，谓四与初绝，如马之亡其匹也。可证训疋之义，正与匹夫匹妇一例。 ⑯**配义**〔尔雅释诂〕匹，合也。〔疏〕匹者，配合也。 ⑰**羿氏舛射**〔帝王世纪〕帝羿有穷氏与吴贺北游，贺使羿射雀左目，误中右目。羿抑首而愧，终身不忘。 ⑱**败驾**〔庄子〕东野稷以御见庄公，进退中绳，左右旋中规。庄公以为文弗过也，使之钩百而反。颜阖遇之，入见曰：稷之马将败。公密而不应。少焉，果败而反。公曰：子何以知之？曰：其马力竭矣，而犹求焉，故曰败耳。 ⑲**多谢**〔郭象庄子注〕不可多谢尧舜而推之为兄也。

【李详补注】

❶**陈思之文至岂其当乎**详案:〔颜氏家训文章篇〕亦言陈思王武帝诔遂深永蛰之思,是方父于虫也。此篇当与颜训参看,便知代言之体,不至病累。 ❷**西京赋称中黄育获之畴三句**详案:今文选西京赋薛综注无阉尹语。善注引尸子中黄伯,并未纠正薛注,想至唐时捝去此语矣。

【杨明照校注】

〔一〕**其固匪难**

"匪",两京本、胡本、文津本作"非"。文溯本作"匪"。

按作"非"与金楼子立言下篇合。

〔二〕**以之垂文,可不慎欤**

"垂",两京本、胡本作"缀"。

按此为申述上文之辞,作"缀"嫌泛。原道、诸子、程器三篇,并有"垂文"之语。金楼子亦作"垂"。

〔三〕**古来文才,异世争驱**

"异(異)",两京本、胡本作"毕(畢)"。王批本作"异"。

按"异"字较胜。物色篇:"古来辞人,异代接武。""异世"与"异代"同。金楼子亦作"异"。

〔四〕**而虑动难圆**

“圆”,金楼子作“固”。

按本书屡用“圆”字,“固”盖涉上文而误。诗商颂长发“幅陨既长”郑笺:“陨当作圆。圆,谓周也。”诂此正合。

〔五〕**陈思之文,群才之俊也,而武帝诔云:尊灵永蛰**

按曹植武帝诔:“窈窈玄宇,三光不入。潜闼一扃,尊灵永蛰。”类聚十三引(四部丛刊影印曹子建集卷九字句有脱误)。

〔六〕**明帝颂云:圣体浮轻**

按曹植冬至献袜颂:“玉趾既御,履和蹈贞。行与禄迈,动以福并。南窥北户,西巡王城。翱翔万域,圣体浮轻。”类聚七十引(曹集卷八只有冬至献袜颂表)。

〔附按〕董斯张吹景集卷三。子建未可轻诋:“刘彦和文心雕龙摘陈思瑕语,谓其诔武帝云‘圣体浮轻’,诔明帝云‘尊灵永蛰’,至以蝴蝶、昆虫讥之。”今按遐周于文心原文尚未弄清,即信口开阖,妄下雌黄,无乃笑他人之未工,忘己事之已拙乎?

〔七〕**浮轻有似于胡蝶**

“浮轻”,御览引作“轻浮”;事文类聚别集五引同。

按此“浮轻”与下“永蛰”,皆承接上文,不应彼此差池。金楼子亦作“浮轻”。

〔八〕**永蛰颇疑于昆虫**

"疑",金楼子作"拟";御览、事文类聚引同。

按汉书何武王嘉师丹传赞:"董贤之爱,疑于亲戚。"颜注:"疑,读曰拟;拟,比也。"意舍人此文,原是"疑"字。金楼子等作"拟",盖改引也。

〔九〕**岂其当乎**

"其",张绍仁改"有"。顾广圻校同。

按句首以"岂其"二字发端者,古籍中多有之。如诗陈风衡门二、三两章仅八句,即有四句以"岂其"发端。可证改"其"为"有"之非。又按御览、事文类聚引此句,并作"不其蚩与嗤通。乎",与金楼子合。

〔一〇〕**左思七讽,说孝而不从,反道若斯,馀不足观矣**

"道",文通二五引作"古"。

按杂文篇:"自桓麟七说以下,左思七讽以上,……或文丽而义暌,或理粹而辞驳,……唯七厉叙贤,归以儒道,虽文非拔群,而意实卓尔矣。"则七讽之"说孝不从",当是违反"儒道"。原道篇赞"炳燿仁孝",诸子篇"至如商韩,六虱五蠹,弃孝废仁",程器篇"黄香之淳孝",足见舍人为重视"孝"者,故以"反道"评之。若作"古",则非其指矣。论语泰伯:"子曰:'如有周公之才之美,使骄且吝,其馀不足观也已。'"

〔一一〕**潘岳为才,善于哀文**

按王隐晋书:“潘岳善属文,哀诔之妙,古今莫比,一时所推。”书钞一百二引。晋书潘岳传:“(岳)辞藻绝丽,尤善为哀诔之文。”又传论:“潘(岳)著哀词,贯人灵之情性。”哀吊篇:“建安哀辞,惟伟长差善,……及潘岳继作,实踵(钟)其美。……金鹿泽兰,莫之或继也。”

〔一二〕**伤弱子,则云心如疑**

按曹植于其首女金瓠之殇所作哀辞,有“悲弱子之无愆”曹集九。语,是“弱子”为婴孩通称。

〔一三〕**礼文在尊极,而施之下流**

按魏晋以后于子辈孙辈,皆称之为“下流”。已详哀吊篇“盖不泪之悼”条。

〔一四〕**若夫君子拟人,必于其伦**

按礼记曲礼下:“儗人必于其伦。”郑注:“儗,犹比也。”是“拟(擬)”当作“儗”,始与曲礼合。历代赋话续集卷十四。引作“儗”,盖意改也。

〔一五〕**而崔瑗之诔李公**

按子玉诔文已佚。以其时考之,未审为李固否?固曾为太尉,且有盛名,见后汉书郎颉传及固传。对瑗亦极推崇;见后汉书瑗传。见诛后,瑗为之作诔,寄其哀思,谅合情理。

〔一六〕**比行于黄虞**

按“黄虞”,谓黄帝、虞舜。汉书王莽传赞:“而莽晏然,自以黄虞复出也。"又叙传下:"伪稽黄、虞,缪称典文。"述王莽传。文选扬雄剧秦美新:"著黄虞之裔。"吕向注:"黄帝、虞舜,莽之先祖。"李善引史记五帝纪及汉书王莽传中以注。

〔一七〕**与其失也,虽宁僭无滥**

"僭",黄校云:"元作'降',孙改。"此沿梅校。

按何本、梁本、谢钞本正作"僭";文通引同。孙改是也。左传襄公二十六年:"善为国者,赏不僭而刑不滥。赏僭则惧及淫人,刑滥则惧及善人;若不幸而过,宁僭无滥。"诗商颂殷武"不僭不滥"毛传:"赏不僭,刑不滥也。"

〔一八〕**然高厚之诗,不类甚矣**

"厚",元本、弘治本、活字本、汪本、佘本、张本、两京本、王批本、何本、胡本、训故本、梅本、凌本、合刻本、梁本、秘书本、谢钞本作"原";文通引同。冯舒云:"'原',当作'厚'。"

按黄氏改"原"为"厚"是。高厚之诗不类,见左传襄公十六年。原文黄注已具。

〔一九〕**斯言之玷,实深白圭**

按诗大雅抑:"白圭之玷,尚可磨也;斯言之玷,不可为也。"毛传:"玷,缺也。"礼记缁衣:"诗云:'白圭之玷,尚可磨也;斯言之玷,不可为也。'"郑注:"玷,缺也。言圭之缺,尚可磨而平之；言之缺，无如之何。”左传僖公九年：“君子曰：‘诗所谓“白圭之玷，尚可磨也；斯言之玷，不可为也。”’又见史记晋世家。荀息有焉。”杜注：“诗大雅言此言之缺难治，甚于白圭。”

〔二〇〕**夫赏训锡赉，岂关心解**

按宋书谢灵运传论“讽高历赏”，文选谢灵运游南亭诗“赏心唯良知”，又邺中集诗序“赏心乐事”，谢朓之宣城出新林浦向板桥诗“赏心于此遇”，沈约游沈道士馆诗“寄言赏心客”，任昉王文宪集序“缀赏无地”，并用赏字关心解之例。又按汉书酷吏尹赏传：“尹赏，字子心。”古人立字，展名取同义。是赏关心解，汉人已用矣。

〔二一〕**抚训执握，何预情理**

按文选傅亮为宋公修张良庙教“微管之叹，抚事弥深”，又“抚事怀人”，谢灵运从游京口北固应诏诗“抚志惭场苗”，颜延之宋文皇帝元皇后哀策文“抚存悼亡”，并用抚字预情理之例。

〔二二〕**雅颂未闻**

按此段专就文字训诂言，与诗之雅颂无关。“颂”乃“颉”之误。已详练字篇“并贯练雅颂”条。

〔二三〕**旧染成俗**

按书伪胤征：“旧染污俗。”

〔二四〕**若排人美辞**

"排",黄校云:"王本即训故本。作'掠'。"文溯本剜改为"掠"。何焯云:"疑作'采'。"吴翌凤校同。

按说文手部:"排,挤也。"广雅释诂三:"排,推也。"其训于此均不惬,当以作"掠"为是。左传昭公十四年:"己恶而掠美为昏。"杜注:"掠,取也。"诂此正合。若作"排",则与下几句文意不属矣。

〔二五〕**以为己力**

按左传僖公二十四年:"窃人之财,犹谓之盗;况贪天之功,以为己力乎!"

〔二六〕**宝玉大弓,终非其有**

按黄、范两家注均止引春秋经定公八年"(阳虎)盗窃宝玉大弓"以注,于义未备。当再引九年"得宝玉大弓"句,"终非其有"之意始明。

〔二七〕**西京赋称中黄育获之畴,而薛综谬注谓之阉尹,是不闻执雕虎之人也**

"畴",冈本作"俦"。

按以诠赋篇"然逐末之俦",时序篇"文蔚休伯之俦",才略篇"则扬班俦矣"例之,作"俦"是也。又按张云璈选学胶言,卷二西京赋薛综注条。梁章钜文选旁证卷三西京赋中黄之士条。并谓今文选注无阉尹之说,盖为李善删去。

〔二八〕**原夫古之正名，车两而马疋**

按书牧誓序："武王戎车三百两。"孔传："车称两。"诗召南鹊巢："百两御之。"毛传："百两，百乘也。"此车称"两"之证。易中孚："（六四）马匹亡。"书文侯之命："马四匹。"此马称"匹"之证。广韵五质："匹，俗作疋。"活字本"疋"作"匹"，下同。

〔二九〕**疋两称目**

"疋"，黄校云："元脱，杨补。"此沿梅校。　　徐𤊹校沾"疋"字。

按张本、何本、训故本、谢钞本并有"疋"字，未脱。

〔三〇〕**盖车贰佐乘**

按此文淆次，当乙作"车乘贰佐"，始能与下句"马俪骖服"相对。"车乘贰佐"者，谓车乘有贰车、佐车也。

〔三一〕**疋夫疋妇，亦配义矣**

"矣"，元本、弘治本、活字本、汪本、佘本、张本、两京本、王批本、训故本、四库本作"也"。　　冯舒校"矣"作"也"。何焯、顾广圻校同。

按"也"字是。既与上"则虽单为疋矣"句避复，语气亦较胜。演繁露十四引此二句作："如匹夫匹妇之称匹也。"是所见本即作"也"，当据改。又按诗大雅文王有声"作丰伊匹"毛传：

"匹,配也。"玉篇匚部:"匹,配也。"

〔三二〕**而千里致差**

按礼记经解:"易曰:'君子慎始,差若豪厘,缪以千里。孔疏谓为易系辞文,误。'"大戴礼记保傅篇:"易曰:'正其本,万物理;失之毫厘,差之千里。'故君子慎始也。"又见新书胎教篇。说苑建本篇:"易曰:'建其本而万物理,失之毫厘,差以千里。'是故君子贵建本而重立始。"史记自序:"故易曰:'失之毫厘,差以千里。'"汉书司马迁传作"差以毫厘,谬以千里"。集解:"骃案:今易无此语,易纬有之。"按见易乾凿度。

〔三三〕**夫辩言而数筌蹄**

黄校云:"(言)一作'疋';(筌)一作'首'。"万历梅本作"夫辩言而数筌蹄",校云:"(筌)一作'首'。"天启梅本作"夫辩疋而数首蹄",校云:"(首)元作'筌'。"　何本、凌本、梁本、秘书本、谢钞本、尚古本、冈本、崇文本作"夫辩言而数首蹄"。　元本、弘治本、活字本、汪本、佘本、两京本、胡本、训故本作"夫辩言而数蹄",脱一"首"字。徐𤊹校补"首"字。　王批本作"夫辩言而数筌"。

按大戴礼记小辩篇:"尔雅以观于古,足以辩言矣。"上文有"量首数蹄"语,则作"夫辩言而数首蹄”是也。

〔三四〕**丹青初炳而后渝**

按法言君子篇：“或问：‘圣人之言炳若丹青，有诸？’曰：‘吁，是何言与？丹青初则炳，久则渝。’”李注：“丹青初则炳然，久则渝变；圣人之书，久而益明。”晋书虞溥传：“溥乃作诰以奖训之，曰：‘……故学之染人，甚于丹青。丹青吾见其久而渝矣，未见久学而渝者也。’”

〔三五〕**可以无惭于千载也**

“惭”，何本、凌本、合刻本、梁本、冈本、尚古本、王本、崇文本作“愧”。

按以祝盟篇“所贵无惭”及事类篇“无惭匠石矣”例之，作“愧”非是。养气篇有“或惭凫企鹤”语。

〔三六〕**羿氏舛射**

按符子：“夏王使羿射于方尺之皮，径寸之的。乃命羿曰：‘子射之中，则赏子以万金之费；不中，则削子以十邑之地。’羿容无定色，气战于胸中，乃援弓而射之，不中；更射之，又不中。”御览七四五引。与帝王世纪黄、范两家注已具。所载者不同，故迻录之。

养气第四十二

昔王充著述，制养气之篇①，验己而作，岂虚造哉！夫耳目鼻口，生之役也〔一〕；心虑言辞，神之用也。率志委和〔二〕，则理融而情畅；钻砺过分〔三〕，则神疲而气衰：此性情之数也。夫三皇辞质〔四〕，心绝于道华；帝世始文，言贵于敷奏〔五〕；三代春秋，虽沿世弥缛，并适分胸臆，非牵课才外也。战代枝诈，攻奇饰说〔六〕；汉世迄今，辞务日新，争光鬻采，虑亦竭矣。故淳言以比浇辞，文质悬乎千载；率志以方竭情，劳逸差于万里；古人所以馀裕〔七〕，后进所以莫遑也〔八〕。

凡童少鉴浅而志盛，长艾识坚而气衰②〔九〕。志盛者思锐以胜劳，气衰者虑密以伤神：斯实中人之常资，岁时之大较也〔一〇〕。若夫器分有限，智用无涯❶，或惭凫企鹤③，沥辞镌思，于是精气内销，有似尾闾之波④〔一一〕；神志外伤，同乎牛山之木〔一二〕：怛惕之盛一作成。疾〔一三〕，亦可推矣。至如仲任置砚以综述⑤，叔元作敬，孙无挠改。通怀笔以专业⑥〔一四〕，既暄之以岁序，又煎之以日时，是以曹公惧为文之伤命〔一五〕，陆云叹用思之困神⑦，非虚谈也。

夫学业在勤，功庸弗怠，故有锥股自厉⑧，和熊以苦之人〔一六〕。志于文也，则申写郁滞〔一七〕，故宜从容率情，优柔适会〔一八〕。若销铄精胆，蹙迫和气，秉牍以驱龄，洒翰以伐性⑨，岂圣贤之素心，会文之直理哉？且夫思有利钝〔一九〕，时有通塞〔二〇〕，沐则心覆⑩，且或反常，神之方昏，再三愈黩〔二一〕。是以吐纳文艺，务在节宣⑪，清和其心，调畅其气，烦而即舍，勿使壅滞❷〔二二〕；意得则舒怀以命笔〔二三〕，理伏则投笔以卷怀〔二四〕，逍遥以针劳，谈笑以药倦。常弄闲于才锋，贾馀于文勇⑫〔二五〕，使刃发如新❸，腠理无滞⑬〔二六〕，虽非胎息之迈术⑭〔二七〕，斯亦卫气之一方也。

赞曰：纷哉万象，劳矣千想。元神宜宝，素气资养。水停以鉴⑮〔二八〕，火静而朗。无扰文虑，郁此精爽⑯〔二九〕。

【黄叔琳注】

①**养气**〔王充论衡自纪篇〕章和二年，罢州家居，年渐七十，乃作养性之书，凡十六篇。养气自守，适食则酒，闭明塞聪，爱精自保，适辅服药引导，庶冀性命可延，斯须不老。 ②**长艾**〔典礼〕五十曰艾。 ③**惭凫企鹤**〔庄子〕凫胫虽短，续之则忧。鹤胫虽长，断之则悲。 ④**尾闾**〔庄子〕北海若曰：天下之水莫大于海，万川归之，不知何时止而不盈。尾闾泄之，不知何时已而不虚。〔注〕尾闾，海东川名。 ⑤**置砚**〔谢承后汉书〕王充于宅内门户墙柱，各置笔砚简牍，见事而作，著论衡。 ⑥**怀笔**〔曹褒传〕褒字叔通，博雅疏通，常憾朝廷制度未备，慕叔孙通为汉礼仪，昼夜研精，沈吟专思，寝则怀抱笔札，行则诵习文书，当其念至，忘所之适。 ⑦**用思困神**〔陆云与

兄平原书〕兄文章已自行天下，多少无所在，且用思困人，亦不事复及。 ⑧**锥股**〔战国策〕苏秦乃发书、陈箧数十，得太公阴符，伏而诵之。读书欲睡，引锥自刺其股。 ⑨**驱龄伐性**〔王充效力篇〕秦武王与孟说举鼎不任，绝脉而死。少文之人，与董仲舒等涌胸中之思，必将不任，有绝脉之变。王莽之时，省五经章句，皆为二十万，博士弟子郭路夜定旧说，死于烛下。精思不任，绝脉气灭也。 ⑩**心覆**〔左传〕晋侯之竖头须求见，公辞焉以沐。谓仆人曰：沐则心覆，心覆则图反，宜吾不得见也。仆人以告，公遽见之。 ⑪**节宣**〔左传〕节宣其气。 ⑫**贾馀**〔左传〕齐高固曰：欲勇者贾余馀勇。 ⑬**腠理**〔吕氏春秋〕伊尹曰：用新去陈，腠理遂通。高诱曰：腠理，肌脉也。 ⑭**胎息**〔汉武内传〕王真习闭气而吞之，名曰胎息。行之断谷一百馀年，肉色光美，力并数人。〔抱朴子〕胎息者，能以鼻口嘘吸，如在胎之中。〔宋史艺文志〕有卧龙隐者胎息歌一卷。 ⑮**水停**〔庄子〕水静则明烛须眉。 ⑯**精爽**〔左传〕心之精爽，是谓魂魄。

【李详补注】

❶**智用无涯**详案：〔庄子养生主篇〕吾生也有涯，而知也无涯，以有涯随无涯，殆已。〔郭注〕以有限之性，寻无极之知，安得而不困哉？〔陆氏释文〕知，音智。 ❷**烦而即舍二句**详案：〔左传昭公元年〕先王之乐，所以节百事

也。故有五节，迟速本末以相及。中声以降，五降之后，不容弹矣。于是有烦手淫声，慆堙心耳，乃忘平和，君子弗听也。物亦如之，至于烦乃舍也已，无以生疾。又云：勿使有所壅闭湫底，以露其体。〔杜注〕湫，集也。底，滞也。露，羸也。　❸**刃发如新**详案：〔庄子养生主篇〕庖丁曰：臣之刀十九年矣，所解数千牛，而刀刃若新发于硎。〔释文〕硎，音刑，磨石也。

【杨明照校注】

〔一〕**夫耳目鼻口，生之役也**

按吕氏春秋贵生篇："夫耳目鼻口，生之役也。"高注："役，事也。"

〔二〕**率志委和**

按庄子知北游篇："生非汝有，是天地之委和也。"释文引司马彪云："委，积也。"

〔三〕**钻砺过分**

按文选任昉为范尚书让吏部封侯第一表："固尝钻厉求学，而一经不治。"吕延济注："钻先王之道，勉厉于学，不能精治一经也。""砺"、"厉"，古今字。

〔四〕**夫三皇辞质**

"皇"，两京本、胡本作"王"。

按"王"字非是。孝经纬援神契："三皇无文。"周礼地官保氏贾疏引。是其证。

〔五〕**帝世始文,言贵于敷奏**

按书舜典:"敷奏以言。"孔传:"敷,陈也。奏,进也。"

〔六〕**战代枝诈,攻奇饰说**

"枝",两京本、胡本、训故本、冈本作"技"。　　徐𤊹校"枝"作"谲"。

按"枝"与"技"于此均费解,与"谲"之形亦不近,恐非舍人之旧。疑当作"權"。權,俗作权。盖初由權作权,后遂讹为枝或技耳。此云"权诈",正如谐隐篇"盖意生于权谲"之"权谲"然也。说文言部:"谲,权诈也。"诗大序孔疏:"谲者,权诈之名。"扬雄尚书箴:"秦尚权诈。"类聚四八引。论衡定贤篇:"以权诈卓谲,能将兵御众为贤乎?是韩信之徒也。"汉书刑法志:"春秋之后,灭弱吞小,并为战国。……雄桀之士,因势辅时,作为权诈,以相倾覆。吴有孙武,齐有孙膑,魏有吴起,秦有商鞅,皆禽敌立胜,垂著篇籍。当此之时,合从连衡,转相攻伐,代为雌雄。……世方争于功利,而驰说者以孙、吴为宗。"抱朴子外篇仁明:"曩六国相吞,豺虎力竞,高权诈而下道德。"并以"权诈"连文,可证。又按刘向战国策书录:"是故始皇因四塞之固,……并有天下,杖于谋诈之弊。""枝"

或"技",岂"杖"之误欤?以其形最近,姑附识于此。

〔七〕**古人所以馀裕**

按孟子公孙丑下:"岂不绰绰然有馀裕哉!"赵注:"岂不绰然舒缓有馀裕乎?绰、裕皆宽也。"朱集注:"绰绰,宽貌。裕,宽意也。"

〔八〕**后进所以莫遑也**

按诗召南殷其雷:"莫敢或遑。"毛传:"遑,暇也。"郑笺:"无敢或閒暇时。"

〔九〕**长艾识坚而气衰**

按吕氏春秋去宥篇:"人之老也,形益衰而智益盛。"高注:"老者见事多,所闻广,故智益盛。"礼记曲礼上:"五十曰艾。"郑注:"艾,老也。"释文:"艾,五盖反。谓苍艾色也。"方言六:"艾,长老也。东齐、鲁、卫之间,凡尊老或谓之艾。"释名释长幼:"五十曰艾。艾,乂也;乂,治也。治事能断割芟刈,无所疑也。"盐铁论未通篇:"五十以上曰艾老。"

〔一〇〕**岁时之大较也**

按史记货殖传序:"此其大较也。"索隐:"(较)音角。大较,犹大略也。"文选何晏景福殿赋:"羌瑰玮以壮丽,纷彧彧其难分,此其大较也。"李注:"大较,犹大略也。"

〔一一〕**于是精气内销,有似尾闾之波**

"波",两京本、胡本作"洩"。

按"洩"同"泄"。字是。玉篇水部:"泄,又思列切。漏也。洩,同上。"广韵十七薛:"泄,漏泄也。……亦作洩。"上句言"销",下句言"洩",文意始合;声律亦谐。作"波"非是。文选嵇康养生论:"或益之以畎浍,而泄之以尾闾。"李注引司马彪(庄子注)曰:"尾闾,水之从海水出者也。一名沃燋,在东大海之中。尾者,在百川之下,故称尾。闾者,聚也。水聚族之处,故称闾也。"李周翰注:"畎浍,细流也。尾闾,海水泄处也。言人之服药,所益如细流之进,而乃多泄其精,如尾闾之泄。"

〔一二〕**神志外伤,同乎牛山之木**

"木",两京本、胡本作"伐"。

按"伐"字是。"伐"与上句之"洩"皆动词。孟子告子上:"孟子曰:'牛山之木尝美矣,以其郊于大国也,斧斤伐之,可以为美乎?是其日夜之所息,雨露之所润,非无萌蘖之生焉,牛羊又从而牧之,是以若彼濯濯也。人见其濯濯也,以为未尝有材焉,此岂山之性也哉?……亦犹斧斤之于木也,旦旦而伐之,可以为美乎?……故苟得其养,无物不长;苟失其养,无物不消。'"赵注:"牛山,齐之东南山也。邑外谓之郊。息,长也。濯濯，无草木之貌。牛山木尝盛美，以在国郊，斧斤牛羊，使之不得有草木耳，非山之性无草木也。”

〔一三〕**怛惕之盛疾**

“怛”，张本作“恒”。　　“盛”，黄校云：“一作‘成’。”　　天启梅本改“成”。

按“恒”字误。史记文帝纪：“后二年，上曰：‘……今朕夙兴夜寐，勤劳天下，忧苦万民，为之怛惕不安。’”是“怛惕”连文之证。汉书作“恻怛”，颜注：“恻，痛也。怛，恨也。怛音丁曷反。”“盛”读平声，在器中曰盛。史记文帝纪集解引应劭注。“怛惕盛疾”，犹言疾在怛惕之中，即忧能伤人之意也。天启梅本改“成”，非是。

〔一四〕**叔通怀笔以专业**

“叔”，黄校云：“元作‘敬’，孙无挠改。”此沿梅校。

按训故本、谢钞本正作“叔”。孙改是也。

〔一五〕**是以曹公惧为文之伤命**

按曹公檄移、章表两篇及此凡三见。它篇则称魏武。当是曹操。其语它书未见征引。魏略：“陈思王精意著作，食饮损减，得反胃病也。”御览三七六引。抱朴子佚文：“扬雄作赋，有梦肠之谈；曹植为文，有反胃之论，言劳神也。”海录碎事十八引。录此以备参考。范注引金楼子嫌晚。

〔一六〕**夫学业在勤,功庸弗怠,故有锥股自厉,和熊以苦之人**

"功庸弗怠"、"和熊以苦之人"二句,元本、弘治本、活字本、汪本、佘本、张本、王批本、万历梅本、谢钞本、汇编本、文津本无。　　何焯云:"和熊,唐人事。此后人谬增。"

按两京本、何本、胡本、训故本、天启梅本夹行沾刻。有此二句。寻绎文意,实不必有,确出后人谬增。天启梅本后,各本皆从之。

〔一七〕**志于文也,则申写郁滞**

何焯云:"'志',疑作'至'。"纪昀说同。　　两京本、胡本"也"下有"舍气无依"四字;"滞"下有"玄解顿释之辈"六字。

按何、纪说是。训故本正作"至"。当据改。乐府篇"精之至也",唐写本误"至"为"志";史传篇"子长继志",元本等又误"志"为"至"。是"至"、"志"二字易淆误之证。两京本、胡本多出二句,亦为后人妄增。

〔一八〕**优柔适会**

按大戴礼记子张问入官篇:"优而柔之,使自求之。"家语入官篇同。王注:"优,宽也。柔,和也。使自求其宜也。"文选东方朔答客难吕延济注:"优柔,宽容。使自求所宜也。"

〔一九〕**且夫思有利钝**

按陆士龙文集与兄平原书："方当积思，思有利钝。"

〔二〇〕**时有通塞**

按文赋："若夫应感之会，通塞之纪，来不可遏，去不可止。"

〔二一〕**再三愈黩**

按易蒙："初筮，告；再三，渎。"释文："渎，乱也。"渎、黩古今字。

〔二二〕**是以吐纳文艺，务在节宣，清和其心，调畅其气，烦而即舍，勿使壅滞**

"调"，何本、凌本、别解本、尚古本、冈本、王本、郑藏钞本、崇文本作"条"。

按以书记篇"故宜条畅以任气"例之，作"条"是。文选王褒四子讲德论："进者乐其条畅。"古文苑刘歆遂初赋："玩琴书以条畅兮。"并以"条畅"为言。申鉴俗嫌篇："或问曰：'有养性乎？'曰：'养性秉中和，守之以生而已。……故君子节宣其气，勿使有所壅闭滞底。'"黄注："宣，散也。壅，外壅。闭，内闭。底，亦滞也。谓血气集滞也。"

〔二三〕**意得则舒怀以命笔**

"意得"，两京本作"理镕"；子苑三二引同。

按“理镕”与下句“理伏”重出一字，非是。王批本作“意得”。

〔二四〕**理伏则投笔以卷怀**

按文赋：“理翳翳而愈伏。”吕延济注：“翳翳，暗貌。”

〔二五〕**常弄闲于才锋，贾馀于文勇**

“贾”上，两京本有“时”字。

按“常”字直贯二句，“时”字不必有。子苑引无“时”字。

〔二六〕**腠理无滞**

铃木云：“‘凑’，当作‘腠’。”

按铃木说是。两京本、胡本、训故本正作“腠”。

〔二七〕**虽非胎息之迈术**

“迈”，顾广圻校“万”。

按元本、弘治本、汪本、张本、两京本、胡本、王批本、训故本正作“万”；子苑、广博物志二九引同。“万术”与下句“一方”对，顾校是也。本书以“万”与“一”对言辞句颇多，兹不具列。抱朴子内篇释滞：“得胎息者，能不黄注所引脱‘不’字。以鼻口嘘吸，如在胞胎之中，则道成矣。”

〔二八〕**水停以鉴**

按庄子德充符篇：“仲尼曰：‘人莫鉴于流水，而鉴于止水。’”成疏：“鉴，照也。夫止水所以留鉴者,为其澄清故也。”又:“平者,水停之盛也。”成疏:“停,止也。”文子九守篇:“人莫鉴于流潦,而鉴于澄水,以其清且静也。”淮南子俶真篇:“人莫鉴于流潦,而鉴于止水者,以其静也。”

〔二九〕**郁此精爽**

按左传昭公七年:“用物精多,则魂魄强。是以有精爽,至于神明。”孔疏:“精,亦神也;爽,亦明也。”

附会第四十三

何谓附会？谓总文理，统首尾，定与夺，合涯际，弥纶一篇，使杂而不越者也〔一〕。若筑室之须基构，裁衣之待缝缉矣。夫才量学文，宜正体制〔二〕，必以情志为神明，事义为骨髓，辞采为肌肤，宫商为声气，然后品藻元黄，摛振金玉〔三〕，献可替否〔四〕，以裁厥中：斯缀思之恒数也〔五〕。凡大体文章，类多枝派，整派者依源，理枝者循干，是以附辞会义〔六〕，务总纲领，驱万途于同归，贞百虑于一致〔七〕；使众理虽繁，而无倒置之乖，群言虽多，而无棼丝之乱〔八〕；扶阳而出条，顺阴而藏迹〔九〕，首尾周密，表里一体，此附会之术也。夫画者谨发而易貌〔一〇〕，射者仪毫而失墙①，锐精细巧，必疏体统。故宜诎寸以信尺②，枉尺以直寻〔一一〕，弃偏善之巧，学具美之绩，此命篇之经略也。

夫文变多汪作无。方〔一二〕，意见浮杂，约则义孤，博则辞叛〔一三〕，率故多尤③〔一四〕，需为事贼④。且才分不同，思绪各异，或制首以通尾，或尺一作片。接以寸附，然通制者盖寡，接附者甚众。若统绪失宗，辞味必乱；义脉不流，则偏枯文体⑤。夫能悬识凑理⑥〔一五〕，然后节文一作文节。自会〔一六〕，如胶之粘木，豆之合黄矣。是以驷牡异力，而六辔如琴〔一七〕，并驾齐驱，而一毂统辐，驭文之法，有似于此。去留随心，修短在手，齐其步骤，总辔而已⑦。

故善附者异旨如肝胆，拙会者同音如胡越⑧，改章难于造篇，易字艰于代句，此已然之验也。昔张汤拟奏而再却〔一八〕，虞松草表而屡谴，并理事之不明〔一九〕，而词旨之失调也。及倪宽更草〔二〇〕，锺会易字，而汉武叹奇⑨，晋景称善者⑩，乃理得而事明，心敏而辞当也。以此而观，则知附会巧拙，相去远哉！若夫绝笔断章，譬乘舟之振楫；会词切理，如引辔以挥鞭。克终底绩〔二一〕，寄深写远〔二二〕。若首唱荣华，而媵句憔悴〔二三〕，则遗势郁湮〔二四〕，馀风不畅，此周易所谓臀无肤，其行次且也〔二五〕。惟首尾相援，则附会之体，固亦无以加于此矣。

赞曰：篇统间关〔二六〕，情数稠叠。原始要终，疏条布叶。道味相附，悬绪自接。如乐之和⑪，心声克协。

【黄叔琳注】

①**仪毫**〔吕氏春秋处方篇〕今夫射者仪毫而失墙，画者仪发而失貌，言审本也。　②**诎寸**〔文子〕老子曰：屈寸而伸尺，小枉而大直，圣人为之。　③**率故多尤**〔文赋〕或率意而寡尤。　④**事贼**〔左传〕需，事之贼也。　⑤**偏枯**〔吕氏春秋〕鲁公孙绰曰：我固能治偏枯。　⑥**悬识**〔扁鹊传〕扁鹊过齐，桓侯客之，入朝见曰：君有疾在腠理，不治将深。　⑦**总辔**〔家语〕善御马者，正身以总辔。⑧**同音**〔贾谊传〕胡粤之人，生而同声，及其长而成俗，累数译不能相通，行有虽死而不相为者，则教习然也。

⑨**叹奇**〔兒宽传〕张汤为廷尉,有疑奏已再见却矣,掾史莫知所为。宽为言其意,掾史因使宽为奏。奏成,即时得可。异日汤见,上问曰:前奏非俗吏所及,谁为之者?汤言兒宽。上曰:吾固闻之久矣。　⑩**称善**〔世说〕司马景王命中书虞松作表,再呈不可。锺会取视,为定五字。松悦服,以呈景王。王曰:不当尔耶!　⑪**如乐**〔左传〕如乐之和,无所不谐。

【杨明照校注】

〔一〕**使杂而不越者也**

按易系辞下:"其称名也,杂而不越。"韩注:"各得其序,不相逾越。"

〔二〕**夫才量学文,宜正体制**

"量",宋本、钞本御览五八五引作"童"。　范文澜云:"'才量学文','量'疑当作'优',或系传写之误。殆由'学优则仕'意化成此语。"

按范说误。"量"之形音与"优"俱不近,恐难致误;"才量学文",与"学优则仕"亦毫不相干,何能由其化成?御览引作"童"极是。"量"其形误也。当据改。

〔三〕**摛振金玉**

按孟子万章下:"孔子之谓集大成。集大成也者,金声而玉振之也。金声也者,始条理也;玉振之也者，终条理也。”赵注：“孔子集先圣之大道，故成己之圣德者也。故能金声而玉振之。振，扬也。故如金音之有杀，振扬玉音，终始如一也。”汉书兒宽传：“宽对曰：‘……唯天子武帝。建中和之极，兼总条贯，金声而玉振之。’”颜注：“言振扬德音，如金玉之声也。”汉书叙传上：“（答宾戏）摛藻如春华。”颜注：“摛，布也。”

〔四〕**献可替否**

按左传昭公二年：“（晏子）对曰：‘……君所谓可，而有否焉，臣献其否，以成其可；君所谓否，而有可焉，臣献其可，以去其否。’”晏子春秋外篇七同。杜注：“否，不可也。献君之否，以成君可。”国语晋语九：“（史黯）对曰：‘……夫事君者，谏过而赏善，荐可而替否，献能而进贤，择材而荐之。’”韦注：“荐，进也。替，去也。”

〔五〕**斯缀思之恒数也**

“恒”，元本、弘治本、活字本、汪本、佘本、张本、两京本、王批本、何本、胡本、梅本、凌本、合刻本、梁本、秘书本、汇编本、尚古本、冈本、四库本、王本、张松孙本、郑藏钞本、崇文本作“常”；子苑三二、文通二一引同。　　御览引作“恒”；训故本、谢钞本同。何焯校作“恒”。

按“恒”、“常”古多通用。然以文心全书諭之，用

“常”字者，凡二十一见；用“恒”字者，仅十一见。似不必改“常”为“恒”也。

〔六〕**是以附辞会义**

按晋书文苑左思传：“（刘逵注三都赋序）傅辞会义，抑多精致。”“附”与“傅”通。

〔七〕**驱万途于同归，贞百虑于一致**

按易系辞下：“天下同归而殊途，一致而百虑。”

〔八〕**而无棼丝之乱**

按左传隐公四年：“以乱，犹治丝而棼之也。”释文：“棼，乱也。”

〔九〕**扶阳而出条，顺阴而藏迹**

按后汉书崔骃传：“（达旨）故能扶阳以出，顺阴而入，春发其华，秋收其实，有始有极，爰登其质。”庄子渔父篇：“人有畏影恶迹而去之走者，举足愈数而迹愈多，走愈疾而影不离身；自以为尚迟，疾走不休，绝力而死。不知处阴以休影，处静以息迹。”汉书枚乘传：“吴王（濞）之初怨望谋为逆也，乘奏书谏曰：‘……人性有畏其景而恶其迹者，却背而走，迹愈多，景愈疾，不知就阴而止，景灭迹绝。’”又见说苑正谏篇（“不知”作“不如”，文选上书谏吴王同）。荀子解蔽篇涓蜀梁事，有异。

〔一〇〕**夫画者谨发而易貌**

范文澜云：“‘易貌’，疑当作‘遗貌’。‘遗貌’即

'失貌'也。"

按"易"字不误。范说非是。"易",轻也;左传襄公十五年杜注。轻易也。礼记乐记郑注。诂此并无不合。"谨发易貌",即重小轻大之意。不必准吕氏春秋、处方篇。淮南子说林篇。之"失貌",而改"易"为"遗"也。孙锵鸣吕氏春秋高注补正:"处方篇注未明。文心雕龙附会篇引此二语下,言'锐精细巧,必疏体统',似谨于小而忽于大之意。"见国故月刊第三册。孙说确得其肯綮所在。故迻录之。

〔一一〕**故宜诎寸以信尺,枉尺以直寻**

按文子上义篇:"老子曰:'屈寸而伸尺,小枉而大直,圣人为之。'"又:"老子曰:'屈者,所以求伸也;枉者,所以求直也。屈寸伸尺,小枉大直,君子为之。'"尸子:"孔子曰:'诎寸而信尺,小枉而大直,吾为之也。'"御览八百三十引。淮南子氾论篇:"詘寸而伸尺,圣人为之;小枉而大直,君子行之。"高注:"寸,小;尺,大;枉,曲也。"孟子滕文公下:"陈代曰:'……且志曰:"枉尺而直寻。"宜若可为也。'""诎"、"屈"通。"詘","诎"之或体。见说文言部诎字下。"信"读为伸。

〔一二〕**夫文变多方**

"多",黄校云:"汪作'无'。"　冯舒"多"改

"无"。何焯校同。

按御览引作"无";元本、弘治本、活字本、佘本、张本、两京本、王批本、何本、胡本、训故本、合刻本、梁本、秘书本、尚古本、冈本、四库本、王本、郑藏钞本、崇文本同。通变篇"变文之数无方",与此意同,当以作"无"为是。明诗、谐隐、书记三篇并有"无方"之文。子苑引正作"无",是所见本尚未误也。"多"字盖涉下文而误。

〔一三〕**博则辞叛**

"叛",弘治本、汪本、佘本作"判"。 徐𤊹校"判"为"叛"。

按易系辞下:"将叛者,其辞惭。"此"辞叛"二字所本。作"判"非是。王批本、子苑引作"叛",可证。

〔一四〕**率故多尤**

"率",御览引作"变"。

按文赋:"或率意而寡尤。"舍人反其意而用之,与下"需为事贼"句各明一义。作"变"非是。子苑引作"率"。

〔一五〕**夫能悬识凑理**

"凑",两京本、胡本、训故本作"腠";子苑、文通引同。

按"腠"字是。"悬识腠理",用扁鹊见蔡桓公史记扁鹊传、新序杂事二作齐桓侯。事，见韩非子喻老篇。

〔一六〕**然后节文自会**

“节文”，黄校云：“一作‘文节’。” 元本、弘治本、活字本、汪本等作“文节”。

按御览引作“节文”，是也。诔碑、章表、书记、定势、镕裁、章句六篇，均有“节文”之词。元本、弘治本、活字本、汪本等作“文节”，误。礼记坊记：“礼者，因人之情而为之节文。”即舍人“节文”一词所本。

〔一七〕**是以驷牡异力，而六辔如琴**

“驷”，御览引作“四”。何本、凌本、梁本、秘书本、尚古本、冈本、王本、郑藏钞本、崇文本亦并作“四”。毛诗中句有“四牡”者，凡二十七见，皆不作“驷”。诗小雅车舝：“四牡騑騑，六辔如琴。”郑笺：“……其御群臣，使之有礼，如御四马騑騑然，持其教令，使之调均，亦如六辔缓急有和也。”

〔一八〕**昔张汤拟奏而再却**

“拟(擬)”，宋本、钞本御览引作“疑”；王批本、子苑、广博物志二九、文通引同。 元本、弘治本、活字本、汪本、佘本、张本、两京本、何本、胡本、训故本、梅本、凌本、合刻本、梁本、秘书本、谢钞本、汇编本、尚古本、冈本、王本、张松孙本、郑藏钞本、崇文本亦并作"疑"。　　冯舒、何焯校"疑"为"拟",黄氏从之。

按"拟"字是。"拟"为动词,"拟奏",始能与下句之"草表"相俪。各本作"疑",盖狃于汉书儿宽传"有疑奏已再见却矣"句而改耳。殊不知彼文之"疑奏",乃指所草之奏言;此处之"拟奏",则就草拟其奏之事言。所指固不同也。

〔一九〕**并理事之不明**

"理事",御览引作"事理"。

按铭箴篇"何事理之能闲哉",杂文篇"致辨于事理",议对篇"事理明也",指瑕篇"所以明正事理",并作"事理"。则此当以御览所引为是。论衡宣汉篇有"核事理之情"语。

〔二〇〕**及倪宽更草**

"倪",元本、弘治本、汪本、佘本、张本、两京本、胡本、训故本作"兒";王批本、子苑、广博物志引同。

冯舒校"倪"作"兒"。何焯校同。

按以时序篇"叹兒宽之拟奏"证之,此必原作"兒"也。当据改。汉书卷五八有传作"兒"。

〔二一〕**克终底绩**

按"底",当作"厎"。已详诠赋篇"厎绩于流制"条。郑藏钞本作"厎",未误。

〔二二〕**寄深写远**

元本、活字本作“寄在写远”;喻林八八引同。

弘治本、汪本、佘本作“寄在写远送”。　　张本、何本、万历梅本、凌本、合刻本、梁本、秘书本、谢钞本、尚古本、冈本作“寄在写以远送”;文通引同。　　两京本、王批本、胡本作“寄深写远送”。吴翌凤云“寄深写远”,与上四字作对。

按诸本皆误。疑当作“寄在写送”。“写送”,六朝常语。已详诠赋篇“迭致文契”条。

〔二三〕**若首唱荣华,而媵句憔悴**

按文子上德篇:“有荣华者,必有愁悴。”淮南子说林篇:“有荣华者,必有憔悴。”汉书叙传上:“(答宾戏)朝为荣华,夕而焦瘁。”颜注:“焦音在消反。瘁与悴同。”文选答宾戏作“朝为荣华,夕为憔悴”。尔雅释草:“木谓之华,草谓之荣。”析言则异,浑言则同。

〔二四〕**则遗势郁湮**

按左传昭公二十九年:“郁湮不育。”杜注:“郁,滞也;湮,塞也。”释文:“湮,音因。”

〔二五〕**此周易所谓臀无肤,其行次且也**

“且”,元本、弘治本、汪本、张本、王批本、谢钞本作“雎”。训故本作“䳜”。　　徐𤊹云:“‘雎’,当作‘且’。”　　何焯改“且”。

按舍人用经传语,多从别本。以元本、弘治本等作“雎”推之,此必原是“雎”字。今作“且”者,盖为后人所改。绝不是文心即已作“且”也。又按广雅释训：“迩睢，难行也。”玉篇隹部：“睢，次睢，行难也。”是“睢”字不误，何烦依易夬卦爻辞改“睢”为“且”耶？

〔二六〕**篇统间关**

按此与下句“情数稠叠”相对，而各明一义。“篇统间关”，喻结构之曲折；“情数稠叠”，喻内容之繁富。则“间关”二字，与诗小雅车舝之“间关”异趣。汉书王莽传下：“间关至渐台。”颜注：“间关，犹言崎岖展转也。”后汉书邓骘传：“骘等辞让不获，遂逃避使者，间关诣阙。”章怀注：“间关，犹言崎岖也。”又荀彧传论：“荀君乃越河冀，间关以从曹氏。”章怀注：“间关，犹展转也。”解此并合。

总术第四十四〔一〕

今元作令，商改。之常言〔二〕，有文有笔，以为无韵者笔也，有韵者文也。夫文以足言，理兼诗书〔三〕，别目两名，自近代耳。颜延年以为笔之为体，言之文也〔四〕；经典则言而非笔，传记则笔而非言。请夺彼矛，还攻其楯矣❶〔五〕。何者？易之文言，岂非言文？若笔不言文，不得云经典非笔矣。将以立论，未见其论立也。予以为发口为言，属笔曰翰〔六〕，常道曰经，述经曰传〔七〕。经传之体，出言入笔，笔为言使，可强可弱。分疑有脱误。经以典奥为不刊，非以言笔为优劣也。昔陆氏文赋，号为曲尽①，然泛论纤悉〔八〕，而实体未该。故知九变之贯元作实，杨改。匪穷②，元作躬，孙改。知言之选难备矣。

凡精虑造文，各竞新丽，多欲练辞，莫肯研术。落落之玉，或乱乎石③；碌碌之石，时似乎玉〔九〕。精者要约，匮者亦鲜；博者该赡，芜元作无，朱改。者亦繁〔一〇〕；辩者昭皙〔一一〕，浅者亦露；奥者复隐，诡者亦典〔一二〕。或义华而声悴，或理拙而文泽。知夫调钟未易〔一三〕，张琴实难〔一四〕。伶人告和〔一五〕，不必尽窕槬桍字衍。之中④〔一六〕；动用挥扇，何必穷初终之韵〔一七〕：魏文比篇章于音乐⑤，盖有征矣。夫不截盘根⑥，无以验利器；不剖文奥，无以辨通才。才之能通，必资晓术，自非圆鉴区域，大判条例，岂能控引情元作清。源〔一八〕,制胜文苑哉!

是以执术驭篇,似善弈之穷数;弃元作筑。术任心〔一九〕,如博塞之邀遇⑦〔二〇〕。故博塞之文,借巧傥来⑧,虽前驱有功,而后援难继,少既无以相接,多亦不知所删,乃多少之并元作非,许改。惑〔二一〕,何妍蚩之能制乎〔二二〕?若夫善弈之文,则术有恒数,按部整伍,以待情会,因时顺机,动不失正。数逢其极,机入其巧,则义味腾跃而生,辞气丛杂而至。视之则锦绘,听之则丝簧,味之则甘腴,佩之则芬芳,断章之功,于斯盛矣。夫骥足虽骏,缨元作缠,许改。牵忌长⑨〔二三〕,以万分一累,且废千里。况文体多术,共相弥纶,一物携贰,莫不解体。所以列在一篇,备总情变〔二四〕,譬三十之辐⑩,共成一毂❷,虽未足观,亦鄙夫之见也〔二五〕。

赞曰:文场笔苑,有术有门。务先大体,鉴必穷源〔二六〕。乘一总万,举要治繁。思无定契,理有恒存。

【黄叔琳注】

①**曲尽**〔文赋序〕他日殆可谓曲尽其妙。 ②**九变**〔汉武帝诏〕诗云:九变复贯,知言之选。 ③**玉石**〔老子法本〕不欲琭琭如玉,落落如石。 ④**窕槬**〔左传〕周景王将铸无射,伶州鸠曰:夫音,乐之舆也,而钟,乐之器也。窕则不减,槬则不容,今钟槬矣。 ⑤**魏文**〔魏文帝典论论文〕文以气为主,气之清浊有体,不可力强而致。譬之音乐,曲度虽均,节奏同检,至于引气不齐,巧拙有素,虽

在父兄,不能移其子弟。 ⑥**盘根**〔虞诩传〕不遇盘根错节,何以别利器乎? ⑦**博塞**〔许慎说文〕博,局戏也,六箸十二棋也。又行棋相塞曰博塞。 ⑧**傥来**〔庄子〕轩冕在身,非性命也。物之傥来,寄也。 ⑨**缰牵**〔战国策〕段干越谓韩相新城君曰:昔王良弟子驾千里之马,过京父之弟子。京父之弟子曰:马,千里之马也;服,千里之服也;而不能取千里,何也?曰:子缰牵长。故缰牵于事,万分之一也,而难千里之行。 ⑩**三十之辐**〔考工记〕轮辐三十,以象日月也。

【李详补注】

❶**今之常言**至**还攻其楯矣**详案:彦和言文笔别目两名自近代,而颜延年以为笔之为体言之文也。案此尚言文笔未分,然南史颜延之传,言其诸子,竣得臣笔,测得臣文。又作首鼠两端之说,则无怪彦和诋之矣。惟南朝所言文笔界目,其理至微。阮文达〔研经室文集〕有学海堂文笔策问,其子阮福拟对附后,即文达所修润也。今摭其要以为彦和左证。策问云:问六朝至唐,皆有长于文长于笔之称,如颜延之云:竣得臣笔,测得臣文是也。何者为文,何者为笔,福拟对引金楼子立言篇云:屈原、宋玉、枚乘、长卿之徒,止于辞赋,则谓之文。至如不便为诗如阎纂,善为章奏如伯松,前此之流,泛谓之笔。吟咏风谣,流连哀思者谓之文。而学者率多不便属辞,守其章句,

迟于通变,质于心用。徒能扬榷若言,抵掌多识,然而挹源知流,亦足可贵。笔退则非谓成篇,进则不云取义,神其巧惠,笔端而已。至如文者,惟须绮縠纷披,宫徵靡曼,唇吻遒会,情灵摇荡。福附案云:福读此篇,呈家大人,大人曰:此足以明六朝文笔之分。福又引彦和无韵者笔,有韵者文,谓文笔之义,此最分明。盖文取乎沉思翰藻,吟咏哀思,故以有情辞声韵者为文。笔从聿,亦名不聿。聿,述也。直言无文采者为笔。详案:阮氏父子所断断于文笔之别,最为精审。而以情辞声韵附会彦和之说,不使人疑专指用韵之文而言,则于六朝文笔之分豁然矣。 ❷**三十之辐共成一毂**黄注〔考工记〕轮辐三十,以象日月也。详案:当先引〔老子〕三十辐共一毂。

【杨明照校注】

〔一〕**总术**

按今本有错简,本篇统摄神思至附会所论为文之术,应是第四十五,殿九卷之后;时序与才略互有关联,不能分散在两卷,时序应为第四十六,冠十卷之首。子苑卷三十二即以时序与才略两篇相连,是所见文心篇之次第,尚未殽乱也。当据正。物色介于时序、才略之间,殊为不伦,当移入九卷中,其位置应为第四十一。指瑕、养气、附会三篇依次递降。

〔二〕**今之常言**

"今",黄校云:"元作'令',商改。"此沿梅校。 徐𤎌"令"改"今"。

按"今"字是。元本、覆刻汪本、张本、两京本、何本、胡本、训故本、谢钞本、四库本并作"今",不误。宋翔凤过庭录卷十五文笔条有说,兹从略。

〔三〕**夫文以足言,理兼诗书**

按左传襄公二十五年:"仲尼曰:'志有之:言以足志,文以足言。'""诗",谓有韵之文;"书",谓无韵之文。

〔四〕**言之文也**

按"文"谓文采,犹云言之文饰者也。

〔五〕**请夺彼矛,还攻其楯矣**

按韩非子难一篇:"楚人有鬻楯与矛者,誉之曰:'吾楯之坚,物莫能陷也。'又誉其矛曰:'吾矛之利,于物无不陷也。'或曰:'以子之矛陷子之楯,何如?'其人弗能应也。"

〔六〕**予以为发口为言,属笔曰翰**

按论衡书解篇:"出口为言,集札为文。"又:"出口为言,著文为篇。"又按以下文"出言入笔,笔为言使"及"非以言笔为优劣也"验之,"属笔曰翰",当乙作"属翰曰笔"。

〔七〕**常道曰经,述经曰传**

按论衡书解篇:“圣人作其经,贤者造其传;述作者之意,采圣人之志,故经须传也。”博物志四:“圣人制作曰经,贤者著述曰传。”

〔八〕**然泛论纤悉**

按汉书食货志上:“贾谊说上(文帝)曰:‘……古之治天下,至孅至悉也,故其畜积足恃。’”颜注:“孅,细也。悉,尽其事也。孅与纖(纤)同。”文选上林赋“妩媚孅弱”李注:“孅即纖字。”

〔九〕**落落之玉,或乱乎石;碌碌之石,时似乎玉**

按老子第三十九章:“不欲琭琭文子符言篇作碌。如玉,落落如石。”河上公注:“琭琭,喻少;落落,喻多。”后汉书冯衍传下:“又自论曰:‘冯子以为夫人之德,不碌碌如玉,落落如石。’”章怀注:“老子德经之词也。言可贵可贱,皆非道真。玉貌碌碌,为人所贵;石形落落,为人所贱。”疑此处“玉”、“石”二字淆次。晏子春秋内篇下:“坚哉石乎!落落,视之则坚,无以为久,是以速亡也。”亦可资旁证。

〔一〇〕**芜者亦繁**

“芜”,黄校云:“元作‘无’,朱改。”此沿梅校。徐𤊹校“芜”。　　张乙本、王批本、何本、训故本、谢钞本并作“芜”。

按朱改、徐校,是也。

〔一一〕**辩者昭晳**

“晳”，元本、弘治本、汪本、佘本、张本、两京本、王批本作“哲”。

按“晳”字是。已详征圣篇“文章昭晰以象离”条。

〔一二〕**诡者亦典**

何焯云：“‘典’字有讹。”

按“典”字与上文之“鲜”、“繁”、“露”不伦类，疑为“曲”之误。

〔一三〕**知夫调鐘（钟）未易**

按吕氏春秋长见篇：“晋平公铸为大鐘，使工听之，皆以为调矣。师旷曰：‘不调，请更铸之。’平公曰：‘工皆以为调矣。’师旷曰：‘后世有知音者，将知鐘之不调也，臣窃为君耻之。’至于师涓，而果知鐘之不调也。”高注：“调，和也。”又见淮南子修务篇。汉书扬雄传下：“（解难）师旷之调鍾，竢知音者之在后也。”抱朴子外篇喻蔽：“瞽旷之调鍾，未必求解于同世。”“鍾”、“鐘”音同得通。

〔一四〕**张琴实难**

按汉书董仲舒传：“仲舒对曰：‘……窃譬之琴瑟不调，甚者必解而更张之，乃可鼓也。……当更张而不更张，虽有良工，不能善调也。’”礼乐志“辟之琴瑟不调,甚者必解而更张之,乃可鼓也”即本自仲舒对策。宋书乐志四何承天鼓吹铙歌:“(上邪篇)琴瑟时未调,改弦当更张。”

〔一五〕**伶人告和**

按国语周语下:“钟成,伶人告和。”韦注:“伶人,乐人也。”

〔一六〕**不必尽窕槬桍之中**

“桍”,黄校云:“字衍。”此沿万历梅本校语(天启梅本已刬去“桍”字)。 元本、弘治本、活字本、张本、两京本、何本、胡本、训故本、凌本、合刻本、秘书本、谢钞本、尚古本、冈本、四库本、王本、张松孙本、郑藏钞本、崇文本并无“桍”字。汪本误为“瓜桍”二字,佘本“槬”上有“瓜”字。

按“桍”当据删。盖写者误重槬字未竣时,知其为衍,故未全书;传写者不察,亦复书出,遂致文不成义。

〔一七〕**动用挥扇,何必穷初终之韵**

何焯云:“‘挥扇’,未详。” 郝懿行云:“按‘动用挥扇,何必穷初终之韵’二句,未详。” 范文澜云:“‘动用挥扇’二句,未详其义。”

按此文向无注释,殆书中之较难解者。然反覆研求,亦有迹可寻:二语既承上“张琴”句,其义必与鼓琴之事有关。说苑善说篇:“雍门子周以琴见乎孟尝君。……雍门子周引琴而鼓之,徐动宫、徵，微挥羽、角；初原误作“切”，据桓谭新论改。终而成曲。孟尝君涕浪汗增欷，下而就之曰：‘先生之鼓琴，令文立若破国亡邑之人也。’”舍人遣辞，即出于此。如改“用”为“角”，改“扇”为“羽”，则文从字顺，涣然冰释矣。又按淮南子览冥篇：“昔雍门子以哭见于孟尝君，已而陈辞通意，抚心发声，孟尝君为之增欷歍唈，流涕狼戾不可止。”高注：“雍门子名周，善弹琴，又善哭。雍门，齐西门也，居近之，因以为氏。”汉书中山靖王传：“雍门子壹微吟，孟尝君为之於邑。”颜注：“张晏曰：‘齐之贤者，居雍门，因以为号。’苏林曰：‘六国时人，名周，善鼓琴，母死无以葬，见孟尝君而微吟也。’如淳曰：‘雍门子以善鼓琴见孟尝君，……孟尝君喟然叹息也。’师古曰：‘於邑，短气貌。於音乌。’”二书所载皆有助于知人论世，故覃及之。

〔一八〕**岂能控引情源**

“情”，黄校云：“元作‘清’。” 梅本作“清”，校云：“当作‘情’。”

按梅校是。“情源”与下句之“文苑”对。训故本、梁本、谢钞本正作“情”，未误。文溯本剜改为“情”。章句篇“控引情理”，亦其旁证。

〔一九〕**弃术任心**

“弃（棄）”，黄校云：“元作‘筑（築）’。”此沿梅校。

按元本、弘治本、活字本、汪本、佘本、张本、两京本、胡本、王批本、训故本、谢钞本作“无”；稗编七五、喻林八九引同。徐𤊹云：“‘无’，一作‘弃’。”以梅校“元作筑”覆刻汪本作“菜”。推之，改“弃”是也。何本作“弃”。陆士衡文集五等诸侯论：“弃道任术。”句法与此相同，亦可证。

〔二〇〕**如博塞之邀遇**

“邀遇”，两京本、胡本作“遨游”；喻林引同。冯舒云：“‘邀遇’，一作‘遨游’。”

按“邀”，求也。文选广绝交论李注引贾逵国语注。“遇”，偶也；尔雅释言。得也。孟子离娄下赵注。“博塞邀遇”，喻“弃术任心”以从事撰述，如博徒之希求偶得然。下文“故博塞之文，借巧傥来”云云，即承此而言。文选西京赋：“不邀自遇。”薛注：“不须邀逐，往自得之。”盖“邀遇”二字之所自出。两京本、胡本作“遨游”，乃据庄子骈拇篇“则博塞以游”句臆改，而昧其与上下文意之不惬也。

〔二一〕**乃多少之并惑**

“并”，黄校云：“元作‘非’，许改。”此沿梅校。

按许改是也。何本、谢钞本正作“并”。老子第二十二章：“少则得，多则惑。”舍人遣辞本此。

〔二二〕**何妍蚩之能制乎**

铃木云:"'蚩',当作'媸'。"

按"蚩"字未误,无烦改作。已详声律篇"是以声画妍蚩"条。又按"制"字与上下文意不符,疑为"别"之误。抱朴子外篇自序:"天才未必为增也,直所览差广,而觉妍蚩之别。"可资旁证。

〔二三〕**夫骥足虽骏,缰牵忌长**

"缰",黄校云:"元作'缠',许改。"此沿梅校。

按许改"缠"为"缰",是也。张本、何本、谢钞本并作"缰"。"缰牵忌长"出典,见战国策韩策三。原文范注已具。文选张华励志诗:"缰牵之长,实累千里。"李注:"……千里之马,系以长索,则为累矣。"李周翰注:"缰,索也,以御马也。"

〔二四〕**所以列在一篇,备总情变**

按谓神思以下各篇也。

〔二五〕**虽未足观,亦鄙夫之见也**

按曹子建集与杨德祖书:"今往仆少小所著辞赋一通相与,夫街谈巷说,必有可采,击辕之歌,有应风雅。匹夫之思,未易轻弃也。"舍人此语,盖其自谦,犹子建云"匹夫之思"然也。

〔二六〕**鉴必穷源**

"源",汪本、佘本作"深"。

按"深"字失韵,非是。史记大宛传赞有"穷河源"语。

时序第四十五〔一〕

时运交移，质文代变，古今情理，如可言乎？昔在陶唐，德盛化钧〔二〕，野老吐何力之谈①，郊童含不识之歌②。有虞继作，政阜民暇，薰风诗于元后③〔三〕，烂云歌于列臣④。尽其美者，何乃心乐而声泰也〔四〕！至大禹敷土，九序咏功；成汤圣敬，猗欤作颂⑤。逮姬文之德盛，周南勤而不怨⑥〔五〕；大王之化淳，邠风乐而不淫⑦〔六〕；幽厉昏而板荡怒⑧，平王微而黍离哀⑨。故知歌谣文理，与世推移，风动于上，而波震于下者〔七〕。

春秋以后，角战英雄，六经泥蟠⑩〔八〕，百家飙骇。方是时也，韩魏力政〔九〕，燕赵任权，五蠹六虱⑪，严于秦令，唯齐楚两国，颇有文学。齐开庄衢之第⑫，楚广兰台之宫⑬，孟轲宾馆，荀卿宰邑⑭，故稷下扇其清风⑮，兰陵郁其茂俗，邹子以谈天飞誉，驺奭以雕龙驰响⑯，屈平联藻于日月，宋玉交彩于风云。观其艳说，则笼罩雅颂。故知暐烨之奇意，出乎纵横之诡俗也。

爰至有汉，运接燔书⑰，高祖尚武，戏儒简学⑱，虽礼律草创⑲，诗书未遑〔一〇〕，然大风鸿鹄之歌⑳，亦天纵之英作也。施及孝惠，迄于文景㉑，经术颇兴，而辞人勿用〔一一〕，贾谊抑而邹枚沉㉒，亦可知已。逮孝武崇儒㉓，润色鸿业，礼乐争辉〔一二〕，辞藻竞骛：柏梁展朝谯之诗㉔，金堤制恤民之咏[25]〔一三〕，征枚乘以蒲轮[26]，申主父以鼎食[27]，擢公孙之对策[28]，叹兒宽之拟奏[29]〔一四〕，买臣负薪而衣锦[30]，相如涤器而被绣[31]；于是史迁寿王之徒[32]，严终枚皋之属[33]，应对固无方，篇章亦不匮，遗风馀采，莫与比盛❶。越昭及宣[34]，实继武绩，驰骋石渠[35]，暇豫文会，集雕篆之轶材[36]〔一五〕，发绮縠之高喻[37]〔一六〕；于是王褒之伦，底禄待诏[38]〔一七〕，自元暨成[39]，降意图籍，美元作笑。玉屑之谭，元作谏。清金马之路[40]，子云锐思于千首[41]，子政雠校于六艺[42]，亦已美矣。爰自汉室，迄至成哀，虽世渐百龄，辞人九变，而大抵所归，祖述楚辞〔一八〕，灵均馀影，于是乎在。

自哀平陵替[43]，光武中兴[44]，深怀图谶[45]，颇略文华，然杜笃献诔以免刑[46]，班彪参奏元作表，张俊度改。以补令[47]，虽非旁求，亦不遐弃。及明帝叠耀[48]，崇爱儒术〔一九〕，肄礼璧堂，讲文虎观[49]；孟坚珥笔于国史[50]〔二〇〕，贾逵给札元作礼，张改。于瑞元作端，张改。颂[51]，东平擅其懿文[52]，沛王振其通论[53]，帝则藩仪，辉光相照矣。自安和已下〔二一〕，迄至顺桓[54]，则有班傅三崔[55]，王马张蔡[56]〔二二〕，磊落鸿儒，才不时乏，而文章之选，存而不论〔二三〕。然中兴之后，群才稍改前辙，华实所附，斟酌经辞，盖历政讲聚，故渐靡儒风者也。降及灵帝[57]，时好辞制，造羲皇之书〔二四〕，开鸿都之赋〔二五〕，而乐松之徒，招集浅陋〔二六〕，故杨赐号为驩兜，蔡邕比之俳优，其馀风遗文，盖蔑如也〔二七〕。

自献帝播迁[58]，文学蓬转[59]，建安之末，区宇方辑。魏武以相王之尊[60]，雅爱诗章〔二八〕；文帝以副君之重[61]，妙善辞赋；陈思以公子之豪[62]，下笔琳琅〔二九〕：并体貌英逸[63]〔三〇〕，故俊才云蒸[64]。仲宣委质于汉南〔三一〕，孔璋归命于河北，伟长从宦于青土，公干狥质于海隅❷〔三二〕，德琏综其斐然之思，元瑜展其翩翩之乐，文蔚休伯之俦，于叔元作子俶。德祖之侣〔三三〕，傲雅觞豆之前〔三四〕，雍容衽席之上，洒笔以成酣歌，和墨以藉谈笑。观其时文，雅好慷慨，良由世积乱离，风衰俗怨，并志深而笔长，故梗概而多气也[65]。至明帝纂戎[66]〔三五〕，制诗度曲[67]，征篇章之士，置崇文之观[68]，何刘群才[69]，迭相照耀。少主相仍，唯高贵英雅[70]，顾盼合章〔三六〕，动言成论。于时正始馀风[71]，篇体轻澹，而嵇阮应缪[72]，并驰文路矣。

逮晋宣始基〔三七〕，景文克构〔三八〕，并迹沉儒雅，而务深方术。至武帝惟新，承平受命，而胶序篇章，弗简皇虑。降及怀愍[73]，缀旒而已[74]〔三九〕。然晋虽不文，人才实盛[75]：茂先摇笔而散珠，太冲动墨而横锦，岳湛曜联璧之华[76]，机云摽二俊之采[77]，应傅三张之徒〔四〇〕，元作从。孙挚成公之属，并结藻清英，流韵绮靡。前史以为运涉季世，人未尽才，诚哉斯谈，可为叹息！

元皇中兴[78]，披文建学，刘刁礼吏而宠荣[79]，景纯文敏而优擢。逮明帝秉哲[80]〔四一〕，元作束晳。雅好文会，升储御极，孳孳讲艺，练情于诰策，振采于辞赋；庾以笔才逾亲[81]〔四二〕，温以文思益厚[82]，揄扬风流，亦彼时之汉武也。

及成康促龄，穆哀短祚[83]，简文勃兴[84]，渊乎清峻，微言精理，函何本改亟。满元席〔四三〕，澹思浓采〔四四〕，时洒文囿。至孝武不嗣，安恭已矣[85]。其文史则有袁殷之曹，孙干之辈[86]，虽才或浅深，珪璋足用。自中朝贵元，江左称盛〔四五〕，因谈馀气，流成文体。是以世极迍邅，而辞意夷泰，诗必柱下之旨归[87]〔四六〕，赋乃漆园之义疏[88]❸。故知文变染乎世情，兴废系乎时序，原始以要终，虽百世可知也〔四七〕。

自宋武爱文，文帝彬雅，秉文之德〔四八〕，孝武多才，英采云构〔四九〕。自明帝元脱以下[89]〔五〇〕，文理替矣。尔其缙绅之林，霞蔚而飙起；王袁联宗以龙章[90]，颜谢重叶以凤采[91]，何范张沈之徒[92]，亦不可胜也〔五一〕。盖闻之于世，故略举大较。

暨皇齐驭宝[93]，运集休明：太祖以圣武膺箓，高祖以睿文纂业，文帝以贰离含章[94]，中宗以上哲兴运〔五二〕，并文明自天，缉遐疑作熙。景祚〔五三〕。今圣历方兴，文思光元作充。被〔五四〕，海岳降神〔五五〕，才英秀发〔五六〕。驭飞龙于天衢，驾骐骥于万里，经典礼章，跨周轹汉，唐虞之文，其鼎盛乎〔五七〕！鸿风懿采，短笔敢陈〔五八〕；飏言赞时〔五九〕，请寄明哲。

赞曰：蔚映十代〔六〇〕，辞采九变。枢中所动，环流无倦[95]。质文沿时，崇替在选。终古虽远，旷汪作暧。焉如面〔六一〕。

【黄叔琳注】

①**野老**〔帝王世纪〕帝尧之世，天下太和，百姓无事，有老人击壤而歌曰：日出而作，日入而息，凿井而饮，耕田而食，帝力何有于我哉！　②**郊童**〔列子〕尧治天下五十年，不知天下治与不治，乃微服游于康衢，闻童谣云：立我蒸民，莫匪尔极，不识不知，顺帝之则。　③**薰风**见明诗篇。　④**烂云**见通变篇。　⑤**猗欤**〔郑康成诗谱〕汤受命定天下，后世有中宗、高宗者，此三主有受命中兴之功，时有作诗颂之者。商德之坏，武王伐纣，封纣兄微子启为宋公。七世至戴公时，大夫正考父校商之名颂十二篇于周太师，以那为首，其首章曰：猗欤那欤！　⑥**周南**〔诗小序〕关雎、麟趾之化，王者之风，故系之周南，言化自北而南也。　⑦**邠风**〔诗谱〕豳者，后稷之曾孙曰公刘者，自邰而出，所徙戎狄之地名。至商之末世，太王又避戎狄之难，而入处于岐阳。成王之时，周公避流言之难，出居东都；思公刘太王居豳之职，忧念民事至苦之功，以比序己志。后成王迎而反之。太史述其志主于豳公之事，故别其诗以为豳国变风焉。　⑧**幽厉**〔诗小序〕板，凡伯刺厉王也。荡，召穆公伤周室大坏也。厉王无道，天下荡荡，无纲纪文章，故作是诗也。　⑨**平王**〔诗注疏〕平王东迁，政遂微弱，不能复雅，下列称风。〔诗黍离章注〕周既东迁，大夫行役至于宗周，过故宗庙宫室，尽为禾黍。闵周室之颠覆，傍徨不忍去，故赋其所见。

⑩**泥蟠**〔班固答宾戏〕泥蟠而天飞者，应龙之神也。　⑪**五蠹六虱**见诸子篇。　⑫**庄衢**〔驺奭传〕颇采驺衍之术以纪文。齐王嘉之，自如淳于髡以下皆命曰列大夫，为开第康庄之衢，高门大屋，尊宠之。　⑬**兰台**见夸饰篇景差注。　⑭**荀卿**〔荀卿传〕卿适楚，春申君以为兰陵令。　⑮**稷下**〔孟子传〕自邹衍与齐之稷下先生如淳于髡、慎到、环渊、接子、田骈、驺奭之徒，各著书言治乱之事以干世主，岂可胜道哉？索隐曰：稷，齐之城门也。谓齐之学士集于稷门之下也。　⑯**谈天雕龙**见诸子篇。⑰**燔书**〔秦始皇本纪〕李斯奏请史官非秦记皆烧之。非博士官所职，天下敢有藏诗书百家语者，悉诣守尉杂烧之。令下三十日不烧，黥为城旦。制曰可。　⑱**戏儒**〔郦食其传〕骑士曰：沛公不喜儒，诸客冠儒冠来者，沛公辄解其冠，溺其中。　⑲**礼律草创**〔汉礼乐志〕汉兴，拨乱反正，日不暇给，犹命叔孙通制礼仪，以正君臣之位。未尽备而通终。〔律历志〕汉兴，方纲纪大基，庶事草创，袭秦正朔，以北平侯张苍言，用颛顼历比于六历。　⑳**大风**见乐府篇。**鸿鹄**〔留侯世家〕上欲易太子，留侯谏不听。及燕置酒，太子侍，东园公、角里先生、绮里季、夏黄公四人从太子，上召戚夫人曰：彼四人辅之，羽翼已成，难动矣。戚夫人泣。上曰：为我楚舞，吾为若楚歌。歌曰：鸿鹄高飞，一举千里，羽翮已就，横绝四海。横绝四海，当可奈何！虽有矰缴，尚安所施！　㉑**文景**〔汉书〕

孝文皇帝，高祖中子也。孝景皇帝，文帝太子也。赞曰：周云成康，汉言文景，美矣。 ㉒**贾谊**〔贾谊传〕天子议以谊任公卿之位，绛、灌、东阳侯、冯敬之属尽害之，乃毁谊曰：雒阳之人，年少初学，专欲擅权，纷乱诸事。于是天子后亦疏之，不用其议，以谊为长沙王太傅。**邹枚**邹阳见前。〔枚乘传〕景帝召拜乘为宏农都尉。乘久为大国上宾，与英俊并游，得其所好，不乐郡吏，以病免官。㉓**孝武**〔汉武帝纪赞〕孝武初立，表章六经，兴太学，号令文章，焕焉可述。后嗣得遵洪业，而有三代之风。 ㉔**柏梁**见明诗篇。 ㉕**金堤**〔汉沟洫志〕武帝既封禅，发卒数万人，塞瓠子决河。上悼功之不成，乃作歌。卒塞瓠子，筑宫其上，名曰宣防。〔王尊传〕河水盛溢，泛浸瓠子金堤。 ㉖**蒲轮**〔枚乘传〕武帝自为太子闻乘名，及即位，乃以安车蒲轮征乘。 ㉗**鼎食**〔主父偃传〕尊立卫皇后，及发燕王定国阴事，偃有功焉。大臣皆畏其口，赂遗累千金。人或说偃曰：太横矣。主父曰：丈夫生不五鼎食，死即五鼎烹耳。 ㉘**对策**见议对篇。 ㉙**拟奏**见附会篇叹奇注。 ㉚**负薪**〔朱买臣传〕家贫，常艾薪樵卖以给食。拜会稽太守。上谓曰：富贵不归故乡，如衣锦夜行，今子何如？ ㉛**涤器**〔司马相如传〕相如与文君俱之临邛，尽卖车骑，买酒舍。乃令文君当垆，相如身自著犊鼻裈，与庸保杂作，涤器于市中。后为中郎将，至蜀，太守以下郊迎，县令负弩矢先驱，蜀人以为宠。 ㉜**寿王**

〔吾邱寿王传〕年少以善格五召待诏。后为光禄大夫侍中。 ㉝**严**〔严安传〕安，临菑人，以故丞相史上书为骑马令。**终**〔终军传〕军少好学，以辩博能属文，上书言事。武帝异其文，拜为谒者给事中。**枚皋**〔枚皋传〕皋不通经术，诙笑类俳倡，为赋颂好嫚戏，以故得媟黩贵幸，比东方朔、郭舍人等，而不得比严助等得尊官。 ㉞**昭**〔汉昭帝纪〕孝昭皇帝，武帝少子也。武帝崩，即皇帝位。 **宣**〔汉宣帝纪〕孝宣皇帝，武帝曾孙，戾太子孙也。昭帝崩，征昌邑王。王淫乱，大臣请废，迎帝即皇帝位。 ㉟**石渠**见论说篇。 ㊱**雕篆**见诠赋篇。 ㊲**绮縠**同上。㊳**底禄**〔左传〕叔向曰：底禄以德。 ㊴**元**〔汉元帝纪〕孝元皇帝，宣帝太子也，宣帝微时生民间。宣帝即位，立为太子，壮大，柔仁好儒。宣帝崩，太子即皇帝位。**成**〔汉成帝纪〕孝成皇帝，元帝太子也。元帝崩，即皇帝位。㊵**金马**〔滑稽传〕东方朔歌曰：陆沈于俗，避世金马门。㊶**千首**见诠赋篇。 ㊷**六艺**〔汉艺文志〕刘歆七略有六艺略。详诸子篇。 ㊸**哀平**〔汉哀帝纪〕孝哀皇帝，元帝庶孙，定陶恭王子也。成帝无子，立为皇太子。成帝崩，即皇帝位。〔汉平帝纪〕孝平皇帝，元帝庶孙，中山孝王子也。哀帝崩，即皇帝位。 ㊹**光武**〔后汉光武帝纪〕光武皇帝讳秀，长沙定王之后，诛王莽复汉。 ㊺**图谶**见正纬篇。 ㊻**免刑**〔后汉文苑传〕杜笃收送京师，会大司马吴汉薨，光武诏诸儒诔之，笃于狱中为诔最高。帝美之，赐帛免刑。 ㊼**参奏**〔班彪传〕彪为河西大将军窦融画策事汉。及融征还京师，光武问曰：所上章奏，谁与参之？融以彪对。召见，拜徐令。 ㊽**明帝**〔后汉明帝纪〕孝明皇帝讳庄，光武第四子也。 ㊾**璧堂**璧雍，明堂也。〔通鉴〕明帝永平二年，上帅群臣躬养三老五更于辟雍。礼毕，上自为下说。诸儒执经问难于前。冠带缙绅之士，圜桥门而观听者，以亿万计。 **虎观**见论说篇。 ㊿**国史**见史传篇述汉注。 (51)**给札**〔贾逵传〕有神雀集宫殿官府，帝问逵，逵对曰：此胡降之征也。帝敕兰台给笔札，使作神雀颂。 (52)**东平**〔后汉东平宪王传〕苍少好经书，雅有智思，上光武受命中兴颂，帝甚善之。 (53)**沛王**见正纬篇。 (54)**安和顺桓**〔后汉帝纪〕孝和皇帝讳肇，肃宗第四子也。孝安皇帝讳祐，肃宗孙也。孝顺皇帝讳保，安帝之子也。孝桓皇帝讳志，肃宗曾孙也。 (55)**班固傅毅三崔**骃、瑗、实。 (56)**王**延寿**马**融**张**衡**蔡**邕。俱见前。 (57)**灵帝**〔后汉灵帝纪〕孝灵皇帝讳宏，肃宗玄孙也。〔蔡邕传〕初，帝好学，自造羲皇篇五十章。因引诸生能引文赋者，本颇以经学相招，后诸为尺牍及工书鸟篆者，皆加引召，遂至数十人。侍中祭酒乐松、贾护多为无行趋势之徒，并待制鸿都门下，熹陈方俗闾里小事。邕上封事曰：连偶俗语，有类俳优。〔杨赐传〕虹蜺昼降嘉德殿前，赐书对曰：鸿都门下，招会群小，如驩兜、共工，更相荐说。 (58)**献帝**〔后汉献帝纪〕孝献皇帝讳协，灵帝中子也。初封陈留王，董卓立之。建安二十五年，禅于魏。赞曰：献生不辰，身播国屯。 ⑲**蓬转**〔西征赋〕飘萍浮而蓬转。 ⑳**魏武**〔魏志〕太祖武皇帝姓曹，讳操，字孟德。举孝廉，为郎，迁丞相，封魏王。文帝追谥曰武皇帝。 ⑥**文帝**〔魏志〕文皇帝讳丕，字子桓，武帝太子也。建安十六年，为五官中郎将副丞相。二十二年，立为魏太子。太祖崩，嗣位为丞相魏王，受汉禅，即皇帝位。 ⑥**陈思**〔魏志〕陈思王植字子建，善属文。邺铜爵台新成，太祖悉将诸子登台，使各为赋，植援笔立成可观，太祖甚异之。 ⑥**体貌**〔贾谊传〕体貌大臣。〔注〕体貌，谓加礼容而敬之。 ⑥**俊才云蒸**仲宣、孔璋、伟长、公干、德琏、元瑜、子俶俱见前。〔典略〕路粹字文蔚，与陈琳等俱为太祖典记室。繁钦字休伯，以文才机辩，少得名于汝颍，为丞相主簿。杨修字德祖，太尉彪之子也，为丞相仓曹属主簿。 ⑥**梗概**按〔文选东京赋注〕云：不纤密。则是大概之意。此处运用各别。查字典引刘桢鲁都赋云：贵交尚信，轻命重气，义激毫毛，怨成梗概。是直作感慨用也。 ⑥**明帝**见前。 ⑥**度曲**〔汉书〕元帝吹洞箫，自度曲。〔注〕自隐度作新曲。 ⑥**崇文观**〔魏志〕明帝四年，置崇文观，征善属文者以充之。⑥**何晏刘劭**。俱见前。 ⑦**高贵**〔魏志〕高贵乡公讳髦，东海定王之子。齐王芳废，大臣立之，为成济所弑。⑦**正始馀风**〔世说〕王丞相与殷中军共谈，叹曰：正始之音,正当尔耳。又王敦见卫玠曰:不意永嘉之中,复闻正始之音。　⑫**嵇康阮籍应玚缪袭**。俱见前。　⑬**晋宣景文武怀愍**〔晋书〕司马懿字仲达,仕魏为太尉;武帝即位,追谥宣皇帝。懿长子师,字子元,仕魏为大将军,追谥景皇帝。师弟昭,字子上,仕魏封晋王,追谥文皇帝。昭子炎,字安世,受魏禅,谥武皇帝。怀皇帝讳炽,武帝第二十子也,惠帝无嗣,立为皇太弟;在位六年,为刘曜执归,弑之。孝愍皇帝讳邺,吴孝王晏之子也;初封秦王,怀帝遇害,大臣立之,在位四年,为刘曜执归,弑之。⑭**缀旒**〔公羊传〕君若赘旒然,言为下所执持东西耳。赘亦作缀。　⑮**文才实盛**茂先、太冲、应璩、傅咸、张载、张协、张亢、孙绰、挚虞、成公绥,俱见前。〔晋文苑传〕应贞,字吉甫,璩之子也。善谈论,以才学称。帝于华林园宴射,贞赋诗最美。　⑯**联璧**〔夏侯湛传〕湛幼有盛才,文章宏富,善构新词,而美容观。与潘岳友善,每行止同舆接茵,京都谓之连璧。　⑰**二俊**〔陆机传〕太康末,与弟云俱入洛,造张华,华素重其名,如旧相识,曰:伐吴之役,利获二俊。　⑱**元皇**〔晋元帝纪〕元皇帝讳睿,字景文,琅琊恭王觐之子也。愍帝崩,即皇帝位。　⑲**刘**〔刘隗传〕隗字大连,雅习文史,善求人主意。元帝深器遇之。**刁**〔刁协传〕协字元亮,久在中朝,谙练旧事。朝廷凡所制度,皆禀于协焉。　⑳**明帝**〔晋明帝纪〕明皇帝讳绍,字道畿,元皇帝长子也。性至孝,有文武才略,钦贤爱客，雅好文辞。　⑧¹**庾**〔庾亮传〕亮，明穆皇后之兄也。与温峤俱为太子布衣之好，明帝即位，拜中书监。　⑧²**温**〔温峤传〕峤字太真，明帝即位，拜侍中，机密大谋，皆所参综。　⑧³**成康穆哀**〔晋书〕成皇帝讳衍，字世根，明帝长子也，在位十七年。康皇帝讳岳，字世同，成帝同母弟也，在位二年。穆皇帝讳聃，字彭子，康帝子也，在位七年。哀皇帝讳丕，字千龄，成帝长子也，在位三年。⑧⁴**简文**〔晋简文帝纪〕简文皇帝讳昱，字道万，元帝之少子也。帝少有风仪，善容止，留心典籍，不以居处为意，凝尘满席湛如也。　⑧⁵**孝武安恭**〔晋书〕孝武帝讳曜，字昌明，简文第三子也，在位二十四年。安帝讳德宗，孝武帝长子也，在位二十年。恭帝讳德文，安帝同母弟也，刘裕废安帝立之，在位二年，禅于宋。　⑧⁶**袁殷孙干**袁宏、孙盛、干宝，俱见前。〔殷仲文传〕仲文少有才藻，桓玄将为乱，使总领诏命，以为侍中，领左卫将军。玄九锡，仲文之辞也。　⑧⁷**柱下**〔法轮经〕老子在周武王时为柱下史。　⑧⁸**漆园**〔史记〕庄子者，蒙人也，名周，尝为蒙漆园吏。　⑧⁹**武帝文帝孝武明帝**〔宋书〕武皇帝刘氏讳裕，彭城人，受晋恭帝禅。文皇帝讳义隆，武帝第三子也，檀道济废营阳王立之。孝武皇帝讳骏，文帝第三子也，初封武陵王，起兵诛元凶劭即位。明皇帝讳彧，文帝第十一子也，初封湘东王，废帝被弑，大臣迎立之。　⑨⁰**王**〔宋书〕王僧达，少好学，善属文，为始兴王濬参军，历迁中书令。王微，少好学，无不通览，善属文，年十六举秀才，除南平王铄右军谘议参军。素无宦情，称疾不就。**袁**〔宋书〕袁淑博涉多通，好属文，辞采遒艳，纵横有才辩，彭城王起为祭酒，后迁至左卫率。元凶将为弑逆，淑谏见害。淑兄湛，湛兄子颛，颛从弟粲并有名。**龙章**〔世说〕顾彦先八音之琴瑟，五色之龙章。 ⑪**颜**〔颜延之传〕延之文章之美，冠绝当时，与谢灵运俱以词彩齐名，江左称颜谢焉。**谢**〔谢灵运传〕灵运博览群书，文章之美，江左莫逮。史臣曰：爰逮宋氏，颜谢腾声。灵运之兴会标举，延年之体裁明密，并方轨前秀，垂范后昆。**凤采**〔水经注〕庐山上有三石梁。吴猛将弟子登山过此梁，见一翁坐桂树下。山川明净，风泽清旷，嘉遁之士，继响窟岩，龙潜凤采之贤，往者忘归矣。 ⑫**何范张沈**〔南史何逊传〕逊弱冠，州举秀才，范云见其对策，大相称赏，因结忘年交。谓所亲曰：顷观文人，质则过儒，丽则伤俗，其能含清浊，中今古，见之何生矣。沈约尝谓逊曰：吾每读卿诗，一日三复，犹不能已。〔范云传〕云善属文，下笔辄成，时人疑其宿构。〔张邵传论〕有晋自宅淮海，张氏无乏贤良。及宋齐之间，雅道弥盛。其前则云敷、演、镜、畅，盖其尤著者也。然景胤敬爱之道，少微立履所由，其殆优矣。思光行己卓越，非常俗所遵，齐高帝所云：不可有二，不可无一。斯言其几得矣。〔沈约传〕约博通群籍，能属文。⑬**皇齐**〔南齐高帝纪〕高皇帝讳道成，字绍伯，姓萧氏，仕宋封齐王,受宋禅。〔南史〕齐高帝萧道成,庙号太祖。武帝萧赜,庙号世祖。文惠太子萧长懋,追尊为文帝,庙号世宗。明帝萧鸾,庙号高宗。并无中宗、高祖。 ㉞**贰离**〔易离卦〕象曰:重明以丽乎正。象曰:明两作离。㉟**环流**〔鹖冠子〕物极则反,命曰环流。

【李详补注】

❶**遗风馀采二句**详案:〔汉书东方朔传赞〕其流风遗书,蔑如也。 ❷**仲宣委质于汉南**至**海隅**详案:〔曹植与杨德祖书〕仲宣委质于汉南,孔璋鹰扬于河朔,伟长擅名于青土,公干振藻于海隅。案委质即委贽。贽,古作质。❸**自中朝贵元**至**赋乃漆园之义疏**详案:〔沈约宋书谢灵运传论〕在晋中兴,玄风独扇,为学穷于柱下,博物止乎七篇。

【杨明照校注】

〔一〕**时序**

按此篇当在才略之前,此篇论世,彼篇论人,本密迩相连。序志篇云:"崇替于时序,褒贬于才略。"明文可验也。

〔二〕**德盛化钧**

按汉书冯野王传:"吏民嘉美野王、立相代为太守,歌之曰:'大冯君,小冯君,兄弟继踵相因循,聪明贤知惠吏民，政如鲁、卫德化钧，周公、康叔犹二君。'"

〔三〕**薰风诗于元后**

范文澜云："'诗于元后'，疑当作'咏于元后'。"

按范说非是，"诗"字自通。史记乐书："高祖过沛，诗三侯之章。"又司马相如传："（封禅文）诗大泽之博。"其"诗"字正作动词用也。子苑三二引作"诗"。

〔四〕**尽其美者，何乃心乐而声泰也**

按论语八佾："子谓韶，'尽美矣，又尽善也。'"集解引孔安国曰："韶，舜乐名。"又按：范注以"何"字属上句读，非是。史记蒙恬传赞："何乃罪地脉哉！"又陆贾传："王何乃比于汉！"又李将军传："尉曰：'今将军尚不得夜行，何乃故也？'"又汲黯传："黯数质责（张）汤于上（武帝）前，曰：'……何乃取高皇帝约束纷更之为？'"汉书霍光传："（昌邑）王曰：'徐之，何乃惊人如是！'"后汉纪灵帝纪中："（刘）宠见老父曰：'何乃自苦来邪？'"三国志魏书陈琳传："太祖谓曰：'……何乃上及父祖邪？'"说苑建本篇："何乃独思若火之明也！"风俗通义愆礼篇："何乃若兹者乎？"中论智行篇："俱谓贤者耳，何乃以圣人论之？"世说新语轻诋篇："周（伯仁）曰：'何乃刻画无盐，唐突西子也！'"并"何乃"连文之证。如范注断句，摇曳语气，便索然寡味矣。

〔五〕**逮姬文之德盛，周南勤而不怨**

按左传襄公二十九年："吴公子札来聘，……请观于周乐。使工为之歌周南、召南。曰：'美哉！始基之矣，犹未也。然勤而不怨矣。'"杜注："周南、召南，王化之基。犹有商纣，未尽善也。未能安乐，然其音不怨怒。"舍人遣辞本此。黄、范两家注所引均不惬。

〔六〕**大王之化淳，邠风乐而不淫**

按左传襄公二十九年："为之歌豳。曰：'美哉！荡乎！乐而不淫，其周公之东乎？'"杜注："乐而不淫，言有节。周公遭管蔡之变，东征三年，为成王陈后稷先公不敢荒淫，以成王业。故言其周公之东乎？"舍人遣辞本此。黄、范两家注所引均不惬。又按"大"，读为泰。子苑三二作太。"邠"与"豳"同。玉篇邑部："邠，亦作豳。"广韵十七真："豳，亦作邠。"王批本作"太"。

〔七〕**而波震于下者**

范文澜云："'者'下当有'也'字。"　　郝懿行云："按'者'下疑有'也'字。"子苑引同今本。

按郝说是。当据增。范注他处曾明引郝说，而此独否。似难免于掠人之美。

〔八〕**六经泥蟠**

按法言问神篇："龙蟠于泥，蚖其肆矣。"李注："惟圣知圣，惟龙知龙，愚不知圣，蚖不知龙。圣道未彰，群愚玩矣；龙蟠未升，蚖其肆矣。"黄、范两家引答宾戏"泥蟠而天飞者，应龙之神也"二句以注，与文意不合，非是。

〔九〕**韩魏力政**

按汉书五行志中之下："京房易传曰：'天子弱，诸侯力政。'"颜注："政亦征也，言专以武力相征讨。一说，诸侯之政，当以德礼，今王室微弱，文教不行，遂乃以力为政，相攻伐也。"又艺文志："（诸子略）诸子十家，其可观者九家而已。皆起于王道既微，诸侯力政，时君世主，好恶殊方，是以九家之术，蜂出并作，各引一端，崇其所善，以此驰说，取合诸侯。"又游侠传序："周室既微，礼乐征伐自诸侯出。……陵夷至于战国，合从连衡，力政争强。"颜注："力政者，弃背礼义，专任威力也。"

〔一〇〕**诗书未遑**

按史记陆贾传："陆生时时前说称诗书。高帝骂之曰：'乃公居马上而得之，安事诗书！'"论衡佚文篇："高祖始令陆贾造书，未兴五经。"并足为"诗书未遑"之证。

〔一一〕**而辞人勿用**

按史记司马相如传："会景帝不好辞赋。"足为舍人此说之证。

〔一二〕**逮孝武崇儒，润色鸿业，礼乐争辉**

按班固两都赋序："至于武宣之世，乃崇礼官，考文章，内设金马石渠之署，外兴乐府协律之事，以兴废继绝，润色鸿业。"

〔一三〕**金堤制恤民之咏**

按此句黄、范两家注皆引汉书沟洫志，嫌晚。史记河渠书，才是最先见者。

〔一四〕**叹兒宽之拟奏**

"拟（擬）"，元本、活字本、汪本、佘本、张本、两京本、胡本、文津本作"凝"；诗纪别集一、汉魏诗乘总录、子苑、汤氏续文选二七同。　王批本、训故本、谢钞本作"疑"。冯舒校作"拟"。　铃木云："（拟）当作'疑'。"

按"凝"、"疑"并误。此云"拟奏"，明指宽所为奏，其非"已再见却"之"疑奏"可知。不然，汉武何为称叹耶？且"拟奏"始能与上句之"对策"相对。

〔一五〕**集雕篆之轶材**

按汉书王褒传："褒既为刺史作颂，又作其传，益州刺史因奏褒有轶材。上宣帝。乃征褒。"

〔一六〕**发绮縠之高喻**

范文澜云："'绮縠'，见诠赋篇。"

按诠赋篇"贻诮于雾縠"，范氏引法言吾子篇

"雾縠之组丽"云云以注,是也。然"雾縠"与"绮縠",词面既不相同,含义亦复各异,何能混而为一,挹彼注兹?此因仍黄注之失也。汉书王褒传:"上宣帝。令褒与张子侨等并待诏,数从褒等放猎,所幸宫馆,辄为歌颂;第其高下,以差赐帛。议者多以为淫靡不急。上曰:'不有博弈者乎?为之犹贤乎已。'辞赋大者与古诗同义,小者辩丽可喜,辟如女工有绮縠,音乐有郑卫,今世俗犹皆以此虞说耳目;辞赋比之,尚有仁义风谕,鸟兽草木多闻之观,贤于倡优博弈远矣。"舍人"绮縠高喻"之说,即由此出。王氏训故、梅氏音注皆曾引汉书(褒传)以注,黄、范两家何以竟未一顾?吁可怪矣!

〔一七〕**底禄待诏**

按左传昭公元年:"底禄以德。"杜注:"底,致也。"释文:"底,音旨。"是"底"为"厎"之误,当据改。正文既误为"底",黄、范两家注,所引传文亦误为"底"也。

〔一八〕**而大抵所归,祖述楚辞**

按宋书谢灵运传论:"自汉至魏,……是以一世之士,各相慕习,源其飙流所始,莫不同祖风骚。"文选李注引续晋阳秋曰:"自司马相如、王褒、扬雄诸贤,代尚诗赋,皆体则风骚。"并足与此文相发。

〔一九〕**及明帝叠耀，崇爱儒术**

范文澜云："疑'明帝叠耀'，当作'明章叠耀'，'帝'与'章'形近而讹。"

按既云"叠耀"，则非一帝。范说是也。诏策篇"暨明帝崇学"，其误"章"为"帝"，与此同。论衡佚文篇："孝明世好文人，并征兰台之官，文雄会聚；今上章帝。即令，当作命。诏求亡失，购募以金，安得不有好文之声？"隋书经籍志一："光武中兴，笃好文雅，明、章继轨，尤重经术。四方鸿生巨儒，负帙自远而至者，不可胜算。石室、兰台，弥以充积。"并明、章二帝崇爱儒术之证。

〔二〇〕**孟坚珥笔于国史**

按崔骃奏记窦宪："珥笔持牍。"文选潘岳为贾谧赠陆机诗李注引。文选曹植求通亲亲表："执鞭珥笔。"李注："珥笔，戴笔也。"刘良注："珥，插也。"

〔二一〕**自安和已下**

按"安和"二字当乙，始合时序。诏策篇"安和政弛"，误与此同。

〔二二〕**则有班傅三崔，王马张蔡**

范文澜云："黄注谓'王'为'王延寿'，延寿附见文苑王逸传，似不得列'马张蔡'之前。此'王'疑指

‘王充’。充传曰：‘师事扶风班彪，……遂博通众流百家之言。’章怀注引谢承书曰：‘……近汉扬雄、刘向、司马迁不能过也。’”

按黄注未误，范氏自误耳。才略篇：“二班两刘，弈当作奕。叶继采，……傅毅崔骃，光采比肩，瑗实踵武，能世厥风者矣。……马融鸿儒，思洽识本作“登”。高，……王逸博识有功，而绚采无力。延寿继志，瑰颖独标，其善图物写貌，岂枚乘之遗术欤！张衡通赡，蔡邕精雅，文史彬彬，隔世相望。”所叙东汉作家，即有王延寿在内；名次先后，亦复与此略同。则“王”为“王延寿”，当无疑义。诠赋篇曾称“延寿灵光”为“辞赋英杰”之一，是舍人之于延寿，推崇已极。且仲任原非文士，而本篇又专论文运升降；诸子篇尚未叙及其论衡，则此处之非王充，更可知矣。文选皇甫谧三都赋序：“其中高者：至如相如上林，……马融广成，王生灵光。……皆近代辞赋之伟也。”抱朴子外篇钧世：“而奚斯路寝之颂，何如王生之赋灵光乎？”对王延寿之崇高品评，亦有力旁证。

〔二三〕**存而不论**

按庄子齐物论：“六合之外，圣人存而不论。”

〔二四〕**造羲皇之书**

按后汉书蔡邕传："初，(灵)帝好学，自造皇羲篇五十章。"典略："熹平四年五月，帝自造皇羲原误作义。五十章。"御览九二引。通鉴汉纪四九孝灵皇帝上之下："(熹平六年)与典略系年不同。初，帝好文学，自造皇羲篇五十章。"是"羲皇"，当乙作"皇羲"。楚辞王逸九思疾世："将谘询兮皇羲。"嵇中散集述志诗："寝足俟皇羲。"又太师箴："绍以皇羲。"范泰高凤赞："邈矣皇羲。"类聚三六引。并称伏羲为"皇羲"。"皇羲"，盖摘首章之头二字以名其书也。

〔二五〕**开鸿都之赋**

按后汉书灵帝纪："(光和元年)始置鸿都门学生。"章怀注："鸿都，门名也。于内置学。"后汉纪灵帝纪中："(光和元年)初置鸿都门生，本颇以经学相招，后诸能为尺牍词赋及工书鸟篆者，至数千人。或出典州郡，入为尚书侍中，封赐侯爵。"御览九二又七四九引续汉书略同。

〔二六〕**而乐松之徒，招集浅陋**

按后汉书酷吏阳球传："奏罢鸿都文学曰：'伏承有诏，敕中尚方为鸿都文学乐松、江览等三十二人图象立赞，以劝学者。……案松、览等皆出于微蔑，斗筲小人，依凭世戚，附托权豪，俯眉承睫，徼进明时；或献赋一篇，或鸟篆盈简，而位升郎中，形图丹青；亦有笔不点牍，辞不辩心，假手请字，妖伪百品，莫不被蒙殊恩，蝉蜕滓浊。是以有识掩口，天下嗟叹。臣闻图象之设，以昭劝戒，欲令人君动鉴得失。未闻竖子小人，诈作文颂，而可妄窃天官，垂象图素者也。今太学、东观足以宣明圣化。愿罢鸿都之选，以消天下之谤。'"所言较杨赐、蔡邕两传详，故移录之。

〔二七〕**其馀风遗文，盖蔑如也**

按法言渊骞篇："世称东方生之盛也，言不纯师，行不纯表，其流风遗书，蔑如也。"汉书东方朔传赞曾明引此文，李详黄注补正误以为汉书赞语，非是。

〔二八〕**魏武以相王之尊，雅爱诗章**

"诗章"，元本、弘治本、活字本无。　两京本、胡本作"篇翰"。　汪本、佘本、张本、何本、王批本、训故本、梅本、谢钞本、四库本作"诗章"；诗纪别集一、汉魏诗乘总录、续文选同。

按作"诗章"是也。王沈魏书："（太祖）御军三十馀年，手不舍书。昼则讲武策，夜则思经传。登高必赋，及造新诗，被之管弦，皆成乐章。"三国志魏书武帝纪裴注、御览九三引（范注引金楼子嫌晚）。

〔二九〕**下笔琳瑯**

"瑯"，元本、弘治本、汪本、佘本、张本、两京本、王批本、何本、梅本、凌本、合刻本、梁本、秘书本、汇编本、别解本、清谨轩本、尚古本、冈本、王本、张松孙本、郑藏钞本、崇文本作“琅”;诗纪别集一、汉魏诗乘总录、子苑、续文选同。

按“瑯”为“琅”之俗体,当以作“琅”为正。才略篇“磊落如琅玕之圃”作“琅”,此亦应尔。当据改,前后一律。

〔三〇〕**并体貌英逸**

按战国策齐策三:“孟尝君令人体貌而亲郊迎之。”鲍注:“体貌,有礼容也。”汉书贾谊传:“(上疏陈政事)所以体貌大臣而厉其节也。”颜注:“体貌,谓加礼容而敬之。”

〔三一〕**仲宣委质于汉南**

按左传僖公二十三年:“策名委质。”孔疏:“策,简策也。质,形体也。古之仕者,于所臣之人,书己名于策,以明系属之也。拜则屈膝而委身体于地,以明敬奉之也。”国语晋语九:“夙沙厘曰:‘……臣闻之,委质为臣,无有二心。’”李详补注谓“委质”为“委贽”,非是。

〔三二〕**公干狥质于海隅**

“狥”,弘治本、汪本、佘本、张本、两京本、胡本、文溯本作“徇”。　　范文澜云:“彦和‘徇质于海隅’,语本陈思王而改‘振藻’为‘徇质’,不知其说。”

按“狥”为“徇”之俗体。“徇质”实不可解,殆涉前行之"委质"而误。"质",疑当作"禄"。论衡非韩篇:"夫志洁行显,不徇爵禄。"文选谢灵运登池上楼诗:"徇禄反穷海。"李注引赵岐孟子注曰:"徇,从也。"今本尽心上作殉。是"徇禄"即"从禄"。此云"公干徇禄于海隅",与上句"伟长从宦于青土",其意正同。

〔三三〕**于叔德祖之侣**

"于叔",黄校云:"元作'子俶'。"此沿梅校。　　元本、活字本作"子叔"。　　弘治本、汪本、佘本、张本、两京本、胡本、王批本、谢钞本、文津本作"子俶";诗纪此据嘉靖本。别集一、子苑、续文选同。何本、合刻本、梁本、秘书本、别解本、增定别解本、清谨轩本、文溯本、王本、郑藏钞本、崇文本作"于俶"。　　训故本、汉魏诗乘总录作"子淑"。

按邯郸淳之字,三国志魏书王粲传裴注引魏略作"子叔",此据宋本。书钞六七引同。类聚七四则引作"淑",淑上当脱一字。御览七五三又引作"元淑",颇不一致。然此处由各本作"子叔"、"子俶"、"于俶"、"子淑"与魏书注之"子叔"、类聚之"淑"、御览之"元淑"相校,似应作"子淑"。法书要录八、金壶记上并作"子淑",可证。又按邯郸淳有二,姓名虽同,其字则异。本注所称引者,字子淑,颍川人。曾撰笑林三卷,隋、唐志均著录。已详谐隐篇“至魏文因俳说以著笑书”条。另一邯郸淳字子礼，上虞人。曾撰曹娥碑，见后汉书列女曹娥传章怀注引会稽典录。

〔三四〕**傲雅觞豆之前**

“傲”，何本、别解本、清谨轩本、尚古本、冈本作“俊”。　　徐𤊹云：“‘雅’亦杯类，疑‘雅’字或‘岸’字。”

按“傲雅”、“俊雅”均不辞，徐𤊹疑“雅”为“岸”字，是也。序志篇赞“傲岸泉石”，正以“傲岸”连文，且与下句之“咀嚼”相对。则此亦当作“傲岸”，始能与“雍容”对也。“傲岸”双声，“雍容”叠韵。晋书郭璞传：“（客傲）傲岸荣悴之际，颉颃龙鱼之间。”语式与此同，可证。鲍氏集代挽歌：“傲岸平生中。”广弘明集释真观梦赋：“尔乃见一奇宾，傲岸惊人。”亦并以“傲岸”为言。今本“雅”字，盖涉次行“雅好慷慨”句而误，当从徐说订正。

〔三五〕**至明帝纂戎**

按诗大雅烝民：“缵戎祖考。”韩奕亦有此文，毛传均训戎为大，郑笺则训为女（汝）。说文糸部：“缵，继也。”左传襄公十四年：“纂乃祖考。”杜注：“纂，继也。”礼记祭统有“纂乃祖服”语，郑玄亦解纂为继。是

"纂戎"即"缵戎"矣。宋书宗室长沙景王道怜传:"(元嘉九年诏)朕以寡德,纂戎鸿绪。"文选陆机答贾谧诗"诞育洪胄,纂戎于鲁";潘岳杨荆州诔"纂戎洪绪,克构堂基",李善并引烝民诗句以注,陆诗引作"缵戎",潘诔引作"纂戎"。尤为切证。此云"纂戎",与下云"纂业"意同。

〔三六〕**顾盼合章**

"合",冈本作"含"。

按"含"字是。三国志魏书管宁传:"含章素质,冰洁渊清。"宋书武三王庐陵孝献王义真传:"(元嘉三年诏)故庐陵王含章履正。"梁书皇后太宗简皇后传:"齐故太尉南昌公含章履道。"释僧祐出三藏记集齐竟陵王世子抚军巴陵王法集序:"至于才中含章,思入精理。"文选左思蜀都赋:"扬雄含章而挺生。"并以"含章"为言。原道、征圣、神思三篇亦有"含章"语;下文"文帝以贰离含章",正作"含章"。"含章"二字原出易坤卦爻辞。均可证"合"确为误字,当据改。

〔三七〕**逮晋宣始基**

按国语周语下:"自后稷之始基靖民。"韦注:"基,始也。靖,安也。自后稷播百谷以始安民。"左传襄公二十九年:"使工为之歌周南、召南。(季札)曰:'美哉!始基之矣。'"杜注:"周南、召南,王化之基。”

〔三八〕**景文克构**

按书大诰：“厥子乃弗肯堂，矧肯构？”孔传：“子乃不肯为堂基，况肯构立屋乎？”

〔三九〕**降及怀愍，缀旒而已**

按公羊传襄公十六年：“君若赘旒然。”何注：“旒，旂旒。赘，系属之辞。……以旂旒喻者，为下所执持东西是矣。”释文：“赘，本又作缀。”后汉书张衡传：“（应间）夫战国交争，戎车竞驱，君若缀旒，人无所丽。”章怀注：“丽，附也。”

〔四〇〕**应傅三张之徒**

“徒”，黄校云：“元作‘從（从）’。”此沿梅校。

按元本、弘治本、汪本、佘本、张本、两京本、王批本、何本、胡本、训故本、谢钞本作“徒”；诗纪别集一、子苑、续文选同。梅改是也。

〔四一〕**逮明帝秉哲**

“秉哲”，黄校云：“元作‘東哲’。”此沿梅校。

徐㶿校作“秉哲”。

按作“秉哲”是。书酒诰：“经德秉哲。”孔传：“能常德持智也。”“秉德”二字，当出于此。南齐书高帝纪上：“（升明三年）策相国齐公曰：‘……姬旦秉哲，曲阜启蕃。’”又豫章文献王传：“体道秉哲。”并以“秉哲”为言。覆刻汪本、张乙本、王批本、何本、训故本、谢钞本、子苑、续文选作“秉哲”，未误。元本、活字本、两京本、胡本作“东哲”；弘治本、张甲本作“柬哲”，仅“秉”字有误（汪本作“柬晳”）。

〔四二〕**庾以笔才逾亲**

范文澜云：“‘逾亲’，当作‘愈亲’。”

按吕氏春秋务大览：“此所以欲荣而逾辱也。”高注：“逾，益也。”是“逾亲”即“益亲”，无烦改字。曹子建集赠徐干诗：“积久德逾宣。”文选潘岳寡妇赋：“思弥远而逾深。”陆机文赋：“思按之而逾深。”梁书文学下王籍传：“至若邪溪赋诗，其略云：‘蝉噪林逾静。’”其用“逾”字义并与此同。本书颂赞篇赞“年积逾远”，亦用“逾”字也。范说误。

〔四三〕**函满元席**

“函”，黄校云：“何本当是何焯校本。改‘亟’。”

按何改“亟”是。汪本、佘本、两京本、何本、王批本、训故本、诗纪此据万历本。别集一、子苑并作“亟”。“亟”，读为器。数也，见左传隐公元年释文。屡也。见汉书刑法志颜注。“微言精理，亟满玄席”二语，即晋书简文帝纪所谓“尤善玄言，……不以居处为意，凝尘满席，湛如也”之意。此云“亟满玄席”，下云“时洒文囿”，文正相对。犹诸子篇“鹖冠绵绵，亟发深言；鬼谷眇眇，每环奥义”之“亟”与“每”对然也。“元”，本作“玄”，此黄氏例避清讳改。下“贵元”句同。

〔四四〕**澹思浓采**

“浓”，元本、活字本、汪本、佘本、张本、两京本、王批本、胡本、训故本作“醲”；诗纪别集一、子苑、续文选同。　　冯舒校“浓”作“醲”。

按“醲”字是。说文酉部：“醲，厚酒也。”诂此甚合。广雅释诂三：“醲，厚也。”体性篇“博喻酿采”，刘永济谓“酿”为“醲”之误，极是。此当据元本等改。“浓”为“醲”，俾前后俱作“醲采”也。杨慎均藻卷二。九蟹引作“醲”，是所见本误。今本“浓”字，盖写者因“澹思”之“澹”妄改。

〔四五〕**江左稱(称)盛**

“稱”，弘治本、两京本、王批本、胡本、训故本作“弥”；诗纪别集一、六朝诗乘总录同。　　冯舒云：“‘稱’，当作‘彌(弥)’。”　　何焯云：“‘稱’，意改‘彌’。”

按“稱”俗作“称”，覆刻汪本即作称。“彌”又作“弥”，二字形近易讹。此当以作“彌”为是。说苑修文篇：“德彌盛者，文彌缛。”即“彌盛”二字之所自出。章表、书记两篇，并有“彌盛”之文。南齐书刘瓛陆澄传论：“执卷欣欣，此焉彌盛。”

南史文学传序："降及梁朝，其流彌盛。"隋书牛弘传："（上表请开献书之路）齐梁之间，经史彌盛。"张湛列子注序："而寇虏彌盛。"成公绥正旦大会行礼歌："于穆三皇，载德彌盛。"亦并以"彌盛"为言。

〔四六〕**诗必柱下之旨归**

按汉书东方朔传赞："柱下为工。"颜注引应劭曰："老子为周柱下史。"后汉书张衡传："（应间）聊朝隐乎柱史。"章怀注引前书及应注。抱朴子内篇释滞："伯阳为柱史。"文选王康琚反招隐诗："老聃伏柱史。"李注引列仙传曰："李耳为周柱下史。"黄注引法轮经非是。

〔四七〕**虽百世可知也**

按论语为政："子张问'十世可知也？'子曰：'殷因于夏礼，所损益，可知也；周因于殷礼，所损益，可知也。其或继周者，虽百世，可知也。'"

〔四八〕**秉文之德**

按诗周颂清庙："济济多士，秉文之德。"毛传："执文德之人也。"

〔四九〕**英采云搆（构）**

"搆"，元本、弘治本、汪本、佘本、张本、两京本、王批本、秘书本、谢钞本作"構（构）"；诗纪别集一、续文选同。

按作“構”是。已详杂文篇“腴辞云构”条。

〔五〇〕**自明帝以下**

“帝”，黄校云：“元脱。”此沿梅校。

按何本、训故本、谢钞本并有“帝”字，梅补是也。

〔五一〕**何范张沈之徒，亦不可胜也**

范文澜云：“‘胜’字下疑脱‘数’字。”

按“胜”字下并无脱字。以风骨篇“笔墨之性，殆不可胜”例之，即何范张沈所作，亦不易超越之意。子苑同今本。

〔五二〕**高祖以睿文纂业　　中宗以上哲兴运**

郝懿行云：“按‘高’疑‘世’字之讹；‘中’疑‘高’字之讹。”

按郝说是。当据改。

〔五三〕**缉遐景祚**

“遐”，黄校云：“疑作‘熙’。”此沿梅校。　　刘永济云：“按元作‘缉熙’不误，此用诗‘维清缉熙’也。”

按元明以来各本及子苑皆作“缉遐”，故梅庆生有“（‘遐’）疑作‘熙’”校语。不知刘氏何所据而云然。又按“遐”字似不讹，惟误倒耳。如乙作“遐缉”，则文义自通。宋书隐逸周续之传：“江州刺史刘柳荐之高祖曰：‘……濯缨儒官，亦王猷遐缉。'"即"遐缉"连文之证。

〔五四〕**文思光被**

"光",黄校云:"元作'充'。" 梅庆生云:"(充)一作'光'。" 何焯改"光"。 元本、弘治本、汪本、佘本、张本、两京本、王批本、何本、胡本、梅本、凌本、合刻本、梁本、秘书本、谢钞本、汇编本、别解本、文津本、张松孙本、崇文本作"充";诗纪别集一、续文选同。

按书尧典:"钦明文思安安,允恭克让,光被四表,格于上下。"孔传:"光,充也。""光被"原非僻词,诸本又皆作"充被",疑舍人原从传文作"充"。子苑作"光"。

〔五五〕**海岳降神**

"岳",两京本作"嶽"。

按诗大雅崧高:"崧高维嶽,骏极于天。维嶽降神,生甫及申。维申及甫,维周之翰。四国于蕃,四方于宣。"毛传:"崧,高貌。山大而高曰崧。嶽,四嶽也。东嶽岱,南嶽衡,西嶽华,北嶽恒。……嶽降神灵和气,以生申、甫之大功。翰,干也。"郑笺:"降,下也。……申,申伯也。甫,甫侯也。皆有贤知,入为周之桢干之臣。"释文:"嶽,字亦作岳。"礼记孔子闲居:"其在诗曰:'嵩高维嶽,峻极于天。……四国于蕃,四方于宣。'此文武之德也。"韩诗外传五同。

〔五六〕**才英秀发**

按文选左思蜀都赋:"王褒晔晔而秀发。"吕向注:"晔晔,光彩也。言王褒词论生光彩,若草木秀盛而发也。"

〔五七〕**唐虞之文,其鼎盛乎**

"其",元本、两京本、胡本作"甚"。

按"甚"字非是。明诗篇:"舒文载实,其在兹乎!"史传篇:"居今识古,其载籍乎!"神思篇:"伊挚不能言鼎,轮扁不能语斤,其微矣乎!"练字篇:"况乃过此,其可观乎!"又:"三接之外,其字林乎!"语式并与此同,可证。子苑作"其"。

〔五八〕**短笔敢陈**

按短笔自谦之辞。宋书隐逸王弘之传:"弘之(元嘉)四年卒,……颜延之欲为作诔,书与弘之子昙生曰:'君家高世之节,有识归重,豫染豪翰,所应载述。况仆托慕末风,窃以叙德为事,但恨短笔不足书美。'"

〔五九〕**飏言赞时**

按书益稷:"皋陶拜手稽首飏言曰:'念哉,率作兴事,慎乃宪,钦哉!'"孔传:"大言而疾曰飏。"释文:"飏,音扬。"史记夏本纪作"扬言"。

〔六〇〕**蔚映十代**

按文选谢灵运石壁精舍还湖中诗:“芰荷迭映蔚,蒲稗相因依。”刘良注:“芰、荷、蒲、稗皆水草。迭,递也。映蔚,其色郁茂隐映也。”

〔六一〕**终古虽远,旷焉如面**

“旷(曠)”,黄校云:“汪作‘暖(曖)’。” 元本、弘治本、活字本、两京本、胡本、训故本作“暖”。王批本、佘本、张本、文津本作“暧”,当系“暖”之误。谢钞本作“暖”,冯舒改“暧”。 铃木云:“‘暧’当作‘僾’,此用(礼记)祭义‘僾然必有见乎其位’文。”

按“旷”字未误。说文日部:“旷,明也。”诂此正合。曹子建集与吴质书:“申咏反覆,旷若复面。”可资旁证。铃木说非是。又按本篇“总论其世”(纪昀评语),于十代崇替,持之有故,言之成理,一览即晓。故篇末以“终古虽远,旷焉如面”赞之。

文心雕龙校注卷十

物色第四十六

春秋代序〔一〕，阴阳惨舒〔二〕，物色之动，心亦摇焉。盖阳气萌而玄驹步①，阴律凝而丹鸟羞②，微虫犹或入感，四时之动物深矣。若夫珪璋挺其惠心〔三〕，英华秀其清气〔四〕，物色相召，人谁获安〔五〕？是以献岁发春③，悦豫之情畅；滔滔孟夏④，郁陶之心凝；天高气清⑤，阴沉之志远；霰雪无垠⑥，矜肃之虑深。岁有其物，物有其容〔六〕；情以物迁，辞以情发。一叶且或迎意⑦，虫声有足引心。况清风与明月同夜，白日与春林共朝哉！

是以诗人感物，联类不穷。流连万象之际，沉吟视听之区；写气图貌，既随物以宛转〔七〕；属采附声，亦与心而徘徊。故灼灼状桃花之鲜⑧〔八〕，依依尽杨柳之貌⑨，杲杲为出日之容⑩，瀌瀌拟雨雪之状⑪〔九〕，喈喈逐黄鸟之声⑫，喓喓学草虫之韵[13];皎日嘒星[14],一言穷理〔一〇〕,参差沃若[15],两字穷形〔一一〕:并以少总多,情貌无遗矣。虽复思经千载,将何易夺?及离骚代兴,触类而长〔一二〕,物貌难尽,故重沓舒状,于是嵯峨之类聚〔一三〕,葳蕤之群积矣〔一四〕。及长卿之徒,诡势瑰声,模山范水,字必鱼贯[16],所谓诗人丽则而约言,辞人丽淫而繁句也[17]。

至如雅咏棠华[18],或黄或白〔一五〕;骚述秋兰[19],绿叶紫茎:凡摛表五色,贵在时见,若青黄屡出,则繁而不珍。

自近代以来,文贵形似〔一六〕,窥情风景之上,钻貌草木之中。吟咏所发,志惟深远;体物为妙,功在密附。故巧言切状,如印之印泥〔一七〕,不加雕削,而曲写毫芥。故能瞻言而见貌,印疑作即。字而知时也。然物有恒姿,而思无定检,或率尔造极,或精思愈疏。且诗骚所标,并据要害,故后进锐笔,怯于争锋。莫不因方以借巧,即势以会奇,善于适要,则虽旧弥新矣。是以四序纷回〔一八〕,而入兴贵闲;物色虽繁,而析辞尚简;使味飘飘而轻举,情晔晔而更新〔一九〕。古来辞人,异代接武,莫不参伍以相变〔二〇〕,因革以为功,物色尽而情有馀者,晓会通也。若乃山林皋壤,实文思之奥府〔二一〕,略语则阙,详说则繁。然屈平所以能洞监风骚之情者,抑亦江山之助乎〔二二〕!

赞曰:山沓水匝,树杂云合。目既往还,心亦吐纳。春日迟迟〔二三〕,秋风飒飒〔二四〕。情往似赠,兴来如答。

【黄叔琳注】

①**玄驹**〔大戴礼夏小正〕十有二月，玄驹贲。玄驹也者，蚁也。贲者何也？走于地中也。〔法言〕吾见玄驹之步。②**丹鸟**〔夏小正〕八月，丹鸟羞白鸟。〔注〕丹鸟，萤也。白鸟，谓蚊蚋也。羞，进也，不尽食也。〔古今注〕萤，一名丹鸟，一名夜光。 ③**献岁**〔楚辞招魂〕献岁发春兮。④**滔滔**〔楚辞九章〕滔滔孟夏兮。 ⑤**天高**〔宋玉九辩〕泬寥兮天高而气清。 ⑥**霰雪**〔楚辞九章〕霰雪纷其无垠兮。 ⑦**一叶**〔淮南子〕见一叶落而知岁之将暮。⑧**灼灼**〔诗周南〕桃之夭夭，灼灼其华。 ⑨**依依**〔诗小雅〕昔我往矣，杨柳依依。 ⑩**杲杲**〔诗卫风〕其雨其雨，杲杲出日。 ⑪**瀌瀌**〔诗小雅〕雨雪瀌瀌，见晛曰消。⑫**喈喈**〔诗周南〕黄鸟于飞，集于灌木，其鸣喈喈。 ⑬**喓喓**〔诗召南〕喓喓草虫。 ⑭**皎日**〔诗王风〕谓予不信，有如皎日。**嘒星**〔诗周南〕嘒彼小星，三五在东。 ⑮**参差**〔诗周南〕参差荇菜。**沃若**〔诗卫风〕其叶沃若。 ⑯**鱼贯**〔易剥卦〕六五，贯鱼以宫人宠，无不利。 ⑰**丽则丽淫**见诠赋篇。 ⑱**棠华**〔诗小雅〕裳裳者华，或黄或白。⑲**秋兰**〔楚辞九歌〕秋兰兮青青，绿叶兮紫茎。

【杨明照校注】

〔一〕**春秋代序**

按楚辞离骚："日月忽其不淹兮，春与秋其代序。"

王注："代，更也；序，次也。"文子自然篇有"若春秋之代谢"语。

〔二〕**阴阳惨舒**

按文选张衡西京赋："夫人在阳时则舒，在阴时则惨。"薛综注："阳，谓春夏；阴，谓秋冬。"张铣注："舒，逸也；惨，戚也。"

〔三〕**若夫珪璋挺其惠心**

按晋书陆机陆云传："观夫陆机、陆云，实荆衡之杞梓，挺珪璋于秀实。"文选王俭褚渊碑文："公禀川岳之灵晖，含珪璋而挺曜。"李注："礼记（聘义）曰：'珪璋特达。'广雅（释诂一）曰：'挺，出也。'"吕向注："珪璋，美玉也。挺，出；曜，光也。""惠"与"慧"古通。

〔四〕**英华秀其清气**

按礼记乐记："是故情深而文明，气盛而化神，和顺积中而英华发外。"又见史记乐书、说苑修文篇。

〔五〕**物色相召，人谁获安**

按国语晋语四："姜（氏）曰：'……日月不处，人谁获安？'"

〔六〕**岁有其物，物有其容**

按左传昭公九年："事有其物，物有其容。"杜注："物，类也；容，貌也。"

〔七〕**既随物以宛转**

按庄子天下篇："与物宛转。"成疏："宛转，变化也。"

〔八〕**故灼灼状桃花之鲜**

"花"，尚古本、冈本作"华"。

按作"华"是。已详情采篇"木体实而花萼振"条。

〔九〕**瀌瀌拟雨雪之状**

铃木云："（瀌瀌）当作'麃麃'。"

按今小雅角弓作"瀌瀌"。陈奂诗毛氏传疏卷二二云："瀌瀌，疑诗本作'麃麃'，后人加水旁耳。韩诗外传四、荀子非相篇、汉书刘向传作'麃麃'。"铃木氏盖本陈氏为说也。麃麃，盛也。汉书刘向传颜注。又按角弓释文"雨，音于付反"。是原读去声，属动词。若读上声，则与上句"出日"之"出"词性不合矣。

〔一〇〕**皎日嘒星，一言穷理**

按一言，一字也。此二句谓诗王风大车"有如皎原作"皦"（释文："本又作'皎'。"）。日"之"皎"，召南黄注误作周南。小星"嘒彼小星"之"嘒"，虽只一字，而日、星特征，却显而易见。舍人称其"一言穷理"，并非过誉。

〔一一〕**参差沃若，两字穷形**

"穷"，元本、弘治本、汪本、佘本、张本、两京本、王批本、何本、胡本、训故本、梅本、凌本、合刻本、梁本、秘书本、汇编本、别解本、清谨轩本、尚古本、冈本、王本、张松孙本、郑藏钞本、崇文本作“连”;诗纪别集一、喻林八九、文俪十三、古逸书二二、汤氏续文选二七、胡氏续文选十二、赋略绪言、四六法海十同。　何焯“连”改作“穷”。

按“连”字是,何改非也。此二句谓诗周南关雎之“参差”,卫风氓之“沃若”,皆两字相连联绵词,“参差”双声,“沃若”叠韵。以形容荇菜长短不齐,桑叶润泽也。黄氏依何校改“连”为“穷”,未能择善而从。

〔一二〕**触类而长**

按易系辞上:“引而伸之,触类而长之。”释文:“长,丁丈反。”文选嵇康琴赋:“其馀触类而长,所致非一。”

〔一三〕**于是嵯峨之类聚**

按楚辞九章涉江:“深林杳以冥冥兮,乃猿狖之所居。山峻高以蔽日兮,下幽晦以多雨。”又悲回风:“上高岩之峭岸兮,处雌蜺之标颠。据青冥而摅虹兮,遂倏忽而扪天。”并“嵯峨类聚”之证。

〔一四〕**葳蕤之群积矣**

按楚辞离骚:“余既滋兰之九畹兮,又树蕙之百亩;畦留夷与揭车兮,杂杜衡与芳芷。”又九歌山鬼:“辛夷车兮结桂旗,被石兰兮带杜衡;折芳馨兮遗所思,余处幽篁兮终不见天。”并“葳蕤群积”之证。

〔一五〕**至如雅咏棠华,或黄或白**

按诗小雅裳裳者华:“裳裳者华,或黄或白。”毛传:“兴也。裳裳,犹堂堂也。”郑笺:“兴者,华堂堂于上,喻君也。”是“裳裳”为形容词,与皇皇者华之“皇皇”训为“煌煌”见小雅皇皇者华毛传。同。“华”亦泛指,传、笺、释文均未指实。非如“维常之华”之“常”属于“常棣”见小雅采薇毛传(常棣亦名棠棣)。也。据此,则“棠华”之“棠”,非缘舍人误记,即由写者臆改。或原作“裳华”。王批本作“裳”,是也。当据改。

〔一六〕**自近代以来,文贵形似**

“形”,元本、弘治本、活字本、汪本、佘本、张本、两京本、王批本作“则”;诗纪别集一、文俪、古逸书、汤氏续文选、胡氏续文选、赋略绪言、四六法海同。徐𤊹云:“‘则’当作‘似’。”

按“则”字非是。沈约宋书谢灵运传论:“相如工为形似之言。”诗品上:“晋黄门郎张协,巧构形似之言。”颜氏家训文章篇:“何逊诗实为清巧,多形似之言。”中兴间气集上:“于良史侍御，诗清雅，工于形似。”并其证。宋赵次公苏轼书鄢陵王主簿所画折枝诗“论画以形似”句注引作“形似”，是所见本未误。文镜秘府论地卷论体势等篇：“形似体者，谓貌其形而得其似，可以妙求，难以粗测者是。”

〔一七〕**如印之印泥**

按吕氏春秋适威篇：“若玺之于涂也，抑之以方则方，抑之以圜则圜。”淮南子齐俗篇：“若玺之抑埴，正与之正，倾与之倾。”许注：“玺，印也。埴，泥也。印正而封亦正。”

〔一八〕**是以四序纷回**

按文选潘岳秋兴赋：“四时忽其代序兮，万物纷以回薄。”李注引鹏鸟赋曰：“万物回薄。”吕向注：“薄，迫也。言四时代为节序，万物递相迁迫也。”

〔一九〕**情晔晔而更新**

吟窗杂录三七有此文，“更”作“恒”。

按“恒”字盖涉上而误。晋书文苑左思传：“司空张华见（三都赋）而叹曰：‘班、张之流也！使读之者尽而有馀，久而更新。’”

〔二〇〕**莫不参伍以相变**

按易系辞上：“参伍以变，错综其数。”孔疏：“参，三也。伍，五也。或三或五以相参合，以相改变。”

〔二一〕**若乃山林皋壤，实文思之奥府**

按庄子知北游篇：“山林与？皋壤与？使我欣欣然而乐与？”释文：“与，音馀。”奥府，已见宗经篇赞“文章奥府”条。所不同者，彼处之“奥府”专就“文章”方面言，此处之“奥府”则指“文思”方面言也。

〔二二〕**然屈平所以能洞监风骚之情者，抑亦江山之助乎**

孙人和云：“能改斋漫录卷七引，无‘能’字‘监’字。” 子苑三二引，有“能”字“监”字。

按海录碎事卷十八有此文，亦无“能”字“监”字。以声律篇“练才洞监”例之，“监”字实不可少。全书中用“洞”字处凡八见。又按新唐书张说传：“既谪岳州，而诗益凄婉，人谓得江山助云。”王勃鄎县兜率寺浮图碑：“野旷川明，风景挟江山之助。”王子安集卷十五。骆宾王秋日于益州李长史宅宴序：“操觚染翰，非无池水助人。”骆宾王集卷八。又初秋登王司马楼宴序：“物色相召，江山助人。”同上。杨亿许洞归吴中诗：“骚人已得江山助。”西昆酬唱集卷下。宋祁江上宴集序：“江山之助，本出楚人之多才。”景文集卷九七并本舍人此说遣辞。

〔二三〕**春日迟迟**

按诗豳风七月："春日迟迟。"毛传："迟迟，舒缓也。"

〔二四〕**秋风飒飒**

按楚辞九歌山鬼："风飒飒兮木萧萧。"说文风部："飒，风声也。"此依段注本。广雅释训："飒飒，风也。"慧琳音义四八："飒飒，风吹木叶落声也。"

才略第四十七

九代之文，富矣盛矣；其辞令华采，可略而详也〔一〕。虞夏文章，则有皋陶六德①，夔序八音②，益则有赞，五子作歌，辞义温雅，万代之仪表也。商周之世，则仲虺垂诰③，伊尹敷训④，吉甫之徒⑤，并述诗颂〔二〕，义固为经，文亦师矣〔三〕。

及乎春秋大夫，则修辞聘会，磊落如琅玕之圃，焜耀似缛锦之肆〔四〕，薳敖元作教，曹改。择楚国之令典⑥〔五〕，随会讲晋国之礼法⑦，赵衰元作襄，曹改。以文胜从飨⑧〔六〕，国侨以修辞捍郑⑨〔七〕，子太叔美秀而文，公孙挥善于辞令〔八〕，皆文名之标者也。战代任武，而文士不绝：诸子以道术取资，屈宋以楚辞发采，乐毅报书辨以义⑩，范雎上疏密而至〔九〕，苏秦历说壮而中，李斯自奏丽而动，若在文世，则扬班俦矣〔一〇〕。荀况学宗⑪，而象物名赋，文质相称，固巨儒之情也。

汉室陆贾，首发奇采，赋孟春而选典诰〔一一〕，其辩之富矣❶。贾谊才颖，陵轶飞兔⑫〔一二〕，议惬而赋清，岂虚至哉？枚乘之七发，邹阳之上书，膏润于笔，气形于言矣。仲舒专儒，子长纯史，而丽缛成文，亦诗人之告哀焉。相如好书〔一三〕，师范屈宋，洞入夸艳，致名辞宗〔一四〕。然覆取精意〔一五〕，理不胜辞〔一六〕，故扬子以为文丽用寡者长卿，诚哉是言也！王褒构采，以密巧为致，附声测貌，泠然可观。子云属意，辞人疑误。最深〔一七〕，观其涯度幽远，搜选诡丽，而竭才以钻思，故能理赡而辞坚矣。桓谭著论，富号猗顿⑬〔一八〕，宋弘称荐⑭，爰比相如，而集灵诸赋⑮，偏浅无才，故知长于讽论，不及丽文也〔一九〕。敬通雅好辞说，而坎壈盛世〔二〇〕，显志自序⑯，亦蚌病成珠矣⑰。二班两刘⑱，弈叶继采〔二一〕，旧说以为固文优彪，歆学精向〔二二〕，然王命清辩⑲，新序该练⑳，璇璧产于昆冈，亦难得而逾本矣。傅毅崔骃㉑，光采比肩，瑗实踵武〔二三〕，能世厥风者矣。杜笃贾逵，亦有声于文，迹其为才，崔傅之末流也。李尤元作充，王改。赋铭㉒，志慕鸿裁，而才力沉腿㉓，垂翼不飞㉔。马融鸿儒，思洽识一作登。高〔二四〕，吐纳经范，华实相扶。王逸博识有功，而绚采无力；延寿继志，瓌颖独标，其善图物写貌，岂枚乘之遗术欤㉕？张衡通赡，蔡邕精雅，文史彬彬，隔世相望。是则竹柏异心而同贞〔二五〕，金玉殊质而皆宝也。刘向之奏议，旨切而调缓；赵壹之辞赋㉖，意繁而体疏；孔融气盛于为笔，祢衡思锐于为文：有偏美焉。潘勖凭经以骋才，故绝群于锡命；王朗发愤以托志，亦致美于序铭〔二六〕。然自卿渊已前，多俊才而不课学；雄向已后，颇引书以助文〔二七〕：此取与之大际，其分不可乱者也。

魏文之才，洋洋清绮，旧谈抑之，谓去植千里，然子建思捷而才俊，诗丽而表逸，子桓虑详而力缓，故不竞于先鸣；而乐府清越〔二八〕，典论辩要，迭用短长，亦无懵焉。但俗情抑扬，雷同一响，遂令文帝以位尊减才，思王以势窘益价，未为笃论也。仲宣溢才，捷而能密，文多兼善，辞少瑕累，摘其诗赋，则七子之冠冕乎[27]！琳瑀以符檄擅声，徐干以赋论标美，刘桢情高以会采，应玚学优以得文，路粹杨修，颇怀笔记之工；丁仪邯郸[28]，亦含论述之美：有足算焉。刘劭赵都[29]〔二九〕，能攀于前修；何晏景福[30]，克光于后进；休琏风情[31]，则百壹标其志；吉甫文理，则临丹成其采[❷]；嵇康师心以遣论[32]〔三〇〕，阮籍使气以命诗[33]：殊声而合响，异翮而同飞。

张华短章，奕奕清畅，其鷦鷯寓意，即韩非之说难也[34]。左思奇才[35]，业深覃思，尽锐于三都，拔萃于咏史，无遗力矣。潘岳敏给[36]，辞自疑作旨。和畅，钟美于西征，贾馀于哀诔，非自外也。陆机才欲窥深[37]，辞务索广〔三一〕，故思能入巧而不制繁；士龙朗练〔三二〕，元作陈，王青莲改。以识检乱，故能布采鲜净，敏于短篇。孙楚缀思，每直置以疏通〔三三〕；挚虞述怀，必循规以温雅：其品藻流别，有条理焉。傅元篇章，义多规镜；长虞笔奏，世执刚中[38]：并桢汪作杶。干之实才〔三四〕，非群华之韡萼也。成公子安选赋而时美〔三五〕，夏侯孝若具体而皆微[39]〔三六〕，曹摅清靡于长篇，季鹰辨切于短韵〔三七〕，各其善也。孟阳景阳，才绮而相埒〔三八〕，可谓鲁卫之政，兄弟之文也〔三九〕。刘琨雅壮而多风，卢谌情发而理昭[40]，亦遇之于时势也。景纯艳逸，足冠中兴〔四〇〕，郊赋既穆穆以大观[41]，仙诗亦飘飘而凌云矣〔四一〕。庾元规之表奏，靡密以闲畅，温太真之笔记，循理而清通：亦笔端之良工也。孙盛于宝〔四二〕，元作子实。文胜为史，准的所拟，志乎典训，户牖虽异，而笔彩略同。袁宏发轸以高骧，故卓出而多偏；孙绰规旋以矩步，故伦序而寡状〔四三〕；殷仲文之孤疑作秋。兴〔四四〕，谢叔源之闲情〔四五〕，并解散辞体，缥缈浮音：虽滔滔风流，而大浇文意。

宋代逸才，辞翰鳞萃，世近易明，无劳甄序。观夫后汉才林，可参西京㊷；晋世文苑，足俪邺都㊸；然而魏时话言，必以元封为称首㊹〔四六〕；宋来美谈，亦以建安为口实㊺〔四七〕。何也？岂非崇文之盛世，招才之嘉会哉？嗟夫，此古人所以贵乎时也〔四八〕！

赞曰：才难然乎〔四九〕，性各异禀。一朝综文，千年凝锦。馀采徘徊〔五〇〕，遗风籍甚〔五一〕。无曰纷杂，皎然可品。

【黄叔琳注】

①**六德**〔书皋陶谟〕日严祗敬六德，亮采有邦。　②**八音**〔书舜典〕帝曰夔，命汝典乐，教胄子，八音克谐，无相夺伦。　③**仲虺**〔书序〕汤归自夏，至于大坰，仲虺作诰。　④**伊训**〔书序〕成汤既殁，太甲元年，伊尹作伊训。　⑤**吉甫**〔诗大雅〕嵩高、烝民，皆尹吉甫作也。　⑥**蒍敖**〔左传〕随武子曰：芀敖为宰，择楚国之令典，百官象物而动，军政不戒而备，能用典矣。芀敖即芀艾猎，孙叔敖也。　⑦**随会**〔左传〕晋士会平王室，王享之殽烝。武子

私问其故。王曰:王享有体荐,宴有折俎,公当享,卿当宴,王室之礼也。武子归而讲求典礼,以修晋国之法。⑧**赵衰**〔左传〕秦穆公享公子重耳。子犯曰:偃不如衰之文也,请使衰从。公子赋河水,公赋六月。衰曰:君称所以佐天子者命重耳,重耳敢不拜。 ⑨**国侨**〔左传〕子产之为政也,择能而使之。冯简子能断大事,子太叔美秀而文,公孙挥能知四国之为,而辨其大夫之族姓班位贵贱能否,而又善为辞令。 ⑩**乐毅**〔乐毅传〕毅为燕昭王破齐,独莒、即墨未服。昭王死,惠王即位,齐之田单闻之,乃纵反间于燕曰:齐两城不下者,闻乐毅与燕新王有隙,欲连兵且留齐。惠王乃使骑劫代将,而召乐毅。乐毅畏诛,遂西降赵。惠王使人让之,毅报以书。 ⑪**荀况**〔史记索隐〕荀卿名况。卿者,时人相尊而号为卿也。有云、蚕、箴等赋,见荀子。 ⑫**飞兔**〔吕氏春秋〕飞兔、騕褭,古之骏马也。 ⑬**猗顿**〔水经注〕孔鲋曰:猗顿,鲁之穷士也,闻朱公富,往而问术焉。朱公曰:子欲速富,当畜五牸。于是十年之间,其息不可计。以兴富于猗氏,故曰猗顿也。〔论衡〕挟桓君山之书,富于积猗顿之财。 ⑭**宋弘称荐**〔宋弘传〕帝尝问弘通博之士,弘荐沛国桓谭才学洽闻,能及扬雄、刘向父子。 ⑮**集灵**〔艺文类聚〕有桓谭集灵宫赋。 ⑯**显志**〔冯衍传〕衍与新阳侯交结,得罪,不得志,乃作赋自厉,命其篇曰显志。显志者,言光明风化之情,昭章元妙之思也。 ⑰**蚌病**〔淮南子〕明月之珠，螺蚌之病，而我之利也。 ⑱**二班**彪、固。**两刘**向、歆。 ⑲**王命**见论说篇。 ⑳**新序**〔刘向传〕向采传记行事，著新序、说苑凡五十篇。 ㉑**崔骃**〔后汉书〕崔骃博学有伟才，善属文，少游太学，与班固、傅毅同时齐名。子瑗，锐志好学，尽能传其父业。瑗子实，少沉静好典籍。传赞曰：崔为文宗，世禅雕龙。 ㉒**李尤**原作李充。按〔后汉独行传〕李充陈留人，不言有著述。〔晋中兴书〕李充，江夏人，著学箴。然此在贾逵之后，马融之前，则李尤也。尤在和帝时拜兰台令史，有函谷诸赋，并车诸铭。而贾逵仕明帝时，马融仕顺桓时，以序观之，乃李尤无疑。 ㉓**沉膇**〔左传〕成公六年，献子曰：民愁则垫隘，于是乎有沉溺重膇之疾。 ㉔**垂翼**〔易明夷卦〕初九，明夷于飞，垂其翼。 ㉕**枚乘遗术**谓逸与延寿犹乘之于皋，而延寿殆欲突过前人也。 ㉖**赵壹**〔后汉文苑传〕壹恃才倨傲，为乡党所摈，乃作解摈。后屡抵罪，友人救得免，乃为穷鸟赋以谢恩，又作刺世疾邪赋以舒其怨愤。 ㉗**七子**〔魏文帝典论〕今之文人，鲁国孔融文举、广陵陈琳孔璋、山阳王粲仲宣、北海徐干伟长、陈留阮瑀元瑜、汝南应玚德琏、东平刘桢公干。斯七子者，于学无所遗，于辞无所假，咸以自骋骥騄于千里，仰齐足而并驰。 ㉘**丁仪邯郸**〔魏志〕自颍川邯郸淳、繁钦、陈留路粹、沛国丁仪、丁廙、弘农杨修、河内荀纬等，亦有文采，而不在此七人之列。 ㉙**刘劭**注见事类篇。 ㉚**何**

晏晏字平叔，有景福殿赋。〔文选注〕魏明帝将东巡，恐夏热，故于许昌作殿，名曰景福。既成，命赋之，平叔遂有此作。　㉛**休琏**〔应璩传〕璩字休琏。曹爽秉政，多违法度，璩为诗讥讽焉。子贞字吉甫，少以才闻，能谈论。〔楚国先贤传〕应休琏作百一诗讥切时事，遍以示在位者，咸皆怪愕，以为应焚弃之，何晏独无怪也。〔乐府广题〕百者数之终，一者数之始。士有百行，终始如一，故云百一。　㉜**嵇康**〔嵇康传〕康以为神仙禀之自然，非积学所得；至于导养得理，则安期、彭祖之伦可及，乃著养生论。　㉝**阮籍**〔阮籍传〕籍作咏怀诗八十馀篇，为世所重。〔颜延年曰〕说者谓阮籍在晋文代，常虑祸患，故发此咏耳。　㉞**韩非**非著说难、储说。注见知音篇。　㉟**左思**左思有咏史诗。　㊱**潘岳**〔潘岳传〕岳为长安令，作西征赋，述所经人物山水，文清旨诣。　㊲**窥深**〔世说〕孙兴公云：潘文浅而净，陆文深而芜。　㊳**世执**咸，玄子也。**刚中**〔易蒙卦彖〕以刚中也。〔师卦彖〕刚中而应。㊴**具体**〔按〕湛作周诗、昆弟诰，正如谢公评扬都赋所云：事事拟学，而不免俭狭者也。　㊵**卢谌**〔卢谌传〕刘琨败丧，谌抗表理琨，文旨甚切。谌才高行洁，为一时所推，值中原丧乱，沦陷非所。　㊶**南郊**〔郭璞传〕璞博学有高才，辞赋为中兴冠，尝作南郊赋，帝见而嘉之。　㊷**西京**光武都洛阳，长安在西，故曰西京。而文人遂以前汉为西京，后汉为东都也。　㊸**邺都**〔文选〕魏曹操都邺，相州是也。　㊹**元封**〔汉武帝纪〕上还登封泰山，降坐明堂，以十月为元封元年。　㊺**建安**见明诗篇。

【李详补注】

❶**汉室陆贾至其辩之富矣四句**〔札迻〕云：案赋孟春盖汉艺文志陆贾赋三篇之一。选典诰，当作进典语。诸子篇云：陆贾典语。并误以新语为典语也。（史记陆贾传凡著十二篇，每奏一篇，高帝未尝不称善，号其书以新语。进即谓奏进也。）进选、语诰，皆形近而误。　❷**吉甫文理则临丹成其采**详案：艺文类聚（卷八）有〔晋应贞临丹赋〕云：陟绵冈之迢递，临窈谷之浚遐，览丹源之洌泉，眷悬流之清派云云。贞字吉甫。

【杨明照校注】

〔一〕**可略而详也**

按诗鄘风墙有茨"不可详也"毛传："详，审也。"吕氏春秋察微篇"公怒不审"高注："审，详也。"诂此正合。

〔二〕**吉甫之徒，并述诗颂**

按舍人明言"吉甫之徒，并述诗颂"，则所指当非尹吉甫一人之作。黄、范两家只引诗大雅崧高、烝民、韩奕、江汉以注，殊有未尽。据毛诗序：公刘、泂酌、卷阿皆召康公戒成王而作；云汉为仍叔美宣王而作；常武为召穆公美宣王而作；駉为史克颂鲁僖公而作。如益以刺诗，作者则更多也。

〔三〕**义固为经，文亦师矣**

范文澜云："'文亦师矣'句有缺字，疑'师'字上脱一'足'字。"

按"师"上确脱一字。以征圣篇"征之周孔，则文有师矣"证之，所脱者应是"有"字。

〔四〕**焜燿似缛锦之肆**

按左传昭公三年："焜燿寡之人望。"孔疏引服虔云："燿，照也。焜，明也。"

〔五〕**薳敖择楚国之令典**

"敖"，黄校云："元作'教'，曹改。"此沿梅校。 徐𤊹校作"敖"。

按何本、训故本、谢钞本正作"敖"，曹改、徐校是也。

〔六〕**赵衰以文胜从飨**

"衰"，黄校云："元作'襄'，曹改。"此沿梅校。 徐𤊹校作"衰"。

按曹改、徐校是。何本、训故本、谢钞本正作"衰"。

〔七〕**国侨以修辞捍郑**

按陆士龙文集晋故散骑常侍陆府君诔："国侨殒郑，邦无竽笙。"此盖称子产为国侨之最先见者。捍，捍卫。

〔八〕**公孙挥善于辞令**

"挥",元本、弘治本、活字本、汪本、佘本、张本、两京本、何本、胡本、王批本、训故本、梅本、凌本、合刻本、梁本、秘书本、谢钞本、汇编本、清谨轩本、尚古本、冈本、文津本、王本、张松孙本、郑藏钞本、崇文本作"翚";子苑三二、文通二五引同。　冯舒云:"'翚',当作'挥'。"　何焯改作"挥"。文溯本剜改为"挥"。

按公孙挥字子羽,见左传襄公二十四年。则本是"翚"字。古人立字,展名取同义。子羽名翚,犹羽父之名翚也。黄本依冯、何校径改为"挥",盖据左传襄公三十一年原文黄、范两家注已具。文耳。又按舍人用字多从别本,元本等又皆作"翚",可能此文原是"翚"字。不必单据左传遽改为"挥"也。

〔九〕**范雎上疏密而至**

按已详论说篇"范雎之言事"条。

〔一〇〕**则扬班俦矣**

按文选典论论文:"及其所善,扬班俦也。"刘良注:"扬雄、班固之俦也。"

〔一一〕**汉室陆贾,首发奇采,赋孟春而选典诰**

孙诒让云:"'选典诰',当作'进典语'。诸子篇云'陆贾典语',并误以新语为典语也。'进'、'选','语'、'诰',皆形近而误。"见札迻十二。　范文澜云:“据孙说,当作‘进新语’。” 刘永济云:“按‘语’误,作‘诰’,是也。‘选(選)’乃‘撰’字,二字古通。……不必据汉书改作‘进’也。”

按子苑引作“选典诰”,是此文本无误字。孙说未可从也。汉书艺文志诗赋略列赋为四家,陆贾赋其一也。诠赋篇亦云:“秦世不文,颇有杂赋。汉初词人,顺流而作,陆贾扣其端。”是此处之“首发奇采”,当专指陆贾之赋而言,未包其新语在内。因诸子战国已臻极盛,新语乃属于“体势浸弱”、“类多依采”之流,舍人于诸子篇曾明言之,岂能又以“首发奇采”相许?则“典诰”非“新语”之误,更可知矣。“赋孟春而选典诰”,盖止论贾之孟春赋,本为一事。非谓其既赋孟春,又撰新语也。史传篇:“是立义选言,宜依经以树则。”诏策篇:“武帝崇儒,选言弘奥,策封三王,文同训典。”封禅篇:“树骨于训典之区,选言于弘富之路。”又汉志诸子略所列“儒五十三家”,陆贾二十三篇即在其中。然则“(陆贾)赋孟春而选典诰”者,谓其赋选言于儒家典诰也。

〔一二〕**贾谊才颖,陵轶飞兔**

按鲁仲连子:“(田)巴谓徐劫曰:‘先生鲁仲连。乃飞兔也,岂直千里驹!’”史记鲁仲连传索隐引。

陵轶，超越。

〔一三〕**相如好书**

按史记司马相如传："少时，好读书。"

〔一四〕**致名辞宗**

按汉书叙传下："蔚为辞宗，赋颂之首。"述司马相如传。

〔一五〕**然覆取精意**

"覆"，两京本、胡本作"復"。　徐𤊹校作"覈"。　范文澜云："'覆'疑当作'覈'。"

按"覈"字是。清谨轩本正作"覈"，当据改。铭箴篇"其取事也必覈以辨"，元本、弘治本、活字本、汪本等亦误"覈"为"覆"，与此同。

〔一六〕**理不胜辞**

按典论论文："然不能持论，理不胜辞。"张铣注："言文美理弱也。"

〔一七〕**子云属意，辞人最深**

"人"，黄校云："疑误。"此沿梅校。　范文澜云："'人'当作'义'，俗写致讹。"　刘永济云："按'人'乃'采'之误。"

按范说是。汉书扬雄传赞："今扬子之书，文义至深。"可证此文"人"字确为"义"之误。"辞义最深"，即"文义至深"也。

〔一八〕**富号猗顿**

按淮南子氾论篇高注："猗顿，鲁之富人。"孔丛子陈士义篇："猗顿，鲁之穷士也。耕则常饥，桑则长寒。闻陶朱公富，往而问术焉。朱公告之曰：'子欲速富，当畜五牸。'于是乃适西河，大畜牛羊于猗氏之南。十年之间，其滋息不可计。赀拟王公，驰名天下。以兴富于猗氏，故曰猗顿。"史记货殖传"猗顿用盬盐起"集解、文选过秦论"陶朱、猗顿之富"李注亦引孔丛子此文。黄注非。

〔一九〕**故知长于讽论，不及丽文也**

"讽论"，徐𤊹云："当作'讽谕'。"铃木说同。　崇文本作"讽谕"。

按"论"字不误。"讽"指其讽谏之疏见后汉书本传。言，"论"则指新论。此以君山之"讽、论"并举，正如后文评徐干之以"赋、论"连言然也。上疏与新论皆属于笔类，与辞赋异，故云"长于讽论，不及丽文"。子苑引作"讽论"，足证"论"非误字。

〔二〇〕**而坎壈盛世**

按楚辞刘向九叹怨思："志坎壈而不违。"王注："坎壈，不遇貌也。"

〔二一〕**弈叶继采**

按"弈"字误，当依各本改作"奕"。奕叶，犹奕世。国语周语上:“奕世载德。”文选曹植王仲宣诔:“伊君显考,奕叶佐时。”李周翰注:“伊,惟。考,父也。奕,不绝之称也。”子苑作“奕”,未误。

〔二二〕**歆学精向**

按傅子:“或问刘歆刘向孰贤?傅子曰:‘向才学俗而志忠,歆才学通而行邪。’”书钞九五、御览五九九引。

即此可见旧说之一斑。

〔二三〕**瑗实踵武**

按楚辞离骚:“忽奔走以先后兮,及前王之踵武。”王注:“踵,继也。武,迹也。”文选司马相如封禅文:“率迩者踵武。”李注引汉书音义曰:“率,循也。迩,近也。踵,蹈也。武,迹也。”史记司马相如传索隐:“言循览近代之事,则继迹可知也。”

〔二四〕**马融鸿儒,思洽识高**

“识”,黄校云:“一作‘登’。” 天启梅本改作“识”;何焯校同。

按元本、弘治本、活字本、汪本、佘本、张本、两京本、王批本、何本、胡本、训故本、万历梅本、凌本、合刻本、梁本、秘书本、谢钞本、汇编本、尚古本、冈本、崇文本皆作“登”,足见此文之“登”并非误字。黄氏从梅、何校改为“识”，非也。其馀各本已从天启梅本作“识”。“思洽登高”，盖谓其善于辞赋也。“登高能赋”，见诗鄘风定之方中毛传及汉志。韩诗外传七：“孔子曰：‘君子登高必赋。’”后汉书本传所叙季长撰述，即以赋为称首；今存者尚有琴赋、长笛赋、围棋赋、樗蒲赋、龙虎赋等篇。见严辑全后汉文卷十八（其中有不全者）。而长笛一赋，且登选楼。是季长所作，以赋为优，故云“思洽登高”。本篇评论作者，皆就其最擅长者言。若作“识高”，则空无所指矣。何况“登”与“识”之形音俱不近，焉能致误？出三藏记集齐竟陵王世子抚军巴陵王法集序：“雅好辞赋，允登高之才。”南齐书文学传论：“卿、云巨丽，升堂冠冕；张、左恢廓，登高不继。”亦并以“登高”二字指赋。诠赋篇亦有“原夫登高之旨”语，子苑引作“登高”，亦可证改“登”为“识”之谬。

〔二五〕**是则竹柏异心而同贞**

按楚辞东方朔七谏初放：“若竹柏之异心。”王注：“竹心空，……柏心实。”同贞，盖谓其岁寒不凋也。

〔二六〕**王朗发愤以托志，亦致美于序铭**

范文澜云：“魏志王朗传：‘朗著奏议论记，咸传于世。’序铭未闻。”子苑同今本。

按铭箴篇："至于王朗杂箴，乃置巾履，得其戒慎，而失其所施。观其约文举要，宪章武原误作"戒"，此据唐写本及御览五八五改。铭，而水火井灶，繁辞不已，志有偏也。"此云"致美于序铭"，盖指其"宪章武铭"诸作而言。范氏前后失照，只见疏矣。

〔二七〕**然自卿渊已前，多俊才而不课学；雄向已后，颇引书以助文**

按"俊"字于义不属，当是"役"之形误。左传成公二年"以役王命"杜注："役，事也。"此当作"役"而训为事，始合。史通杂说下篇："昔刘勰有云：'自卿渊已前，多役才而不课学；向雄以后，颇引书以助文。'"是所见本未误。当据改。

〔二八〕**而乐府清越**

按礼记聘义："叩之，其声清越以长。"郑注："越，犹扬也。"

〔二九〕**刘劭赵都**

"劭"，元本、弘治本、活字本、汪本、佘本、张本、两京本、王批本、梅本、谢钞本、汇编本、张松孙本作"邵"；子苑、文通二五引同。　　秘书本作"卲"；历代赋话续集十四引同。

按"卲"字是。已详事类篇"刘劭赵都赋"条。

〔三〇〕**嵇康师心以遣论**

“遣”,梅庆生云:“疑作‘造’。”

按哀吊篇“以辞遣哀”,声律篇“故馀声易遣”,其“遣”字义与此同,是“遣”字不误。何必改作!子苑引亦作“遣”。

〔三一〕**陆机才欲窥深,辞务索广**

按文赋:“言恢之而弥广,思按之而逾深。”此“深”、“广”二字所本。

〔三二〕**士龙朗练**

“练”,黄校云:“元作‘陈’,王青莲改。”此沿梅校。徐𤊹云:“(陈)疑作‘练’。”

按“练”字是。何本作“练”;文通引同。事类篇“子建明练”,“明练”与“朗练”同。尔雅释言:“明,朗也。”晋书傅祗传:“以才识明练称。”又谢沈传:“明练经史。”颜氏家训勉学篇:“但明练经文,粗通注义。”

〔三三〕**孙楚缀思,每直置以疏通**

范文澜云:“……本传及文选均载楚书。即遗孙皓书。观其指陈利害,深切著明,措辞率直,无所隐避,殆所谓‘直置疏通’也。‘直置’不可解,‘置’或‘指’之误欤?”子苑同今本。

按范说误。此二句当是指其诗言,非谓所作遗孙皓书也。“子荆零雨之章”,沈约宋书谢灵运传论。曾称之;锺嵘诗品中。亦特为标举;萧统文选。

且以入选。"直置疏通",盖即休文所谓"直举胸情,非傍诗史"也。文镜秘府论地卷。十体篇:"直置体者,谓直书其事,置之于句者是。"是"置"字未误。宋书刘穆之传:"穆之曰:'……而公指刘裕。功高勋重,不可直置。'"又谢方明传:"(刘穆之)白高祖曰:'谢方明可谓名家驹,直置便自是台鼎人。'"梁书文学下伏挺传:"挺致书(徐勉)以观其意,曰:'……怀抱不可直置。'"江文通集杂体诗殷东阳首:"直置忘所宰。"亦并以"直置"连文。评文论事皆用此二字,足见为当时常语。庄子马蹄篇"一而不党,命曰天放"成疏:"直置放任,则物皆自足。"

〔三四〕**并桢干之实才**

"桢",黄校云:"汪作'杶'。" 元本、弘治本、活字本、张本、两京本、胡本、训故本、四库本亦并作"杶";诗纪别集、子苑引同。

按"杶"字与文义不符,非是。后汉书卢植传:"(曹操)告守令曰:'(卢植)学为儒宗,士之楷模,国家之桢干也。'"三国志吴书陆凯传:"(上疏)……姚信、楼玄、贺邵、张悌、郭逴、……或清白忠勤,或姿才卓茂,皆社稷之桢干,国家之良辅。"例多不再列。并以"桢干"为言。佘本、何本、王批本、梅本、凌本、合刻本、谢钞本、汇编本作“桢”，未误；喻林八九、文通二五引同。程器篇赞“贞干谁则”作“贞”，乃“桢”之借字。论衡语增篇：“夫三公鼎足之臣，王者之贞干也。”即作“贞”。

〔三五〕**成公子安选赋而时美**

按“选（選）”读为“撰”。严可均全晋文卷五九所辑子安文，以赋为最多；其啸赋，曾选入文选。“选（選）赋时美”，谅有啸赋在内。

〔三六〕**夏侯孝若具体而皆微**

按孟子公孙丑上：“子贡曰：‘……昔者窃闻之：子夏、子游、子张皆有圣人之一体，冉牛、闵子、颜渊，则具体而微。’”朱集注：“一体，犹一肢也。具体而微，谓有其全体，但未广大耳。”此句与上“成公子安选赋而时美”句紧接，则所论必然是赋，故云“具体而微”。今检严可均全晋文六十八、六十九两卷所辑夏侯湛文，其六十八卷几全为湛之赋（从寒雪赋至玄鸟赋凡二十四首）。历代赋家篇数之多，恐未有出其右者。篇章虽短，名目却多，故以“具体而微”评之。

〔三七〕**季鹰辨切于短韵**

按世说新语识鉴篇刘注引文士传：“张翰，字季鹰。有清才美望，博学，善属文。造次立成，辞义清新。”短韵，谓诗也。丁福保全晋诗卷四所辑翰诗五题，每首皆短，故云短韵。逯钦立晋诗卷七所辑翰诗同。

〔三八〕**孟阳景阳，才绮而相埒**

“景阳”，元本、弘治本、活字本、汪本、佘本、张本、两京本、王批本、何本、胡本、梅本、凌本、合刻本、秘书本、谢钞本、汇编本、清谨轩本作“景福”；子苑、文通引同。四库本剜改为“阳”。　梅庆生于“景福”下注“殿赋”二字。　冯舒云：“‘福’，当作‘阳’。”何焯说同。

按史传未言张载撰有景福殿赋，梅注二字误。舍人一则曰“才绮而相埒”，再则曰“可谓鲁卫之政，兄弟之文也”，则当以作“景阳”为是。相埒，相等。

〔三九〕**可谓鲁卫之政，兄弟之文也**

按论语子路：“子曰：‘鲁卫之政，兄弟也。’”集解引包咸曰：“鲁，周公之封；卫，康叔之封也。周公、康叔既为兄弟，康叔睦于周公；其国之政，亦如兄弟也。”

〔四〇〕**景纯艳逸，足冠中兴**

按太平广记卷十三郭璞条引李弘范翰林明道论：“景纯善于遥寄，缀文之士，皆同宗之。”诗品中：“晋弘农太守郭璞，宪章潘岳，文体相辉，彪炳可玩，始变永嘉平淡之体，故称中兴第一。”并足与舍人此说相发。

〔四一〕**仙诗亦飘飘而凌云矣**

"凌",元本、活字本、两京本、胡本作"陵"。

按"飘飘凌云",用司马相如奏大人赋事,史记相如传作"凌",汉书作"陵"。"凌"、"陵"古通。以风骨篇"相如赋仙,气号凌云"例之,作"凌"前后一律。子苑引作"凌"。

〔四二〕**孙盛干宝**

"干宝",黄校云:"元作'子实'。"此沿梅校。　徐𤊹校作"干宝"。

按徐校是。训故本正作"干宝"。

〔四三〕**孙绰规旋以矩步,故伦序而寡状**

按"状",疑当作"壮"。舍人谓其"伦序寡壮",盖如锺嵘诗品序之评为"平典似道德论"然也。兴公诗由文馆词林所载四首观之,确系"规旋矩步,伦序寡壮"。

〔四四〕**殷仲文之孤兴**

"孤",黄校云:"疑作'秋'。"此袭何焯说。

按文选载仲文南州桓公九井作诗,有"独有清秋日,能使高兴尽"句,何氏盖据此为言。然由江淹杂体诗殷东阳首标目为"兴瞩",及所拟全诗观之,"孤"字似不误。"孤兴"与下句之"闲情"对。"孤兴"二字出文赋(子苑同今本)。

〔四五〕**谢叔源之闲情**

按谢混之“闲情”，除文选所载游西池诗足以取证外，江淹杂体诗谢仆射首专以“游览”标目，亦可得其仿佛。

〔四六〕**然而魏时话言，必以元封为称首**

按诗大雅抑：“告之话言。”毛传：“话言，古之善言也。”左传文公六年：“著之话言。”杜注：“话，善也。”文选司马相如封禅文：“前圣所以永保鸿名而常为称首者，用此。”吕向注：“言古先圣帝明王所以长保大名为王者之首者，用此道也。”元封，汉武帝年号。又按此以元封代表汉武帝时期（凡五十三年）。时序篇论其世云：“逮孝武崇儒，润色鸿业，礼乐争辉，辞藻竞骛：柏梁展朝讌之诗，金堤制恤民之咏，征枚乘以蒲轮，申主父以鼎食，擢公孙之对策，叹兒宽之拟奏，买臣负薪而衣锦，相如涤器而被绣；于是史迁寿王之徒，严终枚皋之属，应对固无方，篇章亦不匮，遗风馀采，莫与比盛。”挹彼注兹，最为确切。崇文盛世概况，亦旷若复面。

〔四七〕**宋来美谈，亦以建安为口实**

按公羊传闵公二年：“鲁人至今以为美谈。”三国志蜀书诸葛亮传：“臣（陈）寿等言：青龙二年春，亮帅众出武功，分兵屯田，为久驻之基。其秋病卒，黎庶追思，以为口实。”又黄权传：“宣王(司马懿)与诸葛亮书曰:‘黄公衡,快士也。每坐起,叹述足下,不去口实。’”建安,后汉献帝年号(凡二十四年)。又按建安后期,文学特盛。时序篇论其世云:“自献帝播迁,文学蓬转,建安之末,区宇方辑。魏武以相王之尊,雅爱诗章;文帝以副君之重,妙善辞赋;陈思以公子之豪,下笔琳瑯;并体貌英逸,故俊才云蒸。仲宣委质于汉南,孔璋归命于河北,伟长从宦于青土,公干徇质于海隅,德琏综其斐然之思,元瑜展其翩翩之乐;文蔚休伯之俦,子淑德祖之侣,傲岸觞豆之前,雍容衽席之上,洒笔以成酣歌,和墨以藉谈笑。”挹彼注兹,极为吻合。招才嘉会情景,亦僾乎可觌。

〔四八〕**此古人所以贵乎时也**

按贵,重视。时,时机,机遇。荀子宥坐篇:“夫遇不遇者,时也。”韩诗外传七:“遇不遇者,时也。”说苑杂言篇:“遇不遇者,时也。”论衡逢遇篇:“遇不遇,时也。”家语在厄篇:“夫遇不遇者,时也。”五书论点相同,可见古人对时机、机遇之重视。

〔四九〕**才难然乎**

按论语泰伯:“孔子曰:‘才难!不其然乎?’”

〔五〇〕**馀采徘徊**

按文选张衡南都赋："流风徘徊。"徘徊，反覆回旋。此指作品长期流传。

〔五一〕**遗风籍甚**

"籍"，张本作"藉"。

按史记陆贾传："陆生以此游汉廷公卿间，名声藉盛。"集解引汉书音义曰："言狼籍甚盛。"汉书贾传作"籍甚"。是"藉"、"籍"本通。然以论说篇"虽复陆贾籍甚"证之，则此亦当作"籍"，前后始能一律。

知音第四十八

知音其难哉！音实难知，知实难逢，逢其知音，千载其一乎〔一〕！夫古来知音，多贱同而思古，所谓日进前而不御，遥闻声而相思也①。昔储说始出②，子虚初成③，秦皇汉武，恨不同时；既同时矣，则韩囚而马轻❶，岂不明鉴同时之贱哉！至于班固傅毅，文在伯仲，而固嗤毅云④："下笔不能自休。"及陈思论才⑤，亦深排孔璋；敬礼请润色，叹以为美谈；季绪好诋诃，方之于田巴，意亦见矣。故魏文称文人相轻⑥，非虚谈也。至如君卿唇舌，而谬欲论文，乃称史迁著书，谘东方朔，于是桓谭之徒，相顾嗤笑❷，彼实博徒，轻言负诮，况乎文士，可妄谈哉！故鉴照洞明，而贵古贱今者，二主是也；才实鸿懿，而崇己抑人者，班曹是也；学不逮文，而信伪迷真者，楼护是也⑦：酱瓿之议⑧，岂多叹哉！

夫麟凤与麏雉悬绝⑨，珠玉与砾石超殊，白日垂其照〔二〕，青眸写其形〔三〕。然鲁臣以麟为麏〔四〕，楚人以雉为凤⑩〔五〕，魏氏以夜光为怪石⑪〔六〕，宋客以燕砾为宝珠⑫。形器易征，谬乃若是；文情难鉴，谁曰易分？夫篇章杂沓，质文交加，知多偏好，人莫圆该。慷慨者逆声而击节，酝藉者见密而高蹈〔七〕，浮慧者观绮而跃心，爱奇者闻诡而惊听。会己则嗟讽，异我则沮弃〔八〕，各执一隅之解，欲拟万端之变。所谓东向而望⑬,不见西墙也〔九〕。

凡操千曲而后晓声〔一〇〕,观千剑而后识器〔一一〕;故圆照之象,务先博观。阅乔岳以形培塿〔一二〕,酌沧波以喻畎浍〔一三〕,无私于轻重〔一四〕,不偏于憎爱,然后能平理若衡,照辞如镜矣〔一五〕。是以将阅文情,先标六观:一观位体,二观置辞,三观通变,四观奇正,五观事义,六观宫商。斯术既形〔一六〕,则优劣见矣。

夫缀文者情动而辞发,观文者披文以入情〔一七〕,沿波讨源〔一八〕,虽幽必显。世远莫见其面,觇文辄见其心。岂成篇之足深,患识照之自浅耳。夫志在山水,琴表其情⑭,况形之笔端,理将焉匿。故心之照理,譬目之照形,目瞭则形无不分,心敏则理无不达。然而俗监之迷者〔一九〕,深废浅售,此庄周所以笑折杨⑮,宋玉所以伤白雪也⑯。昔屈平有言:文质疏内,众不知余之异采⑰〔二〇〕。见异唯知音耳。扬雄自称心好沉博绝丽之文〔二一〕,其事浮浅,亦可知矣〔二二〕。夫唯深识鉴奥〔二三〕,必欢然内怿〔二四〕,譬春台之熙众人⑱,乐饵之止过客⑲。盖闻兰为国香⑳,服媚弥芬;书亦国华,玩泽王作绎。方美〔二五〕:知音君子,其垂意焉。

赞曰:洪钟万钧〔二六〕,夔旷所定〔二七〕。良书盈箧〔二八〕,妙鉴乃订。流郑淫人〔二九〕,无或失听。独有此律,不谬蹊径。

【黄叔琳注】

①**日进遥闻**〔鬼谷子内揵篇〕日进前而不御,遥闻声而相思。　②**储说**〔韩非传〕非作孤愤、五蠹、内外储、说林、说难,十馀万言。秦王见其书曰:寡人得见此人,与之游,死不恨矣。因急攻韩,韩乃遣非使秦。李斯、姚贾害之,下吏治非。　③**子虚**见丽辞篇上林注。　④**嗤毅**〔魏文帝典论〕傅毅之于班固,伯仲之间耳,而固小之。与弟超书曰:武仲以能属文为兰台令史,下笔不能自休。⑤**论才**〔陈思王集〕与杨德祖书:以孔璋之才,不闲于辞赋,而多自谓能与司马长卿同风。譬画虎不成反为狗者也。昔丁敬礼尝作小文,使仆润色之。仆自以才不过若人,辞不为也。敬礼谓仆:卿何所疑难,文之佳恶,吾自得之,后世谁相知定吾文者耶!吾尝叹此达言,以为美谈。刘季绪才不逮于作者,而好诋诃文章,掎摭利病。昔田巴毁五帝,罪三王,呰五霸于稷下,一旦而服千人。鲁连一说,使终身杜口。刘生之辩,未若田氏,今之仲连,求之不难,可无叹息乎!丁廙字敬礼。季绪,刘表子也。　⑥**相轻**〔魏文帝论〕文人相轻,自古而然。　⑦**楼护**〔汉游侠传〕楼护字君卿,少随父为医长安,诵医经本草方术数十万言。长者谓曰:以君卿之才,何不宦学乎?繇是辞其父,学经传,为吏数年,甚得名誉。　⑧**酱瓿**〔扬雄传〕著太玄、法言,刘歆尝观之,谓雄曰:空自苦!今学者有利禄,然尚不能明易,又如玄何?吾恐后人用

覆酱瓿也。 ⑨**麟麐**见史传篇泣麟注。 ⑩**雉凤**〔尹文子〕楚担山雉者，路人问何鸟也。担雉者欺之曰：凤凰也，买而献之楚王。 ⑪**怪石**〔尹文子〕魏之田父得玉径尺，不知其玉也，以告邻人。邻人绐之曰：怪石也。归而置之庑下，明照一室，怖而弃之于野。 ⑫**燕砾**〔阚子〕宋之愚人得燕石于梧台之东，归而藏之以为宝。周客闻而观焉，掩口而笑曰：与瓦砾不殊。 ⑬**东向**〔淮南子〕东面而望，不见西墙；南面而视，不睹北方。 ⑭**琴表其情**〔吕氏春秋〕伯牙鼓琴，锺子期善听。方鼓琴，志在泰山，子期曰：善哉乎鼓琴，巍巍乎若泰山。志在流水，曰：善哉乎鼓琴，洋洋乎若流水。 ⑮**折杨**〔庄子〕大声不入于里耳，折杨皇荂则嗑然而笑。是故高言不止于众人之心，至言不出，俗言胜也。 ⑯**白雪**〔宋玉对楚王问〕客有歌于郢中者，其始曰下里巴人，国中属而和者数千人。其为阳春白雪，国中属而和者数十人。是以其曲弥高，其和弥寡。 ⑰**异采**〔屈平九章〕文质疏内兮，众不知余之异采。 ⑱**春台**〔老子〕众人熙熙，如登春台。 ⑲**乐饵**〔老子〕乐与饵，过客止。 ⑳**国香**〔左传〕郑文公有贱妾曰燕姞，梦天使与己兰曰，以是为而子，以兰为国香，人服媚之如是。

【李详补注】

❶**古来知音至韩囚而马轻**详案：〔抱朴子广譬篇〕贵远而

贱近者，常人之情也。信耳而遗目者，古今之所患也。是以秦王欢息于韩非之书，而想其为人；汉武慷慨于相如之文，而恨不同世。及既得之，终不能拔，或纳谗而诛之，或放之乎冗散。彦和之论本此。 ❷**君卿唇舌至相顾嗤笑**详案：此事无考。〔史记太史公自序索隐〕桓谭云：迁所著书成，以示东方朔，朔皆署曰太史公。此史迁著书谘东方朔之证。惟彦和指此为君卿所称，而谭嗤之，不识谭此言上下抑有诋君卿之说否？姑识于此，以俟达者论之。

【杨明照校注】

〔一〕**逢其知音，千载其一乎**

按汉书王褒传："（圣主得贤臣颂）上下俱欲，欢然交欣，千载壹合（文选作"一会"），论说无疑。"文选王褒四子讲德论："夫特达而相知者，千载之一遇也。"又袁宏三国名臣序赞："千载一遇，贤智之嘉会。"李注："东观汉记太史官曰：'……忠孝之策，千载一遇也。'"晋书文苑袁宏传作三国名臣颂。

〔二〕**白日垂其照**

按徐干中论治学篇："譬如宝在于玄室，有所求而不见。白日照焉，则群物斯辨矣。"

〔三〕**青眸写其形**

按孟子离娄上："存乎人者，莫良于眸子。"赵注：

“眸子，瞳子也。”玉篇目部：“眸，目瞳子。”又：“瞳，目珠子。”今通称眼珠或瞳仁。荀子大略篇“眸而见之也”杨注：“眸，谓以眸子审视之也。”广雅释诂一：“写，尽也。”此句与上句“白日垂其照”对举，则“青眸写其形”之意，谓肉眼亦能识别麟凤、珠玉等物之形态也。

〔四〕**然鲁臣以麟为麏**

按公羊传哀公十四年春：“西狩获麟。……有以告者，曰：‘有麕而角者。’”何注：“（麟）状如麕，一角而戴肉。”释文：“有麏，本又作麇，亦作麕。皆九伦反。麞也。”孔丛子记问篇：“叔孙氏之车子曰钽商，樵于野而获兽焉。众莫之识，以为不祥，弃之于五父之衢。冉有告夫子，曰：‘有麕而肉角，岂天之妖乎？’夫子曰：‘今何在？吾将观焉。’遂往，谓其御高柴曰：‘若求之言，其必麟乎？’到视之，果信。”鲁臣，谓冉求。孟子离娄上“求也为季氏宰”赵注：“求，孔子弟子冉求。季氏，鲁卿季康子。宰，家臣。”史记仲尼弟子传：“冉求字子有，……为季氏宰。”集解引郑玄曰：“鲁人。”

〔五〕**楚人以雉为凤**

按笑林所载者，较尹文子大道下详。盖缘邯郸淳渲染之也。见太平广记四六一引。

〔六〕**魏氏以夜光为怪石**

“氏”,凌本、天启梅本、秘书本、张松孙本作“民”。

按“民”字非是。孟子公孙丑上:“宋人有闵其苗之不长而揠之者。”抱朴子外篇知止“宋氏引苗”一语,即本于孟子。不作“人”而作“氏”,是“氏”与“人”一实。

〔七〕**酝藉者见密而高蹈**

“藉”,覆刻黄本、芸香堂本、翰墨园本、思贤讲舍本作“籍”。

按“籍”字非是。已详定势篇“类乏酝藉”条。

〔八〕**会己则嗟讽,异我则沮弃**

按庄子在宥篇:“世俗之人,皆喜人之同乎己,而恶人之异于己也。”淮南子齐俗篇:“天下是非无所定,世各是其所是,而非其所非。所谓是与非各异,皆自是而非人。”抱朴子外篇擢才:“因以异乎己而薄之矣。”又辞义篇:“近人之情,爱同憎异,贵乎合己,贱于殊途。”

〔九〕**所谓东向而望,不见西墙也**

“墙(墻)”,谢钞本作“隅”,冯舒校为“墻”。

按冯校是。“墻”俗体,当依汇编本、四库本作“牆”。吕氏春秋去尤篇:“世之听者,多有所尤。……其要必因人所喜,与因人所恶。东面望者,不见西墙;南乡视者,不睹北方。意有所在也。”黄注引淮南子(氾论篇）嫌晚。

〔一〇〕**凡操千曲而后晓声**

按桓谭新论："成少伯工吹竽，见安昌侯张子夏鼓瑟，谓曰：'音不过千曲以上，不足以为知音。'"御览五八一引（严辑全后汉文卷十三至十五所辑新论佚此条）。

〔一一〕**观千剑而后识器**

按桓谭新论："余少好文，见扬子云赋颂，欲从学。子云曰：'能读千赋，则善之矣。'"书钞一百二引。又："君大素晓习万剑之名，凡器但遥观而知，不须手持熟察。言能观千剑，则晓知之。"书钞一二二引。又："扬子云工于赋，王君大习兵器。余欲从二子学。子云曰：'能读千赋则善赋。'君大曰：'能观千剑则晓剑。'"意林三引。

〔一二〕**阅乔岳以形培塿**

按诗周颂般："堕山乔岳。"郑笺："乔，高。"释文："堕，吐果反。郭（璞）云：'山狭而长也。'"尔雅释山注。文选七启："乔岳无巢居之民。"吕延济注："乔岳，高山也。"是此处之"乔岳"，与封禅篇"勒功乔岳"之"乔岳"，各明一义，不能混而为一。风俗通义山泽篇："（培）谨按春秋左氏传'培塿无松柏'左传襄公二十四年本作'部娄'，盖音近通假。言其卑小。"玉篇土部："塿，培塿，小皁也。”

〔一三〕**酌沧波以喻畎浍**

“浍”,元本、弘治本、汪本、佘本、张本、两京本、胡本、谢钞本作“墥”。　　徐𤊹校作“浍”。　　王批本作“垥”。

按“墥”,字书所无,当以作“浍”为是。尔雅释水:“注沟曰浍。”释名释水:“注沟曰浍;浍,会也,小沟之所聚会也。”史记夏本纪“浚畎浍致之川”集解:“郑玄曰:‘畎浍,田间沟也。’”沧,沧海。沧波,沧海所扬之波。“畎浍”以小言,“沧波”以大言也。

〔一四〕**无私于轻重**

按礼记经解:“故衡诚县,不可欺以轻重。”郑注:“衡,称也。县,谓锤也。”释文:“县,音玄。称,尺证反。”孟子梁惠王上:“权,然后知轻重。”楚辞严忌哀时命:“执权衡而无私兮,称轻重而不差。”王注:“差,过也。言己如得执权衡,能无私阿,称量贤愚,必不过差,各如其理也。”

〔一五〕**然后能平理若衡,照辞如镜矣**

按申子:“镜设精,无为而美恶自服;衡设平,无为而轻重自得。”群书治要三六引。新书道术篇:“镜仪而居,无执不臧,美恶毕至,各得其当。

衡虚无私，平静而处，轻重毕悬，各得其所。……如鉴（镜）之应，如衡之称。”说苑谈丛篇：“镜以精明，美恶自服。衡平无私，轻重自得。”

〔一六〕**斯术既形**

“形”，广博物志二九引作“行”。

按“行”字误。礼记乐记：“应感起物而动，然后心术形焉。”郑注：“言在所以感之也。术，所由也。形，犹见也。”释文：“见，贤遍反。”即此语所本。情采篇赞“心术既形”，亦有力切证。

〔一七〕**观文者披文以入情**

“披文”，元本、活字本、两京本、胡本作“披寻”；训故本作“披辞”。

按训故本是也。上句既言“缀文者情动而辞发”，则此当作“观文者披辞以入情”，始能相应。

〔一八〕**沿波讨源**

按文赋：“或沿波而讨源。”李注：“孔安国尚书（禹贡）传曰：‘顺流而下曰沿。’源，水本也。”李周翰注：“或流情于波而求讨其源也。”

〔一九〕**然而俗监之迷者**

“监”，铃木云：“宜作鉴。”

按以上文“文情难鉴”，下文“夫唯深识鉴奥”及赞中“妙鉴乃订”证之，铃木说是也。训故本正作“鉴”。当据改。

〔二〇〕**昔屈平有言：文质疏内，众不知余之异采**

按楚辞九章怀沙王注：“采，文采也。言己能文能质，内以疏达，众人不知我有异艺之文采也。”洪兴祖补注：“内，旧音讷。疏，疏通也。讷，木讷也。”朱熹集注：“文质，其文不艳也。疏，迂阔也。内，木讷也。异采，殊异之文采也。”三家各摅所见，并不一致。特移录如上，以便参稽。

〔二一〕**扬雄自称心好沉博绝丽之文**

按古文苑扬雄答刘歆书：“雄为郎之岁，自奏少不得学，而心好沉博绝丽之文。”

〔二二〕**其事浮浅，亦可知矣**

“其”下，训故本有一白框。　　范文澜云：“‘其事浮浅’，疑当作‘不事浮浅’。”

按此二句，承上“扬雄自称心好沉博绝丽之文”句立论，其下白框当补一“不”字，始合文意。

〔二三〕**夫唯深识鉴奥**

按“鉴奥”疑当乙作“奥鉴”，与“深识”对。汉书叙传上“渊哉深识”，文选卢谌赠刘琨诗“寄之深识”，王俭褚渊碑文“深识臧否”，并以“深识”为言。是“深识”二字未倒。此云“深识奥鉴”，与声律篇之“练才洞鉴”，句法正相似也。

〔二四〕**必懽(欢)然内怿**

按论衡佚文篇:“诚见其美,懽(欢)气发于内也。”“懽”,与“懽”同。

〔二五〕**玩泽方美**

“泽”,黄校云:“王作‘绎’。”芸香堂本、翰墨园本误“绎”为“怿”。范文澜云:“‘玩泽’,疑当作‘玩绎’。”

按训故本作“绎”,是。绎,寻绎也。文选王褒四子讲德论李注引马融论语八佾注。范氏盖不曾一检黄校及未见过王本,故云“‘玩泽’疑当作‘玩绎’”。

〔二六〕**洪鍾(钟)万钧**

“鍾”,何本、训故本、凌本、谢钞本、别解本、尚古本、冈本、文津本、王本、郑藏钞本作“鐘”。

按“鍾”与“鐘”通。文选张衡西京赋:“洪鐘万钧。”薛注:“洪,大也。……三十斤曰钧。……言大鐘乃重三十万斤。”

〔二七〕**夔旷所定**

按夔已见才略篇“夔序八音”条。旷,师旷。已见总术篇“知夫调钟未易”条。

〔二八〕**良书盈箧**

按墨子非命上篇:“天下之良书,不可尽计数。”

〔二九〕**流郑淫人**

按礼记王制："变礼易乐者，为不从。不从者，君流。"郑注："流，放也。"论语卫灵公："放郑声，远佞人。郑声淫，佞人殆。"集解引孔安国曰："郑声佞人亦俱能感人心，与雅乐贤人同，而使人淫乱危殆，故当放远之也。"义疏："云'郑声淫，佞人殆'者，出郑声佞人所以宜放远之由也。郑地声淫而佞人斗乱，使国家为危殆也。"

程器第四十九

周书论士，方之梓材①，盖贵器用而兼文采也。是以朴斫成而丹雘施，垣墉立而雕杇附〔一〕。而近代辞人，务华弃实，故魏文以为古今文人，之之字衍。类不护细行❶〔二〕，韦诞所评②，又历诋群才，后人雷同，混之一贯〔三〕，吁可悲矣！

略观文士之疵：相如窃妻而受金③，扬雄嗜酒而少算④〔四〕，敬通之不循廉隅⑤〔五〕，杜笃之请求无厌⑥，班固谄窦以作威⑦，马融党梁而黩货⑧❷〔六〕，文举傲诞以速诛⑨〔七〕，正平狂憨以致戮⑩，仲宣轻脆以躁竞〔八〕，孔璋惚恫以粗疏⑪〔九〕，丁仪贪婪以乞货〔一〇〕，路粹餔啜而无耻〔一一〕，潘岳诡祷于愍怀⑫〔一二〕，陆机倾仄于贾郭⑬，傅玄刚隘而詈台⑭，孙楚狠汪作佷。愎而讼府⑮〔一三〕，诸有此类，并文士之瑕累〔一四〕。文既有之，武亦宜然。古之将相，疵咎实多：至如管仲之盗窃⑯，吴起之贪淫⑰，陈平之污点⑱，绛灌之谗嫉，沿兹以下，不可胜数。孔光负衡据鼎⑲〔一五〕，而仄媚董贤；况班马之贱职，潘岳之下位哉！王戎开国上秩⑳，而鬻官嚣俗；况马杜之磬悬〔一六〕，丁路之贫薄哉！然子夏无亏于名儒，濬冲不尘乎竹林者，名崇而讥减也。若夫屈贾之忠贞，邹枚之机觉㉑，黄香之淳孝㉒，徐干之沉默㉓，岂曰文士必其玷欤？

盖人禀五材，修短殊用，自非上哲，难以求备〔一七〕。然将相以位隆特达，文士以职卑多诮，此江河所以腾涌〔一八〕，涓流所以寸折者也。名之抑扬，既其然矣；位之通塞，亦有以焉。盖士之登庸，以成务为用。鲁之敬姜㉔，妇人之聪明耳；然推其机综，以方治国〔一九〕；安有丈夫学文，而不达于政事哉？彼扬马之徒，有文无质，所以终乎下位也〔二〇〕。昔庾元规才华清英，勋庸有声，故文艺不称，若非台岳，则正以文才也。文武之术，左右惟宜〔二一〕，郤縠敦书㉕，故举为元帅，岂以好文而不练武哉？孙武兵经㉖，辞如珠玉，岂以习武而不晓文也？

是以君子藏器，待时而动〔二二〕，发挥事业，固宜蓄素以弸中〔二三〕，散采元作悉，龚仲和改。以彪外㉗〔二四〕，楩楠其质㉘，豫章其干，摛文必在纬军国〔二五〕，负元作贤，龚改。重必在任栋梁〔二六〕，穷则独善以垂文，达则奉时以骋绩〔二七〕，若此文人，应梓材之士矣。

赞曰：瞻彼前修，有懿文德〔二八〕。声昭楚南，采动梁北。雕而不器〔二九〕，贞干谁则〔三〇〕。岂无华身，亦有光国〔三一〕。

【黄叔琳注】

①**梓材**〔书梓材〕若作室家，既勤垣墉，惟其涂塈茨。若作梓材，既勤朴斫，惟其涂丹雘。　②**韦诞**〔文章叙录〕韦诞字仲将，太仆端之子。鱼豢尝举王阮诸人以问诞，

诞对曰：仲宣伤于肥戆，休伯都无格检，元瑜病于体弱，孔璋实自粗疏，文蔚性颇忿鸷。 ③**窃妻受金**〔司马相如传〕卓王孙有女文君新寡，好音，相如以琴心挑之。文君窃从户窥，心悦而好之，恐不得当也，夜亡奔相如。相如与驰归成都。其后有人言，相如使蜀时受金，失官。④**嗜酒**〔扬雄传〕雄家素贫，嗜酒，时有好事者，载酒肴从游学。 ⑤**敬通**〔冯衍传〕衍字敬通。显宗即位，人多短衍文过其实，遂废于家。衍与妇弟书，数妇之恶，有云：以室家之故，捐弃衣冠，心专耕耘，以求衣食。 ⑥**杜笃**〔后汉文苑传〕杜笃居美阳，与美阳令游，数从请托不谐，颇相恨。令怒，收笃送京师。 ⑦**班固**〔班固传〕大将军窦宪出征匈奴，以固为中护军与参议。及窦宪败，固先坐免官。固不教学诸子，诸子多不遵法度，吏人苦之。⑧**马融**〔马融传〕融为梁冀草奏李固，又作大将军西第颂，以此颇为正直所羞。论曰：马融奢乐恣性，党附成讥，固知识能匡欲者鲜矣。 ⑨**文举**〔孔融传〕融字文举，负其高气，志在靖难。而才疏意广，后为曹操所杀。⑩**正平**〔后汉文苑传〕祢衡字正平，少有才辩，而气尚刚傲，后为黄祖所杀。 ⑪**惚恫**〔广韵〕惚恫，不得志也。⑫**诡诪**〔晋愍怀太子传〕贾后将废太子，诈称上不和，召太子置别室，逼饮醉之。使潘岳作书草若祷神之文，有如太子素意，因醉而书之。令小婢以纸笔及书草使太子依而写之。后以呈帝，废太子。 ⑬**倾仄**〔陆机传〕机好游权门，与贾谧亲善，以进趣获讥。**贾郭**〔郭彰传〕彰，贾后从舅也。与贾充素相亲。遇贾后专朝，彰与参权势，宾客盈门，世人称为贾郭。 ⑭**詈台**〔傅玄传〕玄转司隶校尉，谒者以弘训宫为殿内，制玄位在卿下。玄恚怒，厉声色而责谒者。谒者妄称尚书所处，玄对百僚而骂尚书以下。御史中丞庾纯奏玄不敬。 ⑮**讼府**〔孙楚传〕楚参石苞骠骑军事，初至，长揖曰：天子命我参卿军事。因此而嫌隙遂构。苞奏楚与吴人孙世山共讪毁时政。楚亦抗表自理，纷纭经年。 ⑯**管仲盗窃**〔说苑〕邹子曰：管仲故成阴之狗盗也。 ⑰**吴起**〔吴起传〕起闻魏文侯贤，欲事之。文侯问李克曰：吴起何如人哉？李克曰：起贪而好色，然用兵，司马穰苴不能过也。 ⑱**谗陈平**〔陈丞相世家〕绛侯、灌婴等咸谗陈平曰：臣闻平家居时，盗其嫂；事魏不容，亡归楚；归楚不中，又亡归汉。今日大王尊官之，令护军。平受诸将金，金多者得善处，金少者得恶处。平，反覆乱臣也。〔贾谊传〕绛、灌、东阳侯、冯敬之属尽害之。〔注〕绛灌，周勃、灌婴也。 ⑲**孔光**〔汉佞幸传〕初，丞相孔光为御史大夫时，董贤父恭为御史，事光。及贤为大司马，与光并为三公，上故令贤私过光。光知上欲尊宠贤，及闻贤当来也，光警戒衣冠，出门待望，见贤车乃却入。贤至中门，光入阁。既下车，乃出拜谒，送迎甚谨，不敢以宾客钧敌之礼。贤归，上闻之喜。 ⑳**王戎**〔王戎传〕戎与阮籍诸人为竹林之游，戎尝后至。籍曰:俗物已复来败人意。戎笑曰:卿辈意亦复易败耶!后以平吴功封安丰侯。南郡太守刘肇赂戎筒中细布五十端,为司隶所纠。帝虽不问,然为清慎者所鄙。 ㉑**邹枚**〔邹阳传〕吴王濞阴有邪谋,阳奏书谏。吴王不内其言。于是邹阳、枚乘、严忌知吴不可说,皆去之梁。 ㉒**黄香**〔后汉文苑传〕黄香年九岁失母,思慕憔悴,殆不免丧,乡人称其至孝。太守刘护闻而召之,署门下孝子。香博学经典,究精道术,能文章。肃宗诏香诣东观,读所未尝见书。 ㉓**徐干**〔魏志〕徐干字伟长。〔魏文帝书〕伟长怀文抱质,恬淡寡欲,有箕山之志,可谓彬彬君子矣。著中论二十馀篇,成一家之业,辞义典雅,足传于后。 ㉔**敬姜**〔国语〕公父文伯退朝,朝其母,方绩,文伯曰:以歜之家,而主犹绩,惧干季孙之怒也。敬姜叹曰:昔圣王之处民也,择瘠土而处之,劳其民而用之,男女效绩,愆则有辟,古之制也。 ㉕**敦书**〔左传〕晋侯蒐于被庐,作三军,谋元帅。赵衰曰:郤縠可。臣亟闻其言矣,说礼乐而敦诗书。 ㉖**孙武**〔孙子传〕孙武以兵法见吴王阖庐,阖庐曰:子之十三篇,吾尽观之矣,可以小试勒兵乎?对曰:可。 ㉗**弸中彪外**〔扬子法言〕君子言则成文,动则成德,何以也?曰:以其弸中而彪外也。〔注〕弸,满也。彪,文也。 ㉘**楩楠**〔陆贾新语〕楩楠豫章,天下之名木,立则为大山众木之宗,仆则为世之用。

【李详补注】

❶**魏文以为古今文人类不护细行**详案:〔魏文帝与吴质书〕古今文人,类不护细行,鲜能以名节自立。 ❷**马融党梁而黩货**黄注引融传不及黩货,今补。〔融传〕先是有事忤大将军梁冀旨,讽有司奏融在郡贪浊,免官。惠栋〔后汉书训纂〕引〔三辅决录注〕融为南郡太守,二府以融在郡贪浊,受主计掾岐肃钱四十万。融子又强受吏白向钱六十万,布三百匹,以肃为孝廉,向为主簿。

【杨明照校注】

〔一〕**垣墉立而雕杇附**

"杇",弘治本、汪本、佘本、张甲本、万历梅本、谢钞本作"朽";张乙本作"巧";何本、凌本、合刻本、梁本、秘书本、尚古本、冈本、王本、张松孙本、郑藏钞本、崇文本作"墁"。

按元本、活字本、训故本作"杇";喻林八八引作"圬"。是"朽"为"杇"之误,"巧"为"圬"之误。"圬","杇"之或体。当以作"杇"为正。论语公冶长:"子曰:'朽木,不可雕也;粪土之墙,不可杇也。'"集解引王肃曰:"杇,镘也。"史记仲尼弟子传"杇"作"圬","镘"作"墁"(汉书董仲舒传引作"圬",颜注作"镘")。即此"雕杇"二字之所自出。尔雅释宫:"镘谓之杇。"郭注:"泥镘。"释文:"镘,本或作槾。"说文木部："杇，所以涂也。秦谓之杇，关东谓之槾。"何本等作"墁"，其义虽通，恐非舍人之旧。子苑九八引作"杇"，其时已在何本之前矣。

〔二〕**故魏文以为古今文人之类不护细行**

黄校云："'之'字衍。"此沿梅校。　谢兆申云："'之'字似衍。"　徐𤊹云："无'之'字便不成文，伯元（即谢兆申）以为衍，非是；若去'之'字，则'类'字连下句读，亦通。"　冯舒云："'文人'下，衍'之'字。"

按"之"字确为衍文，于"人"下加豆。曹丕与吴质书本无"之"字。训故本无"之"字，是也。文通二五引同。当据删。凌本无"之"字，盖依梅校删（文溯本剜去"之"字）。

〔三〕**混之一贯**

按庄子德充符："以可不可为一贯。"吕氏春秋过理篇："亡国之主一贯。"高注："贯，同也。"后汉书皇后纪论："至于贤愚优劣，混同一贯。"

〔四〕**扬雄嗜酒而少算**

按汉书扬雄传下赞："雄以病免，复召为大夫。家素贫，耆酒。"颜注："耆读曰嗜。"桓谭新论："扬子云为郎，居长安，素贫。比岁亡其两男，哀痛之，皆持归葬于蜀，以此困乏。子云察达圣道，明于死生，宜不下季札；然而慕恋死子，不能以义割恩，自令多费而致困贫。”御览五五六引。舍人所谓“少算”，盖指此也。

〔五〕**敬通之不循廉隅**

按“循”当作“修”，“修”与“脩”通，“循”盖“脩”之误。古籍中多有此例。汉书扬雄传上：“不修廉隅以徼名当世。”又元后传：“（王）禁有大志，不修廉隅。”晋书王国宝传：“少无士操，不脩廉隅。”萧纶隐居先生陶君碑：“含章贞吉，不脩廉隅。”文苑英华八七三。并其证也。

〔六〕**马融党梁而黩货**

按马融黩货事，其婿袁隗亦不讳言，见后汉书列女袁隗妻（马伦）传。左传昭公十三年：“晋有羊舌鲋者，渎货无厌。”杜注：“渎，数也。”释文：“数，音朔。”“渎”、“黩”古今字。颜氏家训文章篇：“马季长佞媚获诮。”

〔七〕**文举傲诞以速诛**

按袁淑吊古文：“文举疏诞以殃速。”类聚四十引。颜氏家训文章篇：“孔融、祢衡，诞傲致殒。”诗召南行露毛传：“速，召也。”

〔八〕**仲宣轻脆以躁竞**

范文澜云：“王粲‘轻脆躁竞’，未知其事。韦诞谓其‘肥戆’，疑‘脆’‘肥’皆‘竞’之讹也。体性篇云‘仲宣躁锐’。”

按体性篇"仲宣躁锐"之"锐"当作"竞",已详彼篇校注。三国志魏书王粲传:"(刘)表以粲貌寝而体弱通侻,裴注:"通侻者,简易也。"不甚重也。""侻",与"脱"通。韦诞谓其"肥戆"之"肥"字,亦为"脱"之误。疑此处"脆"字为"脱"之形误。后汉书列女曹世叔妻传:"(女诫)若夫动静轻脱。"晋书羊祜传:"军师徐胤执棨当营门曰:'将军都督万里,安可轻脱!'"南齐书谢朓传:"江夏萧宝玄。年少轻脱。"广弘明集释法云上昭明太子启:"退思轻脱,用深悚惧。"并以"轻脱"为言。舍人称"仲宣轻脱",与刘表之以为"通侻"同,皆谓其为人简易也。颜氏家训文章篇:"王粲率躁见嫌。"

〔九〕**孔璋惚恫以粗疏**

按玉篇心部:"惚,七弄切。惚恫,不得志也。"广韵一送:"惚,惚恫。"又:"恫,惚恫,不得志。"集韵一送同。鱼豢魏略:"仲将韦诞字。云:'……孔璋实自粗疏。'"三国志魏书王粲传裴注引。颜氏家训文章篇:"陈琳实号粗疏。"文选谢灵运拟魏太子邺中集诗陈琳首:"袁本初书记之士,故述丧乱事多。""皇汉逢屯邅,天下遭氛慝。董氏沦关西,袁家拥河北。单民易周章,窘身就羁勒。"吕向注:"周章,惶惧貌。窘,束也。言我孤独易为惶惧,故束身就绍羁勒。"然则孔璋之"粗疏",盖谓其"束身就绍羁勒”也。

〔一〇〕**丁仪贪婪以乞货**

按“货”字与上“黩货”重出，疑为“贷”之形误。史记孔子世家：“游说乞贷，不可以为国。”又王翦传：“将军之乞贷，亦已甚矣。”又韩王信传：“旦暮乞贷蛮夷。”梁书任昉传：“世或讥其多乞贷。”盐铁论疾贪篇：“乞贷长吏。”并以“乞贷”连文。离骚：“众皆竞进以贪婪兮。”王注：“爱财曰贪。爱食曰婪。”

〔一一〕**路粹餔啜而无耻**

按奏启篇：“观孔光之奏董贤，则实其奸回；路粹之奏孔融，则诬其衅恶。名儒之与险士，固殊心焉。”斥粹为“险士”，书中尚无类似评骘，是于其行径，鄙之极矣。疑此句所指，仍为“枉状奏融”事。后汉书孔融传：“曹操既积嫌忌，……遂令丞相军谋祭酒路粹，枉状奏融。……书奏，下狱弃市。”典略：“及孔融有过，太祖使粹为奏，承旨数致融罪。……融诛之后，人睹粹所作，无不嘉其才而畏其笔也。”三国志魏书王粲传裴注引。粹之“承旨数致融罪”，“诬其衅恶”，非“餔啜无耻”者，岂甘为之耶！孟子离娄上：“孟子谓乐正子曰：‘子之从于子敖来，徒餔啜也；我不意子学古之道而以餔啜也！’”赵注：“子敖，齐之贵人右师王驩也。学而不行其道，徒食饮而已，谓之餔啜也。乐正子本学古圣人之道，而今随从贵人，无所匡正，故言不意子但铺啜也。”又章指：“言学优则仕，仕以行道；……铺啜沉浮，君子不与，是以孟子咨嗟乐正子也。”舍人“铺啜”二字，即本孟子。

〔一二〕**潘岳诡诪于愍怀**

“诪”，元本、弘治本、活字本、汪本、佘本、张本、两京本、王批本、何本、胡本、训故本、梅本、凌本、合刻本、梁本、秘书本、谢钞本、汇编本、尚古本、冈本、张松孙本、崇文本作“祷”；汉魏诗乘总录、子苑、文通二五引同。

按“祷”字是。“诡祷”，即晋书愍怀太子传所载“贾后将废太子，……使黄门侍郎作书草，若祷神之文”者是也。颜氏家训文章篇：“潘岳乾没取危。”

〔一三〕**孙楚狠愎而讼府**

“狠”，黄校云：“汪作‘佷’。” 冯舒校作“佷”。

按“佷”字是。元本、弘治本、活字本、张本、两京本、胡本亦并作“佷”；汉魏诗乘总录、子苑引同。逸周书谥法篇：“愎佷与佷愎同。遂过曰刺。”易林恒之噬嗑：“狼戾复与愎通。佷。”并其证也。颜氏家训文章篇：“孙楚矜夸凌上。”

〔一四〕**诸有此类，并文士之瑕累**

按“类(類)”，疑当作“纇”。说文糸部：“纇，丝节也。”段注：“节者，竹约也。引申为凡约结之称。丝之约结不解者曰纇。引申之，凡人之愆尤皆曰纇。左传(昭公二十八年)‘忿纇无期’,是也。”淮南子说林篇:“若珠之有纇,玉之有瑕。”以“纇”与“瑕”对言,是“纇”、“瑕”可互训。老子第四十一章:“夷道若纇。”释文:“(纇)雷对反。简文云:‘纇,疵也。’”玉篇糸部:“纇,力对切。丝节不调。”通变篇有“诸如此类”语,改“有”为“如”亦可。

〔一五〕**孔光负衡据鼎**

按诗商颂长发:“实维阿衡,实左右商王。”郑笺:“阿,倚。衡,平也。伊尹,汤所依倚而取平,故以为官名。”汉书彭宣传:“宣上书言:三公鼎足承君。”又马宫传:“莽以大皇大后诏赐宫策曰:‘……三公之任,鼎足承君。’”

〔一六〕**况马杜之磬悬**

按国语鲁语上:“室如悬磬。”韦注:“悬磬,言鲁府藏空虚,但有榱梁,如悬磬也。”左传僖公二十六年“室如县罄”释文:“县,音玄。罄,亦作磬,尽也。”颜氏家训文章篇:“杜笃乞假无厌。”

〔一七〕**自非上哲,难以求备**

按书伪伊训:“与人不求备。”论语微子:“无求备于一人。”

〔一八〕**此江河所以腾湧**

“湧”,顾广圻校作“涌”。

按“湧”为“涌”之或体，顾校是。

〔一九〕**鲁之敬姜，妇人之聪明耳，然推其机综，以方治国**

黄注：“国语（鲁语下）公父文伯退朝，朝其母，（其母）方绩。……男女效绩，愆则有辟，古之制也。”沿自梅注（极详）。

按国语鲁语文与此毫不相干，梅、黄两家注皆误。传录黄丕烈、顾广圻合校本，顾于黄氏辑注“敬姜”条有眉批：“列女传：‘文伯相鲁，敬姜谓之曰：吾语汝！治国之要，尽在经矣。夫幅者所以正曲枉也，不可不强，故幅可以为将。画者所以均不均服不服也。’”是舍人此文实出自列女传母仪鲁季敬姜传，非国语鲁语下也。其书均在，可覆按。

〔二〇〕**彼扬马之徒，有文无质，所以终乎下位也**

按文选班固典引序：“司马相如洿行无节，但有浮华之辞，不周于用。”颜氏家训文章篇：“扬雄德败美新。”

〔二一〕**文武之术，左右惟宜**

按司马法天子之义篇：“文与武，左右也。”

〔二二〕**是以君子藏器，待时而动**

按易系辞下：“君子藏器于身，待时而动。”

〔二三〕**固宜蓄素以弸中**

“弸”，元本、弘治本、汪本、张本、两京本、王批本、胡本作“刚”；谢钞本作“纲”，冯舒校作“刚”。　何本、梅本、凌本、合刻本、梁本、秘书本、汇编本、尚古本、冈本作"绷",文通引同。　　佘本、训故本、四库本、王本、张松孙本、郑藏钞本、崇文本并作"弸"。

按"刚"、"绷"二字皆误。法言君子篇:"或问'君子言则成文,动则成德,何以也?'曰:'以其弸中而彪外也。'"李注:"弸,满也。"即舍人"弸中"二字所本。下句亦用"彪外"二字。隶释鲁峻碑:"弸中独断,以效其节。"亦可证。

〔二四〕**散采以彪外**

"采",黄校云:"元作'悉',龚仲和改。"此沿梅校。谢兆申校作"采"。徐𤊹校同。

按"采"字是。何本、训故本、梁本、谢钞本正作"采";喻林八七、文通引同。

〔二五〕**摛文必在纬军国**

按后汉书班彪传论:"敷文华以纬国典。"

〔二六〕**负重必在任栋梁**

"负",黄校云:"元作'贤',龚改。"此沿梅校。

按元本、弘治本、活字本、汪本、佘本、张本、两京本、何本、胡本、王批本、训故本、梁本、谢钞本并作"负",未误,龚改是也。喻林、子苑、文通引,亦并作"负"。三国志魏书高柔传:"(上疏)今公辅之臣,皆国之栋梁,民所具瞻。"

〔二七〕**穷则独善以垂文,达则奉时以骋绩**

按孟子尽心下:"穷则独善其身,达则兼善天下。"晋书王隐传:"隐曰:'盖古人遭时则以功达其道,不遇则以言达其才。'"

〔二八〕**有懿文德**

按易小畜:"象曰:'风行天上,小畜。君子以懿文德。'"集解引虞翻曰:"懿,美也。"

〔二九〕**雕而不器**

按法言寡见篇:"或曰:'良玉不彫,美言不文,何谓也?'曰:'玉不彫,玙璠不作器。'""雕"与"彫"通。

〔三〇〕**贞干谁则**

按易乾:"(文言)贞者,事之干也。"集解引荀爽曰:"阴阳正而位当,则可以干举万事。"又:"贞固足以干事。"孔疏:"贞固足以干事者,言君子能坚固贞正,令物得成,使事皆干济。"

〔三一〕**岂无华身,亦有光国**

按文选蔡邕陈太丘碑文:"纡佩金紫,光国垂勋。"李注:"汉书(百官公卿表上)曰:'大司徒、大司马、大司空皆金印紫绶。'"李周翰注:"三公皆带金印,系以紫绶。言此可以光国家大功也。勋,功也。"又陆机辨亡论上:"风雅,则诸葛瑾、张承、步骘以名声光国。"

序志第五十

夫文心者，言为文之用心也〔一〕。昔涓子琴心①，王孙巧心②，心哉美矣，故一本上有夫字。用之焉〔二〕！元脱，按广文选补。古来文章，以雕缛成体，岂取驺奭之群言雕龙也③〔三〕？夫宇宙绵邈〔四〕，黎献纷杂〔五〕，拔萃出类〔六〕，智术而已。岁月飘忽，性灵不居❶〔七〕，腾声飞实④，制作而已。夫有衍。肖貌天地，禀性五才❷〔八〕，一作行。拟耳目于日月〔九〕，方声气乎风雷〔一〇〕，其超出万物，亦已灵矣〔一一〕。形同草木之脆〔一二〕，名逾金石之坚，是以君子处世，树德建言〔一三〕，岂好辩哉？不得已也〔一四〕！

予生七龄，乃梦彩云若锦，则攀而采之。齿在逾立❸〔一五〕，则尝夜梦执丹漆之礼器，随仲尼而南行〔一六〕。旦而寤，乃怡然而喜，大哉圣人之难见也〔一七〕，乃小子之垂梦欤！自生人以来，未有如夫子者也〔一八〕。敷赞圣旨，莫若注经，而马郑诸儒，弘之已精〔一九〕，就有深解，未足立家。唯文章之用，实经典枝条〔二〇〕，五礼资之以成，六典因之致用〔二一〕，君臣所以炳焕，军国所以昭明，详其本源，莫非一作外。经典〔二二〕。而去圣久远，文体解散，辞人爱奇，言贵浮诡，饰羽尚画⑤，文绣鞶帨〔二三〕，离本弥甚，将遂讹滥。盖周书论辞，贵乎体要；尼父陈训，恶乎异端；辞训之异，宜体于要。于是搦笔和墨❹〔二四〕，乃始论文。

详观近代之论文者多矣：至于一作如。魏文述典⑥，陈思序书⑦，应玚文论⑧，陆机文赋⑨，仲治流别⑩〔二五〕，弘范翰林⑪，各照隅隙〔二六〕，鲜观衢路；或臧否当时之才，或铨品前修之文，或泛举雅俗之旨，或撮题篇章之意。魏典密而不周，陈书辩而无当，应论华而疏略，陆赋巧而碎乱，流别精而少巧〔二七〕，梁书作功。翰林浅而寡要〔二八〕。又君山公干之徒，吉甫士龙之辈，泛议文意，往往间出〔二九〕，并未能振叶以寻根，观澜而索源〔三〇〕。不述先哲之诰，无益后生之虑。

盖文心之作也，本乎道，师乎圣，体乎经，酌乎纬，变乎骚，文之枢纽，亦云极矣。若乃论文叙笔，则囿汪作品。别区分，原始以表末〔三一〕，释名以章义，选文以定篇，敷理以举统，上篇以上，纲领明矣。至于割情析采〔三二〕，一作表。笼圈条贯，摛神性，图风势，苞一作包。会通，阅声字，崇替于时序〔三三〕，褒贬于才略，怊怅元作怡畅，王性凝改。于知音〔三四〕，耿介于程器〔三五〕，长怀序志，以驭群篇，下篇以下，毛目显矣⑫〔三六〕。位理定名，彰乎大易之数〔三七〕，其为文用，四十九篇而已。

夫铨序一文为易，弥纶群言为难，虽复一作或。轻采毛发〔三八〕，深极骨髓，或有曲意密源，似近而远。辞所不载，亦不胜数矣〔三九〕。及其品列一作许。成文〔四〇〕，有同乎旧谈者，非雷同也，势自不可异也〔四一〕。有异乎前论者，非苟异也，理自不可同也。同之与异，不屑古今〔四二〕，擘肌分理〔四三〕,唯务折衷❺〔四四〕。按辔文雅之场,环络藻绘之府,亦几乎备矣。但言不尽意,圣人所难〔四五〕,识在瓶管⑬,何能矩矱〔四六〕。元脱,许补。茫茫往代〔四七〕,既沉一作洗。予闻〔四八〕,眇眇来世〔四九〕,傥尘彼观也〔五〇〕。

赞曰:生也有涯,无涯惟智〔五一〕。逐物实难〔五二〕,凭性良易。傲岸泉石,咀嚼文义〔五三〕。文果载心,余心有寄〔五四〕。

【黄叔琳注】

①**涓子**〔文选注〕涓子,齐人,好饵术,隐于宕山,著琴心三篇。　②**王孙**〔汉艺文志〕王孙子一篇。一曰巧心。③**雕龙**见诸子篇驺子注。　④**腾声**〔封禅文〕蜚英声,腾茂实。　⑤**饰羽**见征圣篇。　⑥**魏文**〔魏文帝集〕有典论论文、论方术。　⑦**陈思**〔陈思王集〕与杨德祖书:仆少小好为文章,迄至于今,二十有五年矣。然今世作者,可略而言也。　⑧**应玚**应玚集有文质论。　⑨**文赋**陆机集有文赋。　⑩**流别**见颂赞篇。　⑪**翰林**〔隋经籍志〕翰林论三卷,晋著作郎李充撰。〔晋书〕李充字弘度,江夏人,历官大著作郎,注尚书及周易旨六论,释庄论二篇,诗赋杂文二百四十首行于世。传中不言有翰林论,而玉海引翰林论,亦云弘范。　⑫**毛目**〔子华子〕毛举其目,尚不胜为数也。　⑬**瓶管**〔左传〕挈瓶之智。〔注〕喻小智也。〔庄子秋水篇〕是直用管窥天。

【李详补注】

❶**岁月飘忽性灵不居**详案:〔孔融论盛孝章书〕岁月不居。 ❷**肖貌天地二句**详案:〔汉书刑法志〕夫人宵天地之貇,怀五常之性。彦和语本此。〔颜注〕宵,义与肖同。貇,古貌字。五常,仁义礼智信。 ❸**齿在逾立**详案:谓逾三十也。古人每以论语纪年,如年十五则曰年始志学,三十则曰是时向立,年四十则曰行向不惑,五十则曰介已知命,六十则曰年垂耳顺,唯七十人罕言之。此自魏晋以逮南朝文士多如此云。 ❹**搦笔和墨**详案:〔庄子田子方篇〕舐笔和墨。 ❺**擘肌分理二句**详案:〔张衡西京赋〕剖析豪厘,擘肌分理。〔史记孔子世家赞〕言六艺者,折中于夫子。〔索隐〕离骚:明五帝以折中。王叔师云:折中,正也。宋均云:折,断也。中,当也。言欲折断其物而用之。与度相中当也。案小司马所引离骚在今九章中惜诵篇。王注殊不瞭悉,故置彼引此。中与衷通。

【杨明照校注】

〔一〕**夫文心者,言为文之用心也**

按论衡对作篇:“贤圣不空生,必有以用其心。上自孔墨之党,下至荀孟之徒,教训必作垂文。”文赋:“余每观才士之所作,窃有以得其用心。”

〔二〕**心哉美矣,故用之焉**

黄校云："一本（故）上有'夫'字；（焉）元脱，按广文选补。""焉"字系沿梅校。　　梁书刘勰传、佘本、训故本、谢钞本并有"夫"字"焉"字；胡氏续文选十二、经济类编五四、广文选删十一、汉魏六朝正史文选十九同。　　元本、弘治本、活字本、汪本、张本、两京本、王批本、胡本并有"夫"字。广文选同。

按寻绎语气，当以有"夫"字为胜，属上句读。礼记中庸："子曰：'中庸其至矣夫！'"又："子曰：'道其不行矣夫！'"论语雍也："伯牛有疾，子问之，自牖执其手，曰：'亡之，命矣夫！'"又："子曰：'君子博学于文，约之以礼，亦可以弗畔矣夫！'"又子罕："子曰：'苗而不秀者，有矣夫！秀而不实者，有矣夫！'"又宪问："子曰：'君子而不仁者，有矣夫！'"法言学行篇："礼义之作，有以矣夫！"又："求而不得者，有矣夫！"并"矣夫"连文之证。他书尚多有之。如以"夫"属下句读，则顿失语气摇曳之势矣。

〔三〕**岂取骀䵲之群言雕龙也**

"取"，元本、弘治本、汪本、张本、两京本、何本、胡本、梅本、凌本、合刻本、梁本、秘书本、谢钞本、汇编本、尚古本、冈本、王本、张松孙本、郑藏钞本、崇文本作"效"；读书引十二、莒州志十三同。

按梁书、活字本、佘本、训故本、四库本并作"取"；

广文选、续文选、经济类编、广文选删、汉魏六朝正史文选同。原道篇“取象乎河洛”，奏启篇“取其义也”，书记篇“取象于夬”，又“盖取乎此”，其“取”字义与此同，则作“效”非是。史记孟子荀卿传：“驺奭者，齐诸驺子，亦颇采驺衍之术以纪文。……故齐人颂曰：‘谈天衍，雕龙奭。’”集解引刘向别录曰：“……驺奭修衍之文，饰若雕镂龙文，故曰‘雕龙’。”又按蔡中郎文集故太尉乔公庙碑：“文繁雕龙。”专用“雕龙”一典喻文学作品，当以此为首见。后汉书崔骃传赞：“崔为文宗，世禅雕龙。”章怀注：“禅，谓相传授也。”文选任昉宣德皇后令：“（萧衍）文擅雕龙，而成辄削槁。”刘良注：“言专擅于文，若雕龙之彩饰。成也，则辄削除其槁草之本。”亦并以“雕龙”为言。

〔四〕**夫宇宙绵邈**

按文子自然篇：“往古来今谓之宙，四方上下谓之宇。”淮南子齐俗篇同。绵邈，悠远，长远。

〔五〕**黎献纷杂**

“献”，两京本、胡本作“文”。王批本同今本。

按“文”字与下文不应，非是。书益稷：“万邦黎献。”此“黎献”二字所自出。封禅篇有“毓黎献”语。诸子篇：“百姓之群居，苦纷杂而莫显。”语意略同。

〔六〕**拔萃出类**

"类(類)",元本、弘治本、活字本、汪本、两京本、胡本、谢钞本作"颖"。　　谢兆申云:"似作'类'。"冯舒改"类"。

按孟子公孙丑上:"出于其类,拔乎其萃。"赵注:"萃,聚也。"即此语所本。则作"颖"非也。三国志蜀书蒋琬传:"琬出类拔萃,处群僚之右。"亦可证。

〔七〕**岁月飘忽,性灵不居**

"居",两京本、胡本作"遏"。

按"遏"字非是。文选孔融论盛孝章书:"岁月不居,时节如流。"此书李详补注曾引之。是其证。又陆机叹逝赋:"时飘忽其不再。"

〔八〕**夫有肖貌天地,禀性五才**

"有",黄校云:"衍。"此沿万历梅本校语。　　谢兆申云:"'有'字,宜作'其'。"　　天启梅本作"自",注云:"曹改。"

按梁书、佘本、训故本并无"有"字;广文选、天中记三七、经济类编、喻林八六、广文选删、汉魏六朝正史文选同。是也。文溯本剜去"有"字。列子杨朱篇:"杨朱曰:'人肖天地之类,当作貇。怀五常之性,有生之最灵者也。'"张注:"肖,似也。……性禀五行也。"汉书刑法志:"夫人宵天地之貇,怀五常之性，聪明精粹，有生之最灵者也。”颜注：“宵义与肖同，……貇，古貌字。五常，仁、义、礼、智、信。”并足证今本“夫”下“有”字确为衍文。“才”，黄校云：“一作‘行’。”此沿梅校。按“行”字是。元本、弘治本、活字本、汪本、佘本、张本、两京本、何本、胡本、王批本、梅本、凌本、合刻本、梁本、秘书本、谢钞本、汇编本、冈本、尚古本、王本、张松孙本、郑藏钞本、崇文本并作“行”。荀子非十二子篇：“案往旧造说，谓之五行。”杨注：“五行，五常：仁、义、礼、智、信是也。”是“五行”与“五常”义同。“肖貌天地，禀性五行”，意即“人肖天地之貌，怀五常之性”也。

〔九〕**拟耳目于日月**

“拟”，两京本作“娱”。

按“娱”字非是。拟，比也。汉书何武王嘉师丹传赞颜注。灵枢经邪客篇：“天有日月，人有两目。”文子九守篇：“耳目者，日月也。”淮南子精神篇：“是故耳目者，日月也。”春秋繁露人副天数篇：“耳目戾戾，象日月也。”以上二书范注曾引之。论衡祀义篇：“日月犹人之有目。”孝经援神契：“两目法日月。”开元占经一一三引。

〔一〇〕**方声气乎风雷**

按灵枢经邪客篇：“天有风雨，人有喜怒；天有雷电，人有音声。”文子九守篇：“血气者，风雨也。”淮南子精神篇：“天有风雨寒暑，人有取与喜怒。……肝为风，……脾为雷，以与天地相参也。”春秋繁露人副天数篇：“鼻口呼吸，象风气也。”论衡祀义篇：“风犹人之有吹煦也，雨犹人之有精液也，雷犹人之有腹鸣也。”

〔一一〕**其超出万物，亦已灵矣**

按书泰誓上：“惟人万物之灵。”

〔一二〕**形同草木之脆**

“同”，梅校云：“梁书作‘甚’。” 徐𤊹校作“甚”。冯舒校同。

按佘本、训故本作“甚”；广文选、天中记、经济类编、喻林、广文选删、汉魏六朝正史文选同。下句云“名逾金石之坚”，疑“甚”字是。

〔一三〕**是以君子处世，树德建言**

按左传襄公二十四年：“（叔孙）豹闻之，大释文：“大音泰。”上有立德，其次有立功，其次有立言。虽久不废，此之谓不朽。”

〔一四〕**岂好辩哉？不得已也**

“辩”，元本、弘治本、汪本、张甲本、两京本、王批本、何本、胡本、训故本、合刻本、汇编本、尚古本、冈本、王本、郑藏钞本、崇文本作“辨”；读书引、莒州志同。

按“辨”字非是。孟子滕文公下：“孟子曰：‘予岂好辩哉？予不得已也！’”即此文所本，原是“辩”字。梁书、活字本、佘本、张乙本、梅本、凌本、秘书本、谢钞本、四库本、张松孙本亦并作“辩”，广文选、经济类编、广文选删、汉魏六朝正史文选同。未误。

〔一五〕**齿在逾立**

按谓年过三十也。陶靖节集祭从弟敬远文：“年甫过立。”南齐书文惠太子传：“太子年始过立，久在储宫。”梁书武帝纪上：“（申饬选人表）后门以过立试吏。”高僧传释僧济传：“年始过立，便出邑开讲。”“逾立”与“过立”同，皆出自论语为政“三十而立”一语。

〔一六〕**则尝夜梦执丹漆之礼器，随仲尼而南行**

按史记孔子世家赞：“适鲁，观仲尼庙堂车服礼器。”又儒林传序：“陈涉之王也，而鲁诸儒持孔氏之礼器，往归陈王。”又按世家载“使子贡至楚，楚昭王兴师迎孔子”；“昭王将以书社地七百里封孔子”。舍人是最尊崇孔子者。故尝梦随其南行也。

〔一七〕**大哉圣人之难见也**

御览六百一引梁书，“大”上有“曰”字。今梁书无。

按南史勰传亦有“曰”字。寻绎文气，当以有

"曰"字为胜。芸香堂本、翰墨园本"也"误作"哉",非是。思贤讲舍本已改为"也"。

〔一八〕**自生人以来,未有如夫子者也**

"人",南史作"灵"。

按"灵"字非是。"人"当作"民",盖唐避太宗讳改而未校复者也。孟子公孙丑上:"子贡曰:'……自生民以来,未有夫子也。'"即此文之所自出。原道篇"晓生民之耳目矣",亦作"生民"。可证。

〔一九〕**而马郑诸儒,弘之已精**

"弘",张松孙本、王本、芸香堂本、翰墨园本、思贤讲舍本作"宏";读书引、莒州志同。

按诸本作"宏",避清讳也。四库本作"弘",缺末笔。

〔二〇〕**实经典枝条**

御览引梁书作"实经典之条枝"。

按今梁书、南史勰传并同今本,御览所引非是。诸子篇:"述道言治,枝条五经。"尤为切证。

〔二一〕**五礼资之以成,六典因之致用**

御览引梁书"成"下有"文"字,"致"上有"以"字。

按御览所引非是。论语八佾:"子语鲁大师乐曰:'乐其可知也:始作,翕如也;从之,纯如也,皦如也,绎如也,以成。'"易系辞上:"备物致用。"是"以成"、"致用"皆有所本也。今梁书、南史緦传并同今本。

〔二二〕**莫非经典**

“非”，黄校云：“一作‘外’。”

按以宗经篇“莫非宝也”，诔碑篇“莫非清允”，体性篇“莫非情性”例之，“外”字非是。

〔二三〕**文绣鞶帨**

按法言寡见篇：“今之学也，非独为之华藻也，又从而绣其鞶帨。”李注：“鞶，大带也；帨，佩巾也。衣有华藻文绣，书有经传训解也。文绣之衣，分明易察；训解之书，灼然易晓。”后汉书儒林传论章怀注：“喻学者文烦碎也。”

〔二四〕**于是搦笔和墨**

“笔”，何本、凌本、合刻本、梁本、尚古本、冈本、王本、郑藏钞本、崇文本作“管”；读书引、莒州志同。

按“笔”、“管”于此并通，然梁书、南史作“笔”，御览引梁书同。则“管”字或出后人臆改。广文选、经济类编、佘本、张乙本、训故本、谢钞本等并作“笔”。庄子田子方篇：“宋元君将画图，众史皆至，受揖而立，舐笔和墨。”

〔二五〕**仲治流别**

“治”，文津本作“洽”；系剜改。　芸香堂本、翰墨园本、思贤讲舍本、崇文本同。

按“治”字是，作“洽”非也。已详颂赞篇“而仲治流别”条。

〔二六〕**各照隅隙**

按淮南子说山篇:"受光于隙照一隅。"

〔二七〕**流别精而少巧**

"巧",黄校云:"梁书作'功'。"此沿梅校。　纪昀云:"'功'字是。"

按史记自序:"(司马谈论六家要指)儒者博而寡要,劳而少功。"此"少功"二字所本,下翰林句用"寡要"二字。当以作"功"为是。抱朴子内篇明本:"而儒者博而寡要,劳而少功。"唐贞观修晋书诏:"(荣)绪烦而寡要,谓臧荣绪所撰晋书。(行)思劳而少功。谓徐广所撰晋纪。"隋书经籍志序:"遂使书分为二,诗分为三,……春秋有数家之传。其馀互有踳驳,不可胜言。此其所以博而寡要,劳而少功者也。"魏征群书治要序:"以为六籍纷纶,百家踳驳。穷理尽性,则劳而少功;周览泛观,则博而寡要。"其用"寡要"、"少功",亦皆出自史记自序。张乙本、训故本、谢钞本正作"功";广文选、经济类编、广文选删、汉魏六朝正史文选同。当据改。

〔二八〕**翰林浅而寡要**

"浅",玉海六二引作"博"。

按诗品序:"李充翰林,疏而不切。"所评与舍人略同。玉海所引,或伯厚意改之也。

〔二九〕**往往间出**

按史记自序："诗书往往间出矣。"

〔三〇〕**观澜而索源**

按孟子尽心上："观水有术，必观其澜。"赵注："澜，水中大波也。"

〔三一〕**原始以表末**

"末"，训故本作"时"，注云："一作'来'。" 顾广圻校作"时"。

按"来"盖由"末"致误。何本又讹为"未"。顾校"时"是。元本、弘治本、汪本、张甲本、两京本、胡本、王批本作"时"。文心上篇自明诗至书记，于每种文体皆明其缘起，故曰"原始以表时"。若作"末"，则多所窒碍。因文体之次要者，舍人往往仅一溯源而已，并未详其流变也。

〔三二〕**至于割情析采**

"采"，黄校云："一作'表'。" 梁书、佘本、广文选作"表"。

按元本、弘治本、汪本、张甲本、两京本、胡本、王批本、训故本、四库本作"剖情析采"，是也。"割"字亦当作"剖"，文选张衡西京赋"剖析毫厘"，体性篇"剖析毫厘者也"，丽辞篇"剖析毫厘"，并其证。

〔三三〕**崇替于时序**

"替",梁书、广文选、经济类编、广文选删、汉魏六朝正史文选作"赞";张乙本、训故本同。　　佘本作"朁"。

按说文竝部:"朁,废也;一曰偏下也。朁,或从兟从曰。"则"赞"、"朁"均为"朁"之误。"替"为"朁"之俗体。时序篇赞"崇替在选",尤其明证。国语楚语下:"蓝尹亹曰:'吾闻君子唯独居思念前世之崇替者。'"即"崇替"二字所本。祝盟篇有"崇替"语。

〔三四〕**怊怅于知音**

"怊怅",黄校云:"元作'怡畅',王性凝改。"此沿梅校。

按梁书正作"怊怅";广文选、经济类编、广文选删、汉魏六朝正史文选、佘本、张乙本、何本、训故本、别解本、谢钞本、尚古本、冈本同。从梅本出者未列。王改是也。舍人于知音篇中所露怊怅之情,极为显明。若作"怡畅",则非其指矣。明诗、风骨二篇均有"怊怅"语。

〔三五〕**耿介于程器**

按程器一篇,舍人抑郁不平之气,溢于辞表。则此"耿介"二字含义,与离骚彼尧舜之耿介兮。或九辩独耿介而不随兮。之"耿介"异趣。王逸离骚注训耿为光,训介为大。章表篇:"张骏自序,文致耿介。"奏启篇:"杨秉耿介于灾异,陈蕃愤懑于尺一。”皆有感愤之意。南齐书豫章王嶷传:“虽修短有恒,能不耿介?”文选潘岳秋兴赋:“宵耿介而不寐兮,独展转于华省。”谢惠连秋怀诗:“耿介繁虑积,展转长宵半。”陆机猛虎行:“眷我耿介怀,俯仰愧古今。”刘铄拟青青河边草诗:“良人久徭役,耿介终昏旦。”应璩与满公琰书:“追惟耿介,迄于明发。”与舍人所用“耿介”意正相合也。

〔三六〕**毛目显矣**

按抱朴子外篇君道:“操纲领以整毛目。”南齐书顾宪之传:“举其纲领,略其毛目。”又高逸顾欢传:“纲领既理,毛目自张。”弘明集柳憕答梁武帝敕:“振领持纲,舒张毛目。”并以纲领与毛目对言。黄注引伪子华子非是。

〔三七〕**彰乎大易之数**

范文澜云:“‘大易’,疑当作‘大衍’。”

按范说是。凌廷堪祀古辞人九歌:“探大衍兮取数。”校礼堂集卷六。是已疑“易”字为误矣。

〔三八〕**虽复轻采毛发**

“复”,黄校云:“一作‘或’。” 徐𤊹云:“梁书作‘虽复’;伯元改为‘或’,又重下‘或’字。”何焯改“或”。

按元本、弘治本、活字本、汪本、张甲本、两京本、王批本、何本、胡本、训故本、梅本、谢钞本、四库本作“复”，从梅本出者未列。与梁书同。广文选、经济类编、广文选删、佘本、张乙本作“或”。论说、封禅、定势三篇，并有“虽复”之文，则作“复”是。文镜秘府论（北卷）论对属篇（句端）有“假令、假使、假复……虽令、虽使、虽复”条。

〔三九〕**亦不胜数矣**

冯舒于“不”下沾“可”字。

按元本、弘治本、汪本、张甲本、两京本、胡本、训故本并有“可”字。以程器篇“不可胜数”例之，冯沾“可”字是也。谢兆申、徐𤊹校删“可”字，非是。

〔四〇〕**及其品列成文**

“列”，黄校云：“一作‘许’。” 徐𤊹校“评”。何焯校同。

按梁书、广文选、胡氏续文选、经济类编、广文选删、汉魏六朝正史文选作“评”；佘本、张乙本、训故本同。徐、何校是也。元本空一格，弘治本、谢钞本墨钉。黄氏校语“许”字，当为“评”之误。

〔四一〕**有同乎旧谈者，非雷同也，势自不可异也**

范文澜云：“宗经篇取王仲宣成文，不以为嫌，亦即此意。”

按范说误。已详宗经篇“夫易惟谈天至表里之异体者也”条。

〔四二〕**同之与异，不屑古今**

按广韵十六屑:“屑,顾也。”后汉书马廖传:“廖性质诚畏慎,不爱权势声名,尽心纳忠,不屑毁誉。”梁书谢朏传:“众颇讥之,亦不屑也。”又文学下谢几卿传:“既醉,则执铎挽歌,不屑物议。”三书所用“不屑”字义,皆应作不顾解,此亦宜然。

〔四三〕**擘肌分理**

按文选西京赋:“擘肌分理。”李周翰注:“虽毫厘肌理之间,亦能分擘。”淮南子要略篇许注:“擘,分也。”荀子解蔽篇杨注:“理,肌肤之文理。”此句喻分析精细。

〔四四〕**唯务折衷**

按史记孔子世家赞:“中国言六艺者,折中于夫子。”索隐:“离骚云:‘明五帝以折中。’王师叔二字当乙。云:‘折中,正也。’宋均云:‘折,断也。中,当也。’按:言欲折断其物而用之,与度相中当,故以言其折中也。”论衡自纪篇:“上自黄唐,下臻秦汉而来,折衷以圣道。”是“折中”与“折衷”字异义同。

〔四五〕**但言不尽意,圣人所难**

按易系辞上:“子曰:‘书不尽言,言不尽意。’”

〔四六〕**何能矩矱**

“矱”,黄校云:“元脱,许补。”此沿梅校。　元本作

"规矩"。两京本同。　　汪本作"规短"。　　徐𤊹校作"矩矱"。

按梁书、广文选、胡氏续文选、经济类编、广文选删、汉魏六朝正史文选作"矩矱";佘本、张乙本、何本、训故本、谢钞本、别解本、冈本、尚古本同。许补、徐校是也。离骚:"求榘矱之所同。"王注:"榘,法也;矱,度也。"旧校云:"榘,一作矩。"

〔四七〕**茫茫往代**

按文选左思魏都赋:"茫茫终古。"李注:"茫茫,远貌。"

〔四八〕**既沉予闻**

"沉",黄校云:"一作'洗'。"梅校引谢云:"一作'洗'。"纪昀云:"'洗'字是。"　　范文澜云:"'沉'一作'洗'。庄子德充符'不知先生之洗我以善耶。'陶弘景难沈约均圣论云'谨备以谘洗,愿具启诸蔽。'洗闻洗蔽,六朝人常语也。"

按战国策赵策二:"(武灵)王曰:'子言世俗之间,常民溺于习俗,学者沉于所闻。'"则此当以作"沉"为是。商子更法篇:"夫常人安于故俗,学者溺于所闻。"(又见史记商君传,新序善谋篇)汉书扬雄传下:"(解难)使溺于所闻,而不自知其非也。""溺闻",亦"沉闻"也。其作"洗"者,梁书、广文选、经济类编、广文选删、汉魏六朝正史文选、佘本、张乙本作"洗"。乃"沉"之形误。卢文弨(抱经堂文集卷十四文心雕龙辑注书后)谓

"沉"当作"况",亦非。

〔四九〕**眇眇来世**

"眇眇",弘治本、汪本、张本、两京本、何本、王批本、训故本、王本、谢钞本、冈本、尚古本、别解本、合刻本、梁本、崇文本作"渺渺";读书引同。

按诸子篇有"鬼谷眇眇"语,此亦应作"眇眇",前后始一律。广雅释训:"眇眇,远也。"一切经音义七一同。是"眇眇"指"来世"时间之长言。若作"渺渺",则与文意不符矣。广韵三十小:"渺,渺淼,水皃。"

〔五〇〕**倪尘彼观也**

"倪",弘治本、汪本、张本、两京本、何本、胡本、王批本、训故本、梅本、凌本、合刻本、梁本、谢钞本、汇编本、别解本、冈本、尚古本、四库本、王本、郑藏钞本、张松孙本、崇文本作"谅";读书引同。

按以宗经篇"谅以邃矣"证之,"谅"字是。黄本作"倪",依梁书改也(梅本原作"谅")。芸香堂本作"倘",乃意改。

〔五一〕**生也有涯,无涯惟智**

按庄子养生主:"吾生也有涯,而知也无涯。"释文:"(知)音智。"

〔五二〕**逐物实难**

按庄子天下:"惠施之才,骀荡而不得,逐万物而不反。"成疏:"驰逐万物之末,不能反归于妙本。”文选谢灵运过始宁墅诗：“束发怀耿介，逐物遂推迁。”张铣注：“束发，谓入仕。耿介，谓节操。言我入仕之时而怀节操，及后为世事所迫，因而推迁不成宿心也。”

〔五三〕**傲岸泉石，咀嚼文义**

按傲岸，高傲，不随和世俗。晋书郭璞传：“（客傲）傲岸荣悴之际，颉颃龙鱼之间。”黄侃札记引鲍照代挽歌“傲岸平生中”句以注，嫌晚。咀嚼，仔细品味。史记司马相如传：“（上林赋）咀嚼菱藕。”文选上林赋刘良注：“咀嚼，食物皃。”（说文口部：“咀，含味也。”段注：“含而味之。”）又按原道篇：“傍及万品，动植皆文：龙凤以藻绘呈瑞，虎豹以炳蔚凝姿；云霞雕色，有逾画工之妙；草木贲华，无待锦匠之奇。夫岂外饰，盖自然耳。至于林籁结响，调如竽瑟；泉石激韵，和若球锽。故形立则章成矣，声发则文生矣。夫以无识之物，郁然有彩，有心之器，其无文欤！”挹彼注兹，颇有助于对“傲岸泉石”与“咀嚼文义”之深入理解，故特为移录。

〔五四〕**文果载心，余心有寄**

按文选皇甫谧三都赋序：“是以孙卿、屈原之属，遗文炳然，辞义可观。存其所感，咸有古诗之意。皆因文以寄其心，托理以全其制。”

《文心雕龙·隐秀篇》补文质疑

《文心雕龙·隐秀篇》中的四百多字补文,自从清代纪昀一再抉发其为明人伪撰后,几乎已成定谳,无人怀疑。去年春,詹锳先生独持异议,撰《文心雕龙隐秀篇补文的真伪问题》一文,登《文学评论丛刊》第二辑上,予以辨白。夷考其实,却有难于信服之感。短笔敢陈,就教于詹先生。

一

判断一篇文、一首诗或一部书的真伪,首先必须瞭解其来龙去脉,经过多方考索,反覆分析,然后才有可能得出较为正确的结论。这对研讨《文心雕龙·隐秀篇》补文的真伪问题来说,也不例外。

就个人涉猎所及,《隐秀篇》的补文来源有三:

一、钱允治(字功甫)从阮华山所得宋本　　最早钞补《隐秀篇》缺文的是钱允治。他的跋文说:

按此书至正乙未（一三五五）刻于嘉禾，弘治甲子（一五〇四）刻于吴门，嘉靖庚子（一五四〇）刻于新安，辛卯（一五三一）刻于建安，癸卯（一五四三）又刻于新安，万历己酉（一六〇九）刻于南昌，至《隐秀》一篇，均之缺如也。余从阮华山得宋本钞补，始为完书。甲寅（一六一四）七月二十四日，书于南宫坊之新居。时年七十四岁。功甫记。〔一〕

这篇短跋，记述了钞补缺文的来源和时间，足见钱允治的确是《隐秀篇》缺文钞补的第一人。次年，朱谋㙔得到传录的补文，就是来自钱允治的万卷楼；并把它写寄梅庆生（字子庾）补刻。他也有跋文叙其原委：

《隐秀》中脱数百字，旁求不得。梅子庾既以注而梓之〔二〕。万历乙卯（一六一五）夏，海虞许子洽于钱功甫万卷楼检得宋刻，适存此篇。喜而录之。来过南州，出以示余，遂成完璧。因写寄子庾补梓焉。子洽名重熙，博奥士也。原本尚缺十三字，世必再有别本可续补者。〔三〕

天启二年（一六二二）梅子庾第六次校定后重修本〔四〕，《隐秀篇》增加了两板补刻的四百多字缺文，就是由朱谋㙔写寄的。这个本子流传较多，并非孤本。

钱允治钞补了《隐秀篇》缺文的原本，后归钱谦益。顺治七年（一六五〇）绛云楼失火，其书遂化为灰烬。但在这之前的天启七年（一六二七），冯舒（字已苍，号孱守居士）曾借去

托谢恒(字行甫)钞了一部;《隐秀篇》自“始正而末奇”句起直至篇末赞文,则是冯舒自己钞的。他在跋文里曾说:

> 岁丁卯(即天启七年),予从牧斋(即钱谦益)借得此本,因乞友人谢行甫录之。录毕,阅完,因识此。其《隐秀》一篇,恐遂多传于世,聊自录之。八月十六日,孱守居士记。
>
> 南都有谢耳伯(名兆申)校本,则又从牧斋所得本,而附以诸家之是正者也。……闻耳伯借之牧斋时,牧斋虽以钱本与之,而秘《隐秀》一篇。故别篇颇同此本,而第八卷独缺。今而后始无憾矣。〔五〕
>
> 丁卯中秋日阅始,十八日始终卷。此本一依功甫原本,不改一字。即有确然知其误者,亦列之卷端,不敢自矜一隙,短损前贤也。孱守居士识。〔六〕

这部钞校本,迭为季振宜、陈揆、瞿镛诸收藏家所珍藏〔七〕,历三百馀年而岿然无恙。现藏北京图书馆。这里还得一提的,是冯舒的三则硃笔跋文对他自己和谢兆申所借得的底本的称呼,不曰阮华山宋本,而只称为“钱本”或“功甫原本”,这就说明钱谦益收藏的只是钱允治钞补了《隐秀篇》缺文的那个本子,并非阮华山所称的那部宋本。同时,第三则跋文中的“不敢自矜一隙,短损前贤”两句,也是对钱允治说的。如果阮本已归他所有,“前贤”二字就用不上了。

上面的三个本子同出一源。阮本虽已无从究诘,钱本亦被火化,其他两本幸存,尚可查阅。

二、朱谋㙔(字孝穆)所见宋本　　除钱允治外,见过所谓宋本的另一人是朱谋㙔。徐𤊹(字兴公)的万历己未(一六一九)跋文说:

> 第四十《隐秀》一篇,原脱一板。予以万历戊午(一六一八)之冬,客游南昌,王孙孝穆云:"曾见宋本,业已钞补。"予亟从孝穆录之。……因而告诸同志,传钞以成完书。古人云:"书贵旧本。"诚然哉!己未秋日,兴公又记。〔八〕

朱谋㙔所见宋本与阮华山的宋本是一是二,已无法指实。好在徐𤊹的校本还藏在北京大学图书馆,可供参考。

三、何煌(字心友)从吴兴贾人所得旧本　　最珍视《隐秀篇》补文的何焯,康熙庚辰(一七〇〇)跋文曾记其由来:

> 康熙庚辰,心友弟从吴兴贾人得一旧本,适有钞补《隐秀篇》全文。除夕,坐语古小斋,走笔录之。焯识。〔九〕

何焯所录的《隐秀篇》补文,流传广,影响大。其原本虽已不可复得,但黄叔琳《辑注》本《隐秀篇》补文,就是据何氏"校正本"移录的〔一〇〕。近因稍暇,特将黄本所补入者与向所临校的梅庆生天启重修本、冯舒校本、徐𤊹校本仔细勘对,仅有个别字句的差异,其馀完全相同。这就不难推定,它们的祖本可能是一个。那么,我们能不能就此遽认为四百多字的补文即出于宋本,从而断定它也是真的呢?不能!还得作进一步的研讨。

二

发《隐秀篇》补文之覆的，最初是纪昀。这里，无妨先把他的原文钞来看看：

此篇出于伪托，义门（即何焯）为阮华山所欺耳。〔一一〕

此一页，词殊不类，究属可疑。"呕心吐胆"，似摭玉溪《李贺小传》"呕出心肝"语；"煅岁炼年"，似摭《六一诗语》周朴"月煅季炼"语。称渊明为彭泽，乃唐人语；六朝但有征士之称，不称其官也。称班姬为匹妇，亦摭锺嵘《诗品》语。此书成于齐代，不应述梁代之说也。且《隐秀》之段，皆论诗而不论文，亦非此书之体。似乎明人伪托。不如从元本缺之。〔一二〕

癸巳（一七七三）三月，以《永乐大典》所收旧本校勘，凡阮本所补悉无之，然后知其真出伪撰。〔一三〕。

是书至正乙未刻于嘉禾，至明弘治、嘉靖、万历间，凡经五刻，其《隐秀》一篇，皆有缺文。明末常熟钱允治称得阮华山宋椠本，钞补四百馀字。然其书晚出，别无显证，其词亦不类。如"呕心吐胆"，似摭《李贺小传》语；"煅岁炼年"，似摭《六一诗语》论周朴语。称班姬为匹妇，亦似摭锺嵘《诗品》语。皆有可疑。况至正去宋未远，不应宋本已无一存，三百年后，乃为明人所得。又考《永乐大典》所载旧本，缺文亦同。其时宋本如林，更不

应内府所藏，无一完刻。阮氏所称，殆亦影撰。何焯等误信之也。[一四]

纪昀这些话，除个别辞句有问题外，其馀都有理有据，基本上是正确的。如果要全部予以推翻，恐怕还不那么容易。

说也奇怪！阮华山的宋本，只见于钱允治的跋文；朱谋垔所见的宋本，亦只见于徐𤊹的跋文。这两部昙花一现的宋本，不仅明清公私书目未见著录，其他文献如序跋、笔记之类，也无一语提及。来既无踪，去又无影，怎能不令人产生疑窦？

本来，钱允治跋文中"余从阮华山得宋本钞补，始为完书"两句，只是说根据阮华山所称的宋本在他原有不全的本子《隐秀篇》里钞补了缺文，并未说到那部阮本已归他所有了。原跋具在，大可覆按。钱允治死后，藏书散出，钱谦益得到的那部《文心雕龙》，就是冯舒所说的"钱本"，而不是什么阮华山的宋本。冯舒天启七年写的三则跋文，交代得很清楚，是不应引起误解的。再看《绛云楼书目》卷四所著录的《文心雕龙》，既未冠有"宋板"二字，陈景云也未作注说它是宋本。可见绛云楼中是不会藏有宋板《文心雕龙》的。这就是说，阮华山所称的宋本，自钱允治一见后，即已杳如黄鹤，不知去向；绛云楼所烧掉的，根本不是什么阮华山所称的那部宋本。詹文却说："阮华山的宋本《文心雕龙》，先归钱功甫，然后又归钱谦益收藏，……这部宋本《文心雕龙》，可能在钱谦益的绛云楼失火时一并烧掉，所以这个本子以后就不见著录。”似乎是错会了钱允治和冯舒二人跋文的原意。

令人不解的是，有“老屋三间，藏书充栋。其嗜好之勤，虽白日校书，必秉烛缘梯上下”〔一五〕的钱允治，既然勤于校书，何以得到三百馀年来再现的宋本《文心雕龙》，钞补了《隐秀篇》缺文之后即行搁笔，对其馀的四十九篇竟不一一临校？

真是无独有偶！钱谦益、冯舒二人对补有缺文的《隐秀篇》，也都视为枕中秘籍：一个是不借给谢兆申看，一个是不让谢恒代钞。而许重熙“喜而录之”的，同样是看中《隐秀篇》的补文。他们对其馀的那部分宋本，则都并不介意，等闲视之。这又足以说明，阮华山所称的那部宋本始终是个谜。

再有，《文心雕龙》这部古代文学理论批评巨著，在唐宋以来的著述、特别是宋明两代的类书中，它是被引用得最多最广泛的一种〔一六〕。惟独那四百多字的补文，从未有人引用它，岂非怪事！就以不全的《隐秀篇》而论，宋代题为陈应行撰的《吟窗杂录》卷三七，曾袭用了其中六句；明代冯惟讷的《诗纪·别集统论上》卷四，王世贞的《艺苑卮言》卷一，潘基庆的《古逸书·后卷》，徐元太的《喻林》卷八六又八八，朱荃宰的《文通》卷二一等，不是零星的摘引，就是整篇钞录，偏偏就是没有那四百多字补文中的任何一句。这不能说是偶然的现象。又如南宋初张戒《岁寒堂诗话》卷上所引的“情在词外曰隐，状溢目前曰秀”〔一七〕两句，无疑是原本《隐秀篇》里的话。残缺了的《隐秀篇》没有它，倒不稀奇；阮华山所称的宋本没有它,我们总不能牵引其它篇里也有佚句、佚段为之辩护吧。

根据板本以判定书的真伪,的确是鉴定古籍所使用的一种方法,但也不是唯一的绝对可靠的方法。就拿宋本来说,即使是宋椠宋印,也不能保证当中就无伪书或伪篇。《列子》不是有宋本吗,能说它就是真的?《文选》不也有宋本吗,其中李陵的《与苏武诗》和《答苏武书》,仍然逃不出后人的依托。漫说宋本,就是有六朝写本,假的还是假的。伪古文《尚书》便是一例。这就说明单凭板本来判断书的真伪,是多么不可靠啊!

迷信板本,固然容易出问题;迷信专家、权威,同样也容易出问题。如果认为凡是经过专家、权威收藏或题跋过的书,都百分之百的可信无疑,那不免是要受骗的。比如:《天禄琳琅书目后编》著录的书,绝大部分不仅钤有前代名家收藏的印记,而且是内府所藏,又经过彭元瑞的鉴定,按理不应有误。然而,卷十一的那部所谓元板《文心雕龙》,却是明弘治十七年冯允中刻本〔一八〕。又如:《四部丛刊》中景印的《文心雕龙》,涵芬楼诸公"审其纸墨"定为明嘉靖本。实际是万历七年张之象的原刻或初刻〔一九〕。这就不难看出,鉴定板本,并非易事。尽管钱允治、朱谋㙔、徐𤊹、钱谦益诸人既富收藏,又精鉴赏,但我们总不能盲目崇拜,更不能替他们随便打包票。

三

判断古书的真伪，不能迷信板本和专家、权威，已如上述。那么，《隐秀篇》的补文究竟是真是假，这里暂不先下论断，具体作品必须进行具体分析。如果只是说：钱允治“是怎样的珍视藏书，又是怎样细心。他对于板本必然很精，岂是阮华山伪造宋本所能骗得了的”！朱谋㙔“已对《文心雕龙》这部书下了五十多年的功夫了。补的四百多字，如果是假的，又岂能瞒得过朱谋㙔的眼力”！徐𤊹“这样博学的藏书家，而且手校《文心雕龙》几十年，《隐秀篇》中钞补的四百多字如果是假的，能瞒得过他的眼力吗”？钱谦益“是懂得板本的，他的绛云楼藏书，宋本很多。钱功甫钞补的《隐秀篇》如果是假的，恐怕不会得到他的承认”。詹文给他们打的这几张包票，未必就能保证《隐秀篇》的补文不是出于后人的伪撰。

空谈非征，试作如下剖析：

一、从论点上看：《文心雕龙》中的许多论点，都是互有关联，相辅相成，前后一致的。如补文中的“呕心吐胆”、“煅岁炼年”二语，姑无论其出自何书，但它的涵义，的确是与其他篇里的论点不协调，甚至矛盾。刘勰虽然强调“文章由学”（《事类篇》语），“学业在勤”（《养气篇》语）；但在《神思篇》提出的是“积学以储宝，酌理以富才，研阅以穷照，驯致以绎辞”；“秉心养术，无务苦虑，含章司契，不必劳情”。与“呕心吐胆”、“煅岁炼年”毫无相同之处。《养气篇》所反对的是:“钻砺过分,则神疲而气衰”;“销铄精胆,戚迫和气,秉牍以驱龄,洒翰以伐性”。而“呕心吐胆,不足语穷;煅岁炼年,奚能喻苦”的程度,则是有过之而无不及。至《神思篇》的“扬雄辍翰而惊梦”,只是用来证“人之禀才,迟速异分;文之制体,大小殊功”这个论点的一例。与“呕心吐胆”、“煅岁炼年”的意思毕竟不同。《才略篇》的“子云属意,辞人(义)最深,……而竭才以钻思”,也只是从扬雄的“涯度幽远,搜选诡丽”方面说的。与“呕心吐胆,不足语穷”的态度,并不一致。“深得文理”的刘勰,前后持论之不相照应,不应有如此者!

二、从例证上看:“选文以定篇”(《序志篇》语),虽是专就《文心雕龙》上篇绝大部分篇章说的;但下篇里也多所使用。《明诗篇》说:“汉初四言,韦孟首唱,……孝武爱文,柏梁列韵,严马之徒,属辞无方。至成帝品录,三百馀篇,朝章国采,亦云周备。而辞人遗翰,莫见五言。所以李陵、班婕妤见疑于后代也。”这是刘勰对相传为李陵、班婕妤的五言诗为伪所下的论断。所以,此后其它篇里再没有提到李陵和班婕妤了。至于补文中的:“‘常恐秋节至,凉飙夺炎热。’意凄而词婉,此匹妇之无聊也。‘临河濯长缨,念子怅悠悠。’志高而言壮,此丈夫之不遂也。”这四句诗,前两句在相传为班婕妤的《怨歌行》里,后两句在相传为李陵的《与苏武诗》里。举这样的例证,岂不是与《明诗篇》的论断相矛盾?不称班婕妤而称匹妇,前后也不一致。《书记篇》首段,于西汉作家作品中举的是：史迁之《报任安》，东方之《难公孙》，杨恽之《酬会宗》，子云之《答刘歆》。至于那篇李陵《答苏武书》，却被摒弃在外。这不仅说明了刘勰"选文定篇"对赝品的严肃态度，同时也是戳穿《隐秀篇》补文为伪的有力旁证。

三、从体例上看：补文《隐秀》之段，只论诗而不论文，的确是与全书的体例不符。纪昀的评语是对的，并不武断。詹文却说："具备'隐秀'这两种风格特点的作品，主要是诗歌。那么在这一段里举的'隐秀'的例子都是诗篇和诗句，又有什么与全书体例不合的地方呢！"不错！具备"隐秀"这两种风格特点的作品主要是诗歌。但话说得太绝，就不免顾此失彼了。如"比兴"这种艺术表现手法，在诗歌创作上，也许是运用得最广泛而又很重要的吧。刘勰在《比兴篇》里，既论诗，又论赋，并分别举了诗赋的句子为例。何尝局限在诗歌一个方面？又如《丽辞篇》畅谈丽辞的"四对"，《夸饰篇》强调作品的夸张作用，所列举的例句，同样是有诗有赋。试问"弥纶群言"(《序志篇》语)的《文心雕龙》，在论述"隐秀"这两种风格特点的作品时，只能举诗篇和诗句作为例证，而于其它的文学形式的作品，就不屑一顾，或无例可举呢？刘勰恐怕不会这样。《书记篇》以过半以上的篇幅，概括了那么多的"艺术末品"，有的还举了例子，就是最好的证明。

四、从称谓上看：刘勰对历代作家的称谓，是自有其例的。除于列朝君主称谥号或庙号〔二〇〕、曹植称思王或陈思、屈原称三闾、司马谈称太史、班姬称婕妤外，其他的作家都只称名或字，绝无称其官的。补文称陶渊明为彭泽，显然于例不符。这正是可寻的伪迹，无法替其开脱的。詹文却说："《文心雕龙》在其他篇里是没有提到陶渊明的地方，但是全书中对于某些作家只提到一次的很多，不能因为别处没有提到陶渊明，而此处提到陶渊明，就说《隐秀篇》补文是假的。"是的，《文心雕龙》全书中的确有提到一次的作家。但也不能以此作为理由，来推定《隐秀篇》补文之非伪撰。因为，问题的关键不在于刘勰对作家提到次数的多少，而在于他衡量作品的准则如何。《明诗篇》衡量诗的准则是："若夫四言正体，则雅润为本；五言流调，则清丽居宗。"陶渊明"文取指达"〔二一〕，"世叹其质直"〔二二〕的四言、五言，在刘勰看来，可能是与"雅润"、"清丽"异趣的，所以《文心雕龙》全书中就没有提到他〔二三〕。这本是古代文学理论批评家的时代局限和偏见使然，岂止刘勰一人这样！唐人选唐诗，没有选杜甫的作品〔二四〕，不正是有些相类似吗？如果认为《文心雕龙》理应提到陶渊明，那不免是以后代的眼光去要求刘勰了。《文心雕龙》中没有提到陶渊明，并不值得诧异；而补文中的"彭泽之□□"句，倒是作伪者不谙全书称谓例暴露出来的破绽。

五、从风格和用字上看：补文的风格同全书的确有些两样。只要细心地多读几篇，就会感觉得到的。它不仅如黄侃所说的："出辞肤浅，无所甄明"；"用字庸杂，举例阔疏"〔二五〕。在所补的七十八句中，除句首或句末共用了五个语词和"彼波起辞间，是谓之秀"两句外，其馀全是追求形式的俪句，无一单笔。这在全书中，绝对找不到类似的第二篇。难怪纪昀要说它"词殊不类"了。至于补文使用的异字，也是可疑之点。如"嬥纤而俱妙"句的"嬥"字，不仅"雅颂未闻，汉魏莫用"(《指瑕篇》语)；其它的字书也不经见。反对"三人弗识，将成字妖"(《练字篇》语，下同)，主张"缀字属篇，必须练择"的刘勰，岂能自违其言，臆造异字！假如补文果真出自刘勰之手，而《文心雕龙》又非僻书，后来多收怪字、俗字的《广韵》、《集韵》等书，何以都未收有这个"嬥"字？补文之不可信，这也是伪迹之一。由于"嬥"字的"字体瑰怪"，梅庆生已臆改为"秾"了。但冯舒、何焯所钞的，还保存着庐山真面作"嬥"，其伪迹终归是掩盖不了的啊！

四

通过上面的简单剖析，《隐秀篇》补文之为伪撰，已昭然若揭了。这里，再就詹文所提出的"凢""盈""𦀌""煒""恒"五字和其他各篇的笔画不同的说法，略申管见如次：

一、关于"恒"字：詹文说："最特别的是'恒思于佳丽之乡'的'恒'字缺笔作'恒'，这显然是避宋真宗的讳。胡克家仿宋刻《文选》，'恒'字就缺笔作'恒'，……这可见当年钞补《隐秀篇》时，就照着宋本的原样模写，而梅庆生补刻这两板时，也照着宋本的原样补刻。"这样推断，未免有些主观、片面。前面不是已引过朱谋㙔的跋文吗，他只是说许重熙"喜而录之"，并未指出许重熙是照原样模写的；朱谋㙔本人"写寄子庾补梓”，也未说是照着许重熙所录的原样景写寄去的。詹先生怎能看得出“当年钞补《隐秀篇》时，就照着宋本的原样模写”？而且《隐秀篇》补刻的两板，字体和刀法都跟万历三十七年的本子一样，又怎能说它是“照着宋本的原样补刻”？冯舒的跋文说“一依功甫原本，不改一字”。巧就巧在“恒思于佳丽之乡”句的“恒”字，冯舒就没有缺末笔作“恒”。难道精于校勘的冯舒，在“聊自录之”时，忘却了宋帝的讳字不成？谁都知道，宋代刻书是要严格遵守功令避讳字的。如果说“恒”字是因避宋真宗的讳而缺末笔作“恒”，那么，补文中的“每驰心于玄默之表”和“境玄思澹”两句的“玄”字，何以又不避宋始祖的讳缺末笔作“玄”或改为“元”呢？只此一端，“恒”字缺末笔作“恒”，是“照着宋本的原样补刻”之说，已不攻自破。何况徐𤊹、冯舒、何焯三家所传录的本子都作“恒”，这正好说明梅庆生是有意为之，以示其出自“宋本”而已。

二、关于“盈”字：詹文认为“盈”字作“盈”，同样是“照着宋本的原样补刻”的；并举胡刻《文选》作证。这也有点臆断。假如我们按照这种说法去翻阅明代刻的几种《文心雕龙》板本，马上就发现：弘治冯允中本，嘉靖汪一元本和佘诲本，万历张之象本、何允中本和王惟俭本等“不盈十一”的“盈”字都作“盈”，这是不是都照着宋本的原样刻的呢？恐怕谁也不会这样唐突。

三、关于“煒”字：梅庆生天启重修本“浅而炜（煒）烨”句的"煒"字刻作"煒",詹文提出"和其它各篇的笔画不同",也作为是"照着宋本的原样补刻"的根据。这是缺乏说服力的。试以王惟俭的《训故》本为例:不仅"浅而煒烨"句的"煒"作"煒",其他各篇中凡是从"韦(韋)"的字都作"韋",无一例外。谁也不会说它就是照着宋本的原样翻刻的吧。

四、关于"几"字和"綠"字:"凡"之作"几","緑"之作"綠","和其他各篇的笔画不同",也许是由于缮写者本非一人的缘故。即使是出于一人之手,彼此的笔画不同,也没有什么稀奇。如冯舒刻意亲自钞的《隐秀篇》补文不过两页,三个"妙"字就写成"玅"或"妙"两个样,便是最好的说明。

缺笔也罢,异体也罢,都不能证明《隐秀篇》补文不是赝品。詹文却坚信它是真的。为了证成己说,一则曰:"从钱功甫发现宋刊本《文心雕龙》以及《隐秀篇》缺文钞补和补刻的经过,说明补入的四百多字,不可能是明人伪造的。"再则曰:"(《隐秀篇》补文)显然钱谦益、朱郁仪、梅庆生、徐𤊹父子、冯舒、胡夏客是都见过的。《隐秀篇》的补文如果是假的,能瞒得过这么多人吗?"三则曰:"像《隐秀篇》的补文,在万历年间经过许多学者、藏书家和毕生校勘《文心雕龙》的专家鉴定校订过,而且补文当中还有避宋讳缺笔的字,显然是根据宋本传钞翻刻的。"此外,詹文在篇末的前一大段里,又以《序志篇》的补文作为旁证,并说:"假如(《序志篇》的补文)没有《梁书·刘勰传》和《广文选》作参证,岂不也要怀疑这补进去的三百多字是明人伪造吗?《隐秀篇》的补入四百多字,和

《序志篇》的补入三百多字,在性质上是没有什么区别的。”这几句话乍一看去,好像持之有故,言之成理。其实乃大谬不然。理由很简单:《序志篇》的缺文先是据《广文选》卷四二补的,而《广文选》又是从《梁书·刘勰传》选录的。渊源有自,确凿可凭,当然不会有人怀疑。它与那来无踪、去无影的《隐秀篇》补文,根本不可同日而语。怎能说“在性质上是没有什么区别的”呢?

明人好作伪书,也爱钞刻伪书,这是人所共知的。如嘉靖年间,突如其来的子贡《诗传》和申培《诗说》,忽然出现于郭子章家,说是得之黄佐秘阁石本。当时很多人都信以为真,相继翻刻和发为专著,大有“一哄之市”之概〔二六〕。这与《隐秀篇》补文之先由阮华山所称宋本录出,后又展转钞刻,并分别写有题跋,何其相似乃尔!不过,《诗传》、《诗说》的依托者为丰坊,早有定论;而《隐秀篇》补文的依托者是否即为阮华山,则有待于继续考察。

操觚至此,偶忆从前何焯校《文心雕龙·杂文篇》时曾说:“安得此书北宋善本,以释胸中之结!”我的水平不高,胸中之结更多。《隐秀篇》补文的真伪问题,只不过是其中的一个。读了詹锳先生的大作后,不自藏拙,提出如上肤浅看法,切盼专家、读者有以教之。

一九八〇年元月于四川大学东风一楼

(原载一九八〇年《文学评论丛刊》第七辑)

附　录

(此文发表时因篇幅长未刊附录,现予补上)

一、詹文曰:"《何义门先生集》卷九载有《文心雕龙》的跋语说:'……钱功甫得阮华山宋本,钞本后归虞山。'"

按:既明引《何义门先生集》,则"钞本"当作"钞补",始与平江吴氏刻本合(黄叔琳辑注本《隐秀篇》末识语亦作"钞补")。詹文不仅引书有误,断句也欠妥。假如照詹文读去,"后归虞山"的并非那部所谓的"阮华山宋本",而是别一"钞本"了。这岂不与后面"这部宋本《文心雕龙》,可能在钱谦益的绛云楼失火时一并烧掉"的提法不一致了吗?

二、詹文曰:"万历己酉刻于南昌(按即梅庆生原刻)。"

按:梅庆生万历己酉《音注》本非刻于南昌,而是在金陵刻的。这除了由梅庆生天启二年第六次校定本卷首黄纸书名叶左下方有"金陵聚锦堂梓"六字可以推知外,徐𤊹的崇祯己卯跋文也是有力的旁证。徐跋说:"此本吾辛丑年校雠极详,梅子庾刻于金陵,列吾姓名于前,不忘所自也。后吾得金陵善本,遂舍此少观。前序八篇……又金陵刻之未收者。"徐兴公的跋文詹先生是见着的,不知何以失之眉睫?

三、詹文曰:"闻耳伯借之牧斋,时牧斋虽以钱本与之。"

按:断句误。"时"字当属上句读。

四、詹文曰:"按何焯跋语说'胡孝辕、朱郁仪皆不见完书',本来是推测之辞。"

按:何焯康熙庚辰跋谓朱郁仪不见完书,盖据万历三十七年梅本或天启二年第六次校定本为言;谓胡孝辕不见完书,则据胡氏刻本为言。并非推测之辞。无征不信,姑以余藏张孟劬先生所校胡刻《文心雕龙》证之:张先生在覆刻黄氏辑注本《隐秀篇》“始正而末奇”上方有校语云“自‘始正而末奇’至‘朔风动秋草’,‘朔’字悉无”,并于“悉无”二字旁各加一红圈(书中凡胡本胜处,张先生均用隶书在上方标出,并于其旁加以红圈)。可见胡孝辕所刻《文心雕龙》,《隐秀篇》是有阙文的。张先生于民国初年尚能见到胡本,难道生值清初的何焯就见不到?这说明作推测之辞的并不是何焯,而是詹锳自己。

五、詹文曰:“(徐𤊹)跋语说:‘……予以万历戊午之冬,客游南昌,王孙孝穆(即朱谋㙔)云:“曾见宋本,业已抄补。”予〔亟〕从孝穆录之。’”

按:徐𤊹有关《文心雕龙》的跋文,凡十则。詹文所引者,跋于万历四十七年。(《隐秀篇》末亦有“万历戊午之冬,客游豫章,王孙朱孝穆得故家旧本,因录之”识语。)其十年前的跋文记叙较详:“今岁偶游豫章,王孙郁仪素以洽闻称,余乃扣之。郁仪出校本相示,……郁仪仅有一本,乞之不敢,钞之不遑;而王孙图南欣然捐家藏斯本见赠。……郁仪名谋㙔,石城王裔;图南名谋𡓽,弋阳王裔。皆镇国中尉,与余莫逆。时万历己酉十二月八日,徐惟起书于临川舟次。”徐𤊹与朱谋㙔、朱谋𡓽同时,且都系至交,其言当是纪实,与明史诸王传二所载石城王、弋阳王支属,亦无不吻合。是朱谋㙔、朱谋𡓽本为二人。而詹锳却于“王孙孝穆”下加注“即朱谋㙔”四字,这难道不是“误认颜标作鲁公”吗?(明诗综卷八十五朱多炡条顾以安缉评所引诗话,亦有朱谋㙔简介。)又按:徐跋于万历三十七年称图南(一次),十年后称孝穆(二次),也许是朱谋㙔先字图南,后又改字孝穆吧。但朱孝穆之非朱谋㙔,则是可以肯定的啊!

六、詹文曰:“今天我们看到的最早的明弘治活字本(北京图书馆藏)。”

按:明弘治十七年冯允中本,乃刻本而非活字版。空谈非征,姑作如下论证。首先,我们只通过弘治本本身即可得三证:(一)卷端冯允中序首行题“重刊文心雕龙序”;(二)卷十第九行下方标“吴人杨凤缮写”(叶德辉《书林清话》卷七“明人刻书载写书生姓名”条即举此六字作为第一例证);(三)卷末都穆跋称郴阳冯公“为重刻以传”。谁都知道,“刊”也,“刻”也,“缮写”也,皆非活字版所宜有,其为刻本可知。其次,再据与弘治本有关资料亦可得二证:(一)钱允治跋“弘治甲子刻于吴门”(《读书敏求记》卷四同);(二)沈岩跋“吾友子遵(蒋杲字)得弘治刻本于吴兴书贾”(见《皕宋楼藏书志》卷一百十八)。他们明明说弘治本是刻本。如果有人认为钱功甫、沈宝砚连活字版、刻本都分辨不清楚,岂非咄咄怪事!好在北京图书馆藏有一部,展卷一观,立即分晓。又按:今有诸刻本中之最早者,当推上海图书馆所藏元至正本,比明弘治本早一百四十九年。这里,顺便就元至正本的行款来谈一下《隐秀篇》的阙版问题:它那残存的原文(前面存一百二十八字,后面存一百十四字),是从卷八第八页第十四行起至第九页第九行止，共十六行（包括篇题。原书每页二十行，行二十字。余藏传录顾黄合校本黄丕烈所校元本同）。值得注意的是第九页首行的“玉潜水而澜表方圆风动秋草边马有归心气寒而”二十字。“圆”字与“风”字之间文意不属，所脱去的段落必在此处。而“圆”字既不是第八页第二十行的最后一字，“风”字自然不在第九页首行的开头，而是第三字。可见所据底本已非完刻，而且至正本所阙的也不是一整版（再以伦明所校至正本每页十八行，行十七字［《两京遗编》本行款与此同］推之，脱去段落那行的十七字是：“珠玉潜水而澜表方圆风动秋草边马有归。”“圆”“风”二字还是在行的当中偏下处，也看不出是阙的一整版）。那么，徐𤊹说的“第四十《隐秀》一篇，原脱一版”，何焯说的“《隐秀篇》自‘始正而末奇’至‘朔风动秋草’‘朔’字，元至正乙未刻于嘉禾者，即阙此一页”，都不免为想当然之辞，与元至正本的实际是不相符的。

【附注】

〔一〕见冯舒校本卷末附页。

〔二〕指万历三十七年刻本。

〔三〕见天启二年重修本卷末。

〔四〕天启二年重修本，是就第六次校定本的原板剜改、更换，并非全部另行开雕，所以称它为重修本。

〔五〕见冯舒校本卷末附页。

〔六〕见冯舒校本卷末附页。

〔七〕有三家印记。

〔八〕见徐𤊹校本卷末附页。

〔九〕见《义门先生集》卷九。

〔一〇〕见养素堂本卷首例言。

〔一一〕见芸香堂本卷首例言。

〔一二〕见芸香堂本《隐秀篇》篇末上阑。

〔一三〕见芸香堂本《隐秀篇》篇末黄叔琳识语后。

〔一四〕见《四库全书总目提要》卷一九五。

〔一五〕见《读书敏求记》卷四。

〔一六〕从唐至明的各类著述中,征引《文心》的约八十馀书。

〔一七〕这条资料黄侃最先援引,见所著《文心雕龙隐秀篇札记》。

〔一八〕《书林清话》卷七曾指其误。

〔一九〕详见拙作《涵芬楼景印文心雕龙非嘉靖本》一文。

〔二〇〕曹操称魏武外,也称曹公。

〔二一〕见颜延之《陶征士诔》。

〔二二〕见《诗品》中。

〔二三〕详见拙文《文心雕龙研究中值得商榷的几个问题》。

〔二四〕高仲武《中兴间气集》、殷璠《河岳英灵集》、芮挺章《国秀集》等都没有选杜甫的诗作。

〔二五〕见《文心雕龙隐秀篇札记》。

〔二六〕见姚际恒《古今伪书考》。

引用书目

周易魏王弼晋韩康伯注　四部丛刊本
周易正义唐孔颖达撰　脉望仙馆(下简称脉望)十三经注疏本
周易集解唐李鼎祚撰　津逮秘书本
周易略例魏王弼撰　四部丛刊本
尚书旧题汉孔安国传　同上
尚书正义唐孔颖达撰　脉望十三经注疏本
尚书大传汉伏胜撰　郑玄注　清陈寿祺辑　四部丛刊本
尚书大传补注清王闿运撰　清光绪成都尊经书院刊本
尚书古文疏证清阎若璩撰　清乾隆眷西堂刊本
古文尚书考清惠栋撰　昭代丛书壬集本
毛诗汉毛亨传　郑玄笺　四部丛刊本
毛诗正义唐孔颖达撰　脉望十三经注疏本
诗集传宋朱熹撰　四部丛刊三编本
诗说清惠周惕撰　借月山房汇钞本

毛诗通义清朱鹤龄撰　清雍正三年朱氏自刊本

毛诗稽古编清陈启源撰　清嘉庆刊本

诗毛氏传疏清陈奂撰　清光绪江苏扫叶山房刊本

毛诗传笺通释清马瑞辰撰　广雅书局本

韩诗外传汉韩婴撰　清光绪望三益斋校刊本

韩诗外传校注清周廷寀撰　安徽丛书景印本

周礼汉郑玄注　四部丛刊本

周礼疏唐贾公彦撰　脉望十三经注疏本

仪礼汉郑玄注　四部丛刊本

礼记汉戴圣撰　郑玄注　同上

礼记正义唐孔颖达撰　脉望十三经注疏本

大学章句集注宋朱熹撰　清扬州鲍氏刊本

大戴礼记汉戴德撰　周卢辩注　雅雨堂刊本

左传旧题周左丘明撰　晋杜预注　四部丛刊本

左传正义唐孔颖达撰　脉望十三经注疏本

左传补注清惠栋撰　贷园丛书初集本

公羊传旧题周公羊高撰　汉何休解诂　四部丛刊本

公羊传疏唐徐彦撰　脉望十三经注疏本

春秋繁露汉董仲舒撰　四部丛刊本

穀梁传旧题周穀梁赤撰　晋范宁集解　同上

穀梁传疏唐杨士勋撰　脉望十三经注疏本

论语魏何晏集解　四部丛刊本

论语义疏梁皇侃撰　知不足斋丛书本

论语疏宋邢昺撰　脉望十三经注疏本
论语正义清刘宝楠撰　清同治自刻本
论语征知录近人陈汉章撰　上海排印本
孟子汉赵岐章句　四部丛刊本
孟子正义清焦循撰　半九书塾本
孝经唐玄宗注　同上
孝经疏宋邢昺撰　脉望十三经注疏本
尔雅晋郭璞注　同上
十三经注疏校勘记清阮元撰　脉望十三经注疏本
四书章句集注宋朱熹撰　中华书局新编诸子集成本
经义考清朱彝尊撰　雅雨堂刊本
经义杂记清臧琳撰　拜经堂丛书本
简庄疏记清陈鳣撰　适园丛书本
经传释词清王引之撰　守山阁丛书本
经义述闻前人　清嘉庆江西卢氏刊本
目耕帖清马国翰撰　清光绪楚南书局重刊本
五经文字唐张参撰　小学汇函本
经典释文唐陆德明撰　四部丛刊本
说文解字汉许慎撰　涵芬楼景印藤花榭本
说文系传南唐徐锴撰　四部丛刊本
说文解字注清段玉裁撰　经韵楼刊本
隶释宋洪适撰　四部丛刊三编本
隶续前人　景印四库全书文渊阁本

玉篇梁顾野王撰　四部丛刊本
广韵宋陈彭年等重修　同上
集韵旧题宋丁度等撰　楝亭五种本
音论清顾炎武撰　清康熙江苏刊本
沈氏四声考清纪昀撰　畿辅丛书本
许书发凡类参民国饶炯撰　成都刊本
方言汉扬雄撰　晋郭璞注　四部丛刊本
方言疏证清戴震撰　微波榭戴氏遗书本
方言笺疏清钱绎撰　广雅书局刊本
释名汉刘熙撰　四部丛刊本
释名疏证清毕沅撰　经训堂丛书本
释名补证清成镜蓉撰　南菁书院丛书本
释名疏证补清王先谦撰　王氏自刊本
广雅魏张揖撰　文选楼丛书本
匡谬正俗唐颜师古撰　艺海珠尘本
马氏文通清马建忠撰　清光绪三十年商务印书馆排印本
史记汉司马迁撰　宋裴骃集解　唐司马贞索隐　张守节正义　百衲本
史记题评明李元阳高世魁纂　明嘉靖十六年福州府刊本
史记评林明凌稚隆李光缙纂　明宏德堂刊本
三史拾遗清钱大昕撰　史学丛书本
史记志疑清梁玉绳撰　广雅书局刊本
太史公书义法民国孙德谦撰　四益宧刊本
汉书汉班固撰　唐颜师古注　百衲本

汉书艺文志考证宋王应麟撰　清康基田刊玉海附刻本

汉书疏证清沈钦韩撰　浙江书局刊本

汉书艺文志条理又拾补清姚振宗撰　浙江图书馆排印本

后汉书宋范晔撰　唐李贤注　百衲本

续汉志晋司马彪撰　梁刘昭注　百衲本(在后汉书内)

后汉书补注清惠栋撰　清嘉庆德裕堂刊本

三国志晋陈寿撰　宋裴松之注　百衲本

三国艺文志清姚振宗撰　适园丛书本

晋书唐房乔等撰　同上

宋书梁沈约撰　同上

晋宋书故清郝懿行撰　广雅书局刊本

南齐书梁萧子显撰　百衲本

　又　武英殿本

梁书唐姚思廉撰　百衲本

陈书前人　同上

魏书北齐魏收撰　同上

周书唐令狐德棻撰　同上

隋书唐魏征撰　同上

隋书经籍志考证清章宗源撰　崇文书局刊本

隋书经籍志考证清姚振宗撰　开明书店师石山房丛书本

南史唐李延寿撰　百衲本

北史前人　同上

唐书晋刘昫撰　同上

新唐书宋欧阳修撰　同上

宋史元脱脱撰　同上

明史清张廷玉撰　同上

竹书纪年统笺清徐文靖撰　浙江书局刊本

汉纪汉荀悦撰　四部丛刊本

后汉纪晋袁宏撰　同上

通鉴宋司马光撰　元胡三省注　清嘉庆胡克家刊本

绎史清马骕撰　清康熙刊本

逸周书晋孔晁注　四部丛刊本

国语吴韦昭注　士礼居丛书本

战国策汉高诱注　同上

战国策校注宋鲍彪校注　元吴师道重校　四部丛刊本

晏子春秋撰人不详　平津馆丛书本

列女传汉刘向撰　四部丛刊本

列女传校注近人陈汉章撰　上海排印本

吴越春秋汉赵晔撰　四部丛刊本

越绝书汉袁康撰　同上

东观汉纪旧题汉刘珍撰　聚珍版丛书本

帝王世纪晋皇甫谧撰　清宋翔凤集校　训纂堂丛书本

路史宋罗泌撰　子苹注　明嘉靖洪楩刊本

华阳国志晋常璩撰　题襟馆本

桯史宋岳珂撰　四部丛刊续编本

山东通志清岳濬法敏等编修　清乾隆刻本

重修山东通志清杨士骧孙葆田等纂修　商务印书馆景印本
嘉庆一统志清穆彰阿等纂辑　四部丛刊续编本
光绪杭州府志清龚嘉俊吴庆坻等纂修　清光绪排印本
莒州志清许绍锦纂修　清嘉庆刊本
水经注北魏郦道元撰　四部丛刊本
雍录宋程大昌撰　古今逸史本
洛阳伽蓝记北魏杨衒之撰　四部丛刊三编本
通典唐杜佑撰　清咸丰江西谢氏刊本
通志宋郑樵撰　同上
文献通考元马端临撰　同上
七国考明董说撰　守山阁丛书本
宋会要稿近人陈垣等编辑　上海大东书局景印本
崇文总目宋王尧臣等编次　清秦鉴辑释　粤雅堂丛书本
衢州本郡斋读书志宋晁公武撰　清光绪长沙王氏刊本
袁州本郡斋读书志前人　四部丛刊三编本
史略宋高似孙撰　古逸丛书本
遂初堂书目宋尤袤撰　海山仙馆丛书本
直斋书录解题宋陈振孙撰　聚珍版丛书本
宋四库阙书目撰人不详　清光绪长沙叶氏刊本
文渊阁书目明杨士奇撰　读画斋丛书本
秘阁书目明钱溥撰　原燕京大学图书馆藏钞本
菉竹堂书目明叶盛撰　粤雅堂丛书本
宝文堂书目明晁瑮撰　上海古典文学出版社排印本

万卷堂艺文目录明朱睦㮮撰　北京图书馆藏钞本

世善堂书目明陈第撰　知不足斋丛书本

国史经籍志明焦竑撰　粤雅堂丛书本

脉望馆书目明赵琦美撰　涵芬楼秘籍第六集本

玄赏斋书目明董其昌撰　民国排印本

徐氏家藏书目明徐𤊹撰　北京图书馆藏钞本

奕庆藏书楼书目明祁理孙撰　同上

行人司书目明徐图撰　原燕京大学图书馆藏钞本

百川书志明高儒撰　长沙叶氏刊本

绛云楼书目清钱谦益撰　陈景云注　粤雅堂丛书本

述古堂书目清钱曾撰　同上

读书敏求记前人　同上

读书敏求记校证民国章钰撰　长洲章氏刊本

天一阁书目明范钦撰　文选楼丛书本

好古堂书目清姚际恒撰　民国南京中社景印本

季沧苇藏书目清季振宜撰　士礼居丛书本

四库全书荟要目录纪昀撰　台北世界书局景印摛藻堂本

四库全书荟要提要前人　同上

四库全书总目提要清永瑢等纂　武英殿本

四库提要辨证近人余嘉锡撰　科学出版社排印本

四库全书简明目录清永瑢等纂　清同治广东刊本

四库简明目录标注清邵懿辰撰　清宣统刊本

四库全书荟要目清庆桂撰　松邻丛书本

天禄琳琅书目后编清彭元瑞撰　清光绪长沙王氏刊本

上善堂书目清孙庆增撰　民国刊本

文瑞楼书目清金檀撰　读画斋丛书本

孙氏祠堂书目内编清孙星衍撰　清嘉庆刊本

稽瑞楼书目清陈揆撰　清光绪八喜斋刊本

艺芸精舍宋元本书目清汪士钟编　滂喜斋丛书本

结一庐书目清朱学勤撰　长沙叶氏刊本

爱日精庐藏书志清张金吾撰　清道光张氏刊本

鸣野山房书目清沈复粲撰　古典文学出版社排印本

郘亭知见传书目清莫友芝撰　清宣统北京排印本

皕宋楼藏书志清陆心源撰　清光绪十万卷楼刊本

善本书室藏书志清丁丙撰　清光绪丁氏刊本

书目答问清张之洞撰　清光绪成都刊本

五万卷阁书目记清李嘉绩撰　清光绪华清官舍刊本

带经堂书目清陈树杓编次　顺德邓氏排印本

清吟阁书目清瞿世瑛撰　松邻丛书本

铁琴铜剑楼藏书目录清瞿镛撰　清光绪瞿氏家塾刊本

抱经楼藏书志清沈德寿撰　清光绪沈氏排印本

适园藏书志近人张钧衡撰　张氏家塾刊本

双鉴楼善本书目近人傅增湘撰　傅氏自刊本

四部丛刊书录商务印书馆编　排印本

日本见在书目日本藤原佐世撰　古逸丛书本

日本静嘉堂文库汉籍分类目录静嘉堂文库编　日本昭和五年排

印本

黄崑圃先生年谱清顾镇撰　畿辅丛书本

沈约年谱日本铃木虎雄著　马导源译　商务印书馆排印本

东晋南北朝学术编年近人刘汝霖著　同上

史通唐刘知几撰　明万历五年张之象刊本

史通训故补清黄叔琳撰　清乾隆刊本

史通通释清浦起龙撰　清乾隆浦氏求放心斋刊本

史通削繁清纪昀撰　清道光广东芸香堂刊本

诸史然疑清杭世骏撰　知不足斋丛书本

文史通义清章学诚撰　粤雅堂丛书本

史微近人张尔田撰　孱守斋重刊本

纲目通论清任兆麟撰　清乾隆同川书屋刊本

史学述林近人刘咸炘撰　推十书本

中国通史简编(修订本)近人范文澜著　人民出版社排印本

孔子家语魏王肃注　四部丛刊本

荀子周荀况撰　同上

孔丛子旧题汉孔鲋撰　同上

新语汉陆贾撰　同上

新书汉贾谊撰　同上

盐铁论汉桓宽撰　同上

　又　明嘉靖三十年刊本

新序汉刘向撰　四部丛刊本

说苑前人　同上

法言汉扬雄撰　同上

潜夫论汉王符撰　清汪继培笺　湖海楼丛书本

申鉴汉荀悦撰　明黄省曾注　四部丛刊本

中论汉徐干撰　同上

中说旧题隋王通撰　宋阮逸注　同上

孙子集注魏曹操等注　同上

六韬旧题周吕望撰　同上

管子旧题周管仲撰　同上

管子斠补近人刘师培撰　刘申叔先生遗书本

邓析子周邓析撰　同上

韩非子周韩非撰　清王先慎集解　清光绪长沙思贤讲舍刊本

韩非子识误清顾广圻撰　浙江书局刊本

灵枢经撰人不详　四部丛刊本

鬻子旧题周鬻熊撰　涵芬楼景印子汇本

墨子旧题周墨翟撰　清孙诒让间诂　涵芬楼景印本

尹文子周尹文撰　四部丛刊本

尸子周尸佼撰　清汪继培辑　湖海楼丛书本

鹖冠子撰人不详　宋陆佃注　四部丛刊本

鬼谷子撰人不详　梁陶弘景注　同上

吕氏春秋秦吕不韦撰　汉高诱训解　经训堂丛书本

吕氏春秋高注补正清孙锵鸣撰　国故月刊第三册

淮南子汉刘安撰　高诱注　四部丛刊本

人物志魏刘邵撰　同上

抱朴子内外篇晋葛洪撰　平津馆丛书本

金楼子梁元帝撰　知不足斋丛书本

刘子北齐刘昼撰　上海古书流通处景印旧活字本

颜氏家训北齐颜之推撰　成都渭南严氏刊本

颜氏家训校记清郝懿行撰　戊寅丛编本

长短经唐赵蕤撰　读画斋丛书本

白虎通汉班固辑　四部丛刊本

论衡汉王充撰　同上

风俗通义汉应劭撰　同上

独断汉蔡邕撰　抱经堂丛书本

群书治要唐魏征辑　四部丛刊本

意林唐马总辑　同上

意林注清周广业撰　聚学轩丛书本

类说宋曾慥辑　明天启本

又　明钞本

两京遗编明胡维新辑　涵芬楼景印本

百家类纂明沈津辑　明隆庆元年刊本

子汇明周子义辑　涵芬楼景印本

合刻五家言明锺惺选评　明刊本

诸子汇函旧题明归有光辑　明天启五年达古堂刊本

封氏闻见记唐封演撰　学津讨原本

东观馀论宋黄伯思撰　津逮秘书本

梦溪笔谈宋沈括撰　同上

能改斋漫录宋吴曾撰　聚珍版丛书本

学林宋王观国撰　湖海楼丛书本

容斋随笔又四笔宋洪迈撰　四部丛刊续编本

云谷杂记宋张淏撰　涵芬楼排印说郛本

东斋记事宋许观撰　明刊宋代百家小说本

示儿编宋孙奕撰　知不足斋丛书本

演繁露宋程大昌撰　学津讨原本

野客丛书宋王楙撰　聚珍版丛书本

东坡志林宋苏轼撰　稗海本

学斋佔毕宋史绳祖撰　学津讨原本

老学庵笔记宋陆游撰　津逮秘书本

困学纪闻宋王应麟撰　四部丛刊三编本

困学纪闻笺清阎若璩撰　清乾隆丛书楼本

困学纪闻评清何焯撰　清汪垕桐阴书塾刊本

困学纪闻五笺清万希槐撰　清嘉庆江苏扫叶山房刊本

敬斋古今黈元李冶撰　海山仙馆丛书本

湛渊静语元白珽撰　知不足斋丛书本

群书通要元王渊济撰　商务印书馆景印宛委别藏本

濯缨亭笔记明戴冠撰　明嘉靖刊本

丹铅总录明杨慎撰　明嘉靖三十三年刊本

丹铅续录前人　明嘉靖刊本

均藻前人　清函海本

真珠船明胡侍撰　明嘉靖二十七年刊本

四友斋丛说明何良俊撰　明万历七年刊本
七修类稿明郎瑛撰　清乾隆耕烟草堂刊本
少室山房笔丛明胡应麟撰　广雅书局刊本
说储明陈禹谟撰　明万历三十七年刊本
吹景集明董斯张撰　明刊本
紫桃轩又缀明李日华撰　明刊本
冷赏明郑仲夔撰　清道光重印砚云乙编本
卮林明周婴撰　湖海楼丛书本
通雅明方以智撰　清康熙此藏轩本
日知录清顾炎武撰　清康熙福建刊本
义府清黄生撰　指海本
古夫于亭杂录　清王士祯撰　清康熙刻渔洋著述本
掌录清陈祖范撰　陈司业集本
九曜斋笔记清惠栋撰　聚学轩丛书本
订讹杂录清胡鸣玉撰　湖海楼丛书本
秋窗随笔清马位撰　昭代丛书辛集本
钟山札记清卢文弨撰　抱经堂丛书本
群书拾补前人　同上
读书乐趣清伍涵芬撰　清乾隆萃华堂刊本
佔毕丛谈清袁守定撰　清嘉庆刊本
十驾斋养新录清钱大昕撰　潜研堂本
风俗通义佚文前人　同上
随园随笔清袁枚撰　清咸丰成都聚文堂刊本

蛾术编清王鸣盛撰　世楷堂本

陔馀丛考清赵翼撰　湛贻堂本

旧学蓄疑清汪中撰　木犀轩丛书本

读书脞录清孙志祖撰　清嘉庆刊本

读书脞录续编前人　民国中国书店景印本

瞥记清梁玉绳撰　清白士集本

蕙櫋杂记清严元照撰　峭帆楼丛书本

樗园销夏录清郭麐撰　灵芬馆全集本

证俗文清郝懿行撰　晒书堂本

晒书堂笔录前人　同上

香墅漫钞清曾廷枚撰　清乾隆曾氏家塾刊本

校雠通义清章学诚撰　粤雅堂丛书本

逊志斋杂钞清吴翌凤撰　槐庐丛书本

群书答问清凌曙撰　木犀轩丛书本

四寸学清张云璈撰　原燕京大学排印本

炳烛室杂文清江藩撰　滂喜斋丛书本

读书丛录清洪颐煊撰　传经堂本

郑堂读书记清周中孚撰　吴兴丛书本

癸巳存稿清俞正燮撰　清光绪浙江刊本

铁桥漫稿清严可均撰　心矩斋刊本

退庵随笔清梁章钜撰　二思堂丛书本

过庭录清宋翔凤撰　清光绪会稽章氏刊本

吹网录清叶廷琯撰　清同治刊本

开有益斋读书志清朱绪曾撰　清光绪金陵刊本

辎轩语清张之洞撰　清光绪成都刊本

媿生丛录民国李详撰　江宁刊本

国故论衡近人章炳麟撰　浙江图书馆校刊章氏丛书本

越缦堂日记清李慈铭撰　商务印书馆景印本

复堂日记清谭献撰　半厂丛书本

四库全书考证清王太岳等撰　武英殿本

义门读书记清何焯撰　石香斋刊本

援鹑堂笔记清姚范撰　清道光刊本

读书杂志清王念孙撰　清道光高邮王氏刊本

群书拾补清卢文弨撰　抱经堂丛书本

曝书杂记清钱泰吉撰　别下斋丛书本

烟屿楼读书志清徐时栋撰　蘧学斋排印本

东塾读书记清陈澧撰　清光绪陈氏自刊本

群书札记清朱亦栋撰　竹简斋重刊本

札迻清孙诒让撰　清光绪自刊本

籀高述林前人　民国刊本

刘向校雠学纂微近人孙德谦撰　四益宧刊本

古书校读法近人余嘉锡撰　原辅仁大学排印本

南濠居士文跋明都穆撰　清吴骞辑　苏州文学山房木活字本

重编红雨楼题跋明徐𤊹撰　近人缪荃孙辑　峭帆楼丛书本

拜经楼藏书题跋记清吴寿旸撰　别下斋丛书本

荛圃藏书题识清黄丕烈撰　民国刊本

郎园读书志近人叶德辉撰　上海澹园排印本

书林清话前人　长沙叶氏刊本

恒言录清钱大昕撰　文选楼丛书本

恒言广证清陈鳣撰　商务印书馆排印本

通俗编清翟灏撰　无不宜斋本

古谚闲谈清曾廷枚撰　芗屿裘书七种本

法书要录唐张彦远撰　津逮秘书本

书谱唐孙虔礼撰　百川学海本

金壶记宋释适之撰　日本静嘉堂文库景印宋本

历代名画记唐张彦远撰　津逮秘书本

艺舟双楫清包世臣撰　清光绪重印安吴四种本

西京杂记汉刘歆撰　四部丛刊本

博物志晋张华撰　士礼居丛书本

十洲记旧题汉东方朔撰　涵芬楼景印顾氏文房小说本

拾遗记晋王嘉撰　涵芬楼景印程荣汉魏丛书本

异苑宋刘敬叔撰　津逮秘书本

世说新语宋刘义庆撰　梁刘孝标注　四部丛刊本

山海经晋郭璞注　同上

穆天子传晋郭璞注　同上

酉阳杂俎唐段成式撰　同上

山家清事宋林洪撰　顾氏文房小说本

辍耕录元陶宗仪撰　四部丛刊三编本

泊宅编宋方勺撰　读画斋丛书本

六语明郭子章撰　明万历刊本

钝吟杂录清冯班撰　碧沧轩本

　又　清诗话本

钝吟杂录评清何焯撰　指海本

太平广记宋李昉等　明钞本

老子旧题周李耳撰　汉河上公注　四部丛刊本

　又魏王弼注　古逸丛书本

庄子旧题周庄周撰　晋郭象注　四部丛刊本

庄子集释清郭庆藩撰　湖南思贤讲舍刊本

列子旧题周列御寇撰　四部丛刊本

文子撰人不详　守山阁丛书本

读子卮言近人江瑔撰　商务印书馆排印本

列仙传旧题汉刘向撰　涵芬楼景印道藏举要本

弘明集梁释僧佑撰　上海景印碛砂藏经本

　又　四部丛刊本

广弘明集唐释道宣撰　同上

出三藏记集梁释僧佑撰　碛砂藏经本

经律异相梁释宝唱撰　日本大正藏经本

开元释教录唐释智昇撰　碛砂藏经本

高僧传梁释慧皎撰　同上

续高僧传唐释道宣撰　同上

历代三宝记隋费长房撰　同上

法苑珠林唐释道世撰　四部丛刊本

弘赞法华传唐释惠详撰　大正藏经本

隆兴佛教编年通论宋释祖琇撰　涵芬楼景印日本续藏经本

佛祖统纪宋释志磐撰　频伽精舍藏经本

释氏通鉴宋释本觉撰　续藏经本

传法正宗记宋释契嵩撰　碛砂藏经本

佛祖历代通载元释念常撰　频伽精舍藏经本

释氏稽古略元释觉岸撰　大正藏经本

景德传灯录宋释道原撰　四部丛刊三编本

一切经音义唐释慧琳撰　频伽精舍藏经本

北山录唐释神清撰　民国景印宋熙宁本

北山录注解随函宋释德珪撰　同上

南朝佛寺志清孙文川陈作霖撰　清光绪刊本

玉烛宝典隋杜台卿纂　古逸丛书本

北堂书钞唐虞世南撰　清光绪南海孔氏刊本

艺文类聚唐欧阳询撰　上海中华书局景印宋绍兴本

初学记唐徐坚撰　古香斋袖珍本

白帖唐白居易撰　民国张氏景印宋本

太平御览宋李昉等撰　四部丛刊三编本

又　明倪焕刻本

又　明周堂铜活字本

又　明活字本

又　明钞本　辽宁省图书馆藏

又　明钞本

又　清嘉庆鲍崇城刻本

又　日本喜多村直宽活字本

事类赋宋吴淑撰　清乾隆剑光阁刊本

类要宋晏殊撰　清华大学图书馆藏旧钞本

四库全书存目丛书景印本

事物纪原宋高承撰　明弘治十八年重刊阎敬本

书叙指南宋任广撰　墨海金壶本

海录碎事宋叶廷珪撰　明万历二十六年刘应广刊本

古今源流至论宋林駉撰　明嘉靖十六年刊本

事文类聚宋祝穆撰　元刊本

记纂渊海宋潘自牧撰　明万历七年刊本

玉海宋王应麟撰　清嘉庆康基田刊本

小学绀珠前人　津逮秘书本

事始唐刘存纂　涵芬楼排印说郛本

续事始前蜀冯鉴纂　同上

事物考明王三聘撰　明隆庆四年金陵三山书屋刊本

稗编明唐顺之撰　明万历九年文霞阁刊本

古今事物原始明徐炬撰　明万历二十一年自刊本

天中记明陈耀文撰　明隆庆三年刊本

修辞指南明浦南金撰　明嘉靖三十六年五乐堂刊本

翰苑新书撰人不详　明陈文烛序　明万历十九年仁寿堂刊本

词林海错明夏树芳撰　明万历刊本

汇书详注明王世贞辑　邹道元补　明万历二十三年石渠阁刊本

山堂肆考明彭大翼撰　明万历二十三年金陵书林刊本

经济类编明冯琦编　明万历三十二年刊本

唐类函明俞安期编　明万历三十一年德聚堂刊本

说略明顾起元撰　明万历四十一年南京刊本

喻林明徐元太撰　明万历四十三年刊本

何氏类镕明何三畏撰　明万历刊本

茹古略集明程良孺撰　明崇祯六年韵楼刊本

广博物志明董斯张撰　清乾隆覆明万历高晖堂本

古俪府明王志庆编　四库全书文溯阁本

潜确居类书明陈仁锡撰　明金阊映雪草堂刊本

经史子集合纂类语明鲁重民辑　明崇祯十七年刊本

尚友录明廖用贤编　明刊本

渊鉴类函清张英等编　武英殿本

图书集成清陈梦雷等纂　乾隆间铜活字本

楚辞汉王逸章句　宋洪兴祖补注　四部丛刊本

观妙斋重校楚辞章句明冯绍祖撰　明万历十四年观妙斋刊本

楚辞集解明汪瑗撰　明万历四十六年刊本

评校楚辞集注明蒋之翘撰　明天启六年刊本

缉柳斋楚辞明陆时雍疏　周拱辰别注　明缉柳斋刊本

屈辞精义清陈本礼撰　裛露轩本

楚辞新注清屈复撰　清乾隆三年刊本

蔡中郎文集汉蔡邕撰　四部丛刊本

曹子建文集魏曹植撰　涵芬楼景印续古逸丛书本

嵇中散集魏嵇康撰　四部丛刊本
陆士衡文集晋陆机撰　同上
陆士龙文集晋陆云撰　同上
陶渊明集晋陶潜撰　同上
鲍氏集宋鲍照撰　同上
江文通文集梁江淹撰　同上
梁昭明太子文集梁萧统撰　同上
徐孝穆集陈徐陵撰　明屠隆评　同上
王子安集唐王勃撰　同上
幽忧子集唐卢照邻撰　同上
陈伯玉集唐陈子昂撰　同上
李太白集唐李白撰　同上
杜诗详注清仇兆鳌撰　清康熙刊本
杜诗镜铨清杨伦撰　九柏山房刊本
王右丞集唐王维撰　四部丛刊本
韩昌黎集唐韩愈撰　同上
柳子厚集唐柳宗元撰　同上
李贺歌诗编唐李贺撰　同上
李长吉歌诗汇解清王琦撰　宝笏楼刊本
李卫公文集唐李德裕撰　四部丛刊本
樊川诗集注清冯集梧撰　清嘉庆浙江刊本
樊南文集详注清冯浩撰　德聚堂刊本
甫里先生文集唐陆龟蒙撰　同上

白莲集唐僧齐己撰　汲古阁本

景文宋公集宋宋祁撰　涵芬楼景印佚存丛书本

伊川击壤集宋邵雍撰　四部丛刊本

集注分类东坡诗宋王十朋撰　同上

施顾注苏诗宋施元之顾景藩撰　台湾艺文印书馆景印宋本

苏诗续补遗清冯景补注　古香斋巾箱本

苏诗合注清冯应榴辑订　踵息斋刊本

栾城集宋苏辙撰　四部丛刊本

豫章黄先生文集宋黄庭坚撰　同上

山谷尺牍前人　明黄嘉会校刊本

鸡肋集宋晁补之撰　四部丛刊本

攻媿集宋楼钥撰　四部丛刊本

太史升菴文集明杨慎撰　明万历十年张士佩刊本

渔洋山人文略清王士祯撰　清康熙刊渔洋山人全集本

带经堂全集前人　清乾隆带经堂刊本

义门先生集清何焯撰　平江吴氏刊本

抱经堂文集清卢文弨撰　四部丛刊本

潜研堂文集清钱大昕撰　同上

潜研堂全书前人　长沙龙氏家塾重刊本

剑舟律赋清沈叔埏撰　清光绪九年刊颐彩堂全集本

校礼堂文集清凌廷堪撰　清嘉庆宣城曲肱亭刊本

刘孟涂集清刘开撰　清道光檗山草堂刊本

研经室集清阮元撰　四部丛刊本

养素堂文集清张澍撰　清道光启秀山房刊本

通义堂文集清刘毓崧撰　民国南林刘氏求恕斋刊本

俞俞斋文稿清史念祖撰　清光绪云南刊本

左盦外集近人刘师培撰　刘申叔先生遗书本

鲁迅全集近人鲁迅撰　人民文学出版社排印本

文选李善注　中华书局景印宋淳熙本

文选六臣注　四部丛刊本

唐写本文选集注残卷　罗振玉景印本

孙鑛评文选　明天启二年乌程闵氏刊本

文选音义清余萧客撰　静胜堂本

文选集评清于光华撰　清咸丰成都衡文会刊本

文选李注补正清孙志祖撰　读画斋丛书本

文选考异前人　同上

选学胶言清张云璈撰　清道光张氏简松草堂刊本

文选旁证清梁章钜撰　清光绪吴下重刊本

文选笺证清胡绍煐撰　聚学轩丛书本

文选珠船清傅上瀛撰　清光绪典学楼刊本

文选评校近人黄侃撰　过录黄氏手评校本

文选平点前人(黄焯编次)　上海古籍出版社景印本

文选学近人骆鸿凯撰　中华书局大学用书本

广文选明刘节编　明嘉靖十六年晋江陈氏刊本

天佚草堂刊定广文选明马维铭编　明万历四十六年刊本

广文选删明张溥删　明刊本

广广文选明周应治纂　明万历二十四年刊本

续文选明汤绍祖编　明万历三十年海盐汤氏刊本

续文选明胡震亨撰　明万历刊本

选诗约注明冯惟讷撰　明万历九年沈思孝刊本

玉台新咏陈徐陵撰　四部丛刊本

玉台新咏笺注清吴兆宜撰　长洲程氏刊本

玉台新咏考异清纪容舒撰　畿辅丛书本

河岳英灵集唐殷璠编　四部丛刊本

中兴间气集唐高仲武编　同上

文馆词林唐许敬宗等辑　适园丛书本

古文苑撰人不详　宋章樵注　四部丛刊本

古文苑校勘记清钱熙祚撰　守山阁丛书本

续古文苑清孙星衍辑　平津馆丛书本

西崑酬唱集宋杨亿编　四部丛刊本

乐府诗集宋郭茂倩撰　同上

风雅逸篇明杨慎辑　函海本

古今谚前人　同上

古谣谚清杜文澜辑　清咸丰曼陀罗华阁刊本

古诗纪明冯惟讷辑　明嘉靖三十九年甄敬刊本

　又　万历吴琯刊本

汉魏诗乘明梅鼎祚编　明万历十一年刊本

古乐苑前人　明万历刊本

赋略明陈山毓辑　明崇祯七年刊本

赋则清鲍桂星辑　清道光四川来鹿堂刊本

古诗评选清王夫之编　上海太平洋书店排印本

乐府广序清朱嘉征编　清康熙刊本

诗集广序前人　同上

采菽堂古诗选清陈祚明编　清康熙西湖翁氏刊本

汉诗音注清李因笃撰　清康熙刊本

古诗十九首绎清姜任修撰　清乾隆拜书堂刊本

古诗源清沈德潜选　清康熙霁月山房刊本

古诗笺清闻人倓撰　清乾隆芷兰堂刊本

唐宋诗醇清高宗弘历撰　遗安堂二色套印本

古诗赏析清张玉榖撰　民国苏州振新书社重印本

诗比兴笺清陈沆撰　清光绪武昌刊本

诗法萃编清许印芳编　云南丛书本

汉铙歌释文笺正清王先谦撰　清同治虚受堂刊本

全汉三国晋南北朝诗近人丁福保辑　中华书局排印本

文苑英华宋李昉等编　上海中华书局景印明本

会稽缀英总集宋孔延之编　清道光山阴杜氏刊本

文章辨体明吴讷编　明天顺八年刊本

文体明辨明徐师曾撰　明万历三年刊本

文俪明陈翼飞辑　明万历三十八年刊本

古逸书明潘基庆选注　明万历四十年刊本

古论大观明陈继儒辑　明刊本

书记洞诠明梅鼎祚编　明万历二十五年刊本

释文纪前人　明崇祯四年江东梅氏刊本

文章辨体汇选明贺复征编　四库全书文溯阁本

四六法海明王志坚编　明天启七年刊本

评选四六法海清蒋士铨评选　清咸丰步月山房朱墨套印本

汉魏六朝一百三家集明张溥辑　汲古阁刊本

汉魏六朝正史文选明许清胤顾在观辑　明崇祯八年刊本

尺牍新钞清周亮工辑　海山仙馆丛书本

振绮类纂清翁天游选　清康熙翼云堂刊本

明诗综清朱彝尊撰　清西泠清来堂刊本

读书引清王谟辑　清乾隆连昌郡学刊本

南北朝文钞清彭兆孙辑　粤雅堂丛书本

六朝文絜清许梿编　清道光五年许氏刊本

经史百家简编清曾国藩编　清同治湖南传忠书局刊本

国朝骈体正宗评本清曾燠选　姚燮评　清光绪湖南刊本

全上古三代秦汉三国六朝文清严可均辑　清光绪广州刊本

诂经精舍文集清阮元编　文选楼丛书本

学海堂集前人　清道光启秀山房刊本

沅湘通艺录清江标编　灵鹣阁丛书本

文心雕龙梁刘勰撰　敦煌唐人草书残卷本

又　元至正十五年嘉兴郡学本

又　明弘治十七年冯允中本

又　覆刻冯本

又　嘉靖十九年汪一元本

又　覆刻汪本

又　嘉靖二十二年佘诲本

又　万历七年张之象本

又　涵芬楼景印四部丛刊本

又　万历十年胡维新两京遗编本

又　万历二十年何允中汉魏丛书本

又　万历三十七年王惟俭训故本

又　万历年间王世贞批本

又　万历三十七年梅庆生音注本

又　姜午生覆刻本

又　万历四十年复校音注本

又　万历凌云五色套印本

又　天启二年梅庆生第六次校定本

又　天启二年梅庆生校定后重修本

又　陈长卿覆刻梅庆生天启二年校定本

又　陈长卿重修本

又　锺惺评合刻五家言本

又　梁杰订正本

又　锺惺评秘书十八种本

又　天启七年谢恒钞本

又　崇祯七年陈仁锡奇赏汇编本

又　崇祯十一年黄澍叶绍泰汉魏别解本

又　崇祯十五年叶绍泰增定汉魏别解本

又　清初清谨轩钞本

又　康熙三十四年抱青阁本

又　日本尚古堂本

又　日本冈白驹校正句读本

又　乾隆六年黄叔琳辑注本

又　四库全书文渊阁本

又　文津阁本

又　文溯阁本

又　文渊阁黄氏辑注本

又　文津阁本

又　文溯阁本

又　乾隆五十六年王谟汉魏丛书本

又　乾隆五十六年张松孙本

又　郑珍原藏旧钞本

又　道光十三年广东芸香堂朱墨套印纪昀评本

又　广东翰墨园覆刻芸香堂本

又　光绪三年湖北崇文书局三十三种丛书本

又　光绪十九年湖南思贤讲舍重刊纪评本

又　民国三年郑国勋龙溪精舍丛书本

又　明徐𤊹校本

又　冯舒校本

又　清朱彝尊点校本

又　佚名校本

又　陈鳣校本

又　徐渭仁校本

又　吴翌凤校本

又　吴翌凤张绍仁校本

又　程文校本

又　褚德仪校本

又　近人徐乃昌校本

又　近人张尔田临校胡震亨本

又　近人伦明校元至正本

又　传录何焯校本

又　传录郝懿行批校本

又　传录黄丕烈顾广圻校本

又　传录顾广圻谭献校本

文心雕龙札记近人黄侃撰　上海中华书局排印本

文心雕龙注近人范文澜撰　人民文学出版社排印本

文心雕龙校释近人刘永济撰　上海中华书局排印本

唐写文心雕龙残本合校近人潘重规撰　香港新亚研究所排印本

文心雕龙研究日本户田浩晓撰　上海古籍出版社排印本

诗品梁锺嵘撰　顾氏文房小说本

诗品臆说清刘澐撰　延庆堂本

文章缘起旧题梁任昉撰　明陈懋仁注　学海类编本

文章缘起补注清方熊撰　邵武徐氏刊本

续文章缘起明陈懋仁撰　学海类编本

文镜秘府论日本空海撰　日本东方文化丛书景印本
诗式唐释皎然撰　学海类编本
岁寒堂诗话宋张戒撰　聚珍版丛书本
韵语阳秋宋葛立方撰　学海类编本
唐诗纪事宋计有功撰　四部丛刊本
馀师录宋王正德撰　守山阁丛书本
吟窗杂录旧题宋陈应行撰　明嘉靖二十七年崇文书堂重刊本
辞学指南宋王应麟撰　玉海附刻本
修辞鉴衡元王构撰　中华书局景印元刊本
　又　指海本
金石例元潘昂霄撰　明刊本
汉石例清刘宝楠撰　连筠簃刊本
文断明唐之淳撰　明成化十六年唐珣刊本
谈艺录明徐祯卿撰　学海类编本
文脉明王文禄撰　同上
梦蕉诗话明游潜撰　同上
四溟诗话明谢榛撰　海山仙馆丛书本
艺苑卮言明王世贞撰　谈艺珠丛本
诗薮明胡应麟撰　广雅书局刊本
文通明朱荃宰撰　明天启六年刊本
藕居士诗话明陈懋仁撰　原燕京大学图书馆藏钞本
诗源辨体明许学夷撰　北京大学图书馆藏稿本
唐音癸签明胡震亨撰　明崇祯刊本

原诗清叶燮撰　清康熙二弃草堂刊本

诗学纂闻清汪师韩撰　昭代丛书巳集本

师友诗传录清王士祯等撰　学海类编本

说诗晬语清沈德潜撰　清乾隆江苏教忠堂刊本

时文蠡测清袁守定撰　清嘉庆刊本

复小斋赋话清浦铣撰　清乾隆复小斋刊本

又　檇李遗书本

历代赋话续集清浦铣辑　复小斋刊本

杜诗双声叠韵谱清周春撰　艺海珠尘本

随园诗话清袁枚撰　随园全集本

赋话清李调元撰　函海本

四六丛话清孙梅撰　清光绪吴门汪氏重刊本

楹联丛话清梁章钜撰　清道光桂林刊本

拜经楼诗话清吴骞撰　拜经楼丛书本

灵芬馆诗话清郭麐撰　灵芬馆全集本

昭昧詹言清方东树撰　民国上海亚东图书馆排印本

艺概清刘熙载撰　清同治刊本

尊西诗话清张曰班撰　清道光刊本

停云阁诗话清李家瑞撰　清咸丰刊本

文体通释清王兆芳撰　民国北平中华印刷局排印本

缙山书院文话清孙万春撰　清光绪孙氏家塾刊本

藻川堂谭艺清邓绎撰　清光绪刊藻川堂全集本

文学研究法近人姚永朴撰　民国三年北京京华印书局排印本

文说近人刘师培撰　刘申叔先生遗书本

论文杂记前人　同上

中国文学教科书前人　同上

中国文学史清林传甲撰　清光绪日本排印本

中国中古文学史讲义近人刘师培撰　刘申叔先生遗书本

畏庐论文近人林纾撰　商务印书馆排印本

六朝丽旨近人孙德谦撰　四益宧刊本

文章源流近人高步瀛撰　北平和平印书局排印本

诗论题记近人鲁迅撰　鲁迅研究年刊创刊号

文学述林近人刘咸炘撰　推十书本

曲律明王骥德撰　明刊本

国故月刊一九一九年三期

清华学报一九二六年三卷一期

图书馆学季刊一九二八年二卷二期

故宫周刊一九三〇年五十六期

采社杂志一九三一年六期

文学年报一九三七年三期

史学年报一九三八年二卷五期

国民杂志一九四一年十期

文学遗产增刊一九六二年十一辑

文心雕龙研究专号一九六二年香港大学中文学会出版

鲁迅研究年刊一九七四年创刊号

文物一九七七年六期

社会科学战线一九八三年四期

日本大安杂志一九六〇年十二期

右列七百五十一种书目中诸善本，承国家图书馆、科学院图书馆、南京图书馆、上海图书馆、辽宁省图书馆、四川省图书馆、北京大学图书馆、清华大学图书馆、复旦大学图书馆、南京大学图书馆、吉林大学图书馆、四川大学图书馆有关领导和工作同志大力协助，得一一寓目，纵意渔猎，俾拙稿能顺利完成。铭感之馀，谨此致谢。

大足杨明照弢甫附识一九九七年元月